L'espoir du Dr Gabrielle Evans

*

Les jumelles du Dr Ramsey

*

Le plus beau Noël d'un médecin

*

Passion à la clinique

DIANNE DRAKE

L'espoir du Dr Gabrielle Evans

INTÉGRALE
UN NOËL À MOUNTAIN VILLAGE

Traduction française de
CÉCILE LOMBARD

• SAGAS •

HARLEQUIN

Collection : SAGAS

Titre original :
NEWBORN NEEDS A DAD

Ce roman a déjà été publié en 2015

HARPERCOLLINS FRANCE
83-85, boulevard Vincent-Auriol, 75646 PARIS CEDEX 13
Service Lectrices — Tél. : 01 45 82 47 47

www.harlequin.fr

ISBN 978-2-2804-1695-5 — ISSN 2426-993X

1

Quelle petite ville pittoresque ! Avec un soupir de soulagement, le Dr Gabrielle Evans gara sa voiture de location sur le parking réservé à la clientèle de l'hôtel White Elk Lodge. Rien ne l'obligeait à aller à l'aéroport pour regagner tout de suite Chicago après son voyage-éclair à Spotswood... Dans les grandes villes, on ne s'accordait pas le temps de flâner ni de rêver. Ici, en revanche, rien ne semblait aller trop vite, ce qui lui convenait parfaitement.

Fatiguée, affligée d'une légère migraine, affamée, elle avait envie d'une pause. Pour une nuit, ou peut-être deux si le lit était confortable, la nourriture bonne, et si un feu accueillant brûlait dans la cheminée. Elle s'imaginait déjà détendue, saisie d'une douce somnolence devant un grand âtre de pierre, blottie dans un grand fauteuil douillet.

Comme dans un nid, ce qui était approprié à son état, car elle serait bientôt mère.

En passant, elle avait aperçu une petite boutique dans la grand-rue dont l'enseigne annonçait :

« Vêtements faits main pour bébés. »

Pour elle qui n'avait encore acheté aucune layette, c'était un prétexte tout trouvé pour de courtes vacances, surtout après avoir conduit avec ses chevilles gonflées.

« Œdème de fin de grossesse, disait-elle à ses patientes

affligées du même problème. Ne vous inquiétez pas. Tout autant que votre ventre, c'est provisoire. »

En outre, White Elk, avec ses rues étroites bordées de pins, ses lampadaires anciens et ses cottages entourés de barrières blanches, lui paraissait un endroit ravissant, où il devait faire bon vivre. Elle avait toujours rêvé d'habiter un cottage… Elle se sentait aux antipodes de son immeuble de chrome et d'acier de Chicago, situé dans un quartier mi-résidentiel mi-industriel très bruyant, où elle était bercée par les trains qui passaient toute la nuit et réveillée le matin par les Klaxons des automobilistes énervés.

A White Elk, pas de circulation, juste quelques voitures dont les conducteurs ne semblaient ni agités ni pressés. L'idéal pour se relaxer ! Elle n'avait pas le courage de continuer ce soir jusqu'à l'aéroport et, de toute façon, son billet de retour n'était réservé que pour le lendemain.

— Et rien d'urgent ne m'attend là-bas, puisque j'ai quitté le cabinet médical.

Depuis qu'elle se savait enceinte, elle avait pris l'habitude de s'adresser à son bébé à voix haute, ainsi qu'elle incitait ses patientes à le faire.

— C'est agréable ici, tu devrais voir ça, Bryce. Les gens sont souriants et des inconnus te saluent.

Sans sortir du véhicule, elle prit son portable pour composer le numéro affiché sous le panneau « BIENVENUE » de l'hôtel. Après cette dure journée, elle aspirait à la tranquillité, et à une bonne tasse de chocolat fumant en prime. Ah, ces envies de femme enceinte… Elle sourit en pensant à son besoin compulsif de chocolat.

— Allô ? Ici Laura Stewart !

— Auriez-vous une chambre pour une personne et pour une nuit ?

De l'autre côté de la rue, elle avisa une confiserie-chocolaterie. Un nouveau clin d'œil du destin pour qu'elle s'attarde ici ?

— Peut-être deux nuits, en fait…

Selon Laura, les chambres ne manquaient pas. Après être descendue de voiture, Gabrielle s'étira et, tentant d'oublier l'enflure de ses chevilles, elle s'efforça d'adopter une démarche normale quand elle pénétra dans l'hôtel.

— Eh bien, vous avez été rapide…, commenta la jeune femme blonde à l'air avenant assise à la réception, pendant qu'elle posait son sac de voyage.

— J'ai appelé du parking. Dans mon état, j'ai tendance à être partisan du moindre effort.

— Je vous comprends. J'ai été trois fois enceinte, et quand on a l'occasion d'être dorlotée…

« S'il existe quelqu'un pour vous dorloter », songea Gabby en portant les yeux sur l'alliance de Laura, un anneau d'or tout simple mais explicite. Cependant, si elle n'avait personne pour prendre soin d'elle, elle avait plutôt tendance à s'enorgueillir de son indépendance.

— C'est votre premier ?

Elle posa une main sur son ventre. Son premier, qu'elle était loin d'avoir planifié et qu'elle accueillait avec bonheur.

— Oui.

Que dire de plus ? Les gens réagissaient parfois bizarrement à sa situation de femme célibataire enceinte ; inutile de les mettre mal à l'aise. En tant qu'obstétricienne, elle savait que ce genre d'imprévus n'était pas rare ; il suffisait d'un moment de faiblesse…

— J'ai aperçu une jolie petite boutique dans la grand-rue, où j'ai l'intention de faire un saut après m'être reposée. Il se trouve que je n'ai encore rien acheté pour le bébé.

— Ah bon ? Je crois que je suis allée acheter des chaussons dix minutes après avoir lu le résultat de mon premier test de grossesse. Je suis surprise que vous n'en ayez pas eu envie avant.

Ce n'était pas une question d'envie.

— En fait, je projetais de faire tous mes achats à la fois dans un grand magasin, mais je n'en ai jamais eu le temps.

En réalité, même à deux mois de son accouchement, toute

projection dans l'avenir l'effrayait : fonder tous ses espoirs sur la naissance, c'était risquer d'avoir le cœur brisé, comme il était arrivé à certaines de ses patientes.

— Qui sait, peut-être y trouverai-je tout ce que je cherche ?

Laura éclata de rire.

— La propriétaire, Janice Laughlin, vous en vouerait une reconnaissance éternelle. Bien, je vais vous montrer vos appartements. La saison de ski étant terminée, vous avez le choix : une petite chambre ici, une suite, ou un chalet à l'extérieur.

— Vous avez des chalets ? Avec une cheminée ?

— Oui, avec une cheminée.

Tout à fait ce dont elle rêvait ! Un chalet dans une station de ski désertée, une boutique pour bébé, une chocolaterie… Se reposer, ne plus penser à rien, le souhait le plus cher de ses patientes en fin de grossesse, qu'elle comprenait à présent d'autant mieux que le chagrin causé par la perte de son père s'atténuait un peu.

— Je crois que je vais adorer ça.

— C'est un peu difficile d'accès, un peu plus loin du parking…

— Oh, je suis en forme, simplement un peu fatiguée d'avoir conduit… Une petite marche ne peut pas me faire de mal.

— Bon. Dans ce cas, j'enverrai ma fille vous apporter vos bagages quand elle rentrera de l'école.

— C'est gentil, merci, mais mon sac est léger. Je ne suis pas partie très longtemps…

En fait, quelle avait été son intention en se rendant à Spotswood ? Apprendre à Gavin Thierry qu'il était sur le point d'avoir un fils ? Elle n'attendait pas grand-chose de lui étant donné que leur relation avait été très brève. Pourtant, la nouvelle de sa mort l'avait remuée…

Laura lui tendit le registre à signer, puis la clé du chalet.

— La salle à manger est ici, mais si vous préférez… Gabrielle, dit-elle après un coup d'œil sur sa fiche, je peux vous faire porter votre repas au chalet.

— Appelez-moi Gabby.

Son père seul l'avait appelée Gabrielle, et cela lui serrait le cœur d'entendre ce prénom.

— Non, merci, j'aime mieux redescendre ici, ajouta-t-elle. Ça m'obligera à faire un peu d'exercice.

Autant suivre les conseils qu'elle donnait à ses patientes.

— Bien, si vous désirez quelque chose, vous pouvez sonner. Au fait, je ne vous souhaite pas d'en avoir besoin, mais mieux vaut que vous sachiez que nous possédons un modeste hôpital, très agréable. Il est également très réputé pour son secteur pédiatrique et, ce qui fait souvent défaut dans les grands centres, le personnel est à la fois compétent et charmant.

Ah ? Dans ce cas, n'aurait-elle pas plaisir à travailler dans une petite ville telle que celle-ci, et à y élever son fils ?

Une semaine plus tôt, elle avait cédé sa part du cabinet médical à ses associés et mis son appartement en vente, décidée à prendre un nouveau départ en un lieu moins impersonnel que Chicago. Sans savoir définir où ni comment, elle aspirait à vivre ailleurs… Une intuition lui disait qu'elle reconnaîtrait l'endroit de ses rêves lorsqu'elle s'y trouverait.

L'aurait-elle déjà découvert ? Non, White Elk était si petit ! On pouvait y passer d'agréables vacances, mais s'y installer… Serait-elle capable de s'adapter, elle qui appréciait les commodités d'une grande ville, avec tous les changements qui s'annonçaient déjà dans sa vie ?

Justement, des responsabilités nouvelles l'attendaient en tant que mère : elle devait trouver un poste, se remettre au travail sans tarder. Pourquoi pas ici ?

— Sortez par la porte arrière, Gabby, et prenez l'allée à gauche ; c'est le premier chalet, celui qui a la plus belle vue sur les Trois Sœurs.

— Les Trois Sœurs ?

— Les pics montagneux qui surplombent la vallée. Selon la légende indienne, ils veillent sur les habitants. Chacun d'eux possède maintenant sa station de ski, ce qui a permis le développement de la ville. Eh oui, White Elk vit du tourisme…

— Grâce aux Trois Sœurs qui vous protègent.

Protéger… Ce qu'elle faisait pour son bébé, et qu'elle eût tant aimé qu'on fît pour elle !

La marche jusqu'au chalet fut agréable ; l'air était frais et vif, pas très froid pour la fin mars. Des crocus jaunes et violets perçaient la neige sur le bord du chemin, annonçant le printemps. Quand il arriverait, elle serait mère et installée quelque part.

— Mère, dit-elle à voix haute, car elle avait parfois du mal à y croire.

Ce petit garçon dans son ventre était un rêve qui se réalisait, un miracle qu'elle n'eût pas imaginé. Hélas, après des semaines où elle avait attendu de trouver le courage de parler au père du bébé, ajoutées au temps passé d'abord à retrouver sa trace, il avait été trop tard. Savoir Gavin mort l'attristait, même s'il n'avait pas été question d'amour entre eux. Certes, il était intelligent, gentil, attentionné, mais elle ne le connaissait pas assez pour en parler à son fils, qui devrait pourtant savoir un jour.

Comment lui expliquer ?

« Vois-tu, Bryce, ta mère, qui se sentait seule et vulnérable, a rencontré un bel homme charmant à un séminaire médical, passé quelques nuits avec lui, et tu es le résultat de cette brève liaison… »

Bryce ne connaîtrait jamais son père. Gavin n'avait pas de famille à Spotswood, où personne n'avait pu la renseigner.

Elle fit une pause, songeant à ramasser quelques fleurs, puis y renonça, préférant les laisser dans la nature.

— Tu sais que tout ira bien, Bryce, même si c'est un peu dur en ce moment. Je regrette de ne pas avoir prévenu ton père assez tôt et que tu n'aies pas eu l'occasion de le connaître. Je te promets de continuer à chercher…

Quoi ? Des renseignements sur lui ? Le reste était irrémédiable.

Non qu'elle redoutât d'élever son fils seule. En apprenant

sa grossesse, elle avait été choquée, excitée, puis éblouie, après s'être longtemps crue stérile à la suite d'un accident de voiture survenu dans son adolescence. Très peu de chances, avait dit le médecin à l'époque. A quinze ans, elle n'avait pas une notion précise de ce que cela signifiait, mais à trente ans, si, bien qu'elle eût accepté son sort.

Aussi, en constatant l'absence de ses règles, elle avait pensé que c'était le stress. Le second mois, après être allée acheter un test de grossesse, elle avait attendu trois jours avant de l'ouvrir, et encore deux avant de l'utiliser. Lorsque la bande avait viré au bleu, elle avait couru en acheter un autre qui avait donné le même résultat.

Incrédule, obstinée, elle avait une fois de plus voulu renouveler l'opération en allant chercher un troisième test.

Ce voyant, la pharmacienne lui avait gentiment conseillé de consulter un obstétricien. Mais, en réalité, elle ne doutait déjà plus d'être enceinte.

— Ta maman a juste besoin d'un peu de repos, qu'elle va prendre tout de suite.

Bryce Evans, le miracle. Elle était impatiente de le mettre au monde. Et si heureuse. Rien d'autre n'avait d'importance…

— Vous avez bien fait de m'appeler plutôt que d'amener Emily à l'hôpital, Laura. Je tiens aux visites à domicile, même si j'ai l'impression de travailler pour douze, avec Eric absent. On dirait qu'il n'y a pas assez d'heures dans la journée pour tout faire.

Le Dr Neil Ranard tendit à Laura une bouteille remplie de liquide rose prétendument aromatisé au chewing-gum. Du moins ce détail avait-il convaincu nombre de ses jeunes patients, bien qu'il s'agît pour Neil d'un affreux goût de médicament.

— Si vous suivez la prescription, Emily se rétablira très vite. C'est ce virus de l'angine qui circule à l'école primaire…

Je reviendrai dans un jour ou deux, et ensuite, elle pourra venir en consultation.

Il faisait toujours des visites à domicile, c'était possible dans une petite ville, et cela lui plaisait. Il avait appris tant de choses en deux ans… Surtout, d'ailleurs, que sa place était ici.

— Vous restez pour le dîner, Neil ? Je n'ai plus beaucoup de clients, et j'ai préparé des repas pour un régiment, comme en pleine saison.

— J'aimerais bien, mais je dois rentrer. Walt Graham ayant pris sa retraite et Eric Ramsey étant occupé par ses jumelles, toutes deux victimes du fameux virus, nous manquons de personnel aux urgences. De plus, j'ai encore quelques rendez-vous avant de commencer ma tournée.

Si Neil était pédiatre, il se chargeait aussi des consultations familiales et des urgences, sans compter le secours en montagne qu'il assurait au besoin. Où aurait-il la chance de trouver des occupations aussi variées, sinon à White Elk ?

— Si vous avez cinq minutes, Neil, je vous prépare quelque chose à emporter. Ce sera toujours mieux que la nourriture de l'hôpital. La cuisine familiale, il n'y a que ça de vrai.

La cuisine familiale… Un luxe dont il n'avait pas profité, même pendant les quelques mois qu'avait duré son mariage. Tout ce qui ressemblait à une vie normale l'attirait, et autant éviter la cafétéria de l'hôpital.

— C'est gentil à vous. Je peux aller m'asseoir et boire un café en attendant ?

Sur un vague signe d'assentiment de Laura, il pénétra dans la salle à manger, se servit un café et s'installa près de la fenêtre d'où il avait la meilleure vue sur les Trois Sœurs. Un panorama magnifique, qu'il n'avait pas trop eu le loisir d'admirer ces derniers jours.

C'était ce paysage, aussi, qui l'avait ramené à White Elk, alors qu'il s'était juré, trois ans plus tôt, de ne plus y mettre les pieds. Pourtant, il était revenu, parce qu'il adorait le ski, l'air pur, et les gens d'ici, par-dessus tout. Sans compter le côté excitant de la médecine rurale.

En revanche, il devait supporter les pénibles rappels de l'échec de son bref mariage et du jour où son épouse s'était enfuie avec son frère.

Cependant, le bon compensait le mauvais… Du moins eût-il aimé s'en convaincre, car certains de ses souvenirs resteraient amers à jamais.

S'efforçant de faire le vide dans son esprit, il s'appuya au dossier de sa chaise et allongea les jambes.

Un mouvement à l'autre bout de la salle attira son attention : une jeune et jolie femme enceinte allait de table en table, sans doute en quête de la meilleure place.

C'était lui qui l'occupait, songea-t-il en l'observant. Sautant sur ses pieds, il s'apprêtait à jouer le rôle du maître des lieux quand elle finit par s'asseoir en lui tournant le dos, près d'une fenêtre donnant sur la ville, ses boutiques et ses passants.

C'était étrange comme les gens pouvaient avoir une idée différente de la perfection. Il aimait la nature sauvage, déserte de préférence, alors qu'elle préférait visiblement la civilisation.

— Neil, voici votre dîner ! Vous devriez en avoir pour deux jours, ou sinon, n'hésitez pas à revenir.

— Rien de mieux que la cuisine familiale comme vous l'avez dit… Merci !

En prononçant ces mots, il ne détourna pas les yeux de l'inconnue.

Laura, qui avait suivi son regard, sourit.

— Elle est là depuis quelques heures, murmura-t-elle. Elle vit à Chicago. C'est tout ce que je sais, enfin, à part ce qui se voit.

— Hmm… Et elle semble solitaire…

Malgré lui, il avait parlé à voix haute.

— C'est vrai, en y réfléchissant. Je l'ai surtout trouvée fatiguée, quand elle est arrivée.

Pendant qu'elle se dirigeait vers la table pour prendre la

commande de la jeune femme, Neil s'attarda à siroter son café, oublieux de son emploi du temps chargé.

Curieux… Tous les jours, des touristes arrivaient en ville, des visiteurs qui venaient skier, faire des emplettes, ou simplement passer d'agréables vacances, et d'habitude, il les remarquait à peine, sauf lorsqu'ils faisaient appel à lui en tant que médecin. Pourtant, l'inconnue avait captivé son attention, et, encore plus étrange, l'avait retenue…

Aucune raison, se dit-il. Vraiment aucune. Il était hors de question pour lui de s'engager avec quiconque. Il avait épousé son métier, plus une part d'intérêts dans un hôpital, ce qui lui suffisait pour être à l'abri du besoin et raisonnablement heureux. La vie était belle ainsi, alors pourquoi en changer ?

Se remémorant la dernière fois où il avait essayé, il se leva d'un bond pour sortir de la salle. Cependant, une fois sur le seuil, il ne put s'empêcher de se retourner pour jeter un ultime regard à la jeune femme, et ce fut alors qu'il vit son visage. Elle était… splendide. Eblouissante. Des cheveux d'un blond miel qui retombaient sur ses épaules avec grâce, des yeux pudiquement baissés, qui ne pouvaient être que bleus, des lèvres parfaites. Une observation de médecin, bien sûr. Uniquement.

Sa grossesse la rendait rayonnante. Avait-il déjà étudié ce phénomène chez une autre femme ? En tout cas, à présent, il comprenait de quoi il s'agissait.

Pendant qu'il l'étudiait, elle leva les yeux, croisa son regard et le soutint un instant avant de se détourner. Bon sang ! Il éprouvait une sensation nouvelle, incompréhensible pour lui. Il lui fallait quitter les lieux avant que son bon sens ne l'abandonne. Pourtant, une fois engagé dans l'allée, il se retourna une nouvelle fois : s'il n'était pas victime d'une illusion, elle était en train de le regarder…

*
* *

Des traits rudes et beaux, une mâchoire volontaire, un nez droit, des cheveux bruns souples qui laissaient supposer des yeux presque noirs. Ou verts… Non, ils devaient être brun foncé.

Ce visage lui disait quelque chose ; toutefois, elle qui n'oubliait jamais les traits d'un bel homme, elle ne parvenait pas à se rappeler où elle l'avait rencontré. La première fois que leurs yeux s'étaient croisés, elle avait pensé connaître ce regard… Puis, la seconde fois, elle en avait douté.

Bref, juste une de ces énigmes qui l'agacerait un temps jusqu'à ce que la mémoire lui revienne, ou qu'elle oublie tout à fait.

— Qui était-ce, Laura ?

Son hôtesse plaçait le menu sur sa table. Les légumes en accompagnement étant les mêmes pour tous les plats, elle n'avait à choisir qu'entre la viande, la volaille et le poisson.

— Le Dr Neil Ranard, qui possède le cabinet de consultation du White Elk Hospital dont il est actionnaire aussi. Il est spécialiste en pédiatrie, mais comme tous les médecins d'ici, il doit avoir de nombreuses cordes à son arc.

L'aurait-elle rencontré dans un séminaire ou une convention médicale ?

Peu probable. Par manque de temps, elle ne fréquentait que rarement ces manifestations. Elle n'avait assisté qu'à une seule, et ce n'était pas sur ce pédiatre-là qu'elle avait jeté son dévolu à l'époque… Mais après tout, pourquoi y attacher autant d'importance ?

— Je vais me contenter des légumes, Laura. Bryce et moi ne supportons pas très bien la viande, ces temps-ci.

— Bryce ?

Gabby éclata de rire.

— Mon bébé. Il s'appellera Bryce, et je m'habitue à prononcer son nom, à penser à lui en tant que personne.

Depuis qu'elle avait eu connaissance de sa grossesse, elle s'était attachée à considérer le bébé comme un être à part entière. Puis, lorsqu'elle avait appris que c'était un garçon, elle avait décidé de lui donner le prénom de son père car cela lui semblait la façon évidente de boucler la boucle.

— Un garçon, c'est bien, du moins on le dit… Moi, j'ai trois filles, et je me demande si je saurais élever un fils, maintenant.

— Pour être sincère, j'ignore si je pourrai me débrouiller avec un bébé, garçon ou fille…

— Vous êtes seule ?

— Euh… Je l'étais jusqu'à il y a sept mois…

Une réponse qui ne l'engageait pas beaucoup.

— … et maintenant nous sommes deux.

— Moi aussi, je parlais à mes filles avant leur naissance. Je leur lisais des livres, je leur chantais des chansons, je leur faisais écouter de la musique… Mon mari croyait que j'étais devenue folle, mais je voulais à tout prix établir le contact. Bien, ajouta Laura avec un sourire. Je ferais mieux de vous laisser car j'ai du travail en cuisine.

Une fois seule, Gabby tourna la tête vers la fenêtre, tentant d'apercevoir l'homme au regard mystérieux, mais il avait disparu. Tant pis…

— Je prends les deux.

On avait toujours besoin de deux couvre-lits pour berceau, et les deux étaient si adorables, tout comme les quinze ensembles qu'elle avait achetés, en même temps que du linge pour le lit, des chaussons, des bonnets…

Jamais elle n'aurait imaginé qu'il existe tant d'articles pour bébés. Ce matin, ses chevilles avaient dégonflé, son dos ne la faisait plus souffrir, Bryce donnait d'énergiques coups de pied, et elle était tombée amoureuse de la boutique pour bébés qui jouxtait la chocolaterie, où elle s'était promis de se rendre aussi.

Ensuite, elle irait faire un tour au magasin prénatal que Debbie Laughlin, la jeune vendeuse, lui avait indiqué.

— Vous restez longtemps ici ?

Debbie, une adolescente de dix-sept ans environ, qui avait

ôté ses écouteurs de ses oreilles pour la servir, arborait un piercing sur l'un de ses sourcils, des cheveux jaunes coupés en brosse et un sourire très chaleureux.

— Juste une journée, avant de rentrer à Chicago.

Alors que Debbie ouvrait de grands yeux à cette évocation, Gabby examina la petite ancre qui se balançait, accrochée à l'arcade sourcilière de la jeune fille.

— Chicago ! Mon rêve ! Du moins si j'arrive à économiser pour aller à l'université… N'importe où sauf ici !

— Vous n'aimez pas White Elk ?

Pour l'instant, elle-même n'y avait encore rien trouvé qu'elle n'aimât pas.

— Ce n'est pas mal, pour les vieux, je suppose.

Les vieux comme elle ? songea-t-elle, amusée. Trente-trois ans étaient loin d'être un âge canonique, mais pour une fille de dix-sept ans, ce devait être antédiluvien.

— Eh bien, j'estime que c'est une jolie petite ville.

— Petite, voilà le problème. On s'y ennuie à mourir.

Certes… Bien que n'appréciant plus les grandes agglomérations, elle eût sans doute, à l'âge de Debbie, jugé que White Elk était un petit trou perdu. Elle et son père avaient toujours vécu à Chicago, New York et San Francisco. Curieux comme on pouvait changer avec l'âge…

— Alors, Chicago vous plairait parce qu'on ne trouve rien de petit là-bas.

— Qu'y faites-vous ?

— Je suis obstétricienne, c'est-à-dire…

— Je sais ce que ça signifie, mon oncle est médecin.

— Le Dr Ranard ?

— Non, le Dr Ramsey, l'un de ses collègues. En ce moment, il ne travaille pas parce que ses jumelles sont malades, et je garde la boutique pendant que ma mère l'aide à les soigner.

— Des jumelles ?

— Mes cousines germaines… Comme elles ont une angine,

j'ai dit que je ne tenais pas à être contaminée. Je préfère encore vendre de la layette.

Que d'amertume dans cette dernière phrase… Visiblement, le commerce des vêtements pour bébés n'était pas compris dans ses projets d'avenir.

Debbie plia le second couvre-lit et le plaça dans une boîte.

— J'aurais cru que vous veniez remplacer le Dr Graham, qui a pris sa retraite récemment.

— Non, pas du tout. Je ne suis que de passage. J'ai juste décidé de m'arrêter pour faire des emplettes.

— Dans ce cas, où voulez-vous que j'expédie tous vos paquets ?

Elle n'avait pas pensé à ce détail. Elle faillit lui donner son adresse officielle, mais finalement, elle lui indiqua celle du chalet où elle logeait. Elle aviserait plus tard.

Les adieux furent brefs ; cependant, vu l'enthousiasme de la jeune fille, elle se sentit obligée de l'inviter à lui rendre visite si jamais elle passait par Chicago.

Debbie leva les yeux au ciel avec un soupir puis remit les écouteurs dans ses oreilles pendant que Gabby passait la porte.

Après un passage à la chocolaterie puis au magasin prénatal, elle visita le magasin de jouets où elle fit l'acquisition d'un ours en peluche et d'un petit train de bois. Partout, elle donna l'adresse du chalet pour se faire expédier ses achats. Enfin, se sentant ragaillardie et pleine d'énergie, elle prit d'un pas faussement nonchalant le chemin de l'hôpital.

Adorable ! Rien à voir avec celui de Chicago où elle avait travaillé, un énorme complexe de brique haut de neuf étages. On eût dit un chalet pittoresque, tout de bois, qui ressemblait si peu à un établissement hospitalier que sans le panneau « White Elk Hospital » accroché au-dessus de la porte, elle serait passée devant sans le trouver.

— C'est de la folie, mais s'ils cherchent un obstétricien…, murmura-t-elle.

Pourquoi était-elle venue ? Pour postuler ? L'idée était

ridicule. Debbie avait raison. Dans une aussi petite ville, ses chances d'avancer dans sa carrière seraient extrêmement réduites. En outre, enceinte de sept mois, elle était inapte à un travail à plein temps. Pourtant, elle aimait son métier, qui lui manquait déjà.

— Je n'ai jamais habité d'endroit plus modeste que Chicago, Bryce, je ne suis pas sûre d'être faite pour vivre ici. Et ne me dis pas d'essayer si j'en ai envie, car il y a d'autres facteurs à considérer. Ma carrière, par exemple, ou ton éducation…

— Excusez-moi, puis-je vous être utile ?

La voix douce et sensuelle la fit sursauter et, d'instinct, elle posa une main sur son ventre. En se retournant, elle se trouva face aux plus beaux yeux brun foncé qu'elle ait jamais vus. Tels qu'elle les avait imaginés… ou tels qu'elle s'en souvenait ? Quoi qu'il en soit, elle était heureuse d'avoir deviné juste quant à leur couleur.

— Vous avez dit quelque chose…

— Pas du tout, je me promenais pour faire un peu d'exercice, et je crois que je me suis perdue.

Un léger mensonge… Elle savait pertinemment où elle était.

— En fait, il m'arrive de parler toute seule. Une mauvaise habitude due à la nervosité, je pense, ajouta-t-elle.

Mieux valait passer pour une excentrique qu'avouer s'être engagée dans un débat avec son futur bébé et que celui-ci était sur le point de le gagner par-dessus le marché. Elle aurait paru folle à lier.

— Vous êtes descendue chez Laura, n'est-ce pas ? Je vous ai vue hier soir.

— C'est par là, il me semble ?

Elle désigna d'un geste vague une direction qu'elle connaissait parfaitement.

Etait-elle vraiment en train de jouer les femmes en détresse ? Cela correspondait si peu à la réalité… Elle qui était si fière de l'esprit d'indépendance que son père lui avait inculqué !

— Vous n'êtes pas près d'y arriver, si vous êtes sans voiture.

Voulez-vous que j'appelle quelqu'un pour qu'il vienne vous chercher ? Un ami, votre mari ?

— Merci, je vais me débrouiller. D'ailleurs, personne ne m'accompagne.

Il regarda sa montre puis la façade de l'hôpital.

— Et si je vous ramenais ? Nous en avons pour cinq minutes.

Si elle n'avait pas été enceinte, elle aurait jugé cette marque d'attention fort agréable, mais dans les conditions actuelles, l'attitude chevaleresque du Dr Ranard s'apparentait plutôt à de la pure galanterie. Un chevalier volant au secours d'une demoiselle qui, en réalité, n'était en rien affligée.

— Merci, je me sens tout à fait capable d'aller à pied.

— Peut-être vaudrait-il mieux entrer vous asseoir un moment dans un bon fauteuil et surélever vos jambes…

— Voyez-vous, mon obstétricienne me conseille d'être le plus active possible. De son point de vue, les femmes enceintes doivent faire beaucoup d'exercice.

— Dans ce cas, je vous accompagne. Un peu de marche ne me fera pas de mal.

— Parce que je suis enceinte ? Vous pensez que je ne peux rien faire toute seule ?

Il leva une main pour l'interrompre.

— Attendez, j'essayais seulement de faire preuve de courtoisie. Une qualité que ma mère m'a enseignée.

— Elle aurait dû vous apprendre aussi que les femmes enceintes se débrouillent très bien sans aide.

Il éclata d'un rire grave et sensuel.

— Elle n'a pas manqué de le faire, rassurez-vous. Je suis sûr qu'elle m'enverrait au lit sans souper si elle me voyait agir en ce moment.

Il lui tendit une main.

— Neil Ranard. Enchanté… On recommence tout depuis le début ?

— Gabrielle Evans. Tout le monde m'appelle Gabby… Y

compris les gens qui m'accostent dans la rue pour me donner des leçons.

— Par conséquent, si je veux que vous effaciez de votre mémoire cette première rencontre malheureuse, je vais devoir vous appeler Gabrielle. Ravi de vous rencontrer, Gabrielle.

Sa façon de prononcer son nom était si agréable… A sa grande surprise, cela ne la contraria pas, pas plus que la lueur qui brillait dans ses yeux, sexy et malicieuse. Curieusement, malgré sa grossesse avancée, elle n'était pas insensible. Un bel homme restait un bel homme, et Neil Ranard était beau ; en outre, comme elle l'avait constaté la veille à l'auberge, quelque chose dans sa physionomie lui paraissait vaguement familier.

— Votre visage ne me semble pas inconnu. Avez-vous séjourné à Chicago récemment ?

Elle ne pouvait l'avoir vu qu'à Chicago, d'où elle n'avait pas bougé ces deux dernières années.

— Euh… Je n'y ai jamais mis les pieds, sauf lors d'une escale à l'aéroport, il doit y avoir cinq ou six ans.

— Etes-vous célèbre ? Serait-ce possible que je vous aie vu à la télévision ou dans un magazine ? Ou sur une couverture de livre ?

— Navré, je ne suis célèbre que pour moi-même, ce qui passe totalement inaperçu, à part peut-être aux yeux de ma mère et à ceux de ma tante…

— Vous devez ressembler à quelqu'un d'autre, alors. Bon, j'apprécie votre sollicitude, Neil, mais inutile de vous donner la peine de me raccompagner.

— Et si je vous dis que Laura fait le meilleur gâteau au fromage blanc de toute la vallée, et que vous êtes un excellent prétexte pour que j'aille en déguster une part ?

— Je penserais que vous êtes un affreux menteur. Merci quand même de l'intention.

Résolue, elle attaqua la montée de la rue. Cependant, au bout de dix pas, elle tourna la tête malgré elle : le Dr Ranard était sur ses talons.

— Vous me suivez ?

— Pas du tout. Je n'aurais pas dû évoquer ce gâteau car l'eau m'est venue à la bouche et j'ai décidé de me passer cette envie sur-le-champ.

— Menteur ! répéta-t-elle, luttant pour réprimer le rire qui la gagnait.

— Je ne me permettrais pas de mentir à propos du fameux gâteau de Laura.

— Il y a cinq minutes, vous regardiez votre montre et vous aviez l'air pressé de reprendre le travail. Ce n'est qu'un mauvais prétexte pour vous assurer que je peux atteindre le haut de la colline, alors que je suis sûre d'y arriver sans votre aide.

Le visage du Dr Ranard redevint sérieux.

— Vous allez sans doute prétendre que ça ne me concerne pas, mais depuis combien de temps n'avez-vous pas consulté un médecin, Gabrielle ?

— Si je ne m'abuse, j'en ai un en face de moi en ce moment.

— Je veux dire un obstétricien.

— Eh bien, je peux dire que c'est vous qui en avez un en face de vous.

— Sans plaisanter ? Vous êtes obstétricienne ?

— Sans plaisanter. Et si Debbie, de la boutique pour bébés, ne m'a pas induite en erreur, le poste dans votre hôpital est vacant temporairement puisque votre obstétricien vient de prendre sa retraite.

La surprise se peignit sur son visage.

— Vous comptez nous proposer vos services ?

— Pas à temps plein, bien entendu, mais je pourrais vous être utile avant l'arrivée de votre nouveau spécialiste. Il se trouve que, ayant quitté mon cabinet médical depuis peu, je suis disponible.

— Je dois admettre que vous tomberiez à pic… Nous sortons d'une réunion où nous nous sommes creusé la cervelle pour trouver une solution, et vous voilà, sur notre seuil !

C'était vraiment une question de timing… Même si cela

lui avait effleuré l'esprit, elle n'avait eu aucune réelle intention de s'attarder à White Elk. Certes, quand Debbie lui avait appris que le poste était libre, elle avait vaguement pensé à le solliciter. A présent, voilà qu'elle l'avait fait !

— Eh bien, je pourrais assurer l'intérim pendant deux mois, environ, jusqu'à mon accouchement. Je me sens en bonne forme, et si vous avez besoin de moi quelques semaines…

— Si nous avons besoin de vous ? Notre obstétricien, Walt Graham, a pris sa retraite sans crier gare ; en principe, nous aurions dû pouvoir nous retourner et en trouver un avant la date de son départ. Sauf qu'un beau matin, il a décidé qu'il ne se sentait plus capable d'assumer son poste, qu'il se consacrerait désormais au ski et à la randonnée, et il ne s'est tout simplement plus présenté à l'hôpital.

Comme elle comprenait ce Dr Graham ! Exactement ce qui lui était arrivé à Chicago. Sans avoir prévu de date précise, elle avait eu la certitude qu'elle allait quitter le cabinet, et un beau jour, elle avait su que l'heure était venue.

— Je peux vous montrer mes diplômes et vous donner quelques références personnelles.

— Inutile, je vous fais confiance, nous verrons ça plus tard. Nous attendons bien un suppléant, mais il n'arrivera que dans six semaines, et à titre temporaire ; d'ici à la fin de son remplacement, nous espérons avoir le temps de dénicher un titulaire.

— Six semaines, c'est tout à fait ce qu'il me faut !

Vraiment idéal ! Un travail à temps partiel en attendant la naissance de Bryce, et ensuite, elle pourrait songer à ce qu'elle voulait faire de sa vie.

— A moins qu'un imprévu ne m'oblige à changer mes plans… Qui sait, dans mon état…

— Dans ce cas, je serai heureux d'être votre accoucheur.

Une offre difficile à refuser.

— D'accord, docteur Ranard, marché conclu.

Ravie de cette solution miraculeuse, aux anges à l'idée de se remettre au travail et ne doutant pas de s'en tirer à merveille, elle tendit la main au beau médecin ; aussitôt, un frisson la parcourut, et elle laissa sa main dans la sienne un peu plus longtemps que nécessaire.

— Quand puis-je commencer ?

— Tout de suite, ça vous va ?

Elle retira sa main à contrecœur et l'enfonça dans sa poche.

— Parfait.

Elle fut saisie d'un nouveau frisson. Le printemps se faisait attendre, et l'air était encore frais…

2

— C'est tout ?

Son planning semblait réellement peu chargé. Fallon O'Gara, la surveillante, une femme de son âge aux cheveux roux flamboyants, au sourire chaleureux et au rire facile, venait de lui remettre la liste de ses patientes de l'après-midi. Une liste composée de deux noms !

— Oui. Walt Graham prêtait main-forte aux urgences quand il avait peu de consultations, mais je ne vous y enverrai pas. Neil… le Dr Ranard dit qu'il ne veut vous voir qu'en obstétrique. A moins qu'une autre patiente ne veuille un rendez-vous avec vous, il n'y aura pas de changement.

— Même si je le souhaite ? Et si je descendais quand même donner un coup de main aux urgences ?

Rester assise tout l'après-midi à se tourner les pouces, rien de mieux pour se sentir inutile. Puisqu'elle avait toujours milité pour que les femmes enceintes aient leur place au travail, il était temps qu'elle s'efforce de changer les esprits ici. Au moins un en particulier.

Fallon se mit à rire.

— Neil m'a prévenue que vous étiez un peu têtue.

— Faux, j'ai envie de travailler, c'est tout.

— Il m'a demandé de vous faire un examen complet avant que vous ne commenciez. Même si vous n'êtes là que pour peu de temps, il est très rigoureux en ce qui concerne la santé du personnel. Je me doute qu'en tant qu'obstétricienne, vous savez mieux que personne comment vous vous sentez et ce dont vous êtes capable, mais le règlement, c'est le règlement.

« Très rigoureux »… A traduire par « tatillon », bien entendu. Somme toute, un bon médecin.

— Ce que je peux faire, si je ne trouve rien d'inquiétant, c'est lui conseiller de vous laisser prendre votre tour au service d'urgence.

— D'accord, je m'incline.

Pourtant, c'était inutile, car elle venait de subir un check-up et un second était prévu pour bientôt.

— Fallon, pouvons-nous attendre que j'aie vu ma première patiente ? Elle avait rendez-vous il y a une demi-heure, et si personne ne s'est occupé d'elle, je ne tiens pas à la mettre davantage en retard.

— Pas de problème.

En chemin, elle croisa une mère flanquée de quatre enfants les bras chargés de ballons, de dessins et de fleurs, qui allaient rendre visite à leur papa, paisiblement allongé dans la salle d'orthopédie. Des visages souriants, heureux, impatients… Quand elle était jeune, elle souhaitait avoir plus tard une grande famille. Enfant unique d'un homme seul, elle en avait rêvé, et en rêvait toujours…

Elle cessa de rêver pour s'occuper de sa patiente qui l'attendait dans un box.

— Pardonnez mon retard… Comment vous sentez-vous, madame Blanchard ?

Angela Blanchard était de petite taille, avec des cheveux bruns coupés court, et des yeux bruns également. Presque un lutin, si l'on exceptait son gros ventre.

Assise au bord de la table d'examen, elle avait l'air… très en colère. Ni heureuse ni malheureuse, en colère.

— Pas aussi bien que vous, puisque vous travaillez et pas moi, marmonna-t-elle. Pardon, docteur. Je suis d'une d'humeur massacrante, aujourd'hui.

— Je vous comprends.

— Je n'en peux plus… Je suppose qu'il n'existe aucune façon d'accélérer les choses ?

En regardant sa fiche, Gabby constata qu'elle devait accoucher deux semaines après elle. Hormis sa mauvaise humeur, tout semblait normal.

— Et si je vous disais que vous avez déjà gravi les deux tiers de la pente et qu'il n'en reste plus qu'un ?

Angela éclata de rire.

— Lors de mes visites avec le Dr Graham, je savais qu'il serait aussi ronchon que moi. Et maintenant, me voilà face à un médecin souriant… Je suppose qu'il faut que je sourie aussi, n'est-ce pas ?

— Ça aide, vous devriez essayer.

Elle lui tendit la main.

— Je me présente : Gabby Evans, qui vous sourira pendant les prochaines semaines. Cinq, ou six, si j'ai de la chance.

Angela saisit la main tendue.

— Alors, nous allons accoucher à peu près en même temps.

— Je sais de quoi vous parlez. Quand on n'est plus très loin du but, on a envie d'en finir tout de suite. A certains moments, j'apprécierais de revoir le sol sous mes pieds…

Elle fixa le bracelet du tensiomètre autour du bras de la jeune femme.

— Mais tout ça viendra en son temps, n'est-ce pas ?

En écoutant le bruit du sang qui circulait, elle jugea la tension élevée. Rien de grave, mais assez pour recommencer l'examen. De nouveau, elle constata une légère élévation par rapport à la normale.

— Le Dr Graham n'a jamais évoqué l'hypertension ?

— Non, pourquoi ?

— Vous êtes à la limite. Rien d'alarmant, toutefois c'est à surveiller. Vous habitez loin d'ici ?

— A une vingtaine de minutes.

— Bien. Dans ce cas, j'aimerais que vous passiez demain pour un nouveau contrôle.

— Ai-je du souci à me faire ?

— Je ne crois pas. Ce n'est peut-être que du stress, que le fait de porter un enfant peut accentuer. Mais je veux vérifier qu'il ne s'agit pas du début d'un problème.

D'après les annotations dans son dossier, Angela avait toujours eu une tension normale.

— En attendant, mangez moins de sel, évitez la nourriture trop riche et faites de l'exercice, de la marche surtout.

— Marcher ? Je n'ai fait que ça jusqu'à ce que le Dr Graham me conseille de m'arrêter. Je dirige la cuisine sur la Sœur aînée…

— Pardon ?

— La montagne la plus au sud. A l'ouest, la Sœur cadette, et la troisième, la Jeune Sœur. Bref, je travaille au Pine Ridge Lodge, le restaurant de la station de ski. Pour l'instant, je suis cantonnée à la paperasse, ce qui me rend folle et me met de si mauvaise humeur. Qui sait si ce n'est pas la raison de mon hypertension…

— Hmm… Si vous êtes assise à un bureau, vous manquez d'exercice, et peut-être avez-vous tendance à grignoter pour passer vos nerfs ?

— Sans doute, répliqua Angela en riant. Pourtant, en tant que cuisinière et diététicienne, j'aurais pu m'en douter… J'ai eu des envies de salé, ces derniers temps.

— Ne vous affolez pas, ça reste dans les limites du normal. Je veux vérifier que ce n'est pas dû à un changement de vie, ni… A de mauvaises habitudes, ajouta-t-elle, amusée en songeant à ses propres envies de chocolat. Donc, j'aimerais vous voir chaque jour pendant quelque temps.

Après avoir sorti une feuille, elle griffonna une prescription.

— Et retournez en cuisine, au moins à mi-temps. Sans en faire trop, attention, je compte sur votre bon sens.

— Vraiment ? Vous m'autorisez à travailler ?

— J'en fais une affaire personnelle. Je suis convaincue que le fait d'être enceinte n'est ni un handicap ni une maladie.

— Le Dr Graham disait…

— Il y a la vieille école et la nouvelle. Mon père, pourtant un brillant obstétricien, était un peu vieux jeu sur ce sujet. Il estimait qu'une femme enceinte devait se reposer, mettre ses pieds en l'air, être dorlotée. Moi, je pense à tous les bienfaits qu'une vie normale peut apporter, et ceci est confirmé par les études qui ont été faites. C'était notre pomme de discorde.

— Et qui avait le dernier mot ?

— Lui avec ses patientes, et moi avec les miennes. Terminons cet examen, ensuite nous bavarderons de ce qui est intéressant, de la décoration de la nursery, par exemple.

— Parlez-moi de votre hôpital, docteur Ranard.

Gabby, qui avait rattrapé Neil dans le hall, accorda son pas au sien. Mais elle devait faire de grandes enjambées, car il était immense. En principe, étant elle-même d'une taille supérieure à la moyenne, elle n'aurait pas dû remarquer sa stature imposante, mais il la dépassait d'une bonne tête ; ce qu'elle trouvait assez plaisant, étant donné qu'elle intimidait la plupart des hommes.

— Dites-moi quelles sont les cinq choses les plus importantes si je veux m'en sortir, reprit-elle.

— Eh bien, les pauses-café, d'abord. Essentiel. Vous aimez le café noir, sucré, ou avec du lait ?

— Nous allons boire un café ? C'est pour ça que vous êtes si pressé ?

— A la fin de la saison de ski, on cherche n'importe quel prétexte pour prendre un peu de repos. Pendant cinq mois, nous trimons comme des forçats, et quand le printemps arrive, nous pouvons enfin souffler. Voilà les deux phases de notre rythme de travail, une sans pauses-café, une avec. Un cercle vicieux, en quelque sorte.

— Et je vois dans vos yeux que ça vous plaît bien.

Il se mit à rire.

— Ou alors, c'est que j'ai plaisir à me plaindre.

— Ah, cette manie de s'apitoyer sur soi-même ! J'en parlais à l'instant avec une patiente.

— Ma manie à moi, c'est plutôt de vivre ici et d'être si heureux d'y revenir. Je suis parti exercer un moment dans une clinique à Los Angeles, sous prétexte que j'avais besoin d'horaires réguliers, cinq jours par semaine. Un poste que beaucoup m'enviaient, qui me permettait d'avoir une vie « normale » et des week-ends pour jouer au tennis et au golf. Chose que je déteste, mais je le faisais parce que j'en avais le temps. En quatre mois, cette routine m'a rendu fou. Rien à voir avec White Elk, où rien n'est normal.

Poussant la porte, il s'effaça pour la laisser entrer dans la salle du personnel puis se précipita vers la cafetière.

— Je suppose que vous vous autorisez encore un peu de caféine, à ce stade de votre grossesse ?

— Je pourrais, mais j'ai perdu le goût du café. J'ai plutôt des envies de chocolat chaud.

— Vous appréciez tout de même les pauses, à défaut, j'espère.

— S'il est possible de s'asseoir, oui.

Elle joignit le geste à la parole, et il vint prendre place à côté d'elle.

— C'est votre premier enfant ?

— Oui. Et pour tout vous dire, je ne suis pas mariée, je ne projette pas de le faire, je ne suis engagée dans aucune relation, ni avec le père du bébé ni avec personne d'autre. Rien de tout ça n'étant secret, vous pouvez le divulguer. En outre, je suis impatiente d'être mère, même célibataire. Cette grossesse est la meilleure chose qui me soit arrivée dans ma vie, et je suis aux anges.

— J'en suis ravi, Gabrielle. A Los Angeles, j'ai vu trop de femmes enceintes qui étaient loin d'être aux anges, et ça m'attristait, autant pour la mère que pour l'enfant.

Les sourcils froncés, il but une gorgée de café, puis le sourire revint sur son visage.

— Vous vouliez que je vous parle de l'hôpital ? Eh bien, d'abord, il est petit. Nous aimons l'intimité. Quarante lits, le maximum possible étant cinquante. Pas d'interventions majeures, sauf en urgence quand c'est vital, plutôt des procédures légères. Bien que ce ne soit pas un établissement pédiatrique à proprement parler, nous sommes spécialisés en pédiatrie, du fait que nos médecins le sont. Euh… ça fait quatre, ou cinq choses ?

— Quatre. Vous êtes pédiatre ?

— Oui, mais le nombre de mes patients étant un peu limité ici, je fais aussi office de généraliste. Tout comme mon associé, Eric Ramsey. Chirurgien pédiatre, il a dû étendre son champ d'action. Nous avons donc un service de traumatologie dirigé par Eric, un d'obstétrique dirigé par, euh… vous, à présent, un secteur d'orthopédie, et nous coordonnons d'ici les secours en montagne. Bon, voilà que j'ai dépassé cinq, maintenant.

— Et je suis impressionnée. Vous êtes actionnaire de l'hôpital ?

— Oui. Lorsque je suis revenu de Los Angeles, il battait de l'aile. Eric et moi avons décidé de le financer pour le maintenir. Dans une région pareille, avec les stations de ski, impossible de laisser fermer un centre hospitalier, car toute l'économie locale en serait affectée. Nous ne nous en tirons pas trop mal, excepté le fait que tout le monde travaille beaucoup trop et pour un salaire minime. Vous rencontrerez Eric bientôt, quand il sera guéri de l'angine que ses filles lui ont passée. C'est lui le responsable de l'organisation des secours en montagne, au fait.

— Combien d'autres médecins ?

— Deux orthopédistes, Kent Stafford ~~and~~ et Jane McGinnis, un généraliste à temps partiel, John Ellis, et une spécialiste en rééducation, Jackie Pennington, qui vient de Salt Lake City deux fois par semaine. Notre surveillante, Fallon, qui dirige pratiquement l'hôpital, deux thérapeutes respiratoires, trois kinésithérapeutes et une douzaine d'infirmières. Un cardiologue et un rhumatologue donnent des consultations une fois ou deux par mois, et Henry Gunther, l'anesthésiste à la retraite, nous épaule aussi au besoin. Comme il travaille à la station, nous l'avons toujours sous la main. Ajoutez à la liste quelques bénévoles, et c'est tout. Un hôpital qui se bat, mais qui survit.

— Exactement adapté à la région.

Impressionnant, en effet. Et à peu près le genre de lieu de travail qui lui convenait, accueillant, chaleureux, où les gens se souciaient les uns des autres.

— La plupart du temps, oui. Ah, j'ai oublié de mentionner que nous avions chacun un tour de garde aux urgences, même si aucun de nous n'est spécialiste. Puisque pour l'instant nous n'avons pas les moyens de payer une équipe régulière, nous mettons tous la main à la pâte. J'espère que l'année prochaine… Mais en attendant, nous croisons les doigts.

— Cela semble… dense.

Et aussi tellement simple, comparé aux grands centres où chaque médecin refusait de sortir de sa spécialité. Certes, cela offrait des avantages que chacun restât à sa place, mais elle aimait l'idée de diversifier les fonctions, à condition, bien sûr, que l'on en eût les capacités. Son père, obstétricien, avait été chirurgien de campagne à l'armée, et à sa demande, elle s'était elle aussi formée à la chirurgie.

— Cela vous change certainement de Chicago.

— Eh bien, je n'apprécie plus tellement la façon dont fonctionnent les grands hôpitaux. J'ai mon opinion à ce propos.

— C'est-à-dire ?

— La médecine doit rester simple.

— Dans un monde idéal.

— Dans un monde réel, si on le souhaite vraiment. Au cabinet où je travaillais, tout était compliqué. Et plus c'était compliqué, plus le rapport avec les patients devenait lointain.

J'avais beau m'y être habituée, un jour, j'ai décidé que je ne supportais plus cette situation.

— Pourquoi à ce moment-là ?

— Peut-être à cause de ma grossesse… En réalité, je crois que je m'ennuyais. Rien de grave, rien d'extraordinaire, mais je n'étais pas emballée par mon travail. Je pense être compétente, mais pour être un bon médecin, il faut avoir de l'enthousiasme. Comme mon père, qui se précipitait au saut du lit dans ce système complexe, persuadé qu'il pouvait garder un contact privilégié avec les malades. C'est pourquoi j'ai commencé avec lui, mais… Disons que je n'avais aucun don pour la manipulation. Ma grossesse a été le déclencheur ; j'ai su pour de bon que j'avais envie d'autre chose. Tout ça reste encore très flou dans ma tête, mais je suis certaine qu'une situation meilleure m'attend quelque part, et que je trouverai où.

— Vous êtes donc venue chercher le bonheur ?

Pas exactement… Quoi qu'il en soit, elle ne tenait pas à en discuter.

— Plutôt des vêtements de bébé faits main, et la paix de l'esprit. J'ai déjà trouvé la layette.

— Voilà, terminé pour aujourd'hui !

Gabby se laissa tomber sur le lit du box numéro 1. Lors des deux dernières heures, elle avait reçu une patiente en rendez-vous, s'était occupée d'une urgence et avait fait un examen pelvien à une infirmière. Rien d'épuisant, et elle était si heureuse de retravailler !

Assis sur un tabouret chromé en face d'elle, Neil était en train de mettre des dossiers à jour. Visiblement mal à l'aise, il redressa la tête et ôta ses lunettes pour les ranger dans sa poche.

— Cette première journée s'est bien passée, Gabrielle ? Vous n'estimez pas trop en faire, n'est-ce pas ?

— Elle s'est très bien passée, sans trop de travail. Je trouve même que c'était un peu lent.

— Je vous ai pourtant prévenue que vous finiriez par apprécier les pauses.

Après avoir refermé ses notes, il se leva.

— Que diriez-vous d'un dîner rapide au café d'en face ? Nous n'avons pas grand-chose à faire en ce moment, Fallon se charge de recoudre la plaie au genou d'un gamin, et je dois revenir ensuite pour ma garde de nuit. A moins que vous n'ayez d'autres projets…

— Des projets ? J'en avais, effectivement… Je devais rentrer à Chicago aujourd'hui pour débarrasser mon appartement avant la vente, et me voilà ici en train de travailler dans une ville dont je n'avais jamais entendu parler… Je serai ravie de vous accompagner.

— Vous suivez un régime particulier ?

— Je mange ce qu'on me propose, en principe. Peu de viande, mais à part ça pas de restrictions. Et j'ai un appétit d'ogre !

— Alors, le Panorama, le restaurant de Catie, vous plaira. C'est très varié.

Avant de partir, il passa voir comment Fallon se débrouillait. La surveillante en était au stade du choix de la sucette, un moment crucial pour le petit patient : rouge ou verte ? Neil vérifia les sutures, prescrivit des antibiotiques, offrit les deux sucettes au garçonnet et le renvoya chez lui avec sa mère.

Après avoir enfilé son gilet et son blouson de daim, il fit signe à Gabby et ils se mirent en route.

— Quelle est la spécialité de la maison ?

Elle trouvait agréable de marcher à côté de sa grande silhouette protectrice. Cependant, à l'arrivée, elle apprécia qu'il se contente de lui ouvrir la porte alors qu'elle craignait qu'il ne la prenne par le bras.

— J'ai une faim de loup, en ce moment. Je suppose que Bryce veut devenir athlète et qu'il stocke les calories.

— Bryce ?

— Mon fils. Il s'appelle Bryce Evans, comme mon père.

Elle poussa un soupir nostalgique.

— Ma première décision quand j'ai appris que c'était un garçon…

— Si je comprends bien, votre père vous a quittée ?

Son propre père, oui, et aussi celui de Bryce. Ce n'était pas juste.

— En effet. Au moment où j'ai décidé de faire le grand saut, il en a fait un plus définitif. Il est parti trop tôt, trop jeune.

— Je suis navré, Gabrielle. J'ai le sentiment que vous étiez très proches.

— C'est vrai.

Elle s'arrêta un instant et, une main sur son ventre, sourit : Bryce lui donnait un coup de pied.

— Mais la vie est fantastique, n'est-ce pas ? Je perds un Bryce qui était tout pour moi, et un autre, qui signifie plus encore, s'apprête à entrer dans mon existence.

Quelle femme incroyable ! Il n'avait jamais rencontré personne comme Gabrielle Evans, si pleine d'assurance et de confiance en soi. Revendiquant un peu trop son indépendance, peut-être, mais c'était sans doute dû au fait qu'elle élèverait un enfant toute seule. Cela ne la rendait que plus intéressante.

— Une table pour deux, s'il te plaît, Helen. Je te présente le Dr Evans, qui va être notre obstétricienne pendant quelque temps.

La serveuse la salua d'un signe de tête non sans jeter un coup d'œil à la dérobée à son ventre proéminent.

— Enchantée. Laquelle des Trois Sœurs préférez-vous admirer ? Nous avons vue sur les trois ici, vous avez le choix.

Sachant Gabrielle novice, Neil répondit pour elle.

— La Sœur aînée. C'est la plus lumineuse.

— Angela Blanchard travaille là-haut, remarqua Gabby pendant qu'il l'aidait à prendre place avant de s'asseoir lui-même en face d'elle.

Cette salle agréable, au décor un peu vieillot, avait toujours plu à Neil. A l'autre bout de la pièce, se trouvaient des box confortables et douillets, où des couples se blottissaient à l'abri des regards indiscrets. Il y avait invité Karen, autrefois, au temps où, plein d'illusions, il n'avait pas conscience qu'elle était loin de n'avoir d'yeux que pour lui. Eh bien, plus jamais on ne le reprendrait à vouloir être romantique. Plus question de repas aux chandelles. S'il devait abandonner son célibat, ce serait pour une relation pratique, fondée sur le bon sens.

— Angela a été ma première patiente à la consultation, aujourd'hui, ajouta Gabrielle.

— Toujours aussi grognon ?

— Non, pas vraiment, surtout frustrée de son inactivité forcée. Dès que je l'ai autorisée à retourner travailler, dans les limites du raisonnable, son moral est remonté.

— Ah, je vois que vous allez à l'encontre de l'avis du sage Dr Graham, pour qui une femme enceinte ne doit pas bouger le petit doigt. Son épouse a eu sept enfants, et nous plaisantions en disant qu'elle le faisait exprès pour prendre neuf mois de vacances. Il se chargeait de toutes les tâches ménagères, et embauchait quelqu'un quand il était absent.

— Et à présent ?

— Pauvre Walt ! Il n'a pas supporté sa disparition, je pense, et a perdu toute joie de vivre. Il y a quelque temps, il s'est réveillé un matin conscient qu'il devait s'arrêter, comme je vous l'ai expliqué, et l'a fait aussitôt. Maintenant, il passe son temps à faire du ski et de la randonnée. Dommage… Un bon médecin, même s'il était de la vieille école.

— Il me rappelle mon père, qui avait mis ma mère sur un piédestal. Il n'a jamais surmonté sa mort, n'a jamais ôté son alliance et n'est jamais sorti avec une autre femme.

— Quel âge aviez-vous quand elle est morte ?

— Six ans. C'était d'autant plus dur pour lui que j'étais très turbulente. J'ai exigé beaucoup d'attention de sa part les premières années, et il était très occupé. Ensuite, ça s'est arrangé, heureusement. Je me dis parfois qu'il doit être vraiment difficile d'élever un enfant seule, car je me souviens des nuits où il s'enfermait dans sa chambre pour pleurer, et où je croyais qu'il était triste à cause de moi. Je suis sûre maintenant qu'en réalité, il était épuisé. Il ne cessait de répéter qu'un enfant avait besoin de ses deux parents pour grandir.

— Un homme étonnant…

— En effet. Je passais beaucoup de temps avec lui, j'étais sa petite assistante. Il me laissait porter sa sacoche et jouer au médecin. J'ai adoré qu'il me fasse participer à sa vie professionnelle, ça me donnait le sentiment d'être… importante.

Elle cligna des yeux pour refouler ses larmes.

— Bien, assez parlé de moi, reprit-elle. Je sais que Walt Graham avait ses idées, et j'ai les miennes. Je ne crois pas qu'une femme enceinte doive cesser son travail si elle ne le souhaite pas et qu'elle est en bonne santé.

— Vous parlez pour Angela Blanchard, ou pour vous ?

— Les deux. Elle doit travailler parce que cela correspond à son souhait, et moi, je veux prendre mon tour pour les gardes d'urgence comme les autres, même si vous êtes réticent. Si c'est par manque de confiance en mes capacités, je comprends, mais si c'est à cause de ma grossesse…

— Gabrielle, vos références sont brillantes et j'ai toute confiance en vous. La raison pour laquelle je ne vous ai pas envoyée aux urgences, c'est que le planning était déjà établi pour quinze jours et qu'il est impossible de le modifier, voilà tout. Sinon, je suis un fervent défenseur des droits des femmes, enceintes ou non. Si j'ai pu vous paraître rétrograde au début, je le regrette. Je souhaitais simplement être galant avec une dame égarée dans une ville inconnue.

— Je n'étais pas perdue puisque j'allais entrer dans l'hôpital quand vous êtes sorti, mais je vous trouve assez doué pour la galanterie. Peut-être un peu vieux jeu, ce qui n'a rien de déplaisant.

Pourtant, Karen lui avait reproché de nombreux défauts au moment de leur rupture, et il lui semblait se rappeler que son aptitude à être un gentleman, entre autres, avait été remise en question.

— Disons que je manque de pratique, et que je n'ai pas l'intention de me moderniser.

— Des paroles sibyllines… Cependant, rassurez-vous, je ne poserai pas de questions indiscrètes.

— Oh, je n'ai pas grand-chose à expliquer. Une union ratée, pleine de coups bas du début à la fin, rien de plus.

— Même sans avoir l'expérience du mariage, je suis sûre que c'est plus complexe que ça, Neil, mais je ne vous demanderai pas de détails.

Elle le fascinait vraiment. Tel un diamant, dont il faudrait sans doute la vie entière pour découvrir les différentes facettes. Heureux homme, celui qui parviendrait à pénétrer le mystère Gabrielle Evans.

— Vous êtes toujours aussi directe ?

— Hmm, grâce aux conseils de mon père. Lui si occupé, dont le temps était si précieux, me recommandait sans cesse de ne pas tourner autour du pot. « Si l'on a quelque chose à dire, on doit parler, et si l'on veut se faire entendre, il faut hausser le ton. » Ce qui a marché pour lui, et pour moi aussi.

— Il avait raison, ça vous réussit.

Elle fronça le nez et fit un sourire timide.

— Vous n'aimez pas les compliments, n'est-ce pas ? reprit-il.

— Le problème, c'est qu'ils s'accompagnent souvent de conditions. Tant que je ne suis pas en totale confiance avec les gens, leurs compliments me mettent mal à l'aise.

— Mais vous y parvenez un peu avec moi ?

— C'est en ébauche, oui.

En effet, elle ne mâchait pas ses mots, et cela lui plaisait de plus en plus. Il doutait qu'elle soit capable de mentir, ou simplement de feindre. Où était-elle à l'époque où il se croyait amoureux de Karen ? Gabrielle Evans, rencontrée au bon endroit et au bon moment, aurait pu changer sa vie.

3

— Gabrielle ? Je pensais que vous étiez rentrée au chalet aussitôt après le dîner.

Après avoir ramassé les morceaux de gaze pour les jeter à la poubelle, Neil ôta ses gants.

— C'est ce que j'ai fait. Je me suis mise au lit, mais impossible de dormir. Alors j'ai décidé de marcher un peu, et me voilà.

— Laissez-moi deviner. Vous deviez être la première de votre promotion.

— Pourquoi ?

— Perfectionniste comme vous êtes, vous n'auriez pas supporté de n'être que seconde.

— Vous estimez que le perfectionnisme est un gros défaut ?

— Chez la plupart des gens, sans doute, dit-il, l'air amusé. Chez vous, c'est plutôt attendrissant. Avez-vous essayé de compter les moutons ?

— Oui. Je me suis arrêtée à un million, puis j'ai tenté de lire une revue médicale, sans plus de résultat.

— Qu'attendez-vous de moi ? Que je vous assomme avec mes discours jusqu'à ce que vos yeux se ferment ?

— Certes non ! Quand je m'ennuie, mon esprit est vide, j'ai donc plus de loisir pour penser et encore moins de chances de m'endormir.

— Si je comprends bien, vous êtes venue travailler.

— La salle d'attente est pleine. Je pourrais vous aider, puisque vous êtes seul…

— Vous avez toujours le dernier mot, n'est-ce pas, Gabrielle ?

— J'essaie de me modérer.

— Vous n'avez pas l'intention de changer d'avis, je vois ?

— Hmm…

— D'accord. Box 3, Mme Blondell. Embarras gastrique.

— C'est tout ce que vous avez à m'offrir ? Une indigestion ?

— A prendre ou à laisser, docteur. Il m'arrive de gagner, quelquefois.

Elle se dirigea vers le box d'examen. En fait, tout était facile avec Neil. Parler, être en sa compagnie… Elle commençait à l'apprécier beaucoup.

— Que puis-je pour vous, madame Blondell ?

La vieille dame eut un haut-le-cœur.

— Ce sont les huîtres qui ne me réussissent pas.

— Et si vous cessiez d'en manger ?

— Je m'en tiens à une fois par mois. Les conséquences sont désagréables, mais ça en vaut la peine.

— Dans ce cas, avez-vous essayé un médicament, en prévention, pour éviter ces ennuis ?

— Un mois de cachets pour un soir de faiblesse ? C'est bien cher payé !

Mme Blondell retint son souffle pendant que Gabby auscultait son cœur et lui palpait l'estomac.

— A mon avis, vous aurez des problèmes un jour ou l'autre, si vous ne suivez pas un traitement léger qui vous permettra de satisfaire votre gourmandise de temps en temps.

— Alors, Mme Blondell… Votre diagnostic ? demanda Neil quand elle revint.

— Je lui ai prescrit un antiacide.

— Elle ne le prendra pas, et n'ira même pas se le procurer à la pharmacie. En fait, vous trouverez votre ordonnance déchirée dans la corbeille.

— Alors, pourquoi vient-elle ?

— Elle s'ennuie. Elle a soixante-douze ans, elle est veuve, et les soirées doivent être longues. C'est en souvenir de son mari qu'elle mange des huîtres : pendant cinquante ans, tous les 28 du mois, ils ont célébré leur union par un dîner romantique.

— Et nous sommes le 28. Comme c'est émouvant !

Comme une larme perlait à sa paupière, il lui tendit un mouchoir.

— Ce qui est émouvant, c'est un mariage qui dure cinquante ans. Un miracle…

— Vous parlez comme un homme échaudé.

— Par un mariage, en particulier… Prête pour la suite ? Box 5, rougeur inexpliquée, rien de sentimental à première vue.

— A mon sens, une expérience malheureuse ne suffit pas à faire du mariage une mauvaise institution.

— Vous êtes optimiste, docteur Evans.

— Normal, pour un médecin, surtout une obstétricienne. Ou alors, c'est que je suis en train de tomber amoureuse.

Sans attendre la réplique, elle repartit s'occuper pendant une heure de petits bobos, car Neil, attentionné, lui avait réservé les cas les plus faciles. En fait, il l'avait autorisée à travailler tout en s'arrangeant pour ne pas lui faire prendre de risques.

S'ils n'étaient pas de simples collègues, elle aurait pu aller jusqu'à le trouver un brin romantique.

Pourquoi diable était-il libre ? Attirant comme il l'était, il pouvait séduire n'importe quelle femme. Doué d'une forte personnalité, prévenant, bon médecin… Il semblait n'avoir aucune vie en dehors de son travail, et ne pas le souhaiter. Pourquoi ?

Depuis le seuil du service, elle l'observa. Il entrait dans le box 2, où un garçonnet pleurait de douleur depuis un quart d'heure. Soudain, elle entendit le rire de l'enfant fuser à travers ses larmes. Qu'avait fait Neil ? Une grimace de clown ? D'où elle était, il lui était impossible de le savoir. Ses rapports avec les patients étaient étonnants. Les visages, tel celui du petit garçon, s'éclairaient sur son passage. D'ailleurs, n'avait-elle pas ressenti cet effet elle-même ?

Une chose était certaine : il s'imposait volontairement cet isolement, car elle remarqua dans la salle pas mal d'admiratrices qui auraient sûrement adoré partager ses moments de loisir.

La secrétaire de la réception, qui ne le quittait pas des yeux, une bénévole qui avait rougi comme une pivoine lorsqu'il s'était approché d'elle, et même la mère du petit malade… Le Dr Neil Ranard, visiblement, dégageait un charisme exceptionnel.

Elle attendit sa sortie du box.

— Je peux vous aider à quelque chose, Neil ? Sinon, je crois qu'il serait temps que je rentre me reposer, à moins que vous n'ayez encore besoin de moi.

Le regard de Neil se dirigea sur son ventre.

— En ce moment, c'est votre bébé qui a besoin de vous.

Relevant la tête, il plongea les yeux dans les siens, l'air songeur. Puis il se reprit.

— Filez, faites attention à vous, et à Bryce.

Ainsi, il se souvenait du prénom de son fils ? Il était bien le premier. Elle était surprise et ravie de l'entendre prononcer par quelqu'un d'autre qu'elle : elle n'était plus la seule à penser à son enfant comme à une personne…

— Pour une fois, je ne ferai pas d'objection.

Fatiguée, elle se pencha, un bras tendu en arrière, pour tenter de se frotter les reins ; aussitôt, il s'approcha par-derrière pour lui masser doucement les épaules.

— J'espère que vous ne vous sentez pas gênée, dit-il. La galanterie est peut-être vieux jeu, mais parfois ça ne fait pas de mal…

Au lieu de lui répondre, elle émit un bruit qui tenait du soupir et du gémissement de bien-être. Et recommença au moment où il appuya sur un muscle particulièrement crispé dans sa nuque.

— Des mains de magicien, murmura-t-elle.

— J'accepte les pourboires, dans ce cas.

Lorsqu'il se remit à lui masser les épaules, elle eut toutes les peines du monde à raidir ses jambes flageolantes pour ne pas lui tomber dans les bras.

— Quel genre de pourboires, docteur Ranard ?

— Aucune idée pour l'instant, je vous le dirai quand j'aurai trouvé.

— Bien, mais je me réserve le droit de poser des conditions.

— Rien d'étonnant. Directe comme vous l'êtes, je ne m'attendais pas à m'en tirer à si bon compte.

Comme il venait de découvrir un point douloureux entre ses omoplates, le rire qu'elle avait ébauché se transforma en plainte légère.

— Avec des mains pareilles, vous pourriez gagner de l'argent en ouvrant un cabinet de massage.

— Vous seriez ma première cliente ?

Des doigts qui savaient appliquer la pression adéquate, doser douleur et plaisir… Il ne lui faudrait pas longtemps pour ne plus pouvoir s'en passer.

— Sans problème.

Un massage de tout le corps, ses mains sur elle… Ce serait le paradis ! Des pensées interdites dans son état, mais qu'elle ne parvenait pas à repousser.

— Il paraît que vous avez dîné avec Neil, hier soir ?

Laura Stewart s'assit en face de Gabby et posa sa chope de café, signe qu'elle s'attarderait un moment.

— Les nouvelles vont vite, je vois.

Après s'être autorisé une grasse matinée, elle avait pris un petit déjeuner copieux et s'attardait dans la salle du restaurant en contemplant la grand-rue. Les passants se dirigeaient chacun vers leur destination, certains pressés, d'autres moins ; en voiture, à pied, ou même à bicyclette, pédalant bravement dans l'air glacé, ce qui la fit frissonner malgré l'énorme cheminée où pétillait un feu vif et réconfortant.

Un instantané de la vie quotidienne : aucun coup de Klaxon impatient, pas d'embouteillages dans les rues, ni de piétons hurlant leur colère à la cantonade. Il y avait tant d'espace et tant de paix à White Elk, comparé à Chicago !

Même si elle ne connaissait pas grand monde, elle se sentait bien ici, plus optimiste qu'elle ne l'avait jamais été quant à son avenir. Peu lui importaient les bavardages, y compris s'ils la concernaient.

— Alors, c'est vrai ? insista Laura.

— Nous avons dîné à la même table, oui. Ce que les gens peuvent en déduire…

— Mais la rumeur court, quoi que vous puissiez argumenter pour vous défendre. Et à cette altitude, avec l'air pur, elle est encore plus rapide qu'ailleurs.

— Vous voulez dire à propos de l'étrangère enceinte et du beau médecin ? Ça ferait un bon titre de roman sentimental, mais ce n'était qu'un dîner, ajouta-t-elle en riant. Il a mangé, et j'ai mangé pour deux, comme d'habitude…

— Gabby, nous nous soucions de Neil parce qu'il ne le fait pas lui-même. Il ne s'amuse pas beaucoup. Loin de moi l'idée de commettre des indiscrétions, mais tout le monde lui souhaite une vie meilleure. Il mérite d'être heureux.

Laura sirota son café pendant que Gabby réfléchissait. Ainsi, il vivait en reclus ? Ou il s'était tant consacré à son travail qu'il n'avait plus aucun autre intérêt ? Elle comprenait. Son père avait agi de même après avoir perdu, trop tôt, la femme qu'il chérissait. Elle-même avait suivi son exemple, n'en connaissant pas d'autre. Ce n'était peut-être pas une mauvaise chose… Pourtant, Laura semblait penser le contraire.

— Eh bien, pouvez-vous insuffler un peu de vérité à cette rumeur, à savoir que nous avons partagé en collègues un repas au restaurant ?

— Les gens vont être déçus, je crois.

— Ils ne se sont pas aperçus que j'étais enceinte ?

— Ils voient ce qui les intéresse. Par exemple, la secrétaire de nuit de l'hôpital a plutôt remarqué que Neil avait l'air heureux en revenant du Panorama. Ce n'est pas si souvent qu'il arbore un tel sourire.

— Chaque fois qu'il sourit, ça provoque une rumeur ?

— Pas tout à fait, mais nous l'aimons tant… Bon, il faut que je retourne dans la cuisine. Je voulais m'assurer que vous alliez bien, mais impossible de m'attarder plus longtemps. Avez-vous besoin de quelque chose ?

De quoi avait-elle besoin ? C'était vague dans son esprit.

— Ça ne vous dérange pas que j'occupe le chalet encore quelque temps, n'est-ce pas ?

— Je suis ravie d'avoir de la compagnie à cette période de l'année, et je sais qu'Angela est contente de vous avoir. Après cette mauvaise passe…

— Quelle mauvaise passe ?

— Je ne souhaite pas me livrer au bavardage… Enfin, sachez que Brad, son mari, qui ne désirait pas d'enfants, l'a quittée dès le début de sa grossesse.

— Quelle tristesse ! Peut-être va-t-il se raviser ?

— Elle l'espère sans doute, mais je crois qu'elle a bravement surmonté l'épreuve et s'est fait une raison.

Laura commença à s'éloigner de la table.

— Quoi qu'il en soit, j'espère que vous finirez par vous sentir chez vous à White Elk.

Ainsi, Angela avait des motifs graves d'être de mauvaise humeur de temps à autre. Elle avait besoin de soutien et d'amitié. Si elle-même restait…

Mais il lui était difficile de prendre une décision, pour l'instant.

Après le départ de Laura, elle se mit en route pour l'hôpital. Malgré son emploi du temps réduit, elle avait tout de même des patients à voir. A en croire son planning, sa journée allait débuter par une sorte de cérémonie dont elle ne connaissait pas les détails, et elle était impatiente de savoir. Quand elle arriva devant la porte, le hall était bondé. Des dizaines de personnes, qui marchaient toutes dans la même direction.

— Que se passe-t-il, Fallon ?

— Dans cinq minutes, nous inaugurons la nouvelle salle de pédiatrie qui portera le nom du frère de Neil, car il a investi des fonds dans sa rénovation et son extension. Il faut que je me dépêche. C'est moi qui accueille le maire pour le guider jusqu'au podium.

Un événement important, visiblement. Gabby était curieuse de faire la connaissance de ce frère. Elle n'eût pas soupçonné, d'ailleurs, qu'il en avait un. En réalité, que savait-elle de Neil ?

Après avoir suivi le mouvement, elle se faufila parmi les invités qui attendaient au coude à coude devant la porte, surprise de constater qu'il y avait bien là une foule d'environ trois cents personnes…

De l'intérieur de la salle, Fallon la héla.

— Venez devant avec nous, Gabby, on va nous photographier !

Elle les rejoignit. Neil se tenait au centre, apparemment très mal à l'aise, et muet au milieu des gens qui se saluaient en souriant avant d'engager des conversations.

— Vous n'aimez pas les cérémonies, Neil ?

Son expression s'assombrit encore.

— D'accord, il a fait un geste en donnant cet argent, mais ce n'est pas une raison pour faire tout ce cirque. Qu'ils posent cette plaque et qu'on n'en parle plus !

Il semblait très en colère, pour un motif qu'elle ne comprenait pas… Au moment où elle ouvrait la bouche pour le questionner, le maire commença son discours.

— Comme vous le savez tous, un don généreux a été fait pour rénover et agrandir la salle de pédiatrie.

Lorsque la foule applaudit, Neil parut encore plus nerveux.

— Notre grand regret, c'est que notre bienfaiteur ne soit plus parmi nous…

Ah ? Etait-il mort ? Ou alors il n'habitait plus à White Elk, peut-être. Un rapide coup d'œil au visage de Neil ne lui apporta pas de réponse. Pendant que le maire poursuivait, il resta totalement impassible, et ce jusqu'à la fin du discours.

— A présent, il ne me reste plus qu'à prier le Dr Ranard de dévoiler la plaque commémorative.

Malgré une nouvelle salve d'applaudissements, il ne fit pas mine d'avoir entendu et ne bougea pas.

— Neil ? dit le maire.

Avec un bref hochement de tête, il s'avança tel un automate vers le mur qui portait la plaque et tira sur la draperie qu'il laissa tomber à ses pieds.

Au moment où les lettres de bronze se détachèrent, serties dans le marbre, elle fut incapable de les déchiffrer tout de suite. Non, ce n'était pas possible !

Elle cligna des yeux et lut :

« Salle de pédiatrie Gavin THIERRY ».

Cherchant l'air, elle se recula, vacillant sur ses jambes, saisie de vertige.

La dernière chose dont elle eut conscience fut le murmure surpris de la foule lorsqu'elle s'écroula.

4

— Gabrielle, vous m'entendez ?

La voix semblait distante, pourtant elle la savait proche.

A travers ses paupières closes, elle percevait une brillante lumière.

— Regardez-moi, Gabrielle, allons !

Quelqu'un lui tenait la main. Neil, sans doute, car elle reconnaissait ce frisson le long de son bras…

— Ouvrez les yeux, Gabrielle.

Elle le souhaitait, mais il y avait quelque chose qu'elle ne voulait pas voir, sans se rappeler quoi.

— Sa tension ?

Une voix qu'elle ne connaissait pas, douce et grave, bien timbrée. Moins plaisante que celle de Neil, toutefois.

— Un peu élevée, mais ce n'est pas ça qui a pu causer son évanouissement.

C'était Neil, cette fois, la voix la plus agréable du monde, celle qui la rassurait.

— Les battements de cœur du fœtus sont forts et réguliers. Rien d'anormal de ce côté-là.

— Heureusement que je l'ai rattrapée. Elle aurait pu se blesser sur ce sol de marbre.

— Le taux de sucre dans le sang est normal. J'ai réclamé une analyse complète au labo.

— Merci, Eric.

— Elle n'est ni pâle ni maigre. T'a-t-elle parlé de ses antécédents médicaux ?

— Fallon, qui lui a fait un check-up, n'a rien décelé, et je peux t'assurer qu'elle a très bon appétit.

— En tout cas, elle a choisi un moment dramatique pour s'évanouir.

— Je ne me suis pas évanouie, intervint-elle. J'ai eu… une petite syncope.

— Ce n'est pas la même chose ? s'enquit Neil.

Lorsqu'elle ouvrit les yeux, elle découvrit au-dessus d'elle un visage inconnu, anguleux, aux incroyables yeux verts et couronné de cheveux courts auburn. D'une beauté à couper le souffle, mais elle y était insensible.

— Nous n'avons pas été présentés, je crois ? demanda-t-elle en lui tendant la main.

Surpris, il prit sa main dans la sienne.

— Non.

— Evidemment, j'aurais aimé le faire en d'autres circonstances… Je suis Gabby Evans.

— Eric Ramsey.

Il regarda Neil, qui semblait au plus mal lui aussi.

— Je voudrais comprendre ce qui vous est arrivé, Gabby.

— Difficile à savoir, Eric… L'instant d'avant, on est là, et l'instant d'après on n'y est plus.

Alors qu'elle se redressait, Neil lui mit une main sur l'épaule.

— Il y a toujours une cause, Gabrielle.

Certes, et elle la connaissait, mais comment la lui expliquer ?

— Je suppose que je me suis tournée trop brusquement, ce qui m'a étourdie. Et je ne m'en ressens plus du tout. Puisque je vous ai entendu dire que le bébé n'avait pas de problème et que ma tension et mon taux de sucre étaient normaux, je suis prête à me remettre au travail.

— Vous ne parlez pas sérieusement ! s'exclama Neil.

— Pourquoi donc ?

— Vous venez de vous évanouir !

— Ecoutez, tous les deux, intervint Eric. Une patiente m'attend, plus celle avec qui Gabby avait rendez-vous il y a une demi-heure. Gabby, ravi d'avoir fait votre connaissance. Neil, les résultats du labo seront là dans un moment. Maintenant, si vous n'avez plus besoin de moi…

Il s'éloigna sans finir sa phrase pendant que Gabrielle et Neil se toisaient.

— Je me sens très bien, Neil.

Il fallait qu'elle s'éloigne de lui, tout de suite. Qu'elle réfléchisse à ce qu'elle avait appris d'une façon aussi fortuite : Gavin et Neil étaient frères, une coïncidence des plus incroyables, et, elle le sentait, très mal venue.

— Et je vous promets de me ménager, ajouta-t-elle.

Hélas, ses mains tremblaient, à présent, et le froid l'avait saisie, la faisant frissonner, ce qu'il ne manqua pas de remarquer.

— Ce n'était qu'un peu de claustrophobie, avec tous ces gens autour, insista-t-elle pour le convaincre. J'ai été prise de panique, je me suis tournée trop vite et j'ai eu un vertige.

— Vous m'avez fait une peur bleue.

— Désolée de vous avoir privé de la fin de la cérémonie. On attendait votre discours ?

— Certes, et j'étais content d'avoir une excuse pour y échapper, mais j'aurais préféré que ce ne soit pas celle-ci.

Il entoura son poignet du bracelet du tensiomètre et mesura sa tension.

— Parfait, tout est normal. Et maintenant, si vous me racontiez ce qui s'est vraiment passé ?

— Je vous l'ai dit, Neil. Vous ne trouverez rien non plus à l'analyse de sang. C'est juste…

— Je sais, juste une petite syncope. Ne vous faites pas d'illusions, vous ne reprendrez pas aujourd'hui : je vous ai supprimée du planning pour la journée, alors vous filez au chalet vous mettre au lit. Ordre de votre médecin et de votre chef.

Le ton de sa voix indiquait qu'il ne souffrirait pas de contradiction, et de toute façon elle ne tenait pas à en apporter.

— Ce n'est que mon second jour ici…

Pourquoi discuter ? Pour l'impressionner, ou de crainte qu'il ne la congédie parce qu'elle était trop faible ?

— Eric et moi prendrons votre service, avec John Ellis, le généraliste, et Fallon est compétente pour nous seconder. Ne vous inquiétez pas.

— Je pourrais rentrer me reposer jusqu'à cet après-midi, et…

— Hors de question. Gabrielle, je suis votre patron, il faut m'obéir.

Peut-être la considérait-il comme un fardeau encombrant, dont il n'avait pas besoin. Quelle horrible pensée ! Elle qui avait de plus en plus envie de s'installer ici…

— Mais je pourrai revenir demain ?

Il parut d'abord surpris, puis un sourire s'épanouit sur son visage.

— Je n'ai aucune intention de vous congédier, Gabrielle. Je vous demande simplement un peu de bon sens. Sinon, j'utilise le mot magique.

— Lequel ?

— Bryce.

— D'accord, vous avez gagné.

Au fond, elle était touchée de sa sollicitude et heureuse qu'il s'occupe d'elle.

— Puis-je emprunter quelques revues médicales ?

— Pourquoi ne pas lire plutôt des articles sur la décoration de la nursery ?

— Excellente idée, si mon fils en avait une, ce qui n'est pas le cas.

Peut-être n'en aurait-il jamais à White Elk, après tout…

— Et si je vous apportais ces revues, en même temps que le déjeuner et le résultat de vos analyses, d'ici une heure ou deux ? Notre gardien, Ed Lester, vous attend dans le parking pour vous ramener. Allez-y, je vous rejoins tout à l'heure.

— Inutile de vous déranger, Neil.

— Vous n'avez pas envisagé que cela pourrait me faire plaisir ?

La tendresse qu'elle perçut dans sa voix était sincère. Oh, comme elle s'habituerait vite à l'entendre…

Après qu'il l'eut aidée à s'asseoir dans un fauteuil roulant malgré ses protestations, il l'accompagna jusqu'au véhicule.

Lorsque Ed Lester la déposa, quelques minutes plus tard, elle était toujours en train de se demander pourquoi le Dr Ranard était si gentil avec elle.

Le garde aux cheveux grisonnants la soutint fermement par le bras pour l'aider à gravir les marches du chalet.

— Ed, vous connaissez le frère de Neil ?

— Gavin ? Oui, comme tout le monde. Il est né ici et y a exercé jusqu'à ce que Neil et lui…

Il secoua la tête sans achever sa phrase.

— Il s'appelait bien Gavin Thierry ?

— Hmm… Terrible, ce qui lui est arrivé. C'était un très bon médecin, sans doute aussi bon que son frère…

En pénétrant dans la pièce principale, une grosse boule dans la gorge, elle alla droit au rocking-chair près de la cheminée. Faute de l'énergie nécessaire pour allumer un feu, elle resta à se balancer, s'efforçant de se concentrer sur les grincements du fauteuil à bascule pour éviter de réfléchir.

Pourtant, des pensées éparses émergèrent, qu'elle ne put chasser. « Jusqu'à ce que Neil et lui… » Qu'avait voulu dire Ed Lester ? Et qu'était-il arrivé de terrible à Gavin ? Personne ne lui avait dit comment il était mort…

D'autre part, devrait-elle apprendre à Neil sa brève liaison avec son frère ? Après tout, elle portait son neveu !

Elle poussa un profond soupir.

— Je suis un peu perdue, vois-tu, Bryce… Au moment où je m'apprêtais à annoncer ton existence à ton père, j'ai appris qu'il avait quitté ce monde. Que puis-je faire, maintenant ? Surtout depuis que…

Depuis que quoi ? Depuis qu'elle aimait tant Neil, qu'elle

se savait capable d'éprouver des sentiments pour lui, même si cela paraissait fou.

— Comme si, dans le cas où je ne serais pas enceinte, ça pouvait me mener quelque part !

Cette attirance si soudaine l'étonnait. Le fait de se sentir solitaire, sans doute. Et Neil était si attentionné, si… chaleureux, songea-t-elle, appuyée au dossier du fauteuil, les yeux clos. Il possédait tout ce qu'elle avait toujours recherché chez un homme.

— Non, je ne tomberai pas amoureuse, Bryce. Nous sommes bien, tous les deux. Nous ne laisserons pas entrer un étranger dans la place. D'accord ?

Pourtant, cet étranger n'était-il pas un proche parent de son fils ?

Elle poussa un autre soupir à fendre l'âme. Les sages conseils de son père lui manquaient. Jamais les questions qu'elle lui posait n'étaient restées sans réponse. Pourquoi l'avait-il quittée ?

Sa seule consolation était que, dans quelques années, elle aurait de merveilleuses histoires à raconter à Bryce sur son grand-père.

Pourquoi la vie était-elle si compliquée en ce moment ? se demanda-t-elle alors que les larmes ruisselaient sur ses joues.

— Tu sais que je n'avais jamais pleuré jusqu'à maintenant, Bryce. Tu vas devoir me supporter jusqu'à ce que j'aie résolu les problèmes.

D'abord, il lui fallait décider si elle devait ou non avouer à Neil qu'elle était enceinte de son frère…

Enveloppée dans une chaude couverture, elle se balança pendant une heure, perdue entre ses souvenirs et ses espoirs pour l'avenir. Elle réussit ainsi à éviter de penser à Neil jusqu'au moment où on frappa à la porte.

C'était lui, qui apportait le déjeuner ! Mieux eût valu lui téléphoner pour lui demander de ne pas venir.

A présent, il lui fallait l'affronter.

— Trop tard, Bryce. Nous n'avons plus qu'à nous jeter à l'eau.

Mon Dieu ! Il devinerait aisément qu'elle avait pleuré ! Elle fila se rafraîchir à la salle de bains.

— Gabrielle ?

Penchée au-dessus du lavabo, elle s'aspergea le visage, espérant chasser tous ses soucis.

— Oui, Neil, je me lave les mains !

Un bref coup d'œil au miroir lui apprenant qu'elle était décoiffée et avait une mine affreuse, elle se brossa les cheveux et passa une touche de brillant incolore sur ses lèvres puis elle alla lui ouvrir.

— Vous en avez mis du temps pour vous laver les mains. Vous êtes sûre que tout va bien ?

— Hmm, je vous assure. Et j'ai très faim.

— C'est simple, mangeons, si vous voulez.

Puisqu'elle ne souhaitait pas parler, autant passer sans attendre au repas.

— Gabrielle… Vous avez pleuré ?

Lorsqu'il tenta de la retenir par le bras, elle prit le sac qu'il lui tendait et courut dans la cuisine pour lui dissimuler son visage. Déjà inquiet pour sa santé, il risquait de s'apercevoir de quelque chose et de refuser de la reprendre à l'hôpital. Quelle raison aurait-elle, dans ce cas, de rester à White Elk ? Peut-être était-il plus facile de partir, mais l'idée ne lui souriait guère.

— Pas du tout, je me suis seulement mis un peu de savon dans les yeux. Alors, ces analyses ?

— Rien d'anormal.

— Je vous l'avais dit…

— Hmm. Mais vous ne m'avez pas expliqué ce qui vous est arrivé ce matin, et je suis certain que vous le savez.

Elle regarda les paquets posés sur la table.

— Oh, vous avez apporté des roulés à la cannelle ?

Elle en sortit un et mordit dedans.

— Bien que je n'aime pas votre façon d'éluder ma question, je respecte votre droit à ne pas y répondre. D'accord, je n'en poserai pas d'autres, mais si ça se reproduit, Gabrielle, je ne pourrai pas vous autoriser à revenir à l'hôpital. Et même, je vous ferai admettre à l'hôpital pour le reste de votre grossesse.

— Je ne m'évanouirai plus.

— J'espère bien.

Il l'observa pendant qu'elle avalait une seconde bouchée.

— Dites-moi une chose, quand même : on ne vous a pas appris que le dessert se garde pour la fin du repas ?

Après s'être léché les doigts, elle le regarda enfin dans les yeux.

— Mon père m'a toujours conseillé de faire ce que je voulais et non ce qui se faisait, et j'en avais envie tout de suite. Le partagerez-vous avec moi ?

Après avoir posé son roulé entamé sur une assiette, elle versa deux verres de lait.

— Et si moi, je préfère débuter par l'entrée ?

En secouant la tête avec vigueur, elle lui tendit sa boisson.

— Vous vous préoccupez trop de la tradition. Ah, les habitudes ! Si vraiment votre préférence va à la salade, mangez-la d'abord. Sinon, pourquoi vous remplir l'estomac de ce que vous aimez le moins et risquer de ne plus avoir de place pour votre mets favori ?

Son père lui avait souvent permis de commencer un repas par le gâteau au chocolat ou la tarte aux pommes. Pas de façon systématique, bien entendu, mais il lui avait toujours vanté les mérites de l'originalité, dont elle avait fait son credo.

Comme ses yeux se remplissaient de nouveau de larmes, elle se détourna brusquement et se dirigea vers la fenêtre.

Après avoir posé son verre, il lui emboîta le pas.

— Je ne m'étais pas trompé, Gabrielle, vous pleurez !

— Normal, dans mon état. Inutile de vous en soucier.

— Voulez-vous que je vous masse ?

Un massage… Le paradis… Elle eût accepté avec joie si ses muscles avaient été endoloris… Mais juste parce qu'elle avait envie de sentir ses mains sur elle, juste un stupide besoin de réconfort, ce ne serait pas raisonnable.

— Non, tout va bien. Je vais finir mon roulé à la cannelle et oublier la salade, pour l'instant.

Malgré tout, la boule qu'elle avait toujours dans la gorge rendait sa déglutition difficile.

Neil s'assit à côté d'elle devant le comptoir, sortit un gâteau du sac, mordit dedans et avala une bouchée.

— A partir de ce moment, je deviens officiellement un peu moins vieux jeu, non ?

— Un peu plus spontané, disons.

— Croyez-moi, personne ne me qualifierait ainsi. Mon frère, oui, ajouta-t-il en soupirant. Sa vie n'a été qu'une succession d'actions spontanées, et les gens le trouvaient drôle. Moi, j'étais… j'étais le plus raisonnable.

Son rire sonna faux.

— Gavin Thierry ? Celui qui a son nom sur la plaque ?

Pourvu qu'il ne perçoive pas le tremblement de sa voix…

— Oui. Mon demi-frère.

Des mots durs, détachés. Quelle amertume dans ce « le plus raisonnable » ! Qu'avait-il pu se produire de si grave entre eux ?

— Il a été très généreux envers l'hôpital, Neil, et je suis navrée que vous l'ayez perdu.

La surprenant, il reposa son gâteau sur le comptoir, visiblement mal à l'aise.

— Nous ne nous étions pas vus depuis un moment. Depuis… des années.

Ah ? Cela amenait d'autres questions, qu'elle ne se permettrait pas de poser. Pourtant, elle était très curieuse de savoir, pour son fils, et pour elle-même, mêlée malgré elle à cette relation malheureuse.

Comme le silence planait, elle avala la dernière bouchée de son roulé à la cannelle puis leva la tête vers lui.

— Neil, je retourne travailler avec vous.

Pas question de demeurer seule ici à ressasser, mieux valait s'occuper.

— Parfait, je ne discute pas.

— Etonnant, de votre part.

En dépit du sourire timide qu'il lui adressa, son regard restait froid et distant.

— Je n'ai pas le cœur à me disputer, Gabrielle. Je vous fais confiance. Comme Eric ne se sent pas très bien, il appréciera que vous le remplaciez.

Elle eut l'impression qu'un vent glacial se glissait entre eux. Sa décision était prise, même si c'était à court terme : elle ne lui parlerait de rien.

— Laissons faire le temps, Bryce, murmura-t-elle alors que Neil enfilait sa veste.

Oui, le temps fournirait la solution.

Le reste de l'après-midi, elle ne pensa plus à rien, ni le soir ni la semaine qui suivit. A l'hôpital, elle évitait Neil autant que possible. Elle se rendait chez Janice pour acquérir des montagnes de layette et se faisait un point d'honneur à changer de restaurant à chaque repas pour ne pas risquer d'y retrouver Neil. Cependant, il occupait sans cesse ses pensées, et elle était toujours aussi indécise.

— La vie n'est pas livrée avec une notice explicative, Bryce, et ta mère n'est pas très douée pour monter les pièces détachées.

La solution, inattendue, lui vint d'un appel de Neil.

— Gabrielle, avons-nous un problème, vous et moi ? J'ai l'impression que vous faites tout pour ne pas me croiser.

— Pas du tout. Nous avons eu beaucoup de travail, et je dois me reposer le reste du temps.

— Comment va la santé ?

— Au beau fixe, merci.

— Aimeriez-vous dîner avec moi vendredi soir ? Je suis de garde sans être d'astreinte à l'hôpital, et je souhaiterais vous parler d'un projet qui vous intéressera.

— Je… je ne crois pas, Neil. En ce moment, j'ai plutôt tendance à rester seule.

— Donc, nous avons bien un problème.

— Non, simplement…

Pourquoi ne pas profiter de son invitation pour tout lui expliquer ? C'était l'unique façon de savoir si elle avait un avenir ici.

— Bon, d'accord. Je viendrai.

— J'en suis ravi. A bientôt, Gabrielle.

Elle eut du mal à s'endormir. Les pensées tournaient dans sa tête, faisant naître l'angoisse. Elle voulait élever Bryce à White Elk, où elle se sentait chez elle et où elle avait envie de s'installer. Et que Neil fasse partie de sa vie ; mais tout dépendait de lui, qui ignorait encore la situation. N'importe quel dénouement l'effrayait.

— Ta mère ne raisonne pas lucidement, Bryce, mais je te promets que ça s'arrangera.

Puis elle ferma les yeux, n'aspirant qu'à l'oubli.

5

Les jours suivants se passèrent dans un tourbillon, entre le travail et les emplettes, jusqu'à la soirée fatidique. Pourtant, son appréhension se mêlant à l'espoir, elle était impatiente de voir arriver le vendredi soir.

— Vont-ils s'en sortir sans nous ? demanda-t-elle en bouclant sa ceinture avec difficulté, car Bryce, semblait-il, avait décidé de la bourrer de coups de pied, s'essayant probablement au saut périlleux et aux claquettes.

— Ne vous en faites pas, répliqua Neil. Ils ont un portable, eux aussi, et ils savent s'en servir.

— Et s'il y a une urgence…

— J'ai été de garde cinq nuits d'affilée pour pouvoir profiter de ce répit, alors mieux vaut qu'il n'y en ait pas.

Comme si on pouvait maîtriser ce genre de chose !

Elle soupira en regardant par la vitre pendant que Neil prenait la route de la Sœur aînée.

Neil tourna la tête vers elle. Etait-elle assoupie, ou simplement en train de se détendre ? Le son de sa voix lui manquait déjà. Il se surprenait à penser à cette soirée comme à un rendez-vous galant, alors qu'elle avait un but précis : il allait lui proposer de continuer à travailler à White Elk. Après avoir fait leurs comptes, Eric et lui avaient conclu qu'ils pouvaient financer son temps partiel pendant un moment, et même un poste complet par la suite. Cela correspondrait-il à son vœu ?

Il l'espérait, car les patientes l'adoraient. Cependant, il ne l'avait jamais entendue parler de ses projets…

Sur le plan personnel, il souhaitait aussi qu'elle reste, mais pas question d'en discuter ce soir : il savait qu'elle n'y tenait pas plus que lui.

— Dans cette région, l'hiver, de nombreuses célébrités viennent habiter leur maison de campagne.

Non que cela l'intéressât particulièrement… Un simple prétexte pour engager la conversation.

— Vraiment ? Ce serait merveilleux si j'étais encore là pour les apercevoir.

— Je vous ai réveillée ?

— Pas du tout, je me délassais en regardant le ciel. Il est tellement plus étoilé que celui de Chicago… Je me rappelle que ma mère me chantait une chanson sur les étoiles. J'ai si peu de souvenirs d'elle ! Beaucoup moins que de mon père, bien entendu.

— Lui aussi vous chantait des chansons ?

— Mon Dieu, non ! Il chantait affreusement faux. Et vous, votre mère chantait-elle pour vous ?

— Elle n'en a pas eu le temps. Mes parents ont divorcé alors que j'étais au berceau, et après son remariage avec Charles Thierry, le père de Gavin, on aurait dit qu'elle était toujours trop occupée.

— Etait-elle heureuse ?

— Je le pense. Elle était infirmière, elle a élevé deux fils, accompagné son mari… Elle a eu une vie agréable avec lui.

— Et vous ?

— Mon beau-père était gentil avec moi.

— Il était pédiatre ?

— Oui, un excellent spécialiste. Quand il est mort, j'étudiais déjà la médecine ; Gavin n'a pas eu cette chance de faire ses études facilement. Ma mère est remariée à présent, elle vit au Nicaragua.

— Vous vous entendiez bien avec Gavin, à l'époque ?

— Comme deux frères, avec des hauts et des bas, jusqu'à l'âge adulte où les « bas » ont pris le dessus… Mais je n'irai pas plus loin car je ne tiens pas à gâcher la soirée.

Tout à fait ce qu'elle craignait : ce qui s'était passé entre eux était grave et elle ne put s'empêcher de se sentir coupable.

— Alors parlons de choses gaies, Neil. Vous deviez me soumettre un projet intéressant, ce soir ?

— Laissez-moi d'abord vous gaver de chocolat et de bons petits plats pour mettre davantage d'atouts de mon côté.

— Vous êtes certain d'avoir les moyens de me nourrir ?

— Je connais la chef de cuisine… Elle me fera des facilités de paiement, si besoin est.

Ce n'était pas ce qui le tracassait… Si jamais Gabrielle acceptait sa proposition de travail, comment lui-même l'assumerait-il, étant donné les sentiments qu'il lui portait ?

— Vous êtes-vous déjà demandé ce que vous feriez si vous n'étiez plus médecin ? demanda-t-elle.

— Pourquoi ? Vous voulez arrêter la médecine ?

— Ma vie change. Qui sait ce que je ferai dans un an ? Je peux décider d'être mère à plein temps, ou de m'installer quelque part où on n'aura pas besoin de mes services.

— Je ne crois pas que vous puissiez vous en passer, puisque vous travaillez encore à quelques semaines de votre accouchement.

— C'est vrai. Mais si quelque chose de plus fort que vous vous amenait dans un lieu où vous n'avez aucune possibilité d'exercer ?

— Dans mon cas, ce « quelque chose de plus fort que moi » pourrait-il être une femme ?

— Vous seriez capable de tout abandonner pour ça ?

Il eut un rire étranglé.

— Pas question, non ! Si, par hasard, j'en rencontrais une, j'espère qu'elle comprendrait pourquoi je ne peux pas abandonner mon métier. Une fois m'a suffi.

— Ce n'était pas la bonne…

Gabby se tut. S'il voulait évoquer son mariage malheureux, il le ferait sans qu'elle le questionne.

— Bon, reprenons : que feriez-vous si l'endroit où vous choisissiez de vivre ne pouvait vous accueillir en tant que médecin ?

— Est-ce ce qui vous préoccupe, Gabrielle ?

— Pas tout à fait. J'ai quitté mon cabinet de Chicago parce qu'un événement de la plus haute importance s'est produit dans mon existence. J'ai pris conscience que mon bébé avait besoin d'une vie différente, et quand on éprouve de l'amour pour quelqu'un, le sacrifice importe peu.

— Donc, ce n'en est pas un si vous aimez sincèrement la personne pour qui vous vous sacrifiez ?

— C'est un peu ça, Neil.

— Ce lieu où vous ne pourriez pas exercer, c'était White Elk ?

— Peut-être.

— Dans ce cas, autant que je vous annonce tout de suite que nous pensons, Eric et moi, pouvoir vous employer à temps partiel encore un moment, et même vous proposer un poste complet après la naissance de Bryce. Si vous souhaitez vous installer ici, bien entendu.

— Je croyais que vous projetiez d'agrandir le service de traumatologie ?

— Certes, mais nous ne tenons pas à laisser partir un médecin de valeur.

Elle était aux anges, mais comment lui donner une réponse avant de connaître sa réaction à ce qu'elle avait à lui dire ? En outre, elle aurait voulu qu'il dévoile ses sentiments personnels sur le sujet…

— Puis-je avoir quelques jours pour y réfléchir ?

— Nous ne sommes pas pressés.

— C'est pour ça que vous m'emmenez au Pine Ridge Lodge ? Pour me faire part de cette proposition ? demanda-t-elle, déçue.

— En partie.

— Quelle est l'autre raison ?

— J'apprécie votre compagnie, et je trouve agréable de ne pas dîner seul au restaurant. Je croyais vous faire plaisir.

Pas vraiment une déclaration romantique… Malgré tout, elle se sentit mieux aussitôt.

— Bien que je n'aie pas souvent accepté d'invitations le soir, par manque de temps et d'intérêt, il m'arrive de penser que j'ai manqué quelque chose, et je suis ravie de passer cette soirée avec vous.

Hélas, elle en redoutait la fin…

— Avez-vous l'intention de rester, Gabrielle ? Je n'exige pas de réponse ferme, je suis simplement curieux.

Elle leva la tête vers les étoiles.

— J'étudie toutes les options possibles… Tout est ouvert.

— Vous ne fuyez personne ?

— Personne, je vous assure.

— Puis-je me permettre de vous demander qui est le père de Bryce ?

— J'ai eu une brève liaison avec un homme très gentil juste après la mort de mon père, à un moment où j'étais perdue. Et me croyant stérile, je ne m'attendais pas à tomber enceinte.

— Mais il… n'a pas prévu de s'investir du tout dans la vie de son fils ?

— Non. C'est tout ce que je peux vous dire.

Inutile de gâcher la soirée à son début. Elle avait répété le scénario et s'en tiendrait à son plan.

— Je suis désolé, je n'avais pas l'intention d'être indiscret.

— Ne vous excusez pas, je comprends que ça vous intrigue. Cependant, vous savez que, tout au moins dans notre société, les femmes ont des enfants toutes seules. Il n'y a aucun traumatisme attaché à cette situation, aucun tabou social, et toutes les portes leur sont ouvertes.

— Vous serez une très bonne mère. Vous êtes heureuse, ça se voit, et si vous décidez de rester, vous serez bien accueillie et épaulée.

C'était tout ? Elle aurait aimé qu'il lui dise combien il désirait, lui, qu'elle s'installe à White Elk…

Dans l'incertitude où elle se trouvait, l'offre qui aurait dû l'enchanter commençait à la faire suffoquer, à l'étouffer, tel un brouillard épais et glacial.

— Quelle merveille !

Sous les lumières tamisées, les tables éclairées par des bougies et ornées de vases en cristal contenant des roses blanches semblaient exhaler l'essence du romantisme. La chanteuse, en robe longue, captivait les clients déjà installés par sa voix mélodieuse. Une nuit pour les amants s'il en était. Pas pour elle, bien sûr…

— C'est… très raffiné.

En réalité, puisqu'il s'agissait d'une auberge de montagne, elle s'était attendue à des poutres apparentes, une cheminée de pierre et des trophées de chasse accrochés aux murs.

Dans cette ambiance luxueuse, elle se sentit déplacée, vêtue de son unique ensemble de grossesse, jupe noire et pull-over noir, et chaussée de snow-boots de fausse fourrure, confortables, certes, mais si peu élégantes.

— Pourquoi ne m'avez-vous pas prévenue ? C'est un restaurant de première classe !

Lui-même était impeccable, en complet de laine gris et pull à col roulé noir.

— Moi, je vous trouve très bien.

— Une réflexion typiquement masculine ! commenta-t-elle, pressée de s'asseoir pour se dissimuler le plus possible aux regards.

Il baissa la tête.

— D'accord, vos bottes détonnent un peu, mais une fois qu'elles seront sous la table, personne ne les remarquera.

— C'est moi qui vais passer sous la table !

A plusieurs reprises, en chemin, il s'arrêta pour saluer des connaissances et la présenter, ce qui accentua son malaise.

Enfin, ils s'installèrent à leur table et Angela se précipita.

— Angela ! Je ne me doutais pas… Pardonne-moi.

— De quoi ? Heureuse de vous voir tous les deux, je suis restée pour m'assurer que votre repas serait parfait. J'ai fait une charlotte au chocolat spécialement pour vous.

Gabby sortit un pied de dessous la table.

— Voilà ce qui me chagrine… Il me faudra au moins deux parts de dessert pour oublier mon traumatisme.

— Gabrielle a l'impression qu'elle n'est pas habillée pour la circonstance, expliqua Neil. J'ai essayé de la détromper, mais elle ne me croit pas.

Il mit de côté la carte des vins pour prendre celle des eaux minérales.

— Il a raison, Gabby, tu es très bien, et je suis contente que tu sois là.

— Comment te sens-tu, Angela ?

— Vous n'êtes pas de service, docteur, intervint Neil. Détendez-vous.

Il commanda une eau pétillante importée de Belgique.

— Je me porte comme un charme, et je retourne en cuisine. Amusez-vous, tout est prêt. Dansez, même, nous avons une piste fantastique, et un obstétricien vous conseillerait de saisir toutes les occasions pour faire de l'exercice.

— Je ne danse pas, Angela, dit-elle.

Visiblement, sa patiente et amie s'efforçait de donner un ton romantique à la soirée, mais avec Neil, elle faisait fausse route. Pourtant, le sourire qui s'épanouit sur le visage de ce dernier ébranla sa certitude.

— Je vous assure, je n'ai jamais dansé, sauf lors de quelques cours à l'école primaire, où j'étais nulle, ajouta-t-elle quand Angela fut repartie.

— Donc, vous ignorez si vous savez ou pas, en fait ? demanda Neil.

— Effectivement. Et je ne suis pas près de le découvrir.

— Et si je vous invitais ? Vous vous souvenez de la rétribution que vous me devez pour le massage ?

— Comme j'ai posé des conditions, c'est non.

— Vous ne vous trouvez pas un peu grossière, de traiter votre cavalier de cette façon ?

— Si c'était un vrai gentleman, il n'insisterait pas.

— Même si je déclarais que c'est bon pour le bébé ?

Une lueur malicieuse s'était allumée dans ses yeux.

— Je dirais qu'il vaut mieux que vous ne soyez pas obstétricien, car la danse n'a aucun effet sur le développement du fœtus.

— C'est Bryce que vous appelez ainsi ?

Le garçon apporta l'eau pétillante dans un seau à champagne qu'il déposa près de la table.

Neil ne la quittait pas du regard, ce qui la mettait mal à l'aise. En d'autres circonstances, il aurait pu obtenir ce qu'il semblait espérer, mais, pour l'instant, la situation était bloquée. Du moins, jusqu'à la fin de la soirée, et ensuite…

— Pourquoi me regardez-vous comme ça, Neil ?

— Je n'ai jamais été si intime avec une dame enceinte, et ça me fascine. J'adore vous voir poser la main sur votre ventre avec ce sourire étrange qu'aucun homme ne peut comprendre. Tout ce qu'il peut faire, c'est observer de loin.

— Si vous avez envie de sentir, aussi… Bryce donne des coups de pied.

En souriant, il se leva et contourna la table pour s'approcher d'elle. Sans un mot, elle lui prit la main et la guida vers son flanc droit où le bébé se manifestait, puis elle souleva son pull pour lui montrer les légères protubérances que faisaient les pieds.

Les mains de Neil étaient si douces… D'ailleurs, Bryce se calma aussitôt, comme s'il savait que cet homme faisait partie de sa vie.

— On ne peut douter que vous êtes pédiatre.

Toutefois, la magie de cet instant ne dura pas, et il alla se rasseoir pour se remettre à la dévorer des yeux.

En fait, elle aimait sa façon de la regarder. Avec cette lueur de désir à peine déguisée… Ne répétait-elle pas tous les jours à ses patientes que les femmes enceintes étaient désirables ? Certes, mais ils n'étaient pas amants, et quand elle aurait prononcé le nom du père de l'enfant, ils ne seraient peut-être même plus amis.

Malgré sa mélancolie, elle trouva le dîner délicieux, et la conversation resta légère, Neil ayant la délicatesse de ne pas évoquer l'hôpital. Au fond, elle n'était pas réellement malheureuse.

— Tout va bien, Bryce, murmura-t-elle en sortant des toilettes où elle s'était rendue. Les choses s'arrangeront comme elles le doivent.

En revenant, elle coupa le coin de la piste où quelques couples dansaient sur un air langoureux, et s'arrêta pour les observer et écouter la musique. Elle n'aurait pas dû, car il arriva sans bruit derrière elle pour l'entraîner au milieu.

— Je vous invite ? chuchota-t-il en la serrant contre lui.

— Et si je retournais à la table ?

— Je ne vous retiendrai pas, Gabrielle. Loin de moi l'idée de vous forcer à quoi que ce soit. Vous avez le choix.

Le choix… Malgré elle, son corps se balançait déjà en rythme. Au rythme de Neil. Elle souhaita de tout son cœur avoir des chaussures plus adéquates, qui l'aident à glisser de façon plus harmonieuse. Par chance, ils restaient sur place, collés l'un à l'autre comme les autres couples. Si proches… Sa tête reposait maintenant sur l'épaule de Neil, et elle sentait son souffle sur sa nuque. Et la douce caresse de ses lèvres… Non, impossible, pas ses lèvres !

Elle se recula brusquement pour le regarder dans les yeux.

— J'ai besoin de m'asseoir, dit-elle, tentant de dissimuler sa respiration haletante, qui ne devait rien à la danse.

— Ça va, Gabrielle ? s'enquit-il en la ramenant vers leur table.

— Un peu étourdie, je me sentirai mieux quand je serai sur ma chaise.

Hélas, une fois qu'elle fut installée, son angoisse persista. Elle était si anxieuse qu'elle ne put avaler une bouchée de dessert.

— Neil, vous m'avez embrassée ?

— Peut-être, pourquoi ?

— Vous me demandez pourquoi ? Expliquez-moi plutôt pourquoi vous m'avez « peut-être » embrassée ?

— Le moment était parfait, et l'humeur s'y prêtait.

— L'humeur de qui ?

— La mienne, et la vôtre.

— Comment êtes-vous si sûr que la mienne s'y prêtait ?

— Vous aviez posé la tête sur mon épaule et vos bras autour de mon cou. Je ne vous y ai pas forcée.

— Je vous avais dit que je ne dansais pas. Je ne savais pas ce que je faisais.

— Eh bien, moi non plus. Si je vous ai embrassée, évidemment, ce qui n'a pas encore été prouvé.

— Je pense que si.

— L'avez-vous vu ?

— Question idiote… Je l'ai senti.

Depuis qu'ils étaient revenus à leur table, des frissons lui parcouraient encore la nuque.

Il prit une cuillerée de charlotte au chocolat et l'approcha de ses lèvres, tentateur. De la séduction pure… Une illusion, du moins, car quel homme en possession de son bon sens serait séduit par une femme enceinte de près de huit mois ? Mais c'était si agréable d'être désirée…

Elle rejeta la tête en arrière.

— Comme un individu tentait de me forcer à faire des choses dont je n'avais pas envie, par correction, je lui ai évité d'être remis à sa place au milieu de la piste devant tout le monde.

Il éclata de rire. Des étincelles dansèrent dans ses yeux, et sa gaieté était si contagieuse qu'elle fut saisie de fou rire.

— D'accord, ce n'est pas ce que je voulais dire.

— En réalité, ça vous a plu, avouez-le, Gabrielle.

— Eh bien, cela faisait longtemps que je ne m'étais pas

sentie… femme. Je suis médecin, enceinte, future maman dans des snow-boots en fausse fourrure…

— Croyez-moi, même avec vos bottes, impossible de vous prendre pour un homme.

Tout en prononçant ces mots, Neil songea qu'il était peut-être allé trop loin. Mais il était enivré par son parfum, il la tenait dans ses bras… Une réaction normale, car elle était très séduisante. Belle, et seule. Bien que ce baiser ait été une erreur, il n'en était pas gêné, et si l'occasion se présentait de nouveau, il pourrait bien recommencer. La seule chose qui le tranquillisait, c'était qu'il n'en aurait plus l'occasion.

Et pourtant… Elle possédait tout ce qu'il avait souhaité trouver chez une femme. Spirituelle, directe, sincère, intelligente. Bryce aurait une mère extraordinaire, et il était un peu jaloux de ne pas faire partie du tableau.

— Ah ? Même avec mes bottes ? Eh bien, ces bottes sont faites pour marcher, et je vais aux cuisines voir Angela deux minutes.

Elle se leva et passa tout près de lui.

— Au fait, Neil, essayez de ne pas embrasser de femme enceinte pendant mon absence, d'accord ?

Qu'elle était drôle, et qu'il se sentait à l'aise avec elle ! Optimiste, aussi. Après l'avoir regardée disparaître, il sortit son portable pour appeler l'hôpital. Il avait prévenu qu'il ne se dérangerait que pour une catastrophe, et il n'y en avait pas l'ombre d'une, à part peut-être celle que lui-même avait faite au cours de la soirée. Il s'appuya au dossier de sa chaise, étendit les jambes et ferma les yeux, pour revoir aussitôt ses lèvres sur la nuque de Gabrielle.

— Mauvais signe…, murmura-t-il avant de boire une gorgée d'eau gazeuse.

— Vous aviez l'air de vous amuser, tous les deux !

Assise dans la salle du personnel du restaurant, les pieds

sur une table basse, Angela faisait une pause. Gabby s'affala à côté d'elle.

— Je me sentais assez bien, mis à part ma tenue et mes snow-boots.

— Les gens viennent habillés n'importe comment, ici. Tu n'as pas à t'en faire.

— Ce restaurant est une merveille, Angela, je comprends pourquoi ton travail te manquait.

— Pourtant, je le quitte bientôt pour au moins trois mois, alors autant que je m'habitue à l'idée…

— Qui va te remplacer ?

— Ma sœur, qui arrive d'Arizona. Elle est infirmière, ou plutôt, elle l'était, car pour une raison que j'ignore, elle ne veut plus travailler dans un hôpital. Par chance, elle possède aussi un diplôme d'une école culinaire ; ce sont les premières études qu'elle a faites avant de choisir d'être soignante. Elle sera ici sous peu, et qui sait ? Elle s'établira peut-être à White Elk pour me seconder…

Gabby changea de position.

— J'ai toujours du mal à trouver comment m'asseoir, avec Bryce.

— Dis-moi, Gabby… Avais-tu envisagé d'attendre la naissance pour connaître son sexe ?

— Pas vraiment. Je tenais à établir un contact personnel dès le début, l'appeler par son nom. Chacun son truc…

— Brad s'en moque. Dans les papiers du divorce que j'ai reçus ce matin, il écrit qu'il me confie la garde exclusive, point final. Parce que nous étions d'accord pour ne pas avoir d'enfants et que je l'ai trahi…

— Je suis navrée pour toi, Angela, j'espérais que ça s'arrangerait.

— Moi aussi. N'en parlons plus, je vais suivre ton exemple, et si tu restes à White Elk, nos petits pourront jouer ensemble. Alors, tu sais, toi ?

— Quoi ?

— Si j'aurai un fils ou une fille ?

En principe, elle devinait juste, mais elle ne livrait pas ses conclusions à ses patientes.

— Tu as envie de faire le test ? C'est facile.

— Non, j'aime les surprises.

— Dans ce cas, demande à tes amis d'acheter du jaune, une couleur neutre. Ou du blanc.

— Merci du conseil, Gabby. Bien, ma pause est terminée…

— Je t'accompagne, Neil doit commencer à trouver le temps long.

En sortant, elle se trouva nez à nez avec lui.

— Nous partons, Gabrielle ? A moins que vous désiriez m'accorder une autre danse ?

Comme il tendait les bras vers elle, elle le repoussa en riant.

— Pour moi, il est l'heure de rentrer me coucher.

Le moment qu'elle redoutait était arrivé. Le chemin du retour serait long… Mais il fallait qu'il sache.

— Pourriez-vous attendre quelques minutes avant de démarrer ? demanda-t-elle lorsqu'ils furent installés dans la voiture. J'ai quelque chose à vous dire.

— Vous acceptez mon offre ?

Il se tourna pour la regarder. Par chance, ils étaient garés dans un coin peu éclairé. Elle préférait ne pas voir son visage, tant elle craignait d'avoir le cœur brisé.

— Après ce que je vais vous avouer, je ne suis pas sûre que ça vous fasse plaisir, ni même que vous ayez envie de me raccompagner.

Il eut un petit rire nerveux.

— Qu'y a-t-il de si affreux ?

— Encore une chose… Par respect pour l'hôpital et pour mes patientes, je resterai jusqu'à l'arrivée de votre obstétricien, mais si vous trouvez quelqu'un pour me remplacer, je partirai.

Elle eut l'impression qu'un cruel étau serrait sa poitrine.

— Je ne comprends rien, Gabrielle. De quoi parlez-vous ?

— De Bryce, Neil.

Soudain en alerte, il se raidit et se pencha vers elle, assez près pour qu'elle puisse voir la lueur d'inquiétude dans ses yeux. Elle se détourna.

Il lui posa une main rassurante sur le bras.

— Que se passe-t-il ? Gabrielle, dites-le-moi, nous consulterons le meilleur médecin pour arranger ça.

— Le problème, Neil, c'est que c'est irrémédiable. Ce qui est fait est fait.

Il resserra son étreinte.

— Quoi, Gabrielle ?

— Vous m'avez demandé qui était le père de mon fils, dont le nom complet est Bryce Thierry Evans. Thierry, comme… comme Gavin.

Il resta muet de longues minutes.

— Neil ? murmura-t-elle. Vous avez entendu ?

— J'ai compris. Mon frère, après avoir couché avec ma femme et s'être enfui avec elle, a couché avec vous et vous a fait un enfant.

— Votre femme ? Gavin vous a volé votre femme ?

Dieu ! Elle avait cru que la situation ne pouvait être pire… En outre, dans ce cas, elle avait eu une relation avec un homme marié ?

— Il s'est enfui avec Karen, ou elle est partie avec lui, selon ce que vous préférez.

Toujours d'un calme olympien, il mit le moteur en route et avança doucement.

— Vous n'avez pas envie que je vous raconte ce qui s'est passé ? demanda-t-elle. Pourquoi lui et moi…

— En tant que médecin, je n'ai nul besoin de vos explications.

Sa voix glaciale la fit frissonner.

Des larmes de rage remplirent ses yeux. Contre elle-même, obligée de le faire souffrir, et contre lui qui refusait d'écouter la suite de l'histoire.

— Je n'avais pas l'intention de vous faire du mal, Neil.

Lorsque je vous ai connu, je n'imaginais pas que vous étiez le frère de Gavin, et quand je l'ai découvert… ç'a été difficile.

— Ah ! Le jour de la cérémonie ! Voilà au moins le mystère de votre « syncope » élucidé.

— Un réel choc, je vous assure. Et comment vous l'expliquer, surtout après avoir appris que vous étiez fâchés ?

— J'imagine. Une question : pourquoi être venue à White Elk ? Gavin n'y vivait pas.

— Après avoir retrouvé sa trace, je me suis rendue à Spotswood pour le mettre au courant de la situation, et j'ai appris qu'il n'était plus de ce monde. Cette nouvelle m'a déstabilisée, et sur le chemin de l'aéroport, me sentant épuisée, je me suis arrêtée ici à la recherche d'une chambre pour la nuit. White Elk semblait tellement…

— Votre relation n'a pas duré ? Vous n'étiez pas ensemble ?

— Une semaine nous a suffi pour nous apercevoir qu'il était inutile de continuer à nous voir. J'ignorais qu'il était marié. Sinon…

— Il ne l'était plus au moment où il vous a séduite, puisqu'il est divorcé de mon ex-femme depuis environ un an.

— « Où il m'a séduite » ? Vous n'êtes pas juste, Neil. Je sais que je vous ai fait souffrir, même sans le vouloir, mais vous n'entriez pas en ligne de compte, à l'époque. Gavin était gentil, et il m'a aidée à passer un mauvais cap. Il n'avait rien d'un prédateur en quête d'une femme vulnérable, comme vous l'insinuez.

En prenant le dernier virage avant d'amorcer la descente, il ralentit davantage.

Plus un mot ne fut prononcé. Gabby regardait par la vitre, cherchant le secours des étoiles scintillantes, qui avaient hélas disparu. Mieux eût valu que Neil se fâche, qu'il hurle pour épancher ses griefs au lieu de rester sans aucune réaction. Elle était inquiète.

— Souhaitez-vous quand même que je continue à assurer mon service jusqu'à l'arrivée de votre remplaçant ?

— Faites comme bon vous semble, Gabrielle.

L'indifférence totale. Elle détestait ça, mais c'était ainsi, et elle s'en accommoderait.

— Alors je vais travailler encore un peu.

— Parfait.

— Et je partirai dès que je serai remplacée.

— Parfait.

— Navré de vous avoir fait du mal, Neil. Je n'ai pas vu ce mauvais côté en lui.

Pas de réponse.

— Si j'avais su…

Qu'est-ce que cela aurait changé ? Gavin avait été important dans sa vie, impossible de le nier. Il lui avait donné un bébé, et pour ce cadeau, il aurait toujours une place dans son cœur.

— J'aurais préféré que les choses soient différentes, ajouta-t-elle.

— Vous avez de drôles de façons de conclure une soirée agréable.

Il ne dit plus rien jusqu'à ce qu'ils aperçoivent en contrebas des lumières rouges et bleues clignotantes au milieu des pins. Des signaux d'urgence, partout.

— Que se passe-t-il ?

— Rien qui vous concerne, et je suis sérieux, Gabrielle. Vous allez rester en dehors de ça.

— Vous croyez que vous pouvez m'arrêter ?

— Oui, et je le ferai.

— Parce que vous m'en voulez ?

— C'est vrai, je suis tellement furieux que je ne sais pas encore comment réagir, mais ce n'est pas mon seul motif pour vous tenir à l'écart.

— Quel est-il ?

— Vous êtes enceinte de mon neveu, voilà une bonne raison.

6

Eric Ramsey était sur place lorsque Neil descendit de la voiture. Il eut conscience que Gabrielle le suivait pendant qu'il traversait la route à grandes enjambées vers la glissière de sécurité.

— Une collision…, dit Eric en guise de salut.

Neil avait déjà ôté sa veste de costume pour revêtir une combinaison que lui avait tendue l'un des secouristes.

— Provoquée par un 4x4… Des adolescents qui faisaient les imbéciles. Je suis heureux que mes filles n'aient que cinq ans. Bref, l'autre conducteur n'a pas pu l'éviter. Un homme et une femme, des blessures légères.

— Il y a combien de temps ?

— Une demi-heure.

— Des signes de vie, là en bas ?

— Plus près ! cria Eric à l'équipe de volontaires chargés d'éclairer la scène de l'accident. Au bord, le plus possible !

Il se tourna vers Neil.

— On voit le véhicule. Il est accroché à une corniche, mais impossible de savoir s'il est stable et ce qui nous attend à l'intérieur…

— Quelqu'un est déjà descendu ?

— Pas encore, nous avons seulement préparé le terrain.

— Bien. Laisse-moi finir de m'équiper, je serai prêt dans quelques minutes.

Il se mit en marche, puis s'arrêta net pour regarder Gabrielle.

— Inutile de vous conseiller la prudence puisque vous n'en ferez qu'à votre tête, de toute façon. La nuit sera longue et difficile. Faites attention à vous.

Son ton froid n'échappa pas à Eric.

— Vous vous êtes disputés, tous les deux ? demanda-t-il alors que tous deux se dirigeaient vers le véhicule pour y prendre leur équipement.

— Ne me pose pas de questions.

Comprenant que mieux valait ne pas insister, Eric lui tendit son harnais.

— Si j'avais su que la soirée avait mal tourné, je t'aurais appelé.

— Tout s'est bien passé, à part le retour.

En se préparant, Neil s'efforça de ne pas s'intéresser à Gabrielle, qui était en train de grimper à l'arrière d'une ambulance pour en sortir du matériel. Il était toujours furieux. Il n'avait pas besoin de ça. Pourquoi diable était-elle venue interrompre sa vie paisible à White Elk ?

— Je peux faire quelque chose pour toi, Neil ? demanda Eric.

— Me tirer une balle dans la jambe si je m'approche d'une autre femme.

Eric fit la grimace.

— C'est si grave que ça ? Tu dois manquer de pratique.

— La seule façon d'agir, c'est de les éviter.

— Pourtant, vous paraissiez heureux sur la piste de danse. J'ai eu plusieurs versions intéressantes de l'événement.

— Déjà ?

Le flanc de la montagne était maintenant très éclairé et des dizaines de personnes, sachant toutes apparemment ce qu'elles avaient à faire, se pressaient pendant que les deux médecins et les trois sauveteurs se laissaient glisser pour disparaître peu à peu dans le gouffre obscur.

Neil vérifia ses cordes.

Il aimait cette partie du travail, l'effort physique à la limite du danger et la montée d'adrénaline qu'il provoquait. Il avait fait équipe avec Gavin, à l'époque où ils s'entendaient bien. « Tout était plus facile alors », pensa-t-il en s'efforçant de ne pas relier son frère à Gabrielle.

— Tu aperçois quelque chose, Eric ?

— Un phare allumé, il me semble, mais je ne suis pas certain.

Dans quel état seraient les occupants du véhicule ? En soupirant, il se concentra sur la descente, non sans avoir accordé une brève pensée à Gabrielle. Que diable allait-il faire ? Elle était seule et portait son neveu. Le plus simple serait de ne plus la fréquenter, sauf que ce ne serait pas correct. Mais avait-il envie d'être correct ?

— Je le vois ! A dix mètres environ, sur la gauche. Il est immobilisé.

Une chose était sûre, il n'aurait pas dû l'embrasser.

Le dos douloureux, glacée jusqu'aux os, Gabby avait pratiqué un exercice de patience, car, hormis les secouristes descendus stabiliser le 4x4, tout le monde n'avait fait qu'attendre pendant la première heure.

Neil et Eric avaient pu pénétrer à l'intérieur et annoncer qu'il y avait des survivants, mais personne n'avait encore été remonté.

Cette attente dans le froid la mettait très mal à l'aise, et elle s'efforçait de ne pas penser à la réaction de Neil.

Le décor était surréaliste : des tables avaient été installées et on servait du café chaud, on avait sorti des couvertures des voitures pour en couvrir les épaules des parents anxieux qui cherchaient à savoir si leurs enfants se trouvaient dans le véhicule au fond du ravin. Comme tout le monde semblait avoir une tâche à accomplir et que le premier blessé n'arriverait que dans une demi-heure, Gabby décida d'aller se reposer à l'arrière d'une ambulance.

Après avoir prévenu l'un des assistants, elle s'allongea sur un brancard et s'étira, luttant contre le sommeil qui menaçait de l'emporter.

Elle y réussit. Pendant quelques minutes, paupières closes, concentrée sur sa respiration, elle fit le vide dans son esprit. Puis, soudain, ayant l'impression d'être observée, elle ouvrit les yeux et tourna la tête. Un jeune garçon était agenouillé près d'elle, son visage tout près du sien.

— Qui es-tu ? murmura-t-elle pour ne pas l'effrayer.

— Benjamin Tyler Janssen, madame.

Un enfant de sept ou huit ans, très poli, et affolé, à en croire l'expression hagarde de son regard.

— Et que puis-je pour toi, Benjamin ?

Semblant sur le point de pleurer, il haussa les épaules sans répondre.

— Tu étais dans le 4x4 qui a eu l'accident ?

Il fit un signe de dénégation.

— Tu es blessé ?

— Non…

— Tu cherches quelqu'un qui a pu être accidenté ?

— Non, répéta-t-il.

Cette fois, il éclata en sanglots.

Pas facile de lui faire donner des explications… Elle devait poser la bonne question, ce qui pouvait prendre toute la nuit.

— Tu connais quelqu'un qui est malade ou blessé ?

— Mon grand-père. Il a dit qu'il ne se sentait pas bien, et puis…

Il renifla et essuya ses larmes de la manche de sa veste.

— Si tu veux que je t'aide, Benjamin, il faut me raconter la suite.

— Il s'est endormi, et il se réveille plus.

Les causes possibles lui traversèrent l'esprit : congestion cérébrale, infarctus, arrêt complet du cœur…

— Eh bien, je suis médecin et je vais l'examiner tout de suite. Tu peux m'indiquer où il est ?

— Dans la voiture. On rentrait à notre chambre, mais on a dû s'arrêter à cause de l'accident.

— Vous logez à l'auberge de la Sœur aînée ?

— Oui, madame. On fait de la randonnée tous les jours et mon papy prend des photos pour les vendre aux magazines.

Autrement dit, un photographe professionnel… Il devait être en bonne forme physique.

— Tu vois cette mallette noire derrière toi ? Eh bien, attrape-la, et comme j'ai besoin d'un assistant, tu me la porteras.

Elle se chargerait des premiers secours : le kit de perfusion, un sac de solution saline, une lampe torche et une couverture. Après avoir fourré le tout dans une taie d'oreiller, elle sortit avec Benjamin par le hayon arrière et le suivit à travers la foule qui semblait de plus en plus dense.

Après avoir prévenu l'un des secouristes, elle s'arrêta pour téléphoner à Neil. Non qu'elle espérât une réponse, mais peut-être écouterait-il ses messages.

— C'est soit un AVC, soit un infarctus, je ne le saurai qu'en arrivant à la voiture. Nous descendons la route principale. Appelez-moi dès que possible, conclut-elle avant de raccrocher.

Le ferait-il ? Elle en doutait.

— Tu habites près d'ici, Benjamin ?

— Non, on vient de temps en temps. Mon papy est passionné par les paysages de montagne.

— Vous n'êtes que tous les deux ?

— Oui. Papa et maman sont à la maison.

Ouf ! Elle avait craint que son grand-père ne l'élevât seul.

— Bien. Dès que nous aurons pris soin de ton papy, nous avertirons tes parents.

En le voyant presser le pas, elle comprit qu'ils touchaient au but.

— Dépêchez-vous ! cria-t-il en se mettant à courir.

Elle braqua sa torche sur le véhicule et sortit son portable.

— Je suis sur les lieux, Neil, c'est une SUV rouge avec un porte-bagages sur le toit.

Et un homme affalé sur le volant.

— Je m'en occupe. Et… je ne ferai pas de bêtises, je vous le promets.

Elle raccrocha puis se tourna vers l'enfant.

— Benjamin, reste ici, sur la route, et si quelqu'un vient, fais signe pour essayer de l'arrêter. Mais ne te précipite pas au-devant des voitures, d'accord ?

— Vous allez le réveiller ?

Mieux valait ne rien promettre. Le grand-père de Benjamin avait l'air en piteux état.

— Comment s'appelle-t-il ?

— Papy Ben.

— Bon, voyons ce que je peux faire pour lui.

Elle s'assit sur le siège passager et vérifia le pouls de la carotide. Rien. Replaçant ses doigts sur le cou, elle réessaya sans succès, jusqu'à la troisième tentative, où elle détecta une faible pulsation, irrégulière, mais pulsation tout de même.

— Il se sent mieux ?

Si elle pouvait se retourner, être plus souple, pour lui examiner les yeux ! Mais impossible, son ventre la gênait dans cet espace étroit. Elle redescendit et fit le tour de la voiture.

— Mon papy est guéri ? cria le garçonnet, plus agité qu'inquiet, à présent.

Il espérait un miracle… Mais les choses se présentaient mal pour son grand-père, et le fait qu'elle n'ait plus toute son agilité n'arrangeait rien.

— Je ne peux pas le savoir tout de suite.

Que faire ? Prendre le petit garçon dans ses bras pour le préparer au pire, ou lui demander de rester sur la route pour lui épargner la scène ? Elle avait vu mourir sa mère d'une rupture d'anévrisme, pendant que son père travaillait. Tout s'était déroulé très vite. Un souvenir qu'aucun enfant ne devrait avoir, et par ailleurs, elle avait besoin de Benjamin.

— Je voudrais que tu passes un coup de fil pour moi.

Elle lui tendit le téléphone puis ouvrit la portière du côté conducteur.

— Appelle le premier numéro de ma liste, tu répéteras au monsieur tout ce que je te dirai.

Son patient était un homme musclé, à la large carrure et aux cheveux courts, trop imposant pour qu'elle puisse le déplacer.

— Ben, vous m'entendez ? cria-t-elle.

Aucune réaction.

Elle braqua la torche dans ses yeux. Les pupilles réagissaient normalement à la lumière, ce qui était bon signe.

— Tu as eu la communication, Benjamin ?

— Oui, madame.

— Quelqu'un a répondu ?

— Non.

— Pas grave. Tu as le répondeur, n'est-ce pas ? Alors, allons-y : « pouls très faible…, tachycardie…, respiration normale… peu profonde… tension inaudible ».

Benjamin répétait mot pour mot.

— Légère cyanose… Peau froide et moite.

En quelques minutes, en se penchant au-dessus de Ben autant qu'elle en était capable, elle avait réalisé tous les examens à sa portée.

Maintenant, il lui était impossible de le sortir du véhicule, ou de le faire se déplacer jusqu'au siège passager, même avec l'aide du garçonnet, pour le conduire à l'hôpital. Impossible également de monter à l'intérieur pour lui administrer quoi que ce soit. Elle enrageait.

— Benjamin, écoute bien et répète : je mets en place… une perfusion… de solution saline.

Ensuite, si personne ne l'assistait, l'homme mourrait. Elle savait reconnaître les attaques cardiaques, et celle-ci était sérieuse.

— Ben ! hurla-t-elle encore dans l'espoir de le réveiller.

Son espoir fut malheureusement déçu, et le pouls était de plus en plus faible.

— Le monsieur a rappelé, il a dit qu'il arrivait ! cria Benjamin. C'est un médecin ?

— Oui, un excellent médecin, qui fera tout ce qu'il peut pour aider ton papy.

Hélas, l'état de Ben se détériorait rapidement. Au moment où elle vit approcher les phares, le pouls était inexistant, ainsi que la respiration. Neil bondit hors du véhicule de secours.

— Il est en arrêt cardiaque, Neil, et je ne peux même pas le sortir de son siège !

— Prenez ce qu'il vous faut dans l'ambulance, Gabrielle. Nous sommes seuls, vous et moi. Impossible de faire appel à d'autres secouristes car tout le monde est occupé.

Elle trouva des produits et un défibrillateur portable qu'elle demanda à Benjamin de porter à Neil, et se munit d'un ballonnet pour la ventilation et un kit d'intubation, au cas où la réanimation se poursuivrait jusque-là…

Lorsqu'elle retourna à la voiture, Neil, qui avait allongé Papy Ben sur le sol, les phares allumés dirigés sur lui, pratiquait compressions thoraciques et bouche-à-bouche en alternance.

En lui apposant les coussinets de l'appareil sur le torse, elle découvrit qu'il était en état de fibrillation ventriculaire. Son cœur frémissait plutôt qu'il ne battait. Ensuite, elle prépara les produits pendant que Neil s'occupait de la cardioversion.

— Bon sang…, marmonna-t-il en constatant que rien ne se passait. Vous savez s'il a déjà eu des problèmes cardiaques ?

— Non. J'ai fouillé ses poches et le compartiment du tableau de bord, et je n'ai rien trouvé de spécial. Pas de médicaments. Un homme actif, visiblement.

— Evidemment ! Ne me dites pas que vous ne l'avez pas reconnu !

Il s'apprêta à donner un second électrochoc.

— J'aurais dû ?

— Ben Gault, l'un des plus célèbres photographes du pays.

En effet ! Lorsqu'elle avait visité son exposition l'année dernière à Chicago, elle avait été si impressionnée qu'elle avait acheté quelques copies pour décorer son appartement. Autant admettre, d'ailleurs, que l'artiste était pour quelque chose dans sa décision de quitter la ville, car c'était la contemplation de la nature sauvage fixée par l'objectif qui lui avait fait prendre conscience qu'il lui manquait quelque chose pour être heureuse. Soudain, elle comprit : depuis des mois, elle admirait, chez elle, les Trois Sœurs photographiées sous divers angles. Pas étonnant qu'elle se soit sentie chez elle aussitôt arrivée…

— Vous voulez dire le Ben Gault que tout le monde connaît ?

— Il n'en existe qu'un.

Après avoir administré les produits, elle saisit le ballon d'oxygène pour le relier au masque ; peine perdue… Le large visage de Ben ne permettait pas d'appliquer celui-ci correctement. Ils allaient être obligés de l'intuber, ce qu'elle serait incapable de faire, car elle devrait se mettre à plat ventre… Elle prit donc le relais pour les compressions thoraciques pendant que Neil s'occupait de l'opération.

— Je suis inquiète qu'il ne montre aucun signe d'amélioration… Je n'ai par ailleurs aucune idée du temps qu'il a passé dans cet état avant que Benjamin me guide jusqu'ici.

— Mais le pouls battait, tout à l'heure, non ?

— Faiblement. Neil, je vous bénis d'être venu ! J'avais si peur, et je me sentais si impuissante…

Absorbé dans l'examen des cordes vocales, il ne répondit pas, et elle poursuivit le massage cardiaque. Son dos la faisait souffrir, ses muscles se crispaient déjà et même ses épaules étaient douloureuses.

— Ça va, Gabrielle ?

— Et vous ?

— Je préfère ne rien dire.

— Je crois que vous avez tort. J'aimerais vous parler de Gavin.

— Vous voulez m'expliquer qui était mon frère ? Eh bien, sachez que ça ne m'intéresse pas.

Il lui tourna le dos pour placer la canule et prit le relais pour les compressions pendant qu'elle prenait en charge la ventilation.

Inutile d'insister, songea-t-elle, le moment était mal choisi. Il n'était pas prêt, et ne le serait peut-être jamais…

Une heure plus tard, Ben Gault, installé dans un lit aux soins intensifs, était toujours en vie et son état s'améliorait. Hormis quelques remarques sur leur patient, Neil et Gabrielle n'avaient plus échangé un mot.

Bien qu'elle se fût attendue à sa froideur, elle fut déçue de sa réaction.

— C'est comme ça, Bryce, murmura-t-elle en partant rejoindre le petit Benjamin dans la salle d'attente.

— Je peux voir mon papy ?

Elle prit place sur le canapé à côté de lui.

— Il dort, mais sans doute dans un moment nous pourrons jeter coup d'œil dans la chambre, si tu me promets de ne pas le réveiller.

— Il va guérir ?

— Nous l'espérons. Nous faisons tout notre possible.

— On doit aller tous les deux à Hawaii cet été.

— Tu voyages beaucoup avec lui ?

— Quand mes parents m'y autorisent. Assez souvent, je trouve.

— Et je parie que tu adores ça.

Bryce, lui, n'aurait pas de papy qui l'emmènerait en voyage. Et il n'aurait même pas de père… Quoi qu'elle fît, il n'y aurait pas d'hommes dans la vie de son fils. Un moment, elle avait eu l'illusion que Neil prendrait cette place…

— Oh, oui, c'est super ! Il me laisse porter son appareil photo quand on est en randonnée. J'en ai un, moi aussi, qu'il m'a offert pour Noël.

— Je suppose que tu fais de belles photos. Qu'est-ce que tu photographies ?

— Des animaux. Des chevaux, ou des chèvres.

— Tu aimes les chèvres ? Je n'en ai jamais vu en vrai.

— Il faut se méfier, dit Benjamin d'un air sérieux. Elles peuvent être sournoises.

Comme la vie, songea-t-elle.

Les parents de Benjamin étaient en route, et elle avait promis de s'occuper de lui jusqu'à leur arrivée. Et cela ne lui pesait en rien, au contraire, et lui permettait de réfléchir à sa future existence avec Bryce. En s'installant plus confortablement sur le canapé, elle remercia encore une fois mentalement Gavin pour ce cadeau.

Gabrielle semblait très à l'aise en compagnie du garçonnet, avec qui elle bavardait depuis une heure sans aucun problème. Elle avait un contact facile avec les enfants, Neil n'avait aucune inquiétude à ce sujet.

Malgré tout, il était en droit d'être préoccupé. Avant de connaître la vérité, il se souciait d'elle en tant qu'ami, et à présent, il se trouvait relié à ce bébé d'une façon inattendue. Lui qui avait espéré à certains moments devenir le père de Bryce, faire partie de leur petite famille… Une pensée totalement insensée, désormais. Il ne savait toujours pas comment faire face à la situation. De jour en jour, il se sentait plus amoureux de la femme qui portait l'enfant de son frère et n'envisageait aucune solution à ce problème.

Néanmoins, elle serait une bonne mère pour son neveu.

— Je pense que tu peux rendre visite à ton grand-père, Benjamin, dit-il en entrant enfin dans la salle d'attente.

Elle leva la tête vers lui et fit un signe d'assentiment, sans parler, sans même sourire. En la voyant prendre la main du petit garçon et sortir avec lui, il sentit son cœur se serrer.

Comment sortir de cette impasse ?

Cinq jours plus tard, Papy Ben, comme l'appelait Gabby, fut transféré dans un centre hospitalier de Denver pour y subir une opération à cœur ouvert destinée à débloquer ses deux artères bouchées. Tous les blessés de la nuit de l'accident se remettaient peu à peu, quelques-uns sur place, d'autres dans des hôpitaux plus importants. Pas de morts à déplorer, et rares étaient ceux qui avaient nécessité une intervention chirurgicale… Bref, c'était presque un miracle.

Gabby se sentait mieux, elle aussi. Reposée, en pleine forme pour une femme dans son état. Elle n'avait aucune difficulté à éviter Neil autant que possible car il la fuyait aussi.

— Tu cherches quelque chose de particulier ? demanda Janice Laughlin.

La boutique pour bébés était devenue l'un des endroits favoris de Gabby, qui s'était liée d'amitié avec la propriétaire.

— Je manque de jouets, pour l'instant…

— J'ai peut-être ce qu'il te faut dans l'arrière-boutique. Avec un chocolat chaud.

Des mots qui la propulsèrent dans la pièce. Elle n'avait pas passé le seuil que des applaudissements éclatèrent. La table était couverte de paquets-cadeaux bleus ou blancs.

— Mais que se passe-t-il, Janice ?

— Tu n'as pas pu croire que nous n'allions rien t'offrir !

— Et il y a plus, déclara Elisa Patrick, une patiente. Nous ferons tout pour te décider à accepter la proposition de Neil et Eric. Tu nous changes de Walt Graham, tu sais.

Toutes rirent en frappant de nouveau dans leurs mains.

— Je ne m'attendais pas à ça ! Enfin… Je n'ai jamais…

Elle n'avait jamais eu autant d'amies : Angela, Janice et Debbie, Fallon, Rose Kelly, Jane McGinnis, Laura. Et aussi Helen et Catie, du Panorama, et Amarelle, de la chocolaterie. Réunies pour elle.

Les larmes lui montèrent aux yeux.

— Je suis très émue… Que dire ?

— Que tu t'installes ici ?

Son vœu le plus cher, mais c'était impossible…

— Tu n'as pas l'air bien, remarqua Janice pendant que tout le monde se servait de pâtisserie.

— Je me sens un peu bizarre. C'était tellement inattendu !

— Allons… Tu as un problème. La preuve, tu n'as même pas goûté le gâteau au chocolat.

Devait-elle se confier à son amie, qui lui donnerait sans doute de sages conseils ? Non, c'était à Neil qu'elle voulait parler. Depuis qu'ils n'avaient plus que des échanges professionnels, elle éprouvait une immense impression de vide et de solitude. Jamais elle n'aurait cru qu'il lui manquerait autant. Quand ils se croisaient dans le hall et qu'il lui adressait un signe de tête poli, elle sentait son cœur se briser.

— Juste un peu d'appréhension à l'approche de l'accouchement, je suppose. Pour l'instant, j'ai toujours été de l'autre côté de la barrière : une fois le nouveau-né remis à sa mère, ce n'est plus mon affaire. Cette fois, c'est différent… Ce sera le mien, et je le garde. J'ai peur de ne pas être à la hauteur.

— Ce sont des craintes normales pour une future maman, Gabby. Tout se passera bien. De plus, si nous arrivons à te convaincre de rester, nous ne te laisserons pas tomber. Tes amies t'aiment et sont prêtes à t'aider.

— Tu vas me faire pleurer encore.

— Tu connais le remède ? Le chocolat.

Si la vie était aussi simple… Mais pour un moment de consolation, elle appréciait. C'était peut-être ce qu'il lui fallait, un moment de consolation après l'autre. Plus facile que de tout arranger en même temps.

7

— Voulez-vous que nous vous soulagions de quelques-unes de vos patientes, demain ?

— Je me débrouille parfaitement, Neil, merci.

— Alors pourquoi vous tenir le dos en vous penchant sur le côté ?

Voyant qu'elle s'appuyait au mur du couloir, il s'approcha pour la soutenir, mais elle se dégagea.

— Gabrielle, vous devriez vous asseoir.

— Je suis très bien ici.

— Ces spasmes sont fréquents ?

S'il pouvait la prendre dans ses bras pour la porter jusqu'à un fauteuil… Hélas, il se doutait de sa réaction et refusait d'avoir à se battre.

— Je peux faire quelque chose pour vous ?

— Oui, me laisser sortir. J'ai fini pour ce soir, et si vous vous écartiez de mon chemin, je pourrais passer pour rentrer chez moi.

— Vous ne partez pas à pied, n'est-ce pas ?

— Question professionnelle ? Parce que si c'est personnel, vous n'en avez pas le droit.

Il se pencha vers elle, presque à toucher son visage.

— J'ai tout de même le droit d'éprouver des sentiments… Admettez que la situation n'est pas simple. Même si je n'ai pas encore de solution, je m'inquiète toujours autant pour vous et le bébé. Donc, si vous le permettez, je vous raccompagne en voiture.

Elle l'affronta du regard, et il lut dans ses yeux le reflet d'une lutte intérieure. Soudain, il la vit baisser sa garde.

— Vous m'avez manqué, Neil.

— Vous aussi, Gabrielle, vous m'avez manqué. J'aurais vraiment voulu que les choses se passent autrement entre nous.

— Je me demande comment… Maintenant, Neil, je peux prendre un taxi pour vous rassurer.

— Vous venez d'avoir une nouvelle contraction, ne le niez pas. Si vous cessiez d'être aussi têtue ?

— Je n'ai pas envie de me disputer, Neil.

— Moi non plus.

— Alors nous serons obligés de faire tout le trajet en silence. Donc, mieux vaut que je prenne un taxi.

Au moment où elle s'écartait du mur qui la retenait, elle fut saisie d'un spasme encore plus violent, et il lui enlaça la taille.

— Je vous emmène.

A sa grande surprise, elle ne protesta pas. Mais elle se contentait d'accepter son aide, rien de plus. Il faisait une bonne action.

— Ça se calme ?

A chaque pas, il la sentait s'appuyer un peu plus sur lui.

— Non, mais j'ai l'habitude. Rien d'inquiétant, ce sera fini dans quelques minutes.

— Bien sûr, dit-il en la serrant fermement alors que son bon sens lui criait de la lâcher et de s'éloigner d'elle.

— Neil, j'apprécie les actes de galanterie de temps à autre, comme toutes les femmes, mais ne me touchez plus, sinon vous risquez de vous en repentir.

— Des menaces ?

Il ne put se retenir de rire en prenant place sur son siège.

— Qu'y a-t-il de si drôle ? demanda-t-elle.

— Votre expression. Vous avez vraiment eu l'intention de me frapper, n'est-ce pas ?

— Il ne vous est pas venu à l'idée que je me serais débrouillée seule ?

— Vous n'auriez pas pu faire un pas si je ne vous avais pas aidée à marcher.

— La question n'est pas là.

— La question, c'est que vous, et Bryce, mon neveu, je vous le rappelle, ne devriez pas avoir à vous appuyer au mur du couloir.

— Si vous n'étiez pas arrivé, tout se serait calmé en un rien de temps.

— Néanmoins, vous vous sentez mieux, maintenant que vous êtes assise, non ?

Elle ne l'avouerait jamais, bien entendu. Trop têtue pour céder. Néanmoins, il devait admettre que, depuis qu'ils se battaient froid, les disputes avec elle lui avaient manqué.

— Eh bien… Difficile de définir ce que j'éprouve. Je suis heureuse, Neil, plus que je ne l'ai jamais été, à l'idée d'avoir un enfant. Je regrette de vous avoir blessé. Je ne sais plus où j'en suis.

Il ferait mieux de retourner à son hibernation, comme le lui soufflait son instinct chaque fois qu'il s'approchait d'elle. Jamais il n'aurait cru que ce soit si difficile.

— Même si ça ne vous intéresse pas, sachez que je ne suis pas fâché contre vous.

— Ça m'intéresse beaucoup, au contraire, dit-elle dans un souffle.

— Alors, j'espère que vous comprenez mon attitude à votre égard. En ce moment, je ne sais plus où j'en suis, moi non plus.

En réalité, il était totalement déchiré.

— Neil, vous n'avez pas pris la bonne direction, je crois…, dit-elle distraitement.

Elle s'imaginait à la place de Neil et jugeait logique qu'il ne veuille pas s'engager avec elle dans ces circonstances. Quel genre de relation pouvaient-ils avoir, qui permette qu'elle reste à White Elk et qu'il soit un oncle pour Bryce ?

— Si, je vous assure.

— Non, nous avons dépassé la route du White Elk Lodge !

— Je vous emmène chez moi. Ma mère m'a fait un cadeau que je n'ai pas le loisir d'utiliser, et qui peut vous faire du bien dans l'état où vous êtes : un fauteuil de massage.

Oh, quelle bonne idée ! Pourtant, aussi tentant que cela parût, elle ne pouvait, et n'avait nulle envie, de se rendre chez lui…

— Pas question. Faites demi-tour et ramenez-moi au chalet. Je n'ai pas protesté jusqu'à présent, mais je n'irai pas chez vous, Neil.

— Trop tard.

Il arrêta la voiture devant la demeure la plus imposante de la ville, qu'elle avait déjà remarquée sans songer une minute qu'elle pût lui appartenir.

On eût dit un chalet suisse, qui dominait les maisons des alentours, et plus elle l'observait, plus elle se posait des questions : Neil serait-il prétentieux ? Elle ne le pensait pas. Elle l'imaginait plutôt vivant dans un studio que dans cette bâtisse voyante et tape-à-l'œil…

— C'est à vous ?

— Vous vous attendiez à une grotte ?

Il lui ouvrit la portière, mais ne fit pas mine de la soutenir, se contentant de lui tendre la main.

— Peut-être pas jusque-là, mais à quelque chose de plus… modeste.

— Vous ne connaissez pas mon ex-femme ! Après mon divorce, j'ai été obligé de garder cette maison, faute de trouver un acquéreur. Je n'y suis que très rarement, de toute façon.

Il se tenait à côté d'elle, prêt à intervenir, mais elle se sentait d'aplomb sur ses jambes, et par conséquent n'avait plus aucune raison d'être là. Pourtant, piquée par la curiosité, elle mourait d'envie de jeter un coup d'œil à l'intérieur. Ensuite, elle demanderait à Neil de la ramener ou d'appeler un taxi.

— Eh bien, elle est impressionnante.

— C'est bien dans ce but que ma femme l'a achetée.

— Vous n'aviez pas votre mot à dire ?

— Quand on est amoureux… Ce n'est que l'une des discordances que je n'ai pas vues à temps.

Quelles étaient les autres ? Par exemple, ne s'était-il pas douté qu'elle avait une liaison avec son frère ?

Mais inutile de poser des questions indiscrètes alors qu'une trêve semblait s'être instaurée entre eux. S'ils arrivaient à une relation cordiale, elle pourrait peut-être s'établir à White Elk.

En pénétrant dans la maison, elle laissa échapper un petit cri de surprise. Partout, des miroirs rococo, des lustres en cristal, du mobilier victorien, disposés avec beaucoup de goût. C'était sans doute le seul endroit de la ville où pourrait se tenir un bal viennois, si cette idée effleurait ses habitants.

— Eh bien, mes compliments à votre ex-femme. C'est vraiment magnifique, et je suis surprise qu'elle vous ait abandonné cette demeure puisque, si j'ai bien compris, c'était surtout la sienne.

— Hmm… Financée par moi. Nous avons tenté de nous en débarrasser sans succès. Le jugement de divorce stipule qu'elle aura droit à la moitié de l'argent lors de la vente éventuelle, mais étant donné les circonstances, elle n'a pas insisté pour que je la dédommage, et je doute qu'elle le fasse.

Pauvre Neil… Il ne pouvait échapper à cette histoire entre Gavin et Karen. Elle-même en était attristée et mal à l'aise.

— Mais vous pourriez habiter ailleurs, non ?

— Je ne viens pas souvent. J'ai un appartement près de l'hôpital, un peu exigu mais suffisant. Ici, ce ne sont que des murs… Je n'y ai pas vraiment de souvenirs parce que Karen et moi n'y avons jamais emménagé, et le premier étage n'est pas terminé.

Gabby fut horrifiée d'apprendre que Karen s'était enfuie avec Gavin avant que Neil et elle s'installent dans leur nouvelle maison… Par une cruelle ironie du sort, il vivait maintenant dans un logement grand comme un mouchoir de poche alors que cette imposante bâtisse le narguait du sommet de la plus haute colline.

— Les contractions ont repris ?

— On dirait. Voulez-vous me reconduire chez moi ?

— Vous devriez essayer mon fauteuil d'abord.

— La journée a été longue et je suis épuisée.

— Juste cinq minutes. Si ça ne vous soulage pas, je vous ramène au chalet.

Elle était heureuse de retrouver le Neil d'avant, celui qu'elle aimait, sur lequel elle pouvait compter. Qu'elle désirait, aussi, d'une façon qu'elle osait à peine s'avouer. C'était donc un peu risqué d'accepter, mais quand aurait-elle une nouvelle occasion de passer cinq minutes en tête à tête avec lui ?

— D'accord.

— Je suis inquiet à votre sujet, Gabrielle. Là, c'est le médecin qui vous parle, et il vous prescrit du repos et de la relaxation avant tout, vous m'entendez ?

— Avez-vous l'intention de me licencier ?

— Je le devrais sans doute, mais j'estime que vous êtes meilleur juge que moi sur votre état.

— Bon, montrez-moi cette machine qui fait des miracles, puisque vous m'avez amenée ici pour ça. Ensuite, je rentrerai au chalet ; la météo annonce du mauvais temps pour ce soir, et je veux arriver avant la pluie.

— Enfin, vous voilà coopérative !

Il la guida jusqu'au salon où trônait le fameux fauteuil, puis la laissa seule après lui en avoir expliqué le fonctionnement. La pièce était plongée dans la pénombre, ce qui lui convenait parfaitement.

Le lent massage en profondeur eut un effet apaisant sur son corps. Peut-être pas aussi merveilleux que des mains humaines, celles de Neil, surtout… Suffisant, toutefois, pour modifier son humeur, dans ce monde paisible où les tracas semblaient avoir disparu.

— Nous devrions acheter le même, Bryce, murmura-t-elle alors que ses paupières se fermaient.

Juste cinq minutes encore…

— Gabrielle ? Gabrielle, réveillez-vous.

Ah non, pas tout de suite ! Pas question de quitter ce nid douillet.

— Les instructions étant de ne pas utiliser l'appareil plus de trente minutes, je l'ai arrêté.

— Encore un peu, marmonna-t-elle en se calant confortablement dans le siège.

— Bon, à votre guise.

Elle eut la sensation qu'il la recouvrait d'un plaid, puis n'eut plus conscience de rien jusqu'au moment où elle rouvrit les yeux.

— Neil ?

— Je suis là.

— J'ai dormi longtemps ?

— Environ une heure et demie.

— Et vous êtes resté tout ce temps ?

Elle se sentait presque flattée.

— Non, juste un petit moment. Vous parliez à Bryce dans votre sommeil. J'aime votre façon de vous adresser à lui.

— Nous sommes en contact permanent, lui et moi. Les études le prouvent, le bébé reconnaît ma voix.

— Il a de la chance d'avoir une mère telle que vous.

C'était l'occasion, peut-être, de lui demander s'il désirait s'investir dans la vie de son neveu ? Elle y renonça au risque de gâcher ce moment rare entre eux.

— Neil, votre mère a vraiment bien choisi. Je crois que je vais m'offrir un fauteuil semblable.

— Où le mettriez-vous ?

La question la déconcerta.

— Qu'entendez-vous par là ?

— Eh bien, où serait la place de ce fauteuil ? A White Elk, ou ailleurs ?

Cela s'appelait remuer le couteau dans la plaie… D'un seul coup, ses muscles se raidirent et la douleur revint dans son dos.

— Sincèrement, je n'en sais rien.

— Moi non plus. C'est à ça que je réfléchissais en vous regardant dormir : pouvons-nous poursuivre une relation, dans ces circonstances ? Est-ce que ça marcherait, si vous restiez ?

Les mêmes interrogations qu'elle… Son cœur se serra. Peut-être avait-elle espéré qu'il la prie de s'installer ici, même s'il ne réclamait pas son amitié. A présent qu'il avait formulé ses doutes, elle s'aperçut qu'elle n'était pas prête à les entendre, ni à les affronter.

— Je dois m'en aller, Neil. La pluie arrive, et j'aimerais rentrer avant que le déluge ne commence.

— Inutile de vous jeter dessous. J'ai une chambre d'amis à votre disposition.

— N'insistez pas, je vous prie.

Malgré elle, sa voix laissait passer sa colère et sa peine. Ses émotions la suffoquaient ; elle ne pensait plus qu'à s'éloigner de lui pour essayer de trouver une solution.

— Dans ce cas, pourquoi ne pas vous restaurer avant de partir ? Je peux vous préparer quelque chose.

— Pourquoi tant de sollicitude à mon égard ? Ne m'avez-vous pas annoncé que vous ne teniez pas à ce que je reste à White Elk ?

— Ce n'est pas vrai, Gabrielle, je n'ai pas dit ça.

— Ni le contraire.

— J'essaie d'être honnête. Je ne sais pas ce que je veux.

— En fait, la décision ne vous appartient pas, Neil. Je peux parfaitement ouvrir un cabinet privé d'obstétrique où mes patientes me suivraient. Oui, Neil, il y a des gens qui souhaitent que je m'installe ici.

Non qu'elle eût l'intention de le blesser… Mais alors qu'elle avait besoin de son soutien, il ne lui parlait que d'honnêteté.

Mais pourquoi la refuser, cette honnêteté qu'elle considérait comme la vertu suprême ?

— Neil, écoutez, je…

Il leva une main pour l'arrêter.

— Inutile. Je vous ai dit que j'avais le droit, tout autant que vous, d'avoir des sentiments.

— J'ai envie que soyez partie prenante dans la vie de mon fils, et ça ne date pas d'aujourd'hui. Je le désirais déjà avant d'apprendre que vous étiez son oncle.

— Voilà le nœud du problème, n'est-ce pas ? Les souhaits que vous formulez dont je ne sais pas s'ils sont aussi les miens.

— Je vais appeler un taxi.

Souhaitait-elle qu'il la suive ? Et le ferait-il, d'ailleurs ? En atteignant seule la porte d'entrée, elle crut qu'il avait fait son choix, mais alors qu'elle se tenait sous le porche, il la rejoignit, lui couvrit les épaules d'un imperméable et les entoura de son bras, la serrant contre lui sans mot dire jusqu'à l'arrivée du véhicule.

— Accorde-moi du temps, Gabrielle. Ni toi ni Bryce n'y êtes pour rien… C'est à moi de découvrir la solution.

— J'attendrai, Neil, murmura-t-elle en refermant la portière.

Lorsqu'elle le vit toujours debout dans l'allée, sous l'averse, elle sentit sa gorge se serrer.

Selon son père, les moments importants de la vie laissaient une trace indélébile, même si on n'avait pas conscience de leur importance. Celui-ci en était un, à n'en pas douter.

Elle n'avait pas parlé à Neil depuis deux jours, deux jours misérables de pluie et de tristesse, et pour comble de malheur, elle travaillait de moins en moins.

— Il pleut toujours autant ici, en cette saison, Eric ?

Celui-ci, qui sortait d'une appendicectomie en urgence, était assis dans la salle de repos, et buvait une cannette de soda qu'il tenait dans une main, une seconde déjà ouverte dans l'autre.

— Non, c'est assez inhabituel. Au printemps, nous avons la fonte des neiges, mais toute cette pluie…

Elle se laissa tomber sur l'un des lits, ravie de pouvoir se délasser. Enfin, elle sentait que le moment était venu de cesser son activité. Elle était prête à mettre son bébé au monde.

— Pourquoi deux boissons d'un coup, Eric ?

— A la maison, j'interdis le sucre, qui n'est pas très bon pour la santé des jumelles, alors j'en profite pendant qu'elles ne me voient pas…

Elle éclata de rire.

— Je les rencontre quelquefois chez Janice. Elles sont merveilleuses.

— Merci. Même si je suis mal placé pour le dire, je suis de votre avis. Surtout avec la vie qu'elles ont… Ballottées entre Janice et Debbie et quelques autres bonnes âmes de la ville, leur père qui n'a que très peu de temps à leur consacrer…

— C'est la qualité qui compte, pas la quantité.

— Je n'avais pas prévu d'être seul pour les élever, bien sûr. Ce n'est pas facile, mais on y parvient.

— Je l'espère, murmura-t-elle.

— Tout va bien, Gabby ?

— Je suis fatiguée et grognon, comme toute femme sur le point d'accoucher, je suppose. Rien de grave.

— S'il y en a un qui est grognon en ce moment, c'est Neil. Comparée à lui, vous êtes d'humeur charmante.

— Merci pour le compliment, mais je fais des efforts, vous savez.

Il s'esclaffa.

— Alors, avez-vous décidé si vous nous quittiez ou non ? Vous avez des supporters, ici.

— Grâce à votre sœur. C'est elle qui fait campagne pour moi. Mais puisque votre remplaçant arrive bientôt…

— Il ne vient pas s'installer, et c'est provisoire. Si vous souhaitez le poste…

— Qu'en pense Neil ? Veut-il que je reste ?

— Il ne fait pas d'objection.

Un peu surprenant, et plutôt encourageant… Mais sans doute était-il simplement encore indécis.

— Eh bien, j'y réfléchis toujours.

Il n'était pas question d'avouer à Eric qu'elle se déciderait en fonction de Neil. Laissant échapper un soupir, elle ferma les yeux.

— Je devrais peut-être vous examiner, Gabby. Je sais que Neil a demandé à Walt de le faire il y a quelques jours, mais comme l'accouchement approche…

Avant qu'elle pût répondre, il saisit le tensiomètre, et elle tendit machinalement le bras.

— Ouf ! Les huit premiers mois ont passé vite, mais les dernières semaines se traînent.

— Vous êtes comme les jumelles quand Noël approche, dit-il en riant. Les onze premiers mois passent vite…

Sa tension était normale, lui apprit-il, ainsi que le reste.

— Avez-vous déjà des contractions ?

— Quelques contractions de Braxton Hicks. Rien de sérieux.

— Vous tenez vraiment à poursuivre vos consultations ? Nous pourrions nous partager vos rendez-vous, Neil et moi.

— Il ne m'en reste que quelques-unes et je ferai appel à vous en cas de besoin. Ces quelques heures hebdomadaires m'aident à me sentir utile, et je m'ennuie si je n'ai rien à faire. Je ne suis pas du genre oisif.

— C'est l'argument choc de Neil.

— Ah bon ?

— Pour être sincère, je voulais vous mettre en congé, mais il ne cesse de répéter que vous vous connaissez assez pour le décider vous-même.

Ainsi, Neil était de son avis… Cela lui réchauffa le cœur.

— En effet, je ne ferai prendre aucun risque au bébé.

Au moment où il décrochait le moniteur fœtal, Eric fut interrompu par la sonnerie du téléphone. Il ne dit pas un mot, mais son air soucieux quand il raccrocha parla pour lui.

— Une urgence ?

— Pas exactement, mais ce déluge incessant pourrait devenir rapidement un sérieux danger pour la région. Nous serons peut-être obligés d'évacuer, Gabby.

— L'hôpital ?

— Je ne pense pas car il est situé en hauteur. C'est le bas de la ville qui risque de se trouver au beau milieu de l'inondation. Je dois rentrer m'assurer que les jumelles sont en sûreté avec Janice avant de revenir organiser un service de secours. J'appellerai Neil en chemin, mais si je ne peux pas l'avoir…

— Je lui expliquerai, Eric. Filez.

Elle n'eut pas besoin de le répéter. En le regardant se précipiter pour aller secourir ses filles, elle comprit ce qu'il éprouvait, car rien ne pourrait l'empêcher, elle, de tout faire pour protéger Bryce.

— Tu dois te mettre à l'abri, Gabrielle.

Malgré sa tension intérieure, il avait réussi à parler d'un ton calme.

— Voyons, Neil, Eric vient de partir, il te faut un autre médecin.

Certes, mais pas elle. Curieux, cet impérieux besoin de la protéger qu'il éprouvait…

— Ne discute pas. Voici mes clés, va t'installer chez moi ; à cette altitude, tu ne risques rien.

Il ne pouvait faire davantage, hélas, car il avait des responsabilités à assumer.

— Je serai en sûreté chez moi, au chalet.

— Peut-être, mais encore plus là-haut. Etant donné ton état, tu ne peux pas te permettre de rester bloquée plusieurs jours. En outre, ma maison est plus confortable et mieux équipée.

A contrecœur, elle saisit le trousseau qu'il lui tendait.

— Lester va t'emmener. Je le préviens que tu le rejoins au parking.

Furieuse, elle tourna les talons, mais se calma presque aussitôt. Dans le fond, si elle résistait à ses attentions, c'était par peur de souffrir… Elle jeta un regard en arrière.

— Merci.

Ce simple mot eut l'effet qu'elle escomptait : il eut un sourire adorable qui la rasséréna.

— Prends bien soin de toi, Gabrielle. Je t'appellerai dès que possible.

— D'accord.

A ce moment, Ed Lester entra dans le hall, et Neil disparut aussitôt dans la salle d'urgence.

Son dernier sourire gravé dans le cœur, elle suivit le garde sous la pluie.

8

Depuis vingt-quatre heures, elle regardait s'abattre le déluge, le front contre la vitre, s'en éloignait pour arpenter les pièces immenses, puis retournait à la fenêtre.

Bien qu'elle se sentît en sûreté, hors d'atteinte des eaux qui envahissaient le bas de la ville, l'ennui menaçait de la rendre folle. Dans cette demeure pourtant luxueuse, le vide autour d'elle était presque palpable. Pas étonnant que Neil n'y vienne pratiquement jamais.

Elle avait envie de pleurer.

Et il lui manquait.

Malgré tout, elle était heureuse d'être là : c'était une preuve qu'il se souciait de sa sécurité. D'autre part, elle reconnaissait que travailler à ses côtés n'était plus envisageable pour l'instant. Quand elle songeait à la venue prochaine de son fils, sa mélancolie s'allégeait. Les vraies contractions avaient commencé, ce qui la rassurait, et son seul but à court terme était de mettre au monde un enfant en bonne santé. Ensuite, elle verrait ce que l'avenir leur réserverait à tous les deux, ou à tous les trois, si par hasard Neil…

— Nous prendrons les décisions au moment voulu, Bryce. Nous saurons si nous rentrons à Chicago ou si nous restons à White Elk. Mais, de toute façon, je te promets que tout ira bien.

Selon les informations à la radio, plusieurs villages du bas de la vallée avaient été évacués et l'eau montait dans les rues de la ville.

Sans véhicule, elle se sentait piégée en haut de sa colline.

— Ça t'aurait plu autant qu'à moi que Neil soit avec nous, n'est-ce pas, Bryce ?

La dernière fois qu'il avait téléphoné, il lui avait parlé de réfugiés accueillis à l'hôpital et de l'arrivée des premiers blessés légers.

— Mais quand il nous appelle, sa voix nous réconforte. Toi aussi, tu l'aimes, cette voix, j'en suis sûre.

Toutefois, lors de leurs conversations, elle n'avait pas évoqué ses premières contractions, les jugeant encore très espacées. La naissance étant prévue pour dans quelques semaines, elle n'avait aucune raison de craindre d'accoucher avant terme. Juste un signe de sa vie future lui rappelant qu'elle commençait bientôt…

Une nouvelle contraction la saisit au moment où elle s'approchait de la fenêtre. Un véhicule gravissait la colline, un 4x4 assez surélevé pour traverser sans problème les eaux qui inondaient la route, et s'arrêta devant la maison. Une silhouette de haute stature, vêtue d'un ciré jaune, en descendit. Un homme ? Une femme ? Difficile à distinguer, et pourtant ses formes semblaient plutôt féminines. Cette personne se précipita pour ouvrir la portière à… Angela !

Celle-ci était-elle déjà en travail ? Son bébé avait-il choisi le pire moment pour faire son entrée dans le monde ?

Gabby ouvrit la porte, l'autre main posée sur son ventre.

— Surtout, ne te mets pas d'idées stupides en tête, Bryce !

Angela s'engouffra dans la maison.

— Neil m'a appelée pour m'annoncer que tu étais seule ici, Gabby… Il estimait que, de la Sœur aînée, nous pourrions venir sans risque.

— C'est lui qui vous envoie ?

— Il s'inquiétait de te savoir isolée, d'autant que les communications téléphoniques sont difficiles car certaines lignes sont interrompues. Je lui ai assuré que je partais te rejoindre avec ma sœur, Dinah.

— Il ne m'en a pas parlé…

— Il a bien tenté, Gabby, et nous avons tous essayé de vous joindre, mais sans succès, intervint l'inconnue. Je suis Dinah Corday. J'arrive dans la région, et votre déluge ne me fait pas peur.

— A moi non plus !

Gabby décrocha le téléphone fixe : pas de tonalité. Elle n'eut pas plus de chance avec son portable.

— Donc, nous sommes toutes trois coupées du monde ?

— Pas d'inquiétude, il semble que mon propre portable fonctionne… par intermittence.

Gabby les fit asseoir dans le salon, sa pièce préférée, qu'elle jugeait la plus confortable, et dont la décoration plutôt masculine signalait l'influence de Neil. Puis elle leur prépara du thé, faute de chocolat chaud.

Tout en sirotant sa boisson fumante, elle observa les deux sœurs installées sur le canapé. Elles ne se ressemblaient pas du tout : Dinah était immense, comparée à Angela, et ses cheveux auburn retombaient en vagues souples sur ses épaules alors que ceux d'Angela, bruns, étaient coupés court. Cependant, elles avaient les mêmes yeux sombres et fiers.

— La maison est grande, et vous êtes les bienvenues. Qui s'occupera de la cuisine à la station ?

— Mon équipe est au travail, répondit Angela. A vrai dire, j'étais plutôt heureuse de sortir de là, car les gens affluent de toute la vallée pour fuir l'inondation.

Sur ces mots, elle s'appuya contre les coussins et ferma les yeux pour s'endormir comme un bébé quelques instants plus tard.

— Comment va-t-elle ? chuchota Dinah.

— Pas trop mal. Elle assume beaucoup de choses.

— Je suis ravie qu'elle vous ait rencontrée. Même si le Dr Ranard ne l'en avait pas priée, je pense qu'elle serait venue vous retrouver. Comme elle tient à ce que vous soyez son accoucheur, mieux vaut qu'elle soit près de vous par ce temps.

Gabby se tordit sous l'effet d'une nouvelle contraction, ce qui n'échappa pas à son interlocutrice.

— Et vous, Gabby, c'est pour quand ?

— Pas avant quelques semaines.

— Alors c'est une fausse contraction ?

— Parfois, c'est difficile de faire la différence.

— Sauf pour une obstétricienne.

Elle lui prit le pouls.

— Un peu rapide, non ?

— De la fatigue, rien de plus.

— Vous êtes sûre ?

Dinah la fit asseoir dans un fauteuil et lui appuya la tête contre un coussin.

— Vos contractions sont très rapprochées… Toutes les six minutes. On dirait que vous allez accoucher un peu plus tôt que prévu.

— Je ne crois pas, Dinah.

Soudain, une douleur lui déchira le ventre. Ainsi, ce n'était pas une fausse alerte… Elle éprouvait un mélange de peur et d'excitation, en même temps qu'une envie d'avoir son père auprès d'elle. Et Neil. Surtout Neil.

— En fin de compte… J'espérais me tromper, mais je crains que Bryce ne vienne au monde avant le reflux de l'inondation.

Dinah sortit son portable pour prévenir Neil, et malgré les affreux grésillements de la ligne, réussit à le joindre.

— Docteur Ranard ? hurla-t-elle.

Qui diable était à l'autre bout du fil ? se demanda Neil. Il n'en avait aucune idée.

— Oui !

— Gabby est en travail…

— Gabrielle ?

Il lui sembla entendre une réponse positive, entre les crachotements, puis la ligne fut coupée pour de bon.

Pestant dans sa barbe, il se précipita à la recherche d'Eric.

— Gabrielle est en travail, il paraît.

— Elle t'a appelé ?

— Non, ce devait être son amie, Angela, qui l'a rejointe avec sa sœur.

— Alors, file, prends mon véhicule et trouve un chemin praticable, dit Eric en lui lançant les clés. Je me débrouille ici.

Dix minutes plus tard, rongé d'inquiétude, Neil roulait presque à l'aveuglette sous la pluie torrentielle qui était accompagnée d'impressionnants grondements de tonnerre. Avant de partir, il avait fait main basse sur tout le matériel médical qui n'était pas absolument nécessaire à l'hôpital. Selon Angela, sa sœur était infirmière, mais il était hors de question qu'il la laisse agir seule.

Il songea soudain à Eric. Bien entendu, ce dernier avait compris qu'il était amoureux de Gabrielle. Les regards qu'il lui lançait devaient être explicites…

Il avait tout fait pour se convaincre qu'il n'éprouvait rien pour elle, qu'il ne la désirait pas. En vain. Il lui était impossible de le nier. Comme il ne pouvait pas nier non plus le fait qu'il allait mettre au monde le fils de Gavin.

A cette pensée, il serra si fort le volant que ses jointures blanchirent, et s'adjura de garder la tête froide. En principe, le 4x4 d'Eric devait être capable de l'amener à bon port. Hélas, peu après, il dut stopper net devant un torrent qui traversait la route effondrée. Il s'efforça au calme. Gabrielle n'était plus qu'à un kilomètre, en train d'accoucher, en son absence. Ce qui le rendait fou.

Comme s'il s'agissait de son enfant à lui…

Oui, il était jaloux. Il eût préféré que ce soit le sien, et il avait envisagé un avenir où ils vivraient, elle, Bryce et lui, comme une famille.

S'il ne s'était pas comporté comme un idiot, ces derniers temps… Au point de lui en vouloir pour des faits dans lesquels elle n'avait joué aucun rôle.

Son portable qui sonnait brisa le cours de ses pensées. Il décrocha. C'était Eric.

— Neil ? Tu peux faire le tour par Canyon Circle, il paraît que c'est accessible.

— Tu crois que ça va durer ?

— Je n'en sais rien, essaie quand même… Il…

Bon sang ! Ils avaient été coupés.

En maudissant la tempête, la pluie et la boue, Neil obliqua vers un chemin de traverse qui le conduirait droit à Canyon Circle. Un véritable bourbier, où il passait tout juste. Jusqu'au moment où l'une des roues arrière s'enfonça dans une ornière dont elle ne sortit plus. Pour le véhicule, c'était la fin du voyage.

Après avoir rempli sa mallette, Neil, résigné, descendit sous le tonnerre et les éclairs, fouetté par le vent, glissant dans la fange et se rétablissant toujours au dernier moment, soutenu par une unique pensée : arriver à temps.

Enfin, il frappa à la porte de service.

— Où est Gabrielle ?

L'inconnue qui lui avait ouvert lui prit la sacoche des mains, puis lui tendit une serviette de bain.

— Dans le salon. Je suis Dinah Corday.

— Vous êtes bien infirmière ?

— C'est fini pour moi, je me consacre désormais à la cuisine.

Joli sourire, pensa-t-il en se précipitant dans la pièce principale. Et compétente, sans aucun doute.

Du seuil, il observa Gabrielle. Elle paraissait calme, plus que lui en tout cas. Et heureuse.

— Je m'attendais à autre chose, Gabrielle.

— A quoi donc, Neil ?

— Peut-être à des cris… Ces vingt dernières minutes, j'ai beaucoup crié moi-même.

Elle se mit à rire.

— Je ne suis pas très extravertie. J'ai plutôt tendance à me refermer sur moi-même. Je me sens bien, Neil… C'est vous qui n'avez pas l'air dans votre assiette, et qui avez besoin d'une bonne douche, ajouta-t-elle, grimaçant, en le détaillant des pieds à la tête.

Puis elle désigna la boue qui dégoulinait de son ciré, formant une flaque autour de ses pieds.

Le regard baissé, il contempla les dégâts.

Sur le tapis d'Orient favori de Karen… Idée réjouissante, que de l'abîmer en l'honneur de la femme qu'il venait enfin d'accepter d'aimer.

— Tension parfaite, intervint Dinah, qui, pendant qu'il bavardait, était en train de faire *son* travail à sa place.

— Je suis heureuse que vous soyez là, Neil, murmura Gabrielle.

— Vraiment ? Après la façon dont je me suis comporté ? Je n'en étais pas certain.

— Il faudra que nous parlions, Neil. J'ai des choses à vous dire…

Voyant qu'elle se penchait sous l'effet d'une nouvelle contraction, il lui tendit une main qu'elle serra avec une force peu commune.

— Vous avez de la vigueur ! Mais ne vous en faites pas, j'ai encore quelques doigts en réserve.

— Même si Walt Graham était arrivé en canoë, je vous aurais choisi, Neil. Allez vous nettoyer avant la prochaine contraction. C'est à vous que je tiens à briser les phalanges.

— Sûr ?

Bien qu'il lui semblât lire dans son regard bleu la réponse qu'il attendait, elle se détourna si vite qu'il se remit à douter ; de ses sentiments à elle, cette fois, plus des siens.

— Ce dont je suis sûre, c'est que vous avez besoin d'une douche. Filez, et préparez-vous à recevoir dignement votre neveu, qui sera là d'une minute à l'autre.

Elle était si heureuse que Neil soit là, et la vue de son beau visage couvert de boue lui serrait le cœur. Elle aurait souhaité de toutes ses forces que Bryce soit son fils, mais comment aspirer à l'impossible ? La situation était complexe, et rien ne l'assurait que la tristesse qu'elle voyait dans ses yeux disparaîtrait un jour.

Cependant, pour l'instant, Bryce frappait à la porte du monde et les réponses devraient attendre.

— C'est vrai que c'est Gavin le père du bébé ? chuchota Angela, qui venait d'entrer.

— Hmm. Je ne connaissais pas Neil à l'époque…

Lorsqu'une nouvelle contraction lui déchira le ventre, elle refusa la main que son amie lui tendait.

— Va dire à Neil que c'est le moment.

— Pousse encore une fois, Gabrielle, et tu seras mère !

Elle était sans force. Plus dur que ce qu'elle avait imaginé, et cette douleur sans répit…

— Vas-y, Gabrielle, pousse !

Neil semblait très calme et sûr de lui, alors qu'elle-même avait perdu toute confiance en ses propres capacités de médecin.

— Je ne fais que ça.

Dinah la releva dans une position presque assise pendant qu'Angela essuyait la sueur de son visage.

— Respirez, Gabby. Allons, inspirez profondément et poussez.

— Il attend que tu lui donnes la vie, Gabrielle. Bryce Evans t'attend.

Bryce Evans… Elle passa en revue les hommes de sa vie. Son père, son fils, Neil, Gavin aussi. Et, soudain, Bryce fut là. Elle était heureuse et épuisée.

— Donnez-moi mon bébé…

Le silence régnait dans la chambre tandis que Dinah l'aidait à s'allonger confortablement et alors qu'Angela se reculait pour s'affaler dans un fauteuil.

A ce moment-là, Gabby fut parcourue d'un frisson glacé, et une terreur indicible s'empara d'elle.

— Il ne crie pas ! hurla-t-elle en s'efforçant de s'asseoir. Neil, il ne pleure pas ! Qu'y a-t-il ?

Elle se mit sur le côté pour essayer d'apercevoir l'enfant, sans succès. Neil avait emmené Bryce à l'autre bout de la pièce et Dinah s'interposait entre elle et eux.

— Qu'est-ce qui ne va pas ?

Comme elle tentait de se lever, Dinah accourut pour la repousser avec douceur.

— Ecoutez, Gabby, Neil s'en occupe. Il ne respire pas très bien…

— Aspiration méconiale ?

— Je ne sais pas.

L'expression de son visage, celle de tout soignant lorsqu'un enfant naissait avec un ennui grave, ou pire, sans vie, n'était pas en accord avec cette réponse.

— Il est vivant ? Neil, dites-le-moi, il est vivant ?

Le dos tourné, il s'activait, penché sur la commode où il avait couché Bryce.

— Je veux voir mon bébé !

Dinah l'arrêta dans sa tentative de sortir du lit.

— Laissez Neil tranquille, Gabby.

— Il n'y avait pas de problème, tous les examens étaient bons… Que fait-il, Dinah ? De la réanimation cardio-respiratoire ?

— Gabby, je dois téléphoner, répondit-elle. Vous m'entendez ? Je suis obligée de quitter la pièce une minute, alors vous allez rester où vous êtes, sans vous affoler, d'accord ?

Des idées éparses, plus terrifiantes les unes que les autres, lui traversèrent l'esprit.

— Donnez-le-moi, je veux le tenir dans mes bras, murmura-t-elle.

— Gabby, fais confiance à Neil, intervint Angela, très pâle et les traits tirés. Tu sais qu'il est compétent.

Elle acquiesça, sans se recoucher. Ses yeux ne pouvaient se détacher de l'homme qui luttait pour sauver la vie de son fils.

— Il réagit ?

Elle scruta le dos qui resta tourné. Il n'y eut pas de réponse.

— Neil, je t'en prie, dis quelque chose !

— Oui, Gabrielle, mais il est cyanosé. Il se bat.

— Il respire ?

— Pas suffisamment.

— Ton pronostic ?

Au lieu de lui répondre, il regarda Dinah qui revenait, trempée.

— J'ai fini par avoir une surveillante, Fallon, qui envoie un certain Eric avec de l'oxygène et un kit de perfusion.

Par ce temps, il était impossible d'envisager de transporter Bryce avant de l'avoir stabilisé.

— Bon sang…, marmonna Neil. Cinq petits kilomètres…

Dinah lui posa une main sur le bras.

— Votre urgentiste est habitué au secours en montagne, Neil, il sera ici très vite.

Il ne répliqua pas.

Gabby avait réussi à s'asseoir au bord du lit. D'une façon ou d'une autre, elle arriverait jusqu'à son fils. Il avait besoin d'elle. Elle se mit sur ses pieds, vacilla et retomba en arrière. Dinah se précipita.

— Il faut que vous soyez forte, Gabby, pour lui.

— Je veux le voir. S'il vous plaît, avant que vous l'emmeniez…

— Ne t'inquiète pas, Gabrielle, dit Neil d'une voix tendue. Je te l'amènerai à condition que tu me promettes de rester calme.

Après avoir acquiescé à contrecœur, elle se résigna à ne plus bouger, à regarder, mais sans rien distinguer. Enfin, elle entendit un cri, faible, presque inaudible, qui signifiait malgré tout que Bryce était vivant.

— Tu veux le prendre ?

Neil se retourna, portant dans ses bras une petite chose emmaillotée dans un sweater blanc.

— Oui !

— Une minute. Il n'est pas encore très bien.

Il s'avança vers le lit sans quitter le nouveau-né des yeux.

— Bryce, voici ta mère, qui est terriblement inquiète à ton sujet.

Des larmes de joie et d'effroi mêlés ruisselèrent sur les joues de Gabby. La taille du bébé était normale, et il était beau, mais il luttait pour chercher l'air. Lorsqu'elle vérifia le pouls à la carotide, elle sentit que son cœur battait rapidement, et ses lèvres étaient bleues, ainsi que sa peau.

Néanmoins, il vivait. Pendant les minutes suivantes, en le tenant contre elle, elle espéra de toute son âme.

Sans matériel, c'était un miracle que l'enfant soit vivant, songea Neil. Le pouvoir de l'amour, et la détermination, sans doute.

— Son état s'améliore, il respire mieux.

— Je sais, murmura Gabby. C'est un battant, n'est-ce pas ?

Peut-être, mais si Eric n'arrivait pas, le combat ne durerait pas longtemps.

— Comme toi, chuchota-t-il.

Assis sur le lit, un bras passé autour de l'épaule de Gabrielle, il ne quittait pas Bryce des yeux. Un beau bébé, qui ressemblait à Gavin, et aussi à sa mère, dont il aurait le sourire.

— Neil, où est-il ?

— Eric, enfin !

Eric... Ancien chirurgien pédiatrique, il ferait le diagnostic et déciderait de la suite à donner. Selon toute vraisemblance, il s'agissait d'un problème cardiaque : les symptômes étaient ceux d'une transposition des gros vaisseaux, une inversion des deux artères principales.

Si Neil ne pouvait s'en charger lui-même, il avait toute confiance en son associé.

— En haut, dans ma chambre.

Eric se précipita dans la pièce et il allait droit au lit quand il s'arrêta net en voyant Dinah.

— Vous !

— Vous !

— Vous vous êtes déjà rencontrés ? demanda Neil, étonné.

— Non, marmonna Dinah en arrachant le masque à oxygène des mains d'Eric.

— Ce n'était qu'un léger choc, protesta Eric.

— Vous ne vous êtes même pas arrêté pour vous assurer que je n'étais pas blessée ! rétorqua Dinah, en colère.

Elle sortit du sac une petite aiguille à perfusion qu'elle s'apprêta à insérer dans la veine minuscule du nouveau-né.

— J'étais pressé. Une urgence.

Eric mit les écouteurs du stéthoscope dans ses oreilles en faisant signe à tout le monde de se taire, puis releva la tête.

— Tu as sans doute raison, Neil, dit-il.

— A quel sujet ? s'enquit Gabby.

— Il soupçonne une TGV, et je n'ai rien à objecter pour l'instant, les symptômes correspondent. Mais une fois que le bébé…

— Bryce. Bryce Thierry Evans, murmura Gabby.

— Thierry ?

— Le fils de Gavin, expliqua Neil d'un ton détaché.

Eric ne fit aucun commentaire.

— Parfait. Une fois que Bryce sera à l'hôpital, nous en saurons davantage.

Il se tourna vers Dinah.

— Vous allez conduire.

Après un dernier regard à Neil, il sortit, suivi de Dinah.

— Qu'est-ce que ça signifie, Neil ? demanda Gabby.

— Il fera tout ce qu'il peut pour le stabiliser, et si le diagnostic est confirmé, il procédera à une atrioseptostomie de Rashkind sur place. Ensuite, nous serons obligés de transférer Bryce à Salt Lake City pour des examens complémentaires et pour réaliser la jonction normale des artères.

— Tu crois que c'est vraiment une TGV, Neil ?

— Je crains que oui, et je suis navré.

— Alors il faut que je le rejoigne. Bryce ne supportera peut-être pas l'intervention…

— Eric est un chirurgien hors pair, qui fera tout son possible pour le sauver, j'en suis sûr.

— Vous avez tous deux ma confiance, mais il n'est pas question que mon fils traverse cette épreuve sans moi.

— D'accord, je vais t'emmener.

Gabby se tourna vers Angela.

— Viens avec nous, ne reste pas seule.

Son amie passa devant pour se charger des plaids et des vêtements de pluie pendant que Neil l'aidait à se préparer.

— Neil… Qu'adviendra-t-il de moi si mon fils ne tient pas le coup ?

— C'est impensable. Eric est le meilleur.

— Il arrive que le meilleur ne soit pas assez bon.

— C'est rare.

Il l'attira à lui pour déposer un léger baiser sur son front.

— Et pour cette fois, tu dois croire qu'il le sera.

9

Blottie entre Angela et Neil sur le siège du 4x4, enveloppée d'une couverture, elle s'efforçait de ne pas penser. Après tous ces mois de contact étroit avec son fils, elle ne sentait plus rien, comme s'il n'avait jamais été là.

— Tu as assez chaud ?

— Oui, Neil, merci.

En réalité, rien ne supprimerait ce frisson glacé de terreur…

— Et vous, Angela ?

— En pleine forme.

— Neil, si nous appelions Eric ?

— Nous venons de le faire, Gabrielle. Ils ne sont pas encore arrivés à l'hôpital.

— Mais j'aimerais qu'Eric me dise s'il est toujours…

Elle se mordit la lèvre pour ne pas pleurer puis ajouta, à peine audible :

— Je veux juste savoir…

Neil composa le numéro et lui tendit le portable.

— Comment va-t-il, Eric ? murmura-t-elle.

— Il se bat, Gabby. Il est très fort, et il se bat.

— Puis-je lui parler ? Il a besoin d'entendre ma voix.

Alors qu'Eric lui répondait de ne pas quitter, elle se tourna vers Neil en souriant.

— Je ne suis pas idiote. Il la connaît très bien.

— J'en suis sûr, Gabrielle. En fait, je parie qu'il attend de tes nouvelles.

— Tu le penses vraiment ?

— Le lien entre vous ne peut se briser, j'en suis persuadé.

— Je suis si heureuse que tu sois là, Neil. Je n'aurais pas pu traverser cette épreuve sans toi.

Elle serra la main d'Angela.

— Et sans toi non plus. Ne t'inquiète pas, ton bébé naîtra à l'hôpital dans de bonnes conditions.

— Alors, tu sais si c'est une fille ou un garçon ? demanda Angela.

— Oui. Je te le dis ?

— Pas encore.

— J'ai un indice, si tu veux : j'ai une paire de chaussons pour toi dans mon sac, il te suffit de regarder la couleur.

— Gabby, tu as autre chose à faire que t'occuper de moi.

— Bien sûr. N'accouche pas aujourd'hui, surtout, je ne crois pas pouvoir t'assister.

— Têtue comme elle est, elle serait capable d'essayer, intervint Neil d'un ton tendre.

Il caressait la joue de Gabby du pouce quand Eric annonça enfin que le téléphone était en place pour qu'elle parle à Bryce.

Avant de prononcer les paroles les plus importantes de sa vie, elle inspira à fond et se redressa sur son siège, cherchant des yeux le réconfort de Neil.

— Bryce, il y a eu un petit imprévu, mais fais-moi confiance. Tu es entre les mains des meilleurs médecins du monde et tu guériras vite. Je te rejoindrai bientôt. Je te promets que je serai là si tu as besoin de moi.

Elle essuya une larme, irritée de ne pas se maîtriser. Après tout, en tant qu'obstétricienne, elle avait déjà vu des bébés naître avec ce genre d'ennuis. Sauf que, cette fois, c'était le sien.

— Je t'aime, Bryce. J'arrive. Ensemble, nous allons nous en sortir. Sois fort, mon petit. Pour ta maman.

Après avoir raccroché, elle se renfonça dans le siège.

— Quand je pense que j'avertis mes patientes des risques qu'elles encourent, que j'essaie de les préparer… Je ne me suis jamais prémunie moi-même. Je suppose que je voulais tant ce bébé que j'ai refusé d'écouter ma raison.

— C'est normal, Gabrielle. On ne se focalise jamais sur les côtés négatifs. Imagine que tu aies passé ton temps à t'angoisser, à établir la liste de tout ce qui pouvait mal tourner ! Tout ce stress aurait pu avoir des effets…

— Pires ? Tu crois vraiment que les choses auraient pu être pires ?

— Oui. Bryce est vivant, Gabrielle, et avec tous les spécialistes qui se battent…

Le téléphone sonna : Eric annonçait leur arrivée à l'hôpital. Ils se dirigeaient vers la salle d'opération.

— Nous allons commencer par des examens préliminaires, des radios, et déterminer son groupe sanguin en vue d'une éventuelle transfusion. Il me faut votre consentement.

— Vous l'avez. Faites tout ce qui est nécessaire.

Bien que la pluie eût cessé, l'inondation se poursuivait, accrue par la fonte des neiges. Les mains crispées sur le volant, Neil fit un écart pour éviter une ornière, puis un rocher tombé au milieu de la route bourbeuse.

Gabby vit son visage tendu lorsqu'il ralentit devant un torrent qui traversait la voie. Ils devaient passer coûte que coûte ! L'eau atteignait les portières du 4x4 d'Angela, un véhicule solide, Dieu merci. Elle avait une chance d'embrasser Bryce avant l'intervention.

Tout son être était concentré sur ce seul but.

Enfin, après le plus long trajet de sa vie, ils arrivèrent. La vue qui s'offrait à eux était inhabituelle : des cirés jaunes, des parapluies partout, des gens dans l'eau jusqu'aux genoux empilant des sacs de sable autour de l'hôpital. Neil fit signe qu'on s'occupe d'Angela, avant de prendre Gabrielle dans ses bras pour la porter à l'intérieur.

Eric se précipita vers eux.

— Gabby, quel est votre groupe sanguin ? Bryce est AB négatif, ce qui est rare.

— Comme Gavin… et par chance, c'est aussi le mien, intervint Neil. Je te rejoins.

Après avoir installé Gabrielle dans un fauteuil roulant, il courut à la suite d'Eric vers les urgences.

Janice, qui avait été prévenue, passa derrière le fauteuil pour le pousser.

— « Comme Gavin », Gabby ? dit-elle. Le mystère s'éclaircit. Je comprends pourquoi Neil était de si mauvaise humeur ces dernières semaines. Je suis persuadée qu'il t'aime.

— Peut-être, mais qu'est-ce que ça change ?

— Laisse faire le temps. Allons dans la salle d'attente, où Laura nous attend pour te tenir compagnie.

Des amies sincères, qu'elle tenait à conserver. Toutefois, pour l'instant, une seule pensée l'obsédait : sa raison de vivre, son enfant, lui échappait.

Lors de la préparation de l'intervention, Gabby attendit, enfermée dans un box du bloc opératoire en compagnie de Janice, Laura, et d'Angela allongée sur un chariot. Certes, elle était bien entourée, et pourtant, elle aurait tant souhaité que Neil soit là…

Mais elle ne pouvait lui en vouloir de ne pas l'avoir rejointe après avoir donné son sang. Elle imaginait son trouble, et son humiliation depuis que le secret était éventé. Peut-être était-il resté avec Bryce… Elle l'espérait ; l'homme qu'elle aimait ne lui tournerait pas le dos.

Dinah vint la chercher pour l'emmener dans un autre box où elle lui accorda quelques minutes d'intimité avec son bébé.

— Tu es un beau petit garçon, très fort, Bryce, murmura Gabby en refoulant ses larmes. Quand tu seras guéri, nous pourrons commencer notre nouvelle vie.

Hélas, ce moment fut trop bref car, très vite, Dinah rouvrit la porte.

— Navrée, Gabby, mais il est l'heure, dit-elle. C'est moi qui vais assister Eric au bloc.

Curieux…, songea-t-elle distraitement. N'était-elle pas là pour remplacer Angela à l'auberge ?

En soupirant, elle lui tendit son fils et alla retrouver ses amies.

— J'ai joué de malchance, Laura. J'ignorais que Gavin avait un frère…

— Personne ne te juge, Gabby. Nous supposons que le Gavin que tu as connu était différent de l'image qu'il nous a laissée. Qui sait si Neil ne t'en sera pas reconnaissant un jour… Nous avons tous besoin d'avoir de meilleurs souvenirs de lui.

— Si Neil me reparle après ça, nous surmonterons peut-être la crise.

— Tu l'aimes ? Alors, sois patiente.

— Et s'il ne m'adresse plus jamais la parole ?

— S'il veut avoir une relation avec son neveu, il le fera. Il a un cœur, Gabby.

— Pour l'instant, j'ai hâte que l'opération soit terminée et que l'on transfère Bryce à Salt Lake City.

— Tu reviendras ?

— Que dire ? Je suis dans une totale incertitude. J'adore cette ville et ses habitants. A mon avis, c'est l'endroit idéal pour élever un enfant.

— Dans ce cas, reste… Mais ce n'est pas le moment de prendre des décisions. Allons, papotons un peu, ça nous changera les idées. Figure-toi que la sœur d'Angela a eu un problème avec Eric. Lorsqu'elle est arrivée, il a heurté sa voiture dans un embouteillage et refusé de s'arrêter, alors elle l'a pratiquement poursuivi jusqu'à l'hôpital.

Ah, les petites villes ! Pourtant, malgré ses potins, elle aimait White Elk. Si seulement Bryce et elle pouvaient s'y établir…

*
* *

Après avoir fermé la porte du box, Neil observa Gabrielle. Ses paupières étaient closes, mais il avait la certitude qu'elle ne dormait pas quand elle savait qu'on opérait son fils. Moins épuisée, elle se serait tenue à côté de la table pour le surveiller.

Il le ferait donc à sa place, bien qu'il fût déchiré de ne pas être à son côté.

— Gabrielle, je vais me mettre en tenue, dit-il du seuil.

— Tu es resté avec lui ? demanda-t-elle sans ouvrir les yeux.

— Oui. Tout le temps.

Il avait le cœur brisé en voyant les larmes qui ruisselaient sur les joues de la femme qu'il aimait.

— Je l'espérais. Tu es le seul… Toi et moi, nous sommes sa seule famille. Je te fais confiance.

— Je sais, Gabrielle.

Il réprima son envie de la prendre dans ses bras, conscient que sa souffrance ne cesserait que lorsque Bryce serait tiré d'affaire. La sienne aussi, car il souffrait avec une intensité qu'il n'eût jamais soupçonnée.

— Neil ?

Eric le regarda se placer près de la table d'opération. Bizarrement, il avait l'impression d'être étranger au lieu, comme s'il assistait à une procédure pour la première fois.

— J'observe mon neveu. Comment va-t-il ?

— Je crois que nous avons de la chance. Le cas est simple, et il s'en sortira sans dommage après la seconde intervention.

Neil éprouva un immense soulagement.

— Gabrielle sera heureuse de l'apprendre.

Son ton était détaché, bien qu'en vérité, il imaginât déjà Bryce dans quelques années, jouant au football ou au rugby avec lui. Non, c'était trop facile… Après la façon dont il s'était comporté, il n'était pas sûr que Gabrielle veuille toujours de lui.

— Jamais je n'aurais pensé que c'était le fils de ton frère.

— Vous avez les mêmes yeux, remarqua Dinah.

Henry Gunther, l'anesthésiste, qui avait réussi à les rejoindre, regarda par-dessus ses lunettes alternativement Bryce et Neil.

— C'est vrai. On dit que vous allez épouser le Dr Evans ?

— Bon sang ! Où avez-vous pris ça, tous autant que vous êtes ?

— Ne t'énerve pas, Neil. Les petites villes, tu sais ce que c'est… As-tu des nouvelles de Gabby ? Elle doit être exténuée.

— Certes, mais elle est résistante.

Il se croyait encore obligé de garder ce ton indifférent… Et, pourtant, en voyant le sang, *son* sang, circuler dans la veine minuscule du bébé, il était bouleversé.

— Et moi, je ne suis qu'un idiot, ajouta-t-il.

— D'après Angela, vous aimez Gabby, intervint Dinah. Les amoureux se comportent souvent comme des idiots, c'est bien connu.

— Super ! marmonna Neil. Tout White Elk est au courant ! Je vois que tout le monde connaît l'histoire de l'homme amoureux de la femme qui est enceinte de son frère.

Il regarda Bryce, dont la peau avait pris une jolie coloration rose, regrettant que Gabrielle ne soit pas là.

— Tout le monde…, répondit le personnel de la salle au grand complet avec un bel ensemble.

— Eric, tu t'es organisé pour son transfert à Salt Lake City ?

— Rose Kelly s'en charge, mais impossible de faire atterrir un hélicoptère par ce temps.

— Il ne risque rien en attendant ?

Question idiote, pour un médecin, mais il avait des inquiétudes de père…

— Tu ferais mieux de rejoindre Gabby et de me laisser m'occuper de Bryce, répliqua Eric.

Alors qu'il se débarrassait de sa tenue, il la vit, appuyée au mur, pâle, les traits tirés.

— Gabrielle, tu ne devrais pas être ici.

— Je voulais savoir. Comment va-t-il ?

La voyant chanceler, il se précipita.

— Sa peau est rose, et le pronostic est bon. Puisqu'ils ont bientôt terminé, tu peux passer un petit moment avec lui.

— Merci de m'avoir remplacée auprès de lui, Neil. Je suis convaincue qu'à travers toi, il a senti que j'étais présente.

Emu aux larmes, il s'éclaircit la gorge.

— Ecoute, je suis obligé de partir, Gabrielle, j'ai d'autres patients à voir.

Un affreux mensonge, pour lui cacher qu'il n'était pas encore tout à fait prêt à admettre qu'il les aimait, tous les deux…

Parviendrait-il jamais à oublier son ressentiment à l'égard de Gavin ?

Après avoir prié une infirmière de la raccompagner, il sortit sans se retourner.

— Tu es certaine d'être assez forte, Gabby ?

— Ce n'est qu'un trajet en hélico, Eric.

Après l'opération, elle venait de passer vingt-quatre heures auprès de son fils. Tout en le berçant dans ses bras, elle avait pris sa décision : si Neil le souhaitait, elle resterait, et s'il ne supportait pas que Bryce lui rappelle constamment son frère, elle s'en irait.

Elle ne l'avait pas revu…

— Fallon s'occupera de vous et de Bryce. Le Dr James Galbraith vous attendra là-bas.

— Est-il compétent ?

— Je lui confierais mes jumelles les yeux fermés.

Rassurée, elle grimpa à l'arrière de l'ambulance qui l'emmènerait jusqu'à la Sœur cadette d'où l'hélicoptère décollerait.

Une heure plus tard, alors que le bébé était transféré, par précaution, dans le service néonatal de soins intensifs, elle dut remplir des papiers.

— Vous avez oublié de noter le nom du père, remarqua la secrétaire.

— Il n'en a pas. Euh… Gavin Thierry, décédé.

— Je suis navrée, commenta la jeune femme.

— Moi aussi, Gabrielle…, intervint une voix masculine.

Celle de Neil ! Elle se retourna.

— Je ne savais pas que tu venais.

— Moi non plus. Hier, j'ai pris la voiture et j'ai roulé…

— Pour voir Bryce ?

— Pour te voir toi, Gabrielle.

— Vous pouvez monter, madame, intervint la secrétaire.

Gabby se dirigea vers l'ascenseur.

— Tu m'accompagnes, Neil ?

— Tu le souhaites ?

— C'est ton neveu. Si tu veux jouer un rôle dans sa vie, je ne t'en empêcherai pas.

Ils demeurèrent silencieux durant le trajet qui les conduisait au quatrième étage. Pendant qu'elle se mettait en tenue, Neil resta sur le seuil de la pièce.

— Dis-lui que je suis là, et que je l'aime, dit-il.

— C'est vrai ?

— Même si rien n'est simple entre nous, Bryce n'est pas responsable. Il se bat pour survivre, et pour l'instant, il a besoin de tout l'amour possible.

— Pour l'instant ? répéta-t-elle, exaspérée. Dans ce cas, tu peux nous laisser. Mon fils mérite mieux que de l'amour provisoire. Si tu es incapable de l'aimer pour toujours, tu ferais mieux de retourner à ton hôtel.

Les jambes tremblantes, elle tourna les talons et se précipita dans le service.

Quand elle jeta un regard en arrière, il était parti.

Aux soins intensifs postnataux, elle savait avoir droit à dix minutes de visite par heure.

Bryce semblait si fragile, relié à l'oxygène et à la perfusion. Dans cette salle pleine de machines, il n'y avait aucune place pour les berceuses ou les câlins. Cependant, lorsqu'elle posa ses doigts sur la poitrine de son fils et sentit son souffle, sa reconnaissance alla à l'homme que Neil haïssait. Une haine peut-être irrémédiable…

— Maman doit regagner sa chambre, murmura-t-elle en embrassant son fils sur le front. Quoi qu'il advienne, maman t'aime, et t'aimera toujours.

10

— J'ai pensé que tu aurais envie d'un chocolat.

Neil s'assit à côté d'elle après lui avoir tendu un gobelet en plastique.

— Je te croyais parti ?

— Je n'ai pas pu, Gabrielle. Même si je ne sais pas où j'en suis, je suis incapable de te quitter.

— Je désire que tu restes, Neil. Pour tout dire, je souhaite que nous formions une famille, Bryce et toi, et toi et moi, surtout.

— Toujours aussi spontanée et franche ! C'est l'une des premières choses qui m'ont attiré en toi.

— Mon père m'a enseigné que la vie était trop courte pour tergiverser.

— J'aurais aimé le rencontrer.

— Il t'aurait plu, et cela aurait été réciproque, j'en suis sûre.

— Peut-être apprendrai-je à le connaître à travers son petit-fils.

— Tu es certain de le vouloir ? C'est aussi le fils de ton frère, et personne n'y peut rien.

— Parle-moi de lui, Gabrielle.

— Eh bien, j'ai fait sa connaissance à Chicago, à un séminaire auquel pour une fois j'avais eu envie d'assister. A l'époque, je venais d'enterrer mon père et je me sentais seule. Gavin a fait une conférence si brillante que j'ai dû tomber un peu amoureuse de lui en l'écoutant. Il semblait animé d'une véritable passion pour la pédiatrie en zone rurale, et d'après les réactions de l'assistance, nul doute qu'il était aimé et respecté.

— Ah bon ?

— Oui. J'ignore si j'étais vraiment éprise ou si j'appréciais qu'il me fasse oublier ma tristesse. Je pense l'avoir distrait de la sienne, également, pendant les quelques jours que nous avons passés ensemble.

— Il était triste ?

— Bien qu'il n'en ait rien dit, je le devinais à son regard.

Elle ferma les paupières pour tenter de se représenter Gavin, mais ne réussit qu'à voir Neil.

Les deux frères ne se ressemblaient pas vraiment, hormis les yeux. Les mêmes que ceux de Bryce.

— Nous n'éprouvions aucun sentiment fort, et nous ne nous sommes pas revus. Puis j'ai découvert qu'il m'avait fait un cadeau inespéré, Bryce. J'ai donc cherché à retrouver Gavin pour lui proposer de prendre part à la vie de son enfant… Ensuite, tout est allé si vite ! Après avoir appris sa mort, je me suis arrêtée à White Elk et je t'ai rencontré. J'étais heureuse, jusqu'au jour où j'ai vu le nom de Gavin sur cette plaque de commémoration. Une situation impossible… Vous étiez fâchés, je portais le fils de Gavin et je t'aimais…

Elle se tut. Qu'ajouter, ensuite ? C'était à Neil de prendre le relais, de décider, et elle tremblait intérieurement en envisageant sa réaction.

— A vrai dire, nous étions sur le point de nous réconcilier quand il s'est tué, répondit Neil. Après ce séminaire, dont il m'a parlé, nous avons eu quelques conversations au téléphone, et je l'ai trouvé changé, plus calme. Il s'est excusé de ce qu'il m'avait fait subir, me priant de lui accorder mon pardon ; j'ai répondu que j'y parviendrais sans doute un jour, mais que je n'étais pas encore prêt. Je crois qu'il a accepté mes réserves…

— Et moi, je comprends sa tristesse. Il devait être accablé de remords pour t'avoir perdu aussi stupidement.

— Comment le savoir, maintenant ?

— Ce n'était plus l'homme qui t'avait volé ta femme, je t'assure.

Il eut un haussement d'épaules.

— Pour être sincère, nous ne nous entendions plus, Karen et moi, bien avant qu'il n'apparaisse dans le scénario. D'ailleurs, je peux t'avouer qu'elle ne m'a pas vraiment manqué…

— En revanche, tu as été malheureux de couper les ponts avec ton frère ?

— Au début, je me rappelle lui avoir dit que je ne voulais plus jamais le revoir. Je crois que j'étais surtout peiné de le savoir si naïf.

— Dans le fond, peut-être était-il jaloux de toi depuis son enfance ? Mais après l'humiliation que tu avais subie, ta réaction était compréhensible ; il ne pouvait pas t'en tenir rigueur.

— A présent, je suis vraiment navré pour lui d'être plus heureux qu'il ne l'a jamais été, en fin de compte.

— Si j'avais su, je l'aurais incité à me parler de ce qui le chagrinait…

Mais comment eût-elle pu deviner ?

— Finalement, après nos échanges téléphoniques, j'ai accepté de le rencontrer à White Elk, reprit Neil. Nous devions déjeuner ensemble, pour commencer. Il a très bien compris ma défiance, et je suppose que le don qu'il a fait à l'hôpital pour la salle de pédiatrie était une façon de se faire pardonner. C'était un médecin brillant.

— Tu ne me l'apprends pas.

— Vois-tu, la vie est étrange, car si je ne t'avais pas connue, j'aurais toujours douté de sa sincérité lors de notre dernière conversation.

Il ferma les yeux un instant. Elle souffrait de l'angoisse qui se lisait sur son visage. Si elle pouvait faire quelque chose pour soulager son fardeau… Simplement l'écouter, peut-être.

— Le jour de notre rendez-vous, un de mes patients était très mal, et je l'ai appelé pour tenter de reporter notre déjeuner, poursuivit-il. Il a insisté, arguant qu'il ne pouvait taire plus longtemps les confidences qu'il avait à me faire. Il a dû sentir que j'acceptais à contrecœur, et le destin a voulu qu'il se tue en voiture, juste à l'entrée de la vallée, en venant me rejoindre.

Une phrase fit écho dans la mémoire de Gabby : « Terrible, ce qui lui est arrivé. » Ainsi, voilà de quoi parlait Ed Lester, le garde, en la raccompagnant au chalet !

Elle prit les mains de Neil dans les siennes.

— Je suis navrée que Gavin et toi n'ayez pas pu vous parler avant cette disparition brutale.

Qu'aurait-elle fait dans cette situation ? Quand son père l'avait quittée, tout avait été formulé entre eux. Leur amour, leurs différends, et leur pardon réciproque.

Ce n'était pas donné à tout le monde…

— On ne peut pas revenir en arrière, Neil. Je suis sûre que tu croyais disposer d'un délai pour t'expliquer avec lui. Hélas, dans la plupart des cas, la vie ne fait pas de cadeaux.

Encore une preuve qu'il fallait saisir les occasions avant qu'il ne soit trop tard… Par conséquent, elle n'attendrait plus pour tout lui dire. Il n'était pas question de laisser passer un jour de plus, ni même une heure.

— Ce qui est arrivé à Bryce m'a fait comprendre combien le temps était précieux. Je peux t'assurer que Gavin était un type bien, comme son grand frère, car tu as dû être le meilleur des exemples. Après ce que tu viens de me raconter, je suis certaine qu'il regrettait amèrement ce qu'il t'avait fait subir, et que vous auriez fini par vous réconcilier.

— Maintenant, il est trop tard, n'est-ce pas ?

Que pouvait-elle répondre ? Rien… Elle se promettait seulement de l'aider à surmonter ses moments de déprime. S'il la laissait faire.

— Neil, je ne veux pas quitter White Elk. Je tiens à y élever mon fils et à y être heureuse, car j'y ai trouvé tout ce que je cherchais. Mais bien entendu, je m'en irai si ça doit te faire de la peine, si Bryce et moi te rappelons sans cesse de mauvais souvenirs.

— Tu ne pourras jamais me rendre malheureux, Gabrielle. J'en ai été convaincu dès le premier soir où je t'ai vue, dans la salle à manger de Laura. J'avoue que je ne m'attendais pas à tomber amoureux d'une femme…

— Enceinte ?

Il pouffa.

— Oui, ça aussi. Mais, surtout, une femme telle que toi, qui a le don, par sa seule présence, de rendre le monde heureux.

Il porta la main de Gabrielle à sa bouche et y posa ses lèvres.

— Je n'ai pas dû encore te le dire, tu es très belle quand tu n'es pas enceinte… Au moins autant que quand tu l'es. Crois-tu que ça se reproduira ?

Elle eut un sourire rêveur, flottant sur un petit nuage.

— Crois-tu pouvoir accepter que mon fils soit celui de ton frère ? Bryce devra le savoir un jour ou l'autre.

— Je l'aime déjà de tout mon cœur, et je ne souhaite qu'une chose : que tu lui permettes de m'appeler papa.

— D'accord ! En revanche, je ne peux pas te promettre que nous aurons d'autres enfants. Après mon accident, j'étais supposée ne pas en avoir, et celui-ci a déjà été un miracle.

— Peu importe, un seul, c'est le rêve, aussi bien que dix.

Elle sauta du lit pour se précipiter dans ses bras.

— Tu en voudrais dix ?

— Ou douze, ça m'est égal ! Mais un, c'est très bien aussi.

Il la prit dans ses bras, et lorsque leurs lèvres se touchèrent, elle se remémora le soir de son arrivée à White Elk et le sentiment de plénitude qu'elle avait éprouvé.

C'était là qu'elle se sentait chez elle, bien avant de comprendre que cet endroit avait captivé son cœur grâce aux photographies de Ben Gault. Oui, c'était le lieu rêvé, où son fils était né et où elle avait rencontré l'homme de sa vie.

Épilogue

Six mois plus tard

— Il a encore pris une livre !

Neil saisit Bryce dans ses bras pour le hisser au-dessus de sa tête en riant.

La procédure d'adoption était terminée, à présent. Bryce Thierry Ranard Evans était son fils à part entière, et Gabrielle et lui se souvenaient à peine de l'époque où toute leur attention n'était pas monopolisée par cette boule d'énergie.

— Selon Eric, il est en pleine forme. Son cœur et ses poumons fonctionnent normalement. Au fait, en sortant de la consultation, j'ai rencontré Angela qui amenait le bébé…

— Sarah, Neil… Elle s'appelle Sarah.

— Bien, avec Sarah. Nous avons parlé de l'auberge de la Sœur aînée, ce qui m'a rappelé que nous avions oublié notre voyage de noces. Si nous dénichions une baby-sitter…

Faisant la moue, Gabrielle se tourna vers son fils.

— On dirait que ton père complote quelque chose, Bryce.

— Ce soir, ça fait exactement quatre mois que nous sommes mariés, et je crois que le moment est venu pour nous de partir en amoureux.

Après la seconde opération de Bryce, ils s'étaient installés ensemble telle une famille heureuse, oubliant de satisfaire à la tradition…

— J'ai trouvé un véritable bataillon de femmes prêtes à s'occuper de Bryce le temps d'un week-end où nous séjournerions au Pine Ridge Lodge. Impossible d'avoir la suite réservée aux lunes de miel, qui était déjà prise, mais nous aurons une jolie chambre, deux longues journées rien que pour nous, et les repas au lit si nous le désirons…

Il lui tendit le bébé, à qui il adressa un clin d'œil.

— Il va falloir que tu la décides, mon fils.

— Bryce, dis à ton père que ta mère adorerait partir en voyage de noces avec lui.

— Deux nuits entières rien que pour nous, ma chérie…

— Le rêve… J'ai quelque chose à te montrer, dit-elle en lui jetant un regard malicieux.

Après lui avoir remis Bryce dans les bras, elle ramassa un sac qu'elle avait dissimulé.

— Mets-lui la main sur les yeux, Neil… Il est trop petit pour voir ça.

Puis elle exhiba un déshabillé noir en dentelle qu'elle agita en l'air telle une muleta.

— Au fait, c'est moi qui ai réservé la suite pour lune de miel, ajouta-t-elle, et je dispose d'une réserve d'une dizaine de candidates pour la garde de Bryce, moi aussi.

D'après ses estimations, son ventre commencerait à grossir dans deux mois, et elle avait l'intention d'en profiter, au moins le temps d'un week-end.

— Tu crois qu'on pourrait s'absenter une semaine ? demanda-t-il.

— Avec le travail que nous avons, et nos affaires qui prennent de l'ampleur de jour en jour ?

Provocante, elle brandit de nouveau la dentelle noire avec laquelle elle lui caressa la joue.

— Estimons-nous heureux de pouvoir rester deux nuits au Pine Ridge Lodge ; peut-être trouverons-nous un week-end libre le mois prochain à passer sur une autre des Sœurs…

— Si le cabinet de ta mère s'agrandit, Bryce, c'est qu'elle est si compétente qu'on vient de loin pour la consulter.

— Surtout parce que ton papa a transformé le rez-de-chaussée de sa maison en centre d'obstétrique et en maternité.

L'Hôpital des Trois Sœurs. Son hôpital privé.

Ils avaient acquis un modeste cottage entouré d'une barrière blanche, à l'orée de la ville, d'où l'on avait une vue magnifique sur les pics majestueux auxquels Gabrielle se sentait liée de façon étrange. Il lui semblait que les Trois Sœurs, fidèles à leur légende, surveillaient et protégeaient Bryce. Comme si, par l'intermédiaire des clichés de Ben Gault, elles l'avaient attirée ici dans ce but précis…

Bryce, en réponse, fit une bulle et rit.

— Mais maman n'a pas envie de parler boutique, pour l'instant.

Elle chatouilla l'autre joue de Neil avec le déshabillé.

Un père idéal, dévoué, attentif, qui ne rechignait à aucune tâche, ce qu'elle avait toujours su.

— Attention, Neil, nous devrons tout de même rentrer un moment demain après-midi, parce que Ben Gault vient spécialement pour nous photographier.

Des photos de sa famille à elle. Durant toute sa vie, ils n'avaient été que deux, son père et elle, à figurer sur l'album familial. Maintenant, ils seraient trois, et dans quelque temps quatre… Elle avait encore besoin de se pincer pour se prouver qu'elle ne rêvait pas.

— Comment ? Il se permet d'interrompre notre lune de miel ? Il ne pouvait pas attendre un moment ?

— Si, bien sûr, mais plus on attend, plus ça se verra, dit-elle avec un sourire ravi en se tapotant le ventre.

Neil ouvrit des yeux ronds.

— Non !

— Si. Nous sommes peut-être sur la voie des dix ou douze dont tu rêves.

Il s'approcha d'elle, lui prit le déshabillé des mains et le laissa tomber au sol. En le regardant former une flaque à ses pieds, il eut un sourire tendre.

— Eh bien, dans ce cas, je ne crois pas que tu aies besoin de ça.

Gabrielle se pencha pour ramasser le chiffon de dentelle noire et le rangea dans le sac.

Puis elle déposa un baiser sur le front de Bryce, avant d'embrasser longuement Neil sur la bouche.

— Je suis bien de ton avis..., dit-elle quand elle s'écarta, un peu haletante.

DIANNE DRAKE

Les jumelles du Dr Ramsey

INTÉGRALE
UN NOËL À MOUNTAIN VILLAGE

Traduction française de
CÉCILE LOMBARD

• SAGAS •

HARLEQUIN

Titre original :
HIS MOTHERLESS LITTLE TWINS

Ce roman a déjà été publié en 2015

1

— J'espère être là-haut dans une demi-heure, Angela. Ne pars surtout pas sans moi, c'est trop dangereux.

Dinah Corday éteignit son portable. Coincée dans l'embouteillage sur la route qui grimpait vers la petite ville, elle avait eu tout le loisir d'étudier le panneau « BIENVENUE À WHITE ELK ». Sachant que sa sœur, enceinte de plus de huit mois, voulait affronter la tempête car elle tenait à tout prix à rejoindre Gabby, son amie obstétricienne sur le point d'accoucher comme elle, elle tentait de lui faire prendre patience. Hélas, les éléments étaient de plus en plus déchaînés et l'inondation qui menaçait allait la retarder encore… Quelle poisse, ces encombrements !

Devant elle, elle voyait des gens qui couraient sans but, telles des fourmis après la destruction de leur fourmilière. La route avait été déviée, les feux de signalisation ne fonctionnaient plus, et le vent soufflait si fort que l'eau qui se déversait des gouttières formait des vaguelettes en arrivant au sol.

Elle soupira en levant la tête vers les pics montagneux nommés affectueusement « Les Trois Sœurs », que l'on disait investis de pouvoirs magiques et censés protéger de leur ombre les habitants de la vallée. Connaissant la légende indienne du peuple Ute sans y croire tout à fait, elle espérait que leur protection agirait en la circonstance.

En dépit du stress engendré par la situation, elle eut un petit sourire : dans peu de temps, son neveu — ou sa nièce — allait naître. Après la mauvaise passe qu'elle venait de traverser, il était grand temps qu'un heureux événement se produise dans la famille. Aujourd'hui, seul lui importait le bien-être de sa sœur, éprouvée par la fuite de son mari au début de sa grossesse.

Maudits embouteillages ! Elle sentait l'exaspération la gagner en écoutant la météo, à la radio, qui prédisait une augmentation des précipitations. Mais il ne servirait à rien de s'énerver, tout le monde devait avoir de bonnes raisons d'aller quelque part…

Lasse d'entendre les messages d'alerte réitérés, elle chercha une station qui diffusait du jazz et s'appuya au dossier de son siège, se concentrant sur le trajet des gouttes de pluie sur son pare-brise : si certaines se rejoignaient pour former des ruisselets, d'autres semblaient s'évanouir avant d'avoir atteint leur destination. « Je leur ressemble, songea-t-elle. Je tombe, je rebondis, et je m'éclipse avant de toucher à mon but. » Toujours cette impression de ne jamais rien maîtriser…

Mieux valait se laisser bercer par les douces notes du saxo ténor qui pénétraient son âme… Hélas, son espoir de parvenir au calme fut de courte durée car un véhicule la heurta à l'arrière, la projetant contre la voiture qui la précédait.

Dans son rétroviseur, elle vit en gros plan l'énorme pare-chocs argenté d'un 4x4 qui faisait déjà marche arrière. Il ne lui manquait plus que ce retard supplémentaire ! Si elle n'arrivait pas, Angela était capable de faire Dieu sait quelle bêtise…

S'apprêtant à constater les dommages, Dinah ouvrit la portière et descendit. Le conducteur maladroit l'avait devancée : un homme grand, imposant, en ciré jaune brillant, la tenue adoptée par la plupart des gens ce jour-là. Mais au lieu de s'avancer vers elle comme elle s'y attendait, il se contenta de jeter un coup d'œil au bas de caisse des deux véhicules avant de retourner en courant vers le sien.

— Des dégâts ? cria-t-elle en déplorant de ne pas porter d'imperméable.

S'il répondit, elle ne l'entendit pas au milieu du tumulte environnant. Un peu agacée, elle fouilla dans sa voiture pour prendre un parapluie. Autant se mettre à l'abri pour renouveler sa tentative de communication avec cet ours mal léché.

— Vous n'êtes pas blessé, n'est-ce pas ?

Comme elle n'obtenait toujours pas de réponse, elle répéta sa première question.

— Il y a des dégâts ?

Cette fois, il lui fit un signe de la main, tout en tenant de l'autre un téléphone portable près de son oreille.

— Je ne peux pas rester ! hurlait-il dans l'appareil. Jason, tu t'en charges ? Je dois…

La suite se perdit dans le grondement du tonnerre, et lorsque le fracas cessa, il était déjà remonté dans son 4x4 pour se dégager de la file, stoppant à côté du véhicule qu'elle avait heurté malgré elle.

Furieuse, elle claqua sa portière et se dirigea droit vers lui.

— Espèce de mufle !

— Pas de mal, Jason ? demanda-t-il au conducteur qui sortait de sa voiture, également vêtu d'un ciré jaune.

— Et moi, alors ? s'écria-t-elle en se précipitant vers la vitre du 4x4. Je n'existe pas ?

Il lui jeta un regard interrogateur.

— Vous êtes blessée ?

— Non, mais…

— Je regrette, je ne peux rien faire pour l'instant. Adressez-vous à mon ami. Je dois y aller, c'est vital.

Après une pause, il sourit en ajoutant :

— Je suis vraiment navré.

Il semblait assez sincère, et son sourire était… agréable. Pourtant, elle savait que la sincérité était facile à feindre et ne faisait aucune confiance aux sourires. Mais alors qu'elle s'apprêtait à lui faire ravaler le sien en exigeant qu'il descende s'expliquer, une bourrasque retourna son parapluie puis le lui arracha des mains. Mais elle avait à peine conscience de la pluie qui tombait et de son abondante chevelure auburn trempée dégoulinant sur ses épaules tellement elle était en colère.

— Vous n'allez pas partir comme ça !

Visiblement, il en avait l'intention. Comme tous les hommes, d'ailleurs. Impossible de les arrêter. Son père, son époux, son fiancé, le mari d'Angela, les autres… Tous les mêmes.

Curieusement, avant de démarrer, l'inconnu lui tendit un parapluie par la vitre.

— Désolé, vraiment, dit-il en faisant une grimace. Ôtez-vous de là, si vous ne voulez pas que je vous éclabousse. Inutile de vous mouiller davantage.

Que faire face à cette goujaterie caractérisée ? Rester plantée devant le 4x4, ou s'agripper à la poignée de la portière ? Cependant, la lueur qu'elle vit briller dans ses yeux de velours, ni méchante ni mal intentionnée, provoqua en elle un trouble qui la fit reculer. Une fois de plus, elle avait été vaincue par le pouvoir de séduction d'un bel homme, bien qu'elle sût qu'ils étaient tous des traîtres…

Pour preuve, il s'éloigna sans un regard en arrière pendant qu'elle demeurait sous la pluie battante, la main serrée sur le manche du parapluie qu'il lui avait prêté.

— Ma pauvre sœurette, je ne t'ai pas été d'un grand secours, ces derniers mois…

Enfin parvenue à rejoindre le sommet de la Sœur aînée, l'un des trois pics neigeux équipé d'une station de ski où travaillait Angela, elle l'avait aidée à grimper dans son 4x4 avant de braver de nouveau la tempête.

— Ne t'en fais pas, Dinah, chacun ses ennuis. D'ailleurs, je me suis débrouillée, et je suis bien entourée ici. Tu n'avais aucune raison de t'inquiéter.

Aucune… Hormis que Brad, le mari d'Angela, s'était enfui à toutes jambes en entendant prononcer le mot « enceinte ».

— Etant donné les circonstances, j'étais en droit de me faire du souci, même si cela me rassurait de savoir Gabby près de toi. Ce n'est que justice de ne pas la laisser tomber maintenant.

Le Dr Gabrielle Evans, amie et médecin d'Angela, s'était réfugiée dans la maison du Dr Ranard, à la demande de ce dernier, pour échapper à l'inondation. Enceinte de huit mois et demi, elle pouvait difficilement rester seule plus longtemps.

Après avoir garé le véhicule au sommet de la colline devant l'imposant chalet, Dinah fit entrer Angela, puis, constatant que les contractions de Gabby étaient de plus en plus rapprochées, elle l'installa dans la chambre. A cause de ce temps épouvantable, et puisqu'elle avait réussi à joindre Neil Ranard qui devait être en route, il n'était pas question de l'emmener à l'hôpital.

— Comment vous sentez-vous ?

La jeune femme hocha la tête, haletante, et s'agrippa au bord du lit, pendant que Dinah se plaçait de façon à voir où en était la dilatation. Même si elle était spécialisée en pédiatrie, elle avait une bonne expérience de l'obstétrique et, selon toute vraisemblance, elle allait devoir mettre au monde le bébé que l'amie de sa sœur appelait déjà Bryce.

Désireuse de se rendre utile, Angela épongeait le front de Gabby avec une serviette humide.

— Que puis-je faire d'autre, Dinah ?

— Assieds-toi et repose-toi. Je ne tiens pas à avoir deux accouchements sur les bras.

Dinah enviait les deux femmes sur le point de donner le jour. Autrefois, elle-même avait rêvé d'un enfant, avant que son mariage ne sombre et que sa vie ne prenne un tour différent. Des années plus tard, elle avait rencontré Charles, l'homme dont elle attendait… Peu importe, elle s'était trompée aussi à son sujet.

Cependant, l'heure n'était pas aux regrets.

— Détendez-vous, Gabby. Je pense que ce sera bientôt terminé. Bryce est en bonne position pour faire une entrée remarquée dans le monde.

— Je l'espère car j'en ai assez de cette partie-là de l'histoire.

— Mais vous serez une bien meilleure obstétricienne, à présent. Quand vous direz à vos patientes que vous les comprenez, ce sera vrai.

Elle posa la main sur le ventre gonflé, émue de sentir remuer la petite vie sous ses doigts. Oubliant soudain toute amertume, elle fut heureuse d'être là, de participer.

— Il paraît que vous n'exercez plus, Dinah ?

Gabby se détendait enfin sur ses oreillers… Mais ce ne serait pas pour longtemps, si les contractions persistaient au même rythme.

— Je suis venue remplacer Angela à l'auberge pendant son congé de maternité, et ensuite, j'aviserai.

Comme sa sœur, chef au restaurant de la station de la Sœur aînée, elle avait étudié la cuisine avant d'entrer à l'école d'infirmière. Son premier choix de carrière, ainsi que son mariage, avait été le fruit d'une décision hâtive et erronée, et, bien qu'un malheur survenu récemment l'eût conduite à abandonner un métier qu'elle adorait, elle commençait à le regretter…

— Je suis heureuse de vous avoir ici, reprit Gabby. Je craignais de devoir me résoudre à accoucher toute seule.

Les contractions s'étant encore rapprochées, Dinah savait que le travail serait très rapide. Il ne lui restait plus qu'à mettre la jeune femme en position, en espérant que le médecin parvienne jusqu'à elles sans trop tarder et ne soit pas retenu par les inondations. Sinon, elle devrait se charger de tout.

C'était étrange… Bien qu'ayant renoncé à soigner, du moins jusqu'à ce que sa vie prenne un tour meilleur si c'était possible, elle retrouvait avec bonheur les gestes qu'elle aimait faire.

En même temps, elle était toujours aussi désorientée, et si désespérée !

Grâce au ciel, le Dr Neil Ranard arriva à temps pour la délivrance ; à l'évidence, il était fou amoureux de Gabby.

Même si, selon Angela, l'enfant n'était pas le sien, Dinah fut certaine qu'il l'élèverait comme un père au regard que Gabby et lui échangèrent à son arrivée. C'était bon de savoir que l'amour vrai existait. Oh, bien sûr, pas pour elle, mais tant mieux pour ceux qui avaient plus de chance, ou plus d'intelligence…

— Pousse encore une fois, Gabrielle, dit Neil. Allons, une fois de plus et tu seras mère !

Dinah mit la parturiente en position, heureuse de se sentir utile.

— Respire, Gabby, allons, respire ! Inspire à fond et pousse.

— Il t'attend, Gabrielle. Bryce Evans t'attend.

Dinah accompagna la dernière contraction, et soudain, ce fut fini. Bryce était un bébé magnifique…

Oh, mon Dieu ! Dinah sentit son cœur battre la chamade en constatant qu'il était cyanosé.

Elle échangea un regard explicite avec le Dr Ranard pendant que Gabby soulevait la tête.

— Montre-le-moi, Neil !

Après avoir aidé la jeune mère à s'allonger, elle se précipita au pied du lit. Pouvait-elle faire quelque chose pour le médecin ou le faible nouveau-né qu'il tenait dans les mains ?

— Il ne pleure pas, gémit Gabby qui tentait de s'asseoir. Que se passe-t-il ?

— Occupez-vous d'elle, je vous prie, lui murmura Neil. Empêchez-la de regarder…

Se plaçant entre le lit et le Dr Ranard, Dinah fit de son mieux pour dissimuler les efforts de réanimation que celui-ci avait entrepris.

A en juger par le teint bleuté et la faiblesse du bébé, il s'agissait d'un problème cardiaque ou pulmonaire.

Un frisson d'horreur la parcourut. Mon Dieu, elle qui venait de craquer parce qu'elle n'avait su affronter décemment la mort d'une petite patiente ! Néanmoins, si Molly Collins n'avait pas eu une seule chance de survie, Bryce, lui, en avait, et elle devait se concentrer sur cet espoir.

— Il est vivant ? hurla Gabby. Neil, tu dois me le dire ! Montre-le-moi !

Voyant la jeune maman se redresser, elle l'arrêta d'une pression ferme sur l'épaule.

Bryce luttait toujours, pendant que, dehors, les éléments se déchaînaient de plus belle. Le White Elk Hospital avait promis d'envoyer un urgentiste en renfort… Arriverait-il à temps ? se demanda-t-elle tout en tentant d'immobiliser Gabby qui voulait se lever. Pour préserver Neil et le bébé qui avaient déjà fort à faire…

Lorsque Bryce cessa soudain de respirer, Dinah crut sentir Molly morte dans ses bras. Le souffle coupé par la panique, elle se revit à l'hôpital, résistant et pleurant, suppliant ses collègues de ne pas emmener la fillette.

— Dinah, que fait-il ? gémit Gabby. De la réanimation ?

Par chance, Bryce recommençait à donner des signes de vie. Neil se battait pour lui, parce qu'il l'aimait, c'était évident. Personne n'avait lutté pour Molly, personne ne l'avait aimée, sauf elle, Dinah, et cela n'avait pas suffi.

— Vous !

Cette voix, qui la tira de son abattement, la fit sursauter.

— Vous !

Bon sang ! De tous les urgentistes disponibles, il fallait que ce soit lui, le goujat qui s'était enfui après avoir heurté sa voiture !

Elle lui arracha le masque à oxygène des mains, et il attendit qu'elle l'ait posé sur le visage du bébé pour ouvrir la valve.

— Vous vous êtes déjà rencontrés ? s'étonna Neil.

— Hmm, un léger choc…

— Vous ne vous êtes même pas demandé si j'étais blessée, marmonna-t-elle tout en s'activant.

Avec les gestes assurés nés de son expérience, elle n'hésita pas : elle sortit une petite aiguille intraveineuse pour l'introduire dans la veine minuscule de Bryce, qui reprenait peu à peu des couleurs, ce qui la rassurait.

L'urgentiste se tourna vers Neil.

— Occupe-toi de Gabby, elle a besoin de toi. Je me charge du bébé, à présent.

Après un temps d'hésitation, Neil céda.

— D'accord, merci, Eric.

Qui était-il donc, cet Eric, pour prendre en charge ainsi le nouveau-né ?

— Vous êtes médecin ?

— Eric Ramsey, chirurgien pédiatrique, avec un DESC en traumatologie.

Lorsque Dinah eut terminé la pose du cathéter, il sortit un sac de liquide de sa mallette pour l'accrocher à la perfusion, régla le flux dans la circulation sanguine de l'enfant, puis l'ausculta.

Ils travaillèrent quelques minutes dans un silence total alors qu'ils stabilisaient leur petit patient.

— Il se bat, Gabby, dit enfin Eric. A présent, il est transportable, et nous fonçons à l'hôpital. Prenez-le dans vos bras d'abord.

En la voyant serrer le bébé contre elle, Dinah eut le cœur chaviré. Personne n'avait aimé Molly… A part elle, qui avait été impuissante. Les larmes aux yeux, elle détourna la tête.

— Ne m'en veuillez pas ainsi, mademoiselle, murmura le dénommé Eric. Je vous répète que je regrette, mais…

— Mais nous suivons tous notre route, répliqua-t-elle sur le même ton. Même s'il faut marcher sur les pieds des autres, n'est-ce pas ? Inutile de vous excuser.

— Si, si, j'y tiens. Mais nous en reparlerons plus tard. A propos de Bryce, Neil soupçonne qu'il souffre d'une transposition des gros vaisseaux. C'est-à-dire…

— Qu'à l'inverse du cœur normal, l'aorte est issue du

ventricule droit et l'artère pulmonaire, du gauche. Dans le cas de cette malformation, les cellules ne sont pas oxygénées.

Il lui lança un regard à la fois étonné et admiratif.

— On ne peut rien vous apprendre, dites-moi… Pour l'instant, je n'ai aucune raison de ne pas être d'accord. Les symptômes sont là. Nous vérifierons à l'hôpital.

— Vous faites le même diagnostic ?

Mentalement, elle passa en revue les procédures. Dans l'immédiat, on pratiquerait une atrioseptostomie, au cours de laquelle un orifice serait percé pour permettre au sang de mieux circuler. Une mesure temporaire d'urgence, suivie d'une seconde intervention qui rendrait la réparation permanente. Elle avait soigné des nouveau-nés qui l'avaient subie, et vu des issues heureuses et d'autres malheureuses.

— Venez avec moi, dit Eric. Vous allez conduire pendant que je m'occuperai du bébé.

Dans le 4x4, la tension était palpable. Il n'y avait plus aucun feu de signalisation et les routes du bas de la ville étaient presque toutes fermées. Ils roulaient depuis cinq minutes sur un chemin de traverse, bourbeux et glissant, à peine plus qu'une piste forestière, et Dinah tenait les mains crispées sur le volant.

Ils ne s'étaient pas dit un mot depuis le départ, mais elle devait se concentrer pour éviter les ornières et les bosses, et Eric était occupé à prendre le pouls et vérifier les fonctions respiratoires du bébé qu'il tenait tendrement dans ses bras.

C'était ce médecin-là qu'il aurait fallu à Molly. Il l'aurait soignée mieux que Charles, le pédiatre qu'elle avait failli épouser. Quand elle y songeait…

Une ou deux fois, en entendant Bryce laisser échapper un petit cri, elle sentit l'angoisse lui serrer le cœur. Même en des circonstances moins éprouvantes, la situation aurait été critique. Arriveraient-ils à temps ?

— Pensez-vous être compétent ? demanda-t-elle.

Une question à la limite de la grossièreté, elle en avait conscience.

— Que voulez-vous dire ?

— Etes-vous un bon médecin ?

— On me l'a assuré, mais je suppose que tout le monde a droit à sa propre opinion.

— Hmm…

Quelque chose chez lui, comme d'ailleurs chez les autres hommes, la mettait de très mauvaise humeur. Elle détestait toutes les réactions, sans distinction, que ces derniers provoquaient en elle.

— Et vous ?

Une ombre de sourire, qu'elle décida d'ignorer, flottait sur ses lèvres.

— Quoi, moi ?

— Etes-vous une bonne infirmière ?

— Je ne suis pas infirmière, dit-elle d'un ton si détaché qu'elle en fut presque convaincue elle-même. Je suis cuisinière, et je viens remplacer ma sœur pendant son congé de maternité.

— Visiblement, vous savez pratiquer un accouchement, une réanimation, et poser une voie veineuse sur un nouveau-né en danger de mort. C'est à l'école de cuisine qu'on vous a enseigné ça ?

Cette fois, il était hilare. Osait-il se moquer d'elle ? Eh bien, il allait trouver à qui parler.

— Et vous, c'est à la fac de médecine qu'on vous a appris la muflerie ?

— Ecoutez… Si je vous demande une fois de plus de me pardonner, est-ce que ça arrangera les choses entre nous ?

— A quoi bon ? Ceci dit, vous me devez des excuses sincères, pas seulement faites pour vous débarrasser de moi.

— Je vous le répète, j'étais pressé. Certes, je me suis enfui en vous plantant là. Mais vous avez dû remarquer que cette ville a perdu la tête, que l'inondation gagne du terrain, et que l'hôpital est plein de malheureux qui ne savent pas où aller. Certains sont blessés, et on m'attendait aux urgences pour organiser les secours.

— Pourquoi me suis-je imaginé que les gens d'ici étaient polis et courtois ? Je me suis trompée.

— Non. Dans d'autres circonstances, je me serais arrêté, mais tout à l'heure, cela m'était impossible, comprenez-le !

Bien sûr. Elle savait que sa réaction avait été disproportionnée, comme souvent ces derniers temps.

— D'accord. J'ai les nerfs à fleur de peau, en ce moment. Parce que j'étais en retard et que je m'inquiétais pour ma sœur… C'est à moi de vous faire des excuses.

— Inutile. La journée a été mauvaise pour tout le monde, et surtout pour Bryce.

Aussitôt, toute son attention se reporta sur le bébé, et l'incident du matin lui parut banal, comparé à ce problème.

— Comment va-t-il ?

— Il se bat. Un petit garçon résistant. Vous êtes une amie de Gabby ?

— Je ne l'ai rencontrée qu'aujourd'hui. Je suis la sœur d'Angela Blanchard, que je suis vraiment venue remplacer dans la cuisine.

— Curieux, j'aurais juré que vous étiez infirmière. Et même très compétente, à mon avis.

— Je l'ai été, en pédiatrie, mais c'est du passé. Disons que… j'ai craqué.

Les gens acceptaient volontiers cette explication un peu trop facile.

— Vous m'en voyez navré. Une perte pour la médecine, étant donné la façon dont vous êtes… passionnée.

A la grande surprise de Dinah, il semblait sincère.

Lorsqu'elle était partie, personne n'avait tenté de la faire revenir sur sa décision, personne n'avait été désolé de son départ, surtout pas l'homme qui prétendait l'aimer. Un médecin dont la carrière était en pleine ascension, qui avait trouvé plus simple de quitter une infirmière en pleine dépression.

« Tu es trop sensible, Dinah. Tu t'investis de façon abusive avec les patients, et tu n'as pas les nerfs assez solides pour ce métier. Tu aurais peut-être mieux fait de t'en tenir à la cuisine. D'ailleurs, il est encore temps… »

Ces phrases méprisantes resteraient gravées dans sa mémoire, même si elle avait l'impression qu'Eric Ramsey regrettait qu'elle ait abandonné son métier.

Hélas, elle avait perdu, sans doute à jamais, le peu de foi qu'elle avait en elle-même…

2

— Auriez-vous déjà, par hasard, participé à une septostomie ?

Tout en parlant, Eric tendit le bébé aux deux infirmières accourues pour les accueillir à la porte de l'hôpital.

— Oui, et j'ai aussi surveillé des enfants opérés, pourquoi ?

— Le personnel étant submergé en ce moment, vous pourriez m'assister au bloc.

Dinah aurait préféré prêter main-forte aux équipes de bénévoles qui posaient des sacs de sable pour refouler l'inondation… Un travail dans ses cordes, qui lui aurait épargné de se rappeler combien sa carrière lui manquait.

— Il me faut quelqu'un qui ait de l'expérience, poursuivit-il. En principe, un second médecin est disponible, mais Neil est en route pour amener Gabby et votre sœur ici, et si je demande l'aide de notre surveillante, Fallon, je prive momentanément l'hôpital du pilier qui soutient tout l'édifice.

C'était donc une proposition sérieuse, songea Dinah qui ne put s'empêcher de se sentir flattée. Toutefois, si un bébé, un de plus, n'avait eu besoin d'elle, elle l'aurait rejetée aussitôt.

— Cet enfant doit être opéré d'urgence. Toute mon équipe qualifiée est occupée ailleurs et, sans vous…

Pouvait-elle refuser de prêter assistance au petit Bryce comme les autres s'étaient détournés de Molly ?

— J'étais infirmière chef en traumatologie dans mon service. Si vous voulez vérifier mes qualifications…

— Inutile. Pour moi, qui ne suis en principe pas mauvais juge, elles sont évidentes.

Meilleur juge qu'elle, ou que Charles ?

Elle soupira.

— D'accord. Où dois-je me mettre en tenue ?

Il désigna le bloc opératoire.

— Comment vous appelez-vous, au fait ?

— Ça ne vous regarde pas.

Il éclata de rire.

— En vous lavant, utilisez plutôt l'eau froide, ça vous détendra un peu.

En général, Eric n'aimait pas les femmes véhémentes et impétueuses. Dieu sait que Patricia n'était pas ainsi : un modèle de calme en tout ce qu'elle faisait, toujours heureuse et souriante, l'épouse idéale. En revanche, celle-ci, hardie, agressive et querelleuse, avait élevé la voix contre lui plus souvent en une heure que Patricia pendant tout le temps qu'avait duré leur mariage.

Pourtant, il ne pouvait s'empêcher d'être attiré, tel un papillon de nuit par une flamme. Au risque de se brûler les ailes…

Un feu dangereux, inutile de se leurrer : s'il admirait l'infirmière qualifiée, il éprouvait pour la femme une attirance à laquelle il s'était juré de ne plus jamais succomber lorsque Patricia était morte. D'ailleurs, il portait toujours son alliance, comme pour en témoigner.

Et puis, ses jumelles comptant plus que tout, il était hors de question d'apporter des changements dans leur vie. Ils étaient très heureux tous les trois comme ça.

Neil Ranard arriva aux nouvelles pendant qu'il se stérilisait les mains.

— Tu as l'air soucieux, Eric. Au sujet de Bryce ?

Il secoua la tête. Ce qui le préoccupait, c'était de penser à cette flamboyante infirmière.

— Non, il est stable, et après l'opération, il sera en état d'être transféré à Salt Lake City.

— Gabby et moi avons toute confiance en tes capacités, Eric.

— Je ferai de mon mieux.

— J'en suis sûr. Alors, qu'est-ce qui t'inquiète ? De faire équipe avec Dinah Corday ?

Il ne prit même pas la peine de nier, tant la culpabilité le rongeait. Oui, c'était à cause de Dinah — ainsi, c'était son prénom. Elle l'intriguait, et elle était très séduisante, ce qu'il n'aurait pas dû s'autoriser à remarquer.

— Eh bien, si tu veux mon avis, elle mérite qu'on s'intéresse à elle. Et même si je n'ai travaillé qu'une seule fois avec elle, je peux dire que c'est l'une des meilleures infirmières que je connaisse. Alors, qu'est-ce qui te perturbe ?

— Je ne suis pas perturbé, c'est toi qui me déconcentres !

— Allons donc ! Tu l'étais avant mon arrivée !

— Ce n'est pas ce que tu penses, Neil. Je n'ai pas le temps, tu le sais. Entre mon métier, mes obligations de secouriste, et les jumelles, surtout…

Il recula, bras en l'air, l'eau gouttant de ses coudes.

— Je ne dois pas me laisser distraire par une femme, un point c'est tout, ajouta-t-il.

— Ecoute, je n'ignore pas à quel point tu étais attaché à Patricia, mais tu es seul depuis cinq ans et il me semble que ce n'est pas ce qu'elle aurait souhaité pour toi. De là où elle est, elle doit vouloir ton bonheur. Je parie que tu n'as jamais invité une femme au restaurant depuis qu'elle n'est plus là.

— Une fois ou deux.

En vérité, cela ne l'intéressait plus. Au fond de son cœur, il était toujours un homme marié.

— Je sais que ce n'est pas facile, Eric. Crois-moi, pour ce qui est de ramasser les morceaux, j'en connais un rayon. Après mon divorce…

Neil fit une pause, puis il haussa les épaules et sourit.

— Mais j'ai rencontré Gabrielle, et je vais l'épouser. Le

passé finit par rester à sa place et l'avenir nous tend les bras. Sois ouvert aux possibilités, car tu mérites d'être heureux, avec Dinah Corday… ou une autre.

— Et si je n'en ai pas envie ? Si je veux rester fermé ?

Il s'éloigna et, de l'épaule, poussa la porte de la salle d'opération avant d'enfiler la blouse que l'infirmier du bloc lui présentait. Comme chaque fois qu'il franchissait ce seuil, Eric était tout à ce qu'il faisait, même si les plus beaux yeux bruns du monde le regardaient par-dessus le masque. Il était prêt à sauver la vie de Bryce Evans.

Pourtant, en s'avançant vers la table, il ne vit que ces yeux, qui le déconcentraient. Il s'éclaircit la gorge.

— Liste du matériel, s'il vous plaît, avant de commencer.

Quelle journée ! Elle avait dû affronter une inondation, elle avait participé à un accouchement puis à la réanimation du bébé, et elle avait assisté le chirurgien lors de son opération. Elle aurait dû être épuisée, désireuse de trouver un coin tranquille pour faire une sieste. Ce qu'elle ferait un peu plus tard, peut-être… Pour l'instant, elle se sentait pleine d'énergie.

Après l'épreuve qu'avait été la mort de Molly doublée du rejet méprisant de Charles, elle avait passé trois longues semaines à douter d'elle-même et à se désespérer.

Pourtant, depuis son arrivée à l'hôpital de White Elk, elle avait le cœur plus léger, même si elle n'ignorait pas que cette impression s'évanouirait dès qu'elle en franchirait le seuil. Pourtant, elle s'y attardait, se trouvant à sa place, en sécurité, et éprouvant un sentiment de bien-être qu'elle ne pensait pas retrouver ailleurs. Jamais elle n'avait travaillé dans un établissement aussi minuscule, où les spécialistes en traumatologie étaient également chirurgiens et secouristes au besoin et où les médecins acceptaient des nouveaux venus au bloc opératoire.

Elle entra dans la nursery des soins intensifs néonatals, où ne luisaient que les veilleuses et le tracé vert des battements de cœur de Bryce sur le moniteur près du berceau, et s'arrêta pour admirer le nouveau-né. Par miracle, il respirait normalement et dormait calmement, inconscient du fait que des gens avaient lutté pour lui sauver la vie, ignorant que le monde n'était pas idéal. Molly aurait dû avoir cette chance, ne serait-ce que pour un bref moment…

Affligée de handicaps écrasants, Molly avait été abandonnée à la naissance ; sa mère était partie sans se retourner, laissant le bébé mourir seul dans une salle impersonnelle où même les infirmières attentionnées ne se souciaient pas d'elle. Révoltée par cette indifférence, Dinah avait été la seule à l'accompagner.

En songeant à tout ce qu'aurait Bryce dont Molly ne profiterait pas, elle sentit un vif regret se réveiller en elle. Toutes ces semaines passées à la bercer, à lui chanter des chansons, comme si elle ignorait, elle l'infirmière, quelle serait l'issue… Et à affronter Charles qui refusait de comprendre qu'elle s'investisse pour une cause perdue, alors qu'elle ne voyait qu'une fillette malade n'ayant personne au monde sauf elle.

Charles, un pédiatre… Elle avait compris alors qu'il n'aimait pas ses petits patients, qu'il se contentait de les supporter.

Comment avait-elle pu être aussi aveugle ?

A présent, elle avait envie de prendre Bryce dans ses bras comme elle avait tenu Molly, de lui murmurer des choses tendres à l'oreille.

En épousant Damien, juste après avoir passé son diplôme, elle espérait être heureuse, avoir une jolie maison entourée d'une barrière blanche, cuisiner des tartes qu'elle aurait fait refroidir sur l'appui de la fenêtre pour que son mari en sente l'odeur alléchante en rentrant, et avoir des enfants jouant dans la cour. Hélas, l'existence dont elle rêvait ennuyait son mari qui, au bout d'un an, manœuvrait déjà pour refaire sa vie avec une autre.

A trente-quatre ans, elle se retrouvait au même point après son récent échec avec Charles, un homme qui, bien que plus âgé, n'était apparemment pas plus avisé.

Elle devait avoir tendance à laisser son cœur prendre le pas sur son esprit. Si c'était le cas, la solution était de s'interdire toute relation pour ne plus risquer d'être malheureuse.

— En le voyant si paisible, on n'imaginerait pas ce qu'il vient de traverser, n'est-ce pas ?

— Eric !

Elle sursauta, surprise de ne pas l'avoir entendu.

Mais elle était perdue dans sa rêverie, dont il faisait partie, d'ailleurs. Non qu'il s'intéressât à elle de cette façon, elle le savait.

Cependant, il était trop proche d'elle à présent, penché au-dessus de son épaule, si proche qu'un effluve de savonnette menaçait de la renvoyer à ses chimères…

Chassant ces pensées importunes, elle fit le tour du berceau pour s'éloigner de lui.

— Les nourrissons se remettent mieux que nous, je pense.

— C'est ce qui vous a fait préférer la pédiatrie, Dinah ?

— En réalité, j'ai choisi de faire la cuisine à l'auberge d'une station de ski.

Une réponse évasive qu'elle formula sans le regarder de peur qu'il ne découvre la vérité dans ses yeux.

— Je vous parle d'avant.

— Pour moi, l'« avant » n'a pas d'importance, murmura-t-elle. J'ai fait quelques choix et, à présent, je suis ce que je suis. N'escomptez rien d'autre.

Les yeux baissés, elle retint son souffle ; comme le silence se prolongeait, elle releva la tête.

— Vous ne répondez pas ? demanda-t-elle.

— En général, lorsque les gens lancent ce genre d'affirmations explosives, mieux vaut se tenir à une distance prudente. S'ils veulent poursuivre, ils le feront.

— J'apprécie votre attitude.

En effet, si elle souhaitait prendre un nouveau départ, il serait mal venu de sa part d'exposer ses ennuis dès que l'occasion s'en présentait. Non seulement, elle avait envie de tirer le meilleur parti de ces quelques semaines, mais elle serait certainement appelée à rencontrer encore ce médecin avec qui un lien s'était créé du fait qu'ils avaient sauvé un bébé ensemble et qu'elle verrait sans doute ici en rendant visite à Bryce. Inutile, donc, de l'abreuver du récit de ses malheurs.

— Je vous comprends, Dinah. Il existe des gens qui ne connaissent pas les limites, qui les dépassent allègrement, et ensuite…

« Ils trichent, et sortent de votre vie », ajouta-t-elle mentalement.

— Merci, Eric.

— Merci, Dinah.

La lueur qu'elle voyait dans ses yeux bruns à la lumière des veilleuses la troubla davantage que ces paroles laconiques. Que signifiait-elle ?

— Je suis… euh… je suis heureuse que nous ayons pu travailler tous les deux.

L'intensité de son regard la déconcertait, la rendait nerveuse au point de faire trembler ses mains, mais elle ne parvenait pas à détourner la tête.

— Et encore plus d'apprendre que tout se passera bien pour Bryce et Gabby.

Voilà, elle en avait terminé et elle devait se résoudre à prendre congé de lui.

— Je suppose que nous nous disons au revoir, maintenant, ajouta-t-elle. Je dois prendre Angela dans la salle d'attente, et…

Qu'il faisait chaud dans cette pièce ! Ses joues étaient brûlantes.

— Je suis certaine que nous nous reverrons pendant mon séjour. A bientôt, Eric.

— A bientôt, Dinah.

Au son de sa voix rauque et sensuelle, elle sentit ses jambes se dérober. La fatigue, sans doute. Après quelques heures de sommeil, tout rentrerait dans l'ordre… Pourtant, elle était incapable du moindre mouvement.

— A bientôt.

Soudain, il se retrouva du même côté qu'elle, et avant qu'elle ait pu reprendre ses esprits, elle était contre lui, les bras autour de son cou, lui rendant son baiser profond, exigeant, qui lui coupait le souffle.

Puis, brusquement, la réalité de ce qui se passait la frappa avec la force d'un coup de poing et elle s'écarta.

Comment avait-elle pu se laisser aller à une pareille stupidité ? Comment ses jambes pouvaient trembler de cette façon pour un simple baiser ?

Pas simple du tout, d'ailleurs… Pourquoi s'étaient-ils embrassés ainsi ? Deux personnes qui, ayant gagné ensemble une bataille, voulaient fêter leur victoire ?

Oui, sans doute. Et elle était fatiguée. Vannée.

Pourtant, ce baiser l'avait remuée jusqu'au plus profond d'elle-même et affaiblie au point qu'elle devait se cramponner aux barreaux du berceau.

— Eric, je n'avais pas l'intention… On m'a reproché d'être trop émotive, et vous avez eu l'occasion de vous en apercevoir.

Piètre excuse…

— Bien, la journée a été longue, conclut-elle. Je vais rejoindre ma sœur pour monter à Pine Ridge Lodge et m'installer enfin.

Le moment idéal pour faire sa sortie. Eric n'ayant pas prononcé un mot, elle n'avait qu'à rassembler ce qui lui restait de forces en oubliant sa dignité depuis longtemps perdue d'ailleurs, pour sortir la tête haute. Hélas, ses pieds refusaient de bouger. Craignait-elle de retomber dans ses bras en passant devant lui ?

Quand elle se décida, il ne broncha pas.

En voyant la perplexité qu'exprimait son visage, elle se sentit encore plus gênée. Quelle idiote ! Juste après lui avoir laissé entendre qu'elle voulait garder ses distances, elle s'était jetée dans ses bras. Pourvu qu'il ne pense pas que c'était une habitude chez elle ! Le jugement de Charles, en fin de compte, n'était pas si mauvais : étant donné son émotivité, elle était plutôt faite pour la cuisine.

— Ecoutez, Eric, je n'aurais pas dû…

Il leva la main pour l'interrompre.

— Dinah, aujourd'hui, nous avons réussi un exploit incroyable que je n'oublierai pas. Et, pour faire bonne mesure, je vous répète que je regrette de m'être comporté comme un goujat ce matin.

— Aucune importance…

— Si. J'ai eu une matinée infernale entre les inondations et les urgences. De plus, mes jumelles étant au lit avec une angine, j'ai dû passer m'assurer que tout allait bien avant de retourner à l'hôpital. Mais c'est difficile de quitter deux petites malades qui pleurent et vous supplient de rester. Je me suis donc attardé plus que prévu, et j'étais distrait en reprenant la route. Vous connaissez la suite.

La suite ? Qu'entendait-il par là ? Le moment où elle avait embrassé un homme marié ? Elle ne l'aurait pas deviné… Mais, de toute façon, elle ne devinait jamais rien.

Un homme marié, avec des enfants.

Mais il n'y avait eu qu'un baiser — qu'il avait désiré aussi, elle en était sûre —, point final. Inutile de se poser des questions.

Elle trouva la force de se diriger vers la porte.

— Quel âge ont vos filles ?

— Cinq ans, mais elles se prennent pour des adultes. Je les gâte, et je n'en rougis pas.

— Comment s'appellent-elles ?

— Pippa, la plus âgée, de 9 minutes, est ma petite extravertie, qui se fourre toujours dans les ennuis, et Paige, l'introvertie sérieuse qui est un peu… crampon.

En passant le seuil, elle s'attendait presque à ce qu'il sorte son portefeuille pour lui montrer des photos de famille. Mais il se détourna tout en mettant les écouteurs de son stéthoscope dans ses oreilles pour examiner Bryce.

C'était le moment pour elle de s'échapper.

— Je me doute que vous devez regretter que le travail vous retienne si longtemps loin de votre épouse, dit-elle avant de sortir de la pièce.

Dans le hall des soins intensifs, elle s'appuya contre le mur.

Pourquoi ce baiser s'attardait-il sur ses lèvres, maintenant qu'elle connaissait la situation ? Malgré elle, il l'enflammait tout entière, et son souffle était toujours haletant.

Lui qu'elle avait cru différent, il était comme les autres. En fait, rien ne changeait dans son existence : elle faisait confiance aux beaux parleurs, et ensuite, elle souffrait.

A présent, il était temps de rejoindre sa sœur en se frayant un chemin au milieu de la marée humaine qui envahissait le hall. Des âmes en peine qu'elle entrevoyait à travers ses larmes de douleur, de rage, et d'humiliation, surtout.

C'était sa faute. Maintenant, elle devait retrouver Angela et s'en aller. Hélas ! A mi-chemin de la salle d'attente, Eric la rattrapa et lui barra la route.

— Dinah ! C'est pour ça que vous vous êtes enfuie ? Vous avez cru que j'étais... Que je vous aurais embrassée si j'étais...

Elle tenta de lui échapper, mais il l'en empêcha.

— Ecoutez, Eric, j'admets que vous êtes un excellent médecin, mais pour le reste, oubliez-moi, d'accord ? Je hais les hommes tels que vous, et je plains les femmes qui les aiment parce qu'au bout du compte, elles se font toujours avoir. Si elles s'imaginent qu'elles finiront par apprivoiser la bête en eux, moi, je sais que c'est impossible. Fichez-moi la paix.

Encore une réaction disproportionnée... Ce n'était ni son père, qui n'avait pas supporté la vie de famille, ni Damien Corday, qui n'avait pas eu la décence d'attendre six mois pour la trahir, ni Charles Lansing, qui l'avait rejetée d'une façon impitoyable et cruelle. C'était seulement Eric Ramsey qui tentait de tromper Mme Ramsey. Oui, pauvre femme... Mais cela ne la regardait pas.

— Puis-je me défendre ?

— Contre quoi ?

De crainte de croire ses paroles, elle évitait de croiser son regard. Il n'était qu'un menteur, comme les autres.

— Contre vos accusations. Vous les avez formulées, et moi, je dois avoir le droit de les réfuter.

— Peu importe ce que vous allez dire, Eric. J'ai déjà tout entendu : toutes les excuses, les explications, tous les mensonges… Rien de nouveau sous le soleil.

Comme il ouvrait la bouche pour répliquer, une petite silhouette, en ciré rose et capuche sur les yeux et avec des bottes, se précipita à travers le hall droit vers lui, suivie d'une seconde identique.

— Papa !

Il se retourna et s'apprêta à les recevoir toutes les deux dans ses bras.

Le cœur de Dinah se serra quand elle le vit se baisser pour les enlacer. Elles faillirent le renverser en se jetant contre lui, riant aux éclats.

— Du calme, les filles ! intervint leur mère qui arrivait derrière elles. N'embêtez pas votre père. Il a eu une journée difficile, et il est fatigué.

— On t'a apporté des cookies ! dit l'une des jumelles.

— Nous en avons fait des tonnes, Eric. Puis nous sommes venues car elles s'ennuyaient de toi.

Lorsqu'il se redressa, elles s'agrippèrent chacune à l'une de ses jambes.

— Chic… Merci, les filles, j'adore ça !

— Tu rentres bientôt, papa ?

— Il m'est impossible de partir tout de suite. Vous voyez tous ces gens ? Il faut que je les soigne…

— Alors on peut rester pour t'aider ?

La question avait été posée à l'unisson.

Il se tourna vers sa femme, qui haussa les épaules.

— D'accord, pendant que je rends visite à Gabby, dit-elle. De toute façon, Debbie va arriver pour s'occuper d'elles. Peut-être que tu pourras faire une pause un peu plus tard ?

— Bien entendu. Mais d'abord…

Il prit la bride des chapeaux de pluie des jumelles pour leur faire lever la tête.

— Je veux vous présenter Dinah Corday, l'infirmière qui m'a assisté aujourd'hui lors de l'opération du bébé du Dr Evans.

Les jumelles, qui n'avaient pas fait attention à elle jusque-là, se précipitèrent vers elles et l'enlacèrent telle une amie de longue date.

— Bonjour, dit-elle d'une voix hésitante.

— Salut, Dinah. Tu aimes les cookies ?

— Voici Pippa. Sans la capuche, vous la distingueriez de sa sœur : elle a les mêmes yeux que moi, alors que Paige a les yeux noisette de sa mère. A part ça, elles sont identiques.

— Je suis plus grande qu'elle !

— Sur la pointe des pieds ! répliqua Pippa.

— La famille Ramsey telle qu'en elle-même, commenta Eric en riant. Je vous présente ma sœur, Janice Laughlin. Nous habitons chez elle, et elle s'occupe des filles quand je travaille.

Il vivait avec sa sœur ? Soudain, la chaleur que Dinah sentait dans sa nuque monta à ses joues.

— Euh… Enchantée.

— Mais papa va acheter une maison bientôt, où on aura un chien et…, commença Paige.

— Un chat, termina Pippa.

Dinah ne se risqua pas à regarder Eric, même si elle se demandait si son visage exprimait le chagrin ou l'amusement.

Après tout, quel besoin avait-elle de savoir ?

— Contente de vous avoir rencontrée, Janice, mais je dois partir à présent, dit-elle.

— On peut voir le bébé, papa ? demanda Paige.

— S'il te plaît ! renchérit Pippa.

— Pas tout de suite. Dans quelques jours.

Eric manquait d'autorité visiblement, tout en semblant ravi de se laisser mener par le bout du nez. Un père indulgent, certes, mais un bon père.

En outre, il n'était pas un mari infidèle, et devait être malheureux.

Gênée et mal à l'aise, elle tourna les talons sans ajouter un mot pour se précipiter dans la salle où Angela l'attendait seule. Gabby, lui apprit-elle, était dans la nursery avec Bryce.

— Parle-moi d'Eric, Angela. Est-il marié ?

3

— On dirait que tu en pinces pour lui, Dinah ! commenta Angela en souriant. Eh bien, tu as du goût… C'est un bel homme et un bon médecin.

— Mais est-il marié, Angela ?

— Il est veuf. Je ne connais pas les détails car c'était avant son arrivée à White Elk.

L'horreur se substitua à l'humiliation. Son accusation avait été encore plus terrible que ce qu'elle croyait.

— Pourtant, il porte une alliance.

— Je suppose qu'il ne peut pas oublier… Tu veux me dire quelque chose, Dinah ?

Trop bouleversée pour répondre, elle secoua la tête. Depuis l'incident de la voiture jusqu'à maintenant, il n'y avait eu entre eux que des malentendus… Non, sauf en salle d'opération, où ils avaient vécu une complicité professionnelle parfaite, rare, surtout pour une première.

Tout comme lorsqu'ils s'étaient embrassés.

Cependant, elle ne pouvait parler à sa sœur de cette énorme erreur, qui n'avait aucun sens. Après tout, ce n'était pas la première fois, et nul baiser n'avait jamais rien signifié d'important…

— Ecoute, si ça peut te rassurer, il vient rarement à Pine Ridge Lodge. Quand tu y travailleras, tu ne le croiseras sans doute plus, si c'est ce que tu souhaites. Du moins, jusqu'à ce que j'accouche et que tu me rendes visite à l'hôpital, mais tu peux essayer de l'éviter là aussi. Ou au contraire, de le rencontrer, ajouta-t-elle avec un grand sourire.

— Je me demande ce que tu t'imagines.

— Ce que je vois, c'est que tu as l'air bien…

Angela fronça le front sous l'effet de la réflexion.

— Quel est le mot exact ? Préoccupée ? Bien préoccupée par lui… Ou plutôt « obsédée » ?

— N'importe quoi ! Parlons d'autre chose, s'il te plaît, Angela.

— A ta guise.

Elle se sentait écarlate. Sa sœur avait raison, elle avait toujours été une piètre menteuse.

Toutefois, éviter Eric n'était pas une mauvaise idée. Plus d'hostilités, plus d'humiliation, plus de baisers… Le problème, c'était qu'elle avait envie de le revoir sans comprendre ce qui l'y incitait.

Eric donna un coup de pied dans la corbeille à papier à côté de son bureau, renversant son contenu. Qu'est-ce qui lui prenait ? Un simple baiser, et voilà qu'il se sentait coupable. Certes, comme tout homme normalement constitué, il se savait capable d'éprouver du désir, mais il n'était pas prêt au passage à l'acte. Et pourtant, il ne pensait plus qu'à ça.

Cinq ans, c'était long pour lui qui était marié sans femme à ses côtés. Néanmoins, c'était sa vie désormais ; il ne le regrettait pas et n'était pas décidé à changer les choses. Les filles avaient besoin que la mémoire de leur mère soit perpétuée, et il était le seul à pouvoir le faire.

Il observa le portrait sur son bureau. Oh, Dieu, comme elle lui manquait ! Tout le monde, y compris Janice, lui conseillait d'aller de l'avant, mais il lui semblait que le moment n'était pas venu. Qu'attendait-il ? Qu'on le bouscule un peu ? Qu'on lui fasse un signe ?

En tout cas, ce baiser avait été une erreur… A la fois une erreur agréable, prouvant qu'il était toujours capable de passion, et une énorme bourde, en même temps, car non seulement ses sens, mais ses sentiments s'étaient réveillés. Et il avait conscience que c'était lui qui avait pris l'initiative, et non elle… Qu'avait-elle donc de si spécial ?

En outre, s'entendre accuser de tromper sa femme l'avait choqué, et il avait d'autant plus honte qu'il n'était pas sûr de ne plus se laisser tenter.

Il se pencha pour ramasser la corbeille, l'étudia un instant, songeur, avant de la renverser de nouveau d'un coup de pied.

— Vous remuez cette sauce comme une possédée !

En se reculant, elle faillit heurter Eric. Elle n'avait pensé qu'à lui ces derniers jours, et à ce baiser. Bien qu'ayant des nouvelles de Bryce par sa sœur, elle comptait l'appeler pour lui en demander et se fournir ainsi un prétexte pour s'excuser de ses accusations. Cela lui semblait plus facile au téléphone, car elle frémissait à l'idée d'aller le retrouver en ville pour lui parler après l'avoir traité de menteur et de tricheur.

Et voilà qu'il était monté jusqu'à elle !

Mais la méfiance était de mise. Elle devait, gentiment mais fermement, le repousser car ils ne se devaient rien et n'attendaient rien l'un de l'autre.

— Vous n'avez pas vu le panneau « Interdit à toute personne étrangère au service » ?

— Si, bien sûr.

Il s'approcha du fourneau pour humer le contenu de la casserole.

— Sauce hollandaise ?

— Bordelaise. Et vous n'avez pas le droit d'entrer ici.

— En fait, si. En tant qu'inspecteur de l'hygiène, je peux pénétrer n'importe où, même dans votre cuisine.

Pour éviter les yeux bruns inquisiteurs, elle fixa les miches de pain qu'elle venait de sortir du four.

— C'est une inspection ? Je pensais que vous deviez prévenir.

Elle détourna la tête pour concentrer son attention sur la sauce qui épaississait dans l'espoir de ne pas se laisser troubler par sa présence toute proche.

— Pas du tout, sinon nous ne constaterions jamais aucune infraction.

Elle se mit à remuer à l'aide d'une longue cuiller de bois. Zut ! Le mélange accrochait déjà au fond du récipient. Comment était-ce possible ? En deux minutes, il s'était arrangé pour lui faire rater sa bordelaise.

— Allez-y, inspectez. Faites comme chez vous, et n'oubliez pas la chambre froide.

Si elle voulait une sauce présentable pour le repas du soir, elle devait recommencer hors de sa présence.

— Votre bordelaise est fichue, n'est-ce pas ? Avez-vous un moyen de récupérer ça ?

— Insulter la cuisinière fait aussi partie de votre travail d'inspecteur ?

Consciente que ses mains tremblaient, elle les enfonça dans ses poches en gardant les yeux sur sa sauce gâchée.

— Vous avez l'air de vous débrouiller. Pas autant que dans un hôpital, cependant.

— C'est du passé.

— D'accord… Bon, je suis là car je tenais à vous annoncer que Bryce a été transféré à Salt Lake City pour être opéré, et qu'il va très bien.

— Vous auriez pu téléphoner.

— Certes, mais j'ai un cadeau pour vous. Ça…

Dans son dos, elle entendit le bruit d'un papier qu'on froissait. Un sac… Si elle voulait savoir ce qu'il contenait, car il ne le lui dirait certainement pas, elle devait lui faire face et le regarder dans les yeux. Pas question…

— Quoi, ça ?

— Ça, répéta-t-il en agitant le paquet.

Bien malgré elle, il avait piqué sa curiosité. Elle se retourna et étudia un instant le sac brun : déformé par son contenu, un peu trop plein, visiblement un présent de ses filles. Des cookies…

— Vous vous êtes mis à la pâtisserie ?

Elle prit un biscuit et ouvrit le réfrigérateur.

— Hélas, ma compétence en ce domaine se limite à réchauffer les surgelés au four à micro-ondes.

Elle lui tendit l'un des deux verres qu'elle avait remplis de lait.

— Merci. Ce n'est pas de trop pour faire passer les cookies au chocolat.

— Vous les trempez dedans ?

— Bien sûr que oui. Vous connaissez une autre façon ?

Le voyant joindre le geste à la parole, elle l'imita et avala une bouchée, en se retenant de faire la même grimace que lui.

— Alors, comment les trouvez-vous ? Ils ne sont pas encore très raffinés, mais ils s'améliorent.

Ceux qu'Angela et elle confectionnaient à cinq ans étaient bons… Il est vrai que leur mère les aidait, et Pippa et Paige étaient orphelines. Soudain, Dinah se sentit triste pour elles et ce qui leur manquait. Certes, son père à elle, qui ne voulait pas d'enfants ni de femme capable de lui en donner, les avait abandonnées, mais la situation de Pippa et Paige était bien plus tragique.

— Je pourrais peut-être leur montrer certaines recettes, si cela ne vous ennuie pas.

Elle regretta aussitôt cette offre spontanée : si elle voyait les jumelles, comment éviter leur père ?

— Vous feriez ça ? Janice les aide, mais elle n'est pas très douée. Elles adorent la pâtisserie, la cuisine, et bien d'autres choses que je ne peux pas faire avec elles. J'apprécierais vraiment, je vous assure, si vous pouviez leur consacrer un peu de temps. J'en ai un peu assez de manger ces biscuits-là…

Il fit passer la dernière bouchée de cookies avec une grande gorgée de lait.

Finalement, ils décidèrent que le lendemain matin serait un bon jour pour la première leçon.

4

— Les pépites de chocolat après la farine, Pippa.

Avec la fillette au visage tout barbouillé, et Paige qui avait plutôt maculé son tablier, Dinah passait un merveilleux moment. En fait, elle ne se rappelait plus quand elle s'était autant amusée.

— La farine ne va pas les faire blanchir ? demanda Pippa. Si on les mettait d'abord et qu'on recouvre…

— Avec d'autres pépites, enchaîna Paige. Comme ça, celles du fond ne seront pas blanchies.

— Et celles du haut, alors ? Comment tu les empêcherais de devenir blanches ? demanda Dinah en réprimant un éclat de rire. La farine disparaît à la cuisson, les filles.

Les jumelles prenaient l'opération très à cœur car elles avaient envie de réussir leurs cookies. Etaient-elles aussi perfectionnistes en tout ? C'était tellement touchant… En esprit, elle remercia Eric de lui avoir offert ce moment.

— Une fois que tout est cuit, les pépites de chocolat reprennent leur couleur.

Elles lui jetèrent un regard perplexe.

— Pourquoi tante Janice nous met dehors pendant qu'elle les essuie ? protesta Paige.

Sans doute se lassait-elle de leurs innombrables questions, ce qui n'avait pas été le cas pour Dinah qui avait aimé trouver des réponses. Toutefois, si leur curiosité lui plaisait, une chose l'inquiétait : elles paraissaient plus que leur âge, perdant ainsi un peu la spontanéité de leur enfance ; peut-être parce qu'elles ne voyaient que des adultes, ou que leur père n'était pas d'humeur à s'amuser.

— Eh bien, je suis sûre que tante Janice a sa façon de faire, mais la mienne a toujours fonctionné.

Les filles échangèrent un regard de connivence.

— Je peux mélanger ?

— Et moi ?

— Comme j'ai deux bols, vous allez le faire toutes les deux.

Dix minutes plus tard, la pâte était prête à étaler sur la plaque.

— Je vous préviens, Dinah, à ce stade de l'opération, elles mangent plus qu'elles ne travaillent !

Elle se retourna pour se trouver face à Eric, appuyé contre le réfrigérateur, en train de les observer. Pieds nus, les cheveux en bataille et sa chemise déboutonnée, séduisant en diable…

— Vous avez l'habitude d'espionner les gens ?

— Seulement ceux qui en valent la peine.

— Pourquoi tu ne dors pas, papa ? demanda Paige.

— Je n'avais pas sommeil, en fait, alors j'ai décidé de venir voir si mes cookies étaient cuits.

— Dans ce cas, attendez dans le salon, Eric.

Quand elle passa très près de lui pour ouvrir un tiroir, un frisson, qu'elle s'efforça d'ignorer, lui parcourut le dos. Que lui arrivait-il ? Jamais, ni avec Charles ni durant son bref mariage avec Damien, elle n'avait éprouvé de telles sensations. Pourquoi Eric ? Sans doute parce qu'avec lui rien n'était possible. Pas question de songer à une quelconque relation. L'excitation de l'interdit…

Une explication valable, pensa-t-elle en tendant à chacune des filles une grande cuiller de bois.

Lorsqu'elle se tourna pour lui redemander de sortir de la cuisine, elle vit qu'il se tenait déjà sur le seuil, regardant fixement par la fenêtre donnant sur l'arrière, et pourtant, elle aurait juré qu'il ne voyait rien du paysage.

— Combien de pâte ?

Pippa avait pris de quoi faire au moins six biscuits.

— Oh, c'est beaucoup trop !

Après leur avoir indiqué la quantité juste, elle leur expliqua comment aligner les petits tas en rangées parfaites. En jetant un regard par-dessus son épaule au cours de l'opération, elle s'aperçut qu'Eric n'avait pas bougé et que son regard était toujours perdu dans le vague.

Il paraissait… triste. Alors qu'elle l'observait à la dérobée, un détail attira son attention. Sa main gauche ! Quand avait-il ôté son alliance ?

— Non, Paige, ne les serre pas tant. Prends modèle sur la première ligne que j'ai faite.

Tout en bavardant, les filles terminèrent leur tâche, et au moment où Dinah mettait la plaque au four, Eric quitta la pièce.

Devait-elle le rejoindre pour lui offrir son aide ? Non, elle ne pouvait pas laisser les fillettes seules.

— Dinah, qui a décidé de la longueur d'une minute ? s'enquit Pippa.

— Et comment il savait que c'était une minute et pas une heure ? renchérit Paige.

— Vos jumelles sont merveilleuses, Eric.

Dinah posa une assiette de cookies tout frais sur la table du patio. Appuyé à la balustrade, Eric avait cette fois la tête tournée vers la fenêtre qui donnait sur la cuisine.

— Vous les avez bien élevées, reprit-elle. Imaginez-vous qu'elles m'ont priée de les emmener faire des emplettes.

— Pardon ?

— Eh bien, il paraît que Janice leur achète des culottes ridicules.

— Ah bon ? Dinah, ne vous croyez pas obligée…

— Au contraire, ça m'amuse. De plus, je leur ai promis de prendre rendez-vous pour elles chez le coiffeur.

— A cinq ans ?

Elle se mit à rire, s'efforçant de ne pas regarder l'annulaire gauche d'Eric.

— Une fille n'est jamais trop jeune pour apprendre à soigner ses cheveux, et Pippa l'a réclamé.

Il poussa un soupir.

— Elles grandissent, on dirait, et je n'ai rien vu arriver.

— Je pense qu'elles n'attendront pas pour vous faire part de leurs désirs. Elles sont étonnantes, si pleines de vie !

— Comme leur mère…

Il s'éclaircit la gorge avant d'ajouter :

— Nous allons déménager. Non que Janice se plaigne, mais elle a tout quitté en Californie pour nous épauler et je sais que nous l'empêchons d'avoir une existence à elle.

Etait-ce le signe qu'il avait envie de recommencer à vivre, lui aussi ? Au bout du compte, cela se passait toujours ainsi, songea Dinah. Sa propre mère, après le départ de son père… Cependant, le cas était différent.

— Vous êtes sûr d'être prêt ? D'avoir atteint ce moment où l'on sent que c'est possible ? Après mon divorce, je…

— Vous avez été mariée ?

— Pas longtemps. J'avais à peine vingt ans, et j'étais naïve. Après les sept mois qu'a duré le mariage, je suis restée près de mon ex-mari encore deux ans, incapable de me résoudre à m'éloigner de lui. J'espérais que les choses s'arrangent… En fin de compte, j'ai compris qu'en dépit de toutes les promesses qu'il pouvait faire, ce genre d'homme ne changeait jamais.

— Je suis navré, Dinah. Vous avez dû passer un moment difficile.

— En effet. Il ne m'a pas été aisé de sauter le pas.

— Je sais. Problématique, mais nécessaire. Je ressens ça aussi.

Le visage de Paige apparut à la fenêtre.

— Dinah, on peut mettre les suivants au four ? Ils sont prêts.

— Pardonnez-moi, Eric, le devoir m'appelle.

— Merci de ce que vous faites pour elles.

— C'est un plaisir, je vous assure. Je suis impatiente de les emmener en ville.

Cette fois, son regard se fixa malgré elle sur l'annulaire gauche d'Eric ; il s'en aperçut, mais ne fit aucun commentaire.

Pendant que Pippa, qui était accourue, la tirait d'une main vers la cuisine, elle posa l'autre sur le bras d'Eric.

— Je suis vraiment navrée.

— Moi aussi, mais j'ai jugé qu'il était temps.

La souffrance dans sa voix lui brisa le cœur.

— Quoi ? La manucure, aussi ?

Assis à son bureau à l'hôpital, Eric ouvrait de grands yeux.

— Eh bien, après le coiffeur, ça s'impose.

Dinah avait passé une excellente matinée, regrettant presque de devoir laisser les filles chez leur cousine Debbie comme convenu. Maintenant, elle avait devant elle le restant de la journée de congé qu'Angela, toujours généreuse, avait tenu à lui octroyer.

— Je leur ai promis de les remmener un de ces jours, et d'aller prendre le thé avec elle dans le salon du jardin d'hiver de Pine Ridge Lodge, si vous le permettez.

— Vous plaisantez, j'imagine ?

— Pas du tout, nous avons pensé que c'était une idée géniale.

Il éclata de rire.

— Elles sont encore plus malignes que je ne le croyais ; elles profitent de vous !

— Sans doute, mais avec mon accord.

De toute façon, elle appréciait leur compagnie. Des enfants en bonne santé, pour changer, mais qui n'en ravivaient pas moins son désir de retrouver l'ambiance de son premier métier.

— Je me demandais… Auriez-vous un poste à m'offrir ici ? En tant que bénévole, par exemple, ou secrétaire ?

— Ou soignante, je vous l'ai déjà proposé. J'ai besoin d'une infirmière à temps partiel, c'est sérieux.

Impossible… Comment lui expliquer qu'elle avait perdu sa confiance en elle ? Qu'au moment où elle aurait dû rester professionnelle, elle avait failli à son devoir ?

— Oubliez ça, j'ai été idiote de vous en parler. En réalité, je n'ai plus aucune envie de travailler dans un hôpital.

— Je ne vous crois pas. Sinon, pourquoi être venue jusqu'à mon bureau pour m'annoncer que vous aviez laissé les filles chez ma nièce ? Un coup de fil aurait suffi puisque c'était prévu. D'autre part, je vous propose à peu près ce que vous m'avez demandé, quelques heures par semaine dans un service d'urgence. La différence, c'est que je vous offre un poste d'infirmière. Pour une raison qui m'échappe, vous semblez redouter quelque chose, mais il se trouve que moi, je vous fais confiance, Dinah.

— Vous avez peut-être tort.

— Vous ne vous fiez pas à mon jugement ? Je vous ai vue à l'œuvre.

Que faire ? L'envie d'accepter la démangeait, et pourtant, comment oublier son attitude à l'égard de Molly ? Une souffrance intolérable lui fit monter les larmes aux yeux, et elle lui tourna le dos.

— Vous feriez mieux de vous fier au mien, Eric. Je vous remercie, mais c'est tout simplement impossible.

— Eh bien, réfléchissez-y, et prévenez-moi quand vous serez prête.

Il s'approcha d'elle, si près qu'elle sentait son souffle chaud lui chatouiller la nuque. Si elle lui faisait face, elle lui tomberait dans les bras, tant elle désirait qu'il la console…

Elle avança de quelques pas, s'apprêtant à quitter le bureau avant d'avoir des ennuis.

— Puis-je vous aider, Dinah ?

— Vous venez de dire que vous n'insisteriez pas.

— D'accord. Néanmoins, si vous pouviez me faire confiance…

Elle se tourna si brusquement qu'elle faillit le toucher.

— Non, Eric, je ne peux pas. C'est tout le problème et, de toute façon, je ne veux pas non plus.

— Parce que votre mari vous trompait ?

Elle eut un rire amer.

— Parce que dans tout ce que je croyais être, je me suis trompée. J'ai… perdu la foi. Mes compétences ne font pas forcément de moi une bonne infirmière.

— On vous a brisée ?

— C'était inutile, j'ai compris toute seule.

Peut-être allait-il la laisser tranquille, à présent. C'était mieux ainsi.

Hélas, il n'en fut rien.

— Aimeriez-vous me raconter ce qui s'est passé ?

— Non.

Se prendre d'affection pour un enfant anencéphale, né sans la partie substantielle de son cerveau et destiné à mourir très vite, paraissait insensé à la plupart des gens.

— Bien, vous me le confierez quand vous voudrez, Dinah. Puisque j'ai vérifié vos références sans y découvrir aucun blâme, aucun reproche, je persisterai à vous offrir ce poste tant que vous ne m'expliquerez pas où se situe mon erreur. Je crois en vous, et je suis sûr que vous pourriez retrouver une part de cette foi que vous avez perdue.

Dinah eut un léger sourire.

— Voyez-vous, Eric Ramsey, je ne parviens pas à décider si je vous trouve très intelligent ou complètement idiot.

— Eh bien, si vous travaillez avec moi, nous pourrons peut-être résoudre le mystère ensemble.

Quand elle fut dans le couloir, il passa la tête dans l'encadrement.

— Au fait, les filles ont envie de s'essayer aux cookies aux raisins, et Pippa se dit prête à confectionner un gâteau au chocolat.

— D'accord.

Surtout, ne pas s'emballer. Même avec le peu de confiance en elle-même qu'il lui restait, son cœur battait plus vite.

Cinq minutes plus tard, encore incrédule, elle revenait du bureau du personnel : elle venait d'accepter le poste… Tout en se rendant au secrétariat pour remplir des papiers, elle se répétait que c'était provisoire, qu'elle partirait dès qu'Angela n'aurait plus besoin d'elle. Le plus ennuyeux, c'était qu'il lui était impossible de faire taire sa petite voix intérieure. « Tu ne peux pas te le permettre, Dinah. Plus jamais. »

Aurait-elle la sagesse de l'écouter ? Elle en doutait, car, de toute son âme, elle avait envie d'avoir foi en Eric.

Son premier service officiel du soir se déroula paisiblement. En fait, si elle n'avait pas été si tendue et si heureuse de se retrouver à l'hôpital, elle aurait même pu faire un petit somme. Elle n'y songea même pas. Pendant six heures, elle patrouilla donc dans les couloirs, rangea les placards de matériel, tira sur les draps de lit, bref, se contenta d'exister dans ce lieu où elle se sentait chez elle. Comblée, de nouveau, et en même temps consciente que cet état ne durerait pas.

Eric fit deux apparitions pour lui proposer de l'aide, bien que ce fût le rôle, en principe, du Dr Jane McGinnis, l'orthopédiste de garde. Celle-ci, qu'on avait présentée à Dinah comme écrivain à ses heures, ayant constaté ce calme plat, était allée s'enfermer dans son bureau après avoir accroché le panneau « Ne pas déranger ».

Par conséquent, Dinah la laissa en paix et fit la connaissance de la secrétaire de nuit, Emoline Putters, un personnage haut en couleur qui buvait du café fort en recopiant les notes des médecins d'une écriture illisible, ainsi que d'Ed Lester, le gardien, qu'elle croisa une ou deux fois et avec qui elle échangea un salut discret de la tête.

Si elle avait d'abord redouté la longue veille qui s'annonçait, avec des couloirs vides dans lesquels elle entendrait crisser ses semelles, elle fut étonnée, au bout de quelques heures, de s'apercevoir que le temps avait passé si vite.

Lorsqu'elle entra dans la salle de soins, Eric était étendu sur la table d'examen, les pieds en l'air, les mains derrière la nuque, bien calé sur des oreillers.

— Si vous voulez, Dinah, je peux aller faire un tour en ville pour vous dénicher du travail…

— Vous venez me surveiller ?

— Peut-être.

Etait-elle flattée ou vexée ? Elle n'aurait su le dire.

— Si c'est rituel pour les nouveaux, d'accord, mais si c'est juste pour moi…

Il se redressa pour s'asseoir au bord de son lit improvisé.

— Ne soyez pas toujours sur la défensive. Jane a appelé pour me demander de la remplacer. Il paraît qu'elle en est au point crucial de son intrigue.

— Son intrigue ?

— Oui. Elle fera don d'une partie des bénéfices de son livre pour agrandir le service d'orthopédie, ce qui n'est pas du luxe dans cette région de sports d'hiver.

— Donc, on ne dérange pas le médecin de garde parce qu'il écrit. Vous êtes très décontractés, ici, je vois.

— Le plus possible. Nous essayons de créer un lieu différent, plus détendu, plus intime.

— Plus engagé ?

— En effet. Neil et moi partageons le même avis. Quand nous avons débuté dans cet hôpital, il venait de divorcer et j'étais veuf depuis peu. Pour chacun de nous, un recommencement dans tous les sens du terme.

— Plus facile à dire qu'à faire…

— Ou le contraire, si vous êtes assez motivé. Je l'étais, et grâce au ciel j'ai découvert cette ville.

— Ainsi, vous êtes heureux à White Elk ?

Un mince sourire aux lèvres, il se leva.

— Comme tout le monde. Vous pourriez l'être aussi, à condition que…

— Une urgence pour vous ! hurla Emoline dans l'Interphone.

Eric pouffa.

— Son timing pour intervenir n'est pas toujours très bon, mais elle est efficace.

Il se précipita dans le hall, Dinah à sa suite, pour accueillir une maman affolée et son mari qui tenait un garçonnet dans les bras.

— Henry ne peut plus parler, docteur !

Quand Eric eut pris l'enfant pour le porter jusqu'à un box d'examen, le père enlaça les épaules de sa femme.

— Je suis Frank Jackson, et voici Elaine. Notre fils a dix ans. C'est arrivé brusquement. Voici une heure, lorsque nous l'avons entendu gémir, nous avons cru à des maux d'estomac. Le problème, c'est qu'il ne répond plus à nos questions. On dirait qu'il est devenu muet.

Dinah tapota un bras de la mère.

— Nous vous préviendrons dès que nous en saurons davantage, madame Jackson.

Après avoir rejoint Eric dans le box, elle se plaça près de la table.

— Ah, Dinah, vous voici ! Tout est normal : tension, rythme cardiaque, respiration…

— De la température ?

Comme il secouait la tête, elle ajouta :

— Non, pourtant, il est inerte… Je me demande où en sont ses réflexes. Ce pourrait être grave, si c'était une attaque de flémingite aiguë.

Eric réprima un sourire.

— En effet. Vous devriez faire le test.

— A vos ordres, docteur.

Soulevant un pied du petit garçon, elle maintint la jambe en l'air un instant avant de la lâcher. Il y eut une hésitation dans le mouvement, puis le membre retomba.

— On dirait une forme légère, Dinah.

Contenant à grand-peine son sourire, elle observa Henry.

— Heureusement, parce que l'aiguille pour la flémingite aiguë est grosse comme ça…

Les index et les pouces des deux mains joints, elle indiqua un diamètre mesurant à peu près l'avant-bras d'Eric.

Le visage du garçonnet se chiffonna, mais il ne pipa mot.

— Le problème, c'est que je n'ai pas d'aiguille spéciale pour une forme légère.

— Dans ce cas, nous pourrions enfoncer la grosse à moitié… Vous croyez que ça marcherait ?

— Bonne idée. Faites-le coucher sur le côté, je vais préparer la piqûre.

Aussitôt, l'enfant se redressa en ouvrant de grands yeux.

— Non ! Pas de piqûre ! Je suis pas malade !

— Pourtant, tu as tous les symptômes, répliqua Eric qui revenait.

De gros sanglots ruisselèrent soudain sur les joues d'Henry.

— C'est juste que… j'ai un contrôle de maths demain à l'école, et j'ai pas révisé.

— Ce n'est pas bien d'effrayer tes parents en feignant une maladie, remarqua Dinah.

— Et si un autre malade, un vrai, avait dû attendre pendant que nous nous occupions de toi ? renchérit Eric en l'aidant à descendre de la table. Tu sais que ça coûte cher de venir aux urgences ? Tu as de quoi nous payer ?

— J'ai… l'argent de la cantine.

Tandis qu'Eric poursuivait la discussion avec lui, Dinah rejoignit M. et Mme Jackson, et tous se mirent d'accord pour que l'enfant fasse quelques heures de bénévolat dans la salle d'attente du service pédiatrique pour lui apprendre à ne plus mentir.

— Vous avez compris tout de suite, Dinah.

Eric s'était rallongé et installé confortablement.

— Facile, il nous épiait quand il pensait que nous ne le

regardions pas. Ce n'est pas la première fois que je vois ça, et en général, ils ne résistent pas à la menace de la grosse aiguille.

— Tout ça pour échapper à un contrôle de maths !

— Dites-vous que vos filles, qui sont deux, auront encore plus de talent lorsqu'il s'agira de vous embobiner.

Il poussa un gémissement et ferma les yeux.

— A mon avis, elles préparent déjà la liste des couleuvres qu'elles me feront avaler plus tard.

Dinah se dirigea vers la porte.

— Pourquoi plus tard ? Croyez-vous qu'elles n'ont pas commencé ?

— Si c'est une blague, elle n'est pas drôle, Dinah. Pas drôle du tout.

Sur le seuil, elle se retourna, souriante.

— Je ne plaisante pas, Eric.

En gémissant de nouveau, il enfouit la tête dans l'oreiller.

Pour une première nuit à l'hôpital, le bilan était positif, surtout en travaillant avec Eric…

Le lendemain à l'auberge, saisie d'une impulsion, elle avait abandonné la laitue romaine qu'elle coupait pour la salade César du soir et pris le téléphone pour l'appeler.

— Vous êtes occupé ce soir ?

— Euh… non, à moins d'une épidémie de flémingite !

— Aimeriez-vous venir dîner à Pine Ridge Lodge ?

Comme seul le silence lui répondait, elle s'en voulut de son idiote spontanéité, et cependant, quelque chose la poussa à insister.

— Si vous ameniez les filles ? Elles pourraient visiter ma cuisine.

— Excellente idée, mais aurez-vous le temps ?

— Bien sûr, j'ai droit à des moments de repos.

Et alors ? Qu'escomptait-elle d'une pause d'un quart d'heure, ou même de sa demi-heure pour le repas ?

— Elles vont exiger de porter leurs tabliers. Vous les avez tant impressionnées qu'elles ne les quittent plus.

— Dans ce cas, je leur ferai découvrir la toque du chef.

Etait-ce une impression ? Il semblait aussi déçu qu'elle que la conversation ait encore une fois tourné autour des jumelles. Quelle idée stupide aussi de l'inviter…

Elle se sentit presque soulagée de raccrocher.

Malgré tout, elle réserva l'une des meilleures tables avant de poursuivre son travail en faisant attention de ne pas se couper un doigt.

— Quel est cet air songeur, Dinah ? Tu m'expliques ?

Se contorsionnant quelque peu, Angela venait de s'asseoir près d'elle.

— Je crois que j'ai encore fait une bêtise, c'est tout.

— Quelque chose à voir avec Eric Ramsey ?

— Il ne m'intéresse pas, du moins de la façon dont tu l'imagines.

— Je n'ai pas dit le contraire. Je pensais simplement…

— Ecoute, si tu retournais à ton bureau pour me laisser terminer ma salade tranquillement ?

Angela se mit à rire.

— Tu n'as aucun don pour mentir, Dinah. Maman comprenait toujours quand il y avait anguille sous roche car tu nous dénonçais rien qu'avec ton regard. Tu as le même, en ce moment. Eric te plaît, et ça t'ennuie, mais tu es en train de perdre ton combat, je me trompe ?

— Angela, tu sais ce que j'ai envie de faire, là, tout de suite ?

— Tu essaies de changer de sujet ?

Dinah, qui avait posé sur la table des morceaux de pain qu'elle tartinerait de beurre aillé avant de les faire frire, s'approcha de sa sœur.

— Je vais avoir un neveu ou une nièce, et j'ai envie de te toucher le ventre. Comment te sens-tu ? Tu as des contractions ? Tout te semble normal ?

— Eh bien, Gabby est passée me voir ce matin. Pendant

que Bryce se remet à l'hôpital à Salt Lake City, où il est encore pour quelques jours, elle est rentrée pour régler certaines affaires. A son avis, je peux accoucher d'un moment à l'autre car le bébé est en position, prêt à naître. Si le travail n'est pas commencé dans trois ou quatre jours, Gabby pense qu'il faudra provoquer l'accouchement, qu'elle soit là ou non.

— Déjà ? Elle sera là, Angela, ne t'en fais pas, dit Dinah, qui ressentait un immense bonheur.

— Si elle peut. Bryce est sa priorité, et je le comprends très bien.

Dinah se demanda si c'était de l'appréhension qu'elle avait entendue dans la voix de sa sœur. Après l'épreuve qu'avait été la naissance de Bryce, ne dissimulait-elle pas une angoisse bien compréhensible ?

Elle s'assit près d'elle et la prit dans ses bras.

— Tout se passera pour le mieux, Angela. Tu auras un bébé magnifique, j'en suis certaine. Même sans Gabby, nous nous en tirerons à merveille, crois-moi.

— Hmm… Et si tu m'en disais plus sur ce rendez-vous galant ?

Malgré elle, Dinah se raidit.

— Eric vient dîner avec ses jumelles, c'est tout. Il n'est question de rien d'autre.

— On parie ?

Angela se leva à grand-peine pour regagner son bureau. Sur le seuil, elle se retourna.

— Je te taquine, Dinah. Je suis la dernière à pouvoir donner des conseils, moi dont le mari doit être en train de skier avec une jeunette. Je vais t'avouer tout de même une chose : je rêve de retrouver quelqu'un, car je suis persuadée que l'amour vrai existe quelque part. Le bonheur nous attend, Dinah, il est là, et s'il frappait chez moi en ce moment, je n'aurais pas une hésitation. Ne prends pas prétexte de ton passé malheureux pour tout t'interdire. Eric est peut-être l'homme de ta vie, ou peut-être pas, mais si tu n'ouvres pas la porte, tu ne le sauras jamais.

Oh, comme elle avait envie de le croire ! Pourtant, il lui semblait que la porte était fermée à double tour. Et si elle tirait le verrou, elle s'exposait à ce qu'elle se referme un jour… Et à davantage de souffrance encore.

Serait-ce Eric, si elle le laissait entrer, qui la franchirait pour sortir ? Elle ne survivrait pas à son départ. Non, tout bien pesé, elle n'ouvrirait pas, même si c'était lui qui frappait.

5

Tout en préparant un saumon frais pour les sushis du soir, Dinah réfléchissait aux propos de sa sœur. Elle enviait Angela d'être toujours optimiste… A supposer qu'Eric éprouvât une attirance pour elle, bien que ce fût improbable, que se passerait-il, au pire ? Elle vivrait quelques semaines d'une relation agréable avec quelqu'un qui lui plaisait ? En fin de compte, elle pouvait se le permettre. Si elle n'espérait rien, elle ne souffrirait pas.

Elle mit son poisson de côté avant de commencer d'en écailler un autre.

Mais avait-elle envie d'une telle liaison ? Et s'il souhaitait, lui, aller plus loin ?

— Pas question, marmonna-t-elle.

Jusqu'à présent, dans son existence, elle n'avait connu que des dénouements tragiques.

Son sous-chef, un Italien adorable à la fine moustache et aux cheveux noirs retenus par un bandeau, lui jeta un regard intrigué pendant qu'elle s'efforçait sans trop de succès de préparer le risotto aux asperges. Elle ne pensait qu'à Eric, à l'alliance qu'il avait ôtée, et à sa propre folie.

— Dinah, vous l'avez déjà salé !

Oswaldo repoussa gentiment le pot.

Elle regarda ses doigts, qui tenaient encore la pincée de sel.

Désormais, son métier, c'était la cuisine, et elle ne pouvait se permettre de tout gâcher.

— Merci, Oswaldo. Je crois que j'ai besoin d'une petite pause. Pouvez-vous me remplacer un quart d'heure ?

Il acquiesça, une lueur décidée dans les yeux, prêt à remplacer tout le monde pour toujours, du moins jusqu'au retour d'Angela. Et à ne pas la laisser faire n'importe quoi.

En ôtant son tablier, Dinah renonça à retourner dans sa chambre pour s'allonger car elle n'avait que quinze minutes de répit. Elle se dirigea donc vers le salon extérieur réservé au personnel à l'arrière de l'auberge et s'y installa, seule au milieu des pins et des montagnes, pour faire le vide dans son esprit.

En face d'elle, un écureuil, à découvert dans la prairie, se précipitait en louvoyant vers un tas de branches mortes.

— Qu'est-ce qui m'arrive, petite bête ? Je deviens folle. Je ferais sans doute mieux de me cacher là-dessous avec toi.

Bien entendu, nier les faits n'était pas une solution... Mais, pour l'instant, elle décida de profiter du paysage et du moment et balaya du regard les pentes de la Sœur aînée.

Ce fut alors qu'elle aperçut une silhouette qui venait vers elle. Curieux, à cette heure de la journée... En outre, d'habitude, les randonneurs se promenaient par groupes. Intriguée, elle suivit sa progression, ne remarquant sa démarche vacillante que lorsque le jeune homme, car c'en était un, traversa l'étendue d'herbe devant elle. En la voyant, il se laissa tomber.

Aussitôt, elle se précipita vers lui et, s'agenouillant, le secoua par l'épaule.

— Hé ! Restez avec moi !

Etait-il épuisé ? Ou déshydraté ? Elle posa une main sur son poignet pour prendre le pouls.

— Restez éveillé, surtout.

Incapable de parler, le blessé fit un signe affirmatif. Elle découvrit alors une plaie à la tête. Avait-il saigné beaucoup ?

— Mon frère... Papa, murmura-t-il d'une voix presque inaudible.

— Nous les préviendrons dès que nous nous serons occupés de vous.

Des doigts, elle repoussa sa chemise pour observer son torse ensanglanté et couvert de boue séchée : le rythme cardiaque était trop rapide, la respiration, en revanche, trop lente. Elle examina rapidement les membres sans découvrir aucune fracture et l'abdomen, qui n'était ni distendu ni dur.

— Où êtes-vous blessé ?

— S'il vous plaît, mon frère et mon père, ils…

Ses yeux se fermèrent malgré son effort évident pour les garder ouverts, et il sombra dans l'inconscience.

Aussitôt, Dinah sortit son téléphone portable et composa le premier numéro de sa liste. Pendant que la sonnerie retentissait, elle se mit à fouiller toutes les poches du jeune homme à la recherche de son identité.

— Dinah ? Il y a un problème pour ce soir ? demanda aussitôt Eric.

— Ce n'est pas ça… Je suis dans la prairie à l'arrière de l'auberge, avec un garçon inconscient, d'environ vingt ans. Blessure à la tête, ayant sans doute entraîné une forte hémorragie dont j'ignore la gravité. Tachycardie, dépression respiratoire. Pratiquement en état de léthargie.

Enfin, elle découvrit un portefeuille dans une poche de pantalon.

— Abdomen souple, pas de fractures apparentes ; comme il a à peine eu le temps de parler, je ne sais pas ce qui lui est arrivé. D'après ses papiers, il est canadien, de l'Ontario.

— Je vous rejoins, Dinah. En attendant, stabilisez-le le plus possible.

— C'est grave, Eric, j'en ai peur.

Elle raccrocha puis appela la réception du restaurant.

— Redmond, ici Dinah. Je suis avec un jeune homme grièvement blessé à l'arrière du restaurant…

— Je préviens les secours, coupa le concierge.

— C'est déjà fait. Je voudrais que vous m'apportiez des couvertures et des oreillers.

Il fallait en effet réchauffer le blessé, qui était en état de choc, et lui surélever les jambes.

— Quelqu'un pourrait-il avertir sa famille ? Il s'agit de Troy Dawson, et il a parlé de son frère et de son père.

Elle n'eut pas à patienter longtemps : un commis se précipitait déjà avec tout ce qu'elle avait réclamé, flanqué de deux autres employés et de Redmond muni d'un kit d'urgence et de bouteilles d'eau.

— Nous avons envoyé quelqu'un à son chalet, dit-il. D'après le registre, ils sont cinq, les parents et trois enfants.

Mon Dieu ! Il avait réclamé son père et son frère. Cela signifiait-il qu'ils avaient été blessés aussi ? Cependant, pour ne pas effrayer tout le monde, elle décida d'attendre Eric pour formuler ses craintes.

— Le Dr Ramsey sera là dans deux minutes, ajouta Redmond en désignant l'hélicoptère qui approchait.

Au moment de l'atterrissage de l'appareil, elle avait enroulé Troy dans les couvertures et posé ses pieds sur les oreillers. Son pouls était encore rapide et faible, et il était toujours plongé dans l'inconscience. Il souffrait probablement d'une grave fracture du crâne.

— Du nouveau ? cria Eric qui accourait, sa mallette à la main.

— Aucune réaction.

S'agenouillant près du jeune homme, il laissa tomber son sac d'où Dinah s'empressa de sortir le tensiomètre.

— 9/6, c'est beaucoup trop bas !

— Les pupilles réagissent, mais faiblement.

C'était mauvais signe. Toutefois, il restait de l'espoir.

— Etait-il cohérent lorsque vous l'avez découvert ?

— Il marchait, ou plutôt chancelait, sur la piste.

Elle désigna l'extrémité sud de la prairie.

— Au début, son allure était très lente, et je n'ai pas compris qu'il était blessé ; puis quand il a atteint l'herbe, je me suis précipitée en voyant qu'il vacillait, et c'est à ce moment-là qu'il est tombé. En l'entendant parler de son frère et de son père, j'ai cru qu'il voulait les faire prévenir, mais à présent, je crains qu'ils ne soient blessés aussi et que Troy ne soit venu chercher du secours.

— Bon sang !

Eric se tourna vers Redmond.

— Quelqu'un est-il allé jusqu'à leur chalet ?

— Oui. Comme il n'y avait personne chez eux, nous avons frappé à la porte d'un de leurs voisins qui nous a dit avoir vu la mère et la sœur sortir ce matin.

— Alors ils pourraient être n'importe où dans la forêt ? dit-elle en contemplant l'immense étendue montagneuse.

— Dinah, j'emmène Troy tout de suite. Je reviendrai avec Neil, et nous commencerons les recherches aussitôt, sauf si nous avons eu des nouvelles entre-temps.

Après avoir prié deux employés d'apporter un brancard, il appela l'hôpital.

Deux minutes plus tard, le blessé toujours inconscient était en route vers l'hélicoptère. Eric, qui marchait à l'arrière, se retourna.

— Vous allez devoir m'excuser pour le dîner de ce soir, Dinah !

— Eric, je veux participer !

Elle n'était pas petite, mais elle avait du mal à rester à sa hauteur, tant il faisait de grands pas.

— Pardon ?

Il avait crié pour couvrir le bruit assourdissant de l'hélice.

— Je veux vous accompagner !

Elle s'y sentait obligée. Depuis la mort de Molly, la culpabilité la rongeait quand elle ne pouvait venir en aide à un blessé.

— Pourriez-vous retrouver la piste par laquelle il est arrivé ? On gagnerait du temps ! hurla Eric en montant dans l'hélicoptère.

Elle fit un signe d'assentiment, puis les regarda disparaître un instant dans le ciel avant de se rendre en hâte dans la cuisine pour charger Oswaldo de la remplacer. Ensuite, elle téléphona à Angela pour la mettre au courant et s'assurer que tout allait bien de son côté.

Puis elle alla dans sa chambre et revêtit un pantalon confortable ainsi que deux pulls chauds par-dessus sa chemise. Après avoir enfilé des chaussures de randonnée, elle retint ses cheveux à l'aide d'un bandeau puis rafla tout ce qui lui paraissait pouvoir lui être utile pour une opération de secours en montagne. Sa mallette, des pansements, des ciseaux, un stéthoscope…

Une fois dehors, elle s'engouffra dans la boutique de souvenirs pour y prendre un sac à dos.

— Hé ! Vous n'avez pas le droit ! s'écria la jeune vendeuse pendant qu'elle fourrait tout son matériel à l'intérieur.

Elle ajouta une couverture légère, un oreiller de voyage, des bouteilles d'eau et une torche électrique trouvés dans les rayons. Au dernier moment, elle s'empara de quelques barres de chocolat et de plusieurs paires de lacets rose fluo, de ceux dont les enfants raffolaient. Tout en ignorant l'usage qu'elle en ferait, il lui sembla que c'était impératif.

— Je vous ai dit que vous ne pouviez pas vous servir sans payer ! J'appelle la sécurité !

Le garde, Wallace Gilpin, arriva à cet instant, un magazine à la main, et, comprenant la situation, saisit une poignée de crackers au beurre de cacahuètes pour les lui tendre.

— Des protéines, c'est toujours utile.

Après une seconde de réflexion, il sortit de sa poche un briquet doré.

— Emportez aussi ça, mais faites-y attention, il appartenait à mon père. Tenez, mon journal, si jamais vous devez allumer un feu.

— Son frère et son père étaient avec lui, annonça Redmond de l'autre bout du magasin. Personne ne les a revus. J'ai envoyé quelqu'un au village pour dénicher la mère et la fille. J'ai le numéro de leur portable, mais je préférerais qu'elles apprennent ça de vive voix.

— Bon, Redmond, je pars tout de suite reconnaître la piste.

Dans quelques heures, la nuit tomberait… Il fallait faire vite.

— Prenez ce talkie-walkie, sa portée est assez longue, dit-il. Le Dr Ramsey a sa radio, mais deux précautions valent mieux qu'une ; vous n'aurez pas de réseau pour vos téléphones.

Angela entra de sa démarche dandinante.

— J'espère que tu as bien réfléchi, Dinah ?

— Je ne peux pas rester assise ici sans rien faire, Angela. Eric m'a demandé de repérer le chemin par lequel Troy est arrivé et, si je peux aider à retrouver son père et son frère…

Elle s'approcha de sa sœur pour l'embrasser sur la joue.

— Dis à Redmond de me prévenir si tu as besoin de moi. Je ne fais que l'aller-retour, ne t'inquiète pas. Promis ?

Angela fit un signe de la main qu'elle remarqua à peine, car elle était déjà dehors.

En courant à travers la prairie, elle repéra une douzaine de voies différentes dont le départ se situait à peu près au même point, conduisant chacune à des endroits divers. Elle n'était plus certaine de la direction exacte dans laquelle elle avait aperçu Troy. Quatre des pistes au moins pouvaient y mener. Elle chercha des traces, des herbes foulées, du sang qui se serait répandu…

Soudain, son téléphone sonna. C'était Eric.

— Troy est dans la salle d'urgence, et je vous rejoins dans quelques minutes. Avez-vous découvert quelque chose ?

— Si je retrouve la piste, je pourrai vous accompagner ?

— Nous verrons.

— Il le faut, Eric. J'ai l'impression d'être responsable d'une façon ou d'une autre de la situation.

— Quand c'est moi qui organise, vous respectez mes ordres, Dinah.

— Je suis infirmière.

— Mais vous n'avez aucune expérience du secours en montagne.

— Alors, vous me renverrez si je retarde l'opération. Laissez-moi une chance, je me sens obligée… L'idée qu'un petit garçon est blessé et perdu…

Fermant les paupières, elle tenta de se figurer dans quelles difficultés le père et le fils pouvaient se trouver, et imagina le pire.

— Je veux vous accompagner, Eric.

Cependant, s'il refusait, elle obéirait en bonne infirmière qu'elle était.

— Repérez la piste d'abord, Dinah. C'est le plus important.

Les deux premières voies ne conduisaient nulle part, et elle ne remarqua aucun indice de passage récent. En revanche, sur la troisième où elle s'engagea, elle identifia des taches de sang.

— Hou hou ! cria-t-elle, dans l'espoir insensé que les Dawson soient à portée de voix.

Elle n'eut pas de réponse, bien sûr. Une impulsion lui fit attacher l'un des lacets rose fluo dont elle s'était munie pour signaler à Eric son point de départ. Puis elle s'enfonça dans les bois, à la recherche de nouveaux signes que Troy était bien arrivé par là.

Avec succès : des empreintes dans la terre indiquaient qu'il s'était traîné à cet endroit précis. Elle découvrit encore des gouttes de sang et des traces plus larges et informes… Des mains ? Peut-être était-il tombé ?

Toutefois, à l'évidence, il s'agissait des marques d'une personne seule, et elle fut déçue car elle escomptait trouver rapidement le père ou le frère de Troy souffrant d'une fracture à la jambe ou autre blessure invalidante sans être très grave. Mais pas question de se laisser gagner par le découragement. Elle suivit la piste, dont elle était maintenant certaine que c'était la bonne, en priant d'atteindre au but.

Tout cela lui rappelait un puzzle géant, qu'elle seule pouvait reconstituer.

Elle devait tout faire pour résoudre le mystère, songea-t-elle en se penchant pour examiner une feuille de fougère cassée.

Elle avait mal vu… La crosse était seulement en train de se développer. Et rien, aucun indice autour d'elle, ce qui signifiait que Troy n'avait emprunté cette voie que sur une courte longueur. S'était-elle trompée de chemin, ou avait-elle manqué une bifurcation ?

Soudain, elle fut parcourue d'un frisson glacé. Que faisait-elle ici ? Quelle prétention de s'imaginer qu'elle pouvait être utile en tant qu'infirmière ou…

Dans le lointain, à travers les arbres, elle distinguait encore l'auberge et percevait l'activité des secours qui s'organisaient. Il était temps de rentrer. Un amer découragement l'accabla. Elle aurait tant voulu retrouver les deux égarés…

— Pas facile, n'est-ce pas ?

Eric était derrière elle.

— Mais il ne faut pas croire qu'il suffit d'errer dans les bois pour se heurter à la victime.

— Je pensais être sur la bonne piste…

Il brandit le lacet rose.

— Vous avez eu une idée géniale, tout de même !

A ces mots, son optimisme revint : maintenant qu'Eric l'accompagnait, le père et le frère de Troy les attendraient après la prochaine courbe, assis au bord du chemin, légèrement blessés, mais en bonne santé.

— Quel serait le pire scénario ?

— Que la nuit tombe avant que nous les ayons repérés. Ou que nous les découvrions…

Une grosse boule se forma dans l'estomac de Dinah. Elle leva les yeux pour apercevoir le ciel, mais les hautes frondaisons touffues laissaient à peine passer la lumière.

— Je vous suis, murmura-t-elle alors qu'Eric passait devant elle. Et je peux courir s'il le faut, je ne veux pas vous ralentir.

Ce qu'elle fit pendant vingt minutes, sans parler, en s'efforçant de l'imiter. Tous deux s'arrêtaient de temps à autre, à la recherche d'indices, et ils firent une pause pour se désaltérer ; elle en profita pour poser la question qui l'obsédait, bien qu'elle redoutât la réponse.

— Et si nous ne trouvons rien avant la nuit, Eric ?

— Nous sommes au printemps. Les traces risquent de s'effacer avec la pluie ou même un vent violent.

— Il faudra rentrer dès que l'obscurité sera tombée ?

— Pour certains, oui. Nous ne gardons pas les volontaires, car avoir trop de gens dehors dans le noir est un risque en soi, mais je dispose de spécialistes, que Neil est en train de réunir et qu'il enverra sur une piste parallèle à la nôtre.

— D'accord. Et qu'arrivera-t-il aux victimes que nous cherchons ? Si nous suspendons les recherches et qu'ils sont derrière la prochaine colline… Comment prendre la décision d'arrêter pour reprendre au matin, alors que vous êtes peut-être près du but ?

— Question de bon sens, et aussi d'expérience. Personnellement, je n'aime pas abandonner, mais en tant que chef de l'équipe, je dois penser d'abord à la sécurité. La plupart de nos gars sont prêts à risquer leur vie pour sauver quelqu'un, et c'est à moi de m'assurer qu'ils rentrent sains et saufs.

Il avala une gorgée d'eau, puis lui tendit la gourde pour qu'elle se désaltère avant de la remettre à sa ceinture.

— Tout ça va devenir de plus en plus dur, Dinah. Nous devons couvrir une zone plus importante, et plus vite, car le temps est un facteur primordial.

— Vous ai-je retardé jusque-là ?

— Non, mais je ne veux pas abuser de vos forces et vous rendre malheureuse.

— Ce qui me rend malheureuse, c'est de savoir que…

Elle déglutit avec peine, tentant de refouler son émotion. Il n'avait pas besoin de crises de larmes ni d'états d'âme, alors que sa tâche exigeait rigueur et précision.

— Je peux le faire, Eric, reprit-elle avec une profonde conviction.

En réalité, elle lui faisait totalement confiance. Dommage qu'elle ne l'ait pas connu au moment où elle aurait pu le lui donner, ce cœur… A présent, elle n'avait plus à offrir que des lambeaux. Lui aussi, en fait, avait eu son lot de malheurs et il ne devait pas tenir à souffrir davantage.

En conséquence, il l'attirait parce qu'elle se savait en sécurité près d'un homme qui n'attendait rien d'elle et dont elle n'attendait rien.

— Et je suis prête à courir, ajouta-t-elle.

Il lui tendit la main.

— Venez… Quand ce sera fini, Dinah, rappelez-moi de vous dire combien je vous trouve fantastique.

— Eric, une partie de l'équipe grimpera jusqu'à la crête à la recherche d'un poste d'observation, dit Neil, faisant son rapport par l'intermédiaire de la radio. Avec un peu de chance, nous apercevrons les blessés d'en haut si nous arrivons avant la tombée de la nuit. Oh, et Redmond a des nouvelles de Mme Dawson. Son mari et ses fils avaient l'intention de faire du camping, mais ils n'ont pas précisé où. Tout ce qu'elle sait, c'est qu'ils ont parlé de louer un canot pneumatique. Troy a dix-huit ans, et son frère, Shawn, douze. Le père, William, a quarante ans et, pour autant que l'on sache, il est en excellente forme physique.

— Où est sa femme, à présent ?

— A l'hôpital, avec Troy, qui n'a pas repris conscience et est en piteux état. Le scanner montre une fracture du crâne avec hématome subdural ; il va être transféré par hélicoptère à Salt Lake City pour être opéré. Bien entendu, sa mère l'accompagne.

— Bon sang, tous les mêmes ! marmonna Eric.

Il aurait été si simple de prévenir le concierge de leurs intentions ! Sans consulter personne, les vacanciers inconscients prenaient des risques, comme partir Dieu sait où à l'aventure.

Alors que les randonneurs expérimentés avertissaient les autorités du parc national en remettant une carte indiquant leur trajet pour être repérés facilement en cas de problème, les amateurs disparaissaient dans la nature sans aucune préparation. Ils mobilisaient les secours et perdaient aussi la vie parfois, quand la chance n'était pas avec eux.

Eric fut saisi d'un mauvais pressentiment. Dans quel état allaient-ils les trouver, à supposer qu'ils les retrouvent ce soir ? Toutefois, en songeant à Dinah, il ne put s'empêcher de sourire. Pour une non spécialiste des courses en montagne, elle s'en était bien sortie : elle avait laissé des repères pour lui, et emporté du matériel qui, pour être un peu hétéroclite, n'en était pas moins utile, selon le garde de sécurité. Aucun entraînement, mais de l'instinct et un don inné… Il faudrait la former plus tard, si elle restait.

— Dinah est toujours avec toi ? demanda Neil. Sinon, je peux envoyer quelqu'un de l'hôpital, à moins que tu ne préfères faire équipe avec elle, bien entendu !

Eric observa un instant Dinah, qui se tenait un peu à l'écart, regardant dans toutes les directions et étudiant le terrain.

— Ce qui m'aurait plu, c'est un petit dîner tranquille.

— Avec elle ?

— Hmm. Je t'expliquerai en rentrant. Nous faisons une pause pour boire, manger des barres protéinées et nous reposer avant de parcourir encore cinq ou six kilomètres.

— Vous devriez vous diriger vers la rivière. S'ils portaient un canot…

— C'est lourd, ils ne seraient pas allés très loin.

— Et puis, il y a les rapides…

Eric en eut la chair de poule. Dans ce cas-là, l'inexpérience pouvait se payer très cher et conduire à la tragédie.

— Espérons qu'ils n'auront pas été assez bêtes pour…

— Ecoute, j'ai un groupe de vingt qui vient de sortir, et un autre prêt à partir. Fais-moi savoir ce dont tu as besoin.

Lorsque Neil raccrocha, ils furent soudain seuls tous les deux, loin de toute civilisation.

— Prête pour le départ, Dinah ?

Vraiment, il l'admirait. Il l'obligeait à un effort terrible, et pourtant, il était certain qu'elle ne le laisserait pas tomber, qu'il pouvait se fier à elle sans hésitation. Avait-elle recouvré une partie de sa confiance en elle ? Il le souhaitait ardemment.

Elle remit son sac sur son dos.

— Prête. Combien d'heures de clarté nous reste-t-il ?

Il leva la tête. Bientôt, l'obscurité les empêcherait de poursuivre… Un léger accablement le gagna. D'après son expérience, les victimes, la nuit, mouraient la plupart du temps. Peut-être parce que le soleil leur permettait de garder espoir, et que dans le noir, gagnées par le froid, elles éprouvaient une sensation de solitude irrémédiable.

— Pas beaucoup, mais comme la rivière est assez proche, nous devrions pouvoir y arriver de jour, en espérant qu'ils ne soient pas allés trop loin.

Il se pencha pour observer une nouvelle tache de sang sur une feuille brune. Il y avait urgence, il le savait au plus profond de lui-même.

— Bon, je suis prête à courir, dès que vous l'êtes aussi.

Incroyable Dinah Corday ! Elle faisait preuve d'un dévouement extraordinaire, tel qu'il n'en avait jamais rencontré chez aucune femme.

Avait-il un avenir où elle serait présente ? Comment devait-il se comporter avec elle ? En tout cas, s'il était sûr d'une chose parmi ces sentiments mêlés, c'était qu'en sa compagnie, il se sentait plus vivant qu'il ne l'avait été depuis longtemps, car après la mort de Patricia, il avait été submergé par le désespoir, comme tous ceux qui croient avoir perdu leur seule chance de trouver le bonheur sur cette terre.

Pourtant, Dinah l'avait troublé, et s'il avait retrouvé avec elle des impressions familières, il avait été surpris de découvrir des sensations nouvelles pour lui.

Et même s'il n'oubliait pas Patricia, il avait envie de crier sa joie depuis le sommet de la Sœur aînée.

Tout en avançant sur le chemin qu'ils parcouraient à présent depuis quatre heures, il tâta le lacet dans sa poche et ne put s'empêcher de sourire en l'enroulant autour de son index.

6

Sans cesser sa marche rapide, Eric alluma sa radio.

— Ecoute, Neil, je pense qu'ils se trouvaient sur la rivière et que le canot s'est renversé. A cet endroit-là, c'est fréquent. Mais comme je ne vois aucun signe que trois personnes sont passées ici récemment, je crois que Troy a pris ce chemin par hasard. Je suis persuadé que nous ne trouverons rien en restant sur la piste, et je vais obliquer droit vers l'eau.

— Bon, pour l'instant, l'équipe est en haut de la crête, et comme ils n'atteindront pas la rivière avant vous, vous n'avez aucune chance de vous rencontrer avant que je les rappelle pour la nuit.

— Je parie que les Dawson ne se sont pas avancés beaucoup, peut-être seulement jusqu'aux rapides ; ça fait déjà une bonne trotte, mais je pense pouvoir la faire avant la tombée du jour, et je n'ai pas envie de retourner sur mes pas.

— Eric, tu n'es pas raisonnable ! Il te faudra au moins une heure pour y accéder... J'avoue que je suis inquiet de te savoir tout seul avec Dinah, qui n'a aucune expérience.

Dinah écoutait la conversation tout en suivant Eric. Il paraissait deviner à l'avance ce qu'il allait découvrir, poussé par son intuition. Il courait sans dire un mot, concentrant toute son énergie sur les recherches, et elle n'osait pas lui adresser la parole, respirant à peine.

Chaque fois qu'il s'arrêtait pour observer un détail, une

feuille déplacée, une empreinte au sol, elle avait le souffle coupé. Ce n'était plus le médecin, c'était le chasseur, le sauveteur…

— Il nous faut descendre par la falaise car cela nous raccourcira le trajet de moitié, et nous permettra d'arriver à la rivière de jour, dit-il. Pourquoi ne pas envoyer la seconde équipe à partir du nord ?

— D'accord, je m'en occupe. A bientôt, Eric.

Elle attendit qu'il raccroche pour l'interroger.

— Qu'est-ce que c'est que cette seconde équipe, Eric ?

— Celle de nuit. Si les Dawson sont grièvement blessés, ils vont commencer à souffrir du froid ; j'aimerais continuer un peu, Dinah, si vous êtes d'accord.

— Je n'abandonnerai pas. Je vous suis. Et s'ils ne sont pas aux rapides ?

Autour d'eux, dans la pénombre, les bois prenaient une tout autre dimension et semblaient immenses. Il y avait tant d'endroits où chercher ! Toutefois, Eric étant très expérimenté, elle devait lui faire confiance.

Confiance… Encore ce mot qui revenait comme un leitmotiv dès qu'elle était avec lui.

— Parfois, il faut écouter son instinct. Trois personnes, des amateurs, sur la rivière… L'embarcation étant lourde, on n'a pas intérêt à marcher toute la journée en la portant jusqu'à un lieu propice pour la mettre à l'eau, et en même temps, on veut poursuivre assez loin pour avoir l'impression d'être dans la vraie nature sauvage. Si l'on arrive aux rapides, on s'y arrête forcément, parce que personne ne se risquerait dessus dans un canot pneumatique. A mon avis, ils ont dû embarquer à l'est, quelque part entre ici et les chutes, un peu plus près de nous si nous avons de la chance.

— Je suis prête à rester dehors toute la nuit s'il le faut. J'ai emporté de la nourriture et de l'eau, des couvertures et même un oreiller.

— Pardon ? Un oreiller ?

— J'ai jugé que ça pouvait être utile, et qui sait si je n'ai pas eu raison, puisque mes lacets rose fluo ont déjà servi…

Sa voix mourut car ils arrivaient à la falaise.

— Ne regardez pas en bas, Dinah, dit Eric. Fixez-moi, faites ce que je vous dis et tout ira bien.

De toute façon, elle n'aurait pu regarder où que ce soit car elle avait machinalement fermé les yeux.

— Il n'y a pas d'autre route pour accéder à la rivière ? demanda-t-elle en rouvrant les paupières.

Bien que la paroi rocheuse ne fût pas très haute, elle était morte de peur car elle n'avait aucune pratique de l'escalade. Elle aurait préféré laisser Eric descendre en rappel sans elle et prendre le chemin le plus facile, mais quand elle le lui avait expliqué, Eric avait été intraitable : hors de question qu'ils se séparent, et le temps pressait, ce qui était l'argument choc. Shawn et William Dawson avaient besoin d'aide, et l'unique moyen de parvenir jusqu'à eux avant la nuit était de couper au plus court.

C'était donc la pensée du garçonnet blessé et effrayé qui l'avait propulsée là, au bord de la falaise, les orteils dans le vide.

— Je ne sais pas si je vais oser…

— Faites-moi confiance. Vous êtes encordée, tout ira bien. C'est un parcours pour débutant.

— Quand on a envie de débuter, marmonna-t-elle.

— Tournez-vous vers moi, ne craignez rien, je vous tiens.

— Et si vous me lâchez ?

— Je n'ai jamais lâché personne.

S'il savait combien c'était difficile pour elle de ne pas compter que sur ses propres forces… Certes, ici, il n'était question que du plan physique, et si elle refusait de se fier à lui, au pire, elle s'en tirerait avec des écorchures et des contusions, plaies guérissables, au contraire des blessures de l'âme.

— Bon, d'accord.

Elle se retourna et, se cramponnant à la corde, recula.

— Pas de panique, Dinah. Posez vos pieds contre la falaise et laissez-vous descendre en évitant de rebondir. C'est simple, et vous pouvez le faire.

— Facile à dire…

Après avoir pris une profonde inspiration, elle s'exécuta et le souffle lui manqua.

— Parfait, Dinah. Ne vous balancez pas trop, vous y êtes presque.

— Confiance, marmonna-t-elle au moment où elle sentit ses pieds toucher la paroi.

Confiance… Ce mot devenait un mantra.

— Allez-y ! cria-t-il, penché vers elle pour observer ses progrès. C'est parfait, vous vous débrouillez très bien !

Comme si on pouvait dire autre chose à quelqu'un qui était suspendu au-dessus du vide ! Quand elle trouva enfin le courage de porter un regard critique sur sa performance « parfaite », elle constata qu'elle n'avait descendu que six mètres sur la quinzaine à parcourir. Selon Eric, elle n'en avait que pour quelques minutes, et pourtant cette distance lui semblait insurmontable et elle se retrouvait à mi-parcours, incapable de remonter ou de poursuivre la descente.

Tout à coup, elle eut du mal à respirer. Sa tête tournait, elle ressentait des picotements dans les doigts et les orteils. Son expérience de soignante lui permit de reconnaître les symptômes : pour la première fois de sa vie, la panique la gagnait, menaçant de la paralyser.

Non ! Il fallait à tout prix continuer. D'abord, Shawn et son père avaient besoin d'elle. D'autre part, il n'était pas question de décevoir Eric, qui ne comprendrait pas qu'elle abandonne.

Au bout d'une minute de cette épreuve, ses poumons se remirent à aspirer l'air et elle s'aperçut qu'elle s'était mordu les lèvres si fort qu'elles saignaient. Néanmoins, un changement étrange s'était produit : à présent, elle éprouvait une ivresse inconnue. Sa lente progression se changeait en une victoire inespérée à force de volonté et de confiance, et au moment où ses pieds touchèrent le sol, elle était prête à renouveler son exploit.

Lorsqu'elle leva la tête et vit Eric descendre avec une grâce et une agilité de funambule, elle s'interrogea : aurait-elle jamais la chance de le refaire avec lui ? Car sans sa foi en lui, elle n'aurait certainement pas réussi.

— Vous allez bien ? demanda-t-il en posant les pieds au sol.

Puis il lui saisit le bras et l'attira à lui. Serrée contre son torse puissant, elle reprit son souffle, s'attardant un moment pour attendre le reflux de l'adrénaline.

— Finalement, ça s'est bien passé, dit-elle.

— Alors nous recommencerons quand j'aurai davantage de temps pour vous apprendre.

— Ça me plairait beaucoup, et je vous promets que je ne me comporterai plus comme une mauviette.

— Vous ne vous en êtes pas mal sortie. Le baptême du feu n'est pas le plus simple des apprentissages.

Le baptême du feu… Voilà ce qu'avait été sa vie depuis son arrivée à White Elk, où elle avait frôlé quelques feux très dangereux.

— Peut-être, mais il vous fait avancer malgré vous.

Il se mit aussitôt à rassembler les cordes, puis les enroula autour de son épaule et désigna la direction de la rivière. D'où ils se trouvaient, elle entendait le bruit des cataractes qui évoquaient l'étrange pouvoir qu'elle avait décelé en Eric : sous une surface paisible, elle sentait onduler des courants de force insoupçonnés.

Pourvu qu'ils retrouvent les victimes sur la berge… Mais elle n'y croyait pas trop. Et quel chemin prendre ? Devaient-ils se diriger vers l'amont ou vers l'aval ?

Ils marchèrent quelques minutes, Eric en tête, elle le suivant à une certaine distance. A l'instar de ceux d'Eric, ses yeux fouillaient les alentours à la recherche de signes de vie, de passage récent.

Soudain, un détail attira son attention, sur sa gauche. Elle alla voir et tomba à genoux. C'était une chaussure de garçonnet, pointure 37.

— Eric ! Par ici !

Regardant à peine sa découverte, il la dépassa en courant.

— Shawn ! cria-t-il.

Après une pause, il renouvela son appel, les mains en porte-voix.

— William, vous m'entendez ?

Bien qu'elle ne perçût pas de réponse, il avança d'une centaine de mètres ; il devait avoir repéré quelque chose…

— Shawn, tu m'entends ? Shawn !

Inquiète, elle se mit à appeler aussi.

Elle connaissait la façon de réagir des enfants : lorsqu'ils étaient effrayés, ils avaient tendance à se cacher. Si William n'était pas en état de répondre, Shawn aurait-il le courage de le faire ? Si cette chaussure était la sienne, bien sûr…

— Dinah, venez !

Elle le rejoignit près d'un affleurement rocheux, tout près du bord de la rivière, où la seconde chaussure… était toujours au pied d'un jeune garçon, dont Eric prenait déjà le pouls. Tombant à genoux, elle sortit sa torche de son sac à dos pour vérifier la réaction pupillaire. Normale. Il respirait faiblement et sa peau était glacée. Bien que Troy eût enveloppé son frère dans un blouson qui, de toute évidence, lui appartenait, Shawn avait souffert du froid.

Eric lui tapota les joues pour tenter de le réveiller.

— Etat de choc ? demanda-t-elle.

— Oui, et une légère hypothermie.

Il ramassa la bouteille d'eau posée près de lui, sans doute laissée par Troy au cas où son frère aurait soif : elle était pleine, ce qui signifiait que ce dernier n'y avait pas touché.

— Un peu de déshydratation aussi, je suppose.

Dinah palpa les membres de l'enfant et fit la grimace.

— Une jambe fracturée, peut-être même les deux, j'en ai peur.

— Pas de distension de l'abdomen, mais cela ne veut pas dire qu'il n'y a pas d'hémorragies internes.

Se tournant vers les rochers, il laissa échapper un soupir.

— Si nous savions ce qui lui est arrivé…

— Shawn, tu nous entends ? cria Dinah. Si tu te réveillais, tu pourrais nous raconter…

Les paupières du garçonnet frémirent, mais ses yeux ne s'ouvrirent pas.

— Troy n'a pas dû pouvoir le porter plus loin avant de partir chercher du secours.

Eric alluma le talkie-walkie.

— Neil, nous avons une victime, garçon, douze ans, inconscient, probables fractures aux deux jambes et blessures internes. Je vais poser des attelles ; Dinah restera près de lui pendant que je poursuis les recherches pour retrouver son père, à moins que la seconde équipe ne soit sur le point de nous rejoindre. Combien de temps leur faudra-t-il ?

— Ils n'arriveront pas avant la nuit.

— Bien, dis-leur de suivre la berge, et appelle l'hélico car le blessé doit être évacué le plus tôt possible.

Tandis qu'Eric organisait le transport avec Neil, Dinah déchira le pantalon de Shawn pour vérifier la gravité des lésions. Elle eut un mouvement de recul : les deux jambes étaient fracturées, des fractures non ouvertes, mais elle voyait nettement les angles formés par les os cassés. Ce pauvre garçon aurait besoin de plusieurs opérations et de nombreux mois de rééducation.

Toutefois, il était vivant. En vérifiant ses signes vitaux et en nettoyant ses coupures et ses écorchures, elle fut saisie du serrement de cœur familier. Voilà quelle était sa tâche : soigner les enfants.

— Shawn, tu es sauvé, dit-elle. Nous allons te transporter à l'hôpital, où ta maman t'attend avec Troy.

Elle enveloppa le garçonnet inconscient dans les couvertures et lui installa l'oreiller sous la tête.

— Vous croyez qu'un hélico peut atterrir ici ? demanda-t-elle.

— A environ huit cents mètres, sur la rive, il existe une surface plane suffisante. Préparons-le pour le transfert, Neil sera à bord pour l'emmener.

— A-t-on averti sa mère ?

— Je suis sûr que quelqu'un s'en chargera.

— Il faut qu'elle soit mise au courant tout de suite. C'est vital pour une mère de savoir que son enfant est vivant !

Après l'avoir observée un instant, il sourit.

— Nous allons la prévenir immédiatement. Vous pensez à tout… Vous feriez une excellente mère.

Baissant les yeux vers Shawn, elle lui saisit le poignet.

— Avant de prendre une telle responsabilité, j'ai besoin d'avoir une vie stable et, comme vous avez dû le remarquer, elle est loin de l'être en ce moment.

— Vous vous sous-estimez, Dinah.

— C'est peut-être vous qui me surestimez.

— Je vous estime à votre juste valeur. Une grande valeur, à mon avis.

— Taisez-vous, Eric. N'ayez pas d'illusions, je ne ferais que vous décevoir.

Il leur fallut environ une demi-heure pour stabiliser Shawn et l'installer sur un brancard de fortune fabriqué par Eric à l'aide de branches trouvées dans les bois. Tout en terminant la pose des attelles, Dinah l'observait, fascinée et admirative.

— Il se réchauffe. Le pouls se calme et la tension remonte.

— Neil vient de me prévenir qu'ils partiraient dès que nous ferions signe. Au fait, une bonne nouvelle : la seconde équipe, qui a retrouvé William conscient, l'amène jusqu'ici. Hypothermie avancée, une plaie au dos et sans doute des blessures internes. Le canot a été pris dans des remous qui l'ont précipité contre les rochers. Comme leur père, qui avait une jambe coincée, était dans l'incapacité de se dégager, Troy a tout fait pour sauver son frère.

Cette issue, moins dramatique qu'elle aurait pu le penser, ôta un poids énorme des épaules de Dinah.

— Shawn, ton frère et ton père vont bien, dit-elle. L'hélicoptère arrive, tu seras bientôt soigné et tu te rétabliras très vite.

Elle leva la tête. La silhouette d'Eric, éclairée par la torche, se détachait dans la pénombre.

— Nous avons réussi, Eric.

— Grâce à vous, Dinah, et à votre instinct.

— J'avais si peur de vous ralentir ou de faire une erreur qui vous aurait mis en danger…

Il se pencha vers Shawn pour vérifier encore une fois son pouls.

— C'est pourtant votre vocation, répondit-il. Participer à des secours en montagne, ou être infirmière, ou les deux. Vous perdez votre temps dans cette cuisine.

— Curieux… Mon ex-fiancé, Charles, m'a dit que je perdais mon temps à l'hôpital.

— Doublement idiot, celui-là. D'une part, de vous avoir laissée partir et, d'autre part, d'être passé à côté de vos dons remarquables.

La nuit était tombée quand ils arrivèrent au point de rencontre où Neil les attendait.

Dinah se sentit extrêmement soulagée lorsque le brancard fut hissé dans l'hélicoptère. L'appareil s'éleva dans les airs puis décrivit un large cercle avant de s'éloigner, la lumière de ses phares brillant dans le ciel noir. Les Dawson père et fils étaient sauvés. A ce moment-là, Dinah sentit ses genoux faiblir et elle s'assit sur un rocher au bord de l'eau.

Eric s'y adossa, les bras croisés.

— De là où nous sommes, en longeant la berge, il nous faudra environ trois heures pour rentrer.

Elle ne répondit que par un grognement.

— Nous pourrions couper à travers bois pour raccourcir, mais ce serait une marche difficile, ajouta-t-il.

— Laissez-moi cinq minutes pour souffler, Eric, répondit-elle d'une voix lasse.

— Vous aimez le camping ?

— Vous voulez dire qu'on pourrait rester ici ce soir ?

— Oui. Passer une bonne nuit et repartir demain matin.

— Je ne suis pas très douée pour camper… Cependant, je ne l'étais pas pour l'escalade, et je ne m'en suis pas trop mal sortie, même si j'étais morte de peur.

— Eh bien, il n'y a rien qui puisse vous effrayer dans ces bois. Nous ferons un feu de camp…

Une proposition qui aurait semblé presque romantique si elle n'avait pas été aussi épuisée.

— D'accord, on essaie.

— Vous pourriez faire n'importe quoi du moment que vous l'avez décidé, Dinah. Bien que vous en doutiez, j'ai toute confiance en vous, autant qu'en n'importe quel membre entraîné de mon équipe.

— Vous ne devriez pas. En réalité, je ne suis pas bonne à grand-chose. Certes, nous avons réussi aujourd'hui, mais vous auriez pu être encore plus efficace en vous appuyant sur quelqu'un d'autre.

Il poussa un soupir d'impatience.

— Toujours cette réaction… Vous protestez dès qu'on vous fait un compliment. C'est vraiment frustrant, Dinah. Tout le monde est conscient de vos dons, sauf vous. Je me demande comment vous en faire prendre conscience.

— Vous vous trompez sur mon compte.

— Expliquez-moi pourquoi, dans ce cas.

— Il n'y a pas d'explication.

— Une nouvelle reculade, Dinah. Ou alors vous me repoussez, sans que je sache pourquoi. Nous avons travaillé ensemble, sauvé des blessés, et je veux comprendre pourquoi ce que vous faites si bien vous rend si triste.

— Bon, puisque vous y tenez. J'ai perdu une petite patiente, Molly, que personne n'aimait assez pour l'accompagner dans sa souffrance. Un bébé abandonné et oublié, parce qu'elle n'avait pas la chance d'avoir une physiologie lui permettant de vivre.

— Quel était le problème ?

— Anencéphalie. Quelques semaines de survie, tout au plus.

— Je suis navré, Dinah.

— Je l'étais aussi, et le dénouement m'a brisé le cœur. Elle avait confiance en moi, même si la plupart des gens rétorqueraient, à tort, qu'elle n'était pas consciente de ma présence. J'ai été incapable de…

Elle poussa un grand soupir.

— Quand tout été fini, je suis restée assise quatre heures à la bercer dans mes bras, refusant de la laisser partir. Je savais qu'elle était morte, comme j'avais toujours su qu'elle ne survivrait pas. Et pourtant, je…

Sentant les larmes jaillir de ses yeux, elle les essuya du revers de sa manche.

— On a dû m'expulser de la salle *manu militari*, me l'enlever de force et m'administrer un sédatif. Puis Charles m'a conseillé de prendre un congé maladie pour réfléchir ; selon lui, mon hyperémotivité me rendait inapte au métier d'infirmière, et je l'ai admis. C'est en souvenir de Molly que j'ai tenu à participer à ces recherches aujourd'hui, car il m'est impossible d'abandonner un enfant qui a besoin de moi. En même temps, c'est à cause d'elle que je ne peux plus m'engager, craignant que mes émotions prennent le pas sur ma raison. Dans une cuisine, la pire catastrophe que je puisse provoquer, c'est de brûler une sauce, mais dans un hôpital…

— Désolé de cette perte que vous avez subie.

La voix d'Eric, au milieu du bruissement des feuillages et des sons de la nuit, était à peine audible.

— Je suppose que vous aussi, vous avez perdu beaucoup de patients, reprit-elle. Moi, je suis incapable de rester détachée.

— Voilà ce qui vous rend exceptionnelle à mes yeux, et

votre petite Molly vous connaissait. Elle sentait votre amour pour elle. Charles avait tort.

— Mais ça m'a brisé le cœur.

— Parce que personne ne vous a soutenue, et j'en suis navré pour vous. Vous méritez mieux, Dinah.

Il lui tendit la main pour l'aider à descendre du rocher, puis l'attira à lui.

— Pourquoi cette confiance en moi, Eric ?

— Avant de vous rencontrer, j'étais un homme marié qui vivait sans se poser de questions.

— Vous avez ôté votre alliance pour moi ?

— Non, Dinah, pour moi, et pour mes jumelles qui grandissent et deviennent des individus à part entière, comme vous m'en avez fait prendre conscience. Je leur dois de redémarrer ma vie ; en outre, je juge aussi, personnellement, que le moment est arrivé.

— Vous avez dû souffrir d'autant plus que les filles étaient si petites…

Il lui prit la main pour lui caresser l'endroit sensible sous le pouce. De lents cercles, qui exploraient sa peau avec délicatesse et habileté. Des mains de chirurgien. Puis il poursuivit le long de ses doigts, un par un.

Lorsqu'il s'empara finalement de sa main entière, elle était aussi comblée que s'il venait de lui faire l'amour passionnément. L'onde de choc de cette douce caresse se répercutait jusque dans ses orteils. Comme il la serrait plus fort, elle sentit ses jambes se raidir.

Oh, elle avait tant envie d'être séduite ! Cependant, elle n'était pas certaine que telle était l'intention d'Eric.

— Si nous devons passer la nuit ici, j'ai des barres protéinées, murmura-t-elle, consciente qu'entre tout ce qu'elle aurait pu dire de plus stupide, elle avait choisi les barres protéinées. Et des crackers au beurre de cacahuète, de l'eau, une torche, un briquet, dont il faut que je prenne grand soin car c'était celui du père de…

— Vous échoueriez, à mon cours, l'interrompit-il d'une voix chaude et suggestive.

— Quel cours ?

— De survie dans la nature sauvage.

Il se pencha pour l'embrasser sur la joue.

— Et, entre nous, je suis un très bon instructeur.

— En êtes-vous sûr ?

Elle leva la tête vers lui. Des rubans de clair de lune ondulaient autour de lui, l'enveloppant d'une aura magique qui lui coupa le souffle. Etait-elle prête ? Et lui ? La première fois qu'ils avaient sauvé un patient ensemble, ils avaient conclu par un baiser, mais cette fois, ce ne serait pas suffisant.

— J'ai des règles de conduite, Dinah, qui gouvernent ma façon d'être et d'agir depuis très longtemps.

— Avez-vous l'intention de les enfreindre ?

Sa question était pleine d'espoir, bien qu'elle redoutât la réponse : si c'était oui, était-elle certaine, elle, de vouloir faire fi des siennes ? Ils marchaient tous deux sur le fil du rasoir, contournant l'évidence, si près de basculer… Et effrayés de ce que le passage à l'acte provoquerait.

— J'adorais Patricia, qui m'a rendu incroyablement heureux. Parfois, en rentrant du travail, je m'attends encore à la trouver à la maison. Cela fait pourtant cinq ans qu'elle m'a quitté. Il m'arrive de me demander si je souhaite rester bloqué là, et malgré tout, au lieu d'être nu avec vous, enveloppé dans votre couverture en train de vous réchauffer, voilà que je parle de ma femme. Mais ne vous y trompez pas : j'ai vraiment envie de vous réchauffer.

— Peut-être le temps n'est-il pas venu, Eric. A White Elk, je pensais trouver la solitude qui me permettrait de réfléchir à mes erreurs passées pour éviter de les renouveler. Je n'avais pas prévu de dormir avec un beau médecin dans une forêt.

— Et si c'était le bon moment, et que nous résistions inconsciemment ?

— C'est vrai, parfois, les barrières invisibles sont les plus difficiles à franchir.

— Avez-vous peur de mes sentiments envers Patricia ?

— Non, je suis heureuse de savoir combien vous étiez passionné. Cela me montre quel genre d'homme vous êtes.

Le genre qu'elle n'avait jamais eu la chance de rencontrer, jusqu'à présent. Mais elle était réticente à s'engager avec lui car elle n'était pas certaine qu'il veuille d'une relation à long terme. Ce dont elle ne pouvait discuter avec lui, d'autant plus qu'ils n'étaient pas amants.

— Donc, que faisons-nous, Dinah ? Ici et maintenant ? Alors que n'importe quel homme sensé serait en train de vous séduire au lieu de rester assis, que devons-nous faire ?

— Tout reprendre depuis le début. Un pas à la fois, sans attentes particulières.

Il lui ôta son bandeau pour glisser les doigts dans ses cheveux.

— Eh bien, belle étrangère, je suis Eric Ramsey et, au besoin, je suis tout à fait capable de secourir une demoiselle perdue dans les bois.

— Et je suis Dinah Corday, perdue de tant de façons, qui vous remercierait de la secourir au besoin.

En prenant sa main dans la sienne, elle éprouva une sensation immédiate, comme une étincelle, un éclair, une illumination aussi éblouissante que les étoiles brillant au-dessus d'eux.

— Comment savoir si vous en avez besoin ? demanda-t-il.

Sa voix était aussi paisible que le chuchotement du vent dans les feuillages.

— Je le ressens déjà.

Passant sa main sous le bras d'Eric, elle goûta le contact de ses muscles. Avait-il la chair de poule autant qu'elle ?

— Je ne suis pas vieux jeu, Eric. Ma vie m'aurait peut-être mieux correspondu si je l'étais ; à mon avis, les occasions de profiter du plaisir sont rares et nous les laissons trop souvent passer.

Elle n'était pas non plus très douée pour l'amour. Mais il

n'était pas question d'amour, là, tout de suite, se répétait-elle pendant que ses doigts couraient sur la peau d'Eric. Non, c'était impossible. Elle le refuserait, de toute façon.

Lorsqu'il rit, la vibration se répercuta dans son torse.

— Cela m'étonne de toi.

— Ah bon ? Et quel effet ça te fait ?

Qu'est-ce qui la rendait si audacieuse, tout à coup, au point de prononcer de telles paroles ? Avait-elle envie d'être séduite ? Ou de le séduire ? Bien entendu ! Et ceci depuis le moment où il l'avait abandonnée sous la pluie après l'accident.

— Enfin, si tu as vraiment cette couverture…

— J'avais même un oreiller, mais il est parti avec Shawn.

— Pour ce que j'ai l'intention de faire, il aurait été inutile.

La couverture, pourtant sortie du sac, fut elle aussi totalement oubliée dans l'urgence du déshabillage, et les vêtements s'empilèrent sur les aiguilles de pin.

Nus et emmêlés l'un à l'autre, gagnés par un feu ardent, ils n'avaient pas conscience de la nuit glacée.

— Tu es sûre, Dinah ?

— Oui, Eric, murmura-t-elle.

Un gémissement lui répondit, et il vint en elle, puissant et dur, l'amenant presque aussitôt à une jouissance inouïe en même temps que lui. Sa fougue lui plut, et elle apprécia tout autant que ses mains la caressent ensuite, comme si elles apprenaient à la connaître.

Ici, avec lui, elle se sentait vulnérable et confiante et, pour la première fois de sa vie, cela ne l'effrayait pas. Elle était exactement ce qu'elle voulait être, avec lui, et pour lui.

7

Le froid ambiant aurait justifié l'emploi d'une couverture supplémentaire, mais ils étaient tellement serrés l'un contre l'autre qu'ils n'en avaient cure. Rien ne pouvait les atteindre et tout était parfait, chaque corps s'accordant à l'autre, l'épousant.

— Je n'avais jamais fait l'amour dehors, Eric.

Elle haletait sous les baisers dont il lui couvrait le cou, et qui, telles des petites piqûres de plaisir, la faisait frissonner de la tête aux pieds.

— Moi non plus, dit-il dans un souffle avant d'entreprendre un nouveau voyage vers sa poitrine. Mais, désormais, ce sera une de mes occupations favorites dans la nature sauvage.

— Tu vas ajouter un chapitre à ton cours de survie ?

S'il répondit, elle ne l'entendit pas car un gémissement lui échappa quand elle sentit sa langue, puis ses dents, titiller son mamelon érigé, et son corps s'arqua de désir.

Au loin, elle entendit le cri d'un oiseau de nuit. Faisait-il la cour à sa femelle, ou était-il seul, en quête d'une amoureuse ? Elle connaissait bien cette plainte triste et nostalgique qu'elle avait oubliée pendant un moment.

— Pourquoi soupires-tu, Dinah ?

— Je pensais à ce qu'aurait été la soirée si nous étions retournés à la civilisation.

— Tu es contente que nous ne l'ayons pas fait ?

— Très.

Ce ne fut qu'un murmure avant que la bouche d'Eric ne réclame la sienne pour un baiser si long, intense et passionné qu'elle craignit que ses lèvres ne soient tuméfiées. Quand il la libéra, elle rejeta la couverture du bout des pieds et se tourna pour se trouver côte à côte avec lui, puis se recula juste assez pour contempler son beau visage.

— Que fais-tu ?

— Je te regarde.

— Il fait noir, tu ne dois pas voir grand-chose.

Oh, si, elle voyait avec son cœur, et elle désirait si fort ce qu'elle voyait qu'elle en était effrayée.

Mais ce n'était pas de l'amour… Non, impossible.

Ou peut-être…

— Il y a toujours quelque chose à voir, Eric…

Elle glissa l'une de ses jambes entre les siennes pour se rapprocher de lui, la bouche contre son oreille.

— … quand on sait ce que l'on cherche, ajouta-t-elle.

— Et tu es sûre de le savoir, Dinah ? demanda-t-il alors qu'il roulait sur elle.

— Oui, je crois.

La place idéale, sous lui, ondulant au rythme idéal… Avant de tout oublier dans le plaisir qu'il lui dispensait, elle songea que la nuance était grande entre savoir ce que l'on cherche et le trouver.

— Eric, tu m'entends ?

Le crachotement du talkie-walkie puis la voix de Neil la réveillèrent en sursaut. D'abord surprise d'être nue sous la couverture, elle le fut encore plus ensuite en s'apercevant qu'elle était seule. Eric avait disparu.

Elle se tourna sur le ventre pour saisir l'appareil posé sur son sac.

— Neil, c'est Dinah. Eric n'est pas avec moi pour l'instant.

— Oh, Dinah, bonjour. Dites-lui que les Dawson sont tous

stabilisés. Tout se passe au mieux ici, et nous nous demandions simplement quand vous alliez rentrer. Rassurez-moi… Nous n'avons pas besoin d'envoyer une équipe à votre secours, n'est-ce pas ?

Même si c'était formulé sur le ton de la plaisanterie, elle se sentit humiliée.

— Un hélico peut venir vous prendre dans dix minutes, à moins que vous n'ayez envie de camper un peu plus longtemps, ajouta-t-il.

— Dix minutes, c'est parfait.

— Vrai ?

— Oui. J'ignore si Eric m'accompagnera, mais moi, je serai prête.

Elle n'était plus sûre de rien. Eric regrettait-il leur nuit ? Luttait-il toujours contre le sentiment d'avoir trompé sa femme ? Ce serait affreux, car elle ne voulait pas lui causer de chagrin.

Il avait parlé de ses règles de conduite ; elle connaissait les siennes propres et les avait enfreintes. Encore une fois, ses émotions avaient été plus fortes que son bon sens.

— D'accord, dans dix minutes, alors.

En soupirant, elle ramassa ses vêtements épars et se rhabilla. Impossible de revenir en arrière, et cependant, elle devait peut-être réfléchir maintenant, avant que… Avant que quoi ? Qu'ils ne deviennent trop intimes ?

Il devait être dans les affres des remords.

« Je le savais », se dit-elle en remettant son sac sur son dos pour se mettre en route. Si elle le rencontrait en chemin, il lui suffirait de faire comme si rien ne s'était passé. Tout pouvait encore être oublié.

Sauf qu'elle en serait incapable. Elle avait espéré… Peu importe, les faits étaient là. Elle aurait dû se méfier. Elle aurait dû se rappeler que rien ne pouvait changer dans sa vie.

A son grand étonnement, il se trouvait tout près du campement. En fin de compte, il ne l'avait pas laissée seule, comme elle l'avait cru. Assis sur un rocher, le soleil inondant ses épaules de lumière, il contemplait la rivière. Si proche d'elle... et pourtant si lointain, songea Dinah.

Il devait retourner près d'elle car, bientôt, elle se réveillerait et imaginerait le pire.

Ce matin, en ouvrant les yeux, il s'était efforcé de se sentir coupable, infidèle, mais en réalité, il ressentait un bien-être et un bonheur qu'il n'avait pas éprouvés depuis longtemps, ce qui l'avait incité à s'isoler pour réfléchir. Ses sentiments l'effrayaient, ainsi que le fait qu'il soit encore capable d'en éprouver.

Les quelques femmes qu'il avait semblé intéresser depuis la disparition de Patricia l'avaient accusé de se cacher derrière son travail, ses filles ou sa sœur, et, en effet, après une ou deux nuits décevantes avec elles, le prétexte lui avait paru tout trouvé. On avait besoin de lui ailleurs, et il ne mentait pas.

Toutefois, Patricia n'aurait pas aimé son attitude. Elle l'aurait souhaité heureux, poursuivant une existence normale avec une autre.

Aujourd'hui, il ne ressentait aucune culpabilité, juste de la tristesse. Lui qui avait tout organisé dans son existence avait à présent envie d'une nouvelle vie.

Dinah avait tout changé, et pourtant elle le fuyait, car si cette nuit les avait rapprochés, ils ne s'étaient pas rejoints pour autant. Tout bien considéré, peut-être la fuyait-il aussi ? Pourquoi l'avoir laissée se réveiller sans lui, ne pas lui avoir fait l'amour ce matin ?

Il ne détachait pas les yeux du cours d'eau rapide qui ne s'arrêtait jamais quoi qu'il arrivât. Sa destinée à lui avait stagné trop longtemps à l'écart du courant, jusqu'à l'apparition de Dinah.

— Dinah..., murmura-t-il.

Il n'était pas question de la rendre malheureuse, elle, la seule femme qu'il pouvait encore aimer. Comment pouvait-il être attiré par elle à ce point ? Si sa relation avec Patricia avait été calme et stable, en revanche, avec Dinah, c'était sauvage, fou, en déséquilibre permanent. Après cette longue période d'immobilité, il se rendait compte que cela lui faisait un bien fou, mais oserait-il, pourrait-il se donner, avec tous ces doutes en lui ? Elle méritait sans doute mieux.

Il se leva, s'étira et jeta un regard alentour. Il perçut le grondement caractéristique d'un moteur d'hélicoptère. Neil les aurait-il envoyés chercher ? Pour sa part, il aurait préféré rentrer à pied.

Non, il en aurait pour trois bonnes heures, et il estimait qu'il était temps de retourner à la réalité. Peut-être, aussi, lui était-il nécessaire de retrouver ses distances vis-à-vis de Dinah ?

En pensant à elle, il sourit et pressa le pas pour la rejoindre au campement.

Lui tenait-elle rancune de son absence ? Tout à coup, il s'arrêta net : elle était déjà en route, et venait vers lui en le regardant.

— Eric, je repars tout de suite. J'ai décidé que je n'avais pas envie de marcher ce matin.

Une phrase banale, qui ne dissimulait ni les interrogations ni les doutes qu'il pouvait lire dans son regard. Elle ne pouvait rien lui cacher.

— Pardonne-moi, Dinah, j'ai eu besoin de m'isoler quelques minutes pour réfléchir… à ce qui se passe entre nous. Ce n'est pas facile, car nous luttons encore tous les deux contre notre attirance, j'en suis conscient.

— Je comprends.

Il voyait bien que non. A l'évidence, la confiance qu'elle avait en lui s'était envolée, et il fut désolé de lui avoir causé du chagrin.

— J'étais sur le point de te rejoindre. Je ne veux pas que tu croies que je t'ai abandonnée.

— Les gens s'en vont, et on continue seul. Ce n'est pas la mer à boire.

— Mais je n'étais pas parti !

— Et j'ai dit que je comprenais. Rentrons, s'il te plaît. Je suis de service à l'hôpital ce matin, et on m'attend au restaurant cet après-midi.

Visiblement, elle avait fermé la porte à double tour, et il n'avait plus la clé. Pourtant, il aurait tant souhaité être optimiste quant à leur avenir ensemble…

— Je suis heureuse de ce dénouement, Eric.

Janice, venue les accueillir après l'atterrissage dans la prairie de l'auberge, le débarrassa des filles qui s'étaient accrochées à lui.

— J'ai appelé Salt Lake City en route. Ils sont en train d'opérer Shawn, William est aux soins intensifs et Troy se réveille plus vite que je ne l'escomptais. Si tous nos sauvetages pouvaient finir ainsi…

Pippa et Paige, folles de joie de retrouver leur père, voulaient lui raconter toutes les deux les menus détails de leur nuit sans lui.

— Elles ignorent ce qu'il fait, Janice, n'est-ce pas ?

— Elles savent qu'il est médecin et soigne les gens.

— Mais il n'a rien expliqué des secours en montagne ?

— Il pense qu'elles sont trop jeunes pour comprendre et craint de les effrayer, surtout à cause du fait qu'elles n'ont pas de mère.

Dinah se laissa tomber sur l'herbe et s'allongea. Cette avalanche d'émotions l'avait épuisée, et quelques minutes de repos pour faire le vide dans son esprit lui seraient bénéfiques.

— Au fait, Dinah, j'ai un message de la part d'Angela.

— J'espère que tout va bien de son côté ?

— Pas de problème. Elle vous fait simplement dire qu'elle a donné le prénom de votre grand-mère, Sarah, à sa fille.

Dinah sauta sur ses pieds.

— Elle a accouché ? Quand ? Gabby est venue ? Pourquoi ne m'a-t-on pas prévenue ? Comment va le bébé ?

Janice leva une main pour arrêter ce flot de questions.

— Stop, Dinah… Inutile de vous en faire ; Angela est à l'hôpital, et comme elle a refusé qu'on vous avertisse au milieu de la nuit, nous avons tous promis…

— Neil était au courant ?

— Oui, c'est pourquoi il a proposé d'envoyer l'hélico.

— Et Eric ?

— S'il l'avait su, il aurait essayé de rentrer à tout prix, et nous avons jugé que, tout comme vous, il avait besoin de repos.

— Je n'arrive pas à le croire. Vous ne me cachez rien, vous êtes sûre ?

— N'ayez aucune inquiétude. Sarah est une jolie petite fille de trois kilos et demi, et votre sœur souhaite vous voir le plus tôt possible.

Dinah poussa un soupir. Si elle renonçait à son projet d'aller jusqu'à sa chambre pour prendre une douche et se changer, puis d'avaler un solide petit déjeuner, elle y serait dans un quart d'heure. C'était faisable.

Elle se rendit à toute allure à l'hôpital, se gara dans la zone de stationnement interdit juste devant la porte et se précipita à l'intérieur, se moquant de passer pour une folle.

Sur le chemin de la maternité, elle s'arrêta pour admirer les nouveau-nés dans la nursery. Ils étaient trois, tous magnifiques. Une grosse boule monta dans sa gorge et elle eut les larmes aux yeux. Sa nièce était à gauche, et bien sûr, c'était la plus belle.

Pendant que l'infirmière la tenait dans ses bras pour qu'elle la voie de plus près, elle envisagea des activités pour la fillette… des jeux à l'école, des leçons de danse, de jolies robes, des amis, le premier rendez-vous, le premier baiser…

Elle désirait tant un bébé à elle ! Un espoir déçu depuis le temps de son mariage. Lors de sa rencontre avec Charles, elle avait espéré satisfaire enfin ce désir ; hélas, aussitôt après lui avoir offert sa bague de fiançailles, il lui avait avoué avoir subi une vasectomie.

Désappointée, elle lui avait demandé de réfléchir. Il s'agissait d'une opération réversible, après tout. Hélas, il n'avait rien voulu entendre, et par la suite, de toute façon, il l'avait rejetée.

Maintenant, devant la petite Sarah, l'envie lui revenait, plus forte que jamais, comme si son horloge biologique se remettait soudain en marche.

— Elle est magnifique !

Eric venait d'entrer derrière elle.

— Même si elle n'a pas de cheveux pour l'instant, je pense qu'elle sera rousse, comme sa tante.

Lorsqu'il lui enlaça la taille, elle se laissa aller contre lui. Ils devaient former un drôle de couple, fatigué, sale, couvert de bleus et d'écorchures…

— Je me rappelle la première fois que j'ai vu les jumelles. J'étais ébahi par leur perfection. Tout y était, les doigts, les orteils, les yeux, le nez…

— Ça permet de vous réconcilier avec le monde, n'est-ce pas ?

— Pour elles, il est encore parfait.

— Ensuite, elles devront grandir.

— Je te l'ai déjà dit, tu ferais une excellente mère, Dinah.

— Ma vie est trop chaotique.

— Il te suffit de vouloir la stabiliser.

— Je pense que c'est indépendant de ma volonté.

Puis elle tourna les talons pour se diriger vers la chambre d'Angela, espérant qu'il la suive.

Pourtant, lorsqu'elle s'aperçut qu'il était reparti, elle décida que c'était mieux ainsi : en fin de compte, sa présence avait tendance à lui donner l'illusion que tout pouvait s'arranger pour elle.

— Eh bien, sœurette, tu t'es mise en frais pour l'occasion ! Une véritable femme des bois !

Assise dans son lit, Angela était rayonnante. Dinah tira une chaise pour s'installer près d'elle.

— Pourquoi ne m'as-tu pas fait prévenir ?

— Tu étais en train de participer à un sauvetage, et tout allait bien. Sachant que tu étais absente, la moitié de la population féminine de White Elk est venue me tenir compagnie, au cas où j'aurais besoin d'une voiture dans la nuit. De plus, Gabby est arrivée à temps, et la mère de Brad et sa sœur m'ont rendu visite.

— Sarah est splendide.

— Tu l'as vue ?

— Nous avons discuté de son premier rendez-vous, de son premier baiser et de sa robe de mariage.

Angela éclata de rire.

— On dirait que tu nourris quelques projets toi-même… Alors, que s'est-il passé dans la forêt ?

— Rien d'important. C'était… difficile.

— Le sauvetage, ou après ?

— Les deux. Eric et moi nous sommes rapprochés, je crois. Mais bien que j'aie confiance en lui, je crains de prendre de mauvaises décisions.

— Tu penses qu'Eric serait une « mauvaise décision » ?

— Sans doute n'est-ce pas le bon moment pour lui. Tu n'ignores pas qu'il est encore…

— Patricia ?

— Il a l'impression que je l'éloigne d'elle.

— Et il n'est pas prêt ?

— C'est tout le problème. Je me demande s'il le sait lui-même.

Angela sourit.

— Donc, finalement, c'était bien ?

— Oui… et c'est ce qui m'a effrayée. Nous aurions mieux fait d'attendre car il venait d'ôter son alliance.

Elle haussa les épaules avant d'ajouter :

— Je n'ai pas envie de tout gâcher, ni de le rendre malheureux, et je crois que je suis en train de faire les deux.

— Alors, c'est peut-être avec lui que tu devrais avoir une discussion.

En soupirant, Dinah ôta de ses cheveux une aiguille de pin oubliée.

— Je le ferai. Parlons de toi, à présent. Si la mère de Brad est ici, qu'en est-il de lui ? Tu l'as vu ?

— Pas longtemps. Rien n'a changé. Il n'a demandé aucun détail, cela ne l'intéresse pas, à l'évidence. Mais ma belle-mère et sa fille en ont assez de son attitude et souhaitent s'occuper de Sarah le plus souvent possible.

— Et tu es d'accord ?

— Bien sûr… Elles l'adorent. Ce n'est pas parce que Brad a fait son choix que je dois punir toute sa famille.

— Quel imbécile ! Il perd tout, et il n'en est pas conscient. Peu importe, tu vas être une mère fantastique, Angela.

— Je serais encore plus heureuse si tu décidais de t'installer à White Elk avec nous. Réfléchis-y, Dinah. Je sais que rien n'est clair avec Eric, mais étant donné que maman voyage sans cesse, tu es plutôt seule, alors qu'ici, tu as ta sœur et ta nièce. Et puis, selon Janice, tu t'entends merveilleusement avec les jumelles ; ça me ferait un immense plaisir que tu prennes aussi part à la vie de ma fille, dont tu es la tante, je te le rappelle.

Elle avait tant envie de rester !

Elle y pensait toujours une heure plus tard, en laissant ruisseler sur elle l'eau chaude bienfaisante de sa douche, et ensuite, en route vers l'hôpital pour assurer la seconde moitié de son service.

Cela ne signifiait pas que ce serait simple, surtout après sa nuit avec Eric.

Que s'était-il vraiment passé, d'ailleurs ? Avait-elle des raisons de se sentir si comblée par leurs ébats ? Oui, et c'était bien ce qui l'effrayait. Avec lui, elle parvenait presque à croire que le bonheur était possible, et malgré tout, elle hésitait au bord de la falaise, se demandant si elle allait sauter.

Sauf que, cette fois, il n'était pas là pour l'encourager. Si jamais elle se décidait, elle devrait franchir le pas toute seule. Sans doute la décision la plus importante de sa vie.

8

— Je veux ceux-là !

Au milieu de la boutique de souvenirs, Pippa trépignait en désignant les lacets rose fluo identiques à ceux qui avaient servi à Dinah pour signaler son passage à Eric.

— Votre père vous a raconté ?

Quels détails avait-il donnés de leur nuit dans la forêt ? Leur avait-il parlé d'elle ?

— Il paraît que tu es une fille fantastique.

Dinah sourit.

— Ah bon, c'est tout ?

— Il a dit qu'il avait passé un moment très agréable, répondit Paige. Vous avez fait un pique-nique, dans les bois ?

« Un moment agréable » n'était pas tout à fait les mots exacts. En fait, il n'en existait pas, pas plus que pour qualifier ce qu'elle éprouvait. Bonheur, excitation, peur, déception, amertume… Un mélange d'émotions diverses, car depuis, tout semblait oublié.

Deux jours après, il se comportait comme si rien ne s'était passé. Ils s'étaient retrouvés deux fois déjà pour travailler avant de reprendre chacun leur route respective. Aucun signe de connivence, pas de sourires, juste un échange de saluts cordiaux, certes, mais strictement professionnels.

— Oui, Paige, c'est ça.

Elle s'efforça de secouer la chape de tristesse qui s'abattait sur elle. Comme elle s'y était attendue, Eric ne pouvait trahir la mémoire de Patricia, et d'ailleurs, elle-même n'ayant pas envie d'une relation à long terme, tout était pour le mieux. Malgré tout, ce moment d'intimité avait été si bref…

— Bon, vous êtes prêtes pour le thé, mesdemoiselles ?

Pippa se laissa entraîner vers le jardin d'hiver sans lâcher des yeux les lacets roses de la vitrine. Dinah confia les fillettes un instant à Redmond pour aller vérifier que tout se passait bien en cuisine et c'était apparemment le cas. Sous la direction efficace d'Oswaldo, son équipe coupait, tranchait, touillait. Hélas, cela ne lui apporta aucune satisfaction et elle se demanda, une fois encore, ce qu'elle faisait ici. De plus, Angela, bien entourée d'un groupe de femmes pleines d'attention et de sollicitude pour elle et le bébé, n'avait nul besoin d'elle.

Au moment précis où elle envisageait de rester, Dinah avait l'impression qu'il était temps pour elle de quitter White Elk. Comment imaginer rencontrer Eric tous les jours, alors qu'elle le mettait mal à l'aise ? Il avait son travail et sa famille… Si ses espoirs étaient déçus, tant pis pour elle.

— Comment tu nous trouves ?

Pippa et Paige avaient parlé à l'unisson, et elle admira les fillettes : l'un des serveurs leur avait offert des chapeaux roses, assortis à leurs robes à fleurs, et elles souriaient à la ronde, captivant l'attention de tout le salon de thé.

— Splendides !

Son cœur se serra. Il allait lui être si difficile de leur dire adieu ! Comment avait-elle pu apprendre à les aimer aussi vite ?

— Vous êtes vraiment merveilleuses, toutes les deux.

Leurs petits visages ravis exprimèrent mieux que des mots leur plaisir. Puis Pippa, les sourcils froncés à présent, s'approcha d'elle et la tira par la manche.

— Dinah, il y a des choux à la crème, mais c'est pas bon, chuchota-t-elle. On peut avoir une glace ?

— Tu ne dois pas demander, intervint Paige. Papa a dit que ce n'était pas poli.

— Alors, comment je peux avoir ce que je veux ? J'ai envie d'une glace, pas d'un chou !

La logique d'une fillette de cinq ans, pensa Dinah. Cependant, leurs différences de caractère se révélaient à une vitesse foudroyante, et c'était intéressant à observer : Pippa n'hésitait pas à exprimer ses désirs, alors que Paige, plus raisonnable, s'efforçait de respecter les règles, même si ces dernières recommandaient de manger un chou à la crème dans une pâtisserie.

— Estelle peut vous donner ce que vous préférez. Ceci dit, les choux à la crème, qui doivent leur nom à leur forme, sont de délicieux gâteaux et non pas des légumes.

Les filles échangèrent un regard appuyé, visiblement en train de se concerter. Etant donné leur expression, elles restaient méfiantes.

— De la glace, dirent-elles ensemble.

Dinah passa un moment charmant. Les jumelles ne cessaient de bavarder, de parler de leurs goûts : se baigner, jouer aux jeux vidéo, regarder des films, aller se promener. Elles rêvaient de faire de l'équitation, d'apprendre la danse classique, et voulaient de nouvelles bicyclettes. C'était si excitant de participer à tous ces projets ! Elles décidèrent aussi d'une autre journée comme celle d'aujourd'hui assortie d'un entretien avec le professeur de danse classique de la ville, après accord de leur père, bien entendu.

Si elle avait des enfants, elle aimerait qu'ils soient aussi curieux de tout. Des enfants à elle… Une pensée qui revenait souvent dans son esprit, surtout depuis qu'elle avait tenu sa nièce dans ses bras. Une idée absurde, pour qui prévoyait la fin d'une relation à peine commencée.

En s'efforçant de ne plus penser à ce qu'elle n'aurait jamais, elle emmena les filles à la boutique pour leur acheter des lacets rose fluo. Pourquoi pas ? Cela l'amusait de leur faire plaisir et, malgré leur longue liste de souhaits, Pippa et Paige n'étaient pas des enfants trop gâtées. Même leur mère n'aurait pas hésité à leur offrir une petite babiole de rien du tout.

A certains moments, comme aujourd'hui, elle croyait presque l'être. Mais elle ne se faisait aucune illusion : c'était irréalisable étant donné ses rapports difficiles avec Eric. Pourtant, elle ne pouvait s'empêcher d'apprécier la compagnie de ces fillettes qui ressemblaient tant à leur père.

Et à Patricia… Impossible d'oublier l'obstacle principal à sa relation avec lui. Peut-être cela lui suffisait-il de l'imaginer seulement en compagne de jeu ou en baby-sitter de ses enfants.

Elle soupira, découragée. S'il surmontait un jour son deuil, il pouvait aussi ne pas la choisir elle pour jouer ce rôle si important et personne n'y pouvait rien.

— Tu as l'air reposée.

Un commentaire banal, sur un ton de voix qu'il aurait pu employer avec n'importe qui.

Elle referma la porte du bureau.

— En effet, je le suis, merci. J'aimerais te parler.

Il posa le dossier qu'il consultait.

— A propos des filles ?

— Elles sont merveilleuses. Nous nous sommes régalées cet après-midi dans le salon de thé et, à moins que tu ne souhaites pas me les confier trop souvent, nous avons des projets pour quelques autres sorties avant mon départ.

— Ton départ ?

— J'ai déposé mon préavis à l'hôpital. Je tiens à vous laisser le temps de trouver quelqu'un pour me remplacer.

— Pardon ? Qu'entends-tu par là ?

— Je n'ai jamais eu l'intention de rester. J'étais venue aider ma sœur, et je me suis aperçue que son équipe de cuisiniers travaillait très bien sans qu'elle soit présente tout le temps ; en outre, elle ne manque pas de soutien pour le bébé. Je n'ai donc aucune raison de m'attarder. Je songe à m'installer un moment au Costa Rica. Je connais le gérant d'un restaurant qui va ouvrir dans une modeste station balnéaire et il m'offre une place de sous-chef dans la cuisine.

— Qu'est-ce que c'est que cette histoire ?

Elle voyait sa bouche se pincer et ses yeux se plisser. Le calme précédant la tempête… Mais elle n'était pas capable, ni désireuse, surtout, d'interpréter sa colère.

— Que souhaiter de plus ? Un travail intéressant dans un endroit agréable. J'aurai une petite maison à moi…

— C'est ce dont tu rêves ?

Ainsi, il ne la priait pas de rester. En anticipant cette conversation, elle avait considéré le scénario où il la prenait dans ses bras et la suppliait de ne pas le quitter.

— Je serais idiote de ne pas saisir l'occasion de gagner de l'argent en vivant au soleil.

— Si je comprends bien, c'est le paradis, pour toi ? Ça te suffit ? C'est la vie que tu veux ?

— J'ai envie d'avoir une vie à moi, Eric. Au cas où tu ne l'aurais pas remarqué, celle que je mène en ce moment est constituée de portions de l'existence des autres : je travaille à l'hôpital selon ton bon vouloir, je cuisine selon le bon vouloir de ma sœur. La seule chose qui fait partie, de loin seulement, de ma propre vie, c'est ma relation avec Pippa et Paige. Donc, si un logement, un travail et un climat agréable peuvent me rapprocher de ce que j'appelle avoir une vie à moi, pourquoi hésiterais-je ?

Même si cela devait lui briser le cœur.

— As-tu pensé à la réaction des jumelles ? demanda-t-il d'une voix un peu dure. Maintenant qu'elles ont pris l'habitude de sortir avec toi, tu ne crois pas que tu leur manqueras ?

— Tu peux les emmener en ville un jour par semaine, si tu t'intéresses à ce qui leur plaît. Elles en ont besoin, Eric. Tu aurais dû les voir dans le salon de thé avec leurs jolies robes et leurs chapeaux…

— Je ne fréquente pas ce genre d'endroit.

Une réponse sèche, sans équivoque, sans intention de faire des concessions, qu'il avait donnée sans la regarder.

Elle se pencha au-dessus du bureau pour qu'il cesse de l'ignorer.

— Ou avec leurs lacets rose fluo… Les petites filles adorent ça.

Il s'éclaircit la gorge en repoussant sa chaise.

— Rien ne m'empêche de leur en acheter, que je sache.

Par conséquent, tout était clair : il n'y avait aucune place pour elle. Toute illusion s'était envolée. Elle lui avait donné sa chance, et il n'avait même pas sous-entendu que lui-même avait envie qu'elle reste. Pour se dissimuler ainsi derrière ses jumelles, il devait penser que leur brève liaison avait été une erreur. Sa simple présence le rendait nerveux en lui rappelant un moment qu'il désirait oublier.

Comment lutter, maintenant ? Après tout, il était libre.

Elle aussi, d'ailleurs. Au moins, elle savait, et c'était sans doute mieux ainsi. Jamais, au cours de ses rencontres précédentes, elle n'était allée à l'essentiel si vite, si intimement, si spontanément. Tout en comprenant les remords d'Eric et son trouble, elle avait néanmoins espéré…

Bien entendu, elle souffrait, inutile de le nier. Une souffrance aiguë, presque intolérable.

— Ecoute, je suis d'accord pour assurer mon service tant que vous n'aurez personne pour me remplacer, mais si tu préfères que je parte tout de suite…

— Pourquoi me poser cette question ? Et où as-tu pris l'idée que ta présence à l'hôpital me gêne ?

— Eh bien, pour commencer, ce qui s'est passé entre nous la nuit du sauvetage…

— … n'a rien à voir avec le fait que tu viennes travailler.

— Bien sûr que si ! Regarde-toi, tu supportes à peine de te trouver dans la même pièce que moi. Même pour quelques jours, notre relation de travail en sera affectée.

Il baissa la tête et, poussant un soupir, ferma les yeux un bref instant.

— Bon sang, Dinah, je ne veux pas que tu partes !

— Mais tu ne veux pas non plus que je reste, c'est ça ?

— Je n'en sais rien, Dinah, mais tu n'es pas responsable de mes incertitudes. Désolé si je t'ai donné cette impression. Simplement…

— Si je m'en vais, cela résout le dilemme. Je me doute que rien n'est simple pour toi, Eric.

Elle observa la photo de Patricia : la femme, belle, au regard brillant et au sourire chaleureux, qu'il aimait.

— Inutile que je complique encore les choses.

— C'est le Costa Rica qui les complique, à mon sens.

— Mais qui les simplifie pour moi. Je… je tiens à toi, Eric, je ne peux pas m'en empêcher. Il m'est impossible de ranger les diverses parties de ma vie dans des compartiments séparés, comme tu le fais. Je le regrette, d'ailleurs, car ça m'épargnerait de me comporter comme une idiote et de toujours me tromper de partenaire.

— Que veux-tu dire ?

— Tu connais mon passé, je ne t'ai rien caché.

— Hmm… Et le partenaire idéal, ce serait quoi, pour toi ?

— Eh bien… en gros, un homme qui aurait envie d'être en ma compagnie, de jour comme de nuit.

Surtout, ne pas prononcer le mot « amour ».

— Ecoute, Dinah, nous n'avons pas eu une minute à nous…

— Pas une minute, vraiment ? En fait, si c'est ton point de vue, ce n'est pas plus mal. Je ne te dérangerai pas tant que je serai là, et dans une semaine ou deux, tu n'auras même plus à craindre de me rencontrer.

— Qui t'a dit que tu me dérangeais ?

Comme il se levait pour s'approcher d'elle, elle recula.

— Si tu pouvais m'expliquer, Dinah, je t'en serais reconnaissant. J'ai l'impression de devenir fou. Notre nuit dans les bois m'obsède. Je suis tellement distrait que je ne suis plus bon à rien et que je ferais aussi bien de me mettre en congé. Pour être sincère, je ne pense qu'à te voir le plus souvent possible.

— Je te distrais ?

— Qu'est-ce que tu t'imagines ? Que ce qui m'intéressait, c'était de faire l'amour avec toi une fois ?

— Peut-être. En tout cas, tu m'as à peine adressé la parole depuis.

Comme il s'était encore avancé, elle se retrouvait dos au mur ; elle avait le choix entre rester immobile ou se déplacer sur la gauche pour lui échapper.

— Je me trompe toujours, Eric, ce n'est pas nouveau.

— Tu t'es trompée avec moi ?

— Ce n'est pas ce que je voulais dire.

Il tourna la clé dans la serrure.

— Je préfère ça, Dinah… Et si je t'ai évitée, c'est parce que je suis en train de mettre mes idées en ordre, de tenter de comprendre ce qui m'arrive.

L'instant d'après, elle était dans ses bras, et leurs lèvres étaient jointes, avides, assoiffées. Elle se pressa contre lui et sentit son désir, égal au sien. Lorsqu'il lui souleva son corsage, cherchant ses seins, elle ne put s'empêcher de gémir, son souffle haletant mêlé au sien.

Ce ne fut qu'au moment où elle s'aperçut qu'il débouclait sa ceinture qu'elle reprit ses esprits.

— Nous ne devrions pas rester ici, Eric.

Il pencha la tête en arrière pour la regarder dans les yeux.

— Tu me fais faire de drôles de choses.

Toujours cette culpabilité… C'était ce qui les séparait, sans qu'elle puisse y faire quelque chose.

— Notre baiser t'a plu ? demanda-t-il avec un sourire sensuel et le regard malicieux.

— Beaucoup.

Quand il lui ouvrit les bras, elle se laissa aller contre son torse puissant.

— Même si j'ignore ce que sera l'avenir, je suis sûr de ce que nous ferons bientôt si nous nous le permettons, dit-il. Un moyen terme.

— Ce n'est pas si mal.

Juste ce qu'elle espérait. Pour l'instant, c'était parfait.

Silencieux, il soupira et la tint tendrement serrée contre lui.

Oh, cette tendresse que personne ne lui avait jamais donnée… Elle serait bien demeurée là pour le restant de ses jours.

Une demi-heure après le départ de Dinah, Eric était dans le même état, plongé dans les affres d'un dilemme insoluble.

S'il lui offrait son cœur, resterait-elle ? Elle était toujours prête à la fuite, alors qu'il avait besoin de stabilité, ce dont elle se sentait, à tort, incapable.

Mais pouvait-il prendre le risque d'introduire dans la vie de ses filles, qui l'adoraient déjà et s'attacheraient vite à elle, une femme qui avait sans cesse envie de s'échapper ? Bien entendu, elle ne les ferait pas souffrir intentionnellement. Cependant, le doute le rongeait. Qu'adviendrait-il si elle décidait un jour de partir ? Si elle estimait qu'il ne se consacrait pas assez à elle ?

Il sourit en regardant la photo de Patricia. Elle avait tout été pour lui, pendant si longtemps, peut-être plus qu'il n'était souhaitable. Il avait ôté son alliance, mais cela ne suffisait pas ; il était temps pour lui de se convaincre qu'il n'était plus marié.

Il prit le cadre dans ses mains pour l'étudier.

— Si tu étais là pour me conseiller…

En contemplant le visage angélique de son épouse, il ressentit entre eux, pour la première fois, une distance qu'il avait toujours redoutée. Et pourtant, ce n'était pas aussi douloureux qu'il l'avait imaginé car Dinah occupait l'espace laissé béant.

— Je suis seul, Patricia… J'ai besoin de revivre et je suis prêt à recommencer à aimer.

Une boule monta dans sa gorge.

— Elle s'appelle Dinah Corday et, bien que très différente

de ce que je croyais rechercher chez une femme, elle me plaît. C'est difficile à expliquer, je ne suis pas sûr de moi parce que je ne veux pas te perdre, Patricia. Elle est gentille avec les filles, qui le lui rendent bien. J'ai du mal, tu sais…

Il embrassa le portrait, comme chaque jour, s'adossa à sa chaise, et se mit à penser à… Dinah.

Un long moment après, il reprit le cadre qu'il posa sur son cœur puis, après un nouveau baiser sur le visage adoré, il le reposa doucement à l'envers. Enfin, il prit le téléphone.

— Janice, j'ai besoin d'un service. Pourrais-tu venir chercher la photo de Patricia dans mon bureau et la ranger à la maison ? Plus tard, Pippa et Paige auront sans doute envie de retrouver des souvenirs.

Après avoir raccroché, il réfléchit encore. Il se trouvait dans un étrange état d'esprit, ni agréable ni désagréable.

— Dinah…, murmura-t-il en fermant les yeux.

Quelle serait la suite, à présent ?

9

A l'hôpital, Dinah n'eut pas à traiter de problèmes plus graves que des maux d'estomac, d'oreilles, et une rougeur mystérieuse et indolore qui s'avéra être une tache de framboise. Eric était de garde aux urgences, et de temps en temps, elle le surprenait en train de la fixer.

Elle ne répondait pas à son regard, tant elle était perturbée. Etait-elle ou non amoureuse ? Allait-elle quitter White Elk ou rester ?

Des questions, toujours des questions… Elle commençait à s'apercevoir qu'elle s'en était posé toute sa vie, et que le schéma semblait se répéter à l'infini. Aurait-elle le courage de passer outre ?

« Je me cache derrière des prétextes. » Elle se trouvait trop émotive pour poursuivre son métier, incapable d'accorder sa confiance, refusait celle d'Eric, tout en ayant conscience de chercher des excuses par crainte de… de quoi, exactement ?

Mon Dieu, c'était très simple : elle redoutait de souffrir de nouveau. Son père, son mari, Charles, Molly… Chaque fois qu'elle se donnait corps et âme, le résultat était le même. Voilà pourquoi elle était prête à fuir. Pour ne pas avoir une fois de plus le cœur brisé.

Et même si Eric, elle n'en doutait pas, n'avait aucune intention de la rendre malheureuse, leur relation ne serait jamais complète s'il ne parvenait pas à oublier sa femme.

Elle le rattrapa dans le hall à la fin de son service.

— Eric, j'aimerais te parler.

Bien qu'elle ait besoin de dormir un peu avant de commencer son travail à l'auberge, elle pouvait prendre une demi-heure pour régler le problème tout de suite.

— Navré, je pars à l'instant sur la Sœur cadette soigner des victimes d'intoxication alimentaire et faire une inspection. Tu m'accompagnes ?

Elle fit un signe de dénégation.

— Je n'ai pas le temps car on m'attend pour la préparation du repas du soir. Assure-toi que rien ne traîne depuis un mois dans la chambre froide. C'est souvent une cause d'empoisonnement dans les cuisines professionnelles.

— Dommage, tu aurais pu me servir d'assistante. Une autre fois…

— Demain, alors ?

— On se voit ce soir au dîner ? Je pourrais venir au restaurant, si tu veux.

— Impossible, j'ai une centaine d'hommes d'affaires à nourrir et, s'il faut en croire leur commande, ils mangent comme des ogres. Entre autres, je dois préparer un risotto. Et le risque est toujours qu'il soit trop sec.

— Mmm, un risotto pour cent personnes ? Si je venais, ils ne remarqueraient sans doute pas qu'ils ont un participant de plus.

Elle se mit à rire.

— Moi, si. Je ne peux me permettre d'être distraite.

— Ainsi, je te distrairais ?

Lorsqu'il s'approcha d'elle, les yeux brillants de malice, elle recula.

— Toi, ou autre chose.

— D'accord, mieux vaut ne pas m'immiscer dans une assemblée d'ogres. Tant pis. Demain matin alors ? J'ai rendez-vous pour visiter une maison. Accepterais-tu de m'accompagner ?

— Avec grand plaisir, j'adore ça.

— C'est gentil de ta part, car j'aurais bien besoin de l'avis d'une femme.

Il était assez proche à présent pour se pencher sur elle.

— Surtout si c'est toi.

Après l'avoir embrassée dans le cou, il se redressa.

Elle se retourna pour vérifier que personne ne les avait vus, et poussa un soupir de soulagement en constatant qu'ils étaient seuls. Pas question de s'exhiber en public, de donner prise à des spéculations.

— Tu es gênée ?

— Euh… Non…

Un mensonge, et Eric qui reculait déjà, un large sourire sur le visage, le savait.

— Enfin, peut-être un peu, ajouta-t-elle.

Il éclata de rire.

— Dans ce cas, je m'en vais avant que tu ne le sois davantage.

— A demain.

Elle se précipita dans la direction opposée, ne s'arrêtant que pour s'apercevoir qu'elle s'était trompée de sortie. Comment pouvait-elle perdre ainsi son sang-froid ?

Le lendemain matin, ils se retrouvèrent comme convenu pour rejoindre l'agent immobilier chargé de la visite. Ils parlèrent peu en chemin, car Robert Tucker ne cessait de les abreuver de détails : la date de la construction, la cause de la mise en vente, la surface du terrain attenant…

Dinah trouva la maison charmante, lumineuse et spacieuse. En fait, c'était un immense chalet de bois, avec un plafond voûté très haut d'où il serait difficile de déloger les toiles d'araignées…

Pourtant, à l'instant où Eric avait passé la porte, elle avait lu sur son visage qu'il avait découvert le foyer idéal.

Et elle, elle réfléchissait déjà au moyen de chasser la poussière… Et même à la décoration, imaginant un canapé bien rembourré devant l'énorme cheminée et un large lit dans la chambre principale. Des lieux douillets où il ferait bon se blottir.

— Alors, Dinah, elle te plaît ?

Elle lui plaisait tellement qu'elle se voyait y vivre, alors qu'il n'en était pas question. Toutefois, si elle avait dû choisir l'endroit parfait pour Eric, les jumelles *et* elle…

— Ce sera super, Eric. Ces pièces sont immenses ! Les filles vont adorer cet espace, ainsi que le merveilleux terrain de jeu à l'extérieur. Tu pourrais faire construire une piscine, et aussi une cabane pour elles.

— Il faut y réfléchir. L'achat d'une demeure n'est pas une mince affaire. Pour moi, c'est un grand pas à franchir.

— J'imagine… Cependant, c'est ce que tu cherches, n'est-ce pas ? Celle-ci est parfaite pour les jumelles, et je suppose qu'il te suffira de leur laisser décorer elles-mêmes leurs chambres pour avoir la paix.

— Tu crois ? Elles m'ont remis une liste. Elles veulent un chat, plus un enclos pour un chien, un poney et une chèvre.

— Et, bien sûr, tu vas céder…

— Pour le chien, oui. Peut-être aussi le poney.

— Mais pas pour la chèvre ? Quelle injustice !

Il s'esclaffa.

— Toujours du côté des filles, n'est-ce pas ? Patricia, qui était plus indulgente que moi, aurait apprécié cela. Et aussi que les filles t'adorent, parce que c'est vrai, tu sais.

Sous l'effet de l'émotion, les larmes lui montèrent aux yeux.

— Tu leur parles de leur mère, quelquefois ?

— Pas beaucoup. Comme elles l'ont à peine connue, je me demande si ça ne les attristerait pas trop de vivre dans le souvenir.

— Ce serait aussi leur donner une part de leur identité, Eric, répondit-elle, consciente qu'une larme coulait sur sa joue, maintenant. L'équilibre est difficile, mais elles en ont besoin.

— Qui t'a donné une part de ton identité ? Quel équilibre a été difficile ? Explique-moi ce qui te fait si peur, Dinah.

Elle regarda Robert Tucker qui les observait par la fenêtre, impatient de réaliser la vente. Elle ne pouvait lui répondre, surtout juste après cette évocation de Patricia. Pour se confier, elle attendrait d'être seule avec lui.

— M. Tucker a l'air très fébrile, là-dehors. Il doit déjà faire des projets avec l'argent de sa commission.

— Dinah, je voudrais vraiment savoir…

Elle renifla en secouant la tête.

— Occupe-toi de l'achat de ta maison, c'est une priorité.

— Pourquoi fais-tu toujours ça ?

— Quoi ?

— Tu agis comme si ce que tu désirais, toi, n'avait pas d'importance. Tu fuis, en réalité. Dinah, je vois bien que tu as été émue en évoquant l'identité des filles, et que ce problème te touche personnellement ; je ne demande qu'à t'écouter, mais tu instaures une distance entre nous qui fait que je ne t'entends pas.

— C'est toi qui es difficile à atteindre.

Elle regretta ces paroles un peu vives, et pourtant, c'était ce qu'elle ressentait.

— J'ignore d'où tu tiens cette idée. J'admets que j'ai des difficultés à prendre des décisions, mais je n'ai jamais prétendu te maintenir à distance. C'est toi qui le souhaites, et tu n'en démords pas. Alors que je m'efforce de trouver un moyen d'aller de l'avant, de surmonter mon deuil, tu ne fais rien pour te rapprocher de moi. Tu avances puis tu recules, tu commences à parler et tu te tais aussitôt. Qu'est-ce que je peux faire, Dinah ?

— Je ne sais pas.

— Ou bien dis-moi ce que tu veux.

Elle lança un regard à Robert Tucker, qui semblait maintenant inquiet, redoutant sans doute de perdre la vente.

Comme elle craignait de perdre son cœur et, pour la première fois, de le perdre vraiment.

Dinah n'étant pas disponible, Eric était resté avec ses filles et, au grand désespoir de Janice, tous trois s'étaient mis en tête de faire des cookies ; cependant, plongé dans ses pensées, Eric avait toutes les peines du monde à se concentrer sur sa tâche.

Si Dinah refusait de s'expliquer, comment pouvait-il la comprendre ? Il n'était pas devin ! Il avait l'impression qu'elle s'interdisait le droit au bonheur. Certes, sa dernière rupture, survenue après la mort de sa petite patiente, avait dû être une épreuve terrible, qu'il désirait l'aider à surmonter, mais encore fallait-il qu'elle le veuille…

De plus, pourquoi battait-elle en retraite de façon systématique alors qu'elle était brillante et douée dans plusieurs domaines ? Elle maîtrisait parfaitement cet effacement dont elle avait fait presque un art.

C'était d'autant plus regrettable qu'il était certain de savoir ce qu'elle voulait. Tout à l'heure, lorsqu'ils avaient visité la maison, son expression était éloquente : elle avait envie de vivre là, avec les filles et lui. Mais dès qu'elle en avait pris conscience, elle avait reculé, et s'ils avaient été dans un quartier qu'elle connaissait, elle se serait certainement enfuie.

Même si sa propre attitude pouvait paraître ambiguë, au moins s'efforçait-il d'y remédier, dans son intérêt, et celui de Pippa et Paige, surtout, car Dinah lui avait ouvert les yeux. Vraiment, elle était sur la même longueur d'onde que les filles, consciente de leurs besoins et de leurs aspirations.

— Alors, Pippa, qu'est-ce que je dois faire ?

— Mets la farine dans le saladier, papa.

Dinah avait raison : l'expérience en soi était sans doute meilleure que les cookies qui en résulteraient. Comment savait-elle ça ?

— Et ensuite ?

Si elle était là… Plus il y pensait, plus il était convaincu qu'elle ferait une mère parfaite pour ses jumelles et une épouse idéale, telle qu'il la souhaitait.

Paige lui tendit une cuiller.

— Tu mesures le sel, puis la levure. Attention, lis attentivement la recette, Dinah dit qu'il faut respecter les proportions exactes.

— Ah bon ? Et sinon ?

Elles levèrent toutes deux les yeux au ciel en faisant la grimace.

— Beurk ! dirent-elles à l'unisson.

Puis Pippa daigna fournir une explication.

— Tu devras tout jeter et tout recommencer, parce qu'on doit toujours s'efforcer de faire au mieux.

— Encore un conseil de Dinah ? Vous l'aimez bien, n'est-ce pas ?

En cœur, elles firent signe que oui de la tête.

— Parfois elle paraît triste, pourquoi, papa ?

— Ça arrive à tout le monde, de temps en temps, Pippa, et même les médecins ne parviennent pas forcément à l'expliquer. Mais si je connaissais le secret pour la rendre plus heureuse, je le ferais.

Il saisit la boîte d'œufs que Paige lui tendait.

— Je suppose qu'on ne les met pas avec la coquille ?

— Papa ! s'exclamèrent-elles ensemble avant de feindre de le pousser hors de la cuisine.

— J'ai une idée, dit-il après dix minutes de fausse lutte. Laissons ça pour plus tard car je vous invite au restaurant.

— Celui de Dinah ?

— Comment as-tu deviné, Pippa ? Vous prendrez le menu normal, pas celui pour enfants. Vous pourrez manger des escargots, par exemple, cuits dans du beurre aillé…

— Beurk ! s'écrièrent-elles avant de s'échapper pour se préparer.

Une heure après, vêtu de son costume gris des grandes occasions et flanqué des deux plus jolies filles de la ville, l'une en robe trapèze lavande et l'autre portant la même en jaune, Eric fit son entrée au restaurant de Pine Ridge. On les escorta jusqu'à leur table réservée, d'où l'on avait la meilleure vue sur les Trois Sœurs.

— Je ne veux pas d'escargots, déclara Pippa au maître d'hôtel. Je n'aime pas ça.

Paige approuva de la tête avec vigueur.

— Très bien, mesdemoiselles. Voici la carte sans escargots.

Le même menu fut tendu à Eric.

— Vous pouvez consulter celui-ci aussi, car nous avons une cuisinière-chef excellente qui peut préparer tout ce que vous souhaitez.

— Elle va se marier avec mon père, annonça Paige.

— Qui, mademoiselle ?

L'employé sembla ne pas remarquer Eric qui fixait Paige d'un œil noir pour la faire taire.

— Dinah, la chef. Ils ont acheté une maison ensemble aujourd'hui.

— Ah ! Parfait ! C'est Jeffrey qui vous servira. Je vous laisse et vous souhaite bon appétit.

Eric n'attendait que son départ pour s'expliquer avec les jumelles.

— Qu'est-ce que c'est que cette histoire de mariage, Paige ?

— J'ai entendu tante Janice dire à Debbie que si tu étais intelligent, tu l'épouserais. Et tu l'es, papa !

— Ecoutez-moi bien toutes les deux : Dinah et moi sommes amis, sans plus, et vous…

— Champagne, monsieur ?

Jeffrey posa deux flûtes devant Eric.

— Avec les compliments de Pine Ridge Lodge, pour célébrer vos fiançailles avec Mlle Corday.

— Tu vois, tout le monde le sait ! s'exclama Pippa.

Eric plaqua les mains sur son visage en gémissant. Pour un premier dîner dehors en famille, c'était réussi !

— Il paraît que nous sommes fiancés ?

Dinah s'était approchée de la table, en tenue de chef, un léger sourire aux lèvres.

— On m'a priée de venir boire un verre de champagne avec mon fiancé et ses filles.

— Dinah aussi est au courant ! s'écria Paige. Alors, on avait raison !

Il répondit par un second gémissement.

Malgré la façon dont il avait débuté, le repas se déroula plutôt bien. Eric avait commandé des linguine aux encornets et aux épinards en sauce à l'ail, et les jumelles avaient choisi du poulet.

Hormis sa brève apparition, Dinah n'avait plus bougé de la cuisine, et ils s'étaient mis d'accord pour prendre un dessert ensemble plus tard, lorsqu'il serait descendu coucher les filles. Il se sentait à la fois impatient et nerveux : la première invitation de Dinah, leur premier vrai rendez-vous, ainsi qu'elle l'avait fait remarquer.

Entre-temps, il avait expliqué aux jumelles qu'il n'achetait pas la maison avec elle et qu'il n'était pas question de mariage. A leur regard espiègle, il avait compris qu'elles ne considéraient pas l'affaire comme close.

Pendant qu'elles dégustaient leur glace, il but un café en admirant le coucher du soleil. La soirée était splendide, limpide, et la vue spectaculaire car l'astre à son déclin nimbait le sommet de la Sœur aînée d'une brume dorée.

A présent, il était ravi d'avoir choisi de s'installer ici, même si au début, il avait résisté à la proposition de Neil. Son ami, dont le cœur était resté à White Elk et qui avait déjà envie d'y revenir quand ils s'étaient rencontrés, avait fini par le convaincre que c'était l'endroit idéal pour élever Pippa et Paige. Avec raison, en fin de compte. On pouvait y pratiquer une médecine variée, de proximité, qui le changeait agréablement de celle, si impersonnelle, des grandes villes.

D'ailleurs, lui aussi changeait, lentement, certes, et pas toujours sûrement ; cependant, le processus était enclenché, grâce à Dinah qui lui avait redonné le goût de vivre. Et si rien ne résultait de ce premier rendez-vous, il se mettrait à genoux pour la supplier d'être patiente. Il ferait n'importe quoi pour l'empêcher de s'enfuir.

Il n'avait pas connu pareille excitation depuis des années.

— Encore du sucre vermicelle, s'il vous plaît, Jeffrey !

— Pour moi aussi !

Eric sourit. Oui, la vie était belle. Si seulement… Il fixa pour la centième fois de la soirée la porte de la cuisine. Inutile de rêver, Dinah n'était pas prête à franchir le pas, ni même à se rapprocher.

Peu importait… Sa patience lui serait sans doute profitable et, pour l'instant, il avait tout le temps.

En buvant une gorgée de café, il contempla de nouveau le sommet, admirant la palette de couleurs qui se détachait contre le ciel sombre. Un avion jaune, appelé familièrement le Canari, volait au-dessus de ce magnifique paysage. Le pilote était Johnny Mason, un type bien, comme tout le monde ici, solide, agréable, attentif aux autres, dont le coucou était toujours disponible pour les secours et le transport.

— Tu crois que Johnny nous voit, papa ?

— Impossible, il est trop loin. De plus, il se concentre sur l'atterrissage.

La petite piste, construite récemment sur la Sœur cadette, servait à deux ou trois habitués, ainsi qu'aux avions privés des vedettes du show-business qui venaient skier l'hiver. Ce soir, Fallon O'Gara, la surveillante de l'hôpital, qui revenait de vacances, devait être à bord, et Eric était heureux de son retour.

— On pourra monter dans le Canari ? Johnny a dit que oui.

Il sourit.

— Nous en reparlerons quand vous aurez huit ans.

— Non, sept ! s'écrièrent-elles en chœur.

— Neuf, alors.

— Sept et demi !

— Dix ans.

— Huit !

— D'accord, papa, huit.

Elles échangèrent un sourire complice, comme si elles avaient remporté une victoire.

Eric but une autre gorgée de café en surveillant l'atterrissage. L'avion décrivit un large cercle, s'avança droit sur le sommet et piqua du nez, amorçant la descente. Puis, soudain…

— Mon Dieu !

Alors que la moitié des clients se mettaient à hurler, il lâcha sa tasse et bondit sur ses pieds.

Aussitôt, Dinah surgit hors de la cuisine.

— Que se passe-t-il ?

Manifestement, de là où elle se trouvait, elle ne comprenait pas ce qui provoquait ce tumulte indescriptible.

— Un accident, murmura Eric pour que les filles n'entendent pas.

Hélas, elles étaient déjà à la fenêtre avec les autres.

— C'est le Canari de Johnny Mason qui s'est écrasé, expliqua-t-il en sortant son téléphone portable.

Aussitôt, Dinah se débarrassa de sa toque et de son tablier.

— Je serai prête dans deux minutes, dit-elle en tournant les talons pour se précipiter vers sa chambre.

— Allô, Neil ? L'avion de Johnny Mason a manqué son atterrissage, apparemment tout près de la piste. Je suis à Pine Ridge Lodge, à mi-chemin, et j'y vais tout de suite. Oh, au fait, je pense que Fallon est à bord.

Lorsque Neil eut raccroché, Eric composa un autre numéro.

— Janice ? J'ai une urgence, et je suis au restaurant de Dinah avec les filles. J'aimerais que quelqu'un vienne les chercher.

— Papa ! Pourquoi tout le monde crie ?

— Il y a eu un accident sur la Sœur cadette, et les gens ont peur qu'il y ait des blessés.

Il appela ensuite Jess Weldon, le pilote d'hélicoptère, espérant qu'il serait chez lui et prêt à partir.

— Tu vas les sauver ?

— Oui, ma chérie.

— Et tu peux avoir un accident, toi aussi ?

La question qu'il redoutait depuis longtemps... Il n'avait jamais expliqué en quoi consistait son métier, outre être médecin à l'hôpital, eh bien, à présent, il était au pied du mur, car s'il avait parfois omis la vérité, il ne leur avait jamais menti.

— Je suis toujours très prudent, alors pas question de vous inquiéter pour moi, d'accord ?

— Tu devrais conseiller ça à tante Janice, répliqua Paige.

Elles comprenaient tout... Il en était à la fois ébahi, effrayé et fier.

— Ecoutez, je suis pressé, nous en parlerons plus en détail demain, si vous voulez.

Malgré leur regard sceptique, elles firent un signe d'assentiment ; ému, il les prit dans ses bras pour les serrer très fort contre lui.

— Je vous appellerai dès que je pourrai, promis, et nous terminerons les cookies quand je rentrerai.

— Eric, je suis prête !

Dinah avait enfilé un jean, un gros pull et des bottes. Ses cheveux étaient rassemblés en queue-de-cheval et elle portait une trousse d'urgence.

Epoustouflé, il la suivit des yeux : elle était vraiment dans son élément, autant qu'à l'hôpital. Plus encore que la convaincre qu'elle pouvait avoir foi en lui, il devait d'abord réussir à lui rendre sa confiance en elle.

Après avoir confié Pippa et Paige à Jeffrey en attendant que Janice arrive, il se précipita jusqu'à son 4x4, suivi de Dinah.

— Tu sais où il est tombé, Eric ?

Il était en train d'ôter son costume pour enfiler les vêtements qu'il gardait dans le véhicule en cas d'urgence ; elle l'aida à défaire son nœud de cravate, puis lui tendit un pantalon.

— Je suis sûr qu'il n'était pas loin de la piste. Fallon O'Gara devait rentrer ce soir de ses vacances à Salt Lake City, et je crains qu'elle n'ait été à bord.

— Oh, non !

— Quand je lui ai parlé tout à l'heure, elle m'a annoncé qu'elle revenait par le dernier avion.

— Ce n'est peut-être pas le Canari qui…

Elle n'osa poursuivre.

— Il n'existe qu'un appareil de ce jaune vif, Dinah.

— Il n'a pas pris feu, n'est-ce pas ? Il est possible qu'il ait réussi à atterrir, après tout.

— Il est tombé. Neil a eu un appel d'Ella Clark, qui gère la piste.

— Combien de temps nous faudra-t-il ?

— Quelques minutes, voilà l'hélico.

Il se précipita, la laissant courir derrière lui les bras chargés de matériel.

Lorsqu'elle arriva, elle vit Jess Weldon en descendre et fronça les sourcils.

— Mais…

— Il n'y a que deux places, Dinah, et j'ai plus besoin de toi que de Jess ! Monte !

Elle obéit sans broncher ; mais une fois sa ceinture attachée, elle ferma les paupières.

— J'espère que tu sais ce que tu fais.

Les jointures de ses phalanges étaient blanches tant elle s'accrochait à son siège. Les yeux clos, elle sentit l'engin s'élever et les hélices tourner de plus en plus vite avec un sifflement assourdissant.

— Tu es pilote, aussi ?

Comme il ne répondait pas, elle entrouvrit les paupières : il parlait dans un micro. Malgré elle, elle dirigea son regard vers le bas. Le sol s'éloignait au-dessous d'eux et des dizaines de gens, la tête levée, rétrécissaient peu à peu. Incroyable ! Eric, outre les nombreuses compétences qu'elle lui connaissait, était aussi un pilote expérimenté !

— Pourquoi ne m'as-tu rien dit ?

— Je n'en ai pas eu l'occasion. Peux-tu situer le lieu du crash ? Ouvre les yeux, ce sera plus facile.

— Pas de problème, ils le sont.

Ils étaient même écarquillés. Un homme admirable, tel que toutes les femmes en rêvaient, peut-être celui qui lui permettrait de croire qu'elle pouvait avoir foi en la vie.

— C'est juste devant, Dinah, mais je ne vois rien…

— Oui, j'y suis ! Il est… là-bas !

Il amena l'hélicoptère au-dessus du point qu'elle désignait et le survola quelques secondes avant de changer de direction pour descendre vers la piste.

— Attention à ta tête en sortant. Les hélices…

Mais elle était déjà dehors, avec le matériel, et se précipitait au bout de la piste, vers une clairière située à la base d'une station de ski abandonnée lors de la construction du Cedar Ridge Lodge, sur l'autre flanc de la montagne. Il n'y avait personne en vue, hormis un véhicule garé sur la route, portière conducteur ouverte.

Elle jeta un coup d'œil alentour. Elle redoutait la tombée de la nuit, qui n'augurait rien de bon pour les victimes : en effet, il y avait peu de chances de les retrouver toutes dans une zone restreinte.

Eric l'avait rattrapée et courait maintenant à son côté. Ils marquèrent un bref arrêt devant le 4x4 d'Ella, puis, par un accord tacite, se précipitèrent vers l'épave. Dinah obliqua vers la gauche et Eric vers la droite.

— L'avion était plein ! cria Ella.

A genoux près d'un passager, elle lui prenait le pouls.

Quand Dinah s'accroupit à côté d'elle, elle secoua la tête d'un air grave.

— Hélas, je ne crois pas que celui-ci aura besoin de vos services.

Après avoir confirmé les craintes d'Ella, Dinah se redressa, lança un regard circulaire et avisa une silhouette assise un peu à l'écart.

— Je vous laisse. Vous allez vous en sortir, Ella ?

— Depuis le temps que je gère des pistes d'atterrissage… C'est triste à dire, mais je n'en suis pas à mon premier accident. Ne vous en faites pas pour moi.

Dinah trouva deux blessés relativement stables et reconnaissants d'être en vie avant de découvrir le pilote. Du moins le mot écrit en bleu sur son T-shirt jaune vif l'annonçait-il, bien que le vêtement fût maculé de sang et le pouls du pauvre Johnny inexistant.

L'estomac retourné, elle procéda à un rapide examen : hémorragie importante à la cuisse, plaie à la tête, et un énorme hématome sur le torse, sans doute la pire des trois blessures. Comme elle détestait perdre un combat contre la mort, qui n'était d'ailleurs pas inévitable dans ce cas, elle commença aussitôt le massage cardiaque.

— Dinah, ça va ?

— Réanimation ! Temps estimé de l'arrivée des secours ?

— Dix minutes.

Bon. Elle tiendrait, à condition que quelqu'un d'autre exige ces dix minutes…

— Tu as besoin de quelque chose ?

De rien, à part leur premier vrai rendez-vous… On aurait dit que les obstacles prenaient un malin plaisir à se mettre en travers de leur chemin pour les empêcher de passer un moment tranquille ensemble. Il y avait toujours quelque chose de plus urgent à faire. Quelle équipe étonnante ! Une équipe… Curieux, c'était la première fois qu'elle pensait à leur couple en ces termes.

— Non, pas pour l'instant. Il lui faudra de l'oxygène très vite quand les secours seront là.

Oui, une équipe incroyable, même si quelques petites améliorations s'imposaient, sans aucun doute.

Eric parti, elle s'adressa à Johnny inconscient, tout en poursuivant les compressions.

— Eh bien, monsieur le pilote, puisque nous restons seuls

pendant les dix minutes qui viennent, autant me faciliter la tâche ; pas question de me laisser tomber à la fin, d'accord ? J'ai des espoirs que vous feriez mieux de ne pas décevoir.

Sur cette dernière phrase, elle regarda Eric qui s'apprêtait à grimper dans la carlingue. Oui, elle avait des espoirs.

10

— Besoin d'un coup de main ?

Relevant la tête, elle avisa, penchée au-dessus d'elle, la silhouette d'un homme immense et barbu qui n'était pas sans évoquer un grizzly.

D'où était-il arrivé ?

— Vous savez pratiquer la réanimation ?

— Du temps où j'étais rasé, j'étais le Dr Walter Graham, obstétricien au White Elk Hospital. Maintenant, je suis Walt, tout simplement, et je préparais une randonnée quand j'ai vu l'avion tomber.

En prononçant ces mots, il s'était agenouillé. L'écartant, il entreprit de la remplacer.

— Je m'occupe de lui. Continuez à chercher les blessés, vous êtes plus rapide que moi.

— L'équipe de sauvetage sera là d'une minute à l'autre.

— Appelez-moi si nécessaire.

Elle saisit sa trousse d'urgence et courut vers la carlingue. Eric était-il toujours à l'intérieur ? En chemin, percevant un faible gémissement, elle stoppa net pour tenter de le localiser.

— Hou hou ! Pouvez-vous me dire où vous êtes ?

Pas de réponse. Le seul bruit audible était celui des véhicules de secours arrivant sur la route.

— Hou hou ! cria-t-elle de nouveau.

Une autre plainte en réponse, provenant de sa gauche. Mais où exactement ?

— Eric, par ici ! Un blessé que je ne parviens pas à situer. J'y vais !

Sans attendre que les projecteurs soient installés et que les secouristes s'organisent, elle fonça vers la zone arborée en bordure de la clairière et mit les mains en porte-voix.

— Qui que vous soyez, ne vous découragez pas, je vous rejoins !

— Dinah, où es-tu ?

— Juste à l'orée de la forêt, Eric, dit-elle en braquant sa torche dans sa direction. J'ai entendu quelqu'un gémir. A-t-on retrouvé tous les passagers ?

— Sauf Fallon, dont on n'est pas sûrs qu'elle ait pris cet avion, car Johnny l'avait semble-t-il sur sa liste de demain matin. Comme son portable est éteint, nous essayons de joindre ses amis.

— Ainsi, il est possible que ce soit elle ?

— Si c'est le cas, nous la trouverons.

Ils progressèrent lentement, écartant les branches basses, franchissant des buissons, parfois obligés de ramper tant la végétation était dense. Ils ne parlaient pas non plus, à l'écart l'un de l'autre bien que ne se perdant pas de vue.

De toute façon, elle aurait évité de croiser son regard, de crainte de révéler ses sentiments.

Parce qu'elle était amoureuse ? Et alors, est-ce que c'était mal ?

Elle se rendait compte à présent qu'elle l'aimait d'un amour différent, tel qu'elle n'en avait jamais connu.

— Eric ? Des nouvelles de Fallon !

Neil l'appelait depuis le lieu de l'accident.

— Oui ?

— Elle était bien dans l'avion, et nous avons onze victimes sans compter le pilote. Un mort et dix blessés, dont trois dans un état critique, un très critique, et six stables. Nous avons cherché partout, Fallon est la seule manquante.

Eric se redressa.

— Dans ce cas, elle n'est pas loin, Dinah a entendu gémir.

— Eric, par ici ! cria la voix de Dinah provenant de quelque part sur sa gauche. Je l'ai trouvée !

Fallon, le pilier central de l'hôpital, sur qui tout le monde s'appuyait... Son cœur se serra. Il n'osa pas poser de question, il refusait de savoir.

— Elle est inconsciente et grièvement blessée, mais vivante, Eric, vivante.

En un clin d'œil, il rejoignit Dinah et examina les pupilles de la surveillante.

— Dieu soit loué, elle réagit !

— Plus de tension artérielle.

Dinah entreprit de palper l'abdomen de la blessée.

— Il est dur, hémorragie interne.

Eric, de son côté, cherchait les fractures et les plaies ouvertes.

— Elle souffre de fractures de la face et d'une à l'épaule, à mon avis. Impossible d'être sûr de rien, pour l'instant, en ce qui concerne la nuque et la colonne vertébrale.

— Eric, elle ne respire presque plus.

— Bon sang !

Il posa le stéthoscope sur la poitrine de Fallon. Dinah avait raison. Ayant placé la tête en position de stricte rectitude par rapport au thorax, elle était déjà en train de badigeonner de teinture d'iode la zone à aseptiser.

— Tu as une lame, Eric ?

— Dans la poche du sac, sur le côté.

Il se pencha au-dessus de la surveillante.

— Fallon, on va te tirer de là. Comme la trachée est tuméfiée, l'air ne passe plus, et il faut pratiquer une trachéotomie en urgence ; ne crains rien, on te donnera des antalgiques dès ton arrivée à l'hôpital.

Après lui avoir tendu le bistouri sans mot dire, Dinah braqua sa torche sur le cou de la blessée pour éclairer la procédure, si concentrée qu'elle entendit à peine arriver Neil avec des volontaires munis de projecteurs. Sachant qu'il n'avait pas de temps à perdre, Eric incisa la peau et le cartilage avant de lui présenter une canule à insérer dans le minuscule orifice.

— Elle s'en sortira, Eric.

Il leva la tête, trop bouleversé pour parler. Ce qu'ils venaient de faire ensemble, au plan professionnel, était un travail d'équipe parfait. Et au plan personnel… Oui, il se mettrait à genoux pour la prier d'être patiente.

— Je suis heureux de t'avoir eue avec moi.

— On dirait que je fais des progrès en sauvetage…

— Non, Dinah, je suis heureux que tu aies été là pour moi.

Quinze minutes plus tard, Fallon était stabilisée pour le transport, vivante, et Eric était épuisé.

Dinah lui enlaça la taille.

— Elle s'en tirera, même si elle est dans un triste état.

Il savourait à la fois son soutien physique et son contact.

— Et toi, tu as été parfait, d'une rapidité étonnante, ajouta-t-elle. Nous formons une bonne équipe, tous les deux, tu ne crois pas ?

— C'est vrai.

A présent qu'il savait de façon certaine ce qu'il voulait, il ne lui restait plus qu'à découvrir le moyen de parvenir à ses fins. Comment la convaincre de franchir la distance qu'elle avait établie entre eux ?

— Peux-tu me rendre un service ? Comme j'aimerais vérifier le site et m'assurer que nous n'avons rien oublié, accepterais-tu de rejoindre Pippa et Paige ? Elles ont tout compris cette fois, et je crains qu'elles soient effrayées. Je les appellerai en partant, mais je serais plus rassuré si je te savais avec elles. Janice est gentille, mais les filles elles-mêmes reconnaissent qu'elle s'affole en cas de problème.

— D'accord, Eric, j'y vais tout de suite.

Elle se mit sur la pointe des pieds pour l'embrasser sur la joue.

— Dommage que vous n'ayez pas encore emménagé dans la nouvelle maison, parce que j'ai vu un Jacuzzi qui serait idéal pour nous détendre une fois les jumelles endormies.

— Bon sang ! C'est la meilleure proposition qu'on m'ait faite depuis des années. Tu es sérieuse ?

— Je n'ai aucune envie de plaisanter, même si je l'admets difficilement, car ma vie est tellement confuse…

De nouveau, la distance. Que faire ? Il l'attira à lui et lui posa un bref baiser sur la bouche.

— Nous reprendrons cette discussion plus tard, je dois finir mon travail maintenant.

Après lui avoir embrassé les doigts, elle les passa sur ses propres lèvres.

— A bientôt.

Puis elle se mit à courir pour rattraper le reste de l'équipe.

Sa torche braquée sur elle, il la regarda disparaître. En réalité, cette vérification n'était pas urgente et il aurait pu revenir le lendemain matin, mais il avait besoin de se retrouver seul pour réfléchir.

— Fallon commence à se remettre, Janice.

Dinah et elle discutaient dans le salon tandis que Pippa et Paige se trouvaient dans la cuisine, occupées à préparer des sandwichs pour leur père.

— Il y a eu un mort, plusieurs blessés graves… Cependant, la plupart sont stabilisés.

— Heureusement, et je suis navrée pour celui qui y a laissé sa vie. Eric rentre dans combien de temps ?

— Je pensais qu'il serait déjà ici.

Ces deux heures d'attente lui avaient paru interminables, sans doute à cause du désir qu'elle avait de lui.

— Qui sait ? Peut-être est-il en train de rapporter du matériel à l'hôpital ou d'examiner des victimes ? Quand il est en salle d'urgence, il ne se rend plus compte du temps qui s'écoule.

— Il faut que quelqu'un lui en fasse prendre conscience, dans ce cas, répliqua Janice. Ne vous méprenez pas, j'adore les jumelles et j'ai été contente de les accueillir, mais tous trois ont besoin d'un autre style de vie, et… moi aussi. Je ne rajeunis pas, et je connais un homme charmant qui tient un café en face de ma boutique. Nous déjeunons ensemble une ou deux fois par semaine, et nous sommes même sortis le soir tous les deux.

— Mais il n'est pas question de l'inviter chez vous.

— Non, en effet. Debbie part à Chicago, le mois prochain, où l'une des amies de Gabby se chargera de la surveiller un peu. Je serai donc seule pour la première fois depuis dix-huit ans, et je suis impatiente de l'être, même si son départ m'attriste. Tout comme celui d'Eric et des filles…

— Ce ne sera pas vraiment triste.

— C'est affreux à dire, n'est-ce pas ?

— Normal, plutôt. Vous le méritez, Janice.

— Pourtant, je suis inquiète, Dinah. Eric est tellement tourné vers le passé ! Je suis heureuse qu'il achète une maison, et j'ai l'impression que vous avez joué un rôle dans cette décision, ainsi que dans celle d'ôter son alliance et de ranger la photo de Patricia au grenier. Il m'a appelée l'autre jour pour me prier de venir la chercher dans son bureau, à l'hôpital.

Il avait fait ça ? Ce portrait qu'elle l'avait si souvent vu regarder ! Bien que tous ces changements soient éprouvants pour lui, il avait été si calme, et si fort… Pas comme elle, qui hurlait et se débattait pour résister. Même ce soir, quand il avait demandé si elle était sérieuse, elle n'avait pas été affirmative, en disant que ce n'était pas facile.

En réalité, tomber amoureuse de lui était la chose la plus simple qu'elle ait jamais eue à faire. Au moment où il passerait la porte, elle lui avouerait qu'elle l'aimait.

*
* *

Deux heures plus tard, alors qu'elle arpentait les couloirs du service d'urgence, elle héla l'un des sauveteurs qui s'attardaient encore.

— Toujours rien, George ?

— Je suis certain qu'il n'a pas de problème, Dinah, ne vous en faites pas. Il a besoin de décompresser après un travail pareil. Il a subi une grande tension, ajouta George Fitzhenry en lui tapotant l'épaule.

— Vous devez avoir raison, pardonnez-moi.

Il connaissait les habitudes d'Eric, et s'il n'était pas inquiet, inutile de l'être.

— Pourtant, je suis sûre qu'il était impatient de retrouver ses filles.

— Il sait qu'elles sont couchées maintenant. Il reviendra quand il sera prêt. Si jamais il n'était pas là dans une heure ou deux, nous irions le chercher. Pour l'instant, attendons.

— Bien. Dans ce cas, bonne nuit, George.

Elle se dirigea vers la sortie, en tentant de ne pas entendre la voix intérieure qui hurlait dans sa tête : « N'écoute pas les autres, fie-toi à toi, Dinah ! »

Convaincue que cela correspondait à ce qu'elle pressentait, ce qu'elle *savait*, elle revint sur ses pas.

— Pardon d'insister, George, mais je crois qu'Eric est en danger. Je sens que quelque chose cloche ; si vous n'êtes pas inquiet, moi, je le suis. Je retourne le chercher, et j'aimerais que quelqu'un m'accompagne. Je vais demander à Neil ce qu'il peut faire, tout de suite.

Quand elle eut formulé sa requête, Neil posa son stylo et referma le dossier qu'il remplissait.

— Une équipe sera rassemblée dans vingt minutes, Dinah.

Vingt minutes… C'était trop long, mais elle aurait été stupide de partir seule. Elle devait combattre son envie de se précipiter dehors sans attendre personne car la vie d'Eric était en jeu.

— Merci, je patienterai.

En quelques minutes, Neil put réunir une douzaine de

sauveteurs prêts à repartir malgré leur épuisement. Pendant ce temps, elle essaya sans trêve de joindre Ella Clark pour savoir si la voiture d'Eric, amenée sur place par Jess Weldon, était encore là, mais elle n'eut pas de réponse. Selon Neil, Ella enlevait son appareil auditif la nuit…

En ville, la recherche s'organisait dans les rues pour tenter de repérer le véhicule.

Elle composa le numéro de sa sœur.

— Je suis morte d'inquiétude, Angela. Dès que je le verrai, je lui dirai que je l'aime.

— Ne t'en fais pas. Peut-être a-t-il crevé un pneu.

Ou bien il était tombé dans un ravin…

— Bon, je te rappellerai, sœurette, nous partons.

Elle courut s'installer à côté de Neil. Après avoir passé l'endroit, à présent désert, où son 4x4 avait été garé, ils appelèrent dans les bois où ils avaient découvert Fallon. Peine perdue. Eric était bel et bien reparti avec sa voiture.

— J'ai envoyé des gars sur toutes les pistes, Dinah, pour tenter de suivre sa trace.

— C'est tout ce qu'on peut faire ?

— Eric a l'habitude. S'il a des ennuis, il laissera des signes de son passage et attendra notre arrivée.

— Dans ce cas, je vais avec les autres. Je ne verrai peut-être rien, mais je ne peux pas rester assise sans rien faire.

Elle s'engagea à pied sur la route qui descendait de la Sœur cadette en songeant à la légende du peuple Ute. S'il existait un moment où la protection de l'ombre des Trois Sœurs devait être efficace, c'était maintenant. La tête levée vers la Sœur aînée, elle pria pour que leur magie opère.

Devant elle, les sauveteurs, deux par deux, balayaient méthodiquement la voie de leurs torches. Tout en faisant la même chose derrière eux, non sans songer que c'était certes une perte de temps, elle s'efforçait de deviner les actions d'Eric : son intention était de rejoindre les jumelles aussitôt après avoir vérifié le site. Les filles l'avaient-elles appelé ? Et lui, l'avait-il fait comme convenu ?

Elle sortit son portable.

— Allô, Janice ?

— Dinah ! Vous l'avez trouvé ?

— Pas encore, mais nous cherchons partout. Il a sans doute eu des ennuis avec le 4x4.

Une spéculation gratuite, mais Janice avait besoin d'être rassurée.

— Je voudrais savoir s'il a téléphoné aux filles, ajouta-t-elle.

— Un instant. Je leur demande…

Il y eut un silence.

— Dinah ? Il l'a fait, pour leur dire de préparer la pâte pour les cookies parce qu'il arrivait.

— C'est tout ?

— Oui et, d'après elles, elles ont réclamé d'autres pépites de chocolat.

Songeuse, Dinah composa le numéro de Neil.

— Pardon, Neil, j'ai une question. En partant d'ici, où iriez-vous acheter des pépites de chocolat ?

— Qu'est-ce que vous racontez, Dinah ? Vous croyez que c'est important ?

— Peut-être.

— Bon… Alors, je ne vois que Bertie, puisque c'est ouvert toute la nuit. Au croisement, il faut prendre la route à gauche et passer par un raccourci qui mène à un rocher géant, un profil de vieille dame au nez crochu. Là, on se retrouve sur la piste qui conduit au magasin de Bertie.

— Eric avait-il l'habitude de ce raccourci ?

— Il s'est rendu chez Bertie ?

La communication fut coupée et, deux secondes plus tard, elle entendit le véhicule de Neil approcher.

— Montez !

Après avoir appuyé sur l'accélérateur, il prévint l'équipe par radio, puis lui jeta un regard dubitatif.

— Ce n'est pas plus idiot qu'autre chose, Neil, dit-elle. Si ses filles le demandaient, il irait leur chercher la lune. Pourquoi pas des pépites de chocolat ?

— Eh bien, j'avoue que je n'y aurais pas pensé.

— Espérons que je ne me trompe pas.

Cramponnée à son siège, Dinah s'efforçait de scruter l'obscurité totale de cette nuit sans étoiles ; ils ne trouveraient rien, à l'évidence, et pourtant, il était impensable d'attendre le matin pour commencer les recherches.

— Ce rocher est encore loin ?

— Regardez, nous y sommes. Voici le raccourci.

Il gara le véhicule juste sous le nez crochu de la vieille dame et désigna une piste qui descendait en pente raide.

— Le 4x4 d'Eric, plus lourd que le mien, a pu passer. En revanche, je ne m'y risquerai pas. Mieux vaut y aller à pied car j'ai peur que mon véhicule glisse.

Dinah était déjà dehors.

Tout en faisant attention de ne pas perdre l'équilibre, ils parcoururent environ huit cents mètres sur le sol incliné et bourbeux.

— Regardez, Neil, ces empreintes de pneus sont fraîches.

— Ça ne veut rien dire… Les jeunes viennent s'entraîner au tout-terrain par ici.

— C'est assez ardu, en effet.

Un peu trop, pensa-t-elle en s'efforçant d'extraire sa botte du fond d'une ornière boueuse. Alors qu'elle se penchait pour se rechausser, sa torche lui échappa, allumée, et s'immobilisa sur le bord du chemin. Soudain, son cœur bondit dans sa poitrine : le rayon lumineux était braqué sur… un lacet rose fluo !

— Eric, tu m'entends ? Eric !

— Eric ! hurla Neil en écho en balayant l'endroit de sa lampe.

Après avoir fourré le lacet dans sa poche, Dinah inspecta les alentours.

— Il est bien passé par ici, Neil, j'ai trouvé un lacet rose fluo.

— Pardon ?

— C'est une longue histoire.

Progressant avec précaution dans la boue, presque à l'aveugle, suivie à quelques mètres derrière par Neil, elle découvrit le lieu où les traces de pneus obliquaient vers la prairie et où l'herbe était écrasée.

— C'est là ! Eric, où es-tu ?

Un coup d'avertisseur lui répondit.

Des larmes de soulagement jaillirent de ses yeux pendant qu'elle suivait les empreintes jusqu'au moment où elle aperçut le véhicule renversé sur le côté.

— Eric !

Elle se laissa tomber à genoux devant l'habitacle. Ensanglanté, à demi étranglé par la ceinture de sécurité, il lui souriait.

— J'ai cru que tu n'arriverais jamais.

Elle réprima son envie de le prendre dans ses bras. Pour l'instant, c'était hors de question, car il était blessé : un rapide examen révéla une jambe cassée et sans doute une épaule déboîtée, pour autant qu'elle pût en juger sans le déplacer. Pas de câlin, donc, même si dans son cœur elle le tenait serré pour toujours. Toutefois, il y avait une chose qu'elle s'était juré de faire dès qu'elle le retrouverait.

Pendant que Neil appelait les membres de l'équipe à la rescousse, elle rampa près de lui.

— Je t'aime, Eric.

Les pleurs ruisselaient sur ses joues couvertes de boue.

— Je t'aime plus que tout au monde, et si tu me refais un coup pareil, je…

En ravalant ses larmes, elle coupa la partie haute de la ceinture et repoussa l'airbag qu'il avait réussi à dégonfler.

— Qu'est-ce que tu feras ?

— Je t'aimerai encore davantage.

Eric rentrait aujourd'hui, car il avait refusé d'aller dans un établissement de rééducation, arguant qu'il ne voulait pas s'éloigner de ses filles ni de Dinah. La semaine avait passé comme un tourbillon : il avait fallu faire la guerre aux jumelles, qui se seraient accrochées à leur père sans souci de ses blessures, et préparer la nouvelle maison pour son arrivée. Le lit médicalisé trônait au beau milieu du salon.

Ce soir-là, il était bien parti acheter des pépites de chocolat en empruntant le raccourci. Son 4x4 avait dérapé dans la boue, les freins n'avaient pas fonctionné, il avait pris de la vitesse dans la descente et perdu la maîtrise du véhicule. Au moment où il quittait la piste, il avait eu le réflexe de jeter le lacet rose par la vitre.

Dinah frémissait encore à l'idée qu'il aurait pu se tuer. Les Trois Sœurs avaient dû entendre sa prière, en fin de compte.

— Quoi ? Mon lit dans le salon ?

Ce furent ses premiers mots quand l'ambulancier lui fit passer la porte dans son fauteuil roulant, sa jambe plâtrée en extension. Son torse nu était presque entièrement couvert par le bandage maintenant ses quatre côtes cassées, et son bras était en écharpe. Malgré tout, il était si beau qu'elle sentit les larmes lui monter aux yeux.

— Oui, en plein milieu. Pourquoi ?

— J'espérais avoir un peu d'intimité…

D'un geste, elle remercia l'ambulancier, qui quitta la pièce.

— Dans ton état, ce n'est pas conseillé, surtout si tu penses à ce que je crois.

Il poussa un soupir.

— Comment vas-tu réussir à me mettre au lit ?

— J'ai appelé des amis à l'aide, et ils seront bientôt là. De plus, tu as une infirmière à plein temps. J'ai engagé la meilleure que j'aie trouvée.

— Toi ?

— Exact. Et je continuerai à l'être à l'hôpital dès que mon service ici sera terminé.

— C'est-à-dire ?

— Tu le sais très bien.

— Je veux te l'entendre dire.

— Je reste à White Elk, Eric. Avec les filles et toi, et avec ma sœur et ma nièce. Je souhaite m'y installer.

— Imagines-tu le plaisir que tu me fais ?

— Sans doute le même que je me fais en le disant. J'ai réfléchi que rien ne servait de fuir sans cesse par peur de souffrir de nouveau. En fait, je redoutais tant de te décevoir que je jugeais plus facile de partir.

— Au Costa Rica ?

— Peu importe. J'ai passé ma vie à fuir quelque chose ou quelqu'un.

— Loin de moi l'idée de te faire souffrir, Dinah.

— Bien sûr, mais que se serait-il passé si tu t'étais réveillé un matin en t'apercevant que je n'étais pas…

— Patricia ?

— Oui. Votre union a été si merveilleuse que je craignais de ne pas être à la hauteur. Je préfère me cacher derrière des prétextes : tous les hommes me quittent, je suis trop émotive pour être infirmière, Charles m'a trahie… J'ai tenté de faire de toi une nouvelle excuse, mais tu ne m'as pas permis de garder mes distances.

— Je t'aurais rattrapée, Dinah. Sache-le, j'ai envisagé toutes les solutions possibles pour te garder ici, avec moi, ou pour te retrouver si tu parvenais à t'échapper.

— C'est vrai ?

— Oui. Moi non plus, je n'ai pas été très clair ; je suis peut-être resté à cette distance que je te reproche tout en échafaudant des plans pour que ça marche entre nous. J'avais peur que Patricia soit un obstacle…

— Je comprends tes sentiments pour elle.

— Un obstacle pour toi, Dinah, ajouta-t-il. Je craignais que tu ne t'imagines que je faisais des comparaisons, ou que tu passais en seconde position. Pourtant, je ne voulais pas renoncer à mon amour pour toi, et j'étais décidé à aller te chercher jusqu'au Costa Rica.

— Tu l'aurais fait ?

— Sans hésitation.

Elle frissonna, sentant que le moment était venu de parler.

— Le jour où Molly est partie, où j'ai refusé de la donner… ma souffrance était intolérable, car mon amour pour elle n'avait servi à rien. Comment rester infirmière dans ces conditions ?

— Les meilleurs médecins, les meilleures infirmières souffrent, Dinah. Il ne faut pas avoir honte d'aimer quelqu'un si fort, ni d'être anéanti par sa disparition. Je suis sûr que tu recommenceras à t'attacher à des patients ; c'est ce qui fait de toi un être extraordinaire, aussi bien en tant qu'infirmière qu'en tant que femme.

Elle ferma les paupières, refoulant ses larmes.

— Quand Charles m'a fait sortir de la chambre de force et administré des sédatifs, je me suis sentie trahie. Selon lui, j'étais faible, je me comportais comme une idiote.

— Aimer n'est jamais une preuve de faiblesse, Dinah. Au contraire, c'est ce qui vous construit et vous rend meilleur.

— Certes, mais j'ai été tellement blessée que j'ai décidé de ne plus jamais souffrir. Je me suis persuadée que Charles avait raison et qu'il était plus facile de vivre seule.

— Non, Dinah, tu te trompes. Je suis resté seul des années, et je m'étais certainement convaincu de la même chose. Pas par peur de souffrir, cependant, plutôt par peur de recommencer à vivre. Après avoir été comblé par la vie et avoir tout perdu, c'était devenu plus simple de renoncer à toute possibilité de revivre un autre amour. J'avais mon travail, mes filles, et j'estimais être un homme heureux. Puis je t'ai rencontrée, et…

— Je t'ai rendu malheureux.

— Parfois, parce que tu me forçais à remettre en question ma situation et mes actes, et tu as vu que je résistais, moi aussi. Mais tu m'as aussi apporté beaucoup de bonheur, un bonheur que je n'aurais jamais escompté trouver. A moins que je me sois aussi persuadé que je n'avais plus besoin d'être heureux… Pour être sincère, je me sentais vraiment coupable, non envers Patricia, mais de ne rien ressentir alors que je la trahissais. Je m'attendais sans cesse à ce qu'une lourde chape de culpabilité s'abatte sur mes épaules si jamais je regardais une autre femme, si je laissais parler mes sentiments et mon attirance pour toi. Peut-être même que je l'espérais, pour ne pas être obligé de changer quoi que ce soit dans ma vie. Par conséquent, lorsque je me suis aperçu qu'aucun phénomène de ce genre ne se produisait et qu'au contraire j'étais plus heureux, je ne savais plus comment gérer la situation.

— Eh bien, nous formons un beau couple, non ? Entre moi qui fuis ce que j'aime le plus pour ne pas risquer de souffrir et toi qui te caches par peur d'être heureux… Vois-tu, je voulais à tout prix que tu cesses de t'intéresser à moi. Je me suis battue pour ça, pour ne pas avoir à affronter mes propres contradictions… Le problème, c'est que je me sentais de plus en plus amoureuse chaque fois que tu t'éloignais.

— Je sais.

Il avait parlé d'une voix si douce que le cœur de Dinah fondit.

— Chaque fois, j'avais envie que tu reviennes me chercher, tout en ayant très peur que tu le fasses, et encore plus que tu ne le fasses pas.

— Je sais ça aussi.

— Et tu veux toujours qu'une folle comme moi élève tes enfants ?

— La folie est intéressante, du moment qu'elle concerne l'amour.

— Je t'aime, Eric, à la folie. J'ai tenté de lutter et j'ai perdu. C'est-à-dire que j'ai tout gagné.

— Bon sang, j'aimerais que tu puisses venir t'asseoir sur mes genoux, pour te montrer combien l'amour est fou !

— S'il nous est impossible pour l'instant de nous faire un câlin, je peux t'entourer de mes bras… juste un peu, à moins que tu ne craignes que je te fasse mal.

Elle s'approcha du fauteuil, se pencha et posa très légèrement ses bras sur les épaules d'Eric. Elle le touchait à peine, mais même ainsi, c'était bon, c'était… parfait.

— Eric, mon amour, murmura-t-elle. Comment te remercier pour tout ce que tu m'as donné ?

— Oh, c'est simple, épouse-moi. Bien entendu, je suis conscient du manque de romantisme de cette proposition, et je tiens à te prévenir que si tu acceptes, nous nous marierons dès que nous obtiendrons l'autorisation ; jambe plâtrée ou non, je ne passerai pas un jour de plus de mon existence sans toi. Et je veux aussi que tu saches que les filles ont déjà tout prévu pour ce jour très spécial. Elles y travaillent depuis pas mal de temps, et je soupçonne qu'elles ont l'intention de nous éclipser par leur élégance.

Dinah sentit les larmes jaillir de nouveau.

— C'est incroyable, Eric…

Craignant que ses bras ne lui pèsent trop sur les épaules, elle se recula et s'appuya au lit.

— Dinah, une chose encore… Je ne crois pas que je pourrai un jour oublier Patricia.

— Tu n'as pas à l'oublier. Elle a occupé une place si importante dans ta vie… Dans la vie des trois personnes que j'aime le plus au monde. Je la remercie de t'avoir aimé et de t'avoir donné deux merveilleux enfants. Tu n'as aucune raison de l'oublier, pas plus que les jumelles, ou moi.

— Lorsque je suis tombé amoureux de toi, j'ai compris que ça ne changerait pas mes sentiments pour elle. Simplement, j'ai appris que, dans mon cœur, il y avait de la place pour aimer quelqu'un d'autre. Toi, Dinah.

Il eut un sourire malicieux avant d'ajouter :

— Le jour de l'inondation, quand tu t'es rebiffée, c'était comme si je me réveillais d'un long sommeil de plusieurs années. Je me suis senti vivant. Et à chaque nouvelle rencontre, toutes ces sensations, ces sentiments que j'avais écartés, tu me rappelais qu'ils existaient. C'est ce que je désire continuer à éprouver et à partager avec toi.

— Moi aussi, je le souhaite de toute mon âme.

Elle s'essuya les yeux.

— Au fait, que penses-tu de murs rose et violet dans les chambres des filles ? J'espère que tu n'es pas choqué. Nous en avons déjà parlé, et la décision a été adoptée à l'unanimité. Rose en haut et violet en bas pour Pippa, et l'inverse pour Paige. Et c'est non négociable, pas plus que le chien et le poney. Si tu veux, pour la chèvre, on peut discuter.

Elle sourit et poursuivit :

— Il y a autre chose dont j'aimerais que nous débattions tous les deux. Une lune de miel, par exemple, rien que toi et moi, quand tu seras guéri.

— Explique-moi ce que tu as prévu.

— Pas question, tu dois rester calme et au repos complet, pour l'instant, dans ton état.

— Mon état, c'est d'être amoureux fou.

— Eh bien, dans ce cas…

Elle se pencha pour l'embrasser légèrement sur le front.

— Ce n'est pas suffisant, dit-il.

Elle lui donna un baiser sur le bout du nez.

— Non plus.

Un sur chaque joue.

— Tu te rapproches, mais ce n'est pas encore ça.

Cette fois, elle l'embrassa sur les lèvres. Un baiser tendre, mais bref, car ils avaient tout le temps, toute la vie devant eux.

— Oh, il faut que je te prévienne, Eric. Je te remplace dans tes fonctions de chef sauveteur. Je suppose que j'ai un don pour ça.

— Quoi ? Tu n'as aucun entraînement, Dinah !

— Ne t'inquiète pas, je vais suivre des cours intensifs.

— Mais si tu te maries, tu seras déjà mère et infirmière !

Les bras croisés sur la poitrine, un large sourire aux lèvres, elle plongea son regard dans le sien.

— Aie confiance en moi, je sais ce que je fais.

— As-tu conscience à quel point tu es sexy quand tu parles ainsi ? J'aime les femmes qui savent ce qu'elles veulent.

— Ce que je veux, c'est demeurer aux côtés de l'homme que j'aime, répliqua-t-elle, malicieuse.

Prenant le visage d'Eric dans ses mains, elle pressa ses lèvres sur les siennes.

— Et pour le restant de mes jours, c'est promis.

DIANNE DRAKE

Le plus beau Noël d'un médecin

INTÉGRALE
UN NOËL À MOUNTAIN VILLAGE

Traduction française de
MARCELLE COOPER

◆ SAGAS ◆

HARLEQUIN

Titre original :
CHRISTMAS MIRACLE: A FAMILY

Ce roman a déjà été publié en 2015

1

Fallon O'Gara jeta un coup d'œil à sa montre, ce qui ne fit qu'accroître son stress. 13 heures… Bien qu'elle soit en retard pour déjeuner avec ses collègues et amies Gabby Ranard et Dinah Ramsey, elle ne pouvait se résoudre à ouvrir la portière. Elle était sur le point de franchir un grand pas, ce qui l'effrayait.

Elle avait passé une nuit blanche à s'inquiéter. Maintenant, le moment était venu de prendre une décision et d'envisager, pour la première fois depuis l'accident d'avion, de retourner travailler.

Or, il lui était impossible de poser la main sur la poignée.

De petits coups frappés à la vitre côté passager la firent sursauter. C'était Gabby, flanquée de Dinah.

— Je viens, articula Fallon sans baisser la vitre.

Ni faire le moindre mouvement pour descendre de voiture.

— Nous avons réservé la table du fond, cria Gabby. Et Catie est tout émue à l'idée de te revoir. Regarde, elle t'attend à la porte, prête à pleurer.

Ce disant, elle recula pour lui permettre de voir la propriétaire du restaurant qui se tenait sur le seuil de son établissement, un mouchoir à la main.

Fallon adorait les gens de cette petite ville perdue au fin fond de l'Utah, mais elle ne put s'empêcher de se demander ce qu'elle faisait là, devant ce restaurant qu'elle avait naguère assidûment fréquenté.

Pourtant, une partie d'elle-même voulait entrer, et accepter cet emploi de responsable de la logistique pour la rénovation de l'hôpital de White Elk et la construction de nouvelles ailes dont l'ouverture était prévue au printemps prochain.

Il s'agissait d'un poste à responsabilités englobant le recrutement du personnel et des maîtres d'œuvre, ainsi que l'achat du matériel et des lits.

Un poste rémunéré en conséquence, généreusement proposé par Gabby qui savait qu'elle n'était pas prête à reprendre ses gardes d'infirmière à l'hôpital.

Fallon était tiraillée entre la peur et l'envie d'accepter.

Ses mains se mirent à trembler. Ses paumes devinrent moites, et sa respiration haletante. Encore une crise de panique, une de plus ! Comme tous les survivants des catastrophes, elle souffrait du syndrome de stress post-traumatique.

Un sourire aux lèvres, Gabby se planta devant le capot de la voiture.

Allons, du courage ! s'exhorta Fallon. *Il ne s'agit que d'un déjeuner avec tes meilleures amies. Tout ce que tu as à faire, c'est sortir de là et leur dire…*

Justement, que dire à Gabby qui attendait une réponse ?

« Si tu n'arrives pas à te décider, mange, bavarde puis rentre à la maison. »

Pourtant, quarante-cinq minutes plus tard, tandis qu'elles attaquaient un fondant aux trois chocolats nappé d'un coulis de framboises, Fallon hésitait toujours quant à la marche à suivre.

Gabby précipita les choses.

— Alors, dois-je commander une flûte de limonade pour célébrer ton retour à l'hôpital ?

Pour cause de grossesse avancée, elle ne buvait plus une goutte d'alcool.

— Si ta réponse est non, poursuivit-elle en tapotant son ventre, tu t'en expliqueras avec la petite Mary ici présente qui espérait que sa maman pourrait se reposer, ce que ladite maman sera bien en peine de faire si elle doit se charger de la coordination des travaux.

Dinah se mit à rire.

— Toi, on peut dire que tu sais t'y prendre pour culpabiliser ton monde !

— J'utilise les arguments en ma possession. Sérieusement, Fallon, j'ai besoin de toi. Pas parce que je suis enceinte, mais pour tes compétences. J'ai toute confiance en toi pour mener à bien cette mission.

Un soupir échappa à Fallon. Elle était dos au mur et devait une réponse à Gabby. Que ne pouvait-on la lui souffler du ciel…

Une telle occasion ne se présenterait pas deux fois, parvint-elle à se raisonner en dépit de son angoisse. Ce travail était fait sur mesure et lui permettrait de recouvrer sa confiance en elle, de reprendre du service en côtoyant médecins et infirmières sans pour autant plonger d'emblée dans le grand bain. Forte de cette expérience, elle pourrait ensuite repartir du bon pied.

Si elle voulait retrouver son existence d'avant, c'était maintenant ou jamais.

Le premier pas était le plus difficile à faire, selon les psychologues. Ils avaient raison.

Elle regarda les visages de Gabby et Dinah — sans oublier celui de Catie, la restauratrice — qui respiraient chaleur et compréhension et eut tout à coup honte de ses tergiversations.

Contrairement à certains camarades d'infortune, elle n'était pas seule, mais entourée d'amis qui n'avaient cessé de lui apporter soutien et réconfort durant cette période difficile. Malgré cela, après sa rééducation, elle s'était cloîtrée chez elle… Un isolement qui n'avait que trop duré.

L'heure était venue de renouer avec la vie, réalisa-t-elle.

Le retour à la normalité s'effectuait par étapes. Cela ne se passait pas comme dans les films où un événement cataclysmique survenait et où l'instinct de survie, plus fort que tout, permettait de surmonter l'adversité jusqu'au *happy end*…

Non, l'envie de remonter la pente était distillée au compte-gouttes, et elle venait d'en recevoir une dose bien plus généreuse qu'à l'accoutumée.

Sa fébrilité l'abandonna ; elle avait pris sa décision et se sentait libérée, apaisée. Sereine pour la première fois depuis des mois.

Allongeant le bras par-dessus la table, elle posa la main sur celle de Gabby.

— Commande la limonade. Et promets-moi de dire à la petite Mary que, *grâce à moi*, sa maman se reposera durant le reste de sa grossesse.

— Vraiment ? Tu acceptes le poste ?

Fallon acquiesça en se demandant si ce qu'elle ressentait n'était pas le calme avant la tempête.

— J'essaierai. C'est tout ce que je peux te promettre, Gabby. Je prendrai chaque jour comme il viendra, car il m'est impossible de voir beaucoup plus loin pour le moment. Si cela vous convient, à toi et à la petite Mary, je commencerai à travailler dès que tu le voudras.

Gabby adressa un clin d'œil à Dinah.

— Je te l'avais dit.

— Rassurez-moi, les filles… Vous n'avez pas parié sur ma réponse ?

— Si, reconnut effrontément Gabby. Non que nous doutions de l'issue, mais nous divergions quant à la durée des négociations. Dinah, qui a perdu, paiera le gâteau au chocolat puisqu'elle était persuadée qu'il me faudrait au moins deux heures et des trésors de persuasion pour t'avoir à l'usure.

— Dans ce cas, je peux me faire prier un peu, ne serait-ce que pour obtenir une part de gâteau à emporter, répliqua Fallon, amusée.

C'était agréable de rire avec ses amies, de partager de nouveau un projet avec elles…

Par la fenêtre, elle jeta un coup d'œil aux Trois-Sœurs. Elle avait évité de les regarder depuis son retour, car son avion s'était écrasé sur celle du milieu. Une légende indienne voulait que ces trois pics rocheux protègent ceux qui se trouvaient dans leur ombre. Les habitants de la vallée y croyaient dur comme fer, et Fallon aussi y avait cru. Jusqu'à l'accident.

A présent, les Trois-Sœurs ne représentaient plus pour elle que des montagnes qu'elle s'étonnait de pouvoir regarder, même brièvement, sans éprouver de panique.

Une preuve peut-être que la décision qu'elle venait de prendre était la bonne, et que sa sérénité toute nouvelle avait des chances de durer.

En tout cas, elle voulait y croire.

— Pari perdu ou pas, je suis bien contente, dit Dinah en posant sa fourchette. Et j'en connais deux autres qui vont l'être : Eric et Neil.

Elle faisait allusion à son mari et à celui de Gabby, tous deux médecins et co-administrateurs du White Elk Hospital.

Les trois amies finissaient leurs agapes en bavardant quand une voix masculine les interrompit.

— Fallon ?

Fallon reconnut instantanément le timbre rauque de celui qui se tenait derrière elle et se figea.

Son pouls s'accéléra. Elle n'avait pas revu James depuis des mois. La dernière fois où elle lui avait parlé, c'était pour lui annoncer que tout était fini entre eux. En fait, elle ne lui avait pas vraiment parlé ; elle s'était contentée de laisser un message sur son répondeur.

A l'époque, il venait de découvrir qu'il avait un fils. Et comme les séquelles physiques et morales dont Fallon souffrait ne lui permettaient pas de toute façon de continuer à entretenir une relation avec un homme, elle avait préféré rompre, dans leur intérêt mutuel.

Maintenant qu'elle commençait tout juste à reprendre contact avec le monde des vivants, elle ne sentait pas prête à affronter James.

— Fallon, comment vas-tu ?

Un étau lui enserra la poitrine tandis que ses mains se mettaient à trembler.

Pour couronner le tout, une transpiration glaciale perla à son front. Il ne manquait plus que la nausée qui n'allait pas tarder…

— Tu es pâle comme un linge, s'inquiéta Gabby. Ça ne va pas ?

— Dis-lui de s'en aller, murmura-t-elle dans un souffle. Je ne me sens pas la force de le voir.

Désemparée, Gabby regarda le Dr James Galbraith.

— Je ne sais que vous dire, James. Elle ne veut pas vous voir.

— S'il te plaît, dit Fallon sans tourner la tête vers le nouveau venu. Va-t'en.

— Pas avant de t'avoir parlé. Pendant des semaines, je t'ai appelée tous les jours et j'ai laissé je ne sais combien de messages sur ta boîte vocale, répondit James. Tu ne m'as jamais rappelé. Ensuite, tu as changé de numéro…

Il s'approcha davantage de la table.

— Mes e-mails me revenaient avec la mention « Retour à l'expéditeur », poursuivit-il d'un ton à la fois peiné et accusateur. Pourquoi ce silence ?

— J'étais occupée… Mais je t'ai laissé un message.

— *Un*, c'est exact. Pour me dire que tu étais dans un centre de rééducation où l'on s'occupait bien de toi et qu'il fallait que je cesse de t'importuner avec mes coups de fil.

Fallon se recroquevilla sur sa chaise. Elle aurait voulu disparaître sous terre.

— Que fais-tu à White Elk ? demanda-t-elle d'une voix blanche.

— James est le nouveau pédiatre de l'hôpital, intervint Dinah. Il a postulé il y a trois mois, alors que tu étais…

Gabby vint à la rescousse de son amie.

— Je suis désolée, Fallon. Je voulais te le dire, mais j'attendais le bon moment. Neil et Eric ont engagé James après la fermeture de l'hôpital. Maintenant que les travaux de l'aile de pédiatrie sont terminés, le service va rouvrir avec James aux commandes.

— Et personne n'a jugé bon de me prévenir ?

— Encore aurait-il fallu pouvoir te joindre ! Tu t'étais coupée du monde, ces derniers temps, après nous avoir clairement fait savoir que ta rupture avec James était consommée. De toute façon, Eric et Neil avaient déjà signé son contrat et il était hors de question qu'ils l'annulent. Dès réception du C.V. de James, ils ont absolument tenu à ce qu'il fasse partie de l'équipe médicale. C'est une recrue de choix pour l'hôpital. Mets-toi à notre place, Fallon… Tu étais si fragile après l'épreuve que tu avais vécue ; comment aurions-nous pu t'annoncer de but en blanc que ton ex-petit ami emménageait ici ?

Fallon trouva enfin la force de lever la tête pour jeter un coup d'œil vers James. Il était aussi beau que dans ses souvenirs. Grand, athlétique, blond comme les blés, il correspondait en tout point à l'image que les femmes se faisaient du prince charmant.

— Pourquoi as-tu quitté Salt Lake City ? demanda-t-elle en détournant le regard tant qu'elle en était encore capable.

— Parce que je voulais m'installer à White Elk. Les descriptions que tu m'en avais faites, les renseignements que j'ai pris sur l'hôpital, la réputation d'excellence du service de pédiatrie, tout cela a joué dans ma décision. Un autre facteur a aussi pesé dans la balance…

— Moi ?

C'est le moment que choisirent Gabby et Dinah pour se lever de table. Après avoir réglé l'addition, elles s'éclipsèrent si discrètement que Fallon ne s'en rendit même pas compte.

— Oui et non. Malgré notre séparation, je voulais de toute façon travailler pour le White Elk Hospital qui est considéré comme l'un des hôpitaux en pointe dans la recherche en pédiatrie. Et tu sais aussi à quel point ma situation m'insupportait à Salt Lake City — des gardes de quarante-huit heures élastiques à souhait, les exigences sans cesse croissantes de mes supérieurs, et surtout l'absence de toute perspective de promotion. Là-bas, je stagnais en remplaçant au pied levé Pierre, Paul et Jacques qui répondaient par contre toujours présent quand il s'agissait de récolter les fruits de mon travail, éloges et gratifications financières compris. Bref, j'en avais assez de servir de faire-valoir à des paresseux et des opportunistes. Ici, je pourrai pratiquer la médecine telle que je la conçois, entouré de collègues dynamiques et ambitieux dans le bon sens du terme, avec une hiérarchie qui me respectera et appréciera mes compétences à leur juste valeur. Et j'aurais dû renoncer à tout cela parce que tu étais à White Elk, afin de ne pas t'indisposer par ma présence ?

La douceur de sa voix atténuait le reproche.

— En venant ici, mon intention n'était pourtant nullement de te contrarier ni de te narguer, poursuivit-il. La vérité, c'est que j'espérais une seconde chance pour nous deux, trouver une solution…

— Il n'y en a aucune.

Sur le point de le regarder, Fallon se ravisa. Après tous ces mois passés sans le voir, elle était tentée de le dévorer du regard, de se souvenir, de se perdre dans ses yeux bleu clair, limpides comme un torrent de montagne, sans toutefois pouvoir s'y résoudre.

Elle avait aimé cet homme, projeté de lier son sort au sien. Puis elle l'avait trahi de la pire manière qui soit — Dieu merci, il ne le savait pas et ne le saurait jamais —, et sa conduite lui paraissait à présent si lâche, si pathétique, qu'elle fuyait tout ce qui pouvait la lui rappeler. Y compris poser les yeux sur lui.

James s'éclaircit la voix. A la vue de Fallon, l'émotion l'avait submergé, mais il devait se ressaisir pour lui délivrer un message clair.

— En refusant de me parler et en ne me laissant pas non plus t'aider, tu as tenté de me rayer de ta vie, Fallon. Comme si l'on pouvait effacer d'un trait ce que nous avons vécu ensemble à Salt Lake City, tous nos projets communs ! Je me doute qu'après l'accident d'avion, tu as enduré un calvaire et l'annonce de l'arrivée de Tyler n'a fait que compliquer la situation.

Il soupira.

— Du jour au lendemain, alors que tu venais de survivre à une catastrophe aérienne, je t'ai appris que j'avais un fils de cinq ans qu'on avait pratiquement déposé à ma porte. J'étais le premier surpris parce que j'ignorais son existence. Sous le choc, j'ai été complètement désemparé et ai dû te paraître d'un bien piètre secours dans l'épreuve que tu traversais… Est-ce pour ça que tu as coupé les ponts ? Parce que je découvrais mon fils et passais tout mon temps libre avec lui ? En as-tu souffert, Fallon ? Mon intention n'était pas de te délaisser, crois-moi.

— Je concevais parfaitement que tu t'occupes de Tyler et que tu lui consacres ton temps libre ; il avait besoin de toi. Il me semble te l'avoir dit, à l'époque.

Il y avait cependant des choses qu'elle ne lui avait pas dites… Quelques semaines avant l'accident, elle avait découvert qu'elle était enceinte, ce qui l'avait remplie de joie car, bien que ne se connaissant pas depuis longtemps, ils avaient envisagé de fonder une famille.

Ils s'étaient rencontrés à l'hôpital de Salt Lake City, à l'occasion du transfert par Fallon d'un patient en hélicoptère, et avaient tout de suite engagé une relation sérieuse.

Malgré cela, une grossesse avait semblé quelque peu prématurée à Fallon et elle avait donc décidé d'attendre le bon moment pour l'annoncer à un James surmené qui était souvent de mauvaise humeur à cause des frustrations qu'il endurait au travail. Elle avait prévu de lui apprendre la nouvelle un soir où il ne rentrerait pas trop fatigué.

Le sort en avait voulu autrement avec l'accident, les opérations et leur cortège d'anesthésies, le diagnostic réservé des médecins concernant le bébé qu'elle portait, et… Tyler.

James avait été plus stressé que jamais en se découvrant père d'un enfant de cinq ans, et tout était devenu très compliqué.

Mal en point physiquement et moralement, elle avait préféré abdiquer plutôt que de se battre pour sauver leur amour.

Pour la défense de James, force était d'admettre qu'il allait mal, lui aussi, qu'il se sentait perdu, déchiré entre son envie de s'occuper de son fils et celle d'être au chevet de Fallon, à l'hôpital.

Tyler avait finalement eu sa préférence, ce qui était dans l'ordre des choses puisque le petit garçon avait un cruel besoin d'un parent digne de ce nom.

Fallon avait donc conservé son secret et James n'avait jamais su qu'elle avait porté leur fils pendant six mois avant de le mettre au monde, mort-né.

Maintenant, il était trop tard pour le lui dire.

Pendant ces mois terribles, elle s'était répété qu'elle ne pouvait ajouter au fardeau de James et qu'en gardant le silence, elle avait pris la bonne décision pour lui comme pour Tyler.

Si James l'avait su enceinte, il l'aurait entourée de mille et une attentions. Or, Tyler avait davantage besoin de lui qu'elle.

— Non, je n'ai pas souffert de te voir avec ton fils, James, reprit-elle. Il était ta priorité. Si nous étions restés ensemble, tu te serais épuisé à aller de l'un à l'autre et tes journées n'y auraient pas suffi. Il était normal que Tyler passe avant moi. Tu as fait le seul choix possible.

Il contourna la table pour lui faire face.

— Moi, je pense que nous aurions pu trouver un terrain d'entente, une solution qui nous aurait permis de continuer à nous voir. Manifestement, tu étais convaincue du contraire, mais pourquoi ne pas avoir au moins accepté de me rencontrer pour en parler ? On aurait pu discuter de tes doutes, de mes espoirs, et quelque chose de bon en serait peut-être sorti. Au lieu de cela, tu as disparu.

Incapable de trouver ses mots, Fallon secoua la tête.

Après l'accident, elle avait été anéantie, brisée en mille morceaux. Si elle n'avait pris l'initiative de rompre, James aurait tenu à l'aider à se reconstruire, à remonter la pente peu à peu. Tel un vampire qui se nourrit du sang de ses victimes, elle aurait alors puisé dans sa force et son énergie de sorte qu'il n'en aurait plus eu pour Tyler. Or, il venait de faire la connaissance de son petit garçon et commençait à apprendre le métier de père… Sa paternité devait passer avant tout le reste.

James n'avait jamais su qu'il avait failli être père une seconde fois, et elle ne se pardonnait pas d'avoir porté leur enfant pendant tous ces mois sans lui en avoir jamais rien dit. En le lui cachant, elle lui avait ôté le privilège d'assister à l'accouchement, de tenir leur bébé dans ses bras quelques minutes, ainsi que le médecin accoucheur lui avait conseillé de le faire.

Hélas ! il était impossible de revenir en arrière. A quoi cela aurait-il servi de le lui avouer maintenant, sinon à lui faire du mal ? Il ne méritait pas de souffrir. Pas plus qu'elle ne méritait un homme bon et honnête tel que lui…

— J'ai disparu parce que j'avais des problèmes à régler. Et une rééducation à mener à bien.

— Sans moi. Malgré ce que nous avions représenté l'un pour l'autre, tu as préféré affronter cette épreuve seule ?

— Nous ne nous connaissions pas depuis longtemps, James. Notre histoire se résume à quelques week-ends et une semaine de vacances. Nous échafaudions des projets, certes, mais tout allait très vite. Trop vite. Après l'accident, j'ai pris du recul ; j'ai eu tout le temps d'y penser et de me rendre compte…

— Que tu ne m'aimais pas ? A l'époque, tu prétendais pourtant le contraire.

— Sans doute confondais-je émotions et sentiments. J'adorais être en ta compagnie, je l'admets, mais je n'étais pas prête à m'engager dans une relation à long terme.

Faux. Elle avait su dès le départ que James était l'homme de sa vie, mais à présent, un mensonge de plus ou de moins ne faisait guère de différence.

— Ce que nous avons pris pour de l'amour n'en était pas, tenta-t-elle de conclure d'un ton péremptoire.

— Je ne crois pas un mot de ce que tu me racontes, Fallon. Mais si ça t'arrange de déformer la réalité…

Fallon rassembla son courage. C'était le moment ou jamais de se montrer convaincante.

— Je ne déforme pas la réalité. Je constate les faits, et tant pis pour le romantisme. Maintenant que tu es à White Elk, rien ne nous empêche par contre d'être amis.

— Et tu crois que ça me suffirait ?

— C'est tout ce que j'ai à t'offrir.

— Tu mens, Fallon, je le vois dans tes yeux. Il y a quelque chose que tu ne me dis pas, que tu as *peur* de me dire.

Devant le danger imminent, elle se leva.

— Tu te trompes, mais libre à toi de croire ce que tu veux.

Comme elle esquissait un pas vers la sortie, il posa la main sur son bras.

— La première fois que je t'ai vue à l'hôpital de Salt Lake City, j'ai su. Su que si je me mariais un jour, ce serait avec toi. Quelques semaines plus tard, l'idée faisait déjà son chemin en moi. Je savais que tu étais celle que j'attendais, celle pour laquelle je sacrifierais mon célibat sans regret. Tu étais différente des autres, franche, ouverte, spontanée, et tu croquais la vie à pleines dents… Maintenant, poursuivit-il en l'observant d'un air grave, la femme que je vois devant moi est triste et perdue. Et il y a de la douleur au fond de ses yeux. Que me caches-tu, Fallon ? Qu'y a-t-il de si terrible que tu ne puisses me dire ?

Impossible de répondre à cette question sans lui faire de mal, songea Fallon.

Elle se dégagea donc et sortit du restaurant sans un regard en arrière, de peur qu'il voie ses larmes.

2

Bon, il habite désormais à White Elk, se raisonna Fallon en descendant les marches du porche pour se lancer dans son jogging matinal.

Et alors ? C'était le cas de beaucoup de gens qu'elle ne verrait jamais. Le fait qu'il travaille à l'hôpital ne signifiait pas nécessairement qu'elle le croiserait.

En fait, être au courant de la présence en ville de James constituait un avantage. Cela lui permettrait de savoir où il habitait et ainsi d'éviter ce quartier.

A regret, elle ne mettrait plus les pieds dans le restaurant de Catie puisqu'il semblait y déjeuner régulièrement. Et bien entendu, il était hors de question d'accepter le poste de responsable de la logistique à l'hôpital, puisque James allait prendre ses quartiers dans le bâtiment rénové de pédiatrie.

Sensible à sa détresse, Gabby, qui siégeait au conseil d'administration de la maternité des Trois-Sœurs, lui avait proposé en moins de vingt-quatre heures un poste similaire dans cet établissement qui se trouvait aussi en rénovation.

Fallon avait aussitôt accepté.

Un jour, quand elle serait de nouveau capable de côtoyer mamans et nouveau-nés, elle y reprendrait son métier d'infirmière.

Les fonctions accaparantes de James l'empêcheraient de s'aventurer dans le secteur des Trois-Sœurs ; un chef de service de l'hôpital n'avait a priori rien à y faire.

— On ne se reverra plus. Je n'ai aucune raison de m'inquiéter, se dit-elle tout haut comme pour s'en convaincre.

Avec le temps, elle aurait moins peur de le croiser. Quand cela se produirait, parce que cela arriverait fatalement un jour, ils se salueraient comme de lointaines connaissances…

Et, dans le cas où les choses ne se passeraient pas ainsi, si le destin s'amusait à les mettre sans cesse en présence, elle devrait se résoudre à quitter White Elk.

Bien que cette idée lui soit insupportable, elle n'aurait pas le choix.

L'air était froid et vivifiant. A quelques semaines de Noël, les sommets étaient déjà tout blancs et il ne faudrait pas longtemps avant que la neige descende dans la vallée autrement que par rafales pour s'y installer jusqu'au printemps.

Fallon adorait ces matins où sa respiration laissait un panache blanc dans l'air, où le givre ressemblait à des diamants incrustés dans l'écorce des troncs.

C'était sa saison préférée, celle des gros pulls, des après-ski, des moufles et du chocolat chaud, et elle se réjouissait d'être dorénavant en assez bonne santé pour en profiter. Après ces semaines d'angoisse et de désespoir où elle n'avait eu pour tout horizon que les murs gris du centre de rééducation, elle revivait enfin.

— Où vas-tu courir chaque matin ?

Elle sursauta et battit en retraite vers la porte de sa maison.

— Inutile de t'enfuir, dit James.

Vêtu d'un survêtement, il se tenait debout devant la palissade du jardin, la main en écran devant les yeux pour regarder les Trois-Sœurs.

— N'est-ce pas toi qui disais que nous pourrions être amis ?

— Que fais-tu là ?

— Je me promenais. Et j'espérais convaincre *une amie* de m'accompagner.

— Je fais toujours mon jogging seule.

Il se retourna et les traits de son beau visage nimbé de lumière apparurent à Fallon.

— Mais je pensais que tu n'avais rien contre le fait que nous soyons amis ! La vérité, c'est que j'aurais bien besoin d'un ami dans cet endroit où je ne connais personne, à part toi. Ne serait-ce pas une bonne idée de faire notre jogging ensemble ?

— Non, ce serait tout sauf une bonne idée, répondit-elle en détournant le regard pour ne pas se laisser fléchir. Et je ne sais pourquoi tu viens m'importuner, James. N'ai-je pas été suffisamment claire, l'autre jour ? Toi et moi, c'est terminé. Il faut tourner la page. De toute façon, nous n'étions pas faits l'un pour l'autre.

— Je ne suis pas de cet avis, Fallon, et si je dois te le redire un millier de fois avant que tu me croies, je le ferai. Nous avons tous deux traversé une période difficile et il est possible que je t'aie blessée, mais c'était sans le vouloir. Ne peux-tu me pardonner ?

Sa voix exprimait une telle humilité, une telle patience, que cela lui brisa le cœur.

Il lui demandait pardon, alors que c'était à elle de le faire, pour une faute qu'elle ne pourrait jamais expier, une faute qui la poursuivrait toute sa vie !

— Combien de fois devrai-je te répéter que tu ne m'as pas blessée ? répliqua-t-elle en s'obligeant à durcir le ton.

— Dans ce cas, pourquoi me repousses-tu ? Dis-moi ce que tu me reproches afin que je puisse réparer mes torts.

— Il n'y a aucun tort. C'est juste moi. J'ai changé, depuis l'accident, et j'essaie de repartir de zéro. Nous n'avons plus rien à faire ensemble, comprends-le, James. Je ne suis plus celle que tu as aimée, et nous n'avons plus aucun objectif en commun.

Il soupira.

— Donc, il ne me reste plus qu'à me trouver un partenaire de jogging. Est-ce trop te demander de jouer ce rôle, ce matin ?

— Et Tyler ? Qui s'occupera de lui ?

— Mon fils ne vit plus avec moi, répondit-il, la mine sombre.

Sa mère est revenue le chercher il y a deux mois. Depuis, je n'ai plus de nouvelles. J'essaie de le retrouver, mais, pour l'heure, je ne sais même pas où il est.

Fallon compatissait, ce qui ne l'empêcha pas de s'en tenir à sa résolution. Si elle acceptait de se rapprocher de James, ne serait-ce qu'en tant qu'amie, elle finirait par lui avouer la vérité et lui ferait plus de mal encore.

— Je suis désolée que les choses ne se soient pas déroulées selon tes souhaits.

— Tyler est mon fils, et j'ai le droit de faire partie de sa vie, mais Shelly ne cesse de me mettre des bâtons dans les roues.

Seigneur, comme il en souffrait ! Et Fallon souffrait de le voir souffrir autant.

Ils ne pouvaient continuer ainsi.

— James, je préfère t'avertir tout de suite que si tu espères quelque chose de ma part…

— Ta compagnie pour le jogging de ce matin, c'est tout ce que j'espère. N'est-ce pas toi qui me disais naguère qu'il est plus agréable de courir à deux ? ajouta-t-il en se déridant enfin.

C'est vrai, elle avait dit cela à une époque où tout leur souriait, où l'avenir s'annonçait radieux pour eux.

Avant la descente aux enfers.

— D'accord, à une condition. On court en silence. Pour ta gouverne, sache que je fais une boucle de six kilomètres. La première partie est en côte, et je ne ralentirai pas pour toi. Si tu parviens à tenir le rythme, tant mieux. Sinon, on se séparera. Le parcours est bien balisé et tu n'auras aucun mal à trouver ton chemin pour rentrer.

Censée le dissuader, la remarque le fit rire.

— Qu'y a-t-il de si amusant ?

— Toi ! Finalement, tu n'as pas tellement changé. Tu m'avais servi le même avertissement lors de notre premier jogging en duo, à part l'interdiction de parler. Si tu t'en souviens, je n'avais pas eu trop de mal à te suivre pour quelqu'un qui n'avait pas l'habitude de courir tous les jours comme toi.

— J'avais ralenti pour toi, précisa-t-elle en lui tournant le dos pour s'engager dans l'allée de terre jouxtant la maison. Cette fois, je ne le ferai pas.

D'emblée, elle adopta une foulée rapide et eut la surprise de voir James la rattraper sans difficulté.

— Aujourd'hui, tu n'auras pas besoin de m'attendre, dit-il en réglant son pas sur le sien. Je suis en bien meilleure forme grâce à un professeur qui m'a convaincu des mérites de l'exercice physique régulier.

Elle ne releva pas.

Bien entendu, le professeur, c'était elle. Ou plutôt la Fallon d'avant, dynamique, gaie comme un pinson, débordante d'énergie, toujours partante pour les expéditions sportives. Quelqu'un dont elle se sentait désormais à mille lieues.

Il laissa échapper un rire un peu amer.

— Tu n'as pas l'intention de me faciliter la tâche, n'est-ce pas ? Bien entendu, le contraire m'aurait étonné, et ça ne fait que renforcer ma détermination. Je veux nous donner une seconde chance et, au fond, ce n'est pas plus mal de démarrer lentement pour nous laisser le temps de nous réhabituer l'un à l'autre.

— Fais ce que tu veux, James, je ne peux pas t'en empêcher. Mais que les choses soient claires : tu le feras tout seul parce que moi, j'ai tourné la page.

— As-tu rencontré quelqu'un d'autre ?

La rupture avec lui l'avait laissée meurtrie, et il ne pourrait jamais y avoir personne d'autre. Elle l'avait su dès la première fois où il lui avait tenu la main, la première fois où il l'avait embrassée, et la première fois où ils avaient fait l'amour.

Il était l'homme de sa vie, et le fait qu'elle veuille le tenir désormais à distance n'y changeait rien.

— Il n'y a personne. Je vis seule, et j'ai changé. De manière profonde et irréversible.

Elle cessa de parler et ils continuèrent à courir en silence.

James ne tenta aucune conversation, même anodine, ce dont elle lui sut gré.

C'était pourtant agréable de l'avoir à son côté, au coude à coude. Pour la première fois depuis des mois, elle avait l'impression d'être revenue de plain-pied dans la vie normale. Ou presque…

Quand ils furent de retour devant chez elle, il ne quémanda ni verre d'eau ni tasse de thé et se contenta de la remercier, après quoi il lui dit au revoir sans même proposer un autre rendez-vous.

Elle le regarda s'éloigner non sans une pointe de déception.

Pourtant, elle était soulagée d'avoir obtenu ce qu'elle voulait — qu'il la laisse tranquille. La condition *sine qua non* pour sa survie.

— Après, j'aimerais monter dans le train de Noël. Ils servent du chocolat chaud et on a le droit de nourrir les rennes. Et il y a des dinosaures qui clignotent…

— Des dinosaures qui clignotent ? Comme des guirlandes électriques ? demanda James, examen terminé, en raccrochant le stéthoscope à son cou.

— Des lumières de toutes les couleurs. Mais il vaut mieux ne pas s'approcher pour ne pas avoir d'accident.

— A cause des lumières ?

Le garçonnet au visage criblé de taches de rousseur pouffa de rire.

— Mais non ! A cause des dinosaures !

— Tu crois qu'ils pourraient te manger, toi, Matty Brower ?

— Ben oui, s'ils ont faim.

— Je croyais les dinosaures herbivores…

— Décidément, tu n'y connais rien ! Je vais t'expliquer. Certains sont carnivores, comme les tyrannosaures rex, poursuivit le gamin de six ans, tout fier d'étaler sa science. Les diplodocus, eux, sont inoffensifs. Ils ne mangent que les feuilles des arbres, c'est pour ça qu'ils ont un long cou. Mais comme on ne sait pas sur quelle espèce on peut tomber, il faut faire attention.

— Très sage, commenta James en l'aidant à descendre de la table de soins. Les adultes sont-ils autorisés, dans le train du Père Noël ?

Matty haussa les épaules.

— Les parents, je crois. Il faut bien qu'ils s'amusent un peu. Et peut-être aussi les papis et les mamies.

Donc, cela l'excluait, songea James.

Sans Tyler, il n'avait de toute façon pas envie de fêter Noël.

— Amuse-toi bien, Matty, dit-il en lui ébouriffant les cheveux. Et méfie-toi des dinosaures qui clignotent, surtout ceux à lumières rouges. A mon avis, ce sont les plus dangereux.

Matty hocha la tête d'un air exagérément patient, comme si James rabâchait une évidence, puis il sortit de la pièce, escorté par l'infirmière.

Après avoir renouvelé l'ordonnance, James donna ses dernières instructions à Mme Brower.

Pas d'école pour le spécialiste des dinosaures pendant encore une semaine, beaucoup de repos, poursuite de la prise d'antibiotiques durant cinq jours, matin, midi et soir, et bientôt, la bronchite de Matty ne serait plus qu'un mauvais souvenir.

— Appelez-moi si vous avez des questions, dit-il en la raccompagnant à la porte. Et si cela ne vous dérange pas, pourriez-vous me ramener Matty, disons, en milieu de semaine prochaine ? Je voudrais l'ausculter pour m'assurer qu'il ne souffre plus d'aucune gêne respiratoire. C'est une simple formalité, mais on n'est jamais trop prudent avec les bronchites. Passez à votre convenance, inutile de prendre rendez-vous.

Pas de rendez-vous. C'était la norme, ici, et il appréciait la manière décontractée dont on pratiquait la médecine dans cette région de montagnes. Cela le changeait agréablement de Salt Lake City où les pédiatres de l'hôpital, constamment sous pression, étaient soumis à des cadences infernales.

Il ne lui restait plus qu'à espérer que sa collaboration avec les Drs Ramsey et Ranard dure, ce qui n'était pas certain car il pourrait bien être obligé de refaire ses valises si sa présence continuait à indisposer Fallon.

— Le petit Matty me semble en voie de guérison, commenta Dinah en croisant James dans le hall.

— Oh oui ! Et il ne tient plus en place à l'idée de monter dans le train de Noël. On croise, paraît-il, des dinosaures sur le trajet.

Dinah rit.

— Je suis au courant. Mes filles ne parlent que de ça. C'est une tradition ici qui se perpétue depuis des décennies : jusqu'au 25 décembre, un petit train réservé aux enfants parcourra la vallée, en allant de village en village pour porter l'esprit de Noël. Après le nouvel an, ce sera une vénérable locomotive à vapeur qui prendra le relais pour emmener les skieurs sur les pentes enneigées.

— Jolie tradition.

— Vous skiez, James ?

— Quand j'ai quelqu'un avec qui skier.

— Fallon serait peut-être intéressée. Je sais qu'elle passait tout son temps sur les pistes avant… Hum, ce n'est peut-être pas une très bonne idée.

— En effet. Nos rapports sont pour le moins tendus. Il va falloir que je m'y fasse.

— Nous regrettons tous tellement le drame qui l'a frappée ! Fallon était un pilier de notre communauté, une fille dynamique et serviable sur laquelle nous pouvions tous compter, et sans doute en abusions-nous. Le personnel de la maternité a du mal à s'habituer à ce qu'elle est devenue, fragile, inquiète de tout… Moi-même, je ne sais parfois comment me comporter à son égard ; c'est comme marcher sur des œufs. Alors, je suppose que votre relation avec elle…

— Il n'y a plus aucune relation. Elle a été très claire à ce sujet.

Un sourire compatissant aux lèvres, Dinah posa amicalement la main sur le bras de James.

— Je suis désolée. Pour vous deux. Tout ce que l'on peut espérer, c'est que le temps fasse son œuvre.

Le temps, songea amèrement James. Une denrée dont il ne manquait pas.

Il était médecin et… rien d'autre. Son identité se résumait à cela, alors que, six mois plus tôt, il s'imaginait marié à Noël et bientôt père de famille.

— Je l'espère aussi.

Emoline Putters, l'irascible infirmière qui officiait à l'accueil, mit un terme à leur conversation en rappelant à James que son prochain patient l'attendait.

— Mme Shelly Geary et son fils Tyler, annonça-t-elle en lui fourrant d'autorité le dossier dans les mains. Elle prétend qu'il souffre d'une bronchite, mais je n'ai pas entendu l'enfant tousser une seule fois.

Une excitation mêlée de colère s'empara de James. Ainsi, Shelly reprenait son petit jeu ! Disparaître avec leur fils pour mieux réapparaître quelques mois plus tard semblait l'amuser beaucoup, sauf que, cette fois, James était décidé à se battre pour Tyler.

Il fallait que ce chapitre de sa vie au moins connaisse une fin heureuse.

S'il n'était peut-être pas en son pouvoir de reconquérir Fallon, il mettrait tout en œuvre pour obtenir la garde de son fils.

Il entra dans la salle de soins en s'efforçant d'adopter un air enjoué.

— Comment vas-tu, Tyler ?

Pas question d'adresser des récriminations à Shelly devant l'enfant ; il voulait que celui-ci soit heureux de le revoir.

Plus que tout, il rêvait de le serrer dans ses bras, de l'embrasser, le câliner, mais ce ne serait pas encore pour aujourd'hui.

Les deux fois précédentes, quand Shelly l'avait déposé chez lui, Tyler s'était montré triste, distant, repoussant le moindre geste d'affection. A en juger par l'expression renfrognée qu'il affichait en ce moment, rien ne semblait avoir changé.

Cela n'enlevait rien à l'émotion que James éprouvait en sa présence. La dernière fois que Shelly lui avait repris leur enfant, il n'avait pas été sûr de le revoir un jour.

— James, commença Shelly d'une voix dépourvue de toute aménité. Je suis venue pour…

— Pas ici.

Laissant le garçonnet aux soins de l'infirmière, ils sortirent dans le couloir.

— Ce n'est pas ce que tu crois…

— Ah non ? l'interrompit-il. La situation aurait-elle changé ? Est-ce Donnie qui souhaite désormais garder Tyler, et toi qui ne veux plus ?

Donnie, le mari de Shelly, ne tenait pas à élever un enfant qui n'était pas le sien. C'était la raison pour laquelle Shelly lui avait amené Tyler à deux reprises déjà, et cette fois-ci ne faisait sans doute pas exception à la règle.

— Inutile d'ironiser. Donnie consent vraiment des efforts, mais Tyler ne lui facilite guère la tâche : il désobéit, fait mille et une bêtises, nous rend la vie infernale… C'est facile de critiquer à distance, mais tu ne sais pas ce que nous devons endurer à cause de lui. Maintenant que Donnie a un nouvel emploi…

— Ne te fatigue pas. Tes raisons ne m'intéressent pas. Et encore moins celles de ton mari.

Deux infirmières passèrent à côté d'eux en les regardant d'un air intrigué et James préféra conduire son interlocutrice dans une salle d'examen vide.

— La seule personne qui compte, c'est Tyler, dit-il après avoir refermé la porte. Je te jure que si vous lui avez fait du mal…

— Tyler est un enfant difficile, James. Je dirais même caractériel. Un rien le met en colère et il n'hésite pas à casser tout ce qui lui tombe sous la main. Donnie travaille dur ; quand il rentre le soir, il aspire au repos, à la tranquillité. Il en a tout de même le droit, dans sa propre maison, non ?

Tenté un instant de se perdre en invectives et en reproches, James se contint. L'essentiel était de retirer Tyler à ces gens ; le reste importait peu.

— Nous n'avons plus rien à nous dire, Shelly. Je ne veux pas savoir pourquoi tu me le laisses cette fois, ni ce qui chagrine tant ton mari dans le comportement de Tyler.

— Ce ne sera que pour quelques jours, James. Durant les vacances, le temps que la situation se stabilise.

La situation de Shelly ne se stabiliserait jamais, et Tyler ne pouvait continuer à grandir dans cet environnement où il était indésirable.

James était déterminé à le garder après les vacances de Noël, pour toujours. A condition que le juge des familles donne son accord…

— Va-t'en, Shelly. Je t'ai assez vue.

Sur ce, il sortit et regagna la salle d'examen où Tyler l'attendait. Shelly ne viendrait pas dire au revoir à l'enfant, il le savait par expérience.

Et Tyler le savait aussi.

— Je suis désolée, docteur Galbraith, mais la tâche se révèle au-dessus de mes forces. Ce gamin m'a épuisée, et cela ne fait qu'une demi-journée que je le garde. Il faut sans cesse lui courir après, le surveiller comme le lait sur le feu et, malgré cela, il se débrouille pour vous échapper et commettre les pires dégâts. Il a mis ma maison sens dessus dessous, déchiré le papier peint, cassé un vase et je ne vous parle même pas de la porcelaine…

Debout sur le pas de sa porte, Mme Prestwick souleva une figurine sans tête comme preuve du délit.

Sur le guéridon de l'entrée, reposait une lampe à l'abat-jour déchiré pour laquelle James venait de rédiger un chèque en dédommagement.

— Je n'ai jamais vu un enfant au tempérament aussi

destructeur. Croyez bien que ce n'est pas dans mes habitudes de laisser tomber les parents, mais il est hors de question que je garde votre fils une minute de plus.

Des paroles définitives. Presque identiques à celles qu'avaient prononcées Mme Powers et Mme Addy… Avec Mme Prestwick, elles étaient les trois nourrices les plus respectables de White Elk. En l'espace de trois jours, Tyler les avait poussées à renoncer toutes trois, et James ne savait plus vers qui se tourner pour garder son fils pendant qu'il travaillait.

Etre père ou médecin, tout indiquait qu'il allait devoir choisir dans les jours à venir.

— Peut-être pourriez-vous me recommander quelqu'un ?

Secouant la tête avec véhémence, la septuagénaire aux cheveux gris recula et s'empressa de refermer la porte.

Indifférent à ce qui venait de se passer, Tyler semblait fasciné par les flocons de neige qui tombaient sur la haie de laurier-sauce.

— Je pensais que tu serais sage, Tyler. Lors de ta dernière visite, nous en avions parlé. Et je te l'ai rappelé encore ce matin, ajouta-t-il en s'efforçant de chasser toute impatience de sa voix. T'en souviens-tu ? Tu m'avais promis de bien te conduire.

Mme Powers avait eu droit à une préparation de gâteau inédite — une douzaine d'œufs cassés à même le carrelage de sa cuisine, mélangés à du café moulu. Le sol n'étant pas parfaitement plan, l'infâme mixture avait glissé derrière le réfrigérateur que James avait dû déplacer avant de se retrousser les manches pour nettoyer.

Chez Mme Addy, cela avait été plus grave. Tyler avait jeté la prothèse auditive de la malheureuse dans la benne à ordures, juste avant le passage des éboueurs. Puisque le petit appareil qui avait coûté plusieurs milliers de dollars était perdu corps et biens, James s'était engagé à accompagner dans les plus brefs délais la vieille dame à Salt Lake City pour lui en acheter un autre. Dieu merci, elle avait conservé son antique Sonotone qui reprendrait du service dans l'intervalle.

Restait à James à trouver un moment dans son emploi du temps surchargé pour l'expédition chez le fabricant de prothèses auditives.

— Dis-moi, Tyler, pourquoi as-tu cassé tous ces objets chez Mme Prestwick ?

Pour comprendre son fils et l'aider, il fallait impérativement qu'il sache pourquoi il éprouvait le besoin de se montrer aussi odieux avec des personnes qui ne lui avaient fait aucun mal.

Las, jusqu'à présent, Tyler n'avait guère été enclin au dialogue. Il opposait un silence têtu aux questions de James, comme lors des autres fois où il l'avait eu en pension.

Tyler haussa les épaules tout en continuant à observer le ballet des flocons de neige.

Du calme ! s'ordonna James. Il avait épuisé tous ses recours en matière de nourrices, mais il y avait forcément une solution.

Le pire serait de s'emporter contre Tyler qui était certainement victime de maltraitance verbale chez Shelly et son conjoint.

A son jeune âge, Tyler avait été ballotté sur les routes avant d'atterrir chez un homme qui ne voulait pas de lui, ce qui expliquait sans doute son comportement destructeur. C'était la seule manière qu'il avait trouvée pour se défendre contre les agressions dont il était victime et il lui faudrait du temps, et beaucoup d'amour, avant de comprendre qu'il ne risquait rien à White Elk.

Le problème, c'était que Tyler se refermait comme une huître à son approche, réaction somme toute compréhensible puisque James était un inconnu pour lui.

Etait-ce sa faute s'il avait raté les premières années de la vie d'un fils dont il ignorait l'existence ? Existence qu'il aurait continué à ignorer si Donnie n'avait obligé Shelly à lui révéler la vérité…

Tyler serait-il devenu cet enfant caractériel si James l'avait élevé, s'il avait joué son rôle de père ?

La question resterait sans réponse.

— En attendant, Tyler, tu vas revenir avec moi au travail.

Qu'en ferait-il durant les consultations ? se demanda James. Il n'en avait aucune idée.

— Ecoute, je ne sais pas ce que tu avais contre ces gentilles mamies, mais il va falloir que tu te conduises mieux chez la prochaine personne qui acceptera de te garder. Dès que j'aurai un moment libre entre deux patients, je m'occuperai de te trouver une baby-sitter.

Il voulut lui prendre la main mais, plus rapide que lui, Tyler plongea les poings dans les poches de son petit blouson.

Bien sûr, James aurait pu le forcer à lui donner la main, mais à quoi bon ? Une démonstration d'autorité ne ferait que braquer davantage le garçonnet qui se languissait avant tout de sécurité et d'affection.

— J'ai besoin de ta coopération, Tyler. Je sais que tu n'aimes pas être ici, que tu aurais sans doute préféré rester avec ta mère, mais il va falloir accepter la situation et faire au mieux. Moi, je ne demande qu'à te rendre heureux…

Il s'y prenait lamentablement, songeait James en secouant la tête, désemparé, quand il vit une Ford rouge déboucher au bout de la rue.

La même voiture que celle de Fallon.

Quand le véhicule passa devant eux, il la reconnut au volant, mais elle ne lui fit aucun signe.

La Ford s'arrêta au stop, prête à tourner dans l'avenue. Fallon rentrait chez elle.

De nouveau, il se demanda s'il avait failli auprès d'elle après l'accident. Alors qu'elle avait eu tellement besoin de lui, il ne lui avait pas accordé autant de temps ni d'attention qu'il l'aurait voulu car Tyler le réclamait tout entier. Jusqu'alors, il avait toujours cru que, si la situation l'exigeait, il pourrait s'occuper à parts égales de tous ceux qu'il aimait. En quoi il avait eu tort.

Avec le recul, il était convaincu que Fallon avait attendu de lui, en plus des visites à son chevet, quelque chose qu'il avait été incapable de lui donner.

A l'époque, il ne s'en était pas rendu compte.

Tiraillé entre son fils et la femme qu'il aimait, il avait simplement essayé de faire de son mieux. Elle lui avait assuré qu'elle comprenait ses absences, qu'elle ne lui en voulait pas de s'occuper presque exclusivement de Tyler, et il l'avait crue. Après tout, Fallon était forte, même avec ses blessures, s'était-il dit. Une battante, voilà l'image qu'elle avait toujours donnée jusqu'alors.

Une image qu'elle avait maintenue sur son lit d'hôpital, pour la façade, comprenait-il à présent. Et lui, aveugle, n'avait rien vu !

Dès que Shelly était venue lui reprendre Tyler, il était retourné à l'hôpital dans le but de s'excuser auprès de Fallon de lui avoir fait défaut. Las, il avait trouvé la chambre vide. Les infirmières qu'il avait interrogées avaient prétendu ignorer dans quel centre de rééducation elle était allée — sans doute avaient-elles promis de garder le secret.

Aurait-il pu être plus assidu à son chevet ? Peut-être. Leur relation aurait-elle perduré, dans ce cas ? Encore une question à laquelle il n'aurait jamais de réponse…

— Je voudrais te présenter quelqu'un, dit-il à Tyler avant de tourner de nouveau le regard vers la voiture qui disparaissait au bout de la rue.

Il aimait Fallon et il aimait Tyler. L'heure était venue de réparer au moins l'une de ses erreurs.

— Avant d'aller à l'hôpital, nous allons faire un crochet pour rendre visite à une amie. Il faudra que tu te conduises bien chez elle. Promets-tu de faire un effort ?

Bien entendu, Tyler ne répondit pas. Il se contenta de suivre James jusqu'à la voiture et, la portière ouverte, de se hisser sur la banquette arrière. De son propre chef, il boucla sa ceinture puis, les mains sagement posées sur ses genoux, fixa le spectacle des flocons qui tourbillonnaient dans l'air.

A le voir, si sage, nul n'aurait pu croire que ce garçonnet venait de saccager le salon d'une vieille dame.

James s'installa au volant.

Avant de mettre le contact, il resta un moment à observer son fils dans le rétroviseur. Que se passait-il dans sa tête d'enfant ? Comment le découvrir ?

Et comment faire pour que Tyler l'accepte comme père ?

3

— Je viens voir comment tu vas, dit James, sur le seuil, en chassant les flocons de ses cheveux.

Fallon n'avait même pas eu le temps d'enlever son écharpe.

— Ça va, j'ai repris une activité, répondit-elle en lui tournant le dos pour accrocher son anorak au portemanteau de l'entrée.

Pas question qu'il surprenne sur son visage une expression qui trahisse de l'excitation ou de la joie !

Après tout, il n'était pas revenu faire du jogging en sa compagnie alors qu'elle s'y était attendue… et l'avait même espéré.

Pas plus qu'il ne l'avait appelée, alors qu'elle avait été persuadée qu'il le ferait. Mais cela valait mieux, n'avait-elle cessé de se répéter toute la semaine.

Grâce à la providentielle Gabby, le poste qu'elle occupait à la maternité des Trois-Sœurs consistait en un mi-temps à horaires aménagés. Autrement dit, elle avait tout loisir d'organiser son emploi du temps comme elle le souhaitait, pourvu que le cahier des charges soit respecté.

Un luxe pour une convalescente.

— J'ai pris mes marques dans mon nouveau travail. Actuellement, je termine les commandes de matériel — lits, tables, appareils d'échographie. Ensuite, je m'occuperai des entretiens d'embauche.

— Désolé de ne pas être passé plus tôt. J'avais l'intention

de venir courir un matin avec toi, mais à cause des vacances, nous sommes à court de personnel en ce moment…

— Ce n'est pas grave. De toute façon, comme je te l'ai dit, je préfère faire mon jogging seule. Il est inutile de nous compliquer la vie.

— Peut-être as-tu raison. Vu que j'étais dans le quartier, je me suis dit que je pourrais venir prendre de tes nouvelles.

A contrecœur, elle se résolut à se retourner.

Autant en finir rapidement, songea-t-elle. Elle avait le sentiment que, sinon, il resterait indéfiniment sur son perron, à attendre quelque chose qu'elle ne pouvait lui donner.

La situation était des plus embarrassante.

Dire qu'elle avait partagé l'intimité de cet homme, passé des nuits entières dans ses bras, partagé ses rêves les plus fous avec lui, qu'il l'avait rendue plus heureuse qu'elle ne l'avait jamais été, qu'elle avait porté son enfant et qu'ils se comportaient à présent comme deux inconnus qui ne trouvaient rien à se dire…

Cela faisait mal.

Pourtant, elle devait continuer à le tenir à distance car le moindre sourire ou la moindre intonation amicale risquaient d'être interprétés par James comme un encouragement. Et elle ne voulait pas éveiller en lui de faux espoirs.

— C'est gentil d'être venu, mais tu tombes mal.

Incapable de le regarder dans les yeux, elle fixait le sol.

— J'ai des catalogues à consulter pour les achats de meubles, et des coups de fil…

— J'veux aller aux toilettes. Tout de suite !

La petite voix impérieuse provenait de derrière James.

Interloquée, Fallon fit un pas de côté pour voir l'enfant.

Le souffle coupé, elle l'observa sans rien dire. La ressemblance avec James était frappante.

— Vite !

La frimousse du bambin était déformée par la colère. Une colère noire. Jamais Fallon n'avait vu cette expression chez quelqu'un d'aussi jeune.

— Au bout du couloir, dit-elle en lui indiquant la porte.

Sans un mot, Tyler se précipita dans le vestibule et galopa vers la salle de bains en laissant des empreintes boueuses sur le carrelage.

— Excuse-moi, dit James. Je lui avais dit d'attendre dans la voiture.

— Quand la nature commande…

La voix de Fallon tremblait.

L'émotion l'avait submergée à la vue de ce petit garçon qui ressemblait à celui qui aurait pu être le sien.

Ses jambes flageolaient tant qu'elle dut reculer pour s'appuyer contre le mur.

— Je… je suppose que c'est Tyler ?

— Shelly me l'a confié il y a quelques jours.

Il fallait à tout prix qu'elle se ressaisisse car, sans cela, James se demanderait pourquoi elle était si bouleversée et commencerait à se poser des questions qui risquaient d'être très dangereuses pour elle.

— Euh… tu dois être heureux de l'avoir auprès de toi ?

Question stupide, réalisa-t-elle aussitôt.

Bien sûr qu'il l'était, comme tous les pères qui voyaient leur enfant épisodiquement !

Heureux, inquiet, et soulagé.

— Plus que tu ne peux l'imaginer, répondit James. Bien qu'être père m'effraie un peu à cause de la responsabilité que cela met sur mes épaules. Je n'avais pas prévu d'avoir déjà un enfant… En tout cas, pas avec une autre que toi.

— Il faut de la patience…

Un conseil qui ne s'appliquait bien sûr pas à la dernière partie de la déclaration de James.

— Tyler est aussi dérouté que toi, poursuivit-elle. Tout ira bien dès que vous vous serez habitués l'un à l'autre. Ce n'est qu'une question de temps.

La pensée que James et Tyler apprendraient à se connaître et à vivre en harmonie fit monter une nouvelle vague d'émotion en elle. Son petit garçon n'avait pas eu la chance d'effectuer ses premiers pas en sa compagnie ni en celle de son père.

Voir Tyler lui rappelait sa perte de manière aiguë, aussi intense que lors des premiers jours suivant l'accouchement.

Elle dut de nouveau tourner le dos à James pour lui cacher les larmes qui emplissaient ses yeux.

— C'est un mignon petit garçon, dit-elle, la gorge nouée, en faisant mine de chercher quelque chose dans la poche de son anorak. Quel âge a-t-il ? Cinq ans ? Six ? Tu me l'as dit, mais je ne m'en souviens plus.

— Cinq ans.

— Est-il toujours aussi… dynamique ?

Un euphémisme.

« Agité » était le terme naguère employé par James pour lui décrire le caractère de son fils.

En réponse à sa question, un grand bruit suivi d'un fracas de verre brisé se fit entendre en provenance de la salle de bains.

Ils s'y précipitèrent pour pousser la porte entrebâillée et trouver Tyler debout au milieu de la pièce, en apparence complètement indifférent aux dégâts qu'il venait de faire.

L'une des tablettes portant des flacons de parfum et des pots de cosmétiques gisait par terre avec son contenu. Etant donné qu'elle avait été fixée en hauteur, à un mètre au-dessus de la tête de Tyler, il s'était vraiment donné du mal pour la faire tomber.

Ainsi que l'indiquaient les traces de semelles sales sur le rebord en céramique, il avait grimpé sur le lavabo pour l'atteindre.

Encore heureux qu'il n'ait pas descellé le lavabo ! songea Fallon, sous le choc.

Elle se pencha pour ramasser sa bouteille de parfum qui semblait indemne. Fausse joie. Quand elle la souleva, le fond du flacon resta au sol et le précieux liquide se répandit sur le carrelage.

— Tyler, dit James d'une voix dangereusement calme.

— Je suis sûre que c'est un accident.

Que dire d'autre ?

— Et moi, je suis sûr que non.

— Peut-être devrions-nous poser la question à Tyler.

Le manque de réaction du garçonnet la surprenait. La plupart des bambins auraient été effrayés, honteux, au bord des larmes. Pas lui. Il attendait, les bras croisés d'un air belliqueux, comme s'il cherchait à en découdre.

— S'agissait-il d'un accident, Tyler ?

Sans ciller, il continua à fixer le mur.

— Tyler ? répéta-t-elle.

Toujours aucune réponse.

Elle jeta un coup d'œil vers James qui semblait au supplice puis, comme elle se retournait vers Tyler, elle aperçut un éclair de détresse dans le regard de l'enfant, presque une supplique, ce qui la poussa sinon à prendre sa défense, du moins à l'aider.

— Ne t'inquiète pas, Tyler, je ne vais pas te punir. Voilà ce que je te propose. Je vais chercher une serpillière afin que tu puisses nettoyer par terre. Avant, toutefois, je vais ramasser les morceaux de verre pour que tu ne te blesses pas.

— Depuis son arrivée, nous ne parvenons pas à établir de dialogue, admit James, non tant pour défendre Tyler que pour expliquer son propre désarroi. Je ne peux donc que supposer que ces actes de destruction sont une manière pour lui d'exprimer son mal-être.

— Sans doute. J'ai l'impression qu'il…

A cet instant, le portable de James sonna.

Il sortit rapidement dans le couloir pour répondre, comme s'il accueillait la diversion avec soulagement, tout en laissant Tyler sous la garde de Fallon.

Quelques secondes plus tard, il revint, l'air fort embarrassé.

— Ecoute, je sais que je n'ai pas le droit de te demander ça, mais… on me réclame pour une urgence à Pine Ridge. Il s'agit d'un enfant avec une jambe cassée, et il ne m'est vraiment pas possible d'emmener Tyler. Il…

Il jeta un regard désespéré à son fils.

— Il traverse une passe difficile, comme tu peux le constater, et je n'ai personne à qui le laisser pour le moment. En trois jours, il a épuisé trois nourrices et je n'ai pas encore eu le loisir d'en chercher une quatrième. Je ne me permettrais jamais de faire appel à toi en temps normal, mais le blessé souffre d'une fracture multiple ; il faudra que je pose une attelle et que je le stabilise avant le transport. La présence de Tyler ne fera que compliquer les choses. Imagine qu'il se mette à faire des siennes sur le lieu de sauvetage ou simplement à gêner les auxiliaires médicaux dans leur travail…

— Vas-y, s'entendit dire Fallon. Va soigner ton patient, je m'occuperai de Tyler…

Lequel, l'œil fixé sur une autre tablette, s'approchait subrepticement de sa prochaine cible.

Fallon le saisit par le bras avant qu'il ne commette son forfait.

— Pour une heure ou deux seulement, ajouta-t-elle à l'intention de James. Préviens-moi dès que tu sauras combien de temps cela te prendra.

— Merci beaucoup, Fallon, je te revaudrai ça. Nous parlerons à mon retour. J'ai tant de choses à te dire…

Et voilà ! songea-t-elle, mortifiée. Elle lui rendait service et il pensait pouvoir en profiter pour lui extorquer une conversation à cœur ouvert.

Impossible de faire marche arrière, mais elle devait demeurer réfractaire à tout dialogue. Il en allait de sa survie… et de celle de James.

Quand il voulut l'embrasser sur la joue, elle l'esquiva. Il se pencha alors vers Tyler qui eut le même mouvement de recul.

— Sois sage. Ne casse rien, tu m'entends ?

Tyler lui rendit son regard, sans intention de le défier cette fois, mais toujours sans articuler un mot.

Après avoir attendu un peu, en vain, James se redressa en soupirant.

— A tout à l'heure.

Il s'en alla tandis que Fallon s'en voulait déjà d'avoir accepté cette tâche qui, elle le savait, était pleine de périls pour elle *et* sa demeure.

— Tyler, dis-moi pourquoi tu as cassé mon étagère et pourquoi, à cet instant précis, tu cherches à casser l'autre ?

Les yeux de l'enfant s'écarquillèrent, comme s'il était surpris qu'elle lise si clairement en lui.

Fallon rit.

— C'est bien ton intention, n'est-ce pas ?

Aucune réaction. Le contraire l'aurait étonnée. Cependant, les yeux du bambin, bleus comme ceux de son père, se chargeaient de répondre à sa place.

— Tu attends que j'aie le dos tourné pour faire de nouvelles bêtises. Donc, je ne vois qu'une solution : nous n'allons plus nous quitter d'une semelle. Direction, le placard à balais ! ajouta-t-elle, le doigt pointé dans cette direction.

Il ne bougea pas, le regard fixé dans le vide.

Cela commençait à inquiéter Fallon. Quelle sorte de traumatisme avait-il subi pour se conduire ainsi ? Etait-il victime de maltraitances chez sa mère ?

James ne lui avait pas dit grand-chose, hormis sa colère de se sentir exclu de la vie de son fils.

Une colère qui ne serait rien à côté de celle qu'il éprouverait envers elle s'il découvrait un jour ce qu'elle lui cachait.

Même avec ses problèmes, Tyler lui rappelait à quel point elle avait été égoïste. Elle avait fait un choix, s'était battue pour, hélas, finir par perdre, sans jamais mettre James au courant de sa bataille.

Pourtant, Dieu sait qu'elle avait désiré et aimé ce bébé. Tout cet amour aurait dû lui donner la force de le mettre au monde vivant, mais le sort en avait décidé autrement.

Armée d'une pelle et d'une balayette, elle ramassa les morceaux de verre tout en forçant Tyler à demeurer à côté d'elle.

Puis, contrairement à ce qu'elle avait dit, elle passa elle-même la serpillière pour ne pas risquer d'autres saccages.

Bien sûr, il n'était guère judicieux d'annoncer une chose à un enfant et d'en faire une autre, mais comment obliger un gamin frondeur à nettoyer une salle de bains alors qu'il répugnait même à vous adresser la parole ?

— Une bonne chose de faite ! s'exclama-t-elle après s'être lavé les mains. Et maintenant, Tyler, que dirais-tu d'une glace pour nous remettre de nos émotions ? Vanille, menthe, chocolat, framboise, mangue, on a le choix. On se prépare chacun une coupe à trois boules ?

Le silence habituel lui fit écho.

Fallon décida de l'ignorer et de commencer à sortir les boîtes du congélateur. Aucun enfant ne pouvait résister à l'appel de la glace, et elle était convaincue que Tyler allait pointer le bout de son nez dans la cuisine avant que les coupes soient sorties du placard.

Elle s'y trouvait depuis moins d'une minute quand elle entendit un grand bruit en provenance de la salle de bains.

— Oh ! mon Dieu ! s'écria-t-elle en reconnaissant le bruit du verre brisé.

Lâchant le carton de glace qu'elle tenait, elle se précipita dans la salle de bains.

Tyler avait fait tomber la seconde tablette et, dans la foulée, entraîné une reproduction encadrée dont le verre s'était brisé en mille morceaux.

Il se tenait debout au milieu du champ de bataille, les bras et les mains couverts de sang.

Sans penser un seul instant qu'elle risquait elle aussi de se blesser, Fallon courut vers lui pour le soulever dans ses bras et l'emmener hors de la pièce.

Dans le couloir, il commença à se débattre, avec force hurlements.

— Laisse-moi tranquille ! cria-t-il en cognant la poitrine de Fallon de ses petits poings. Repose-moi par terre !

— Du calme ! dit-elle en essayant d'estimer la gravité des blessures sans le lâcher.

Une tâche impossible car Tyler, pris d'un accès de rage, cherchait à lui échapper de toutes ses forces.

— Ça suffit, Tyler. Il faut que je sache si tu es blessé en profondeur.

— Me touche pas ! Repose-moi, sinon…

Il laissa la menace en suspens, mais Fallon n'eut aucun mal à savoir ce qu'il ferait dès l'instant où elle le lâcherait.

Le serrant donc contre elle, elle parvint à saisir les clés de voiture posées sur la console de l'entrée puis elle courut aussi vite que possible jusqu'à sa Ford.

Elle ouvrit la portière arrière et n'eut d'autre recours que de jeter l'enfant sur la banquette et de refermer sans lui laisser le temps de réagir.

Désireuse de ne prendre aucun risque, elle verrouilla de nouveau puis contourna le capot pour s'installer au volant.

Dans le rétroviseur, elle observa Tyler.

Il pleurait et donnait des coups de pied dans l'arrière du siège conducteur, mais sa colère semblait avoir disparu pour faire place à la peur et à la tristesse. Il n'était plus qu'un petit garçon effrayé. Le problème, c'est que son agressivité pouvait revenir à tout moment.

Elle avait vu juste. Dès qu'elle mit le contact, elle sentit les coups de pied redoubler de force dans son dos.

— Tyler, dit-elle en s'efforçant de conserver un ton posé, je suis infirmière et je vais t'emmener à l'hôpital où l'on va te soigner.

Avant de déplacer l'enfant, la procédure normale aurait consisté à stopper le saignement à l'aide d'un garrot si nécessaire, retirer les minuscules morceaux de verre qui avaient dû s'introduire dans les entailles et bander les plaies de pansements stériles pour éviter tout risque d'infection. Or, il était impossible d'effectuer ces soins d'urgence dans l'état d'agitation où se trouvait le petit garçon.

La plus grande peur de Fallon était qu'il n'aggrave ses blessures en se débattant comme un possédé, ce qui risquait d'enfoncer les éclats de verre plus profondément et d'aggraver les dégâts.

— Assieds-toi bien au fond de ton siège et ne bouge plus. Je vais appeler ton père sur mon portable pour le prévenir…

— J'ai pas de père ! hurla Tyler. Donnie veut plus de moi, et je veux plus de papas ! Je déteste James ! Et toi aussi je te déteste !

4

— Les entailles étaient assez profondes, dit le Dr Eric Ramsey en raccompagnant Fallon dans le couloir. Tu as bien fait de nous l'amener. Le pauvre gamin était si agité que j'ai dû le mettre sous sédatif, de peur qu'il ne se fasse du mal. Un sédatif léger. J'aimerais le garder jusqu'à demain pour m'assurer qu'il n'arrache pas ses pansements ni ses points de suture. C'est la première fois que j'assiste à une telle crise de colère chez un enfant… J'espère que James acceptera de nous le laisser en observation.

— Si j'avais pu le soigner moi-même, Eric, je l'aurais fait. Mais dans ces conditions, la solution de l'hôpital s'imposait. Tu as raison, Tyler est rongé par la colère. A mon avis, il y a plus que cela, mais quant à mettre le doigt sur le problème… Sans doute n'a-t-il pas grandi dans un environnement très stable…

— Que sais-tu exactement à son sujet ?

— Pas grand-chose. Pour tout te dire, je ne l'avais jamais vu avant aujourd'hui. James m'a simplement confié que Tyler lui avait posé quelques problèmes lors de ses précédents séjours sous son toit.

— Quand tu l'as appelé pour lui laisser un message, James était probablement dans l'ambulance avec son patient, en route pour Salt Lake City. A peine arrivé là-bas, il va devoir faire demi-tour et rentrer dare-dare. Il vaut mieux l'attendre avant de prendre une décision concernant son fils.

Eric était pédiatre et chef du service de traumatologie du White Elk Hospital.

— Reste à espérer que Tyler se sera calmé à son réveil.

A présent, Fallon était impliquée, qu'elle le veuille ou non. Ce qu'elle avait voulu éviter à tout prix se produisait.

— Je vais aller m'asseoir à son chevet. Ça lui fera du bien de voir un visage familier.

— Il va dormir un bon moment. Va donc prendre une tasse de café ou manger un morceau. Tiens, je m'accorderais bien une pause pour t'accompagner. Tu m'as l'air très pâle ; inutile de prendre l'accident de ce gamin tant à cœur.

— C'est vrai, je me sens tendue. Pardonne-moi de décliner ton offre, mais j'ai l'estomac noué ; je ne pourrai rien avaler.

Et ce n'était pas non plus un café qui l'aiderait à se détendre.

Elle aurait voulu échapper à tout cela et rentrer chez elle, mais elle se sentait obligée de rester auprès de Tyler en attendant l'arrivée de James.

Non, ce n'était pas exact. Elle avait *envie* de rester auprès de lui.

— Dans ce cas, que dirais-tu d'enfiler une blouse pour nous donner un coup de main ? proposa Eric.

— Tu plaisantes ?

— Pas du tout. Une infirmière manque à l'appel aujourd'hui — ma Dinah, qui est de sortie avec les enfants. Elles se réservent une journée chaque mois, entre filles. C'est sacré et il n'est pas question que moi ou quiconque lui refuse ce congé.

— Hum. Gabby serait furieuse de savoir que tu essaies de me débaucher.

— Elle serait malvenue de se plaindre. Tu as refusé notre offre pour accepter la sienne, poursuivit-il en affectant un air chagrin. Je ne comprends d'ailleurs toujours pas pourquoi. Neil se lamente chaque fois qu'on prononce ton nom. Lui aussi en veut à sa chère moitié de t'avoir détournée de l'hôpital et de ses brillants directeurs.

Fallon lui donna une tape malicieuse sur le bras.

— Je vous aime beaucoup tous les deux, mais je n'ai aucun regret d'avoir cédé aux sirènes des Trois-Sœurs. Ce que je fais actuellement me plaît.

Pas autant qu'un vrai emploi d'infirmière, mais cette activité lui conviendrait jusqu'à ce qu'elle ait décidé de l'orientation à donner à sa vie.

— En tout cas, je suis content que tu sois revenue, même si c'est pour exercer tes compétences chez les concurrents, admit Eric en riant.

En soupirant, Fallon jeta un coup d'œil autour d'elle.

Grâce à Gabby, c'est vrai, elle travaillait désormais à la maternité des Trois-Sœurs, ce qui reléguait officiellement le White Elk Hospital dans le passé.

Un passé où elle aimerait tant retourner pour y rester à jamais…

— Comment va-t-il ? demanda James en entrant au pas de course dans la chambre. Je viens d'avoir le message. J'étais sur le chemin du retour quand j'ai pensé à écouter ma boîte vocale.

— Il se repose.

Fallon avait passé une heure au chevet de Tyler à le regarder dormir. Même dans son sommeil, il s'était agité, se tournant et se retournant sous les couvertures malgré le sédatif administré par le médecin.

— Eric lui a injecté une faible dose de neuroleptique. Tu n'as aucune raison de t'inquiéter, Tyler va bien.

Physiquement, du moins. Pour le reste, c'était moins sûr.

— La plupart des coupures sont superficielles, dit Eric en entrant à son tour. Je lui ai posé quelques points de suture ; il est en état de rentrer en ce qui concerne l'état des blessures, mais je préférerais qu'il reste jusqu'à demain matin car il était hystérique à son arrivée. « Enragé » est, hélas, l'adjectif qui le décrirait le mieux. Fallon avait du mal à le tenir, tant il se débattait et la frappait. Le sédatif a été administré afin qu'il ne se fasse pas de mal et, si vous le permettez, James, j'aimerais le garder en observation pour déterminer s'il ne souffre pas d'autre chose.

James acquiesça.

— Comme je ne sais rien de ses antécédents, j'ignore s'il se comporte toujours aussi violemment ou si c'est en réaction à son séjour avec moi. Les enfants font souvent des caprices ou piquent des crises de colère quand ils ne peuvent avoir ce qu'ils veulent — ça fait partie de l'apprentissage de la déception. Chez Tyler, toutefois, cela va au-delà d'une colère normale. Depuis trois jours qu'il vit avec moi, je constate que les choses ne font qu'empirer. Je vous donne donc carte blanche pour faire tous les examens que vous jugerez nécessaires afin de vous assurer qu'il ne souffre pas d'une pathologie quelconque. Merci de l'avoir proposé, Eric et j'aimerais que vous supervisiez le tout, ainsi que les soins.

— Entendu, James. Je vais ordonner un bilan sanguin, une analyse d'urine ainsi que la batterie habituelle de radios. Si vous avez des questions avant qu'on ait les résultats, adressez-vous à moi. Un conseil : restez avec Tyler. Il sera content de vous voir à son réveil.

— Je n'en suis pas aussi sûr, marmonna James tandis qu'Eric passait dans la chambre voisine. Désolé de t'avoir infligé ça, Fallon… Je ne voulais pas t'entraîner dans cette galère. Tout est si compliqué, avec Tyler…

— As-tu parlé de son comportement avec sa mère ? Peut-être sait-elle ce qui provoque ses crises de colère.

— Quand bien même, elle ne me le dirait pas. Si son mari ne l'avait forcée à m'apprendre que j'avais un fils, entre parenthèses parce qu'il n'en voulait plus, je ne connaîtrais toujours pas l'existence de Tyler. C'est triste à dire, mais si Tyler avait été un petit garçon sans problèmes, elle aurait gardé le secret. Si elle m'en a parlé, c'est dans l'espoir de trouver un baby-sitter à temps plein pendant les périodes où ça l'arrange de se débarrasser de son fils. Elle se gardera donc bien de me révéler les raisons de ses troubles comportementaux, voire l'existence éventuelle d'une maladie, puisque ça desservirait son intérêt.

— Dans ce cas, ce serait totalement irresponsable de sa part.

— Je ne te le fais pas dire. C'est une femme dénuée de tout scrupule, qui ne voit que son intérêt. Les deux autres fois où elle m'a laissé Tyler, je ne savais même pas comment les joindre, elle et son mari. Jamais elle n'a voulu me laisser leur adresse ni leur numéro de téléphone. Tout ce que je sais, c'est qu'elle a eu un autre enfant de Donnie et que celui-ci ne supporte plus Tyler. Il y a quelques mois, quand elle est venue me reprendre Tyler pour la deuxième fois, j'ai engagé un détective privé pour retrouver leur trace, mais ils n'ont cessé de jouer à cache-cache avec lui. Chaque fois qu'il les localisait, ils déménageaient. Et on retombait à la case départ…

La colère se lisait sur son visage.

— Si tu savais comme j'en ai assez de cette stupide manie des secrets de Shelly ! Malheureusement, je ne peux rien faire.

Des secrets…

Le cœur de Fallon se serra à la pensée de celui qu'elle cachait à James.

— Tu pourrais réclamer la garde de Tyler.

Il hocha la tête.

— Ma première tentative a échoué parce que je ne possédais pas encore les résultats du test A.D.N. prouvant ma paternité. La compatibilité de nos groupes sanguins et notre ressemblance physique ne suffisaient pas au juge des familles qui a rejeté ma requête et ordonné que je rende Tyler à Shelly qui, de retour d'une de ses équipées, réclamait à cor et à cri « son fils chéri ». J'ai donc dû le laisser partir et ils ont disparu de nouveau.

— Cette incertitude de ne pas savoir si tu vas le revoir doit être terrible.

— La situation m'est insupportable. Maintenant que j'ai la preuve irréfutable que Tyler est mon fils, j'ai toutefois des chances d'obtenir un droit de garde permanent, et Shelly devra se plier à la décision de justice.

— Malgré tout, Tyler doit aimer sa mère…

— Comment savoir ce qui se passe dans sa tête ? Il est perdu, en colère, révolté contre des gens qui se présentent comme ses parents et qui le laissent au premier venu dès qu'ils en ont assez de lui. Parce qu'à ses yeux, je ne suis qu'un inconnu. J'imagine qu'il doit se croire indigne d'être aimé comme les autres enfants, coupable — les enfants ont souvent tendance à se croire responsables des problèmes de leurs parents, une erreur que certains adultes pervers entretiennent à dessein —, et que, du coup, il fait tout pour se rendre odieux.

— Quelle que soit l'issue à long terme, il est pour le moment avec toi et je sais que tu feras pour le mieux. Si je peux t'aider en quoi que ce soit…

— En fait, tu pourrais m'aider à trouver un logement.

— Où vis-tu en ce moment ?

— A l'hôtel. Une chambre, avec un four à micro-ondes, un réfrigérateur, deux lits et une télévision. Pour moi tout seul, c'était suffisant. Je pensais commencer à chercher un appartement ou une maison après la saison touristique où plus rien n'est disponible. Le problème, c'est que je n'obtiendrai pas la garde de Tyler si je continue à habiter à l'hôtel ; il me faut un foyer digne de ce nom. Si tu entends parler d'un endroit à louer ou à acheter, et d'une nourrice par la même occasion, je te serais reconnaissant de me tenir au courant. Tyler a épuisé toutes celles que j'avais sur ma liste et qui m'étaient recommandées par le service de pédiatrie de l'hôpital. La réputation de mon fils va désormais le précéder et il y a malheureusement fort à parier que plus personne ne voudra s'occuper de lui. Si tu connais quelqu'un au caractère bien trempé, qui aime les défis, son prix sera le mien.

— Laisse-moi quelques jours. Il faudrait que je passe des coups de fil…

— Ce n'est pas ton problème, Fallon, et je te remercie d'essayer.

Sans crier gare, il se pencha pour déposer un baiser sur sa joue. Cette fois, elle ne se déroba pas.

— Je suis désolé de t'importuner ainsi, mais je n'ai guère le choix.

— Je sais.

Elle ne pouvait lui refuser ce service alors que le bonheur d'un petit garçon en dépendait.

— Tiens-moi au courant de l'état de Tyler. Je… je m'inquiète pour lui.

Comment ne pas s'inquiéter alors qu'il était le frère de ce bébé qui n'avait pas eu la chance de vivre ?

Tandis que Fallon gagnait la sortie, un plan germa dans son esprit.

Il n'était pas juste que la demande de garde de James soit déboutée parce qu'il séjournait à l'hôtel. Or, les logements vacants, et convenables, resteraient une denrée rare à White Elk jusqu'à la fin des vacances, ce qui ne laissait qu'une possibilité…

Aurait-elle le courage de les accueillir à titre provisoire sous son toit, offrant ainsi à James la stabilité réclamée par le juge ?

Si elle faisait cela, elle pourrait dire adieu à sa résolution de garder ses distances avec lui.

James avait raison, ce n'était pas son problème…

Cependant, l'image du petit visage anxieux et effrayé de Tyler vint flotter devant ses yeux. Un Tyler qui serait obligé de retourner dans un foyer où il était indésirable, peut-être maltraité…

Cette pensée lui fit rebrousser chemin.

— James, dit-elle en entrant dans la chambre où Tyler dormait toujours. J'ai réfléchi… Ce n'est pas raisonnable de continuer à vivre avec Tyler à l'hôtel. Il a besoin d'un endroit où il se sente en sécurité, où il puisse mener une vie normale. Un endroit qui offrirait toutes les garanties de stabilité au juge des familles chargé de statuer sur ta demande. Etant donné que tu ne trouveras rien qui convienne pour l'heure, je te propose de venir chez moi. Ma maison n'est pas grande, mais il y a une chambre d'amis et un jardin clos où Tyler pourra jouer en toute sécurité. Derrière, il y a une butte, idéale pour faire de la luge…

L'air incrédule, James la regardait sans mot dire.

Sans doute n'en revenait-il pas de ce revirement spectaculaire. Un jour, elle lui adressait à peine la parole ; le lendemain, elle proposait de l'héberger…

— Bien sûr, ce ne sera que pour une ou deux semaines, poursuivit-elle. Cette cohabitation ne résoudra sans doute pas tes problèmes avec Tyler, mais elle te servira d'argument auprès du juge pour étayer ta demande. On gardera Tyler à tour de rôle, de sorte que tu n'auras pas à t'inquiéter de chercher une nourrice. Mes horaires sont très souples, du moins pour le moment, et je n'aurai aucun mal à me libérer pour m'occuper de lui quand tu seras à l'hôpital.

James se leva du chevet du lit pour l'entraîner au fond de la pièce.

— Pourquoi fais-tu cela ?

Il parlait à voix basse de crainte de réveiller le petit garçon.

— Tu voulais à peine me parler, l'autre jour, et maintenant tu nous offres l'hospitalité. Pourquoi ?

Parce que Tyler était seul et perdu, et qu'elle était passée par là.

Parce que James se trouvait dans une impasse — cela aussi, elle connaissait.

Enfin, et surtout, parce que Tyler était le frère de ce petit être dont elle pleurerait la perte jusqu'à la fin de ses jours.

— Ne me pose pas de questions personnelles, je te prie. Cette proposition ne signifie aucunement que j'ai l'intention de revivre avec toi. Nous partagerons le même toit, c'est tout. Tyler prendra la chambre d'amis, tu coucheras sur le canapé du salon, et j'espère que vous respecterez tous les deux mon espace.

James regarda Tyler avant de se tourner de nouveau vers Fallon.

— Tout le monde dit qu'il me ressemble. Le penses-tu aussi ?

Oh oui ! La preuve, elle était en train de s'attacher au fils, de lui donner son cœur, comme elle l'avait fait naguère avec le père. Et du fils au père, il n'y avait qu'un pas. Le danger de s'attacher de nouveau à James la guettait.

Toutefois, il ne s'agissait pas d'elle ni de James.

Il s'agissait de sauver Tyler. Tant qu'elle garderait cela à l'esprit, tout irait bien.

— Il a un air de famille, c'est vrai.

S'il avait vécu, son fils aurait-il également ressemblé à James ?

5

— Mais qu'est-ce qui m'a pris ? marmonna Fallon.

Elle n'avait cessé de se le demander toute la journée. Comment avait-elle pu inviter James et son fils à loger sous son toit ?

Après tant de mois passés à se battre pour recouvrer son autonomie, elle avait hypothéqué tous ses efforts en faisant cette proposition. Ils vivraient chacun de leur côté, tentait-elle de se convaincre, mais ne se mentait-elle pas en croyant pouvoir mener sa vie sans s'impliquer dans la leur ?

En fait, elle était déjà impliquée, de par son attachement grandissant envers Tyler. Un attachement qui n'avait pas lieu d'être, puisqu'il n'était pas son fils. Il ne remplacerait jamais son fils ; elle le savait sans toutefois pouvoir s'empêcher d'éprouver des sentiments maternels à son égard. Tout comme elle savait que cela l'exposait à d'amères désillusions, puisque James et elle n'avaient aucun avenir commun.

Il ne faut rien regretter, se raisonna-t-elle. *Tu as fait une bonne action.*

Quiconque doté d'un cœur et d'un minimum de sensibilité aurait agi de même.

Une bonne action, oui.

Et ils ne resteraient pas longtemps…

La tête lourde, le corps parcouru de frissons glacés, elle se le répéta en préparant le lit de Tyler puis en vidant un côté de la penderie afin que James puisse y ranger ses affaires.

Rien ne l'obligeait à avoir des contacts physiques avec ce dernier. Paradoxalement, ce serait le défi le plus difficile à relever car elle avait beau enfouir sa tête dans le sable, elle savait au fond d'elle-même qu'elle se languissait toujours de ses baisers et de ses caresses. A vrai dire, elle mourait d'envie qu'il la touche, l'enlace, aille plus loin…

Ce n'est qu'une bonne action.

Il fallait qu'elle garde la tête froide. Cette aide qu'elle lui apportait effacerait peut-être une partie de sa culpabilité. A moins qu'elle ne la renforce ?

Un regard de James suffisait à la mettre en émoi, à ébranler sa résolution de garder ses distances, à lui faire oublier la bataille qu'elle menait pour étouffer définitivement en elle tout espoir de réconciliation. Elle devait concentrer tous ses efforts sur cette bataille. Se persuader qu'elle allait gagner. Après tout, elle le faisait pour James.

— Bonne action, répéta-t-elle tel un mantra en entrant dans la cuisine pour se préparer une tasse de thé. Si je ne laisse pas mes émotions prendre le dessus, tout ira bien.

Car elle n'avait jamais cessé d'aimer James et se souciait vraiment du sort de Tyler. Mais il n'y avait plus de place désormais pour le rêve qu'elle avait longtemps nourri, celui d'un mari, d'une famille…

Elle récitait son mantra pour la énième fois quand le carillon de la porte d'entrée retentit. En synchronie parfaite avec la sonnerie de son portable.

— Allô ? dit-elle tout en dirigeant vers le vestibule.

— C'est moi, James. Je te téléphone afin que tu n'aies pas peur d'ouvrir. Je suis sur ton perron avec armes et bagages.

Il emménageait ce soir ? La chose qu'elle espérait et redoutait à la fois était en train de se produire ! Soudain, elle sentit son courage — du moins ce qu'il lui en restait — la déserter.

— Pourquoi maintenant ? demanda-t-elle d'une voix tremblante en ouvrant.

— Pourquoi pas maintenant ?

— Parce que je pensais que tu viendrais avec Tyler à sa sortie d'hôpital.

— Ce soir me semblait un bon moment pour emménager, vu que je ne suis pas d'astreinte. Mais si je dérange, je peux…

— Dormir dans ta voiture devant ma maison ?

— Ou camper à l'hôpital, dans l'une des chambres réservées aux médecins, jusqu'à ce que tu sois prête à nous accueillir.

Le reproche était adouci par un sourire malicieux qui eut raison de la résistance de Fallon.

— Tu n'en auras pas besoin. Entre et installe-toi.

— Le temps de vider le coffre et j'arrive.

Il revint quelques secondes plus tard avec deux valises et un gros sac en bandoulière.

— Et voilà toutes mes possessions : des vêtements et des publications médicales. Le reste est dans mon appartement de Salt Lake City.

— Et les affaires de Tyler ?

James secoua la tête.

— Shelly ne m'a rien laissé. Je lui ai acheté quelques pantalons et pulls, mais je n'ai guère eu le loisir de faire du shopping. Tyler ne s'est pas montré très coopératif lors de notre seule et unique expédition au magasin. Il a vite manifesté sa présence un peu bruyamment, dirons-nous, et nous avons été priés de quitter les lieux séance tenante. J'ai juste eu le temps de saisir au vol quelques vêtements et de passer à la caisse.

— Je veux bien l'emmener faire des courses, s'il consent à m'accompagner. Et si tu es d'accord.

— Non seulement d'accord, mais reconnaissant !

Et voilà ! songea Fallon. Il n'avait fallu qu'une minute pour que sa résolution de garder ses distances s'envole. Cela dit, elle s'engageait auprès de Tyler, pas de James.

C'était pour Tyler.

Fallon recula pour permettre à James de déposer ses bagages dans le vestibule.

— Tu n'as qu'à t'installer dans la chambre d'amis pour le

moment. C'est la porte au fond du couloir. La salle de bains est… tu sais où elle se trouve. Dès que Tyler sera là, tu prendras le canapé du salon. Ma chambre est à l'étage, tu n'auras aucune raison d'y monter. Mon bureau, par contre, est au rez-de-chaussée, derrière l'escalier. Durant votre séjour sous mon toit, il t'incombera de veiller à ce que Tyler n'y entre pas.

Elle s'était exprimée comme une logeuse acariâtre, à dessein. C'était un discours qu'elle avait répété à voix haute en essayant de prendre son ton le plus rébarbatif, et le résultat lui semblait à la hauteur de ses efforts. Tant mieux, cela montrait qu'il subsistait quelque chose de sa détermination.

— Dois-je installer une barrière de sécurité devant l'escalier ? ironisa James. Et une autre devant la porte de ta chambre ?

Zut ! S'il plaisantait, c'est qu'elle n'avait pas été aussi revêche qu'elle le souhaitait. Le pire, c'est quand il se mit à rire, d'un rire si contagieux qu'il gagna Fallon.

— A la bonne heure ! s'exclama-t-il. Je vois que tu n'as pas complètement perdu le sens de l'humour. Tu es tellement jolie quand tu ris.

— La flatterie ne te mènera nulle part, James. Surtout pas à l'étage. Je te le précise au cas où tu te ferais des idées.

— Avertissement inutile. Sache que je ne mettrai pas un pied sur ces marches sans ton invitation. Tu as ma parole.

— Merci, murmura-t-elle.

— Cette situation ne me convient guère, et tu le sais.

Il glissa les doigts sous le menton de Fallon pour l'obliger à le regarder.

— Je t'aime, Fallon. Et il ne me sera pas facile de vivre chez toi tout en sachant que tu ne veux plus de moi dans ton lit. Mais je respecterai tes désirs. Et tes interdictions. Même si elles me déplaisent.

— Je n'en espérais pas moins de toi.

Elle luttait pour refouler ses larmes. Il était si bon, si chevaleresque… A force d'être repoussé, il finirait par se lasser et peut-être se rendrait-il compte un jour qu'il ne voulait plus d'elle. Pour l'heure, il se comportait en parfait gentleman.

Si elle voulait qu'il reparte au plus vite, elle devait se montrer cassante, glaciale, en un mot odieuse. Sans cela, elle ne donnait pas cher de sa résistance. Tôt ou tard, fatalement, elle céderait à son attirance envers lui et, dans la foulée, elle lui révélerait son secret.

Ce qui anéantirait James.

— Une tasse de thé ? lui proposa-t-elle de son air le plus désinvolte. J'allais m'en faire une.

— Es-tu sûre de pouvoir supporter ma présence ? demanda-t-il, l'air grave. Je sais que tu as proposé de nous héberger par gentillesse car tu es ainsi, charitable, toujours prête à tendre la main à ton prochain. Mais veux-tu vraiment de *moi* sous ton toit ?

— Je n'avais pas la réponse à cette question quand je t'ai invité à t'installer ici avec ton fils, et je ne l'ai toujours pas. Mais je ne reviendrai pas sur ma parole. Une chambre d'hôtel n'est pas un endroit pour un petit garçon, et…

— Alors, c'est pour Tyler que tu le fais ?

Malgré les efforts de neutralité de James, Fallon perçut une note d'espoir dans sa voix. Il fallait l'éteindre au plus vite.

— *Uniquement* pour Tyler. L'abandon, je connais. J'étais une enfant non désirée… Ma mère me « larguait » chez des voisins ou des amis pendant des jours, des semaines, jusqu'à ce que leur compassion s'épuise et qu'ils me ramènent. Crois-moi, je sais ce que c'est d'avoir besoin de stabilité, surtout en cette période de Noël.

— Je suis désolé, Fallon, dit-il en tendant la main pour lui caresser la joue. Tu ne m'en avais jamais parlé, tu aurais dû.

Il y avait tant de choses qu'elle ne lui avait pas dites !

— N'essaie pas de m'entraîner sur ce terrain-là, James. Je… je ne m'en sens pas la force.

Elle fut un instant tentée de lui céder la maison pour aller vivre dans la chambre d'hôtel qu'il venait de quitter. Le four à micro-ondes et le réfrigérateur suffiraient à ses besoins et, surtout, elle échapperait à cette cohabitation qui s'annonçait à hauts risques. Toute fuite lui était cependant interdite car James avait besoin d'aide avec Tyler, besoin de quelqu'un à demeure pour veiller sur l'enfant quand il serait à l'hôpital.

— Je vais monter dans ma chambre avec ma tasse de thé. Sers-toi de la cuisine, ouvre les placards, explore, fais comme chez toi. Et si tu ne parviens pas à trouver l'ouvre-boîtes ou le café, appelle-moi au secours.

Cette fois, c'était elle qui essayait de le dérider. Sans succès.

— Je ne regrette pas de t'avoir touchée, Fallon. A partir de maintenant, je me plierai aux règles comme promis, mais la situation me désole.

— Tu ne vas pas me faciliter la tâche, n'est-ce pas ?

— Mon intention n'est pas de te la compliquer. Pour moi aussi, c'est difficile, plus que tu ne peux l'imaginer. Chaque fois que tu me repousses, ça me tue…

Elle leva la main pour l'arrêter.

— Inutile de poursuivre. Je ne veux rien savoir.

Au fond d'elle-même, Fallon savait déjà. James ne pouvait par contre se douter que chaque fois qu'elle le repoussait, un petit morceau de son cœur se brisait. Elle était en train de se détruire, lentement, à petit feu, dans une souffrance sans fin.

Ses blessures ne cicatriseraient jamais, et il n'était pas question de les montrer à James car il profiterait de sa faiblesse pour s'insinuer dans son cœur.

Allongé sur le divan du salon, James fixait le plafond. Le lit de Fallon se trouvait-il au-dessus de lui ? Il l'imagina en train de dormir, roulée en boule comme lors de leur première nuit ensemble où il était resté des heures à l'observer. A un moment, il avait été tenté de la réveiller pour voir si elle se blottirait contre lui, mais n'avait pas osé la déranger dans son sommeil.

Lors de leur deuxième nuit, elle s'était endormie dans

ses bras et il s'était promis de passer toutes ses nuits ainsi jusqu'à la fin de ses jours. Il ne désespérait pas d'y arriver, à condition de trouver une solution pour abattre le mur que Fallon s'évertuait à dresser entre eux.

La recherche de la solution allait devoir attendre, car son portable se mit à sonner. C'était Neil Ranard qui l'avertissait qu'un incendie s'était déclaré à l'hôtel des Trois-Sœurs et que tout le personnel médical de la vallée était réquisitionné. Le feu avait pris dans la cuisine avant de s'étendre au bâtiment.

— Fallon ! cria James en se levant d'un bond. Une urgence ! Neil a besoin de nous !

En un éclair, elle descendit, vêtue d'une robe d'intérieur.

James lui expliqua la situation.

— Neil veut que tu secondes tes collègues au poste de triage des urgences. Moi aussi, j'y serai.

Elle ne protesta pas.

— Laisse-moi deux minutes pour me changer, dit-elle en remontant rapidement l'escalier.

James entendit ses pas résonner sur les lattes du parquet. Fallon O'Gara s'apprêtait à faire son métier d'infirmière sans se poser de questions, ce qui était plutôt rassurant pour la suite. Cela montrait qu'elle ne se dérobait pas quand on sollicitait son aide.

Le seul qu'elle fuyait, c'était lui.

6

Un quart d'heure après l'appel du Dr Ranard, James et Fallon franchirent la porte des urgences pour se mêler à la foule des volontaires, aussi nombreux que le personnel médical qui vaquait dans les box. Fallon reconnut les visages familiers des habitants de la vallée qui répondaient toujours présent quand l'un des leurs se trouvait dans la peine.

Massés dans le hall, ils attendaient ses instructions.

— De combien de médecins disposons-nous ? demanda-t-elle à Emoline Putters qui était descendue prêter main-forte à l'accueil des urgences.

— Deux. Le Dr Galbraith, et le Dr Gabby Ranard que nous attendons d'un instant à l'autre. Etant donné son état, elle ne restera que quelques heures, le temps de prendre en charge les blessés les plus graves. Des renforts devraient toutefois arriver en la personne de Walt Graham et de Henry Gunther.

Ils étaient respectivement obstétricien à la retraite et médecin anesthésiste en préretraite.

— Et Eric ?

Infirmière de la vieille école, Emoline secoua son austère chignon poivre et sel.

— Le Dr Ramsey est sur le site avec le Dr Neil Ranard. C'est la première fois depuis des années qu'il reprend du service en tant que secouriste. Le Dr McGinnis est avec eux. Le seul que je n'ai pu joindre pour l'heure est le Dr Stafford — il ne répond pas à son portable.

Bien qu'elle travaillât avec ces médecins depuis des années, et pour certains depuis des décennies, Emoline ne les désignait jamais par leur prénom.

Fallon se tourna vers James.

— As-tu déjà soigné des grands brûlés ?

C'était une spécialité qui exigeait des qualités particulières, notamment un cœur bien accroché, de la patience et une dose d'énergie hors du commun. De l'avis de Fallon, les brûlures au troisième degré étaient plus difficiles à soigner que toutes les pathologies réunies. Jadis, quand elle était en charge du triage, elle n'affectait jamais les médecins débutants à cette tâche. Même certains consultants chevronnés préféraient en être exemptés, sauf s'il n'était vraiment pas possible de faire autrement.

— A Salt Lake City, j'ai fait un stage dans le service pédiatrique de l'unité des grands brûlés, répondit James. Ça ne fait pas de moi un spécialiste, loin de là, mais j'en sais suffisamment pour évaluer leur état et les stabiliser avant leur transfert par hélicoptère.

— Nous n'avons pas de chambre stérile pour les accueillir, mais la salle 5 me paraît la plus indiquée.

Elle fit signe à l'un des volontaires de s'approcher. Il s'agissait de Dave Ellis, dentiste de son état.

— Dave, aidez le Dr Galbraith à préparer la salle pour l'arrivée des blessés. Ensuite, vous l'assisterez. Il vous indiquera ce qu'il faut faire. Votre aide lui sera précieuse, ne serait-ce que pour le débit des perfusions à régler et les poches de sang à aller chercher.

Catie, la restauratrice, fut également mise à contribution. Chacun des volontaires reçut une assignation bien précise.

— Qui sont tous ces gens ? murmura James à Fallon.

— Des civils qui n'ont pas vocation à intervenir sur le terrain. Je les ai toutefois formés pour aider aux urgences —

en cas d'afflux de patients dû à une catastrophe majeure tels un incendie ou une avalanche. Ils peuvent servir de brancardiers, d'assistants pour des tâches qui ne requièrent aucune compétence ou tout simplement porter des messages ou faire des courses pour le personnel. Le cas de Dave est à part, vu qu'il est dentiste et possède une formation médicale poussée. Il serait capable d'opérer si nous étions à court de chirurgiens.

— Incroyable…

James promena son regard sur la foule sans cesse croissante des volontaires. Une quinzaine de personnes étaient venues s'y ajouter depuis leur arrivée.

— C'est vrai, ils sont incroyables, dit-elle avec de la fierté dans la voix.

— S'ils sont ici, c'est grâce à toi.

— Pas du tout. Ils répondent présent parce qu'ils veulent aider. Ça n'a rien à voir avec moi.

— Tu me permettras d'en douter. Regarde la manière dont ils te regardent, attendent la bonne parole…

— Ne te moque pas d'eux, je te prie. Ce sont mes amis.

Ils étaient contents de la revoir, et Fallon se réjouissait d'être parmi eux. C'était presque un retour à la normalité.

— Franchement, je me sens un peu nerveuse. Cela fait longtemps que je n'ai pas pratiqué, et j'aurai peut-être du mal à tenir le rythme.

— Le médecin régulateur nous annonce l'arrivée de trois patients dans dix minutes ! cria Emoline. Ils souffrent d'intoxication par inhalation de fumée. Un en état critique, deux stables.

— Tout va bien se passer, dit James, ses lèvres frôlant l'oreille de Fallon. C'est comme faire du vélo, ça ne s'oublie pas.

— Merci de me faire confiance.

— Je te connais. Et je sais que tu n'auras pas besoin de m'appeler au secours.

Il la surestimait, songea Fallon sans répondre.

Un vaillant sourire aux lèvres, elle se tourna vers ses troupes.

— Deux personnes se placeront à la porte pour servir d'agents de la circulation et disperser les attroupements. Quand les ambulances arriveront, chaque seconde comptera…

D'autres instructions suivirent et tous se dispersèrent pour prendre leur poste. Dix minutes plus tard, les urgences étaient prêtes à accueillir les rescapés de l'incendie.

Les premiers blessés furent pris en charge par James et ses internes.

Fallon guettait l'arrivée de Gabby Ranard qui devait servir de coordinatrice pour l'opération quand son amie Edith Weston franchit le seuil d'un pas chancelant.

— Je ne me sentais pas bien. Alors, j'ai préféré prendre un taxi…

Sa voix faiblit et Fallon eut tout juste le temps de se précipiter pour prendre la vieille dame dans ses bras avant qu'elle ne s'écroule.

L'un des volontaires amena un fauteuil roulant dans lequel il installa l'octogénaire. Fallon examina celle-ci. La réaction des pupilles au stylo torche était normale, mais le pouls faible.

— Edith, que s'est-il passé ?

— Je ne sais pas, mon petit. J'ai eu comme une absence, peut-être un léger accident vasculaire… En voyant la fumée et les flammes, j'ai paniqué. Je me suis mise à rassembler mes albums photo, je me dépêchais, c'est la dernière chose dont je me souvienne…

Edith louait une chambre à l'année dans l'une des ailes de l'hôtel. Elle était la doyenne des pensionnaires de l'établissement.

— On va bien s'occuper de vous. Pouvez-vous me dire si vous avez mal quelque part ?

La vieille dame secoua la tête.

— Pardon de vous déranger alors que vous êtes tellement occupée…

Fallon lui tapota la main.

— Ne dites pas de sottises. Oubliez-vous que nous sommes amies ?

— Tout de même, je tombe on ne peut plus mal, dit Edith en saisissant la main de Fallon. Mais mon chez-moi est en train de brûler avec mes meubles, mes vêtements, toutes mes affaires. Alors, que je sois ici ou ailleurs…

Edith montrait du courage dans l'adversité, un courage qui avait manqué à Fallon au moment critique de sa vie. Maintenant, il était trop tard pour y remédier.

— Avez-vous pu sauver vos albums photo ?

— J'ai eu le temps de jeter la plupart d'entre eux dans un cabas, du moins ceux qui me tiennent le plus à cœur. L'un des pompiers a pris le sac et a promis de me l'apporter à l'hôpital. Ce sera la seule relique de mes souvenirs.

— Je veillerai à ce qu'ils vous parviennent, Edith. Et si vous avez besoin de quoi que ce soit, n'hésitez pas à me le dire.

Edith représentait la grand-mère qu'elle n'avait jamais eue, celle qui lui faisait des gâteaux pour ses anniversaires et l'écoutait quand cela n'allait pas.

Lorsque le monde de Fallon s'était écroulé après l'accident, Edith avait été là pour la soutenir et lui avait rendu visite au centre de rééducation.

Fallon n'avait voulu personne à son chevet tandis qu'elle luttait pour survivre puis pour garder son bébé, pas même Gabby et Dinah. Elle avait fait une exception pour Edith qui avait connu son lot d'épreuves durant son existence et qui, sans se perdre en paroles inutiles, savait vous réconforter d'un regard plein de compassion ou d'une simple pression de sa main sur votre épaule durant les heures noires.

Gabby ou Dinah auraient pleuré ou arboré des mines de circonstance, ce qui n'aurait fait qu'aggraver le désespoir de Fallon, alors qu'Edith avait su l'aider par son attitude digne.

— Dans l'immédiat, on va vous conduire dans une chambre où vous pourrez vous reposer. Un médecin viendra vous examiner dès que possible.

L'octogénaire chercha le regard de Fallon. L'une et l'autre n'avaient rien à se cacher.

— Je m'inquiète pour vous, mon petit. Quand j'ai su qu'*il* était ici… Lui avez-vous dit ce qu'il a le droit de savoir ?

— Pour le faire souffrir ?

— La souffrance fait partie de la vie. Elle nous endurcit et, lorsqu'elle est partagée avec ceux que nous aimons, elle sert à nous rendre meilleurs.

— J'ai fait de mauvais choix, Edith, vous le savez. A l'époque, vous m'aviez pourtant mise en garde. Malheureusement, je ne vous ai pas écoutée.

— Il n'est jamais trop tard pour rectifier ses erreurs. Jamais.

Debout au bout du couloir, James observait les deux femmes. Il était trop loin pour entendre ce qu'elles se disaient, mais voyait les gestes de Fallon empreints de sollicitude et d'affection pour la vieille dame assise dans le fauteuil roulant.

Il serra les poings. Demain, quand la situation d'urgence serait résorbée, Fallon redeviendrait distante, glaciale, du moins en sa présence. C'était tellement dommage !

Comment l'amener à de meilleures dispositions à son égard ? Puisque les paroles avaient échoué, il fallait des actes, pour lui prouver sa sincérité.

Tandis que d'autres médecins et infirmiers arrivaient pour transformer les urgences en une véritable ruche fonctionnant à plein régime et que Fallon, à l'aise, dirigeait tout son monde, James sut qu'il ne pourrait renoncer à elle. Il devait trouver un moyen de la reconquérir et aussi de la ramener ici, dans cet hôpital où était sa place.

Le problème, c'est qu'elle avait changé. Il ne la comprenait plus, et elle refusait de lui livrer le mode d'emploi de la nouvelle Fallon.

Parviendraient-ils un jour à se retrouver ?

7

Quand les premiers blessés furent stabilisés et hors de danger, James s'accorda quelques minutes pour monter en pédiatrie. Il était impatient de prendre des nouvelles de son fils.

— Tyler, dit-il en entrant dans la chambre. Te sens-tu mieux ?

Le garçonnet était assis en tailleur au milieu du lit, une console vidéo à la main, les yeux fixés sur l'écran de la télévision.

Manifestement fasciné par le jeu, il ne tourna pas la tête vers James lorsqu'il approcha.

James commençait à en avoir l'habitude.

— Ça a l'air amusant, remarqua-t-il en regardant l'écran où une foule de petits animaux de toutes les couleurs entraient et sortaient de trous dans le sol. Euh… es-tu en train de gagner ?

Alors qu'il savait parfaitement trouver les mots avec les enfants des autres, il se montrait d'une maladresse terrible avec le sien.

Tyler répondit par un regard noir que James interpréta comme un reproche.

« Quelle question idiote ! semblait dire le garçonnet. Bien sûr, je gagne ! »

— Je n'ai jamais joué sur ce genre de console. J'aimerais bien essayer…

— J'ai pas envie de jouer avec toi.

Afin que le message soit reçu cinq sur cinq, Tyler s'éloigna au bout du lit, le plus loin possible de James.

S'efforçant de cacher sa déception, celui-ci s'assit dans le fauteuil et allongea les jambes.

— Pourquoi ne me montres-tu pas comment jouer ? s'enquit-il, l'air désinvolte. Un jour, j'en aurai peut-être l'occasion et je ne saurai pas… Explique-moi où ces animaux doivent aller.

Il n'avait pas vraiment le temps de disputer une partie, mais il ne pouvait se résoudre à rester une fois de plus sur un échec.

L'air méfiant, Tyler se tourna vers lui.

Miracle, il ne refusait pas !

— Les lapins rouges doivent aller dans les terriers avec leurs mamans, c'est là qu'ils vivent. Les écureuils verts dans les arbres où les attendent leurs mamans, et les oursons dans la caverne où ils seront bien au chaud et en sécurité contre leurs mères. S'ils ne sont pas rentrés avant que la lune se lève, ils devront rester dehors. Mais si tu arrives à les faire rentrer tous au bercail, ce n'est pas gagné pour autant parce que la lune sortira plus vite la prochaine fois et que les terriers et les nids changeront de place. Ça complique la partie.

— Y a-t-il du danger s'ils passent la nuit dehors ?

— Bien sûr. Ils auront froid et faim. Et peur.

James l'avait pressenti, mais il venait d'en avoir la confirmation. A cinq ans, Tyler était un petit garçon intelligent qui savait parfaitement s'exprimer et comprendre sa situation. Le diagnostic d'autisme pouvait être écarté définitivement.

Sous prétexte d'expliquer le jeu, Tyler livrait pour la première fois un peu de lui-même, et James décida de pousser son avantage.

— Les mamans seront-elles inquiètes, si les petits ne rentrent pas ?

Un éclair de douleur traversa le regard de Tyler.

— Les mamans en ont rien à faire. Elles ont d'autres enfants… d'autres bébés lapins, écureuils et oursons qui leur prennent tout leur temps.

Son visage se referma, comme s'il regrettait d'avoir parlé.

— N'empêche qu'elles vont manquer aux bébés ? insista James.

Sans répondre, Tyler reporta son attention sur le jeu en actionnant les boutons à toute vitesse, tel un possédé.

Une conversation sérieuse s'imposait, et très vite, songea James. Tyler avait le droit de savoir.

— Il faut que je retourne travailler. Tu connais mon métier, n'est-ce pas ?

Tyler haussa les épaules.

— Je suis médecin, je soigne les gens malades.

— Je suis malade ? demanda le garçonnet, le regard fixé sur l'écran bien qu'il ait momentanément arrêté de jouer. C'est pour ça que maman me laisse toujours avec toi ?

— Non. Tu n'es pas malade. A part ces petites blessures, tu es en bonne santé. Te souviens-tu de la conversation que nous avons eue lors de ton dernier séjour chez moi à Salt Lake City ? Je t'ai dit que j'étais ton papa…

— Donnie aussi était mon papa. Mais il veut plus l'être. Je préfère les médecins aux papas !

James le prit comme un compliment et résista à l'envie de lui annoncer qu'il avait l'intention de réclamer sa garde définitive.

Il préférait ne pas s'avancer, au cas où le juge refuserait encore. Shelly reprendrait alors Tyler, une fois de plus, et le petit garçon se sentirait trahi par James, un autre adulte qui ne tenait pas sa parole…

— Ecoute, il faut que je redescende aux urgences. Je reviendrai dès que possible. En attendant, voilà mon numéro de portable…

Il l'inscrivit sur un bout de papier qu'il tendit à Tyler.

— Si tu as besoin de me parler, appelle-moi. Tu sais utiliser un téléphone, n'est-ce pas ?

Sans répondre, l'enfant prit le papier et le glissa sous son oreiller avant de s'absorber dans le jeu en faisant totalement abstraction de James.

A son retour aux urgences, James prit en charge plusieurs accidentés souffrant de brûlures aux deuxième et troisième degrés tandis que Gabby se chargeait des cas d'intoxication par inhalation de fumée.

— Tout va bien ? s'enquit Fallon en passant la tête dans la salle 5.

James était en train de soigner un patient qui ne se montrait guère coopératif — il avait fallu des trésors de patience pour lui faire accepter la pose du cathéter et, maintenant, il fallait de nouveau batailler pour l'empêcher de s'agiter et d'écarter le masque à oxygène.

A l'autre bout de la salle, Dave Ellis s'occupait des blessés légers tandis que Catie, la volontaire, s'affairait entre les deux médecins en leur apportant seringues, poches de sérum et compresses.

Fallon se précipita au chevet du patient réfractaire qui se calma dès qu'il la vit. Elle tira la potence de perfusion près du lit.

— Du calme, monsieur Chambers. Vous souffrez de brûlures graves, mais l'analgésique que le Dr Galbraith va vous injecter devrait vous soulager.

— Je vais avoir besoin de greffes, n'est-ce pas ? parvint à articuler l'homme.

— Oui. Par chance, la zone touchée se limite principalement au thorax et à l'épaule gauche. Nous allons vous transférer dans le service spécialisé de Salt Lake City qui est l'un des meilleurs du pays. Vous serez en de bonnes mains.

— Merci, dit l'homme, au bord des larmes.

Fallon jeta un coup d'œil à James qui appliquait du tulle gras sur la peau brûlée.

— M. Chambers est le concierge de l'hôtel. Sa petite-fille veut devenir infirmière.

— Comme Mlle O'Gara, reprit le patient. Elle a aidé Molly à remplir son dossier pour l'école d'infirmières ; elle lui a permis de travailler à mi-temps à l'hôpital et lui a même rédigé une lettre de recommandation.

— Parce qu'elle le méritait. Je repasserai vous voir avant votre transfert. Si tout va bien et si vous n'avez pas besoin de moi, ajouta-t-elle en s'adressant aux médecins, je vais aller voir Edith.

— Dave et moi, on contrôle la situation, répondit James. Vas-y.

Fallon s'éloignait dans le couloir quand James la rattrapa et lui prit le bras.

— Est-ce que tu vas bien ? Tu n'as pas arrêté d'aller de l'un à l'autre depuis des heures.

— Ça fait partie de mon travail.

— Peut-être, mais la nuit promet d'être longue, et tu n'as plus l'habitude d'un rythme aussi effréné.

— Tu crois que je ne tiendrai pas le coup ?

— Oh si, même si tu dois serrer les dents. Justement, ça m'inquiète…

— Je ne suis pas ta femme ni ta fille, dit-elle en se dégageant. Alors, cesse de t'inquiéter.

— Facile à dire, Fallon. Hier, tu te serais fait couper le bras plutôt que de revenir travailler aux urgences. Ce soir, tu t'y démènes en veillant sur tous, malades, médecins, volontaires. On se repose tous sur Fallon O'Gara. Et toi, sur qui peux-tu te reposer quand tout s'emballe autour de toi ?

— Sur moi-même et mon expérience. J'apprécie ta sollicitude, James, mais je ne suis pas une novice. J'ai géré des situations de crise avant…

Avant l'entrée en scène de James, l'accident et les bouleversements qu'il avait apportés à sa vie…

— Avant de me connaître ? demanda-t-il comme s'il lisait dans ses pensées.

— Oui, répliqua-t-elle avec du défi dans la voix. C'est mon métier, c'est ce que je suis.

Plutôt ce qu'elle avait été, et qu'elle voulait redevenir. Pour le moment, elle essayait de donner le change, de se glisser au mieux dans la peau du personnage, mais un jour, peut-être…

— Non, ce n'est pas ce que tu es, Fallon. Ta personnalité ne se résume pas à cela ; tu as des qualités que tu ne soupçonnes même pas…

— Le moment me paraît mal choisi pour une telle conversation. Dès que tu seras prêt à faire transférer M. Chambers au centre des grands brûlés, Emoline appellera l'hélicoptère. Maintenant, tu…

— Inutile de trop en faire, Fallon. Je voulais juste te dire que si tu as besoin d'aide, je suis là. N'hésite pas à me demander.

Demander… La dernière chose à faire, si elle voulait garder ses distances avec James.

Fallon profita d'une accalmie pour monter voir Tyler.

A son jeune âge, le petit garçon avait déjà fait l'expérience de l'injustice de la vie, et cela ne faisait, hélas, que commencer. A moins que James ne l'arrache à Shelly et Donnie… James pourrait être un merveilleux père. Il l'*était*, en fait, et il méritait de connaître la joie d'élever un enfant.

— Tout va bien ? s'enquit-elle depuis le seuil.

Assis au milieu du lit à jouer à un jeu vidéo, Tyler ne tourna pas la tête dans sa direction.

— Oui.

— Tu gagnes ?

Tyler haussa les épaules.

— Nous sommes très occupés, aux urgences. Dès que le calme sera revenu, je reviendrai passer un peu de temps auprès de toi.

Le silence lui répondit.

— Pourquoi ? entendit-elle comme elle s'apprêtait à sortir.

— Pourquoi quoi ?

— Pourquoi êtes-vous si occupés ?

— Il y a eu un incendie à l'hôtel de la montagne et nous soignons les blessés.

— C'est pas moi ! s'écria soudain le garçonnet en laissant

tomber la console de jeu pour aller se réfugier sous les couvertures. C'est pas moi qui ai mis le feu !

Le portable de Fallon choisit cet instant pour sonner. Le numéro d'appel était celui des urgences.

— Allô ?

— Revenez au plus vite, dit Emoline Putters. Il y a un nouvel afflux de patients. Le toit de l'hôtel s'est écroulé sur quatre pompiers et trois employés ; les sauveteurs ont pu les dégager et les ambulances nous les amènent dans environ dix minutes.

— J'arrive.

Dommage qu'elle ne puisse rester auprès du petit garçon pour le réconforter ! Il s'était blotti sous les couvertures d'où n'émergeait que le sommet de sa tête.

— Je sais que tu n'y es pour rien, Tyler. Le feu a pris dans leur cuisine et s'est propagé au bâtiment. Quelqu'un avait oublié une casserole sur un fourneau ; il s'agit d'un accident.

— C'est vrai ? murmura-t-il, la voix étouffée par les draps.

— Vrai de vrai. Et personne ne te soupçonne de quoi que ce soit.

— C'est pas comme Donnie, mon premier papa. Il me croit coupable. C'est pour ça qu'il ne veut plus de moi.

— Coupable de quoi, Tyler ? As-tu mis le feu chez toi ?

— Donnie dit que c'est moi, mais c'est pas vrai. J'ai rien fait.

— Quelle sorte de feu ?

— Le fauteuil où il dormait a brûlé.

— Pourquoi Donnie t'en croirait-il responsable ?

— Parce que j'étais censé la récupérer.

— Récupérer quoi, Tyler ?

— Sa cigarette.

La colère fit monter le sang aux joues de Fallon.

— Il s'endormait en fumant et comptait sur toi pour prendre sa cigarette et l'éteindre ?

— Oui.

Le portable sonna de nouveau. Un coup d'œil à l'écran lui indiqua que c'était Emoline qui s'impatientait sans doute.

Fallon aurait voulu rassurer Tyler, lui dire que ce n'était pas sa faute si le fauteuil de Donnie avait pris feu et que son beau-père n'aurait jamais dû se conduire ainsi. Mais il ne lui appartenait pas de prononcer ces paroles, car elle n'était pas la mère de Tyler.

C'était à James de défendre son fils, pas à elle.

— A tout à l'heure, Tyler. Peut-être me montreras-tu comment jouer ?

Il pointa le bout de son nez hors des couvertures.

— Je te battrai à plate couture.

Elle sourit.

— Il y a des chances.

En redescendant aux urgences, elle songea aux mille et une manières dont elle aimerait étrangler ce Donnie. Un châtiment bien trop doux pour un tel individu.

— Hum. Tu as ta mine des mauvais jours, observa James.

Il était en train de panser les bras du cuisinier qui avait essayé d'éteindre le début d'incendie à l'aide de seaux d'eau. Bien mal lui en avait pris, car cela n'avait fait qu'attiser les flammes. Heureusement, ses blessures étaient sans gravité.

— Il y a de quoi, dit-elle en se désinfectant les mains à l'aide d'une lotion bactéricide. J'en ai appris de belles sur Donnie.

— Le mari de Shelly ?

— Et le beau-père de ton fils. Aussi insensé que cela paraisse, Tyler a peur qu'on l'accuse d'avoir allumé l'incendie de l'hôtel…

Elle lui en expliqua la raison.

— Seigneur ! s'exclama James lorsqu'elle eut terminé. Un petit garçon de cinq ans obligé de retirer des mégots allumés de la bouche de son beau-père… Quelle mère digne de ce nom permettrait cela ?

La tête levée vers le plafond, il essayait de dominer ses émotions.

— C'est ni plus ni moins que de la maltraitance, reprit-il. Il faut le retirer à ce couple. Je devrais être en haut, avec lui, pour le rassurer, lui dire que personne ne songera à l'accuser de quoi que ce soit. Mais je le laisse tout seul, tout comme je t'ai laissée seule après l'accident d'avion alors que tu avais tant besoin de moi !

Fallon se raidit.

— Pourquoi ramener ça sur le tapis ? Je t'ai dit que je comprenais. Comme je suis sûre que Tyler comprend en ce moment que ton travail t'empêche d'aller le rejoindre. Dès qu'Eric sera revenu, tu pourras t'accorder une pause.

Eric et Neil arrivèrent sur ces entrefaites, avec malheureusement sept patients dans leur sillage.

— Fallon, j'ai besoin de toi en salle 3 ! cria Eric. Apporte une tente à oxygène et une potence.

Quelques secondes plus tard, ce fut au tour de Neil de la mettre à contribution.

— Fallon, l'appareil de ventilation artificielle en salle 2, s'il te plaît. Vite !

— Fallon, il me faut des compresses stériles et de la bétadine. Ensuite, tu vérifieras les constantes de mon patient en salle 5. Il souffre d'hypertension et le stress de ce soir ne va pas arranger son état. Change la poche de perfusion, tant que tu y es.

Ces dernières consignes provenaient de Gabby.

Les deux heures suivantes furent à l'avenant. Sollicitée de toutes parts, Fallon n'eut pas une minute de répit. Et quand les médecins et les volontaires la laissaient en paix, elle s'occupait des patients en leur prodiguant sourires et mots de réconfort. Elle était formidable, songea James en l'observant. S'il n'avait pas déjà été amoureux d'elle, il le serait devenu en cet instant.

Fallon… Tyler… Comment faire pour qu'ils cessent de le fuir comme un pestiféré ? Comment répondre à leurs attentes ?

— Tu vas pouvoir te rendre au chevet de Tyler, lui indiqua-t-elle en passant près de lui au pas de course. Les brûlés ont tous été stabilisés et transférés au centre spécialisé. Le médecin régulateur nous a fait savoir qu'il n'y a plus de blessés. Profites-en pour monter en pédiatrie.

Il lui prit le bras. A la grande surprise de James, elle ne tenta pas de se dégager et parut presque soulagée de pouvoir s'arrêter un moment.

— Il faut que tu ralentisses.

— Le temps d'une dernière visite aux blessés légers, et je compte bien m'accorder une pause.

— Prends-la maintenant. Tu m'as l'air épuisée.

— Je le suis, mais c'est bientôt fini.

— Et si je te remplaçais au triage pour que tu puisses aller souffler en salle de repos ? Physiquement, tu es à bout, Fallon, ça se voit et ça m'inquiète.

— Merci pour ta sollicitude. Tu avais raison, tout à l'heure. J'ai perdu l'habitude de ce genre de soirées.

— Alors, tu vas enfin m'écouter ?

Elle soupira.

— Oui. Mais juste cette fois. Ne va pas t'imaginer des choses.

— Toujours aussi têtue, dit-il en riant. Au fond, tu n'as pas changé.

— Déterminée, pas têtue.

— Qu'est-ce que je disais !

Il retrouvait l'ancienne Fallon. Cela faisait du bien, même si cela ne devait pas durer.

— Bon, je monte voir Tyler quelques instants. A mon retour, j'espère que tu tiendras ta promesse.

— Je n'ai rien promis. Mais d'accord, ajouta-t-elle devant son air ulcéré. Tu pourras me remplacer, à moins que quelqu'un n'ait besoin de moi.

Personne n'a autant besoin de toi que moi, songea James qui tourna les talons avant de prononcer ces mots.

*
* *

— Un peu reposée ?

James s'approcha de Fallon qui, debout devant le distributeur de boissons, semblait incapable de se décider.

— Oui, grâce à toi. Je rentrerai dès que j'aurai eu ma dose de sucre. Soda citron, orange… Va pour un Coca, dit-elle en insérant sa pièce et en appuyant sur la touche lumineuse correspondante.

— Comment va ton amie Edith ?

— Bien. Elle va séjourner chez sa sœur en Floride pour quelque temps. Le soleil de Fort Lauderdale lui fera le plus grand bien. Figure-toi qu'elle m'a proposé de l'accompagner en qualité d'infirmière personnelle…

Une offre tentante, qu'elle avait pourtant déclinée car elle ne pouvait se résoudre à quitter White Elk. Quelques jours auparavant, elle aurait sauté sur l'occasion. Plus maintenant.

— Logée, nourrie, voyage et frais payés bien sûr, palmiers, plage privée, restaurants quatre étoiles, poursuivit-elle. Le paradis sur terre.

— Et ?

— J'ai refusé. Jessica Walthers, une collègue à la retraite, ira à ma place.

— Le soleil t'aurait fait du bien à toi aussi…

— J'ai un emploi, maintenant, dit-elle en décapsulant la cannette.

— Gabby t'aurait bien accordé deux semaines. D'autant que tu peux parfaitement faire ton travail de coordination sur ordinateur portable, à l'ombre des cocotiers, et commander le matériel de la maternité par le biais d'internet.

— Edith va voyager par avion — un mode de transport auquel j'ai définitivement renoncé.

— Tu n'as qu'à prendre le train et la retrouver sur place.

— Dis-moi plutôt comment va Tyler, dit-elle en changeant délibérément de sujet.

Plutôt mourir que d'admettre qu'elle restait à White Elk à cause de lui. Et de Tyler.

— La dernière fois que je suis montée le voir, reprit-elle, il m'a donné une leçon de jeu vidéo. Il est très calé dans ce domaine. Et il m'a battue à plate couture, sans aucun complexe, en riant de mes erreurs.

— Je ne l'ai jamais vu rire.

— Désolée, James, mon intention n'était pas de…

— Ne t'excuse pas. Je suis content de savoir qu'il se sent à l'aise en ta présence parce qu'avec moi, c'est loin d'être l'entente cordiale. En tout cas, je me réjouis qu'entre toutes les personnes qui l'approchent, tu aies sa préférence. Sache que je te fais totalement confiance en ce qui concerne mon fils.

Sans le savoir, il remuait le couteau dans la plaie.

— Je vais rentrer ; j'ai besoin de me reposer, marmonna-t-elle.

Et d'échapper à James et à ses souvenirs…

— Je vais te ramener. Si tu ne veux pas m'accueillir cette nuit, je reviendrai dormir ici. Ne t'inquiète pas, je n'insisterai pas pour rester.

— Je peux rentrer seule.

— Tu titubes de fatigue ; tu n'es pas en état de conduire.

Il avait raison, Fallon le savait.

— Ecoute, je vais te raccompagner, insista-t-il. Une fois sur place, tu décideras de ce que tu veux faire de moi. D'accord ?

— Tu as déposé tes affaires à la maison. Je ne vais pas t'en chasser…

— Mais l'idée que je m'y installe sans Tyler te dérange, admets-le.

— Un peu. Sa sortie de l'hôpital n'est toutefois qu'une question d'heures. Je ferai tout pour qu'il se sente à l'aise et qu'il s'amuse à l'approche de Noël. J'ai prévu de…

Il posa un doigt sur ses lèvres pour l'interrompre.

— A chaque jour suffit sa peine, Fallon. Ce soir, tu vas rentrer tranquillement dormir. Demain matin, il sera temps d'aviser pour la suite des événements.

Elle acquiesça. Il était facile de lui céder car, comme toujours, il parlait d'or.

Ce qui rendrait la cohabitation d'autant plus dangereuse, songea-t-elle.

Quand Fallon se réveilla, elle était allongée sur son canapé, bien au chaud, et ne se souvenait de rien. Juste d'être montée dans le 4x4 de James.

Sans doute s'était-elle endormie pendant le trajet et l'avait-il portée pour rentrer. Etonnant que le vent froid ne l'ait pas réveillée…

La couverture en patchwork d'habitude posée sur le dos du canapé la recouvrait. Elle était encore fatiguée et la tension n'était pas retombée, mais ce qui la gênait plus que tout, c'était les rayons de soleil filtrant par les rideaux de la salle de séjour. Elle ne se sentait pas prête à démarrer une nouvelle journée.

— Ne t'inquiète pas, dit James. J'ai détourné les yeux en t'enlevant tes vêtements.

Au lieu de prendre la tasse de café qu'il lui tendait, Fallon regarda aussitôt sous la couverture pour découvrir, à son grand soulagement, qu'elle était tout habillée. Ne manquaient que les bottes et les chaussettes.

— Tu croyais que je t'avais complètement déshabillée ? s'enquit-il, un sourire malicieux aux lèvres.

— Tu en aurais été bien capable, répondit-elle en acceptant la tasse pour en boire une gorgée.

— A notre arrivée, tu dormais si bien que je n'ai pas eu le cœur de te réveiller. J'ai dû te porter — mes muscles endoloris sont là pour en témoigner. Tu as l'air d'un poids plume, mais c'est trompeur. Aurais-tu pris quelques kilos ?

— Certainement pas ! protesta-t-elle avant de se rendre compte qu'il la taquinait.

— Oh toi ! s'exclama-t-elle en lui jetant un coussin à la figure. Tu as toujours aimé me tourmenter.

— Te tourmenter ? Si ma mémoire est bonne, je m'efforçais au contraire de te rendre la vie agréable. Dois-je te rappeler que c'était toi qui venais me…

Elle leva la main pour l'arrêter.

— Ne parlons pas du passé, James.

— Te laisse-t-il un si mauvais souvenir ? Je pensais que nous avions été heureux ensemble.

Ils l'avaient été, en effet, mais impossible de revenir à ce monde où tout paraissait si simple.

Voilà pourquoi elle redoutait tant l'emménagement de James sous son toit : à cause de ce genre de conversations à hauts risques…

Fallon s'éclaircit la gorge.

— Tyler va-t-il sortir de l'hôpital aujourd'hui ?

Le visage de James s'assombrit.

— Eric va lui faire subir une batterie de tests ce matin, dont une mesure des sucres du sang. Les sautes d'humeur de Tyler pourraient être dues à un diabète non diagnostiqué. Si tous les résultats sont négatifs, Eric signera le bon de sortie après le déjeuner. Etant donné les circonstances, je préfère reporter notre emménagement chez toi, parce que tu as besoin de te reposer.

— Mais non, ça ira. Amène Tyler ici. Nous trouverons bien un moyen de vivre ensemble tous les trois.

— Tous les trois, peut-être, mais que fais-tu de nous deux ? demanda James en poussant un soupir. Je dois t'avouer que je ne sais plus que penser. Parfois, nous sommes à deux doigts de retrouver notre complicité d'antan puis tout bascule et j'ai l'impression d'être face à une étrangère…

Il s'éloigna en direction de la cuisine.

— Il faut tout de même se réjouir d'une chose, poursuivit-il sans se retourner. Là où j'ai échoué jusqu'à présent, tu as su établir le contact avec Tyler et j'aimerais que tu tentes de le sortir de sa coquille. Il se laissera aller, avec toi, parce qu'il sent ton envie de le protéger. En sa présence, tu débordes d'instinct maternel — ça se lit dans tes yeux. Ce qui me fait regretter d'autant plus cette animosité qui existe entre nous…

Malgré tous ses efforts pour cacher son instinct maternel, songea Fallon avec une pointe d'angoisse, elle n'avait pu tromper James. Hélas ! que faire ? Elle était une mère sans son bébé, et Tyler un petit garçon qui n'avait pas vraiment de mère. Comment ne pas se sentir bouleversée par sa situation et lui témoigner de l'affection ?

— Non, James, ce n'est pas de l'animosité. Je ne nourris aucune rancune envers toi. La preuve, j'aimerais que tu restes. Mais, de grâce, évite de me parler du passé car il est mort et enterré.

Il la regarda enfin.

— Pas en ce qui me concerne, Fallon. Durant tous ces mois, mes sentiments pour toi n'ont pas changé. Et j'éprouve toujours la même attirance quand je suis près de toi.

— Ça te passera, James. Dès que ta relation avec Tyler se sera normalisée, tu iras de l'avant. Et tu tourneras la page de notre histoire.

— Comme tu l'as tournée, toi ? Que Dieu m'en protège ! J'aimais la vie que nous menions. Je ne veux pas y renoncer, ni faire comme si elle n'avait jamais existé.

— Bien sûr que si, elle a existé, dit-elle en s'efforçant de refouler ses larmes. Mais il faut tirer un trait dessus. L'oublier.

Un conseil que son cœur se refusait cependant à appliquer.

8

— Tyler est en bonne santé. Les résultats sont normaux. Le taux de sucre dans le sang est juste un peu élevé, tout en restant dans la fourchette acceptable, mais c'est peut-être dû à une alimentation chaotique. J'aimerais le réexaminer dans six mois, quand son rythme de vie se sera stabilisé. Entre-temps, assurez-vous simplement qu'il ait des repas équilibrés…

Eric reposa le dossier sur son bureau.

— Peut-être devrais-je vous prescrire la même chose, James. Vous me semblez en petite forme. Stressé ?

— On le serait à moins. J'habite chez Fallon, je suis toujours amoureux d'elle et je me heurte à un mur chaque fois que j'essaie de l'approcher. Pour ne rien arranger, j'ai un fils qui me parle à peine, qui a des pulsions destructrices et qui risque de m'être enlevé du jour au lendemain si sa mère décide de le reprendre.

— Si je puis vous aider en quoi que ce soit…

— Connaîtriez-vous un bon avocat ? Avide de gloire et de fortune, le mien m'a laissé tomber pour courir les couloirs d'hôpitaux en quête de clients victimes d'erreurs médicales — une activité bien plus rémunératrice que les dossiers de garde d'enfant. Or, il faut que je dépose ma demande auprès du juge avant que Shelly ne réapparaisse de nouveau.

— J'ai un excellent avocat — Jason Greene. Si vous voulez, je l'appellerai pour vous.

— S'il vous plaît. Je suis prêt à me lancer dans la bataille judiciaire, et j'espère que le juge prendra en compte le fait qu'elle a abandonné Tyler trois fois en six mois en me le laissant. Pourvu que votre avocat sache pleinement utiliser cet argument ! Je tiens à obtenir la garde exclusive et permanente de mon fils, avec un droit de visite limité pour sa mère et aucun pour le beau-père.

— Ne vous inquiétez pas, Jason est l'homme qu'il vous faut. Je vais l'appeler ce matin même pour lui demander de vous recevoir au plus vite. Entre nous, il faut savoir se rendre service…

— La solidarité ne semble pas être un vain mot, pour les habitants de White Elk. Décidément, je me plais de plus en plus, ici. Je me verrais bien y passer toute ma vie.

— Vous n'êtes pas le premier à vouloir définitivement poser ses bagages dans notre ville. La population s'accroît régulièrement, les lotissements poussent comme des champignons, et le nombre des patients qui fréquentent notre hôpital grandit en proportion, d'où la nécessité d'agrandir et de rénover l'établissement. Vous ne le savez peut-être pas, mais je fais partie de ces nouveaux résidents. Neil m'avait convaincu de venir travailler ici quelques mois, à l'essai. Je m'y suis tellement plu que je m'y suis marié, après quoi j'ai acheté une maison… — et l'hôpital dans la foulée.

Eric sourit.

— La vie est douce, à White Elk. J'espère que vous vous y plairez autant que moi.

— Ce serait un environnement idéal pour Tyler. J'aimerais qu'il grandisse ici.

Après sa tournée des lits, James monta chercher Tyler dans sa chambre.

— Prêt à partir ? s'enquit-il tandis que l'aide-soignante récupérait le plateau-repas auquel Tyler n'avait pas touché.

Il n'avait pas non plus touché à son petit-déjeuner, lui rapporta-t-elle.

Sa question resta sans réponse.

— Le Dr Ramsey a dit que tu pouvais partir.

Tyler s'adossa à la tête du lit en serrant la console de jeu contre sa poitrine.

— Je veux pas partir.

— Pourquoi pas ?

— Parce que Fallon a pas de jeux vidéo chez elle.

— Est-ce si important ? Je croyais que tu aimais bien Fallon.

Le garçonnet haussa les épaules.

— En tout cas, poursuivit James, elle n'est pas rancunière puisqu'elle t'aime beaucoup, bien que tu aies cassé ses étagères. Elle t'attend ; elle a préparé une chambre pour toi… Enfin, m'a-t-elle confié, elle aura quelqu'un pour l'aider à faire un bonhomme de neige.

Une lueur d'intérêt s'alluma dans les yeux de Tyler.

— Un grand ?

— Ni trop grand ni trop petit. De la taille que tu voudras.

— La tienne ?

Enfin, un début de dialogue.

— S'il est trop grand, il risque de s'écrouler.

— Il ne faut pas que la tête soit trop grosse.

— Tu sais quoi ? Tu en feras un, et j'en ferai un autre, et on verra lequel résistera le mieux, proposa James.

— Et Fallon pourra en faire un, elle aussi ?

— Bien sûr. Mais peut-être devrions-nous lui cacher le secret.

Tyler écarquilla les yeux.

— Quel secret ?

— L'inconvénient d'une grosse tête, dit James en gardant son sérieux. Elle va en construire une énorme, et le premier coup de vent l'emportera.

En entendant son fils rire, James dut se retenir pour ne pas sauter de joie.

Pardon, Fallon, de rire à tes dépens. Mais c'est pour la bonne cause.

— Alors, on y va ?

Tyler sauta en bas du lit. Non sans surprise, James sentit sa petite main se glisser dans la sienne. Une joie intense l'envahit.

Peut-être entendrait-il un jour prochain Tyler l'appeler « papa »… C'était son vœu le plus cher.

Ils s'éloignèrent dans le couloir, donnant à un observateur non averti l'image normale d'un père et d'un fils.

— Je suis tellement contente !

Fallon dut se retenir pour ne pas sauter au cou de James, ce qui aurait été un comble pour quelqu'un qui cherchait à garder ses distances.

— Jason Greene est un excellent avocat…

Ils parlaient à voix basse afin que Tyler ne surprenne pas leur conversation.

— Ton dossier ne pouvait atterrir en de meilleures mains. Jason est père de cinq enfants qu'il adore, et je lui fais confiance pour livrer une bataille sans pitié contre une mère indigne telle que Shelly.

Elle jeta un coup d'œil à Tyler qui, assis près de la fenêtre, regardait le jardin recouvert de neige.

— Veux-tu que je garde Tyler pendant que tu iras à ton rendez-vous avec Jason ? J'ai fini ma journée de travail, ça ne me dérangera pas.

Et voilà ! A peine sortie d'affaire, elle ne pouvait s'empêcher de s'impliquer de nouveau. Si elle avait un sou de bon sens, elle monterait s'enfermer dans sa chambre pour ne plus en sortir, songea Fallon.

— Je te remercie, mais je préfère l'emmener. Il faut que je profite de mes moments libres pour passer le plus de temps possible avec lui. Pourquoi ne viendrais-tu pas ? Tyler serait ravi. On pourrait ensuite dîner au restaurant, chez Catie.

La proposition était tentante. Bien trop tentante. Fallon se devait de refuser.

— Désolée, j'ai prévu quelque chose.

Un plateau-repas devant la télévision…

— Mais amusez-vous bien, toi et Tyler, reprit-elle. N'oubliez pas de réclamer à Catie son fondant au chocolat.

Elle le dit assez fort pour que Tyler l'entende.

L'enfant tourna légèrement la tête dans sa direction, s'efforçant de ne manifester aucun intérêt pour le gâteau en question.

Mais comment un gamin pouvait-il empêcher ses yeux de briller à la mention d'un tel délice ?

Fallon savait comment lui faire perdre ses airs de bel indifférent.

— Tu sais de quel gâteau je parle, n'est-ce pas ? dit-elle à James de son air le plus innocent. Celui aux trois couches truffées de pépites de chocolat, séparées par une gaufrette à la framboise…

Elle écarta ses mains pour indiquer le diamètre de la merveille, en exagérant sans vergogne.

Aucun gâteau de cette taille n'était jamais sorti du four de Catie !

Les yeux de Tyler s'agrandirent comme des soucoupes. Ne restait plus qu'à ajouter la touche finale.

— Catie le sert d'habitude avec deux boules de glace vanille. Et crème Chantilly en option.

C'en fut trop pour Tyler.

— Est-ce que je pourrai avoir de la glace au chocolat à la place de la vanille ?

— Si tu es poli envers Catie, répondit James. En n'oubliant pas « s'il vous plaît » ni « merci » quand tu le lui demanderas, il n'y a aucune raison qu'elle te le refuse.

— Je veux que Fallon vienne avec nous, poursuivit le petit garçon. Si elle reste à la maison, elle risque de découvrir… ce qu'il ne faut pas.

— Que complotez-vous tous les deux ?

— C'est notre secret, répliqua Tyler.

— Tu ne veux pas me le dire ?

— Si je te le dis, ce sera plus un secret.

— Est-ce à mon sujet ? insista-t-elle.

Tyler resta muet, mais son sourire le trahit.

— J'en déduis que oui, conclut-elle. Si cela me concerne, j'ai tout de même le droit de savoir !

— Alors, ce ne sera plus drôle.

— Donc, c'est drôle. Mais pour qui ? Pour moi ou pour toi ?

— Pour moi, admit Tyler. Et pour… lui, ajouta-t-il d'un geste du menton vers James.

— Ce que tu es en train de me dire, c'est que vous êtes tous les deux contre moi.

Le père et le fils secouèrent la tête d'un même mouvement.

Quand Fallon vit cela, ses yeux s'emplirent de larmes. Ils se ressemblaient tellement, avaient les mêmes gestes, les mêmes mimiques, la même étincelle malicieuse dans le regard !

— Si c'est comme ça, je viens. Je mangerai tout le gâteau au chocolat de Catie sans vous en laisser une miette, et ce sera bien fait pour vous !

L'argument décisif.

Comme prévu, Tyler lâcha le morceau.

— Il faut pas faire une grosse tête au bonhomme de neige, sinon, il tombe. C'est ça le secret. Maintenant, je pourrai avoir une part de gâteau ?

L'émotion submergea Fallon.

— On progresse, murmura-t-elle à l'oreille de James. Il sort de sa coquille.

Elle chassa une larme qui roulait sur sa joue.

— Est-ce que Fallon pleure ? demanda Tyler à son père.

— On dirait que oui.

— Bien sûr que non ! protesta-t-elle en dépit de l'évidence.

— Je m'excuse, dit l'enfant en glissant sa main dans la sienne. Je voulais pas te faire de la peine.

Les larmes coulèrent de plus belle et Fallon sortit de la pièce pour éviter que Tyler se sente encore plus coupable.

Elle prit la direction de la salle de bains ; il lui faudrait bien une demi-douzaine de Kleenex pour éponger le torrent.

James s'empressa de rassurer son fils.

— Ce sont des larmes de joie. Les femmes ne sont pas comme nous, les hommes ; elles pleurent quand elles sont heureuses.

— Ah ! les femmes, dit Tyler en imitant le ton de James ; elles sont vraiment pas comme nous.

Ce fut au tour de James de sentir ses yeux s'embuer. Il dut s'éclaircir la gorge et cligner des paupières pour ne pas s'effondrer lamentablement devant son fils.

L'entretien avec Jason Greene ne dura qu'un quart d'heure au terme duquel James rejoignit Fallon et Tyler dans la salle d'attente.

— Jason dit que les choses se présentent bien. Il va mener sa propre enquête et, si les soupçons de maltraitance se confirment, il n'aura aucun mal à m'obtenir la garde exclusive. Même sans ça, les abandons à répétition de Shelly prouvent qu'elle est une mère instable à qui on ne peut confier la responsabilité d'un enfant…

Un soupir lui échappa.

— Mais il m'a averti que la bataille risque d'être longue et coûteuse dans le cas où Shelly refuserait de me céder la garde. L'expérience lui a enseigné que les parents qui ne veulent pas de leurs enfants s'accrochent malgré tout pour faire durer la procédure, afin de sauver les apparences ou d'obtenir un dédommagement financier, quand ce n'est pas, hélas, pour se venger de leur conjoint.

— Penses-tu que Shelly pourrait vouloir se venger de toi ou te soutirer de l'argent ?

— La seule manière de le savoir est d'engager la bataille.

Je suis raisonnablement optimiste car, comme le souligne Jason, Shelly a prouvé par son comportement qu'elle ne veut pas de Tyler. Il ne faut pas déjà crier victoire, bien sûr, mais j'ai tout de même envie de célébrer ça.

— Alors, allons-y.

A défaut de champagne, ils burent un jus d'orange fraîchement pressé par Catie et firent honneur à son gâteau au chocolat qui correspondait en tout point à la description de Fallon, hormis pour sa taille.

Ce que Tyler ne manqua pas de lui faire remarquer.

— Mais il est délicieux, admit-il, grand prince. Est-ce que je peux prendre la décoration ?

Au centre du gâteau, Catie avait piqué un sapin miniature orné de pastilles au chocolat multicolores en guise de boules.

— Bien sûr, dit Fallon en le retirant et en l'essuyant à l'aide de sa serviette en papier avant de le lui donner. Au fait, pourquoi n'irions-nous pas acheter un sapin pour la maison ?

D'habitude, elle ne fêtait pas Noël ; cette période ne lui rappelait que de mauvais souvenirs.

Quand elle était enfant, elle avait toujours passé Noël chez un parent éloigné, jamais le même — chez Flora, la cousine de sa mère, chez la grand-tante Henrietta ou quelque autre membre de sa famille — et on lui faisait bien sentir qu'on la recevait par charité. Parfois, on lui faisait un cadeau dérisoire de dernière minute, mais le plus souvent, elle n'avait rien du tout.

Pour Tyler, toutefois, elle était prête à encombrer son salon d'un sapin, à mettre des chants de circonstance dans son lecteur de C.D., bref à passer par tout le rituel, car il méritait de premières fêtes mémorables en compagnie de son père.

— Oh oui ! s'écria Tyler. J'aimerais un grand sapin, avec plein de boules et de guirlandes !

Il était peu probable que Donnie et Shelly aient pris la peine d'en faire un pour lui.

Sans doute le petit garçon nourrissait-il le rêve de déballer des cadeaux posés au pied du sapin.

N'avait-il connu que des noëls tristes, comme elle lorsqu'elle était petite ?

— D'accord. Il faudra juste que tu m'aides à déplacer les meubles.

Un vigoureux hochement de tête lui répondit.

— On pourra en jeter un peu s'il n'y a pas assez de place.

Fallon rit de bon cœur. Décidément, il n'y avait pas de demi-mesures avec Tyler !

Au moins s'enthousiasmait-il pour quelque chose…

— Je pense qu'on n'aura pas besoin d'en arriver là. Il va falloir acheter aussi les décorations et, tu sais quoi ? C'est toi qui les choisiras.

— D'accord, dit-il, hésitant.

Son sourire s'était éteint.

Croyait-il une fois de plus que les adultes lui faisaient miroiter monts et merveilles et que ses espoirs allaient être déçus ?

9

Une forêt de sapins coupés s'étendait devant eux chez le pépiniériste.

— Il y en a des milliers ! Prêts à camper ici pour la nuit ? s'enquit James.

— Attends d'être dans le magasin qui vend les boules et les guirlandes, répondit Fallon sur le même ton léger. Cela prendra deux fois plus de temps qu'ici. Pour un pédiatre, il y a des choses que tu ignores… Entre autres qu'il faut s'armer de patience quand on fait les courses de Noël en compagnie d'un enfant.

L'enfant en question jeta finalement son dévolu sur un sapin haut d'un mètre quatre-vingts, une taille raisonnable.

Au grand soulagement de Fallon, il avait renoncé à un Sherman de plus de deux mètres quand elle lui avait dit qu'il n'entrerait pas dans la salle de séjour. Et ce sans tempêter ni faire de caprice.

— Et le tour est joué ! commenta Fallon tandis qu'ils chargeaient l'arbre à l'arrière du 4x4. Il faut toujours garder son calme avec un enfant, et lui donner l'illusion que vous contrôlez la situation, même quand ce n'est pas le cas…

Tyler, qui s'était éloigné pour caresser les chiens du pépiniériste — deux adorables westies et un jack russel — ne pouvait les entendre.

— … Si le bambin sent de l'autorité face à lui, il s'y soumettra sans problème.

— Un principe fondé sur une duperie, mais je veux bien admettre que la fin justifie les moyens. Voilà pourquoi je voulais une demi-douzaine d'enfants avec toi, répondit James. Tu as des arguments tellement persuasifs !

Bien que ce ne soit qu'une plaisanterie, Fallon se sentit un peu blessée par ces mots. Machinalement, elle recula d'un pas.

Sa réaction n'échappa pas à James.

— Je ne voulais pas te vexer.

— Je ne le suis pas.

— A d'autres ! Pourquoi prends-tu la mouche pour une inoffensive plaisanterie ?

— Ecoute, je te répète que je ne suis pas vexée. On ne va pas épiloguer là-dessus cent sept ans.

— Ce qui te gêne, c'est que je t'ai rappelé le désir que nous avions de fonder une famille.

Ils avaient même décidé du nom de leur premier enfant… James pour un garçon, Mary pour une fille.

— A quoi bon ressasser le passé ? Nous sommes des gens différents, maintenant.

— Non, Fallon. Tu essaies de t'en persuader, mais tu as tort. J'avais fondé des espoirs sur notre couple, et j'y crois encore.

— Il ne faut pas.

D'un pas, il combla la distance qui les séparait pour caresser sa joue.

Puis, sans crier gare, il se pencha pour déposer un baiser sur ses lèvres.

— Non, James, murmura-t-elle contre sa bouche.

— Pourquoi ? Parce que tu meurs d'envie de me rendre mon baiser ? Je le sens, Fallon, inutile de nier.

— Avant, ça me plaisait de t'embrasser. Ce qui était vrai alors ne l'est plus maintenant, c'est aussi simple que cela.

— Pourquoi me résistes-tu ? J'aimerais que tu sois franche, pour une fois !

— Tu tentes de m'embrasser ! Que voudrais-tu que je fasse ? Que je te gifle devant ton fils ? Il nous regarde, en ce moment. Tu le sais, n'est-ce pas ? As-tu vraiment envie que je fasse une scène devant lui ?

James recula en lâchant un soupir exaspéré.

— Pourquoi faut-il que tout soit source de conflit entre nous ? Je suis convaincu que tu m'aimes encore. Nous devrions donc trouver un terrain d'entente pour redémarrer de zéro.

— Ce n'est pas aussi simple — une leçon que j'ai apprise dès mon enfance. Rien n'est aussi simple qu'il y paraît, et il ne sert à rien de croire le contraire.

Furieux, James s'éloigna vers Tyler.

Elle lui avait administré une gifle, sans même lever la main. Peut-être était-ce mieux ainsi.

Dorénavant, il la laisserait tranquille. Du moins assez longtemps pour qu'elle réendosse son armure complète, car la résistance qu'elle lui avait opposée jusque-là ne suffisait pas.

Pour l'écarter définitivement, elle aurait recours aux grands moyens.

Elle agissait uniquement pour le bien de James, pour le protéger et n'être jamais tentée de lui révéler qu'elle avait été enceinte de leur fils.

La solution était qu'il quitte la maison.

Pour l'heure, ils vivaient en donnant l'apparence d'une famille, car Tyler avait besoin de stabilité et de calme. Mais après Noël, elle pousserait James à chercher au plus vite un logement.

Une fois parti, il ne franchirait plus jamais son seuil ; elle l'avait décidé.

Cela faisait huit heures que James était de garde et, vu le nombre de malades en salle d'attente, il n'était pas près de rentrer chez lui.

Chez moi ? Encore faudrait-il que j'aie un chez-moi !

songea-t-il en s'approchant de la réception pour chercher le dossier du patient suivant.

— Il paraît que vous cherchez un logement, docteur Galbraith ? dit Emoline Putters. Il se trouve justement que j'ai une maison vacante sur Ridgeview Road. Après la mort de mon mari, elle était devenue trop grande pour moi et, plutôt que d'errer de pièce en pièce comme une âme en peine, j'ai préféré emménager dans un appartement proche de l'hôpital. L'intérieur a besoin d'un grand nettoyage, mais tout est en bon état et mon mobilier s'y trouve encore. Si vous voulez la louer ou même l'acheter, je suis prête à négocier.

James ne voulait pas quitter la maison de Fallon, mais force était de reconnaître qu'elle était trop petite pour trois. D'autant que, dernièrement, l'ambiance était devenue des plus tendue avec la maîtresse des lieux, ce qui ne facilitait guère la cohabitation.

— Il y a un jardin clôturé, poursuivit Emoline. Ce serait parfait pour votre petit garçon. Il donne sur les bois en bordure de la colline ; tous les deux, vous pourriez y faire de belles promenades. J'ai passé des années heureuses dans cette demeure avec mon mari et mes enfants, ajouta-t-elle, mélancolique, et ce serait bien qu'elle fasse désormais le bonheur d'une autre famille.

Son expression s'était radoucie. Elle était visiblement sous le coup de l'émotion.

James voyait devant lui une Emoline qu'il ne connaissait pas. Une femme qui souffrait de son veuvage. Sans doute le cachait-elle sous ses airs d'infirmière acerbe et revêche.

Comme Fallon, elle portait une armure. Sauf que, dans le cas de Fallon, il n'en connaissait pas la raison.

— Ça m'a l'air parfait, Emoline. J'aimerais la voir. Mais ce ne sera pas avant deux ou trois jours car nous entrons dans la saison des rhumes et de la grippe, et je suis parfois obligé d'enchaîner deux gardes, comme tous mes collègues.

Il venait d'accomplir un grand pas.

— Inutile de fixer un rendez-vous pour la visite. Quand vous aurez un moment libre, vous n'aurez qu'à vous arrêter à mon bureau et je vous donnerai les clés. Pour l'heure, docteur Galbraith, poursuivit-elle sans transition en reprenant son air guindé, je vous rappelle qu'un patient vous attend en salle 3.

Elle lui fourra le dossier entre les mains et retourna à son écran d'ordinateur, l'air plus renfrogné que jamais.

James n'était plus dupe. Désormais, sous le masque rébarbatif, il verrait la détresse d'Emoline et sa solitude de veuve. Une facette qu'il n'aurait jamais soupçonnée s'il n'avait pris le temps de discuter avec elle aujourd'hui.

Ses pensées retournèrent vers Fallon. Quelle excuse avait-elle pour se montrer distante et froide ? Existait-il une facette de *sa* personnalité qu'il ignorait ? Ou qu'elle lui cachait ?

Aurait-il la patience de chercher à le découvrir ?

Le soir même, après que Tyler se fut endormi, une autre discussion houleuse opposa James et Fallon.

Le point de départ fut les décorations de Noël que Fallon avait payées de sa poche. James avait voulu les lui rembourser, elle avait refusé et, comme lors de tout échange entre eux, le ton était monté.

— Pourquoi faut-il que nous nous disputions sans cesse ? déplora James. Il suffit que je dise blanc pour que tu dises noir !

— Ce n'est pas vrai. Ces décorations sont pour chez moi, même si c'est Tyler qui les a choisies, et je ne vois pas pourquoi tu les paierais. Quand vous vous en irez, vous ne les emporterez pas avec vous.

— Tu ne veux rien me devoir, c'est ça ?

— Crois ce que tu veux ! lâcha-t-elle, excédée. J'essaie d'être conciliante dans notre intérêt à tous les trois, je ne demande qu'à être ton amie…

— Mon amie ? répliqua James. Et tu crois que ça me suffit ?

Il prit soudain une décision.

— Je ne peux continuer ainsi, Fallon. En dépit de tes rebuffades, j'espérais que nous pourrions nous rapprocher, mais j'ai atteint mes limites. Je rêvais qu'un soir, tu m'inviterais peut-être à gravir ces marches, dit-il en lui montrant l'escalier. J'en ai assez d'attendre en vain… Comme tu le dis, nous serons bientôt partis et c'est la raison pour laquelle j'ai décidé de précipiter les choses. Je vais acheter la maison d'Emoline Putters sans même la visiter. J'y emménagerai le lendemain de Noël parce que je dois partir d'ici, emmener Tyler avant qu'il ne s'attache trop à toi. Et enfin te laisser à ta précieuse solitude que tu emploieras comme ça te chantera.

C'étaient les mots qu'elle souhaitait entendre, songea Fallon. Alors, pourquoi lui faisaient-ils si mal ?

La peur et un intense sentiment de solitude s'emparèrent d'elle, mais pas question de le montrer à James. Sans cela, il ne partirait pas.

Elle redressa les épaules et plaqua un sourire sur ses lèvres.

— Tu as raison. Il vous faut votre propre logement, à toi et à Tyler. Ce sera mieux pour tout le monde.

— C'est tout ce que tu trouves à dire ?

— Que devrais-je dire ? Notre cohabitation était provisoire et tu m'annonces que tu t'en vas. C'était prévisible, non ? Essayons simplement de passer ces derniers jours de manière pacifique, sans nous accrocher pour des broutilles. Le mieux serait de nous croiser le moins possible. Je te propose de revenir à la méthode des premiers jours : chacun dans ses quartiers. Quand nous serons tous deux à la maison, je resterai en haut et toi en bas. Si tu as besoin de me demander quelque chose, tu n'auras qu'à m'appeler. Inutile de monter.

— Pourquoi as-tu si peur que je monte à l'étage, Fallon ? Sois franche, pour une fois !

Elle lui devait la vérité, au moins sur ce point, se dit Fallon.

— Parce que si tu entrais dans ma chambre, je serais incapable de t'en chasser.

Voilà, c'était dit.

Sans attendre de voir l'effet de ses paroles, elle gravit les marches.

La suivrait-il ?

Une partie d'elle-même le souhaitait. Ils passeraient une nuit ensemble. Une seule. La dernière, pour clore le chapitre. Se dire adieu en beauté.

Peut-être cela aiderait-il James à la rayer de son esprit et à prendre un nouveau départ…

Oui, elle se sentait la force de le faire.

Et le désir, aussi.

Cela ne signifiait en aucun cas qu'elle lui cédait, simplement qu'elle voulait boucler le dossier, pour le classer. Bien sûr, au matin, elle risquait de se réveiller avec des regrets, mais ils ne feraient que s'ajouter à ceux qu'elle avait déjà.

Parvenue au milieu de l'escalier, elle se retourna pour l'inviter à la suivre.

Il n'était plus là.

10

— Et vous ne savez pas où habite Shelly ? demanda le juge Stanley à James.

— Quelque part en Arizona ou au Nouveau-Mexique. Tyler est incapable de le préciser, et elle ne m'a pas laissé son adresse. Mon avocat ici présent essaie de la localiser ; j'ai également engagé un détective qui est sur sa piste depuis quelque temps déjà.

— Quel est le résultat des tests sanguins ? Et du test A.D.N. de recherche de paternité ?

— Tyler est mon fils de manière irréfutable.

Le juge hocha la tête sans lever les yeux de ses papiers.

— Et vous avez fréquenté la mère pendant combien de temps ?

Toutes ces questions commençaient à rendre James nerveux.

— Quelques semaines. Il n'y avait rien de sérieux entre nous.

— Tout de même… Cela l'a été suffisamment pour concevoir un enfant, remarqua le juge, sévère.

Cette audience préliminaire s'engageait mal. James regrettait de ne pas avoir demandé à Fallon de l'accompagner. Malgré la présence de Jason Greene, il se sentait seul. Tyler était assis à l'autre bout du bureau, sous la surveillance de la greffière — qui semblait aussi revêche que son patron — et James essayait de présenter le mieux possible ses arguments en vue d'obtenir la garde de son fils.

Quelle étrange idée de vouloir Fallon à son côté ! se sermonna-t-il. Elle lui avait clairement signifié qu'elle souhaitait garder ses distances avec lui. Pas avec Tyler, espérait-il, car celui-ci l'adorait.

— C'est vrai, concéda-t-il à son interlocuteur.

— Comment pensez-vous réagir lors de la confrontation avec la mère de l'enfant ? Elle se défendra bec et ongles, essaiera d'obtenir la garde à tout prix.

— Elle trouvera à qui parler. Ce n'est pas moi qui ai abandonné notre enfant trois fois en six mois.

— Le terme « abandon » est impropre, docteur. Elle l'a laissé à son père, vous en l'occurrence. L'action en justice que vous intentez aura des conséquences graves, en avez-vous conscience ?

Du calme, s'exhorta James.

— Oui, monsieur le juge. Mon fils a besoin d'une vie stable. Je peux la lui donner, ce qui n'est pas le cas de sa mère. Elle aura un droit de visite si elle le désire car un enfant doit pouvoir conserver un contact avec sa mère, aussi irresponsable soit-elle, mais je ferai tout ce qui est en mon pouvoir, et dépenserai jusqu'à mon dernier dollar pour m'assurer que Tyler passera le reste de son enfance avec moi.

— Le rapport du pédopsychiatre des services sociaux le décrit comme un enfant souffrant de troubles du comportement dont la raison reste à déterminer. Vous êtes pédiatre, et donc bien placé pour savoir qu'il ne sera pas facile de l'élever. Etes-vous prêt à relever le défi, non seulement jusqu'au jugement d'attribution du droit de garde, mais pendant les douze ou treize ans à venir ? Etes-vous prêt, en tant que père ?

— C'est le père en moi qui réclame la garde de mon fils, pour le protéger et lui donner le foyer qu'il mérite. Je sais qu'il y aura des difficultés et je m'y mesurerai le moment venu, en m'efforçant chaque fois de trouver la meilleure solution pour Tyler. Toutefois, je crois que les problèmes disparaîtront d'eux-mêmes une fois que Tyler aura compris qu'il ne sera plus *abandonné* tous les deux ou trois mois.

Il avait utilisé le terme à dessein et, cette fois, le juge ne le reprit pas. Etait-ce bon signe ?

Dans le couloir, Fallon attendait sur un banc, devant le bureau du juge.

Sa venue n'était pas nécessaire, et elle avait dit à James qu'elle ne l'accompagnerait pas. Pourtant, au dernier moment, elle avait changé d'avis.

Alors que l'avenir de Tyler *et* de James se jouait derrière cette porte capitonnée, elle ne pouvait empêcher les larmes de couler sur ses joues. Comme elle aurait voulu témoigner en leur faveur, dire au juge quel père merveilleux James était !

Mais personne ne le lui demandait, puisqu'elle n'était pas impliquée dans le dossier ni dans la vie des intéressés.

N'était-ce pas exactement ce qu'elle avait voulu ?

— Pourquoi n'es-tu pas entrée dans le bureau ?

— Je ne savais pas si ma présence serait la bienvenue.

Après avoir installé Tyler dans le 4x4, ils se dirigeaient vers la voiture de Fallon.

James s'arrêta pour la prendre par les épaules.

— Tu seras toujours la bienvenue pour m'accompagner partout où j'irai, Fallon. En fait, si je ne t'ai pas demandé de témoigner en ma faveur, c'est avant tout pour ne pas profiter de toi. Tu nous as déjà tellement aidés…

— Mais c'est absurde ! Je l'aurais fait sans hésiter.

— Je sais. Il y a également une autre raison…

Il s'interrompit, un peu embarrassé.

— Tu maintiens en quasi-permanence une distance entre nous, et cela se voit. Le juge aurait pu se demander pourquoi la personne qui nous héberge se comporte de manière aussi froide envers nous, et ça aurait pu desservir ma cause. Pardon de te dire les choses aussi brutalement, mais tu sais que la diplomatie n'est pas mon fort.

— Tu as raison, admit-elle, le cœur lourd. J'aurais pu hypothéquer tes chances. En tout cas, tu n'as pas à t'excuser. Ce serait plutôt à moi de le faire pour mon attitude si peu amicale.

Ils se faisaient face et James s'attendait à ce qu'elle se dérobe, se tourne vers la portière pour le fuir, une fois de plus.

Aussi fut-il stupéfait quand elle se jeta dans ses bras avec impétuosité, comme si un vent violent l'y avait poussée. Elle noua ses bras autour de son cou et se blottit si fort contre lui qu'il sentit chacune de ses courbes à travers l'épaisseur de leurs vêtements d'hiver.

L'aiguillon du désir le transperça. Peu importait pourquoi elle agissait ainsi, il brûlait d'envie de l'embrasser. Et il le fit, en plein milieu du parking.

Elle lui répondit avec passion. Quand ils s'écartèrent enfin l'un de l'autre, ils avaient tous deux le souffle court, comme s'ils venaient de courir un marathon.

— Je… je n'aurais pas dû, murmura-t-elle.

Ses lèvres étaient rouges et gonflées et James dut faire appel à toute sa volonté pour ne pas s'en emparer de nouveau.

— Tu as raison, c'était une erreur. Ecoute… puisque nous sommes en ville, pourquoi n'irions-nous pas faire encore quelques courses pour Noël ? Tyler sera content d'accrocher d'autres babioles dans le sapin.

Dont il ne profiterait que quelques jours avant qu'ils partent s'installer sur Ridgeview Road…, songea Fallon en acquiesçant d'un hochement de tête.

— Rien ne doit gâcher le plaisir de Tyler. Je sais que tu es sur le point de déménager, mais reste chez moi jusqu'à la fin de l'année pour qu'il puisse profiter tranquillement de l'ambiance de Noël. Ce que nous avons fait ne doit plus se reproduire. Pour Tyler. D'accord ?

— D'accord, convint James sans pour autant regretter le baiser.

— Bien, reprit Fallon avec un entrain forcé. Alors, rendez-vous dans la rue marchande dans dix minutes.

Elle s'installa derrière son volant en se demandant ce qui lui avait pris de se jeter ainsi au cou de James.

Heureusement, ils s'en iraient après les fêtes car sa détermination commençait à vaciller dangereusement. Et il n'en faudrait pas beaucoup plus pour qu'elle signe sa propre perte.

Un autre baiser, par exemple.

— L'étoile ira sur la cime, expliqua Fallon.

Juché sur un escabeau branlant, James accrochait les boules sur les branches du haut tandis que Tyler s'occupait de celles du bas.

Le petit garçon était excité comme une puce. Il avait choisi les décorations, avec une nette prédilection pour les personnages de dessins animés. Les figurines classiques telles que fées et personnages de crèche voisinaient avec Mickey, Donald, le Roi Lion et autres Spiderman. Un joyeux mélange, très coloré, qui enchantait visiblement le bambin.

Avant de s'attaquer aux guirlandes, ils s'accordèrent une pause bien méritée et sortirent dans le jardin où James les initia à l'art délicat de fabriquer un bonhomme de neige.

Chacun ferait le sien et personnaliserait son œuvre.

Fallon opta pour une princesse de neige dont elle entoura les épaules d'un vieux châle à sequins qu'elle ne portait plus depuis des années. Tyler fit un petit bonhomme ventru de sa hauteur qu'il coiffa d'une casquette.

Quant à James, mystère. Il œuvrait derrière la haie de buis et avait strictement défendu à Fallon et Tyler de venir avant qu'il les appelle.

— Si on allait tout de même jeter un coup d'œil ? suggéra-t-elle à Tyler.

— Il va se fâcher contre moi.

Au beau fixe tout l'après-midi, son sourire s'était évanoui.

Pauvre petit ! Habitué à être le bouc émissaire, le responsable de tous les maux des adultes…

Il méritait un peu d'insouciance, songea Fallon.

— Pourquoi serait-il fâché contre toi ?

— Je dois obéir. C'est tout.

— Et si tu désobéis, que fera James à ton avis ?

— Il m'obligera à aller habiter chez quelqu'un d'autre.

De grosses larmes se mirent à rouler sur ses joues.

— Comme ta mère qui t'a laissé chez James à l'époque où tu ne le connaissais pas ?

Un hochement de tête lui répondit.

— Aimerais-tu rester avec lui à White Elk ?

Nouveau hochement de tête.

— Tant mieux, parce que c'est le souhait le plus cher de ton… de James.

Elle s'était reprise, car Tyler n'appelait pas James « papa ».

— Et toi, tu voudrais que je reste, Fallon ?

— Bien sûr. J'aimerais que nous soyons les meilleurs amis du monde, toi et moi.

— Tu ne vas pas être ma maman ?

Pourquoi avait-il fallu qu'elle provoque cette conversation ? se demanda Fallon.

Heureusement, James la dispensa d'avoir à répondre en apparaissant au coin de la haie.

— Prêts à découvrir mon chef-d'œuvre ?

Fallon tendit la main à Tyler qui s'y accrocha comme un noyé à une bouée de sauvetage.

— Tu crois qu'il aura une grosse tête ? lui murmura-t-elle.

Non sans soulagement, elle vit le sourire du garçonnet revenir.

Ils contournèrent la haie et restèrent bouche bée devant le spectacle qui s'offrait à leurs yeux. Un bonhomme de neige géant, avec une tête énorme, presque aussi grande que son tronc.

Debout devant son « chef-d'œuvre », James semblait fier comme Artaban. Il n'avait pas appliqué ses propres conseils, et Fallon devinait pourquoi.

Pour amuser Tyler.

— La tête va tomber ! cria Tyler en se précipitant vers le colosse.

Trop tard. Une bourrasque décrocha la tête qui bascula sur le père et le fils. Vif comme l'éclair, James protégea Tyler de son corps, mais l'énorme boule de neige compacte passa à quelques centimètres d'eux pour aller rouler plus loin.

— Tu veux que je te montre comment faire un bonhomme solide ? demanda Tyler.

Comment faire un bonhomme de neige, comment être père, comment s'ouvrir aux autres… Tyler avait tellement de choses à leur apprendre !

11

— C'est vraiment ce qu'il t'a dit ?

— Eh oui.

Sa tasse de chocolat chaud à la main, Fallon s'assit sur le canapé et replia ses jambes sous elle.

Ils revenaient de la chambre d'amis où Tyler s'était endormi quelques minutes plus tôt.

Le sapin leur faisait face, avec ses couleurs criardes et ses décorations pour le moins originales. Superman, Batman et le Roi Lion en guise de Rois mages, ce n'était pas banal.

N'empêche, Fallon le trouvait magnifique.

— Il voulait savoir si j'allais être sa maman.

— Et qu'as-tu répondu ?

— Rien, car j'étais bien en peine de savoir que dire. Ça prouve en tout cas qu'il n'a plus envie de retourner chez sa vraie mère, même en simple visite, à supposer que le tribunal décide d'octroyer un droit de visite à Shelly.

Les yeux fermés, James se cala dans son fauteuil.

— Ce que Shelly et Donnie lui ont fait le poursuivra toute sa vie. Il aura beau vivre avec moi jusqu'à l'âge adulte, il ne se remettra jamais de ces années passées sous leur toit.

— Les blessures de l'enfance sont longues à s'effacer, mais tu pourras l'aider à les surmonter. Dès qu'il comprendra qu'il peut compter sur toi, que tu ne le laisseras jamais tomber, il te fera une entière confiance. Par contrecoup, les adultes remonteront petit à petit dans son estime.

— Et toi, Fallon, quelqu'un t'a-t-il aidée à guérir de tes blessures ?

La gorge soudain serrée, elle secoua la tête.

— Parle-moi…, insista-t-il. Confie-moi ce que j'ai besoin de savoir, ce que tu as besoin de dire. Ton silence me rend fou.

— Que veux-tu que je dise ? Que j'ai été abandonnée comme Tyler ? Laissée aux uns et aux autres dès que ma mère avait envie de prendre le large ? Eh bien, voilà, c'est dit. Quand on est enfant, on ne comprend pas pourquoi celui ou celle qui est censé vous aimer vous rejette. On imagine qu'on est fautif et, s'il est pervers, l'adulte qui vous maltraite ou vous néglige fera tout pour vous conforter dans cette idée que vous ne méritez pas d'être aimé…

Un soupir déchirant lui échappa.

— Mais il n'est pas trop tard pour Tyler. Il a la chance de t'avoir à son côté et de pouvoir compter sur ton amour.

— Comme tu peux compter dessus aussi, Fallon. Je me bats pour Tyler et je me battrai pour toi, même si tu ne cesses de me repousser.

On entrait en terrain dangereux. Il était temps d'endosser l'armure.

— Ne recommence pas, James. Je t'ai dit et répété que je ne voulais plus entendre ce discours.

— Pourquoi ? Explique-le-moi, au moins. Tant que tu ne l'auras pas fait, je ne parviendrai pas à tourner la page, puisque c'est ce que tu veux.

Fallon posa la main sur son ventre ; elle sentait le vide sous ses doigts.

Soudain, elle n'eut plus la force de lutter.

— Tu as raison, tu mérites de connaître la vérité…

Maintenant que le moment était arrivé, elle se sentait étrangement calme.

Après, tout serait terminé. Leur relation, l'amour et le respect que James éprouvait à son égard, l'espoir que quelque chose pourrait encore être possible entre eux…

— L'une des opérations que j'ai subies après l'accident était une hystérectomie, James. Je ne pourrai jamais avoir d'enfants, te donner la famille dont nous rêvions autrefois.

Il haussa les sourcils, sans paraître excessivement bouleversé.

— Pourquoi ne me l'as-tu pas dit ?

— Parce que…

Elle avait répété mille fois les mots, au cas où elle aurait à les prononcer un jour. A présent qu'elle était au pied du mur, elle ne s'en souvenait plus.

— Je craignais ta réaction.

— Cela m'est égal. Cette intervention était sans doute nécessaire pour te sauver la vie, et nous surmonterons ce problème. Si nous voulons des enfants, nous en adopterons. Et puis, Dieu merci, nous avons Tyler qui t'aime déjà.

Malgré l'émotion qui la submergeait, Fallon savait qu'elle devait aller jusqu'au bout.

— Je ne t'ai pas tout dit, James. Cette hystérectomie a été pratiquée ensuite…

Incapable de le regarder en face, elle détourna les yeux.

— Quelques semaines avant l'accident d'avion, j'avais découvert que j'étais enceinte.

— Oh ! Mon Dieu !

Une émotion intense se lut sur son visage.

— Fallon, je ne sais que te dire…

— Je te l'ai caché car je voulais t'éviter de souffrir, mais ce n'était pas honnête envers toi. Après avoir consulté ma gynécologue qui m'a confirmé la grossesse, je ne t'ai rien dit parce que tu étais surmené, épuisé, malheureux dans ton travail… J'attendais le moment propice pour te l'annoncer. Et je reportais toujours au lendemain. Dans mon esprit, ça devait être un instant unique, mémorable, qui resterait gravé dans nos cœurs, aux antipodes de ce qui était arrivé à ma mère qui ne savait même pas qui était mon père.

— Fallon…

— Laisse-moi finir, je te prie. J'étais nerveuse, car nous ne nous connaissions pas depuis longtemps. Nous avions partagé quelques semaines merveilleuses, éprouvions des sentiments forts l'un pour l'autre, mais malgré tout, je n'étais pas complètement sûre de ton envie de t'engager. J'alternais entre confiance et hésitation. Dans le doute, j'ai décidé qu'il valait mieux attendre. Si tu savais comme je le regrette…

— Et moi ! J'aurais aimé savoir, pour vivre cela à deux. Mais je comprends pourquoi tu hésitais à me le dire.

Elle se résolut à le regarder.

— Tu dis ça maintenant, sous le choc, mais plus tard, quand tu y auras réfléchi, tu seras peut-être moins indulgent. Je ne mérite pas ta clémence, James. Je t'ai caché que j'attendais ton enfant et qu'il était mort !

— Ce serait stupide de ma part de t'en vouloir pour une fausse couche suite à un accident d'avion. Ce n'était pas ta faute.

— Tu n'y es pas, James. Après l'accident, mon bébé vivait encore. Mais il y a eu les opérations, les anesthésies…

— Non, murmura-t-il d'une voix étranglée. En effet, je ne comprends pas. Tu n'avais pas fait de fausse couche lorsque tu étais à l'hôpital, et tu ne m'as toujours rien dit ?

La colère se lisait à présent dans ses yeux. Une colère terrible.

Un juste châtiment pour ce qu'elle avait fait, songea Fallon. C'était son silence durant tous ces mois qu'il ne pouvait lui pardonner.

— Comment aurais-je pu t'en parler ? J'avais tout juste la force de me battre pour vivre, pour garder mon bébé en vie, et toi, tu…

— Je passais mon temps avec Tyler…

La détresse se mêlait à présent à la colère.

— Je te croyais forte ; je l'ai pris pour acquis et je ne suis pas venu te rendre visite à l'hôpital aussi souvent que je l'aurais voulu alors que tu avais tant besoin de moi.

— Tyler aussi avait besoin de toi, et je le comprenais

parfaitement. Sa mère l'avait laissé en territoire inconnu. Et il était… le frère de mon bébé. De toute façon, tes journées n'avaient que vingt-quatre heures et il était normal que tu lui consacres ton attention. J'avais l'intention de te parler de notre bébé dès que mon état se serait amélioré et que Tyler ne t'aurait plus causé autant de soucis. Malheureusement, tout est allé en empirant, avec complication sur complication, et j'ai enchaîné les opérations avec autant d'anesthésies puis de traitements postopératoires lourds…

Elle s'interrompit pour reprendre son souffle.

— Si tu avais su ce que je traversais, tu n'aurais pas quitté mon chevet. Je ne pouvais donc rien te dire, comprends-tu ? Ç'aurait été priver Tyler de son seul repère. Je n'avais aucun lien direct avec lui, mais il était ton fils et le demi-frère de mon bébé. Mon instinct maternel me poussait à me battre pour sauver mon enfant, mais j'approuvais complètement que tu fasses de même pour le tien. Il ne pouvait en aller autrement ; il fallait que tu accordes la priorité à Tyler.

— Qu'est-il arrivé à… notre bébé ? demanda-t-il d'une voix sourde.

— Il est mort-né. J'ai accouché avant terme au début du septième mois de grossesse.

— Et durant tout ce temps, tu ne m'as rien dit ? Comment as-tu pu me faire cela, Fallon ? J'avais le droit de savoir !

— C'est vrai. J'en étais consciente tout du long et je me sentais si coupable… Plus j'attendais, et plus j'hésitais. Mon avocat s'était renseigné sur ta situation et m'avait rapporté la manière dont Tyler t'avait été repris à plusieurs reprises par sa mère. J'imaginais combien tu devais en souffrir, et il m'était impossible d'ajouter encore à tes problèmes en te parlant de ce bébé qui luttait pour survivre dans le ventre d'une polytraumatisée qu'on opérait toutes les deux semaines…

Sa voix se brisa.

— En dépit de tout, j'ai espéré pendant longtemps qu'il naîtrait en bonne santé. Je rêvais du moment où je t'appellerais pour t'annoncer sa venue au monde, où tu viendrais nous voir à la maternité, le prendrais dans tes bras pour la première fois… C'était un garçon. Avec le recul, je sais que je me berçais d'illusions, d'autant que les médecins m'avaient prévenue que ses chances de survie étaient très minces… et les miennes aussi si j'allais au terme de ma grossesse. Malgré cela, j'ai refusé d'avorter. J'étais décidée à me battre pour notre fils. C'est la raison pour laquelle je suis partie sans te laisser l'adresse du centre de rééducation. Si tu l'avais su…

— Tu aurais dû me le dire, Fallon. Ta vie était en jeu…

— C'est pour éviter ce genre de réaction de ta part que j'ai disparu. En plus de mener ma bataille pour ma survie, j'aurais dû me battre contre toi, et je n'en aurais pas eu la force. Tu aurais gagné, James. L'infirmière qui est en moi aurait été sensible à tes arguments. Je le savais et voilà pourquoi j'ai refusé de prendre tes appels téléphoniques, refusé de te voir. Tel que tu es, tu m'aurais convaincue de sacrifier le bébé pour me sauver, et il n'en était pas question. Ensuite… Ensuite, plus rien n'a compté. J'avais perdu mon bébé. J'étais terrassée de chagrin, et de culpabilité envers toi parce que je savais que j'avais mal agi en te privant de son existence *in utero.*

— J'aurais pu t'aider, te soutenir…

— Et Tyler ? Que serait-il devenu ? J'ai pris conscience du tort que je t'avais causé quand j'ai tenu mon bébé mort dans mes bras. A ce moment-là, j'ai su qu'il était trop tard, que j'étais impardonnable de t'avoir volé ces six mois de notre fils. Et que tu me détesterais.

Les yeux de James s'emplirent de larmes.

— Jamais je ne pourrai te détester, Fallon.

— Je me déteste moi-même, James. Autant pour n'avoir pas été assez forte pour le mettre au monde vivant que pour t'avoir caché la vérité. Il me semblait plus facile d'affronter cette épreuve seule, mais j'ai mal agi envers toi. Je t'observe parfois quand tu joues avec Tyler ; tu es un père merveilleux. Tu mérites d'avoir des enfants, une femme qui pourra t'en donner. Je ne suis pas cette femme. Je n'ai même pas pu te donner notre fils…

— Avait-il un nom, Fallon ?

Elle hocha la tête.

— James Allen Galbraith, murmura-t-elle d'une voix étranglée.

James resta silencieux, le regard perdu vers la fenêtre. Tant mieux, se dit Fallon. Elle n'aurait pu supporter d'être dans ses bras et de sentir la douleur qui émanait de lui. La douleur qu'elle lui avait causée.

Le temps passa. Une demi-heure, peut-être plus.

Maintenant que tout était dit, Fallon se sentait vidée, incapable de ressentir la moindre émotion, comme paralysée.

Enfin, James s'éclaircit la gorge et se leva.

Elle savait que s'il sortait de cette pièce, il ne reviendrait pas.

Une fin prévisible. Elle redoutait cet instant depuis des mois, sans y être préparée pour autant.

Incapable de le regarder s'en aller, elle ferma les yeux et attendit que la porte se referme.

12

La porte ne se referma pas. Au bout de plusieurs minutes, Fallon rouvrit les yeux pour trouver James à genoux devant elle. Une telle douleur se lisait sur son visage qu'elle aurait presque préféré le voir partir.

— Je suis désolé, Fallon, désolé… Tu m'as caché l'existence de notre bébé, certes, mais comment pourrais-je te le reprocher ?

— Tu devrais, et sans doute le feras-tu avec le recul. Tu avais le droit de savoir dès le début que j'étais enceinte. Nous aurions pu partager les jours heureux, puis nous aurions fait notre deuil ensemble. Tu aurais dû avoir le droit de le tenir dans tes bras, comme je l'ai fait, d'assister à son enterrement, à côté de moi, devant sa tombe… C'était *ton* fils, et je t'ai privé de tout cela.

Elle tendit la main pour essuyer une larme qui roulait sur la joue de James.

— J'allais tellement mal, j'étais perdue, mais ce n'était pas une excuse.

— Si, Fallon. Tu croyais agir pour mon bien et celui de Tyler. Je ne peux t'en vouloir.

— C'est moi qui suis furieuse contre moi-même. Je craignais que tu le sois aussi, je le redoutais, mais au fond de moi, je savais que tu me pardonnerais. Moi, par contre, je n'arrive pas à me pardonner.

— Tu as voulu nous protéger, Tyler et moi.

— Décidément, tu ne comprends pas ! Je ne voulais rien te dire. *Jamais*. Au début, j'espérais que nous pourrions recommencer où nous en étions restés sans que tu aies jamais à connaître la vérité, mais j'ai vite compris que je ne pourrais pas vivre à côté de toi en te mentant. Car c'était mentir que de garder ce secret. D'un autre côté, je savais que ça t'anéantirait de le découvrir. Tu souffrirais doublement, pour la perte de cet enfant, et parce que je t'avais exclu de sa courte vie. Or, si nous nous étions remis ensemble, j'aurais fini par tout te dire, et je ne voulais pas te faire de mal. C'est pour cela que je m'efforçais de te tenir à distance, James. Non parce que je ne t'aimais plus, mais précisément parce que je t'aimais. Hélas ! ce soir, j'ai failli à ma résolution. J'ai été trop… faible.

— Au contraire, Fallon. Tu es la personne la plus forte que je connaisse. Ce que tu perçois comme de la faiblesse n'en est pas.

— Quoi qu'il en soit, je me déteste. Et toi, depuis ton arrivée à White Elk, qui ne cessais de t'excuser pour m'avoir fait souffrir, alors que c'était moi la fautive, la seule coupable… Tout en le sachant pertinemment, je t'ai laissé croire que tu m'avais fait du mal car c'était le seul moyen que j'avais trouvé de préserver mon secret. Par contre, j'étais sincère quand je t'ai dit que tu n'avais pas besoin de moi, que tu devais tourner la page pour faire ta vie auprès d'une autre. M'oublier.

— Comment oses-tu me le suggérer alors que tu sais que ça me briserait le cœur ? Tout ce que tu me dis depuis une heure me brise le cœur, mais cela ne m'empêche pas de continuer à t'aimer. Et à vouloir vivre avec toi.

— Ce serait une belle erreur ! Tous les jours, en me regardant, tu penserais à ce que je t'ai fait. Au bout peut-être de plusieurs années, tu ne m'en voudrais plus — du moins t'en convaincrais-tu. Puis, un jour, tu te rendrais compte que tu me hais. Et je ne le supporterais pas. J'ai déjà du mal à me regarder dans le miroir, alors comment puis-je espérer que tu m'absolves ? Pour le moment, tu es sous le choc et ta bonté naturelle te pousse au pardon, mais cela risque de changer. Toi et Tyler, vous devez poursuivre votre chemin sans moi.

— Tu n'oublies qu'une chose ! Nous t'aimons tous les deux. Crois-tu vraiment que nous allons te rayer de notre vie parce que tu nous le demandes ?

— Il le faut, pourtant. Pour votre bien.

— Parce qu'en plus, tu crois savoir ce qu'il me faut ? Tu n'en as aucune idée !

James ferma les yeux, pour tenter de refouler sa colère. Oh ! il comprenait ce qu'elle venait de lui dire ! Il comprenait même pourquoi elle lui avait dissimulé sa grossesse. Il pouvait aussi imaginer ce qu'elle avait dû endurer durant tous ces mois, seule, et cette pensée lui causait une douleur aussi insupportable que la perte de son fils.

Mais la détester ? L'oublier ?

Jamais !

— Je t'en voudrai peut-être pendant quelque temps, Fallon, mais nous parviendrons à surmonter notre peine. D'autres couples sont passés par là et sont sortis plus forts de l'épreuve. S'il le faut, nous consulterons une psychologue…

— Non, James. Ça ne marcherait pas.

— Tu ne me fais pas confiance ?

— Si. Justement. Tu es la personne la plus honnête et la plus généreuse que je connaisse et tu mérites de vivre au côté d'une femme en qui tu puisses avoir une entière confiance. Or, peux-tu dire sincèrement que je t'inspire confiance après ce que je viens de te révéler ?

Non…, songea James. Très franchement, il ne savait plus. Tant d'émotions contradictoires se bousculaient en lui !

— J'ai besoin d'un peu de temps…

— Prends tout ton temps, dit-elle, presque soulagée. Parce que je ne tiens pas à découvrir, en me réveillant un beau matin, que tu as cessé de m'aimer et que tu nourris une rancune tenace contre moi.

L'air peiné, il se redressa.

— Je ne savais pas que tu avais une si piètre opinion de moi.

— Il ne s'agit pas de toi. Je sais comment la nature humaine fonctionne, c'est tout.

Voilà, c'était fait. Elle l'avait repoussé.

— Tu as tort sur toute la ligne, Fallon. Je t'aime. Il n'y a pas de rancune qui tienne face à cela. Mais puisque tu t'obstines à ne pas comprendre, il est inutile que je continue à discuter avec toi.

Il sortit dans le couloir puis revint sur ses pas, la mine bouleversée.

— J'ai beau t'affirmer que je t'aime, tu ne me crois pas. Et tu sais pourquoi ? Parce que *toi*, tu ne m'aimes pas ! Sinon, tu m'aurais dit la vérité après ton accident et tu m'aurais laissé t'aider dans l'épreuve. Et tu n'aurais pas mis fin à notre relation avec un message sur ma boîte vocale me priant de ne plus t'importuner par mes coups de fil. Une personne qui aime n'a pas recours à de tels procédés, eût-elle les meilleures raisons du monde de vouloir rompre. Tu prétends avoir peur que je te tourne le dos un jour, mais c'est toi qui m'as tourné le dos, il y a déjà longtemps. Toi. Pas moi !

— Je l'ai fait pour ton bien.

— Laisse-moi décider de ce qui est bien pour moi, d'accord ? s'exclama-t-il en passant rageusement la main dans ses cheveux. Tu t'es persuadée que tu agissais dans mon intérêt alors qu'en réalité, cela te convient à toi ! C'est la solution de facilité. Sans moi, tu n'auras pas à affronter ta culpabilité. Et il ne s'agit pas du fait de m'avoir caché ta grossesse ni d'avoir perdu le bébé. Je parle de ton incapacité à faire confiance aux autres. Tu me repousses alors que dans cette épreuve qui nous touche tous les deux, nous devrions nous soutenir. Mais tu as toujours fait cavalier seul, sans doute en raison de ton enfance. Je t'aime, mais j'aime aussi Tyler qui a besoin de moi et qui, lui, acceptera mon aide.

— C'est ton devoir de l'aider.

— Je t'aiderai aussi. Mais cette fois, ce sera à toi de me le demander. Je suis à court d'arguments, Fallon. J'aimerais que tu m'épouses, que tu sois la mère de Tyler. La balle est désormais dans ton camp. Je suis prêt à livrer bataille pour mon fils *et* pour toi, mais il faut que tu te battes avec moi, pas contre moi. Depuis ton plus jeune âge, tu as appris à ne pouvoir compter que sur toi-même et tu te méfies des autres. Tyler a appris la même chose, mais je vais m'efforcer de lui montrer que tous les adultes ne mentent pas et ne laissent pas tomber les enfants. Il a fait confiance à des personnes qui l'ont trahi et il a le cœur brisé ; et il est persuadé que c'est un schéma qui se répétera toute sa vie. Comme toi. A cause de cette muraille que tu as érigée autour de toi dans l'enfance pour te protéger, tu es devenue forte. Si forte que tous t'ont prise pour un roc. Moi aussi, j'ai commis cette erreur. Mais tu en fais une bien plus grande en te coupant des autres, en refusant la main tendue. On a besoin de nos semblables pour vivre, Fallon. C'est une leçon que je me ferai fort d'inculquer à Tyler.

Il la regarda dans l'espoir qu'elle fléchirait et comprit qu'il se heurtait à un mur. Un mur que seule Fallon pouvait détruire.

Ils en resteraient donc là pour le moment.

Sur ce triste constat, il s'approcha d'elle et se pencha pour l'embrasser sur le front.

— Quelque part, tu n'as jamais grandi, Fallon. Tu es restée cette petite fille rejetée par sa mère, une enfant qui s'est convaincue qu'elle n'avait besoin de personne et qu'accepter l'aide de quelqu'un l'exposerait à souffrir. Au bout du compte, tu souffres quand même et tu t'enferres dans ton erreur. On ne peut avancer seul dans la vie. Notre fils est mort, Fallon. Tu ne l'as pas tué, ce n'était pas ta faute. Personne ne devrait avoir à supporter une telle épreuve seul, et je regrette que tu ne l'aies pas compris.

Cette ultime tentative avait manifestement échoué. Fallon restait assise, toujours sans réagir. A l'expression de ses yeux, il savait qu'elle s'était refermée de nouveau. Emmurée dans son enfer.

— Je t'aime, répéta-t-il. J'ai commis des erreurs, tout comme toi, mais sache que je ne me réveillerai jamais un matin en te détestant. Cet argument que tu utilises pour me repousser est absurde. Mon amour pour toi n'est pas près de s'éteindre et je t'attendrai. J'espère que tu sauras trouver un moyen de te réconcilier avec toi-même et de me faire confiance. Sinon…

Il sortit en la laissant seule face à l'arbre de Noël. Elle leva la tête pour regarder l'étoile plantée en haut.

— Qu'ai-je fait ? murmura-t-elle en enfouissant son visage dans ses mains. Seigneur, qu'ai-je fait ?

13

Il n'y avait pas un nuage dans le ciel, ce soir-là, pour le voyage inaugural du train de Noël. Une file d'enfants attendaient sur le quai, impatients d'embarquer dans les trois wagons rouge vif tractés par une vénérable locomotive à vapeur.

Fallon n'était pas venue. Ce train ne représentait rien pour elle, avait-elle expliqué à James. Petite fille, elle avait plusieurs fois refusé d'y monter.

Tyler, par contre, était excité comme une puce, d'autant que l'accompagnaient ses nouvelles amies Paige et Pippa, les jumelles du Dr Ramsey.

— C'est dommage que Fallon ne soit pas là, déplora Tyler tandis que lui et James montaient dans le wagon du milieu.

Les sièges et l'intérieur étaient d'époque, mais quelques ajouts modernes avaient été consentis pour les enfants — des baffles diffusant de la musique et un stand qui vendait rafraîchissements, chocolat chaud et friandises. Sans oublier bien sûr le trône du Père Noël qui s'élevait sur une petite estrade dorée.

Pendant deux semaines, les enfants côtoieraient ainsi leur idole à la barbe fleurie — sous laquelle se cachaient les joues rubicondes de Walt Graham, l'obstétricien à la retraite.

— Elle avait du travail.

Elle était restée chez elle, à passer des commandes de thermomètres et de fournitures médicales, tâche ô combien passionnante ! Depuis une semaine, elle occupait ses journées à travailler et à l'éviter.

Oh ! elle était aux petits soins avec Tyler ! Elle l'avait emmené à plusieurs reprises dans les magasins et ils étaient allés chez les Ramsey faire de la luge.

Quand il rentrait de l'hôpital, par contre, elle disparaissait dans son bureau pour se plonger dans ses catalogues. Malgré cela, jamais il n'aurait pensé qu'elle leur ferait faux bond pour le train de Noël.

Ce matin, au dernier moment, elle avait prétexté du travail. Déçu, Tyler s'était précipité dans le couloir pour casser une lampe, retournant ainsi à ses anciens travers. Ces temps-ci, il semblait faire deux pas en avant et un en arrière… La destruction de la lampe était tout de même une régression de taille. Pourvu qu'il ne continue pas dans cette voie…

Au bout d'une heure, tous les petits passagers et leurs parents furent installés, le Père Noël circulant entre les compartiments.

— Ho, ho, ho ! cria-t-il en agitant la cloche fixée sous l'auvent de la plate-forme arrière. Attention au départ !

Le petit train s'ébranla et les enfants restèrent sagement assis sur leurs banquettes en attendant d'être appelés auprès du Père Noël qui distribuerait à chacun un cadeau.

— Fallon aurait dû venir, dit Gabby qui tenait sur ses genoux son fils Bryce. Le surmenage la guette. Je lui ai pourtant dit qu'on avait le temps, que la maternité n'ouvrirait qu'après mon accouchement, mais elle ne veut rien entendre. Cette sortie lui aurait permis de se changer les idées.

— Essayez de lui faire comprendre cela, dit James sans cacher son amertume. Personnellement, j'ai renoncé.

Il en voulait à Fallon, non pour ses décisions passées, mais pour celles qu'elle prenait maintenant, pour son refus de toute aide venant de sa part.

Chaque jour, elle semblait s'éloigner un peu plus de lui.

— Le travail est un prétexte. Les commandes ou autre chose, de toute façon, elle aurait eu un empêchement.

— On dirait que c'est tendu entre vous deux en ce moment…

— « Nous deux », c'est terminé. Demandez-le-lui, elle vous le confirmera. Elle a tout fait pour que nos routes se séparent.

Gabby échangea un regard avec Dinah assise en face d'elle.

— Je croyais qu'elle allait mieux, hasarda Dinah. Chaque fois que je l'ai croisée en ville ces derniers temps, elle était avec Tyler et semblait radieuse. Ils s'entendent bien, et je suis sûre qu'elle ne joue pas la comédie en sa compagnie.

— Elle ferait tout pour Tyler, convint James.

Mais pas pour lui…

— Il faut lui laisser un peu de temps, argua Gabby. Je suis sûre que ça finira par s'arranger. Fallon revient de loin. Quand on pense à tout ce qu'elle a dû subir…

— Le temps, voilà justement ce que je n'ai pas. Etre père célibataire me prend chaque minute, lorsque je ne travaille pas. Cela dit, je ne me plains pas. Tyler me comble de bonheur. Puisque Fallon ne veut pas de moi, je préfère dépenser mon énergie là où elle est utile.

Les amies de Fallon étaient-elles au courant de la raison de leur rupture ? Quoi qu'il en soit, ce n'était pas à lui de les éclairer sur ce point.

— Où en est la procédure d'attribution de garde ?

— Elle est terminée. Le juge a statué en ma faveur. Le détective privé que j'ai engagé a finalement pu trouver Shelly et lui remettre en main propre les documents légaux. Reste à voir si elle les renverra signés. Le juge lui laisse une semaine pour se manifester, après quoi la décision sera entérinée.

Quand la garde lui avait été attribuée, il avait voulu fêter l'événement avec Fallon. Une fois de plus, elle l'avait éconduit en lui disant de le fêter avec Tyler.

Le refus de Fallon de participer à sa victoire lui gâchait le plaisir mais, avec ou sans elle, il continuerait à vivre. Il était illusoire d'espérer qu'elle change d'avis.

— Si Eric ou moi pouvons vous aider de quelque manière

que ce soit, dit Dinah, n'hésitez pas à nous le faire savoir. Nos filles sont désormais inséparables de votre fils…

Elle indiqua le trio qui, le nez collé contre la vitre, regardait défiler les figures de patineurs, les rennes, les traîneaux et les châteaux miniatures qui avaient été disposés sur le parcours. Sans oublier les dinosaures.

Il était temps de chasser ces pensées chagrines et de profiter du voyage avec son fils, décida James.

— Merci, Dinah. Mais tout va bien pour Tyler et moi. Il a encore quelques troubles mineurs du comportement, mais ils devraient s'atténuer avec le temps.

Fallon avait refusé de les accompagner, eh bien tant pis pour elle ! Dieu sait pourtant qu'un dinosaure clignotant de mille feux rouges et violets aurait pu lui changer les idées !

Les différents modèles de thermomètres n'inspiraient guère Fallon qui n'avait pas la tête au travail. Cet emploi lui permettait, certes, de remettre le pied à l'étrier, de se sentir utile, mais il lui donnait également envie de retourner à son vrai métier d'infirmière.

Ce soir, elle se sentait à cran. Sa place n'était pas dans le train de Noël, en compagnie des familles ; c'était pour cela qu'elle avait laissé James et Tyler y aller seuls.

Voir les enfants avec leurs parents et grands-parents n'aurait fait que remuer le couteau dans la plaie. Elle avait perdu son enfant et, bientôt, elle perdrait Tyler. Et James.

Ce soir, elle aurait été incapable de donner le change, de plaquer un sourire sur ses lèvres pour cause de Noël. Même pas pour Tyler.

L'histoire devait se terminer ainsi, mais jamais elle n'aurait cru que ce serait aussi douloureux.

Elle avait fait son choix, ses choix. Passés et présents. Personne ne l'avait forcée. Il ne lui restait qu'à se le répéter au cours des prochaines années.

Parfois, elle était tentée de croire au discours de James ; en fait, elle avait envie d'y croire. Ce refus de faire confiance aux autres, d'accepter leur aide, cette manie de vouloir toujours s'en sortir seule… c'étaient des reproches justifiés.

Il ne les lui avait pas adressés pour se venger, dans le but de la blesser après ce qu'elle lui avait fait, œil pour œil, dent pour dent… Non, James n'était pas ainsi.

S'il lui avait dit tout cela, c'était pour lui ouvrir les yeux.

Et il avait raison.

Comment réparer ses torts envers lui ? Comment revenir en arrière ?

Dans l'impossibilité de trouver une réponse, elle en était réduite à rester là, à fixer le sapin de Noël décoré par son petit Tyler. *Son* Tyler…

Tous les jours, il avait ajouté des autocollants et autres babioles provenant du *Journal de Mickey* sur les branches jusqu'à ce qu'elles ploient sous le poids des « décorations ». Les plus lourdes étaient celles qu'il avait confectionnées de ses propres mains et que Fallon comptait bien garder précieusement après son départ.

Pourvu que James lui permette de rendre visite à Tyler dans sa nouvelle maison !

La sonnerie du téléphone interrompit ses réflexions.

Au bout du fil, la voix d'Emoline Putters, paniquée.

— Je ne sais que faire ! cria-t-elle. Seule le Dr McGinnis est de garde ce soir, et elle ne peut pas quitter l'hôpital…

— Calmez-vous. Respirez profondément et reprenez au début.

— Le train ! Il y a eu un accident !

14

Une dizaine de scénarios catastrophes défilèrent dans la tête de Fallon.

— Eh bien, continuez, enjoignit-elle à Emoline en s'efforçant de conserver son calme. Qu'est-il arrivé au train ?

— Il venait d'aborder la pente de Hubbard's Hill, vous savez cet endroit où la côte devient raide…

Fallon ferma les yeux. C'était la seule zone vallonnée du parcours qui se déroulait pour le reste sur terrain plat. Les creux et bosses à cet endroit n'auraient posé aucun problème pour une motrice moderne, mais il en allait autrement des vieilles locomotives à vapeur du train de Noël.

— Je vous en prie, Emoline, venez-en au fait.

— Il y a eu une avalanche à Daphne's Point et la neige a enseveli une partie du train.

— A-t-il déraillé ?

Le pire serait qu'il ait quitté les rails, versé sur le côté ou dégringolé la pente jusqu'à la rivière.

— Je ne sais pas ! On m'a avertie il y a une minute à peine.

— Un passager a-t-il pu vous appeler ?

Elle savait que c'était improbable, les portables ne passant pas dans la montagne.

— Pas jusqu'à présent. On a besoin de vous, Fallon. Vous êtes la seule à pouvoir organiser les secours.

Fallon accepta sans hésiter.

— Transférez les appels courants sur la plate-forme médicale du comté ; il faut libérer le standard. Mobilisez toutes les équipes de secouristes, réquisitionnez les médecins et les infirmières de repos. J'arrive.

Au cours du trajet de dix minutes, elle s'efforça de se concentrer sur la conduite sur les routes neigeuses et les virages verglacés, mais elle ne pouvait s'empêcher de penser à James et Tyler.

Etaient-ils ensevelis sous la neige ? Blessés ? Pourvu que les sauveteurs arrivent à temps !

Le train était plongé dans l'obscurité. On avait éteint le générateur à l'arrière pour éviter une intoxication des passagers au monoxyde de carbone car les bouches d'aération étaient bloquées.

Le wagon de tête était-il également sous la neige ? se demanda James. Son portable n'avait pas de réseau. Il ne cessait de composer le numéro de Fallon, sans résultat.

— Quand pourra-t-on sortir ? gémit Tyler.

— Ce ne sera plus long.

Il répétait cela depuis une heure, comme tous les parents à leur progéniture.

— J'ai froid. Je voudrais un chocolat chaud.

Moi aussi, songea James en attirant un Tyler grognon contre lui. A sa grande surprise, celui-ci ne le repoussa pas et sembla même s'accrocher à son manteau.

— Dès qu'on sera descendus, tu pourras boire des litres de chocolat, si cela te chante.

De nouveau, il essaya son portable. Toujours muet. La petite lumière de l'écran était toutefois réconfortante dans le noir.

Patience, se dit-il. Les sauveteurs devaient être en chemin.

L'ironie du sort voulait que la plupart des médecins de l'hôpital soient dans le train avec leurs enfants, mais Fallon mettrait tout en œuvre pour réunir une équipe.

Elle était forte, il avait confiance en elle, même s'il lui avait dit le contraire.

— Laissez-moi venir avec vous, dit Fallon à Jess Weldon, le chef des secouristes. Il faut que je prenne la mesure des dégâts sur place afin d'organiser efficacement les secours.

— L'hélicoptère n'attend que vous.

— Je sais…

Elle s'était juré de ne plus jamais prendre l'avion ni aucun engin volant. La voiture, le bus, le train, le bateau, parfait. Mais rien qui aille dans les airs.

— Je pourrais vous rejoindre par la route.

— Ça vous prendra une heure. De plus, elle risque d'être bloquée. Les chasse-neige ne sont pas passés depuis la dernière tempête.

— Alors, il n'y a pas d'alternative ?

— A moins que vous ne vouliez passer la nuit sur la route…

Il ne lui restait donc plus qu'à monter dans l'hélicoptère, attacher sa ceinture et…

Ses paumes devinrent moites et ses mains se mirent à trembler. La nausée n'était pas loin. Il fallait qu'elle pense à James et à Tyler, se dit-elle. Et à ses amis. Tous comptaient sur elle, à White Elk.

Elle ferma les yeux pour tenter de se ressaisir et l'image de James et de son fils lui apparut clairement.

— Je suis prête, répondit-elle à Jess. Allons-y.

D'un pas résolu, elle se dirigea vers l'hélicoptère, s'installa à bord et attacha sa ceinture. Puis elle croisa les mains sur les genoux et attendit que l'appareil décolle.

Respire. Concentre-toi sur ton travail.

Au bout de cinq minutes qui parurent une éternité à Fallon, Jess arriva au-dessus de Daphne's Point et braqua son projecteur sur le train. Du moins, sur ce qu'on en apercevait. La locomotive et les deux premiers wagons étaient enfouis sous la neige d'où émergeait la plate-forme du dernier compartiment. Ceux qui avaient voyagé dans celui-ci se tenaient à proximité et leur faisaient de grands signes. Enfants et adultes semblaient tous indemnes.

Dieu merci, le train n'avait pas quitté les rails, une bonne nouvelle que Fallon transmit immédiatement à l'hôpital.

— Peut-on contourner le versant pour vérifier l'état du manteau neigeux ? demanda-t-elle. Je veux m'assurer qu'en creusant pour dégager le train, on ne déclenchera pas une nouvelle avalanche.

— C'est la première qu'on a dans la zone depuis cinquante ans, répondit le pilote. Il a fallu qu'elle survienne juste au moment du passage du train de Noël ! Ce n'est vraiment pas de chance.

Peut-être était-ce le train qui, par ses vibrations, avait provoqué la coulée de neige.

Après avoir survolé le site quelques instants, ils convinrent qu'il serait risqué d'employer une pelleteuse car la couche de neige paraissait extrêmement friable.

Les sauveteurs n'auraient d'autre solution que de travailler à coups de pelles et de pioches pour extraire les passagers de leur sarcophage blanc.

Il n'y avait aucune raison de croire qu'ils étaient blessés. Certains souffriraient sans doute d'hypothermie, mais le seul danger réel qui les menaçait était le manque d'oxygène. Qui, à terme, pouvait se révéler fatal.

De loin, un bruit parvenait parfois à l'intérieur du wagon. Etait-ce un coup de pioche ? Les sauveteurs travaillaient-ils au-dessus d'eux ? L'espoir renaissait parmi les passagers pour retomber quelques minutes plus tard.

— Quand vont-ils remettre la lumière ? demanda quelqu'un.

La réponse se perdit dans la nuit.

James regarda l'écran de son portable. En dépit du bon sens, il espérait un message. Un message de Fallon qui franchirait par miracle la barrière montagneuse pour lui parvenir.

Cela faisait maintenant quatre heures qu'ils étaient assis dans l'obscurité et le froid.

Afin d'économiser l'oxygène, les parents avaient enjoint aux enfants de parler le moins possible et de se tenir tranquilles.

Neil s'inquiétait pour Gabby qui entamait son huitième mois de grossesse. Il y avait des extincteurs dans le wagon, mais pas de bouteille d'oxygène.

Quant aux trousses médicales, elles étaient restées dans les coffres des voitures, car nul n'aurait pu prévoir une telle situation.

Personne n'était blessé ni ne se plaignait pour le moment de malaise. A condition que l'oxygène ne se raréfie pas trop vite, ils pourraient en principe tenir des jours ainsi. La nourriture abondait sous forme de cookies et autres sucreries, et les boissons ne manquaient pas, y compris le chocolat que l'on boirait froid.

Il fallait juste éviter la panique.

— Fallon supervise probablement les opérations, dit Eric à James. Vous allez voir, elle va nous sortir de là.

— Je lui fais confiance, moi aussi, ajouta Neil. Elle ne nous laissera pas tomber.

James partageait leur opinion sans réserve.

— Vous savez que je voulais l'épouser, n'est-ce pas ?

Toutes les personnes présentes l'entendaient, mais il n'en avait cure. Parler de Fallon lui donnait l'illusion qu'elle était là et qu'elle accomplirait le miracle qu'ils espéraient.

— C'est la raison pour laquelle j'ai accepté votre proposition d'emploi. Pour me rapprocher d'elle et la reconquérir. Mais la demoiselle est têtue…

Quelques rires s'élevèrent dans le noir, provenant sans doute de personnes ayant eu affaire à la légendaire obstination de Fallon O'Gara.

— Mais je le suis aussi, au moins autant qu'elle, poursuivit-il. Pourtant, à un moment, j'ai songé à renoncer. Fallon voulait que nos routes se séparent et elle me l'a tellement répété que je m'y étais presque résigné… Mais maintenant, je vais tout reprendre de zéro et m'appliquer à la convaincre qu'elle avait tort et que j'avais raison.

Fallon avait indéniablement besoin de lui et de Tyler. Elle

refusait de l'admettre parce qu'elle craignait qu'ils partent, comme sa mère. Comme son bébé… En s'accrochant à ce petit être qui ne pouvait survivre en elle, elle avait essayé de conjurer cet abandon. Sans succès.

Si elle avait avoué sa grossesse à James, il l'aurait bien sûr obligée à avorter pour la sauver. Comment lui en vouloir dans ce cas pour avoir conservé le silence ?

C'était la Fallon qu'il aimait, mais cette Fallon n'aurait jamais accepté de passer en premier tant que son bébé vivait encore *in utero*, tant qu'il aurait eu un espoir, même mince, de survie.

Agissant selon sa nature profonde, elle avait fait la seule chose possible et ne pouvait se le pardonner.

C'était là tout le paradoxe de Fallon.

Il était temps de l'aider à démêler ses contradictions et à faire la paix avec elle-même. Et de la convaincre que les gens qui l'aimaient ne la quitteraient pas.

Que lui ne la quitterait pas.

Une fois qu'elle aurait compris cela, les autres problèmes se résoudraient d'eux-mêmes.

Au début, elle résisterait, évidemment. Mais cette fois, il était décidé à passer outre.

— Pourquoi tu avais raison ? demanda Tyler.

— A propos de nous trois. Fallon, toi et moi. Nous sommes faits pour former une famille.

Il n'avait pas voulu le dire à Tyler avant de recevoir les documents contresignés par Shelly lui attribuant officiellement sa garde, mais il ne pouvait attendre une minute de plus.

Tyler avait le droit de savoir que son père se battait pour le garder près de lui et l'élever.

— Nous allons bientôt vivre ensemble, Tyler. Dans cette maison que je vais acheter.

— La grande maison sur la colline ?

— Oui. Tu aimerais y habiter ?

Il sentit l'enfant hausser les épaules. Cette fois, il ne s'en formalisa pas et sourit. C'était la manière de Tyler de dire oui.

— Fallon viendra habiter avec nous ? Elle sera ma nouvelle maman ?

— Je l'espère bien. En tout cas, je ferai tout pour qu'elle le soit, Tyler.

— Super ! Je t'aiderai, *papa*.

« Papa. » Il l'avait dit sans effort apparent, comme si le mot lui était venu naturellement.

Se félicitant de l'obscurité, James était en train d'essuyer les larmes qui coulaient sur ses joues quand un bruit sourd retentit au-dessus de leurs têtes comme si quelqu'un venait de se poser sur le toit.

Le wagon trembla.

Des gens se mirent à crier, des femmes à pleurer.

Tous avaient peur de l'inconnu.

— Peut-être que c'est le Père Noël ? dit Tyler d'une toute petite voix.

James savait que ce n'était pas le Père Noël. C'était la femme qu'il aimait.

Suspendue dans le vide, Fallon se cramponnait de toutes ses forces au filin auquel elle était harnachée. Elle se concentrait sur sa descente pour exorciser sa peur et, à son grand étonnement, y parvenait. L'ancienne Fallon était de retour.

Le vent lui était favorable. Dieu merci, car, sinon, il l'aurait projetée contre la falaise qui se trouvait à quelques mètres.

Une fois arrivée sur le toit du train, elle défit le mousqueton du harnais puis commença à déblayer la neige à mains nues.

Quelques minutes plus tard, George Fitzhenry, l'un des secouristes, la rejoignait.

— On va déneiger une partie du toit puis briser une vitre et évacuer les passagers par là. On procédera ainsi pour chaque wagon. Ça risque de prendre un peu de temps, mais c'est la méthode la plus sûre.

Une demi-heure plus tard, tous les membres de l'équipe étaient au travail à coups de pelles et de pioches.

La fenêtre du compartiment du milieu fut dégagée la première.

Après avoir fait signe aux passagers de reculer jusqu'au fond du compartiment, ils la brisèrent.

Fallon n'attendit pas que l'ouverture soit totalement dégagée.

— James ! Tyler ! Je vous aime ! Vous m'entendez ? Rien d'autre ne compte ! Je veux vous épouser. Tous les deux !

— Je te l'avais dit, dit Tyler à James. C'est le Père Noël.

— Tu avais raison, fiston.

L'opération d'évacuation des passagers prit une douzaine d'heures.

Le bilan était plus que satisfaisant : il n'y avait aucun blessé. Les gens avaient faim, froid, et se plaignaient de courbatures, mais c'était tout.

Dans la vallée, tous les habitants se regroupèrent sur la grande place de White Elk pour accueillir les rescapés et les sauveteurs avec des chants de Noël.

Les jours suivants, ce fut un défilé permanent de visiteurs chez Fallon. Du matin au soir, on venait la voir pour lui apporter des cadeaux, de la nourriture, l'embrasser et lui exprimer sa reconnaissance.

Le plus beau cadeau fut une lettre du juge annonçant l'attribution définitive de la garde de Tyler à James.

Shelly avait renoncé à ses droits maternels et n'exigeait pas même un droit de visite. Peut-être était-ce là une manière de prouver son amour à son fils. A moins que cela ne l'arrange…

— Tous les trois, nous formons enfin une famille, dit James le matin de Noël en regardant Tyler déballer ses cadeaux au pied du sapin. Et quelle famille !

— Nous pourrions l'agrandir en adoptant d'autres enfants, suggéra Fallon.

— Je n'ai pas besoin d'une famille nombreuse pour me sentir heureux, Fallon. Tyler et toi, vous suffisez à mon bonheur. Quand on est assis dans un train et enseveli sous des tonnes de neige, on a le temps de réfléchir, crois-moi, et de comprendre quelles sont les priorités dans l'existence.

— Moi aussi, j'ai beaucoup réfléchi pendant toutes ces heures et je me suis rendu compte que tu avais raison, sur toute la ligne. Je me fuyais moi-même. J'étais restée cette petite fille qui avait souffert de l'abandon de ceux qu'elle aimait et qui faisait tout pour se protéger afin que cela ne lui arrive pas de nouveau. Je refusais de grandir, de m'ouvrir aux autres.

— Maintenant, tu es une autre.

— Oui et non… Je suis toujours aussi têtue.

— Le contraire m'aurait déçu !

A présent, elle s'était trouvée et n'avait plus peur de rien puisque deux hommes l'aimaient. Un petit et un grand, qui la voulaient respectivement pour mère et épouse.

— Et si on allait faire un bonhomme de neige ?

La proposition ne recueillit pas vraiment l'enthousiasme de James qui soupira avec une mimique résignée.

Quant au cri de joie que poussa Tyler au même instant, il n'était pas provoqué par cette suggestion, mais par ce qu'il venait de découvrir dans un gros paquet rouge.

Une console de jeux vidéo dernier cri.

— Elle te plaît ? demanda James.

— Oh oui ! C'est exactement ce que j'avais commandé au Père Noël ! s'exclama le garçonnet en se relevant avec son butin. Super ! Je vais l'essayer tout de suite !

— Fais attention…

Trop tard ! Dans sa hâte, Tyler avait bousculé le sapin qui vacilla puis s'écroula sur lui. Les boules et figurines de Spiderman et compagnie allèrent s'éparpiller aux quatre coins du salon tandis que les guirlandes continuaient à clignoter sur le parquet.

James se précipita vers l'enfant.

— Tu ne t'es pas fait mal ?

— Mais non, p'pa ! dit Tyler en écartant les branches pour

passer la tête. Je suis un cascadeur, comme maman. Un jour, je descendrai d'un hélicoptère au bout d'un fil, comme elle !

Submergée par l'émotion, Fallon serra Tyler dans ses bras dès que James l'eut aidé à se relever.

— Mon chéri ! On verra ça plus tard. Dans l'immédiat, je préférerais que tu pratiques des sports moins dangereux, dit-elle en souriant à travers ses larmes.

— Pas de problème, répliqua Tyler. Pour le moment, mon sport favori, c'est les jeux vidéo. Vous venez m'aider à installer la console ?

Le cœur en liesse, Fallon et James suivirent leur fils.

DIANNE DRAKE

Passion à la clinique

INTÉGRALE
UN NOËL À MOUNTAIN VILLAGE

Traduction française de
EVELINE CHARLÈS

• SAGAS •

HARLEQUIN

Titre original :
THE BABY WHO STOLE THE DOCTOR'S HEART

Ce roman a déjà été publié en 2015

1

Le Dr Mark Anderson reposa le formulaire de candidature sur son bureau.

— Ce ne sera pas facile, elle me plaît mais je ne peux pas l'intégrer dans mon programme. Elle ne correspond pas à mes critères et est loin d'avoir les références présentées par les autres candidats.

Les Drs Neil Ranard et Eric Ramsey échangèrent un regard déçu.

— Quel qu'il soit, nous approuverons ton choix, dit Eric.

— Elle est ta belle-sœur, Eric, et la meilleure amie de ta femme, Neil. J'avoue ne pas me sentir totalement libre en l'occurrence.

En réalité, tout lui pesait, ces temps-ci : la médecine, son ancienne vie, ses amis. Tout ! Dans dix-huit mois, il en aurait terminé avec tout cela, mais, pour l'instant, il ferait de son mieux pour satisfaire ses amis… ses meilleurs amis. Lorsqu'ils lui avaient demandé de former une équipe de secouristes en montagne, il y avait vu une occasion de les remercier pour tout le soutien qu'ils lui avaient apporté.

— Nous ne voulons pas faire pression sur toi, dit Eric en haussant les épaules. Angéla est une diététicienne géniale. Elle possède le don d'établir le lien entre la nutrition et la santé, c'est elle qui dirige notre programme concernant les jeunes diabétiques, à l'hôpital. Il est vrai qu'elle ne possède pas les connaissances médicales que tu exiges. Bien sûr, elle est avide d'apprendre, mais, si elle n'est pas qualifiée, il n'y a rien à ajouter.

— Je ne voudrais pas être encombré par quelqu'un qui retarderait la progression du groupe, et cela risque d'être le cas.

— Encombré ? répéta Eric, un peu surpris. Ce n'est pas le mot que j'emploierais concernant Angéla.

Mark soupira. Il devait admettre qu'Angéla était superbe, dans le genre adorable lutin. Avec sa courte chevelure brune et ses incroyables yeux sombres, elle pétillait littéralement. C'était une fille toute simple, mignonne, d'allure sensuelle. Bref, à croquer… du moins s'il avait été d'humeur à se laisser charmer.

— Tu sais ce que je veux dire, grommela-t-il.

— Je préfère ne pas être à ta place quand tu vas lui annoncer la nouvelle, dit Neil en se levant.

— Je ne m'envie pas non plus, soupira Mark.

Cela n'allait pas être facile, mais il n'avait pas le choix… Il avait dix-huit mois pour mener à bien une formation qui en demandait vingt-quatre et Angéla risquait de le ralentir.

— Laisse-moi te rappeler que je suis venu pour enseigner, pas pour gérer la paperasse, ajouta-t-il sèchement.

Eric se mit à rire.

— Crois-moi, Angéla vaut mieux que de la paperasse.

Sur ces mots, les deux médecins quittèrent la pièce. Pour la énième fois, Mark se demanda pourquoi il n'avait pas obéi à sa première impulsion et pris ses jambes à son cou. Pendant un an et demi, il était pieds et poings liés, mais ensuite…

Toutes les dix secondes, le regard d'Angéla était irrésistiblement attiré par la photo de Sarah qui trônait sur son bureau. Jamais elle n'aurait cru pouvoir aimer quelqu'un à ce point, elle était obnubilée par le premier anniversaire de sa fille. Les vingt derniers mois avaient été tumultueux… Elle avait appris qu'elle était enceinte, puis avait compris que son mari ne voulait ni d'un enfant ni d'une épouse en découvrant qu'il affichait ses nombreuses conquêtes. Mais, grâce à Sarah, cette période avait quand même été heureuse.

— On se débrouille très bien toutes seules, déclara-t-elle à la photo avant de se focaliser sur le régime qu'elle concoctait pour Scotty Baxter.

Agé de sept ans, il était diabétique et elle s'inquiétait pour lui car il manquait de soutien à la maison. Non seulement sa mère le laissait grignoter, mais elle lui donnait toutes les confiseries qu'il voulait. Helen Baxter aimait son fils autant qu'Angéla adorait sa fille, mais son amour se traduisait par une complaisance excessive, peut-être parce qu'elle élevait seule son enfant.

Angéla espérait que la cure qu'elle était en train de mettre en place aiderait Scotty, tout comme les autres enfants à qui elle était destinée. Une fois que l'administration de l'hôpital aurait donné son aval, le dernier obstacle serait franchi.

Mais, pour l'instant, elle devait se concentrer sur le régime de Scotty… Elle fixa l'écran, sur lequel était affichée une liste d'aliments pauvres en glucides.

Elle sursauta, quelqu'un venait de frapper à la porte.

— Je peux entrer ? demanda Mark.

Angéla fut aussitôt sur des charbons ardents. Elle souhaitait désespérément être acceptée dans l'équipe de secouristes en montagne de White Elk, tout comme sa sœur et ses amis.

— Bien sûr, dit-elle en sauvegardant le dossier de Scotty.

Grand et large d'épaules, Mark Anderson était merveilleusement beau et, si elle avait eu la tête à cela, ce qui n'était pas le cas, il aurait sans nul doute fait battre son cœur. Aujourd'hui, elle ne souffrait plus de son divorce, mais ne s'intéressait pas vraiment aux hommes. Elle se préoccupait surtout d'accomplir tout ce dont elle avait été privée pendant toutes ces années de vie commune avec Brad. Elle voulait s'assurer qu'elle se trouvait au bon endroit, qu'elle pouvait prendre son destin en main.

— Alors ? demanda-t-elle. Qu'est-ce que vous avez décidé ?

— C'est non, annonça-t-il brutalement.

Il fallut à la jeune femme un petit moment pour digérer la nouvelle.

— Non ? Vous avez dit non ?

— Vous avez bien entendu.

— Cela veut dire que vous ne m'acceptez pas dans votre programme ?

— Cela veut dire que je recherche des candidats formés sur le plan médical. Je suis désolé, mais vous ne correspondez pas à mes critères.

Loin de paraître désolé, il semblait complètement indifférent.

— Si je comprends bien, dit-elle, ma formation de diététicienne ne compte pas ? Pas plus que le fait que je dirige le programme destiné aux jeunes diabétiques ? Sans compter que je skie sans doute mieux que la plupart des moniteurs que l'on trouve ici !

— Tout cela est très impressionnant, madame Blanchard. Je ne sous-estime pas votre action à l'hôpital, pas plus que je ne dénigre vos compétences, mais votre formation médicale est insuffisante. J'ai relu deux fois votre dossier, pour voir si je pourrais tempérer mes exigences en ce qui vous concerne. Mais en ce cas, je serais peut-être amené à faire une exception pour quelqu'un d'autre et mon programme s'en trouverait… édulcoré.

Posant ses mains à plat sur le bureau, Angéla se leva d'un bond.

— Vous pensez que je risque d'édulcorer votre programme !

— Eh bien… le terme est peut-être malheureux, mais sur le fond, c'est bien ce que je pense. Désolé, mais c'est ma décision. Par ailleurs, vous êtes déjà impliquée dans de nombreuses activités. Vous ne craignez pas de vous éparpiller ?

Angéla inspira profondément. Il se mêlait de ce qui ne le regardait pas ! Il n'avait pas connu Brad, ne savait pas combien ce dernier l'avait rabaissée chaque fois qu'elle avait tenté de se dépasser pour réaliser quelque chose qui en vaille la peine. Un jour, ils avaient vu un skieur s'écraser contre un arbre. Elle avait voulu se rendre utile, mais Brad l'avait retenue, assurant que sa seule capacité se résumait à appeler les secours. Malheureusement, l'homme était mort dans l'ambulance et elle s'était toujours demandé si elle aurait pu faire quelque chose pour lui.

Mais désormais, elle avait Sarah... Pour sa fille, elle devait s'améliorer, réprimer ses doutes. Rassemblant ses forces, elle décida de se battre.

— Vous ne pensez pas qu'un travail assidu me permettrait de surmonter mes déficiences ? Je travaillerai plus dur, j'étudierai davantage que tous vos autres étudiants.

— J'en suis persuadé, mais vous seriez la seule à ignorer les bases dès le premier jour. Vous seriez incapable, par exemple, d'apprécier les signes vitaux d'un patient ou ses réactions pupillaires, vous ne sauriez pas poser un cathéter. Je ne peux pas gaspiller un temps précieux à vous apprendre comment prendre la tension, alors que tous les autres sauront le faire.

Il avait raison... Elle ne possédait pas les notions de base... Pas encore. Mais elle pouvait apprendre... Et vite, même !

— Tout le monde doit commencer quelque part, docteur Anderson. Quand vous avez entrepris des études de médecine, vous ne saviez rien non plus.

— Les étudiants étaient tous des débutants, ce qui n'est pas le cas aujourd'hui.

Sur ces mots, Mark tourna les talons, mais Angéla n'était pas prête à le laisser partir. Jaillissant de derrière son bureau, elle s'interposa entre la porte et lui.

— Que puis-je faire, pour que vous changiez d'avis ?

Mark la regarda avec étonnement.

— Pourquoi vous est-il si difficile de comprendre que j'ai dit non ?

— Croyez-moi, je sais ce qu'est un refus, mais je tiens absolument à profiter de votre enseignement. Je peux prendre des cours particuliers, lire des livres, passer un examen. Je suis certaine que ma sœur m'aidera.

Il ne put s'empêcher de rire.

— J'admire votre détermination, mais nous commençons dans un mois, madame Blanchard et vous ne pourrez apprendre en aussi peu de temps tout ce que vous devriez savoir. Maintenant, si vous voulez bien m'excuser…

— Verriez-vous un inconvénient à m'accepter en tant qu'auditrice libre ? demanda Angéla.

— Auditrice libre ?

— Je serais assise parmi les autres, je prendrais des notes, j'apprendrais ce qu'ils apprennent.

Bien sûr, elle n'aurait pas le certificat d'aptitude final, mais si l'instructeur qui devait remplacer Mark dans dix-huit mois était aussi exigeant que lui, elle serait prête. Elle voulait bien attendre un an et demi pour parvenir à ses fins. Après tout, elle avait le temps…

— Vous ne pourrez pas passer l'examen, dit Mark.

— J'en suis consciente.

— Je ne vous autoriserai pas à lever la main, à poser des questions et à prendre part aux discussions. Vous devrez vous asseoir au dernier rang et prendre des notes, c'est tout.

— J'en suis consciente également.

— Vous n'irez pas sur le terrain, vous ne pourrez pas utiliser les équipements.

— Pas de problème.

— Vous n'aurez aucun compte rendu sur les éventuels progrès que vous auriez pu faire.

— C'est d'accord.

— Très bien. Si vous souhaitez perdre autant de temps pour rien, je ne vous en empêcherai pas.

C'était une petite victoire, même si elle n'était pas remarquable.

— Merci, dit Angéla en s'écartant pour le laisser passer. Je vous suis reconnaissante de ce que vous faites pour moi.

— Je ne *fais* rien, madame Blanchard.

Sans doute, mais il ne s'opposait pas à son souhait, c'était déjà quelque chose…

— Elle est tellement belle qu'elle me donnerait presque envie d'avoir un autre bébé ! s'exclama Angéla.

Rayonnante de bonheur, Gabrielle Ranard berçait sa petite Mary.

— Est-ce que tu m'aurais caché quelque chose ?

— Non. Je ne sors avec personne et, pour l'instant, je n'apprécie pas trop les hommes… Certains, en tout cas, grommela Angéla.

— Tu me sembles bien sévère.

— Réaliste, plutôt.

— Tu fais allusion à quelqu'un en particulier ?

— Il s'appelle Mark Anderson et, avant que tu ne prennes sa défense parce qu'il est le meilleur ami de ton mari et d'Eric, sache que je ne t'écouterai pas. Ce matin, il a refusé de m'accepter dans son cours. Il ne me plaît absolument pas, je ne veux pas qu'il me plaise et il ne me plaira pas… Tu veux que je mette Mary dans son berceau ? Elle dort.

— Si tu as quelque chose à me raconter, oui.

Angéla embrassa sa filleule sur le front avant de la coucher. Bien que Sarah n'eût qu'un an de plus que Mary, elle regrettait l'époque où sa fille n'était qu'un nourrisson. Elle aurait voulu que cela dure toujours. Dorénavant, elle vivrait ces joies par procuration, à travers sa sœur Dinah et son amie Gabrielle. A trente-deux ans, elle pouvait avoir un autre enfant, mais, si cela lui prenait autant de temps que la première fois, Sarah serait parvenue à l'âge de l'adolescence quand l'occasion se présenterait.

— Raconte-moi ce qui s'est passé, la pressa Gabrielle après qu'Angéla se fut assise dans le fauteuil.

— Il n'y a pas grand-chose à dire. Comme je travaille à l'hôpital, je m'imaginais qu'il m'accepterait.

Six semaines auparavant, elle était encore chef cuisinier dans l'un des hôtels de la station de ski, mais, après la naissance de Sarah, les horaires ne lui avaient plus convenu. Eric et Neil lui avaient alors proposé d'élaborer un programme destiné aux jeunes diabétiques. Ce changement avait été providentiel et était intervenu à une époque où elle avait besoin de faire quelque chose d'utile.

— Et tu sais que je suis une bonne skieuse, continua-t-elle. J'espérais que le fait d'avoir parcouru l'Europe, de pente en pente, pendant toutes ces années, ferait la différence, mais non… Je ne corresponds pas aux critères du Dr Anderson.

— Qu'est-ce qu'il recherche ?

— Le soleil, la lune et quelqu'un qui sache prendre la tension. Je suis une bonne diététicienne, mais je ne distingue même pas une extrémité du brassard de l'autre.

— Ça s'appelle un sphygmomanomètre.

— Quoi ?

— C'est le nom de l'appareil qui sert à mesurer la tension.

— Tu vois ce que je veux dire ? Je ne sais rien de toutes ces choses, ce qui me disqualifie totalement à ses yeux.

— Même après qu'Eric et Neil t'ont recommandée ?

— Apparemment. Mais ce n'est pas grave. Le Dr Anderson a probablement raison, même si j'ai du mal à l'admettre. Je ne voudrais pas que mon ignorance ralentisse la progression des autres. Mais j'ai un plan…

Gabrielle se mit à rire.

— C'est bizarre… cela ne m'étonne pas !

Angéla s'adoucit un peu. Gabrielle Evans Ranard était la meilleure amie qu'elle n'ait jamais eue, avec Dinah. Dinah ne comptait pas, puisqu'elle était sa sœur. Mais Gabrielle… En arrivant à White Elk, elle était totalement perdue, un peu comme Angéla maintenant. Pourtant, elle avait trouvé tout ce qu'elle cherchait… sa vie, son amour, son bonheur. Angéla espérait y parvenir également un jour. Elle avait déjà Sarah, c'était un bon début.

— Tu n'es pas surprise parce que tu as vu ma liste.

— Ta *longue* liste, rectifia Gabrielle.

— D'accord, mais c'est peut-être parce que j'ai de nombreux objectifs à atteindre. Le Dr Anderson m'a fait une remarque à ce sujet, mais je sais ce que c'est de n'avoir aucun but, aucune perspective. Mieux vaut en avoir trop que pas assez.

— Tu risques de rater quelque chose, à force de courir.

— Quoi donc ?

— Je ne sais pas... Qu'est-ce qu'on a dit, sur le parfum des roses, déjà ? Parfois, il est bon de s'arrêter pour respirer... une lotion après-rasage, par exemple.

— Tu ne fais pas allusion à...

Gabrielle se contenta de hausser les épaules en souriant.

— Eh bien, pour ton information, sache qu'il n'en met pas. Je n'ai senti sur lui que l'odeur du savon. Les seuls effluves que je veuille reconnaître sont ceux des pins, quand je serai appelée pour une opération de sauvetage. C'est pourquoi j'assisterai à ses cours en tant qu'auditrice libre. Assise au fond de la salle, j'apprendrai ce que je dois savoir pour m'inscrire à la prochaine session... lorsqu'il y aura un autre formateur.

— Tu as identifié son parfum ? se moqua Gabrielle. A quelle distance étais-tu de lui, exactement ?

Angéla secoua la tête avec découragement.

— Tu n'écoutes donc *rien* de ce que je te dis ?

— J'admets que je digresse un peu, mais tu es si... excitée ! C'est la première fois que je te vois réagir de cette façon en présence d'un homme et il m'a semblé que...

Angéla leva les deux mains, pour l'arrêter.

— Il est grincheux, réservé et peu amical. Qu'est-ce qui te fait penser qu'il pourrait m'intéresser ?

— Eh bien... sache qu'il a vécu deux années très difficiles.

— Pas nous, peut-être ? Tu as eu deux bébés et tu as surmonté bien des difficultés. Quant à moi, j'ai été trompée par mon mari et j'ai survécu. Nous ne sommes pas pour autant désagréables, Gabrielle.

— Sans doute, mais j'ai Neil, Bryce et Mary et, de ton côté, tu as Sarah. Quelles que soient les épreuves que nous avons vécues, cela valait le coup de les surmonter. Nous avons une chance inouïe, mais Mark…

— Tu as raison, murmura Angéla, qui pensait à sa fille.

— Neil et Eric l'ont fait venir à White Elk parce qu'il a tout perdu.

— Mark ?

— Je n'ai certainement aucun droit d'en parler, mais à côté de ce qu'il a traversé, nos malheurs font figure de pique-nique et, au bout de sa route, il n'y avait rien ni personne pour l'attendre. Alors, il a bien le droit d'être un peu grincheux.

— D'accord… Je ne le détesterai pas, mais cela n'implique pas que je doive l'apprécier, non ?

— Considère-le comme un moyen d'atteindre ton but. Assiste à ses cours, apprends tout ce qu'il peut t'enseigner, d'après Neil, c'est un traumatologue extraordinaire. Et au bout des dix-huit mois, demande-lui de te recommander auprès de son successeur. Qui sait ? conclut Gabrielle avec un sourire. Il le fera peut-être… et il se peut aussi que tu apprécies finalement l'odeur du savon.

Cela n'arrivera jamais, décida Angéla, mais pour ce qui était de la recommandation, il y avait une petite chance. A moins qu'au bout des dix-huit mois, il ne soit obligé de reconnaître qu'elle était aussi bonne que les autres… et il lui présenterait ses plus plates excuses sur un plateau d'argent. Cette idée réjouissante lui donna envie de courir jusqu'à la bibliothèque de sa sœur pour y prendre la documentation nécessaire et se mettre au travail sur-le-champ.

— Je t'ai apporté une salade de fruits faite maison, dit-elle à son amie. Tu en veux un peu ? Je l'ai laissée dans la cuisine.

— Avec des fraises ?

— Des tonnes de fraises !

Se levant d'un bond, Angéla dévala l'escalier. En chemin, elle s'arrêta dans le bureau pour jeter un coup d'œil aux livres de médecine de Gabrielle et de Neil. Il y en avait des douzaines et des douzaines qu'elle aurait été bien incapable de comprendre, mais elle repéra un vieux dictionnaire médical. Des mots… des mots et leur signification. C'était un bon point de départ et elle avait hâte de demander à Gabrielle si elle pouvait le lui emprunter. Lorsqu'elle le prit sur l'étagère, ses doigts tremblaient légèrement.

— C'est là où tout commence, Sarah, murmura-t-elle en le glissant sous son bras avant de gagner la cuisine. Un mot à la fois…

Avec ou sans l'aide de Mark Anderson…

2

Angéla apostropha Mark, qui allait passer auprès d'elle, dans le couloir.

— Stat, du latin *statim*, signifie immédiatement.

Le médecin s'immobilisa aussitôt.

— Pardon ?

— J'ai dit que stat, du latin *statim*, signifie…

— Je connais la traduction de ce mot, la coupa-t-il, mais je me demandais ce qui vous amenait à me le dire.

Elle dressa ses ravissants sourcils. L'espace de quelques instants, il croisa son regard étincelant.

— Il n'y a pas de raison particulière.

Comme s'il allait la croire ! Il aurait parié qu'elle s'était mis en tête d'apprendre par cœur le dictionnaire médical, ou quelque chose de ce genre.

— J'ai du mal à admettre que vous fassiez quoi que ce soit sans aucun motif, madame Blanchard.

— Appelez-moi Angéla. Vous allez me voir suffisamment souvent, durant les prochains mois, pour que nous évitions les cérémonies.

— Si je comprends bien, vous êtes vraiment décidée ?

Mais il le savait déjà… Angéla Blanchard rayonnait de détermination. Il suffisait de la regarder pour en être persuadé. Les épaules bien droites, le menton dressé, elle fonçait pour obtenir ce qu'elle voulait et il doutait que même une armée soit en mesure de l'arrêter.

— Vous allez vraiment passer un an et demi dans le fond de ma classe sans en tirer le moindre bénéfice ?

Elle se mit à rire.

— Cela dépend de votre définition du mot bénéfice, *Mark*.

La façon dont elle avait prononcé son prénom le fit frissonner. Il se surprit en train de fixer ses lèvres… Cette voix légèrement rauque… Qu'est-ce qui pouvait bien l'attirer en elle ? Elle n'était pourtant pas son type ! Il aimait les femmes blondes, grandes, élancées… Elle était petite, athlétique et pourtant dotée de formes voluptueuses auxquelles il se refusait d'accorder la moindre pensée. C'était à prévoir, après cette année de célibat qu'il s'était imposée ! Angéla était… tentante.

Mais il était capable de traiter cette situation avec la même indifférence qu'il avait adoptée pour tout le reste, ces derniers temps. Dieu sait qu'il était passé maître en la matière !

— Ce que j'entends par « bénéfice » est le certificat d'aptitude que je délivrerai à mes étudiants au terme d'une année et demie de dur labeur. C'est un bénéfice que vous n'obtiendrez pas.

— C'est votre choix, pas le mien.

— Ah ! Nous sommes enfin d'accord sur un point.

— Nous ne le sommes pas, mais cela changera.

— Vous voulez dire que vous adopterez finalement mon point de vue ?

Elle secoua la tête.

— J'ai passé huit années de ma vie à parcourir l'Europe avec un homme qui, comme vous, voulait que je partage ses opinions. J'ai essayé de le satisfaire… Folle que j'étais ! Je peux vous assurer que cela ne se produira plus jamais. Dorénavant, j'agirai à mon gré et de façon à ce que ma fille ait une vie heureuse, conclut-elle en lui souriant suavement.

Elle ne manquait pas de toupet, mais il ne pouvait nier que cela lui plaisait. Elle ne ressemblait à aucune des femmes qu'il avait connues jusqu'alors et il découvrait avec surprise qu'il appréciait son goût pour la polémique. On ne l'avait pas défié de cette façon depuis longtemps, cela faisait du bien. Il se sentait… presque vivant, de nouveau.

— Vous allez donc perdre un an et demi de votre vie… C'est votre façon d'agir à votre gré, comme vous dites ?

— Je vais apprendre, ce n'est pas une perte de temps.

Elle lui fourra un dossier dans les mains.

— En attendant, continua-t-elle, lisez ceci. Il s'agit d'une cure pour jeunes diabétiques, sponsorisée par l'hôpital. Je vais présenter mon projet à Neil et à Eric demain après-midi et un mot en ma faveur de votre part serait le bienvenu. Dans quinze jours, nous devrions commencer avec quelques enfants et voir si cela fonctionne. On m'a donné le feu vert il y a déjà plusieurs semaines, mais il me faut un avis favorable de l'hôpital pour faire cet essai. J'apprécierais que vous soyez là pour dire que c'est une bonne idée, et…

Il ne put s'empêcher de sourire, ce qui lui arrivait rarement ces temps-ci.

— Vous supposez que je vais approuver votre initiative ?

— Lisez les documents. Il s'agit de prendre ces enfants en charge, de leur apprendre à gérer leur diabète et à être plus intelligents que leurs proches. Si vous êtes un aussi bon médecin qu'on le dit, vous serez d'accord, conclut Angéla avec une lueur malicieuse dans les yeux.

De nouveau, cette attitude, qu'il aurait pu qualifier de provocante, enfin presque.

— Je les parcourrai si j'en ai le temps, je ne vous promets rien.

— C'est parfait, dit-elle en s'éloignant.

Elle ne le saluait pas, ne cherchait pas à argumenter… Lorsqu'elle disparut au coin du couloir, Mark fut presque déçu.

— Tu as vu quelque chose d'intéressant ? lui demanda Eric qui arrivait en sens inverse.

— Inhabituel, surtout.

— Eh bien… Angéla possède une force de caractère

au-dessus de la moyenne. J'ai épousé sa sœur et, sur ce plan, elles sont exactement pareilles. Mais une fois que tu t'es laissé prendre…

— Ce n'est pas le cas, trancha Mark, et cela n'arrivera pas.

— Tant mieux, parce que la liste des priorités d'Angéla ne comporte pas de rencontres masculines.

— Sa liste ?

— L'inventaire de ce qu'elle veut accomplir. Quand elle était chef, elle gérait sa cuisine avec la même précision. C'est pour tirer parti de cette rigueur qu'elle souhaitait s'occuper de diététique, ici, à l'hôpital. Elle se conforme strictement à ses choix, sans se laisser distraire.

Il pouvait l'imaginer exécutant ses plans à la lettre et avait du mal à croire que cet électron libre soit resté lié à un homme pendant des années. En tout cas, c'était un aspect intrigant de sa personnalité.

— On se laisse tous distraire un jour ou l'autre, dit-il.

Eric lui tapota l'épaule avant de se rendre au chevet d'un patient atteint de bronchite, dans le box 3. Mark prit le dossier suivant et fit la grimace… Douleurs d'estomac… Bon sang ! il aurait préféré traiter autre chose que des nausées…

— La journée a été longue ?

Mark prit place de l'autre côté de la salle de repos ; bien entendu, il ne cherchait pas à éviter la proximité d'Angéla et ne souhaitait qu'étendre ses longues jambes. De plus, de cette façon, sans ses lunettes, il ne distinguait pas les yeux de la jeune femme, ce qui lui évitait toute distraction.

— J'y suis habituée, répondit-elle. Quand je travaillais à la station, j'avais vingt-trois employés sous mes ordres, mais j'étais la seule à travailler dix-huit heures par jour, sept jours par semaine. Quand j'ai eu ma fille Sarah, cela m'est devenu plus difficile. Mes patrons ne souhaitaient pas que je change de rythme et une assistante très compétente ne demandait pas mieux que de prendre ma place. J'ai donc cherché à me reconvertir.

— Cela vous manque ?

— En partie. Mes obligations sont très différentes, ici. J'ai énormément de travail administratif, mais c'est moi qui organise, coordonne les menus individuels et reçois les patients. Du coup, je ne cuisine plus autant que je le voudrais. J'adore cela, mais mon emploi est… très important, à l'hôpital. D'ailleurs, j'ai une amie qui tient un restaurant et elle me prête sa cuisine chaque fois que j'éprouve le besoin de revenir à mes premières amours. Vous avez déjà mangé au Panorama ?

— Je suis même un client régulier ! Je prends mon petit-déjeuner tous les matins dans cet établissement et j'y dîne assez régulièrement. C'est très sympathique.

Il voulait dire par là que c'était l'endroit rêvé quand il voulait être tranquille : il s'installait à une table écartée, ce qui lui évitait d'être importuné. C'était exactement ce qu'il souhaitait, ce n'était pas pour se faire des amis qu'il était venu à White Elk, même si cet endroit était le plus convivial qu'il eût jamais connu. Ici, *tout le monde* semblait plein d'intentions amicales, mais Mark n'avait pas l'intention de se laisser approcher.

— White Elk regorge de lieux sympathiques, mais la cerise sur le gâteau, chez Catie, c'est qu'elle surveille Sarah pendant que je fais la cuisine.

— Vous vous occupez seule de votre enfant depuis longtemps ?

— Son père m'a quittée dès qu'il a su que j'étais enceinte, mais Sarah et moi nous débrouillons très bien sans lui. Je ne l'avais pas prévu, mais il faut savoir s'adapter. Vous avez des enfants ?

— Non, bougonna Mark. Un mariage à l'eau et pas d'enfant.

Aucune envie non plus d'en parler… Croisant les bras sur sa poitrine, il appuya sa nuque au dossier de la banquette et ferma les yeux. Il n'aimait pas cette conversation, qui touchait des questions privées qu'il n'abordait même pas avec ses meilleurs amis. Rien de mieux qu'une posture figée pour faire passer le message.

— Vous n'êtes pas très subtil, remarqua Angéla.

— A quel propos ?

Il regretta immédiatement d'avoir posé la question, prolongeant du même coup la discussion. Il ne voulait parler avec personne, surtout pas avec Angéla. Elle l'obligeait à réfléchir, à désirer quelque chose qu'il ne pouvait pas se permettre d'avoir. Il lui était même interdit d'en rêver.

— Vous me faites clairement savoir par votre attitude que vous ne souhaitez pas bavarder davantage. Je vous ferais remarquer que c'est vous qui avez commencé, au cas où vous l'auriez oublié.

— Qu'est-ce que j'ai commencé ?

— Vous m'avez interrogée à propos de ma fille, ce qui m'a amenée, de fil en aiguille, à vous demander si vous aviez des enfants. Si vous ne souhaitez pas en discuter, évitez de mettre ces questions sur le tapis.

Diable ! Elle avait vraiment du caractère ! Cela finirait par l'agacer s'il n'y prenait pas garde.

— J'essayais de me montrer poli, voilà tout. Je vous ai dit la première chose qui m'est venue à l'esprit.

— Il semblerait que nous n'ayons pas la même conception de la politesse, je ne me permettrais pas de clore une conversation en me montrant aussi désagréable avec mon interlocuteur.

Visiblement, elle ne lâchait jamais le morceau…

— Au cas où vous ne l'auriez pas remarqué, nous ne sommes pas dans une soirée mondaine. Je suis simplement un médecin venu se délasser quelques minutes et ne suis pas ici pour être dérangé.

— Mais…

— Je veux tout simplement avoir la paix !

— Tout ce que je voulais dire, c'est que…

— La paix ! répéta-t-il, les yeux toujours clos. Du latin *pax*. En d'autres termes, je veux que l'on respecte ma quiétude.

Plutôt que de s'offenser, Angéla éclata de rire.

— Ecoutez, dit-elle en se levant, Sarah passe la nuit avec ses cousines puisque je quitte mon service après l'heure de son coucher. Ensuite, je me rendrai directement chez Catie. Je vais faire la cuisine pendant deux heures et tester ma recette italienne, le bar *alla puttanesca*, que Catie pense ajouter à son menu. Si vous avez retrouvé votre sérénité, je vous invite à dîner avec moi… Si vous le préférez, vous pourrez manger tout seul, mais vous dégusterez ma cuisine. Cela devrait vous convenir, personne ne vous dérangera.

— C'est une invitation à dîner ? demanda-t-il, déjà prêt à la décliner.

— Si vous faites allusion à un rendez-vous amoureux, c'est non. Mais si vous avez faim, j'ai de quoi vous nourrir, oui. Normalement, quand vous aurez goûté à mon plat, vous ne devriez plus être aussi grognon.

Il ouvrit les yeux, s'apprêtant à la remettre vertement à sa place, mais elle était déjà partie. Cela valait mieux, il n'avait pas l'intention d'échanger des propos avec une jeune femme qui suscitait en lui… des pensées perturbatrices.

— Bon sang ! murmura-t-il.

Angéla tendit à sa sœur le sac de couches. Sarah, dans les bras de Dinah, gigotait pour se libérer, encouragée par les jumelles qui trépignaient d'excitation.

— C'est fou ! s'exclama Angéla. Il est à peine aimable avec moi et qu'est-ce que je trouve de mieux à faire ? L'inviter à dîner chez Catie !

— Tu fais la cuisine chez elle, ce soir ?

— Plus tard, après mon service à l'hôpital. Je vais tenter une de mes recettes pour son restaurant.

— Ce n'est pas comme si vous étiez assis à la même table.

— C'est à peine si nous supportons d'être dans la même pièce ! Il est vrai que nous ne serons pas dans la même partie du restaurant, il sera dans la salle à manger et moi dans la cuisine. Il y aura des portes et des murs entre nous, cela devrait donc aller, du moins s'il vient. C'est un bon début, pour une relation qui semble difficile.

Elle lança aux jumelles la sacoche qui contenait les jouets de Sarah.

— Tu es sûre de vouloir la garder ? reprit-elle. Je peux très bien l'emmener chez Catie. Tu sais combien elle adore l'avoir près d'elle.

— Non, tante Angéla ! crièrent les jumelles à l'unisson.

— Elles ont brûlé d'impatience toute la journée, expliqua Dinah. Elles veulent jouer à la poupée avec Sarah et je crois qu'elles ont l'intention de transformer son berceau en château de conte de fées. Et à dire vrai… je me languis du temps où mes filles étaient des bébés.

— Tu n'es pas…

D'un geste, Angéla dessina un ventre arrondi pour ne pas prononcer le mot « enceinte » devant les jumelles.

— Pas encore, mais je crois que c'est le moment, du moins si Eric peut ralentir un peu le rythme. C'est un peu dans ce but qu'il a amené Mark ici.

— Très bien, mais tu sais que tu peux compter sur moi, quand le jour sera venu.

— De quoi tu parles ? cria Paige. Pourquoi ma maman peut compter sur toi ?

— Pour une tarte aux fruits que je vais lui faire ce soir.

— On en veut aussi ! crièrent les jumelles en chœur.

— Vous en aurez, dit Angéla en embrassant ses nièces.

Ses nièces… Dinah avait la chance d'être mariée avec Eric, qui était le père de deux petites filles aussi géniales. Ils formaient une famille heureuse. Elle avait cru pouvoir connaître le même bonheur avec Brad, mais elle s'était illusionnée.

— Tarte aux fruits pour tout le monde ! promit-elle. Et maintenant, je dois vraiment partir.

Elle déposa un dernier baiser sur la joue de sa fille.

— A demain, ma puce. Tante Dinah va s'occuper de toi et je crois que les jumelles ont des tas de projets pour la soirée.

Ce n'était pas la première fois qu'elle passait la nuit loin de sa fille, mais ce n'était jamais facile… Sentant les larmes lui monter aux yeux, elle se rua hors de la maison et monta dans sa voiture.

Angéla était à ses fourneaux depuis maintenant deux heures et Mark ne s'était toujours pas montré. Elle se surprit à jeter un coup d'œil dans la salle plus souvent que nécessaire. Elle était bizarrement déçue de ne pas le voir. Mais à quoi s'attendait-elle ? Elle ne lui plaisait pas, pouvait en dire tout autant de lui et devait admettre que leur relation était plutôt tendue. Pouvait-on parler de relation, d'ailleurs ? Chaque fois qu'ils se trouvaient dans le même endroit, la tension était presque palpable.

Pourtant, il la fascinait. Elle en ignorait la cause, n'aurait pu l'expliquer et peut-être même n'en avait-elle pas envie. Mais oui, elle devait admettre qu'il l'intriguait, c'est pourquoi elle souhaitait qu'il vînt, ce soir… C'était la seule explication.

— Tu attends quelqu'un ? lui demanda Catie.

— Personne.

— Alors pourquoi surveilles-tu la salle par le passe-plat toutes les cinq minutes ?

— J'ai invité quelqu'un à goûter ma recette, mais je ne surveille pas la salle ! répliqua Angéla avec hauteur.

Catie se mit à rire.

— A la façon dont tu t'énerves, je devine que c'est un homme.

— Un collègue de l'hôpital.

— Il est grand, brun et beau ? Chaque matin, il aime les « œufs frits des deux côtés, mais sans casser le jaune », une tartine, un fruit et une tasse de café pour son petit-déjeuner ?

— Chaque matin ?

— Absolument. Il n'apprécie pas le changement quand il s'agit de son petit-déjeuner.

— Cela semble mortellement ennuyeux.

— Il me semble plutôt que tu esquives ma question, rétorqua Catie en pouffant. Mais je ne t'en veux pas, on a tous droit à une vie privée.

— Il n'y a rien de privé là-dedans. Il m'a dit qu'il dînait ici assez souvent et je lui ai proposé de goûter ma recette italienne s'il passait ce soir, ce qu'il n'a pas fait.

— Tu te trompes. Il est assis dans l'alcôve et a commandé ton bar *alla puttanesca*, soit dit en passant.

Le cœur d'Angéla battit plus vite.

— Ce sera prêt dans cinq minutes.

— Tu pourrais en préparer pour deux et te joindre à lui. On va bientôt fermer et il ne reste plus grand monde dans la salle. Il n'y a aucune raison pour que tu passes le reste de la soirée dans la cuisine, nous allons commencer à nettoyer dans une demi-heure.

Angéla sentit le rouge lui monter aux joues, et ce n'était pas dû à la chaleur des fourneaux.

— Je ne peux pas, répondit-elle.

— Pourquoi ?

— Parce que nous ne nous entendons pas du tout. Je crois que, si j'assistais à son repas, sa digestion en serait perturbée.

— C'est pour cela qu'il a bien spécifié qu'il voulait ton plat ? objecta Catie en secouant la tête. Si tu disais vrai, il serait allé dîner ailleurs. Je trouve que tu es trop dure avec toi-même.

— Je n'ai de temps pour… rien. Et surtout pas pour… tu sais ce que je veux dire : j'ai une vie un peu bousculée, entre Sarah et le travail. Même en admettant que je ne trouble pas son repas, je ne pourrais pas… dîner avec lui. Ce n'est pas le moment, j'ai d'autres priorités.

— Tu fais comme tu veux, mais si j'en crois mon expérience, on trouve toujours le temps si on le veut vraiment. Si c'est le cas, je peux te dire que des choses surprenantes peuvent arriver… si tu leur en donnes l'occasion. Personnellement, je trouve que le bar *alla puttanesca* est une occasion à saisir.

Angéla jeta un coup d'œil au grand diable d'homme qui rôdait dans la salle : Walt Graham, le médecin qui allait l'assister pendant la cure pour jeunes diabétiques. Il était la surprise que la vie avait réservée à Catie. Ils étaient tous deux veufs et amis de toujours… Personne n'avait rien vu venir, mais tout le monde était content pour eux.

Haussant les épaules, Angéla retourna à ses fourneaux. Il ne lui fallait que quelques minutes pour réchauffer le repas de Mark, ensuite elle rentrerait chez elle… en passant par la porte de derrière.

— Je reconnais que c'était le meilleur bar *alla puttanesca* que j'aie jamais mangé, dit Mark.

Il neigeait beaucoup, pour un mois de mars. C'était une bonne chose pour White Elk, puisque la saison de ski se prolongeait. Mark songea qu'il pourrait peut-être trouver le temps de descendre une pente. Il en avait envie depuis qu'il était arrivé, trois mois auparavant, mais l'occasion ne s'était pas encore présentée.

Emergeant de sous le capot de sa voiture, Angéla le foudroya du regard.

— Je suis ravie que vous l'ayez apprécié, dit-elle sèchement.

— Vous avez des problèmes ? A moins que vous n'aimiez particulièrement bricoler votre carburateur dans un parking enneigé ?

— Je ne bricole pas mon carburateur.

Mark sortit une torche de sa poche et la braqua sur le moteur.

— C'est bien le carburateur et vous avez bien l'air de le tripoter.

— Je ne suis pas arrivée à démarrer, admit-elle.

— Et vous êtes mécanicienne ? C'est pour cela que vous essayez d'effectuer vous-même la réparation ?

Rien qu'à son expression, Mark devina qu'Angéla brûlait de le bombarder de boules de neige. Il comptait l'aider, mais avait du mal à adopter la posture du chevalier se lançant au secours de la demoiselle en détresse. Leur relation devait rester ce qu'elle était... conflictuelle. C'était la seule façon de procéder puisqu'il ne parvenait pas à garder ses distances avec elle.

— Non, je ne suis pas mécanicienne et je ne distingue pas un carburateur de... n'importe quoi d'autre sous le capot.

— En ce cas, je vous suggère de vous glisser derrière le volant et de mettre le contact, pour que j'écoute un peu ce qui se passe.

— Vous allez m'aider ?

Sa surprise le mit mal à l'aise. Il se sentit aussitôt coupable. Angéla était une jeune femme bien, qui n'avait pas une vie facile, et il n'avait pas à lui faire payer ses propres problèmes.

— Ecoutez, Angéla, je sais que nous avons eu quelques différends...

— De gros différends ! l'interrompit-elle.

Malgré lui, il ne put s'empêcher de sourire. C'était cette Angéla-*là* qui l'intriguait.

— De gros différends, d'accord. Mais je n'ai jamais voulu vous donner l'impression que j'étais vraiment méchant.

— Et grossier, compléta-t-elle.

Il se mit à rire.

— Très bien, méchant et grossier. Sachez seulement que je traverse une mauvaise période, mais cela n'a rien à voir avec vous. Je voudrais que l'on me laisse tranquille, mais c'est difficile à obtenir quand...

—... quand je vous importune sans cesse, c'est cela ?

— Euh... plus ou moins, mais ce n'est pas seulement cela. C'est... tout.

D'un geste, il désigna le restaurant, les sommets montagneux qui se dressaient au loin, la grand-rue du village et les lampadaires du parking diffusant un brouillard rosâtre où dansaient les flocons de neige, tels des elfes de féerie.

— C'est tout cela, reprit-il. Je ne veux pas être ici, je ne veux pas de ce mode de vie, je ne veux plus exercer la médecine, je ne veux rien de ce que j'ai. Mais je suis coincé ici pour un an et demi, que je le veuille ou non et, chaque fois que j'ai cette impression d'enfermement, il semble que vous soyez dans les parages.

— Si je comprends bien, je subis le contrecoup de votre mauvaise humeur ?

Mark eut honte de son comportement. Elle avait raison, mais il y avait en elle quelque chose qui lui donnait envie de corriger sur-le-champ le cours de sa vie. Elle suscitait en lui le désir effréné de satisfaire ses besoins les plus profonds. Lorsqu'elle n'était pas là, il parvenait à se concentrer sur ses tâches, mais, en sa présence, il brûlait d'envie de connaître une existence différente.

— Quelque chose comme cela, avoua-t-il, et j'en suis désolé. J'ai lu votre projet, hier et je vous félicite car il est remarquable. J'ai bien l'intention de parler en votre faveur, demain, et de vous soutenir tant que je serai là.

— J'espère que vous parviendrez à plaquer un sourire sur votre visage, parce que si vous arborez votre mine renfrognée habituelle, Eric et Neil seront persuadés que vous ne pensez pas ce que vous dites.

Comme d'habitude, elle allait droit au but. Il commençait à apprécier cette franchise.

— Ne me dites pas que je fais toujours la tête.

— A peu près à quatre-vingt-dix-neuf pour cent du temps.

— Demain, je vous promets un quatre-vingt-dix-huit.

— Vous préférez les sauts de puce aux pas de géant, à ce que je vois.

— Vous, au contraire, vous adoptez un train d'enfer.

Angéla ajusta son écharpe pour mieux se protéger du vent.

— La vie est courte. Si j'avance trop lentement, je ne pourrai pas mener à bien tous mes projets. J'ai déjà perdu huit ans que je ne peux pas rattraper, je ne veux pas gâcher une minute de plus.

— C'est pour cela que vous souhaitez intégrer l'équipe de secourisme en montagne…

L'espace de quelques secondes, il s'en voulut un peu d'avoir repoussé sa candidature, mais il ne changerait pas d'avis.

— Exact, et n'allez pas vous imaginer que je vais abandonner ! J'ai bien l'intention d'assister à vos cours. J'accepte votre décision, mais, que cela vous plaise ou non, j'atteindrai mon but.

C'était l'une des raisons pour lesquelles il devait éviter tout rapprochement avec Angéla : elle était trop dynamique, trop positive. Il craignait vraiment qu'en déteignant sur lui, elle ne l'oblige à renoncer aux décisions qu'il avait gravées dans la pierre, ces deux dernières années.

— Pour l'instant, il nous suffit de savoir si nous pourrons faire démarrer votre voiture.

Après s'être installée au volant, elle mit le contact. Il n'y eut pas le moindre grincement, pas le moindre crépitement… seulement un petit bruit sec.

— De quand date votre batterie ? cria-t-il.

— Je l'ai achetée il y a un mois, lors de ma dernière révision.

Elle actionna encore la clé, mais rien ne se passa. Mark vérifia les connexions électriques, remua les câbles sans aucun résultat.

— Eh bien… La bonne nouvelle, c'est que ce n'est pas un problème de carburateur, dit-il en sortant la tête de sous le capot. La mauvaise, c'est que le starter est défectueux, à moins que ce ne soit le Delco. Il va falloir faire appel à un mécanicien.

— Ces derniers temps, j'ai dû aller au garage quasiment chaque semaine. Il va sans doute falloir que je m'achète une nouvelle voiture un peu plus fiable, pour Sarah.

Voyant qu'elle sortait un téléphone portable de sa poche, Mark demanda :

— Vous voulez appeler un taxi ?

— Non. Je vais demander à Eric de venir me chercher.

— Laissez-le passer une soirée tranquille en famille, je vais vous raccompagner.

— Vous êtes sûr ?

De nouveau, elle semblait surprise qu'il pût lui témoigner de la gentillesse.

— Vous m'avez offert un bon dîner, c'est le moins que je puisse faire.

— Alors, j'accepte.

Elle fourra son téléphone dans sa poche, prit son sac, sa mallette et son ordinateur à l'arrière de sa voiture. Mark les lui prit des mains et la conduisit jusqu'à un pick-up noir si haut sur roues qu'elle se demanda si elle parviendrait à se hisser sur le siège sans se ridiculiser.

— Les hommes adorent ce genre de véhicule, remarqua-t-elle en grimpant à l'avant.

— C'est pratique, quand on vit à la montagne.

Elle attendit qu'il fût au volant pour s'étonner.

— Mais vous ne comptez pas rester ici, je crois. Une fois que vous aurez terminé vos dix-huit mois, vous avez bien l'intention de partir ?

— Si je n'ai plus besoin de mon pick-up, j'achèterai autre chose.

— Vous ne savez pas encore où vous irez ?

Cela n'étonnait guère Angéla. Mark semblait fuir quelque chose mais, apparemment, il ne poursuivait pas un but précis.

— Je n'en ai pas la moindre idée et je m'en moque. Une route en vaut une autre et si elle me mène quelque part, c'est parfait.

Après avoir mis sa ceinture de sécurité, Angéla se laissa aller contre la banquette de cuir. Elle aimait cette odeur masculine et puissante, qui lui rappelait Mark.

— Personne ne s'est jamais assis sur ce siège, n'est-ce pas ?

C'était une question bizarre, mais, s'il était aussi solitaire qu'elle le soupçonnait, il n'avait jamais dû être assez intime avec quelqu'un pour l'inviter à s'asseoir auprès de lui.

— Vous êtes la première, si l'on excepte le vendeur qui m'a accompagné quand j'ai essayé ce pick-up.

Pas de femmes… De nouveau, elle ne fut pas surprise, les hommes tels que Mark Anderson faisaient certainement des conquêtes féminines, mais, en raison des circonstances sans doute, elle ne pouvait l'imaginer que seul… et grognon.

— Je veux soixante-quinze pour cent, au lieu de quatre-vingt-dix-huit.

— Quoi ?

— Voilà que vous vous renfrognez de nouveau ! Je voudrais que vous limitiez votre morosité à soixante-quinze pour cent de votre temps. Laissez-moi vous dire que c'est très mauvais pour la santé d'être aussi souvent crispé ! Si vous cessiez de froncer les sourcils juste le quart de votre journée et si vous vous efforciez de sourire, vous vous détendriez et vous vous sentiriez bien mieux.

— C'est une opinion professionnelle ?

— Oui, mais c'est aussi l'avis de quelqu'un qui a passé trop de temps à bougonner.

— Qu'est-ce qui a modifié la situation ?

— Je suis devenue heureuse. J'ai eu Sarah, j'ai compris combien mes amis comptaient pour moi, j'ai découvert que ce que je voulais était sans doute moins compliqué à obtenir que ce que j'avais pensé et, plus important encore, j'ai déterminé avec précision ce dont je ne voulais plus et j'y ai mis fin.

C'était la vérité. Lorsqu'elle avait cessé de vivre dans l'ombre de Brad, tout avait changé. Tout comme elle à cette époque, Mark semblait noyé dans une noirceur qui l'enveloppait et lui permettait à peine de respirer. C'était vraiment dommage parce que, sous la mauvaise humeur, elle entrevoyait ce qu'il y avait de positif en lui. Mais il était en proie à un tel conflit qu'il ne devait même pas le savoir lui-même.

Le pick-up sortit du parking et s'engagea dans la rue principale. Angéla jeta un coup d'œil aux Trois Sœurs, les trois pics montagneux qui dominaient la vallée. Selon une légende indienne, leur magie protégeait White Elk et tous ceux qui vivaient à leur pied. Leur ombre était bénéfique, contrairement à celle qui planait au-dessus de Mark, si pesante que cela lui faisait froid dans le dos.

Allons, Les Trois Sœurs, un petit effort..., supplia-t-elle en silence.

Peut-être leur restait-il un tout petit peu de magie pour Mark, il en avait vraiment besoin.

3

Le trajet fut bref et silencieux. Après avoir indiqué à Mark le chemin de son immeuble, Angéla préféra regarder le paysage au lieu de se lancer dans une conversation difficile. Il ne faisait d'ailleurs aucun effort pour lui parler. Bizarrement, ce silence et la proximité de Mark lui donnaient la chair de poule, c'est pourquoi elle préférait fixer son attention sur la route et la neige qui faisait de son mieux pour tout recouvrir sous son blanc manteau.

— Qu'est-ce que…

Après avoir freiné brusquement, il passa la marche arrière. Projetée en avant, Angéla bénit la ceinture de sécurité. Passant en un éclair de la détente à la panique, elle demanda d'une voix haletante :

— Il y a un problème ?

Mark regardait par-dessus son épaule de façon à ne pas dévier de la route.

— Je n'en suis pas sûr. J'ai cru voir…

Il n'en dit pas davantage. Appuyant pour la seconde fois sur la pédale de freins, il n'attendit pas la question suivante d'Angéla et défit sa ceinture de sécurité. Quelques secondes plus tard, il courait sur la chaussée.

— Mark ! cria-t-elle en se libérant à son tour.

Elle n'était pas aussi rapide que lui et, quand elle sortit du véhicule, il s'engageait déjà dans une allée du parc. Angéla se lança à sa poursuite. Lorsqu'elle le rejoignit, elle le vit tomber à genoux.

— Qu'est-ce que vous faites ?

— J'ai vu quelqu'un.

Il retirait son manteau. En s'approchant, Angéla reconnut l'homme allongé sur le sol.

— C'est M. Wetherby, le bibliothécaire. Il dîne au restaurant tous les vendredis soir. Homard Newburg et…

Prenant conscience qu'elle babillait devant un homme inconscient, elle s'agenouilla auprès de Mark.

— Qu'est-ce qu'il a ?

Imitant Mark, elle retira son manteau pour couvrir le malheureux.

— Je n'en sais rien. Je l'ai juste aperçu, couché dans la neige.

Il posa ses doigts sur le cou de Richard Wetherby. La jeune femme comprit qu'il prenait son pouls.

— Dites-moi ce que je peux faire. J'appelle une ambulance ?

Déjà, elle sortait son téléphone.

— C'est un bon début. Dites-leur qu'il est en hypothermie, que le pouls est faible et lent, qu'il faudra le réchauffer aux urgences. Dites-leur aussi de prévenir l'orthopédiste de garde… je crois qu'il souffre d'une mauvaise fracture.

Angéla répéta exactement ce qu'il venait de lui dire au standardiste. Pendant ce temps, Mark examinait les bras et les jambes de Richard. La jeune femme posa ses doigts sur le cou du bibliothécaire dans l'espoir d'apprendre quelque chose. Le pouls était lent et faible, comme Mark l'avait dit. Pour pouvoir comparer, elle refit la même manœuvre sur elle. Elle constata alors que ses propres pulsations étaient fermes et régulières. La différence était étonnante, presque effrayante. Elle comprit que Richard risquait de mourir.

— Je pense que c'est sa hanche, dit Mark en se redressant, bien que je ne puisse l'affirmer avec certitude. Je vais chercher ma sacoche, dans le pick-up.

Sans attendre sa réponse, il tourna les talons et se mit à courir dans l'allée. Angéla se pencha au-dessus du bibliothécaire.

— Richard… C'est Angéla Blanchard. Je suis ici avec Mark Anderson, l'un des médecins de l'hôpital. Nous allons bien nous occuper de vous. D'ici quelques minutes, l'ambulance viendra vous chercher.

Il n'y eut évidemment pas de réponse et la jeune femme éprouva le besoin de vérifier si la vie était toujours là, juste pour se rassurer. Lorsqu'elle eut posé ses doigts à la base du cou, elle ne trouva pas les faibles battements qu'elle avait perçus quelques instants auparavant. Prise de panique, elle fit courir ses doigts de bas en haut et de droite à gauche… en vain.

— Mark ! hurla-t-elle.

Elle avait pris des cours de secourisme quelques années auparavant mais ne s'était exercée que sur un mannequin.

— Mark !

Ecartant les mâchoires de Richard, elle se pencha pour lui faire du bouche-à-bouche, se rappelant qu'il fallait plusieurs insufflations. Ensuite, elle se redressa et rejeta les manteaux qui recouvraient le torse de Richard afin de pratiquer des compressions thoraciques.

— Une, deux, trois, dit-elle à voix haute.

Elle craignait de ne pas appuyer assez fort ou au contraire d'être trop brutale. Elle se rappelait vaguement les propos de l'instructeur, à propos de côtes cassées et de poumons perforés.

— Angéla ? interrogea Mark en tombant à genoux auprès d'elle.

— Je ne trouvais plus son pouls ! expliqua-t-elle en s'écartant pour qu'il prenne la relève.

Se plaçant près de la tête de Richard, elle compta les pressions effectuées par Mark.

— C'est bien trente compressions pour deux insufflations ?

Il hocha la tête sans la regarder. Tout en comptant les trente pressions, elle inspira profondément et procéda elle-même aux deux insufflations. Durant quelques minutes, Mark et elle répétèrent alternativement les gestes de réanimation. Enfin, ils entendirent la sirène de l'ambulance retentir dans le lointain et échangèrent un regard soulagé.

Un peu plus tard, quelqu'un appela depuis la route :

— Où êtes-vous ?

— Dans l'allée, à une vingtaine de mètres ! cria Angéla.

— Angéla, dit Mark, je voudrais que vous teniez la torche tout en maintenant sa tête en arrière, pour que je puisse l'intuber.

Le premier ambulancier sur les lieux prit la place de Mark et poursuivit les compressions thoraciques pendant que son collègue sortait le matériel : des tubes, une bouteille d'oxygène et le moniteur cardiaque. Il tendit au médecin un masque relié à un ballon et, quand Mark le lui demanda, remit une sonde endotrachéale à Angéla qui ne sut trop quoi en faire.

— Vous me la donnerez quand je vous le dirai, expliqua Mark. Jusque-là, tenez fermement la torche et veillez à ce que sa tête ne glisse pas. D'habitude, je n'ai pas à me mettre à plat ventre dans la neige, mais cette fois, cela risque d'être un peu difficile.

— Je peux le faire, dit-elle, davantage pour elle-même que pour Mark, mais il l'entendit.

— J'en suis persuadé.

Après avoir placé le masque sur le visage du patient, il pressa deux fois sur le ballon.

— Quand j'aurai introduit le tube, passez-moi le stéthoscope.

Exposée de façon très simple, la procédure impressionna la jeune femme. Première étape… deuxième étape… Une pratique méthodique que tout le monde connaissait… sauf elle.

— Ensuite, vous tiendrez le tube pendant que je m'assure qu'il est bien placé, continuait Mark.

Un peu effrayée, elle hocha la tête, espérant que sa nervosité ne lui donnait pas l'air d'une poupée sans cervelle.

Mark pressa le ballon une dernière fois, retira le masque puis fit signe à l'ambulancier de cesser les compressions thoraciques.

— Prête ?

Tout se passa en un éclair mais Angéla intégra toutes les informations. Mark plaça la tête de Richard dans l'angle convenable et elle la maintint dans cette position pendant qu'il s'aplatissait dans la neige. Il sortit ensuite un instrument de sa poche… Elle en ignorait le nom, mais le lui demanderait plus tard… Il écarta davantage les mâchoires de son patient puis réclama la sonde. Instinctivement, elle se rapprocha de lui pour la lui remettre et Mark la glissa dans la bouche de Richard. Pas dans l'œsophage, se rappela-t-elle, mais dans la trachée. Elle se demanda comment Mark faisait pour ne pas faire d'erreur, la zone d'intervention était très exiguë.

— Stéthoscope ! ordonna-t-il. Maintenant, vous allez tenir le tube à ma place. Il ne faut surtout pas qu'il bouge.

A son tour, Angéla se mit à plat ventre dans la neige. Mark se redressa pour ausculter son patient pendant que l'un des ambulanciers s'apprêtait à poser un cathéter. Il plaça aussi le ballon à l'extrémité du tube et le pressa deux fois.

— Fixez la sonde, dit-il à Angéla.

L'infirmier tendit un rouleau de sparadrap à la jeune femme.

— Comment cela ? demanda-t-elle.

Un des ambulanciers avait repris les compressions thoraciques, Mark était occupé à faire quelque chose avec une seringue et l'autre ambulancier mettait en place une poche à perfusion remplie de liquide. De plus en plus perdue, Angéla ne comprenait pas bien ce que l'on attendait d'elle.

— Utilisez le sparadrap pour que la sonde ne bouge pas, expliqua Mark avec la patience d'un bon professeur. Collez-le de chaque côté de son visage.

C'était facile à dire, mais beaucoup moins à faire, du moins pour elle. Pendant ce temps, Mark fixait la seringue dans un tube minuscule.

— Il faut maîtriser la pression du ballonnet, expliqua-t-il. Ce petit tuyau est relié à la sonde endotrachéale. Quand l'air pénètre dedans, la sonde épouse de plus près les contours de la muqueuse trachéale, ce qui l'empêche de glisser et évite les fuites de gaz. Cela favoriserait le passage de sécrétions contenant des bactéries pathogènes autour du ballonnet.

Tout ceci exposé en quelques secondes… Angéla était fascinée puis, lorsqu'ils eurent suffisamment stabilisé Richard pour l'installer sur le brancard, elle se sentit épuisée.

— Vous n'allez pas le choquer, ou quelque chose comme cela ?

A la télévision, elle avait vu les urgentistes placer des électrodes sur la poitrine des patients et déclencher un choc électrique externe.

— Nous avons réussi à oxygéner correctement son cerveau assez rapidement. C'est le but d'une réanimation cardio-pulmonaire, en attendant que le patient reçoive les soins adaptés. L'hôpital est à deux rues d'ici… si c'est nécessaire, les médecins pratiqueront une défibrillation.

Défibrillation… encore une notion à approfondir.

Pendant que Mark lui fournissait ces explications, les ambulanciers avaient emmené Richard. Au moment où Angéla ramassa les manteaux, l'ambulance s'éloignait déjà sur la route.

— Tout s'est passé si vite… murmura-t-elle.

Dix minutes, peut-être, s'étaient écoulées depuis le moment où Mark avait aperçu Richard.

— Grâce à vous, dit-il en l'aidant à enfiler son vêtement.

— Je n'ai rien fait, j'ai juste… Ecoutez, je suppose que vous souhaitez les suivre jusqu'à l'hôpital.

— C'est exact.

— Allez-y ! De mon côté, je vais voir si je peux retrouver Fred et nettoyer un peu derrière nous.

— Fred ?

— Le chien de Richard. Tout le monde le connaît, à White Elk… Il passe ses journées à la bibliothèque, sous le comptoir. Les enfants l'adorent et sa participation est précieuse quand Richard leur lit des histoires.

— En ce cas, vous feriez bien de le retrouver, sinon ils vont être déçus. Mais comment rentrerez-vous chez vous ?

— A pied. Ce n'est pas très loin et j'ai besoin de… réfléchir.

— Je préfère vous attendre dans le pick-up.

Dès que Mark se fut éloigné, Angéla s'autorisa à craquer et, s'effondrant sur le banc le plus proche, laissa échapper quelques larmes. Ce qu'elle avait accompli ce soir était bien insignifiant, mais… c'était exactement ce qu'elle voulait faire.

— J'y arriverai ! murmura-t-elle avec détermination.

A ce moment-là, une petite boule de fourrure pointa le museau hors d'un buisson.

— Tu verras, Fred. Je ne resterai plus sur le bas-côté de la route, à regarder les événements au lieu d'y participer… J'atteindrai le but que je me suis fixé, affirma-t-elle en prenant la petite bête dans ses bras.

— Normalement, les chiens ne sont pas admis dans l'hôpital, dit Mark.

Angéla se tenait dans le hall, serrant Fred contre son cœur. Elle regardait Mark et son équipe s'activer autour de Richard Wetherby. Encore inconscient, il paraissait bien frêle, parmi les machines qui cliquetaient autour de son lit et avec tous ces tubes qui entraient dans son corps. Au-dessus de sa tête, un moniteur cardiaque permettait de surveiller l'activité de son cœur et un respirateur assurait la ventilation de ses poumons.

— J'aurais dû l'emmener chez moi, mais je voulais voir comment se porte Richard. Quand il mange à la station, nous prenons souvent le dessert ensemble, dans la cuisine. Il est très sympathique.

— Pour l'instant, il ne va pas bien, murmura Mark. Nous avons eu du mal à le stabiliser. Il était en hypothermie… je veux dire, il avait très froid…

— Je sais ce que cela veut dire.

— Nous ignorons combien de temps cela a duré, mais ses signes vitaux révèlent un problème. Il ne se réchauffe pas comme il le devrait.

— Je croyais que l'hibernation pouvait avoir du bon.

— C'est exact. Le corps exige moins d'oxygène, le métabolisme est ralenti. C'est sans doute ce qui a sauvé Richard, mais, en tombant, il s'est cassé la hanche… La fracture est assez importante et a causé une hémorragie interne. Ensuite, il est vraisemblablement resté étendu pendant trop longtemps, en état de choc.

— Mais si la température n'avait pas été aussi basse, il serait mort ?

— Probablement. Le froid l'a sauvé, tout en compliquant la situation. De toute façon, il est vivant. C'est ce qui compte le plus.

— Vous croyez qu'il va s'en sortir ? demanda Angéla avec espoir.

— Ce n'est pas encore certain, nous en saurons davantage dans les prochaines vingt-quatre heures. De toute façon, il faudra l'opérer, ce qui implique que si M. Wetherby n'a personne chez lui, pour s'occuper du chien… Je crois que vous allez devoir vous en charger.

— C'est impossible. Mon propriétaire ne veut pas d'animaux chez lui.

— Il reste environ une demi-heure, avant que l'on n'emmène M. Wetherby aux soins intensifs. Dans ce laps de temps, vous pourriez peut-être chercher quelqu'un qui accepte de l'héberger. Ensuite, je vous ramènerai chez vous.

Angéla se mit en quête d'un foyer d'accueil pour Fred, mais toutes les personnes qu'elle aborda refusèrent pour des raisons diverses : elles avaient déjà un chien, étaient allergiques, n'avaient pas le temps… En trente minutes, elle entendit toutes les excuses imaginables et, lorsqu'elle retourna aux urgences, Fred était toujours dans ses bras.

— Richard est revenu à lui, lui dit Mark. On a débranché le respirateur, il n'en avait plus besoin. Ses premiers mots ont été pour Fred, ce stupide animal est tout ce qu'il a.

— Et je ne peux pas le prendre, dit tristement Angéla.

— Je lui ai promis de me charger de lui.

La nouvelle la stupéfia. Elle ne s'attendait pas à ce que cet homme, qui refusait tout engagement, accepte de s'occuper d'un chien. Elle se réjouit qu'il montre un peu d'humanité en dehors du cadre de son métier. Peut-être cachait-il d'autres surprises…

— Il est très gentil et il aime qu'on le porte, dit-elle.

— S'il veut rester chez moi, il faudra qu'il marche, grommela-t-il.

— Je voulais vous demander une chose… Comment avez-vous remarqué Richard, sur la neige ? Il était à une vingtaine de mètres de la route. J'ai pourtant de bons yeux et je ne l'ai pas vu.

— Question d'habitude. J'ai aiguisé mes dons d'observation pendant plus d'années que je ne peux le dire.

Sur ces mots, il s'éloigna en direction de la sortie sans prendre la peine de vérifier si elle le suivait. Elle le fit, mais à son rythme, en profitant pour examiner l'équipement disséminé un peu partout dans le couloir. Elle explora du regard les salles d'examen et s'efforça de mémoriser ce qu'elle voyait.

Lorsqu'il se retourna, il la surprit en train d'étudier le matériel auquel il ne prêtait plus aucune attention. Le visage de la jeune femme exprimait la fascination… celle qu'il avait éprouvée bien des années auparavant. A cette époque, il était comme Angéla… enthousiaste, avide d'apprendre, mais il ne possédait pas ses dons naturels. Il l'avait constaté ce soir et admiré la façon dont elle avait affronté une situation extrême. Elle avait suivi ses instructions à la lettre, mais avait aussi obéi à son instinct.

Il lui enviait cet enthousiasme qui, pour lui, faisait partie du passé. Il ne souhaitait pas qu'on le lui rappelât. La présence d'Angéla risquait de raviver une flamme qui devait rester éteinte.

— Vous venez ? demanda-t-il sans impatience.

Il voulait la laisser savourer cette première victoire. Il savait combien ce serait important pour elle, dans les années à venir. Elle ne l'oublierait jamais.

Et lui non plus.

— Vous voulez boire un café, un thé ou un chocolat chaud ? Avec du cognac ?

Angéla descendit du pick-up, serrant toujours Fred contre son cœur.

— J'ai aussi de la tarte aux pommes, si vous en voulez un morceau.

Elle ne s'attendait pas à ce qu'il accepte car l'atmosphère avait été tendue pendant le court trajet. Dès que le pick-up avait démarré, un silence glacial s'était installé entre eux. Elle espérait qu'il analyserait et commenterait le comportement qu'elle avait eu pendant le sauvetage, que ce soit pour la critiquer ou la complimenter. Elle ne pouvait distinguer son visage dans l'obscurité mais imaginait facilement qu'il devait sembler être taillé dans la pierre. Elle s'était donc contentée de lui indiquer le chemin de son appartement. Le seul bruit provenait de Fred qui s'était endormi entre eux et ronflait, le museau posé sur la cuisse de Mark.

Maintenant, ils étaient arrivés devant chez elle et elle attendait qu'il répondît à son invitation. Lorsqu'il l'aurait déclinée, elle pourrait mettre une porte solide entre eux. Mais il semblait réfléchir…

— Alors ? demanda-t-elle. Vous voulez un café ? Une part de gâteau ?

Comme si elle avait besoin de reposer la question !

— Je prendrais volontiers un morceau de tarte, dit-il enfin. A condition que votre propriétaire ne se plaigne pas que je fasse rentrer Fred chez vous.

Le cœur d'Angéla se mit à faire des bonds dans sa poitrine.

— Je suis autorisée à recevoir des invités, mais vous devrez le cacher sous votre manteau. Ma voisine ronchonne si le vent souffle dans la mauvaise direction et elle est probablement en train de nous observer.

— Elle ne se plaint pas de Sarah ?

— Bien sûr que si, mais le propriétaire a des petits-enfants et il aime bien ma fille, alors il n'écoute pas ses doléances. En revanche, il ne veut pas d'un animal qui pourrait abîmer la moquette ou griffer les tapisseries. J'ai droit à un poisson rouge, c'est tout.

Mark fourra le minuscule Yorkie sous son manteau.

— Allons-y.

Encore sous le choc, Angéla se demandait ce qui avait bien pu le pousser à accepter son invitation. C'était sans doute la perspective d'une petite pâtisserie…

— La plupart des meubles ne m'appartiennent pas, expliqua-t-elle en le faisant entrer. Brad et moi occupions une suite, à la station. En fait, nous sommes passés d'hôtel en hôtel pendant toute la durée de notre mariage. Quand on vit de cette façon, on n'accumule pas les biens.

— C'est sympathique, dit Mark en regardant autour de lui. Petit, un peu rudimentaire… Je n'aurais pas besoin de davantage.

— Où habitez-vous ?

— Je loue une chambre chez Laura Spencer.

— Dans son auberge ou dans l'un de ses cottages ?

— Au-dessus du garage de sa maison. Auparavant, elle y stockait des affaires, mais il y a une salle d'eau et la place de mettre un micro-ondes. Elle a donc descendu son matériel au rez-de-chaussée pour que je puisse m'installer.

— C'est parce que vous n'êtes là que pour peu de temps, sans doute, dit Angéla en posant une part de tarte devant lui. Après tout, vous ne restez ici que dix-huit mois, n'importe quel placard à balais ferait l'affaire.

— Dix-huit *longs* mois, rectifia-t-il. N'oubliez jamais l'adjectif, c'est ce qui me plonge dans le désespoir.

— Le désespoir ? Parfois, il est difficile de dire si vous plaisantez ou si vous êtes sérieux.

— Je suis toujours sérieux.

— Est-ce que vous froncez aussi les sourcils quand vous êtes chez vous ? Vous vous exercez devant une glace ? Quand vous vous levez le matin, je suppose que vous mettez immédiatement votre masque. Vous le gardez en buvant votre café et plus tard dans la journée, quand la plupart des gens qui ont le réveil difficile commencent à se détendre. Vous semblez en avoir fait un art.

— Vous avez raison. Il se trouve que j'adopte une moue maussade dès le réveil. Je la conserve en prenant mon petit-déjeuner et tout au long de la journée.

Elle lui jeta un coup d'œil surpris. Il souriait… C'était l'un des plus beaux sourires qu'elle ait jamais vus, il était vraiment dommage qu'il l'utilise si rarement.

— Vous pouvez laisser sortir Fred dans le patio, suggéra-t-elle. Il y sera bien pendant quelques minutes, à condition qu'il n'aboie pas.

Mark gagna les portes-fenêtres qu'elle lui désignait et sortit avec le Yorkie. Tout en coupant deux parts de tarte, Angéla s'interrogeait sur les événements qui avaient pu amener un aussi bon médecin à se détacher ainsi de la vie. Le divorce pouvait sans doute faire cet effet. C'est ce qui lui serait arrivé si la population de White Elk n'avait pas uni ses efforts pour la soutenir, après la défection de Brad. Mais c'était surtout Sarah qui lui avait sauvé la vie.

Obéissant à une impulsion, elle appela sa sœur.

— Je sais qu'il est tard, mais…

— On m'a dit que tu avais eu une petite aventure, ce soir, la coupa Dinah.

— Pas moi, mais Mark. Je me suis contentée de faire ce qu'il me demandait.

— Ce n'est pas tout à fait ce qu'il a raconté à Eric. Il lui a dit que tu avais été fantastique… et très rapide, pour quelqu'un qui n'a bénéficié d'aucune formation. Il a même ajouté que c'était en grande partie grâce à toi que Richard était encore en vie.

— Tu es certaine de bien rapporter ses propos ?

— Eric ne me mentirait pas.

Mais, en ce cas, pourquoi Mark ne lui avait pas fait tous ces compliments lui-même ?

— Comment va Sarah ?

— Elle a tellement joué avec les filles qu'elle s'est endormie dès que je l'ai mise dans son berceau.

— Je passerai la prendre avant d'aller au travail.

Grâce au ciel, l'hôpital mettait une crèche à la disposition de ses employés !

— Tu as l'air bizarre, Angéla. Tout va bien ?

— Je fais réchauffer deux parts de tarte…

— Deux ? Qui est avec toi, si une sœur indiscrète peut te le demander ?

— Mark est dans le patio, en train de promener le chien de Richard. Quand il m'a raccompagnée à la maison, je lui ai proposé un petit en-cas… Je ne m'attendais pas à ce qu'il accepte, mais je suppose que même les hommes les plus solitaires ont besoin de se nourrir.

— Il était temps que tu sortes avec un homme ! constata Dinah en riant.

— Je ne sors *pas* avec un homme ! Je lui sers une part de tarte. J'y ajouterai même de la crème, s'il en a envie. Ensuite, il rentrera chez lui pendant que j'irai me coucher et, demain, nous nous adresserons à peine la parole. Rien de plus.

A cet instant, Mark revint du patio, Fred sous le bras.

— Embrasse Sarah pour moi et dis-lui que je l'aime, dit très vite Angéla. Pour le reste, ôte-toi cette idée de la tête.

— Vous avez raison, dit Mark en posant le chien sur le sol, nous nous parlons très peu.

Après avoir déposé les parts de tarte dans le micro-ondes, Angéla se tourna vers lui, les mains sur les hanches.

— Et pourquoi donc, à votre avis ?

Sans retirer son manteau, il s'assit et croisa les mains sur la table.

— Premièrement, je vous signale que vous froncez les sourcils… Ensuite, il n'y a pas de raison particulière, sauf que cela m'arrange.

— Vous n'êtes pas de très bonne compagnie !

— C'est ce que vous vouliez ? Je n'avais pas compris que cela faisait partie de l'invitation.

Elle l'observa un instant pour voir s'il se moquait d'elle. Elle perçut effectivement une petite lueur d'amusement dans ses yeux… à condition de les regarder sous le bon angle.

— Si c'était ce que je voulais, j'aurais invité Fred et je vous aurais laissé dans le pick-up.

Les coins de sa bouche frémirent imperceptiblement.

— Vous m'avez supplié, dit-il.

— Pardon ?

— Le café n'était que poli, je l'admets, mais la tarte constituait véritablement une supplication.

— Vous rêvez, *docteur* ! Je n'en étais encore qu'au stade de la politesse. Si je vous avais imploré de venir chez moi, je vous aurais joué le grand jeu : la glace pour accompagner la tarte. Sachez que je ne vous offre que les restes de ma tarte, cela prouve bien que j'ai seulement voulu me montrer aimable à votre égard.

Le cœur d'Angéla battait à cent à l'heure. Pis encore, elle sentait le rouge lui monter aux joues.

— Si je comprends bien, vous cuisinez ainsi pour vous-même ? Tarte aux pommes, bar *alla puttanesca*…

— Quelquefois… c'est une détente… et un exutoire. La cuisine m'aide à me calmer, quand je suis énervée ou frustrée. Cela me donne le temps de réfléchir.

— Vous avez été énervée ou frustrée, récemment ?

— Un peu. Et avant que vous me posiez la question, oui, vous en êtes la cause. Je comptais vraiment être admise à votre cours et votre refus m'a amenée à créer un certain nombre de recettes pour diabétiques que je compte introduire à l'hôpital.

Au souvenir de cette déception, elle se sentit rougir de plus belle. De nouveau, un petit sourire imperceptible jouait sur les lèvres de Mark.

— Vous gardez la ligne, pourtant.

Angéla sortit les parts de tarte du micro-ondes.

— Je ne mange pas tout ! J'en donne aux amis… et à la famille. Occasionnellement, j'en offre aussi aux hommes grognons qui accueillent les chiens.

— Dinah vous a rapporté ce que j'ai dit à Eric à votre propos, je suppose. Il règne un véritable esprit de clan, ici. Tous les gens sont liés d'une façon ou d'une autre.

Très raide, Angéla posa l'assiette sur la table. Elle lui jeta quasiment une fourchette et, choisissant de ne pas s'asseoir en face de lui, elle alla se percher sur un tabouret, près du comptoir.

— Elle me l'a raconté, en effet. J'aurais été ravie de l'entendre de votre bouche.

— J'ai chanté vos louanges, et après ? Vous vous imaginez que je vais vous accepter dans mon cours ? Une chose en amène une autre et, puisque nous avons sauvé une vie ensemble, vous seriez la candidate idéale pour vous asseoir au premier rang, c'est cela ? C'est ainsi que les choses devraient se passer ?

Elle haussa les épaules.

— Peut-être… du moins c'est ainsi que je les aurais vues il y a quelques jours, mais après ce soir… Cela n'a pas d'importance. Mangez votre gâteau avant qu'il ne refroidisse, ensuite vous pourrez rentrer chez vous avec Fred. Vous n'aurez plus à vous inquiéter des propos que je pourrais mal interpréter.

Malgré tout, elle était un peu blessée. Si Mark lui avait fait part lui-même de sa satisfaction, cela aurait signifié… Elle ne savait pas quoi exactement et, maintenant, elle ne le saurait jamais.

— C'est pour cela que vous vous êtes assise à bonne

distance de moi ? Parce que je ne vous ai pas complimentée directement ?

— J'ai choisi de m'asseoir sur ce tabouret de la même façon que vous avez choisi de ne rien me dire sur ma performance de ce soir. J'ai conscience de ne pas avoir été très bonne, tout comme je sais à quel point je suis ignorante. Mais parfois, une petite tape dans le dos, assortie de quelques mots d'encouragement peuvent faire du bien.

Elle se tut un instant pour mâcher distraitement une bouchée de tarte.

— Ecoutez, je suis fatiguée… Je vais me coucher. Restez aussi longtemps que vous le souhaitez. Mangez votre tarte et finissez la mienne, si vous en avez envie. Si vous voulez bien m'excuser…

Sautant à bas de son tabouret, elle s'apprêta à quitter la pièce. Il n'était certainement pas très correct d'abandonner un invité dans la cuisine, mais tant pis !

Mark éclata d'un rire soudain qui alluma des étincelles dans ses yeux. Il était très séduisant, pensa-t-elle. Immédiatement, elle voulut se rétracter, mais il était trop tard : dans son esprit, Mark n'était plus un individu hargneux ou maussade. C'était un homme… attirant.

— Je sais que je suis un piètre cavalier et un mauvais compagnon, mais je vous jure qu'aucune femme ne m'a jamais planté devant une table comme vous venez de le faire.

— Dans un restaurant, j'aurais prétendu que j'allais aux toilettes et je me serais enfuie par la porte de derrière.

— C'est donc une habitude ?

— Franchement, je n'en sais rien. La dernière fois que j'ai invité un homme à ma table… Voyons voir… il s'agissait de Brad et nous n'étions pas encore mariés. J'avais fait la cuisine pour lui et…

Ils avaient quitté la table en plein milieu du repas pour se précipiter dans la chambre à coucher. Ce souvenir la fit rougir, d'autant plus que durant quelques secondes, elle se représenta la même scène… avec Mark.

— De toute façon, c'était il y a longtemps et maintenant, je suis fatiguée, aussi…

Comme elle passait près de lui, il se leva et s'interposa entre la porte et elle pour lui tapoter l'épaule.

— C'était du bon boulot, lui dit-il.

Sur ces mots, il se rassit et, prenant sa fourchette, lui adressa un petit salut.

Plus tard, dans sa chambre, longtemps après avoir entendu la porte se refermer sur lui, elle ne parvenait toujours pas à s'endormir. Elle était bien trop excitée pour cela. Mark avait-il fait un petit effort dans un esprit de conciliation ou s'était-il montré simplement condescendant ? De toute façon, peu importait, c'était *vraiment* du bon boulot. Elle le savait et en était fière. Plus appréciable encore, il le savait aussi. C'est sur cette dernière pensée qu'elle céda finalement au sommeil et rêva qu'elle travaillait au côté de Mark. Il y avait eu une autre urgence et dans son rêve, c'est *elle* qui prenait les décisions.

C'était vraiment un songe très agréable.

4

— Un enfant se laisse facilement convaincre par un adulte de faire ce qu'il ne devrait pas. Quand son grand-père lui dit qu'il peut manger ce petit bout de gâteau, que ce sera leur petit secret, c'est l'enfant qui devrait l'éduquer. Je ne prétends pas que toutes les grandes personnes gavent les enfants diabétiques de friandises, ce serait faux, mais il est parfois plus facile d'être laxiste. On se dit qu'un petit écart ne leur fera pas de mal, mais l'on se trompe. Une vie de petits écarts et de notions erronées les tuera. Il faut donc leur montrer la voie dès leur plus jeune âge.

Angéla était assise à une extrémité de la table de conférences, en face de ses auditeurs. Elle laissa échapper un long soupir et s'affaissa un peu sur sa chaise. La présentation n'avait rien de solennel, elle était parmi ses amis : Eric et Neil, Dinah, Walt Graham, Jane McGinnis, Kent Stafford, James et Fallon Galbraith, ainsi que Mark Anderson.

— Est-ce que nous pourrons bientôt faire un galop d'essai ? demanda Eric.

— L'hôtel de La Petite Sœur est en travaux depuis cinq mois, mais ils ont déjà refait la cuisine et quelques chambres. Ce n'est pas encore ouvert au public, mais la direction de l'hôtel est d'accord pour que la cure ait lieu dans la partie rénovée.

— J'ignorais que tu avais autant progressé, je suis impressionné. Tu as déjà des candidats ?

— Pour le premier séjour, toutes les places sont prises et j'ai même dû constituer une liste d'attente. Je dois vous dire que les habitants de White Elk sont vraiment ravis du projet. Lorsqu'il s'agit de s'occuper de leurs enfants, ils sont prêts à nous apporter tout leur soutien.

Elle jeta un coup d'œil à Mark qui semblait perdu dans une rêverie intérieure. Etait-ce de la tristesse qu'elle voyait dans ses yeux ?

— Les bénéfices tirés de la vente des sapins de Noël serviront à nous sponsoriser cette année, expliqua-t-elle. Les parents des enfants inscrits pour la première cure savent que je n'ai jamais fait cela auparavant et que nous comptons utiliser cette première session pour procéder à une évaluation, aussi bien des points positifs que négatifs. De cette façon, nous pourrons rectifier ce qui ne convient pas et établir un programme permanent. Si tout va bien, l'expérience se répétera cinq ou six fois par an et même plus souvent, si le besoin s'en fait sentir.

— L'idée de les loger dans un chalet me paraît judicieuse, remarqua Neil, d'autant que nous avons encore de la neige.

— A ce propos, justement, je souhaite que les cures soient organisées différemment selon les saisons. En hiver, les enfants feront du ski ou de la luge, mais, en été, nous leur proposerons tennis ou natation. Il faut absolument qu'ils aient une activité physique. Il serait bon, aussi, d'organiser par la suite des sessions de rappel auxquelles ils participeront quand ils le voudront ou quand ils en ressentiront le besoin. Ils doivent savoir qu'il y a toujours quelqu'un, ici, qui s'occupera d'eux. Mais s'ils viennent pour se retrouver entre copains, cela peut être également positif.

L'auditoire était conquis, elle le sentait. Tous les yeux étaient fixés sur elle… sauf ceux de Mark, qui regardait par la fenêtre. Instinctivement, elle jeta un coup d'œil du même côté et ne vit que l'asphalte du parking.

— Est-ce que je vous ai dit que nous étions sponsorisés ? demanda-t-elle.

— Bien entendu ! dit Gabrielle en riant.

— Excusez ma nervosité. J'ai dû réécrire une bonne centaine de fois ce que je comptais vous dire. Bien sûr, l'hôpital devra engager une grosse somme pour que le programme puisse commencer, mais je crois sincèrement que ces cures devraient attirer des enfants d'un peu partout. A terme, si l'entreprise prend de l'ampleur, l'association devrait posséder ses propres terrains, ses propres immeubles.

Elle se tut, prenant conscience qu'elle se laissait emporter par son rêve. Pour l'instant, elle devait se concentrer sur les premières étapes.

— J'ai oublié de vous dire que Walt se charge de surveiller l'aspect médical de l'opération. Helen Baxter, la directrice de l'hôtel, lui a réservé une pièce pour que nous puissions avoir recours à lui en cas de besoin. A ce propos, plusieurs bénévoles et quelques parents se proposent d'animer les diverses activités.

— Combien y aura-t-il d'enfants ? demanda Fallon Galbraith.

— Une douzaine, pour commencer. Au début, je préfère que le nombre soit gérable ; plus tard, nous en recevrons davantage. L'équipe sera plus nombreuse et nous en saurons davantage. Ainsi que je l'ai dit, nous avons besoin de cette première semaine pour avoir une idée de la meilleure façon d'opérer.

— Eric et moi en avons discuté, intervint Neil, et nous pensons que c'est une bonne idée. Une partie des dons de mon frère était destinée à de nouveaux projets pédiatriques et je suis certain que Gavin aurait apprécié celui-ci. Je m'inquiète un peu du suivi médical : nous savons tous que Walt est un bon médecin, mais aussi qu'il a eu des problèmes de santé, récemment. Nous nous demandons s'il sera en mesure de courir derrière les gamins qu'il faudra convoquer.

— J'admets que ce n'est plus de mon âge, intervint Walt, mais je peux superviser l'aspect médical du programme, prendre en charge certains cours et donner un avis. Par ailleurs, il y aura une visite médicale à effectuer avant la cure, il faudra étudier les dossiers des enfants pour savoir exactement à quoi nous avons affaire. Nous devrons vérifier leur taux d'hémoglobine glycosylée, savoir s'ils sont insulinodépendants ou si d'autres problèmes de santé peuvent se présenter.

Depuis vingt-cinq ans, Walt revêtait le costume de Père Noël et des enfants de tous âges s'étaient assis sur ses genoux pour lui confier leurs souhaits les plus chers et, depuis quarante ans, il procédait à des accouchements un peu partout dans le monde. Personne ne pouvait mettre en doute son engagement vis-à-vis des futurs curistes.

— Il nous manque toujours quelqu'un pour surveiller les enfants de près, dit Neil. Et pour ce galop d'essai, je veux une équipe médicale plus consistante puisque nous ne savons pas ce qui nous attend. Mieux encore, il nous faut une permanence, pour assurer les soins mineurs.

— Je la prendrais volontiers en charge, dit Fallon Galbraith, mais je dois m'occuper de Tyler, maintenant.

Elle venait d'épouser James Galbraith, père d'un petit garçon très dynamique.

— Vous savez que mon soutien vous est acquis, assura son mari, mais j'ai le même problème que Fallon.

James dirigeait le service de pédiatrie qui requérait une grande partie de son temps.

— J'aurais bien une idée, dit Eric en jetant un coup d'œil à Mark.

Ce dernier réagit immédiatement.

— Pourquoi ai-je le sentiment d'être visé ?

— Tu n'as pas grand-chose à faire, pour l'instant, remarqua Eric.

— Je prépare mes cours ! protesta Mark. Tu te rappelles que c'est la raison pour laquelle tu m'as traîné à White Elk ? Je m'occupe du sauvetage en montagne, pas d'une cure pour les enfants.

— Tu ne commences que dans plusieurs semaines et, au rythme où tu choisis tes candidats, cela devrait te prendre encore plus de temps.

— Je travaille aux urgences et pour ce qui est de mon *rythme*, je dois opérer une sélection.

— C'est bon, je te l'accorde. Mais tu peux aussi bien le faire au chalet. En ce qui concerne ton service à l'hôpital, nous nous arrangerons.

Apparemment, ce n'était pas ce que Mark souhaitait entendre car il laissa échapper un soupir exaspéré. Angéla en fit autant.

— Je n'ai pas besoin de gens qui ne veulent pas être là, dit-elle, et il me paraît évident qu'il n'en a pas envie.

— Ce n'est pas une question d'envie, expliqua Mark. J'approuve cette entreprise, mais je ne suis pas venu pour cela.

— Et il ne veut pas s'impliquer, ajouta Angéla.

Pour toute réponse, Eric sourit à Neil. Il semblait que la décision avait été prise bien avant la réunion, ce que Mark devina aussitôt.

— Si je comprends bien, je n'ai pas voix au chapitre.

Eric n'essaya même pas de marquer sa satisfaction.

— Bien sûr que si, puisque tu vas appeler notre gardien et responsable de la maintenance, Ed Lester. Tu lui diras ce qu'il te faut, pour qu'on te l'apporte. Je viens justement de lui envoyer un SMS pour lui dire qu'il devra s'en occuper demain matin. A ce moment-là, Helen Baxter aura dégagé une pièce pour toi.

— Tu lui as envoyé un SMS, à elle aussi ?

Eric hocha la tête.

— J'ai anticipé ton adhésion au projet.

— Pendant que tu y es, intervint Neil, téléphone à Marsha Harding, la responsable des achats. Elle te procurera ce dont tu as besoin pour ouvrir ta consultation.

Mark jeta un regard furieux à Angéla.

— C'est vous qui êtes derrière tout cela ? Vous avez décidé de me pourrir la vie ?

— Croyez-moi, je suis la victime, dans cette affaire ! Si vous vous imaginez que j'ai envie de travailler avec vous…

Elle s'interrompit, pensant au rêve qu'elle avait fait pas plus tard que la nuit précédente.

— Vous savez, à bien y réfléchir, ce n'est peut-être pas une mauvaise idée. Je suis certaine que les enfants vont vous *adorer*.

S'appuyant au dossier de sa chaise, Mark rejeta la tête en arrière et ferma les yeux.

— En arrivant ici, dit-il, j'avais spécifié que je ne m'impliquerais que dans le secours en montagne. Eventuellement, j'acceptais de vous aider aux urgences. Je n'ai pas été suffisamment clair ?

Ces mots s'adressaient à Eric et à Neil, bien entendu.

— Qu'est-ce qui vous a fait penser que si vous me confiiez davantage de responsabilités, cela changerait quoi que ce soit à ma façon d'envisager ma vie ?

Angéla se demanda ce qui avait poussé quelqu'un d'aussi talentueux que Mark à prendre la fuite de cette façon. Mal à l'aise, elle se sentait un peu coupable de le contraindre à faire quelque chose contre son gré. Elle savait ce que c'était de se sentir pris au piège et elle ne le souhaitait à personne. D'un autre côté, la décision ne lui appartenait pas. Si Neil et Eric estimaient que la place de Mark était au chalet, il serait sans doute obligé de s'incliner. Dorénavant, elle s'efforcerait d'être un peu plus gentille avec lui. Après tout, il était maintenant partie prenante dans le succès de cette cure. Evidemment, en dépit de toutes ses qualités professionnelles, elle aurait préféré qu'il fût mieux disposé. D'une certaine façon, ils étaient tous les deux coincés mais la position d'Angéla était meilleure que la sienne : elle au moins souhaitait de tout son cœur le succès de l'entreprise. Pour lui, ce n'était qu'une corvée de plus.

— Vous n'aurez pas à vous impliquer, lui dit-elle. Il vous suffira d'être disponible.

Ouvrant les yeux, il fixa un instant le plafond avant de la regarder.

— Oh ! je m'impliquerai d'une façon ou d'une autre, mais je ne vous accepterai pas pour autant parmi mes étudiants !

Car c'est votre but, n'est-ce pas ? Vous allez disposer d'une semaine entière pour me harceler. Neil et Eric espèrent que vous allez me convaincre. De toute évidence, ils veulent que je vous accepte. Ils prétendent que je suis libre, mais n'abandonnent pas la partie pour autant.

— Quoi ? s'exclama-t-elle, oubliant qu'ils n'étaient pas seuls. Votre ego est-il surdimensionné au point de vous imaginer que cette cure pour jeunes diabétiques n'a d'autre but que de nous réunir, vous et moi ? Laissez-moi vous dire, docteur Anderson, que rien n'est plus éloigné de la vérité. Cette cure est destinée aux enfants et je ne tolérerai pas cette attitude en leur présence. Fâchez-vous contre moi, n'assumez pas votre consultation, prenez-vous-en à Neil et Eric, les véritables responsables, je m'en moque, mais *pas* en présence des enfants !

Autour de la table, les pieds des chaises raclèrent le sol. Fallon et James furent les premiers à sortir discrètement, suivis de Dinah et de Walt… Angéla, qui voyait rouge, ne s'en aperçut même pas.

— Si j'avais eu le droit de choisir un second médecin, ce n'aurait pas été vous. Ne vous flattez pas en pensant que c'est moi qui les ai suppliés de vous prendre, parce que c'est leur idée, et non la mienne.

Mark réprima un sourire.

— Je n'ai pas prononcé le mot « supplier », lança-t-il avec malice.

— On dirait qu'ils sont faits l'un pour l'autre, remarqua Eric à l'intention de Neil.

Angéla se tourna vers ses deux employeurs.

— Faits l'un pour l'autre ? Vous ne savez pas combien il est grincheux ?

— Nous le savons, confirma Neil avec un soupir, mais nous comptons sur une semaine au chalet avec les enfants pour accomplir un miracle.

Mark se leva d'un bond.

— Je pourrais m'en aller, tu sais. Il me suffirait de monter dans mon pick-up et de prendre la route sans un regard en arrière.

— Mais tu ne le feras pas, dit Eric, parce qu'au plus profond de toi, tu n'es pas ce genre d'homme.

Angéla, qui s'attendait à une explosion, rentra la tête dans les épaules. A sa grande surprise, Mark n'émit qu'un petit ricanement.

— Ce qu'il y a de bien, quand on a de bons amis, c'est qu'ils vous connaissent par cœur. Et le pire, quand on a de bons amis, c'est qu'ils vous connaissent par cœur.

— Tu acceptes donc ? demanda Eric. Parce que nous en sommes à la conclusion… Si vraiment tu es opposé à ce que nous te demandons, nous ne t'y forcerons pas et nous chercherons quelqu'un d'autre. Tout ce que tu as à faire, c'est dire oui ou non et nous ne t'ennuierons plus avec ça.

Mark salua Angéla.

— C'est un programme remarquable et je félicite son auteur. Je serais honoré de vous faire la tête pendant toute une semaine. Je tenterai le soixante-quinze pour cent, Angéla.

— Mais je veux du cinquante !

Eric et Neil échangèrent un regard éberlué.

— Il n'est autorisé à être grognon que la moitié de la journée, expliqua-t-elle. Oh ! et… en ma présence et en celle des enfants, vous sourirez ! ajouta-t-elle à l'intention de Mark. Pas de discussion ou d'exceptions. Quand mes gamins vous regarderont, je veux qu'ils voient un visage heureux.

— Le pouvoir vous monte à la tête, non ? riposta-t-il. Vous me faites payer mon refus de vous intégrer dans mon cours. Vous allez me tourmenter pendant toute la semaine, me forcer à sourire par la torture.

Comme pour prouver son hypothèse, il lui sourit. C'était un beau sourire sympathique, peut-être même sincère. Elle le lui rendit avant de rassembler ses papiers pour les mettre dans son porte-documents. En gagnant la porte, elle s'arrêta pour tapoter le dos de Mark.

— C'est du bon boulot, lui dit-elle.

Sur ces mots, elle retourna dans son bureau pour revoir le régime de Scotty, qui avait tendance à remplacer les brocolis par des gâteaux et son fruit par de la glace. C'était un petit garçon très têtu qui serait le premier à rencontrer Mark. Il lui semblait que ces deux-là ne pouvaient que se faire du bien mutuellement.

— Elle est étonnante, dit Dinah.

Penchées au-dessus du berceau, les deux sœurs regardaient Sarah, qui faisait une petite sieste. Angéla s'arrangeait pour passer la voir au moins une fois par heure et sa sœur presque aussi souvent.

— Elle est étonnante, répéta Dinah. Les filles d'Eric ont six ans, maintenant. Je n'ai jamais eu de bébé, et…

— Tu penses toujours que c'est le moment ?

— Eric et moi, nous en avons discuté. Une fois que Mark aura commencé ses cours, Eric devrait travailler un peu moins, du moins c'est ainsi que nous voyons les choses.

— Mais Mark ne va pas rester. Est-ce qu'Eric ne stressera pas encore plus lorsqu'il devra remplacer le fuyant Dr Anderson ?

— Entre nous, Eric espère qu'il ne s'en ira pas. Selon lui, Mark est l'un des médecins les plus talentueux qu'il ait jamais rencontrés et il souhaiterait qu'il accepte de diriger le service de traumatologie. Du coup, Eric pourrait se consacrer entièrement à la pédiatrie, son premier amour.

— Ce serait fantastique, sauf que Mark ne s'attardera pas ici. En tout cas, c'est ce qu'il m'a dit. Je ne comprends même pas qu'il ait accepté de venir, même contraint et forcé. J'ignore comment Neil et Eric s'y sont pris, mais il prétend compter les jours jusqu'à son départ.

— Apparemment, Neil et Eric ont du mal à l'admettre, soupira Dinah.

— Ou alors, ils se contentent d'espérer.

Dans le berceau, Sarah ouvrit les yeux et sourit à sa mère avant de tendre ses petits bras vers elle pour être prise.

— Qui pourrait lui résister? dit Angéla en soulevant sa fille. Tu as fait une bonne sieste, Sarah?

La petite fille d'un an gazouilla quelque chose que sa mère interpréta comme un « oui ».

— Maman t'a préparé quelque chose de bon... Sa compote au yaourt, aux bananes et aux abricots et elle a juste le temps de te la faire manger elle-même.

Sarah était en âge de porter la cuillère à sa bouche toute seule, mais Angéla appréciait le lien qui l'unissait à sa fille pendant les repas. Elle était triste, chaque fois qu'elle prenait conscience que Sarah avait déjà une volonté propre et une façon à elle d'aborder la vie.

— Dinah, tu devrais dire à Eric de cesser de parler et d'agir. Vous avez vraiment besoin d'avoir deux ou trois bébés.

— Un ou deux, rectifia Dinah avant de sortir.

Une minute plus tard, Angéla la suivit après avoir parlé avec la directrice de la crèche, lui promettant de ramener Sarah pour les activités ludiques de l'après-midi. Sa fille dans les bras, elle emprunta le couloir tout en fredonnant la chanson favorite de Sarah, *Une souris verte*. Elles dépassèrent la salle de conférences et se dirigèrent vers son petit bureau contigu à la cuisine. Absorbée par sa fille, Angéla ne regardait pas vraiment devant elle. Au coin du couloir, au niveau du cellier, elle faillit percuter Mark.

— Voilà un petit air bien entraînant! plaisanta-t-il.

Il fixait Sarah, et non Angéla qui demanda :

— Vous me cherchiez?

Il lui tendit une assiette.

— Je voulais vous rendre ceci, mais la porte de votre bureau était fermée. A propos, votre tarte était délicieuse, même s'il ne s'agissait que de restes. Elle a fait un très bon déjeuner.

— Vous avez emporté les parts de tarte chez vous?

— Oui, et je les ai mangées à midi.

— Ce n'est pas un repas, voyons ! Vous ne vous nourrirez pas de cette façon pendant la cure, Mark. Ce n'est pas un bon exemple, je veux montrer aux enfants comment s'alimenter correctement.

— La cure ? Ah ! oui, bien sûr… Vous avez une bien jolie petite fille. Comment vous résoudrez-vous à la quitter, quand vous monterez au chalet ? Elle ne va pas vous manquer ? demanda-t-il en caressant la joue ronde de Sarah.

— J'apprécie votre sollicitude, mais je me suis arrangée pour la faire garder là-bas comme je le fais ici, à l'hôpital.

— Paaa…, fit Sarah en tendant ses petites mains vers Mark.

Il recula d'un pas.

— A mon avis, elle voudrait que vous la preniez dans vos bras.

— Je sais parfaitement ce qu'elle veut, dit-il en reculant encore. Mais contrairement à ce qu'elle semble penser, je ne suis pas son « paaa » et j'évite ce genre de familiarités avec les bébés, à moins qu'ils ne soient malades.

Sans se laisser impressionner, Angéla s'approcha de lui.

— Je ne voudrais pas la décevoir. Je ne sais pas pourquoi elle vous prend pour son père. En fait, je suis même surprise qu'elle ait une notion, même minime, de la paternité. En tout cas, c'est un fait et je pense que vous devriez la prendre.

Le désarroi de Mark la fit sourire et, plus encore, la façon dont Sarah s'efforçait de l'agripper. L'espace de quelques secondes, elle se demanda si elle devait y voir un signe pour l'avenir. Sa fille serait-elle attirée par les hommes grands, bruns et superbes ?

Assis dans le pire bureau qu'il n'ait jamais vu de sa vie, Mark nourrissait un bébé avec une concoction au yaourt. Il ne savait pas comment c'était arrivé… Il avait juste voulu rendre à Angéla une assiette et, brusquement, il se retrouvait avec des éclaboussures de mixture sucrée sur sa blouse parce que Sarah luttait pour avoir la cuillère… et gagnait.

— Cette pièce est indigne de vous, dit-il à Angéla. Et la prochaine fois, apportez une serviette ou deux.

Il tentait de retenir le bol, que Sarah tirait de son côté. Cette enfant serait aussi querelleuse que sa mère…

— Ce bureau me convient, il est près de la cuisine, répondit la jeune femme. De cette façon, je peux rencontrer les fournisseurs. Et une serviette ne vous défendrait pas contre Sarah, quand elle réclame son indépendance. C'est un ciré qu'il vous faudrait.

— Il faudrait surtout que je retourne au travail.

Ce bébé était adorable… Il voulut la rendre à sa mère, mais Sarah se débattit, si bien qu'il céda. A vrai dire, il n'avait pas fait un gros effort pour se libérer. Si la situation avait évolué différemment, il aurait pu avoir un enfant de cet âge.

— Elle vous adore, remarqua Angéla en riant.

Elle lui prit quand même sa fille des bras et la posa dans le parc qui occupait un coin de la pièce avant de lui donner un ours en peluche. Mark se pencha pour embrasser la petite fille.

— Paaa ! fit Sarah en tendant les bras.

— Ma-man ! articula-t-il. Tu veux ta maman.

— Paaa !

— Tu es aussi têtue que ta maman, dit-il en riant.

— Et sa maman veut vous remercier pour votre dévouement.

— Que voulez-vous dire ?

— Je préfère voir des gouttes de compote sur votre blouse que sur la mienne.

— J'ai dit à votre fille que la prochaine fois nous aurions une petite discussion, à propos des bonnes manières.

Qu'est-ce qui lui prenait ? songea Mark. Il avait perdu cinq années de sa vie avec la dernière femme qui l'avait séduit, pour s'apercevoir finalement qu'il avait fait une erreur. Evidemment, en tuant son père, il n'avait pas réellement favorisé l'épanouissement de leur relation. Mais, dès le départ, il n'aurait pas dû s'engager. Tout cela parce qu'il s'était bercé d'illusions…

Mais cette fois, il garderait la tête froide. Les femmes pouvaient éventuellement constituer une agréable compagnie, il pouvait même envisager une liaison passagère, mais plus jamais il ne s'engagerait. Son mariage avec Norah Evigan l'avait définitivement échaudé.

De toute façon, tout cela n'avait aucun rapport avec Angéla, qui n'était absolument pas à son goût.

La main sur la poignée de la porte, il se retourna vers Angéla qui le regardait, les bras croisés sur la poitrine. Elle cherchait probablement le moyen de lui faire mordre la poussière et d'obtenir de lui ce qu'elle désirait.

5

— Vous ne vous détendez donc jamais ?

Fred sous un bras, Mark se tenait légèrement à l'écart, le dos appuyé à l'un des murs du hall. Angéla évoluait dans la pièce en décrivant littéralement des cercles autour de lui et des autres bénévoles. Depuis une semaine, elle préparait sa cure à un rythme effréné, sans pour autant négliger ses autres tâches. Mark avait l'impression de la rencontrer partout où il allait, ce qui devenait légèrement gênant. Non parce qu'il la voyait souvent, mais parce qu'elle en faisait trois fois plus que n'importe qui d'autre, et deux fois plus vite. En plus de tout cela, elle confectionnait des gâteaux qu'elle apportait aux bénévoles chaque jour.

Il avait l'impression d'être la tortue de la fable… sauf que cette fois, le lièvre allait gagner.

— Si fait, répliqua-t-elle. Le soir, avec Sarah.

Sans réfléchir, il l'attrapa par le bras pour la stopper dans son élan.

— Ce n'est pas bon pour vous, Angéla. Vous devez vous calmer un peu ou vous finirez par vous épuiser au point que vous ne pourrez plus rien faire.

Angéla n'essaya même pas de cacher son impatience.

— Je ne vois pas de quoi vous vous plaignez… Si je ne fais plus rien, vous parviendrez enfin à me suivre.

Mark ne put s'empêcher de rire.

— J'ai failli oublier l'esprit acéré d'Angéla Blanchard ! Cela m'a manqué, cette semaine. Vous étiez trop occupée pour me critiquer.

— Ce n'est pas vrai ! répliqua-t-elle en se détendant un peu.

— J'exagère un peu, je l'avoue. Ce n'est pas la langue de vipère que j'ai regrettée, mais plutôt sa propriétaire. Mais je suis sérieux en ce qui concerne votre rythme de travail. Entre la cure, l'hôpital et les gâteaux, vous en faites beaucoup trop.

— Est-ce le médecin qui parle, ou l'homme qui ne peut pas rivaliser avec moi ?

Elle ne souriait pas, mais ses yeux brillaient de malice et de… ce qui ressemblait fort à de la provocation. Cela lui donna l'envie d'en savoir un peu plus, sur elle… Une très mauvaise idée, songea-t-il aussitôt.

— Vous croyez que je ne peux pas soutenir votre rythme ?

— Vous en êtes capable ?

— J'ai fait ce que l'on me demandait. Le cabinet est prêt pour les consultations, j'ai commandé le matériel nécessaire, je promène Fred cinq fois par jour, j'ai préparé avec Walt un protocole médical, j'ai reçu trois étudiants potentiels pour mes cours, j'ai parlé à deux parents de la cure que vous proposez aux jeunes diabétiques et j'ai acheté des croquettes pour chien.

— Rien de plus simple, docteur ! Cela vous a pris quoi… deux, peut-être trois heures. Combien de temps avez-vous passé à la bibliothèque pour lire des contes aux enfants ?

— Sacrée petite ville ! grommela-t-il. On ne peut rien faire sans que tout le monde le sache. Richard Wetherby m'a demandé ce service et puisque je ne suis pas très occupé…

— C'est vraiment bien de votre part, Mark. Prévenez-moi, quand vous recommencerez, je voudrais amener Sarah.

— Qu'est-ce qui vous dit qu'il y aura une seconde séance ?

— Je suis certaine que vous ne voudrez pas décevoir les enfants.

— Ne faites pas trop de suppositions, Angéla, c'est dangereux.

— Dangereux pour qui ?

— Ecoutez, dites-moi seulement ce que vous voulez que je fasse, d'accord ? Donnez-moi une liste et je me débrouillerai.

— C'était une bonne action, Mark, ne le niez pas.

— La liste, s'il vous plaît !

Elle lui fourra un papier dans la main.

— Très bien ! J'ai commandé des produits alimentaires. Je voudrais que vous receviez les livreurs et que vous vérifiiez qu'on n'a rien oublié. Ensuite, vous rangerez tous les articles dans le cellier.

— Comment dois-je les ranger ?

— J'ai aussi un tableau pour cela.

— Bien entendu… Je suppose que je devrai cocher les produits et les disposer sur les étagères selon vos instructions. J'ai une question, Angéla : avez-vous une liste de listes ?

Elle lui sourit largement.

— Vous savez que c'est une très bonne idée ? Je vais la rajouter à toutes mes tâches.

— Est-ce que j'en fais partie, Angéla ?

— C'est possible.

— Sur quel genre d'inventaire m'avez-vous mis ?

— Le genre difficile à comprendre.

— C'est ainsi que vous me voyez ?

— Oui. Quand vous vous conduisez bien, vous voulez que personne ne le sache. Vous êtes compatissant, mais vous le cachez soigneusement et vous grognez même quand vous n'êtes pas vraiment de mauvaise humeur. Tout cela est fort troublant, docteur Anderson.

— Et sûrement assommant. A ce propos, je vais voir si je peux confier Fred à quelqu'un, parce que je ne sais pas combien de temps il me faudra pour organiser votre cellier. Je m'en vais avant que vous ne me sortiez une nouvelle analyse loufoque de ma personnalité. Mais avant que je me casse le dos à porter des cartons, je pose une condition.

Angéla frissonna.

— Je ne suis pas sûre de vouloir la connaître.

— C'est dans votre intérêt.

— Vraiment ?

— Un dîner. Rien que nous deux, ce soir. Ou à trois, si vous n'avez rien prévu pour Sarah. Dans trois heures, précisa-t-il en jetant un coup d'œil à sa montre. Vous avez besoin de repos, si vous souhaitez vous donner à fond à votre programme. Qu'est-ce que vous préférez, des sédatifs ou un repas ? Nous parlerons de la cure. J'ai quelques idées à vous soumettre.

— Vous me proposez un rendez-vous d'affaires, pas une soirée en amoureux ?

— Je ne sors pas en amoureux. D'accord pour une soirée consacrée au travail ?

— Dois-je ajouter cette invitation à ma liste des choses difficiles à comprendre ?

— Si vous l'acceptez, faites comme bon vous semble.

— C'est entendu, alors. Je vais demander à Dinah si elle veut bien garder Sarah. Je ferai la cuisine.

— Mais je souhaite que vous vous détendiez !

— Cuisiner me détend, et j'ai hâte d'essayer mes nouveaux locaux.

— J'accepte ! dit-il en lui tendant la main.

Quand leurs deux paumes se touchèrent, Mark éprouva un léger picotement dans le bras et, à son expression, il comprit qu'Angéla l'avait senti aussi.

— Electricité statique, dit-elle en essuyant ses doigts sur son jean.

— C'est cela, confirma Mark, ou bien…

Il ne termina pas sa phrase, car l'implication ne lui plaisait pas vraiment, même avec une femme aussi séduisante qu'Angéla, dans son petit jean serré et son haut rose…

Vingt minutes plus tard, il déchargeait la camionnette remplie d'articles d'épicerie, s'efforçant de se focaliser sur ce qu'il faisait. Mais tout le ramenait inexorablement à Angéla. Elle lui rappelait… Non, elle ne lui rappelait aucune femme de sa connaissance.

*
* *

— Très gentil de votre part, dit Angéla un peu plus tard.

— C'est tout ce que vous trouvez à dire ? Je me suis cassé le dos pendant des heures, à faire l'inventaire de tous les produits qu'on vous livrait. Pour votre gouverne, je me suis servi de ma propre liste, pas de la vôtre.

— Fou que vous êtes ! Vous croyez faire mieux que moi ?

Lui arrachant la feuille des mains, elle l'étudia un instant.

— Quel gribouillage de médecin ! Qu'est-ce que vous avez écrit, ici ?

Il se pencha, les sourcils froncés.

— Mettre… la mayonnaise sur l'étagère du haut.

— Sauf que je n'en ai pas commandé. Je la fais toujours moi-même. D'ailleurs, je ne vois que du riz, tout là-haut. Comme le sac est lourd, il devrait être placé en bas.

— Riz, huile d'olive, mayonnaise… C'est parfaitement clair, vous en aurez la preuve dans le cellier.

Il s'écarta pour qu'elle pût admirer son œuvre. Il avait raison ! songea Angéla. Tout était parfaitement aligné, les étiquettes bien visibles, comme dans une épicerie.

— Vous n'êtes pas un obsessionnel compulsif, j'espère ?

— S'il en existe un dans cette pièce, ce n'est pas moi. Je savais que si je ne faisais pas les choses proprement, je serai obligé de recommencer.

Angéla émit un rire léger.

— C'est bon, de disposer d'un peu de pouvoir.

— Il n'est pas mauvais de bousculer le pouvoir, de temps à autre.

— Vous avez vraiment l'esprit de contradiction !

— Là encore, je crois que vous me surpassez dans ce domaine.

Elle reconnut intérieurement qu'il avait raison. Pour survivre à Brad, elle avait dû se montrer forte, pour Sarah.

— Parfois, on est bien obligé de se battre, soupira-t-elle.

— Mais ce serait bien agréable de trouver un endroit où

l'on n'ait plus à lutter, vous ne croyez pas ? s'enquit-il d'une voix douce.

— Et vous, l'avez-vous trouvé, Mark ?

Le visage du médecin s'assombrit.

— Pour ma part, je suis dans un cellier peu éclairé, avec une jolie dame qui se fait une joie de poser les mauvaises questions.

— Si je comprends bien, vous avez le droit de m'analyser, mais je ne peux pas en faire autant à votre égard ?

Apparemment, elle avait touché un point sensible. Elle aurait voulu en savoir davantage sur lui, mais, en même temps, elle le redoutait. Cela les rapprocherait et changerait la nature de leur relation, ce qu'elle ne souhaitait pas.

— Quelque chose comme cela, oui. Si vous pouviez me voir distinctement, en ce moment, vous pourriez vous apercevoir que mon visage est renfrogné. Quand je ne suis pas de service, je fais toujours la tête.

Elle fut soulagée qu'il change de sujet. Ils pouvaient revenir à leurs échanges de piques habituelles, à condition qu'elles ne soient pas trop méchantes.

— Angéla ! appela Ed Lester de l'extérieur.

— Je suis là !

Ed, le gardien de l'hôpital, passa la tête dans le cellier.

— Je voulais juste vous dire que nous avions reçu plusieurs caisses remplies d'ordinateurs portables. Edith Weston nous en fait don et m'a demandé de les apporter ici.

— Pour l'instant, mettez-les dans l'entrepôt.

A cet instant, elle se détourna pour dire un mot à Mark et, au même moment, Ed ferma la porte du cellier, ce qui éteignit automatiquement la lumière.

— Vous voyez ce que je voulais dire, quand je prétendais que vous aviez tout planifié ? plaisanta Mark. Je parie que vous l'avez payé pour qu'il nous enferme.

— C'est exact, répliqua Angéla en tâtonnant le mur pour

trouver un interrupteur. Je n'avais pas d'autre objectif que de me retrouver seule dans le noir avec vous.

— On m'a déjà fait le coup ! A votre place, je ne perdrai pas mon temps à tenter de rallumer, le bouton est à l'extérieur !

Laissant échapper un soupir, Angéla chercha la porte. Par bonheur, le rai de lumière qui filtrait en dessous la guidait. Elle saisit la poignée, l'actionna et…

— Laissez-moi deviner, fit la voix de Mark. Impossible d'ouvrir.

— C'est sans doute fermé de l'extérieur. Qui a bien pu imaginer un piège pareil ? La construction est pourtant récente !

Comme elle s'acharnait sur la poignée, Mark posa une main sur son épaule.

— Vous avez peur de l'obscurité ?

— Non ! répliqua-t-elle.

— Vous êtes claustrophobe ?

— Non !

— Alors calmez-vous pendant que j'appelle quelqu'un pour qu'on nous délivre, dit-il en sortant son portable de sa poche. Ah ! désolé, je n'ai pas de réseau…

Angéla se mordit la lèvre inférieure. Elle n'avait pas le temps de se livrer à ce genre de fantaisie et s'ils restaient enfermés toute la nuit, personne ne s'en apercevrait. Et Dinah s'imaginerait toutes sortes de choses…

Angéla se mit à taper sur la porte.

— Au secours ! A l'aide ! Nous sommes dans le cellier !

Une demi-heure plus tard, leurs poings étaient douloureux, leur gorge enrouée et ils étaient toujours enfermés dans un cellier obscur. *Ensemble.*

— Vous avez une idée ? demanda-t-elle en s'affaissant sur le sol, à côté de lui.

— Attendre.

— Vous ne m'aidez pas vraiment.

— Donnez-moi des outils et je soulève cette porte hors de ses gonds. Hélas ! ils sont de l'autre côté, eux aussi.

— Malheureusement, je n'ai pas d'outils. Il est plus de 18 heures, il n'y a plus personne dans les locaux.

— Quelqu'un va certainement s'inquiéter de votre absence, quand vous n'irez pas récupérer Sarah. En attendant, détendez-vous… Faites la sieste… Je parie que ça ne vous est jamais arrivé.

— Je ne veux pas dormir !

— Comme vous voudrez, mais vous aurez du mal à marcher de long en large, ici. A moins que vous n'ayez le moyen de nous confectionner à dîner, c'est tout ce qui nous reste à faire.

Tendant la main vers une étagère, Angéla saisit, au hasard, un paquet de bretzels qu'elle jeta sur les genoux de Mark.

— Bon appétit !

Si le sol n'avait pas été si dur et Angéla aussi maussade, la situation n'aurait pas été catastrophique, songea Mark. Depuis une heure, la jeune femme n'avait pas prononcé un mot, se contentant de laisser échapper de temps à autre un soupir exaspéré. Il savait qu'elle avait beaucoup de choses à faire et il avait lui-même prévu de se rendre aux urgences, après le dîner. Neil aurait certainement apprécié une soirée de repos. Et puis… il n'avait pas vu un patient de toute la semaine. Lui qui avait décidé d'abandonner la médecine, s'apercevait avec surprise qu'il aurait volontiers pris un tour de garde aux urgences.

— A quelle heure Eric et Dinah vont-ils commencer à s'inquiéter à votre sujet ? demanda Angéla.

— Vers 7 heures.

— Nous ne devrions plus attendre bien longtemps, alors.

— Je voulais dire 7 heures *du matin*.

— Vous plaisantez, j'espère !

— Je le voudrais bien, mais non.

Il n'avait pas besoin de savoir ce qu'allait imaginer Dinah, cela ne ferait que compliquer les choses.

— Ma sœur est censée garder Sarah toute la nuit, alors…

— Alors, à moins que l'hôtel ne soit hanté par un gentil fantôme, nous sommes coincés jusqu'à demain.

— Jusqu'à demain !

— Ça pourrait être pire.

— Ah bon ?

— Nous pourrions être bloqués dans une caverne, ou quelque part dehors, dans la neige. Lors de certains sauvetages, j'ai passé des nuits plutôt inconfortables dans les montagnes. Du mauvais temps, des conditions que vous ne pouvez même pas imaginer. Au moins, nous avons des bretzels. Avec une bouteille d'eau, nous aurons tout le confort.

— Je crois que je vous préfère grincheux, dit-elle sèchement. Au moins, je sais à quoi m'attendre, mais maintenant, vous êtes tellement… en forme que je me demande si ce n'est pas ce que vous vouliez.

— L'un des points que j'aborde pendant mes cours est qu'il faut tirer le meilleur parti d'une situation désagréable. Si l'on ronchonne, si l'on se plaint, si l'on est agité, si l'on se fait du souci, on ne fait qu'empirer les choses. Dans ces cas-là, il faut se concentrer sur son but. Si vous permettez aux éléments extérieurs de vous distraire, vous ne menez pas votre mission à bien. On ne peut pas se le permettre pendant une opération de sauvetage.

— Et vous parvenez à raisonner de cette façon, quand vous descendez en rappel le long d'une paroi rocheuse et que vous êtes soudain coincé ? Vous ne pouvez ni remonter ni descendre… Le sol est à un kilomètre plus bas et le sommet si haut que vous ne le distinguez pas. Pouvez-vous honnêtement affirmer que les éléments extérieurs ne vous détournent pas de votre objectif ?

— Vous voulez que je vous fasse un cours à ce propos ?

— Vous vous êtes déjà trouvé dans une telle situation ?

— Une fois.

— Et vous n'avez pas cédé à la panique ?

— Je savais ce que je faisais.

— Il vous est arrivé de tomber ?

— Bien sûr. Croyez-moi, ce fut long et douloureux.

— J'ai l'impression que vous ne parlez plus de la montagne, remarqua Angéla.

— L'escalade n'est-elle pas une bonne métaphore pour parler de la vie ? Vous luttez pour gagner le sommet, vous pensez qu'une fois en haut, vous serez en sûreté. Mais un seul faux pas, et…

— Je vous trouve un peu cynique.

Mark laissa échapper un long soupir.

— Je parle d'expérience, c'est tout. La montagne est plus prévisible que la vie. Si vous prenez toutes les précautions nécessaires, vous avez toutes les chances de gagner la partie. Dans la vie, même si vous faites tout très bien… qui sait ce qui peut arriver ?

— C'est pour cela que vous abandonnez la médecine ? Parce que la vie est déroutante ?

— C'est une raison comme une autre.

— Mais vous êtes un bon médecin, Mark. Eric et Neil n'arrêtent pas de chanter vos louanges. Et la façon dont vous vous êtes occupé de Sarah…

— Elle se portait parfaitement bien.

— D'accord, mais vous avez aussi rassuré la mère.

Mark se mit à rire.

— Vous êtes une bonne mère. J'ai travaillé dans l'un des plus grands hôpitaux de Californie et j'en ai vu de très mauvaises. Il y avait des femmes qui ne se préoccupaient pas de la santé de leurs enfants, d'autres qui les négligeaient. Quand j'étais là-bas, j'ai assisté à des scènes plutôt pénibles.

— C'est pour cela que vous ne voulez plus être médecin ?

— Non… C'est parce qu'en une certaine occasion, j'ai commis une énorme erreur de jugement qui a tué mon beau-père.

Ces mots semblaient suspendus dans le noir, ils étaient si lourds qu'Angéla parvenait à peine à respirer.

— Ce n'est pas la fin de l'histoire, je suppose.

— L'histoire ? Il n'y a pas d'histoire ! Nous revenions d'un banquet donné en l'honneur de mon beau-père qui prenait sa retraite de chirurgien en cardiologie. C'était un homme aimé et estimé de tous. Ce soir-là, il avait un peu trop bu et j'ai pris le volant. J'avais travaillé trente-six heures d'affilée... Il y avait eu beaucoup d'accidents de la route dus au brouillard. Epuisé, j'ai demandé à Norah, mon épouse, de conduire, mais elle appréciait trop ses privilèges de femme gâtée pour accepter et il était toujours plus facile pour moi de lui céder. Bref, je ne me suis pas endormi sur la route, mais mes réflexes étaient ralentis. Une voiture a surgi sur le côté et nous est rentrée dedans. Le conducteur n'avait pas respecté le stop, mais, si j'avais été plus attentif, j'aurais sans doute pu anticiper... Je ne le saurai jamais. Je m'en suis sorti avec une épaule cassée, mais mon beau-père est mort.

— Ce n'était pas votre faute !

— Si, et vous allez comprendre pourquoi. Je suis chirurgien orthopédiste et traumatologue, pourtant je n'ai pas su évaluer la gravité de ses blessures. J'ai pensé qu'il allait bien, surtout lorsqu'il m'a demandé de m'occuper en priorité de Norah.

— Comme n'importe quel père l'aurait fait.

— C'était un homme bon, qui méritait mieux qu'un beau-fils incapable de poser un diagnostic correct. Quoi qu'il en soit, vous savez désormais pourquoi j'ai démissionné de mon poste à l'hôpital pour me lancer dans une autre vie.

Mark émit un rire amer avant de continuer :

— C'est alors que Neil et Eric m'ont sollicité. Ils savaient exactement ce qu'ils faisaient, en demandant mon aide. Les amis s'entraident. J'ai accepté de rester ici dix-huit mois et je sais qu'ils espèrent que Les Trois Sœurs exerceront sur moi leur charme magique. Mais ils n'ont aucune idée de ce que j'endure. L'expression de mon beau-père, au moment de sa mort, est gravée dans ma mémoire. Il n'avait pas peur, il n'était pas en colère, simplement...

La voix de Mark se brisa. Angéla ne bougeait pas, ne savait que faire. Devait-elle le laisser tranquille, ou tenter de le réconforter ?

— Je ne crois pas que les mots puissent vous apaiser, dit-elle enfin. Le temps fera son œuvre et vous finirez par comprendre que vous n'êtes qu'un être humain. Quand vous accepterez cette idée, vous souffrirez sans doute moins. En attendant…

Le rire de Mark détendit l'atmosphère.

— Ce n'est pas le moment où vous êtes censée me prendre dans vos bras et me réconforter ? Ensuite, nous…

— … ferions l'amour pour nous consoler mutuellement ? Grâce à mon mari, j'ai appris depuis longtemps que l'acte sexuel n'arrangeait rien, si on ne s'entend pas déjà auparavant.

— Vous trouvez que nous ne nous entendons pas bien ?

Certainement mieux qu'elle ne l'aurait cru possible, en tout cas. A la faveur de l'obscurité, elle aurait même pu s'abandonner au désir qu'il lui inspirait. Lorsqu'elle fermait les yeux, elle s'imaginait dans ses bras et cela faisait battre son cœur plus vite. Sa relation avec Brad avait d'abord été fondée sur l'attrait physique et elle avait pensé que le reste viendrait naturellement, mais elle se trompait. Désormais, elle faisait preuve de prudence, sinon de pudibonderie.

— Parlez-moi plutôt de la montagne, Mark.

De nouveau, son rire résonna dans le noir.

— Il faut avoir du bon matériel, mais aussi un compagnon de cordée en qui vous puissiez avoir confiance. C'est à lui de vous surveiller, pendant l'escalade. Il doit être prêt à bloquer la corde s'il sent que vous tombez. Il existe des systèmes d'assurage pour garantir la sécurité du grimpeur qui est attaché par une corde. S'il tombe, la chute est immédiatement bloquée. Il reste suspendu dans les airs, un peu meurtri, mais sain et sauf.

— Dommage qu'on ne puisse pas procéder de la même façon dans la vie, commenta Angéla. Il semble que nous en aurions tous besoin tôt ou tard.

En ce qui la concernait, c'était même tout de suite !

6

Pelotonnée dans les bras de Mark, Angéla ouvrit un œil. Cela ne lui était pas arrivé consciemment : elle cherchait une position agréable et s'était retrouvée tout contre lui, la tête dans le creux de son épaule. Elle avait d'abord écouté sa respiration, ne sachant s'il était éveillé, puis s'était endormie.

— Vous m'enfoncez votre coude dans les côtes, dit-il.

— Pas du tout ! C'est le bocal d'olives que nous avons ouvert, marmonna-t-elle.

Instinctivement, elle leva la main et posa ses doigts sur son cou.

— Qu'est-ce que vous faites ? s'étonna-t-il.

— Je prends votre pouls.

— Je m'en suis aperçu, mais pourquoi ?

— C'est votre vie, que je sens sous mes doigts. C'est puissant et plutôt…

— Quoi ?

— Sensuel, sans doute, dit-elle en baissant le bras.

— Vous êtes la première personne de ma connaissance à trouver des pulsations sensuelles.

— Ce n'est pas vraiment ce que je voulais dire, mais…

— Ne changez rien ! J'adore ce mot !

Angéla se redressa et s'assit. Il était bien tentant de rester où elle était, de rêver à tout ce qu'ils auraient pu faire dans l'obscurité… Pas de doute, elle était *tentée*. Dans cette situation particulière, Mark exerçait sur elle un attrait sexuel inconnu. Avec Brad, il s'agissait surtout de commodité… pour lui. Comme elle avait été naïve ! Mais désormais, c'était bien fini. Elle voulait ce qu'il y avait de meilleur pour elle, parce que, à travers elle, Sarah était aussi concernée.

— Vous voulez de l'eau, des bretzels, des olives ? proposa-t-elle.

— Vous n'êtes pas à l'aise avec moi, remarqua-t-il. Pas sur le plan professionnel, mais personnel. Je sens bien que cette situation vous rend… nerveuse.

— Un peu, c'est vrai, dit-elle en prenant la bouteille d'eau, plus pour se donner une contenance que par besoin. Mon mariage était… tolérable, dirons-nous. Brad était souvent absent, aussi étais-je entourée de peu d'affection. A l'époque, je ne savais pas que je vivais dans l'illusion, mais, même si je l'avais su, cela n'aurait pas fait une grande différence. Je n'étais pas prête à faire évoluer les choses, même quand j'ai su qu'il me trompait. J'ai renoncé à être moi dans le seul but de le garder et puis, un jour, j'ai été trop vieille pour lui et il m'a dit qu'il était temps pour moi de m'établir quelque part. Pas lui, vous comprenez ? Seulement moi. En d'autres termes, il ne souhaitait pas que sa vieille épouse le suive à travers le monde.

— Vieille ? Est-ce qu'il vous avait bien regardée ? Sérieusement, n'importe quel homme sain d'esprit serait flatté que l'on vous voie avec lui.

— C'est gentil de me le dire. Mais je voyais que la fin arrivait. Je l'avais épousé en dépit de ses inclinations et je savais que ce moment arriverait. Mais j'avais Sarah, désormais, et cela changeait tout. Enfin… tout, sauf Brad.

— Laissez-moi deviner. Il ne voulait pas d'enfants et vous si ?

— Je le souhaitais depuis des années, mais Brad était inflexible : il ne voulait pas être lié de cette façon et je m'étais toujours conformée à ses volontés.

— En ce cas, comment avez-vous fait pour être enceinte ?

— C'est arrivé au moment de notre séparation. Nous étions

d'accord pour suivre chacun notre chemin. Pour lui, c'était parfait, mais, pour moi, beaucoup moins. J'étais complètement perdue. Il était entraîneur à Vancouver. Je suis allée le rejoindre, bien loin de penser qu'il pourrait désirer une *vieille* femme comme moi. Je n'utilisais plus de moyen de contraception. Mais apparemment, il éprouvait un regain d'intérêt et, pendant un temps, il s'est installé avec moi à White Elk, avant que je ne découvre ma grossesse. Mais cette vie ne lui convenait pas, je ne lui convenais pas et Sarah a été la goutte d'eau qui a fait déborder le vase.

— Vous êtes bien pragmatique, à ce sujet.

— J'ai mis huit ans à le devenir, parce qu'il le fallait. Autrement, je serais devenue encore plus folle que je ne l'étais déjà. Je ne devais pas être tout à fait saine d'esprit, pour m'être accrochée à lui si longtemps.

La gorge sèche d'avoir tant parlé, Angéla but une gorgée d'eau. Il n'était pas difficile de se confier à Mark, bien qu'elle ne fût pas très bavarde lorsqu'il s'agissait de tout ce gâchis. Aux yeux des autres, son comportement avait été stupide et ils avaient sans doute raison. Elle avait donc compris depuis longtemps que le récit de ses démêlés avec son mari n'était pas un bon sujet de conversation, en tout cas avec des étrangers. Mark n'en était pas tout à fait un, mais elle ne le connaissait pas vraiment non plus.

En tout cas, il savait écouter et prononcer au bon moment les mots qui convenaient.

— Je n'avais pas l'intention de faire cela, dit-elle.

— Quoi ? De me parler de votre vie ?

— Ce n'est pas très intéressant. J'ai fait des choses idiotes.

— L'amour peut produire cet effet et, sur ce plan, je n'ai rien à vous envier.

— Votre mariage a été malheureux ?

— C'était surtout une erreur. J'avais de l'affection pour son père et je pensais qu'épouser sa fille me donnerait tout ce que je voulais. Il était certain que nous formerions un couple parfait… et n'arrêtait pas de me répéter qu'il avait hâte de m'accueillir dans sa famille en tant que fils. J'étais le fils qui avait besoin d'un père, il était le père qui voulait un fils. Le plus drôle, c'est que je n'avais pas souvent rencontré Norah. Elle était toujours absente, soit pour faire des études, soit pour voyager. Lors de ses brèves visites, elle avait l'air sympathique. J'ai passé très peu de temps avec elle, je ne lui ai pas… fait la cour. Elle adorait son père, moi aussi, et je crois que nous nous sommes mariés pour lui faire plaisir. Aujourd'hui, je trouve cela fou, mais à l'époque, ça avait l'air sensé.

— Vous vous entendiez bien, elle et vous ?

— Au début, peut-être, mais plus elle exigeait de moi, moins j'étais capable de lui offrir ce qu'elle demandait. J'assume ma part de responsabilité. J'entamais ma carrière et j'avais peu de temps à lui consacrer, alors qu'elle avait de grandes exigences. Nous n'avions rien en commun, sauf son père, mais, finalement, ce n'était pas suffisant pour maintenir notre union à flot. Evidemment, en le laissant mourir comme je l'ai fait…

Angéla prit instinctivement la main de Mark.

— Pourquoi faut-il que vous soyez si dur envers vous-même ?

— Parce que je sais au plus profond de moi combien j'ai été déficient.

Angéla aimait le contact de sa main. Douce et forte à la fois, elle enveloppait la sienne et elle n'était pas pressée de rompre ce contact.

— Vous n'avez pas été déficient, Mark. Ce qui est arrivé est une tragédie. Vous aviez un choix difficile à faire.

Il s'écarta d'elle.

— Et j'ai fait le mauvais. C'est pour cette raison que je me suis chargé de ce programme de secours en montagne. Sur le terrain, on est sans cesse confronté à des choix et on doit faire les bons. Sur ce plan, j'ai fait mes preuves, non ?

— C'est parce que vous êtes si attentif et minutieux que vous êtes l'homme de la situation.

— Quel dommage ! s'écria Mark.

— De quoi parlez-vous ?

— Quel dommage que je ne puisse pas vous prendre comme étudiante !

— J'ai bien compris que je n'étais pas qualifiée, vous n'êtes pas obligé de me le rappeler sans cesse. Mais vous ne m'arrêterez pas, Mark, je finirai par avoir mon certificat d'aptitude, qu'il me soit attribué par vous ou par votre successeur.

— Je sais que vous y arriverez.

Se penchant vers elle, il déposa un baiser sur sa joue. Elle porta la main à son visage pour sentir la chaleur laissée par ses lèvres sur sa peau.

— Qu'est-ce qui me vaut cette attention ? demanda-t-elle.

— C'est parce que vous trouvez mon pouls sensuel.

Mark avait du mal à croire qu'une semaine s'était écoulée depuis cette nuit passée dans le cellier avec Angéla. Ils n'y avaient plus fait allusion et il aurait parié qu'elle cherchait à l'éviter.

— Je suis de service aux urgences, lui dit-il lorsqu'il la croisa dans le couloir. Je reviendrai au chalet en début de soirée.

Elle s'arrêta brusquement.

— Mais les enfants arrivent cet après-midi !

— Walt est ici, si vous avez besoin de lui.

— Vous savez combien le premier jour est important, Mark. J'espérais… Non, peu importe. S'ils vous demandent aux urgences, vous devez y aller.

Sur ces mots, elle s'apprêtait à repartir, mais Mark la retint par le bras.

— Qu'est-ce qui se passe, Angéla ? Je croyais que nous avions trouvé un terrain d'entente et nous sommes revenus au point de départ. Sauf que nous ne nous chamaillons plus, ce qui implique qu'il y a un problème. Je veux savoir ce que c'est, parce que je n'en ai pas la moindre idée et je n'ai pas pu vous le demander, parce que vous m'évitiez. Alors dites-moi…

J'ai dit quelque chose d'indécent dans mon sommeil ? Vous aurais-je fait des avances sans le savoir ? Parce que vous vous comportez comme si je l'avais fait.

— Pas ici et pas maintenant, marmonna la jeune femme.

— Alors dites-moi quand et où, parce que je tiens à ce que tout soit bien clair entre nous. Nous allons travailler ensemble pendant une semaine et j'avoue que la perspective de côtoyer un iceberg ne me tente guère.

Il n'était pas fâché, juste un peu perplexe. Ils n'avaient aucunement franchi les limites de la décence, dans le cellier.

— Vous n'êtes pas en cause, Mark. C'est moi… Je suis mal à l'aise dès qu'un homme m'approche d'un peu trop près. J'ai gâché plusieurs années de ma vie sans tirer aucune leçon de mes erreurs, malgré les claques que j'avais reçues. Alors maintenant, je…

— Vous ne faites plus confiance aux hommes ?

— Je n'en fais pas une généralité.

— Vous voulez dire qu'il ne s'agit que de moi ? Qu'est-ce que je vous ai fait, pour mériter cela ?

Mark sentit la moutarde lui monter au nez. Il ne recherchait pas un engagement pour la vie, pas même une aventure, mais seulement… eh bien, il ne savait pas très bien ce qu'il attendait d'Angéla, mais, de toute façon, c'était certainement mieux que les miettes qu'elle lui accordait.

— En vérité, soupira Angéla, vous me rappelez mon ex-mari. Vous ne lui ressemblez pas physiquement, mais d'une autre façon. Brad est le genre d'homme que les femmes recherchent, qui les fait se sentir protégées, en sécurité.

Le visage de Mark se détendit.

— C'est ce que vous pensez de moi ?

— J'ai vu comment les femmes de l'hôpital parlent de vous, comment elles vous regardent. Vous incarnez à leurs yeux le héros solitaire et inaccessible, celui qu'elles voudraient amadouer. Et moi, je ne peux pas…

S'interrompant brusquement, Angéla secoua la tête.

— C'est vraiment ainsi que vous me voyez ? demanda-t-il en riant.

— C'est exact.

— Je suis flatté. C'est la chose la plus gentille qu'on ait jamais dite à mon propos.

— Vous voyez ? Brad aurait réagi comme vous.

— C'est vrai, Angéla, ou c'est ce que vous voulez croire ? En me voyant de cette façon, moi ou n'importe quel autre homme, vous vous protégez contre d'éventuelles erreurs. Vous préférez fuir, plutôt que de vérifier si vous avez raison.

— Je n'ai pas envie d'approcher suffisamment un homme pour savoir s'il est vraiment comme Brad, ou si ce sont mes mécanismes de défense qui fonctionnent.

— C'est donc vous, qui êtes solitaire et inaccessible. Mais ce n'est pas vraiment votre personnalité… La vraie Angéla, je l'ai vue en train de contempler sa fille. J'ai une idée : ce soir, quand tous les enfants seront installés, venez dans ma chambre.

Angéla esquissa un mouvement de fuite.

— Amenez Sarah, ajouta-t-il très vite. Ce ne sera pas long.

— Je ne sais pas…

— Faites-le, Angéla. Ayez confiance en vous… Bon sang ! Ayez confiance en moi !

Elle se méfiait d'elle-même, pas de lui. Cette nuit-là, dans le cellier, elle s'était sentie bien, entre ses bras, et c'était la première fois que cela lui arrivait depuis des années. Mais il y avait autre chose… Mark ne comptait pas rester à White Elk, qui ne constituait qu'une étape dans sa fuite. Si elle devait retomber amoureuse un jour, cela ne pouvait pas être de Mark, il lui briserait immanquablement le cœur.

— Le premier curiste est arrivé, annonça Walt Graham.

Walt se tenait devant une large fenêtre du chalet. Avec sa barbe bien taillée, son joli pull et ses cheveux fraîchement coupés, il ressemblait moins au Père Noël. L'amour lui faisait visiblement du bien, Angéla en était très heureuse pour lui et pour Catie. Un jour, peut-être, serait-ce son tour…

— Tout est prêt, n'est-ce pas ? s'inquiéta-t-elle.

— Tu n'as pas à te faire de souci. Tu as fait tout ce qu'il fallait et sans doute même davantage. Amuse-toi un peu, maintenant. Sois sûre que cette expérience est bonne pour toi aussi, Angéla.

— Jusqu'ici, je ne dis pas le contraire, mais… je me sens un peu submergée. Il n'y a pas si longtemps, j'étais cuisinière…

— Tu étais chef ! rectifia-t-il.

— Ce qui revient au même, mais, justement, je n'étais que cela ! Si un plat était raté, je le jetais. Maintenant que je vois tous ces gamins franchir la porte, je réalise à quel point c'est important, Walt. Nous devons leur enseigner à prendre leur santé en main, à devenir responsables d'eux-mêmes et je me demande si je suis vraiment la femme de la situation.

— Tu sauveras des vies, Angéla. Je sais combien tu souhaites étudier la médecine, mais grâce à toi, ces gamins échapperont aux dangers de leur maladie. Par ta générosité, la passion que tu as mise dans cette entreprise, tu as trouvé le courage de surmonter les obstacles.

Angéla se précipita vers Walt, qu'elle embrassa sur les deux joues.

— Si Catie n'avait pas déjà jeté son dévolu sur toi, je me mettrais sur les rangs !

— Deux chefs se disputant mes faveurs et surveillant mon régime… C'est le rêve et le cauchemar de tout homme.

— Je suis contente que Catie t'ait séduit, Walt, tu en avais besoin.

— Toi aussi, Angéla, et si j'en crois la façon dont Mark Anderson te dévore des yeux, ce doit être aussi le moment pour lui.

— Tu te trompes, Walt ! Mark ne me regarde pas, sinon avec colère ou mépris.

— Libre à toi d'interpréter les choses de cette façon, Angéla, mais je sais ce que je vois.

Sur ces mots, Walt adressa un signe de la main aux deux premiers enfants qui entraient dans le hall.

Emoline Putters, infirmière de longue date à l'hôpital de White Elk, jaillit derrière le comptoir d'accueil. Elle reçut les enfants, prit leurs noms et donna à chacun un petit dossier contenant des informations sur leur séjour. On avait transformé deux grandes salles de conférences en dortoirs où l'on avait mis des lits de camp, l'une étant destinée aux filles, l'autre aux garçons. Quand Emoline eut fourni des explications aux premiers arrivants, d'autres se présentèrent. Finalement, les douze enfants furent escortés jusqu'à leurs chambres par des bénévoles.

Gabrielle Ranard était là avec son mari, Neil, ainsi qu'Eric et Dinah. Ils avaient tenu à assister à l'ouverture de la cure.

— C'est stupéfiant ! s'écria Gabrielle. Je savais que tu pouvais le faire, mais tu es parvenue à tes fins à une vitesse incroyable, et sans rien laisser au hasard ! Rappelle-moi de t'offrir un poste de gestionnaire, dans mon hôpital.

Neil lui décocha un petit coup de coude.

— N'essaie même pas. Elle est exactement là où elle doit être et elle n'ira nulle part ailleurs. N'est-ce pas, Angéla ?

Angéla ne savait plus très bien où elle en était. Elle avait l'impression d'évoluer en plein rêve.

— Tu as raison, répondit-elle à son ami.

Jetant un coup d'œil derrière le groupe, dans l'espoir que Mark passerait par-là, elle fut très déçue de ne pas le voir.

— Dans dix minutes, je donnerai des instructions aux enfants et je répondrai à leurs questions. Les parents assisteront à cette réunion, mais vous êtes invités, vous aussi. Après le déjeuner, en revanche, les visiteurs s'en iront, pour que les enfants puissent trouver leurs marques et s'installer sans être observés. Mais jusque-là…

Se reculant de quelques pas, elle fit un grand geste de la main.

— Bienvenue au Séjour de Formation pour Jeunes Diabétiques des Trois Sœurs. Ouvrez grands vos yeux, faites comme chez vous et amusez-vous.

— Merci, chuchota Dinah à l'oreille d'Eric, son mari. Regarde ce que ma sœur est arrivée à faire ! ajouta-t-elle, les larmes aux yeux.

Eric posa un baiser affectueux sur sa joue.

— J'ai toujours eu un don pour dénicher les femmes ravissantes dotées d'un incroyable talent…

— Aimée va très bien, dit Mark. Elle n'a même pas un rhume. Vous avez d'autres questions, madame ?

— Est-ce que vous pourriez passer la voir plus tard ? Je suis si inquiète, docteur ! Je suis seule pour m'occuper de mon enfant et nous sommes si loin de tout !

Malgré son peu d'expérience en la matière, Mark ne pouvait se tromper sur les battements de cils de Karen Landry. C'était la troisième fois qu'elle amenait sa fille aux urgences. Bizarrement, c'était toujours pendant les gardes de Mark.

— Je suis désolé, mais après mon service, je dois me rendre à l'hôtel de La Petite Sœur. Nous ouvrons une cure pour enfants diabétiques.

— Nous habitons tout près. Je pourrais peut-être vous amener Aimée là-bas.

— Ce sera impossible, malheureusement. Mais en cas de besoin, cet hôpital ne manque pas de bons médecins.

— On ne pourrait pas faire des analyses, pour vérifier si ma fille n'est pas diabétique ?

Mark baissa les yeux vers la fillette de cinq ans, qui ignorait que sa mère tentait de l'utiliser pour séduire un homme.

— Aimée est en parfaite santé. Il n'y a aucune raison de soupçonner un diabète. Mais si vous êtes inquiète, prenez un rendez-vous en pédiatrie. On lui fera un bilan sanguin de façon à établir un diagnostic fiable.

Karen prit une expression désespérée.

— Elle mange trop de sucreries.

— Cela n'a rien à voir avec le diabète, qui résulte d'un dysfonctionnement du pancréas.

— Vous avez examiné son pancréas ? Parce que si elle a besoin de faire cette cure…

Mark retira ses lunettes, en replia les branches et les glissa dans la poche de sa blouse.

— Aimée va bien, dit-il en essayant de prendre un ton compatissant.

En réalité, il plaignait cette enfant. La façon dont sa mère l'utilisait pour franchir sa porte n'était pas un bon signe. Il ne donnait pas de bonbons aux enfants, mais il avait découvert qu'ils aimaient les autocollants. Il en donna une feuille entière à Aimée, dont les yeux brillèrent de plaisir.

— Prends soin de toi, Aimée.

— Oui, dit-elle en serrant le cadeau contre son cœur.

Il les regarda traverser le hall et gagner la porte. Karen n'était pas méchante avec sa fille mais elle n'était pas attentive. Elle ne la regardait pas avec l'amour qui emplissait les yeux d'Angéla, lorsqu'elle contemplait Sarah…

Obéissant à une impulsion subite, il sortit son téléphone et composa un numéro.

— Je voudrais faire expédier quelques fleurs, dit-il.

7

— Vous m'avez envoyé des fleurs ?

Mark haussa les épaules.

— C'est une coutume, quand quelqu'un se lance dans une nouvelle aventure.

Angéla regarda le ravissant bouquet, composé de deux douzaines de roses blanches dans un vase de cristal. Elle l'avait mis sur le comptoir de l'hôtel pour que tout le monde en profite, mais avait gardé la carte. Ce n'était pas vraiment sentimental, mais…

« Puissent vos efforts être couronnés de succès », avait-il écrit. Et c'était signé « Mark ». Pas de mots d'amour ou d'amitié, rien qu'un prénom, mais elle n'était pas déçue, les choses auraient été plus compliquées, s'il lui avait manifesté la moindre tendresse.

— Personne ne m'a jamais envoyé de fleurs, auparavant. Je… Je ne sais pas quoi dire.

— Jamais ?

— Brad n'était pas très romantique.

— Eh bien, je suis heureux d'être le premier, dit Mark en jetant un coup d'œil à sa montre. Je vais devoir vous quitter. Walt et moi, nous allons donner un cours sur le pancréas et la production d'insuline. Quelques notions basiques, pour que les gamins se familiarisent avec la cause de leur problème.

— C'est un bon début, approuva Angéla.

— Comment cela se passe-t-il, jusqu'à maintenant ?

— Plutôt bien. Après la réunion d'information, nous avons déjeuné tous ensemble, ensuite, les parents sont partis et nous avons montré aux enfants tous les endroits où ils ont le droit d'aller. J'ai demandé à Ed de verrouiller toutes les portes interdites. Nous avons emmené nos petits curistes sur la piste des débutants, lancé quelques boules de neige, fait un peu de luge. Maintenant, ils sont détendus et prêts à découvrir les mystères du pancréas.

— Insuline, dit Mark.

— Quoi ?

— Insuline, du latin *insula*, qui signifie…

— Ile ! Vous avez aussi le mot « isolé », caractérisant les gens qui vivent loin des autres, solitaires.

— C'est ainsi que vous me voyez ?

— Auparavant, peut-être, mais les solitaires n'envoient pas de fleurs.

Elle essayait de ne rien y voir de plus qu'un geste amical, mais cette attention l'effrayait un peu… tout en la flattant.

— Il y a toujours des exceptions, rétorqua-t-il.

— Tout comme certains hommes se perçoivent eux-mêmes comme des ours, alors qu'ils n'en sont pas.

Sur ces mots, Angéla tourna les talons et s'éloigna.

— Sarah ! Comme ta mère est gentille de t'avoir accompagnée, ce soir ! Ne le lui dis pas, mais si je l'ai invitée, c'était juste une excuse pour te voir.

Dès qu'elle l'avait vu, le bébé avait tendu ses petits bras vers lui pour qu'il la prenne, mais lorsqu'elle vit la pile de peluches posée sur une couverture blanche à terre, elle changea d'avis et gigota pour descendre.

— Vous avez acheté tout cela pour elle ? demanda Angéla.

— La sœur d'Eric a une boutique de jouets pour les bébés, en ville. Ils sont tous garantis sans danger et écologiques.

— Mais pourquoi en avoir pris autant ? Il y en a au moins dix.

— Onze. Je n'arrivais pas à choisir, alors je les ai tous achetés. Je me suis dit qu'il y en aurait bien un qui plairait à Sarah. Je donnerai les autres à l'hôpital.

— Ils lui plairont tous.

L'espace d'un instant, Mark ne répondit pas. Il regardait Sarah, assise au milieu des peluches, les yeux écarquillés de convoitise.

— Je l'espère bien, dit-il d'une voix légèrement enrouée. Une jeune dame n'a jamais trop de peluches.

— Vous savez que vous êtes un grand sentimental ?

Cela lui donnait envie de l'embrasser, mais elle se retint et gagna la grande baie vitrée. Le coucher du soleil, sur Les Trois Sœurs, était si beau qu'elle cessa de respirer. Les sommets se dessinaient sur un ciel illuminé par des traînées rose et or. White Elk… ces montagnes… C'était son foyer, là où était son cœur, là où elle avait été vraiment heureuse pour la première fois de sa vie. Elle jeta un coup d'œil à Sarah, qui s'était emparée d'un dauphin et semblait en grande conversation avec lui. Elle voulait élever son enfant ici pour lui donner la chance d'y trouver le bonheur.

— Vous m'avez fait venir pour admirer la vue ? demanda-t-elle à Mark sans se détourner du spectacle.

— J'avoue que j'avais autre chose en tête.

Pivotant lentement sur elle-même, elle vit qu'il tenait… une corde !

— J'ai pensé que je pourrais vous apprendre à vous harnacher, puisque nous avons un peu parlé des expéditions en montagne.

Eh bien… Heureusement qu'elle ne s'était pas attendue à un rendez-vous romantique, elle aurait été déçue !

— Vous avez acheté un harnais pour moi ?

— Vous sembliez intéressée…

— Je le suis, bien entendu ! Je veux apprendre à grimper, mais je suis surprise… Disons que je ne m'y attendais pas.

— Vous vous imaginiez que j'allais chercher à vous séduire ? s'enquit-il, les yeux pétillants de malice.

— Vous m'avez demandé d'amener Sarah, donc je ne me suis rien imaginé de ce genre. En fait, je ne sais pas ce que je pensais, mais votre idée me plaît beaucoup.

Mark voulait bien lui transmettre un peu de son savoir ! Il ne l'acceptait pas dans son cours, mais, d'une certaine façon, il lui faisait comprendre qu'elle était digne de son enseignement. Cette confiance avait plus de prix qu'une entreprise de séduction.

— Vous êtes décidément une femme intéressante, Angéla Blanchard. Si je comprends bien, ces sangles vous semblent plus séduisantes que moi ?

— Plus tard, elles auront une place dans ma vie, pas vous.

— Voilà une déclaration bien brutale !

— Mais vraie. Vous ne pouvez pas le nier, Mark.

— Qu'allons-nous faire, maintenant ?

— Eh bien, vous devez d'abord vous occuper du harnais.

Mark se lança dans des explications, soulignant que les sangles ne devaient jamais être emmêlées. En lui montrant comment les alpinistes utilisaient le matériel, il frôla sa main.

Le souffle coupé, Angéla bredouilla :

— Je m'en souviendrai…

— Très bien. Il y a une façon particulière d'enrouler les cordes pour éviter les nœuds, mais ce sera l'objet d'une autre leçon.

Cette perspective était-elle aussi aguichante qu'elle se l'imaginait ? En tout cas, elle avait hâte d'apprendre cette méthode mystérieuse.

— Quand vous voudrez, parvint-elle à articuler. Et maintenant, que fait-on ?

— Vous devez identifier l'avant et l'arrière de votre harnais, aussi bien que la gauche et la droite. Faites attention à ce que les sangles ne soient pas tordues, ensuite enfilez-le et assurez-vous qu'il est bien ajusté une fois que vous avez bouclé la ceinture.

Après s'être exécutée, Angéla fit la moue.

— Ce n'est pas très confortable…

— Ni très joli, confirma-t-il en riant, mais vous vous y habituerez. Maintenant, vous allez bien fixer les sangles au niveau des cuisses.

Voyant qu'elle ne savait comment s'y prendre, il se pencha pour l'aider. Ses mains s'attardèrent sur les jambes de la jeune femme, qui frémit. Etait-ce son imagination ? Jetant un coup d'œil dans sa direction, elle vit qu'il était concentré sur sa tâche, les sourcils froncés.

— Hum… Donc, je fixe les sangles autour de mes cuisses, et…

Mark toussota.

— Ces boucles dites « double back » assurent la sécurité, en cas de mauvaise manipulation. Prenez l'habitude de vérifier tous les points d'attache, en particulier sur le ventre. La boucle doit être exactement positionnée sur le nombril.

Joignant le geste à la parole, il l'ajusta au bon endroit. Au contact de ses doigts, des vagues de plaisir parcoururent le corps d'Angéla.

— Je m'en souviendrai aussi, marmonna-t-elle.

— C'est important, insista Mark.

Sa voix sembla bizarre à Angéla. Cette proximité le rendait-elle nerveux, lui aussi ?

— Toutes ces vérifications sont capitales, continua-t-il, si vous tombez, c'est ce qui vous sauvera la vie.

Voyant qu'elle se battait avec le système de fixation, il vint de nouveau à son aide. Son parfum viril parvint aux narines de la jeune femme qui ferma les yeux pour mieux le goûter.

— Vous voyez ? dit-il. Ce n'est pas trop serré ? Vous pouvez respirer ?

— Très bien, merci. Je… me concentre.

— Tant mieux, parce que vous allez devoir faire les mêmes vérifications sur chacune de vos jambes. Le tour de cuisse doit être placé le plus haut possible, jusqu'à…

— J'ai compris… Le plus haut possible.

De petites gouttes de sueur perlaient sur le front de Mark, tandis qu'il poursuivait ses explications. Les dents serrées, Angéla s'efforçait de s'y conformer à la lettre. Il en allait de son certificat d'aptitude !

— Vous devrez assouplir les sangles, avant que nous recommencions. Elles doivent être plus maniables.

— Plus maniables, répéta-t-elle. Est-ce qu'on ne pourrait pas passer à l'étape suivante ? Parce que pour l'instant je n'arrive pas à serrer suffisamment les tours de cuisse. Puisque je sais ce que j'ai à faire, peu importe s'ils sont mal fixés.

— Quand vous mettez votre harnais, vous faites correctement les choses. Il n'y a pas d'exception.

Angéla laissa échapper un soupir exaspéré. Elle s'en voulait de ne pas être capable d'accomplir cette simple tâche et elle lui en voulait d'être si inflexible.

— Alors je suppose que nous en aurons pour la soirée, parce que je n'y arrive pas.

Comme s'il se demandait quelle décision prendre, Mark ferma les yeux un instant. Regretterait-il d'avoir acheté ce harnais si elle se révélait incapable de s'en servir ?

Angéla décida alors qu'il était temps de partir.

— Ecoutez, j'apprécie la leçon, mais puisqu'il semble que nous ne pourrons pas avancer davantage ce soir…

Sans l'écouter, il avait pris la courroie dans la main et réglait la boucle *double back*. Quand ce fut fait, il glissa la main entre la sangle et la cuisse d'Angéla.

— Pas plus que l'épaisseur d'une main. Si c'est plus lâche, ça ne va pas.

Au contact de sa paume, elle poussa un petit cri.

— Vous… vous m'avez surprise, mentit-elle.

C'était faux, mais si ses doigts montaient de quelques centimètres, cela risquait de provoquer un gémissement bien plus sonore.

— Vous devez bien faire les choses, Angéla, sinon vous risquez de sortir du harnais, si vous tombez la tête la première.

C'était exactement ce qui était en train de lui arriver, métaphoriquement parlant…

— La tête la première…

Quand Mark ajusta la sangle sur l'autre jambe, elle soupira à peine, mais, lorsqu'elle leva les yeux vers lui, elle discerna dans ses yeux le même feu que celui qui la consumait.

— Mark… je… euh… nous…

Se penchant vers elle, il posa ses lèvres chaudes sur les siennes tout en lui caressant la joue. Prise de vertige, elle ne répondit pas tout de suite à son tendre baiser, mais elle s'en délectait, le gravait dans son esprit et dans son cœur. Bientôt, Mark se fit plus insistant. La jeune femme gémit doucement, ou peut-être était-ce lui… Cela n'avait aucune importance, la tendresse se muait en passion. Lorsqu'elle glissa sa langue entre ses lèvres, la plainte venait sans nul doute de lui.

Le bruit arracha Angéla à son hébétement. Elle s'écarta vivement de lui, sans pourtant échapper à son regard… au désir qu'il lui inspirait.

— Mark, je crois…

Il la fit taire en posant un doigt léger sur sa bouche. Elle frissonna et ferma les yeux, prête à lui donner tout ce qu'il demanderait.

— Ce n'est sans doute pas une bonne idée, avec Sarah dans la pièce voisine, chuchota-t-il en enfonçant ses doigts dans sa courte chevelure brune.

— En effet, murmura-t-elle, tout en savourant la caresse. Je n'ai pas eu de relation avec un homme depuis très longtemps, avoua-t-elle.

— Je comprends, dit-il en frôlant ses lèvres avec son pouce.

C'était un véritable délice, songea-t-elle en levant les yeux vers lui. Ils s'embrassèrent de nouveau, cette fois avec une passion dévorante. Posant sa main sur la nuque de Mark, elle l'attira vers elle et leurs langues dansèrent à l'unisson pendant quelques instants. L'étreinte de Marc lui ressemblait… ferme et puissante. Pourtant, elle s'écarta vivement de lui.

— Ce n'est pas à cause de Sarah, dit-elle d'une voix haletante, mais en raison de mon plan. Tu n'en fais pas partie. Tu ne comprends pas ? Ça ne peut pas arriver. Pas maintenant. Pas… nous.

Tout en parlant, elle s'était éloignée de lui. Il la fixait, les sourcils plus froncés que jamais.

— Qu'est-ce que tu crains ? demanda-t-il sèchement. Ce n'était… rien.

Rien ? Ce n'était donc rien, pour lui ? Angéla comprit brusquement pourquoi elle ne pouvait aller plus loin. Elle percevait cette petite déchirure, dans son cœur… une fêlure qui se serait rapidement muée en crevasse si ce baiser avait duré plus longtemps. Elle était en train de tomber amoureuse de cet homme. Elle avait beau combattre ce penchant de toutes ses forces, elle était en train de perdre la partie.

Mais il venait de prononcer des paroles rédhibitoires.

— Tu as raison, dit-elle. Ce n'était rien.

Lui tournant le dos, elle réprima l'envie de prendre ses jambes à son cou et rassembla tout ce qui lui restait de dignité. Encore empêtrée dans le harnais, elle passa dans l'autre pièce, prit sa fille dans ses bras et gagna la porte.

Avant de sortir, elle se tourna vers Mark.

— J'ai apprécié la leçon, Mark. J'espère que lorsque nous aurons oublié ce… rien, nous pourrons passer à l'étape suivante.

Il ne répondit pas. Dès qu'elle fut dans le couloir, Angéla se précipita dans sa chambre pour que personne ne voie son visage ruisselant de larmes.

— Pourquoi ai-je fait cela ? demanda-t-elle à Sarah, qui la fixait de ses grands yeux, parfaitement éveillée. Pourquoi me suis-je laissée aller de cette façon, puisque je savais que cela ne pouvait mener nulle part ?

Sarah répondit par un gazouillis qui se termina par *maman*

et *paaa*… Deux mots qui n'allaient pas ensemble. La réponse d'Angéla, celle que son cœur lui dictait, était qu'elle aimait Mark. Ce n'était pas une bonne explication, mais c'était la seule qu'elle avait.

8

— Scotty ? Tu es réveillé ?

Angéla espérait que le petit garçon allait se lever sans qu'elle eût à bagarrer avec lui, mais il lui tourna le dos et l'ignora. Tous les autres enfants étaient debout depuis une heure. Ils avaient pris leur petit-déjeuner et s'apprêtaient à partir en promenade avec Fallon, James et Tyler Galbraith.

— Il est temps de sortir du lit, paresseux ! insista-t-elle.

— Non ! hurla-t-il.

Scotty pesait dix kilos de trop et avait vraiment besoin d'activité physique, mais, trois jours plus tôt, Angéla avait découvert que le jeune garçon détestait tout ce qui ressemblait à un effort. A sept ans, il aimait les jeux vidéo, la télévision, le grignotage… S'ils ne parvenaient pas à lui faire renoncer à ses mauvaises habitudes, il se réservait un avenir bien maussade.

— Désolée, Scotty, mais tu n'as pas le choix. Tu vas t'habiller, prendre ton petit-déjeuner et…

— J'ai dit non ! glapit-il, lorsqu'elle tenta de tirer sur la couverture.

Mark parut sur le seuil du dortoir, Fred sous le bras. Vêtu d'un petit manteau écossais, le chien était très élégant.

— Il refuse de se lever ? demanda-t-il.

Angéla regarda l'enfant, qui avait adopté une position fœtale.

— J'ai tout essayé, sauf la force. Tu as une idée ?

— Si je glisse Fred entre les draps, nous aurons peut-être une réaction.

— Qu'en dis-tu, Scotty ? Nous avons un très gentil chien qui voudrait être ton copain.

— Non !

S'approchant du lit, Mark posa la main sur l'épaule du garçon.

— Fred et moi, nous avons besoin de prendre l'air et toi, jeune homme, tu dois te lever et te bouger. Dès que je serai prêt, je reviendrai te chercher et nous ferons une promenade ensemble. Cela nous fera du bien à tous les deux.

— J'en ai pas envie, marmonna Scotty.

— J'ai l'impression qu'il n'articule plus les mots correctement, dit Angéla.

Prenant l'enfant à bras-le-corps, elle voulut le retourner. Il se débattit et, dans la mêlée qui s'ensuivit, elle prit un coup de poing dans l'œil. Elle sut instantanément qu'elle allait avoir un hématome.

Posant aussitôt Fred sur le sol, Mark se précipita vers elle.

— Ça va ?

— Ne t'inquiète pas pour moi. Tu peux aller chercher un lecteur de glycémie ? Je m'occupe de Scotty.

Mark attrapa Fred avant de se ruer hors de la pièce.

— Calme-toi, Scotty, dit Angéla. Nous essayons de t'aider.

— Laissez-moi tranquille !

Cette agitation était anormale…

— Tout va bien se passer, mon chéri, murmura-t-elle en le prenant dans ses bras.

Mark entra en courant dans le dortoir, une sacoche à la main.

— Tu peux le maintenir immobile, pendant que je prélève une goutte de sang ?

— Je vais essayer.

Quand Mark prit la main de Scotty, celui-ci se dégagea aussitôt. Il n'allait pas être facile de faire l'analyse sans le blesser. Mark parvint cependant à reprendre sa main et à l'immobiliser pendant quelques secondes mais lorsqu'il approcha la lancette du doigt de Scotty, le garçon se mit à ruer en tous sens. Prise par surprise, Angéla faillit tomber du lit.

— Si tu prenais ma place pendant que je fais le prélèvement ? suggéra-t-elle.

Tandis que Mark serrait le garçon contre lui et lui prodiguait des paroles apaisantes, elle piqua l'index de Scotty puis en pressa le bout de façon que la gouttelette tombât sur la bandelette de contrôle qu'elle tendit ensuite au médecin. Remontant sur le lit, elle s'efforça de calmer le garçon qui piquait une crise de rage.

— 3 grammes par litre, annonça-t-il.

Dieu du ciel ! C'était un taux élevé !

— Comment est-ce possible, Mark ?

Bien entendu, les enfants n'avaient pas le droit d'apporter de la nourriture au chalet et les parents avaient été prévenus que les placards seraient contrôlés.

— Je crois que le paquet de cookies, sous la couverture, pourrait répondre à ta question, dit-il en sortant l'objet du délit. Il est complètement vide. Qui sait ce qu'il a absorbé, en plus de ces biscuits. Scotty ? Il y a autre chose ? J'ai besoin de savoir ce que tu as mangé cette nuit.

Scotty avait cessé de se débattre.

— Rien, dit-il. Ce n'est pas à moi.

— Ecoute, fiston, nous voulons seulement t'aider. Je vais te donner un médicament, mais il vaudrait mieux que je sache exactement ce que tu as avalé.

Les yeux du garçon s'emplirent de larmes. Angéla eut l'impression qu'il venait de faire le lien entre son malaise et les friandises qu'il avait dévorées. Elle l'espérait, en tout cas.

— C'est elle qui me les a données ! dit-il en désignant Angéla du menton. Elle a dit qu'il n'y avait pas de problème.

La jeune femme l'avait libéré, mais restait assise sur le lit, dans le cas où il ferait un autre accès de colère.

— Nous n'allons pas te punir, dit Mark, mais tu dois nous dire la vérité.

Scotty secoua énergiquement la tête. De grosses larmes

coulaient sur ses joues et il reniflait. Ses paupières étaient à demi baissées, mais, lorsqu'il ouvrait les yeux, il ne parvenait pas à fixer un point précis.

— Nous en reparlerons plus tard, dit Angéla en l'attirant dans ses bras. Pour l'instant, nous devons te soigner.

Levant les yeux vers Mark, elle ajouta :

— Nous allons attendre tranquillement que tu aies mis le traitement au point.

— Il est clair qu'il a acquis une tolérance élevée au glucose, mais, au cas où quelque chose se produirait, je ne peux pas le laisser ici. Je voudrais que tu ailles trouver Walt et que tu lui demandes des insulines ultra-rapides. Dis-lui que j'ai besoin de lui ici.

— Il est en promenade avec les enfants et la famille Galbraith.

— En ce cas, il va falloir que tu m'apportes toi-même ce dont j'ai besoin.

Il lui donna le nom du produit et le type de seringue qu'il voulait.

— Il me faut aussi un moniteur cardiaque portable. Je veux surveiller son rythme cardiaque pendant que j'abaisserai son taux de glucose. Il peut toujours y avoir des complications. Mais avant, est-ce que tu pourrais prendre sa tension pour moi ?

Elle avait vu des infirmières le faire des milliers de fois.

— Bien sûr.

Elle prit le tensiomètre dans la sacoche. Sentant que Scotty recommençait à s'agiter, Mark resserra son étreinte.

— Mets-lui le brassard en haut du bras, dit-il.

Il lui indiqua ensuite comment gonfler le brassard et le dégonfler progressivement après avoir placé le stéthoscope sur l'artère.

— Tu dois entendre deux sons distincts, lui dit-il. Le premier marquera le début de la pulsation. Note le nombre que tu verras sur l'écran. Quand le bruit cesse, cela indique la fin de la pulsation. Tu retiens aussi ce chiffre.

Angéla savait ce que ces nombres signifiaient, puisqu'elle les avait étudiés après avoir appris le mot « sphygmomanomètre ».

— Ne me touche pas ! cria Scotty quand elle voulut lui passer le brassard.

— Il va falloir que tu la laisses faire, Scotty, intervint Mark.

— Non ! Ça fait mal !

— J'admets que ça pince un peu, mais je te laisserai me le faire deux fois, si tu restes tranquille.

Scotty ne répondit pas, comme privé de toute énergie.

— Tu promets ? marmonna-t-il enfin.

— Tu pourras même écouter ton cœur, dit Mark.

Pendant ce temps, Angéla avait réussi à lui enfiler le brassard qu'elle avait ensuite gonflé après avoir glissé le stéthoscope en dessous. Après avoir relâché la pression, elle écouta attentivement. D'abord, elle n'entendit rien et crut s'y être mal prise. Enfin, elle perçut un battement sourd.

— La pression systolique est de… cent cinquante. La pression diastolique est de cent. Tu veux que je recommence, pour être sûr ?

Il secoua la tête en souriant.

— Non, je te fais confiance.

« Je te fais confiance. » Ces mots résonnaient dans les oreilles d'Angéla pendant qu'elle courait chercher l'insuline et le moniteur cardiaque. Lorsqu'elle revint, elle trouva Mark assis sur le lit, auprès du petit garçon apathique.

— Que s'est-il passé ? demanda-t-elle. Il est dans le coma ?

— Non. Je crois qu'il a épuisé toute son énergie. Les variations du taux de glucose peuvent être très fatigantes. Il n'a pas eu le temps de me prendre la tension, mais je tiendrai ma promesse. Qui sait ? Nous en ferons peut-être un médecin. Si je lui montre une ou deux procédures, il réfléchira à sa propre situation.

Après avoir rempli la seringue, il la tendit à Angéla.

— Tu veux le faire ?

— Je ne voudrais pas lui faire mal.

— Si tu veux travailler avec des enfants diabétiques, il va

falloir que tu apprennes à faire les injections, il n'y aura pas forcément un médecin dans les parages quand ce sera nécessaire. Un jour, la vie d'un enfant peut reposer entre tes mains, Angéla. Ensuite, tu devras aussi apprendre ce qu'il faut faire en cas d'hypoglycémie, quand le taux de glucose est si bas qu'un morceau de sucre ne suffit plus à le faire remonter.

Angéla hocha la tête. Mark avait raison, elle devait apprendre. Mais il avait refusé de l'intégrer dans son cours et, de nouveau, elle ressentit la blessure causée par ce refus.

— Où dois-je le piquer ?

— Dans le bras, le ventre ou la cuisse, tu choisis. N'enfonce pas l'aiguille, l'injection doit être…

— Sous-cutanée, c'est-à-dire entre le derme et l'épiderme, termina-t-elle.

— Bravo !

— Vas-y, dis-le !

— Quoi ?

— Que mes connaissances sont remarquables, pour quelqu'un qui ne sait rien… en dehors de quelques articles pêchés dans le dictionnaire médical. Je dois te sembler ridicule, n'est-ce pas ?

Mark jeta un coup d'œil au petit garçon, maintenant complètement endormi.

— Ecoute, je sais que nous avons un peu embrouillé les choses, avec ce baiser, mais nous devons travailler ensemble.

— Ce baiser n'a rien embrouillé. Comme tu l'as très bien dit, ce n'était… rien.

Ce simple mot lui avait fait plus mal qu'elle ne l'avait cru sur le coup.

— Ce qui ne va pas, entre nous, c'est *nous*, reprit-elle. Je ne sais pas pourquoi et je n'en cherche pas la raison. Bientôt, tu commenceras tes cours et je devrai m'occuper de mon programme. Par la suite, nos chemins se croiseront rarement et c'est très bien ainsi.

Il ne répondit pas tout de suite car il refaisait une analyse du taux de glucose.

— On en est à 2,8 grammes.

— Tant mieux ! Tu crois qu'il faudra l'emmener à l'hôpital ?

— Si le taux de glucose ne baisse pas suffisamment, oui, mais j'espère que non, il semble répondre assez bien au traitement. Il faudrait que tu convoques sa mère. Quelqu'un l'a autorisé à emporter des sucreries et il s'agit sans doute d'elle. Nous devrons avoir une petite conversation.

Certains parents devraient suivre une formation, eux aussi, pour qu'ils comprennent les conséquences à long terme d'un diabète mal contrôlé, songea Angéla.

— Tu crois qu'Helen lui a donné ces cookies ?

— J'ai aussi trouvé des barres chocolatées sous son lit, pendant que tu étais partie chercher l'insuline.

Angéla laissa échapper un long soupir.

— Je m'y suis sûrement mal prise.

— Toi ?

— C'est ma responsabilité. J'ai fait venir ces enfants ici, j'ai promis de leur apprendre à veiller sur eux-mêmes et si ce genre d'incident se produit... Que se serait-il passé, si l'un des autres enfants avait trouvé sa réserve ?

— C'est imprévisible, Angéla. Ce qui vient d'arriver n'est pas ta faute. Scotty a introduit au chalet des friandises qu'il n'aurait pas dû avoir. Ce n'est pas toi qui les lui as données.

— Sans doute, mais j'aurais dû empêcher cela, ou trouver un moyen pour que ce soit impossible.

Mark se leva et prit la jeune femme dans ses bras.

— Brad n'est pas là pour souligner tes prétendues insuffisances... C'est juste un petit garçon qui a triché.

Elle le repoussa légèrement.

— Cela n'a rien à voir avec Brad.

— Tiens donc ? Ce n'est pas la petite voix qui te murmure sans cesse que tu n'es pas compétente ?

— C'est déloyal !

— Ce n'est pas la question, Angéla. Je te parle de la façon dont tu continues de réagir par rapport à ce salaud !

Angéla jeta un coup d'œil à l'enfant endormi. Ce n'était pas le moment de discuter de sa vie privée.

— Qu'est-ce qu'on fait, pour Scotty ? murmura-t-elle. Est-ce qu'il faut le renvoyer chez lui, pour qu'il ne cause pas un incident avec un autre enfant ? Ou le garder, passer davantage de temps avec lui et essayer de lui faire comprendre où est son intérêt ? Pour l'instant, je pencherais plutôt pour la première solution. Ce gamin est très important pour moi et je continuerai à travailler avec lui, mais dans le cadre de l'hôpital. J'ai très peur que si nous ne parvenons pas à le surveiller de très près…

— Ce serait sans doute plus facile,mais la bonne médecine n'emprunte pas toujours la voie de la facilité.

Cette remarque vexa Angéla. Elle le savait, bien entendu. Mais elle avait onze autres enfants qui pouvaient céder à la tentation si Scotty partageait avec eux les friandises qui l'avaient rendu malade.

— Je cherche seulement une solution qui pourrait être bonne pour lui.

— En le renvoyant chez lui ?

De nouveau, elle était blessée.

— Tu ne comprends donc pas ? Je veux l'aider, mais je ne suis pas sûre que ce soit le bon endroit, parmi tous les autres enfants.

— C'est le *seul* endroit, Angéla. Si nous ne le gardons pas, Scotty pensera qu'il ne vaut rien et nous ne pouvons anticiper les effets de ce qu'il interprétera comme un rejet. Par la suite, tu accueilleras des enfants comme lui, ou qui te causeront encore plus de problèmes. C'est un élément qu'il faut intégrer dans ton programme parce que tous les enfants ne seront pas prêts à coopérer. Et ce sont justement ceux-là qui ont le plus besoin d'aide. Si tu les renvoies…

Mark secoua la tête et ferma les yeux. Angéla l'observait avec attention. Elle entrevoyait un aspect de sa personnalité qu'elle n'avait pas encore remarqué. Il se souciait de ses patients… profondément. Et il voulait cesser d'exercer la médecine ? Tout ce qu'il avait dit était juste et elle devait lui faire confiance. Il comprenait les enfants comme Scotty, qui exigeraient davantage d'efforts. Il avait encore beaucoup à donner et ce serait une grande perte, s'il n'exerçait plus son métier.

— Je suis d'accord avec toi, dit-elle. Je dois me préparer à négocier avec des gamins difficiles au lieu de les renvoyer. Tu m'as vue paniquée parce que je souhaite ardemment que ce programme soit couronné de succès. Cela me rend nerveuse, d'autant que rien, dans ma vie, ne m'a préparée à me lancer dans une telle entreprise.

— Tout ce que tu as fait, au contraire, tout ce que tu es t'y ont préparée. Neil et Eric n'auraient pas soutenu ton projet s'ils n'avaient pas cru en toi. Ils ont beau t'apprécier sur un plan personnel, ils ne t'auraient pas offert cette opportunité s'ils n'avaient pas été persuadés que tu allais faire du bon boulot avec ces gosses. Mais tu dois te débarrasser de l'emprise que ton ex-mari a encore sur toi. C'est un loser, un imbécile ! Tu pourrais en faire ton leitmotiv : *C'est un imbécile… C'est un imbécile*.

Angéla se mit à rire.

— C'est vraiment agréable, d'entendre quelqu'un dire tout haut ce que l'on pense tout bas.

— Voici l'ordonnance du médecin : prononcer ces mots très fort au moins une fois par jour. Tu verras que tu finiras par les croire.

S'approchant de Scotty, il prit son pouls puis sa tension, mais c'est elle qui utilisa le lecteur de glycémie pour la seconde fois.

— 2, 3 grammes, annonça-t-elle avec soulagement. Il réagit vite au traitement.

— Nous travaillons très bien ensemble, remarqua-t-il.

Ils travaillaient bien ensemble… Angéla n'en regrettait que plus de ne pouvoir profiter de son enseignement. Mark Anderson était un bon professeur, un bon médecin et un homme bien.

— A propos de ce baiser… reprit-il.

— Je crois que tu as déjà donné ton opinion à ce sujet, le coupa-t-elle d'une voix étranglée.

— Je voulais m'excuser au sujet de ce que j'ai dit ensuite.

— Que c'était une erreur ?

— C'en était une, mais pas dans le sens où tu l'as compris. Je voulais seulement dire que nous ne pouvions pas nous engager dans cette voie. Tu as tes projets, j'ai les miens et nous ne voulons ni l'un ni l'autre qu'ils soient compromis.

Cette analyse la flatta.

— Tu penses qu'un seul baiser pourrait remettre en cause nos projets ?

— J'ai encore dit ce qu'il ne fallait pas, non ?

— Ce baiser n'était pas une erreur, Mark, en tout cas, pas pour moi. C'était agréable de se laisser aller… Je reconnais que lorsque tu as dit que ce n'était « rien », j'ai été un peu blessée, mais je ne me suis pas attardée là-dessus.

Quel mensonge ! Elle avait ressassé la réflexion de Mark jusqu'à l'épuisement.

— Ah bon ? Parce que moi, je n'ai cessé de repenser à ce baiser. Tu me tentes, Angéla, et si je pouvais m'abandonner à cette tentation…

S'approchant d'elle, il passa un doigt léger sur son œil gonflé.

— Il te faut de la glace, dit-il. Et arrête d'être aussi dure envers toi-même. Tous ces gens, à White Elk, ont besoin de toi, tout comme Scotty.

Tout le monde, sauf lui, songea-t-elle.

— Nous allons dresser un plan de bataille, en ce qui concerne Scotty, dit-elle. Il sera sous surveillance vingt-quatre heures sur vingt-quatre et sept jours sur sept.

— Je fouillerai sa chambre plusieurs fois par jour, renchérit Mark et quand je le soupçonnerai de nous mentir, je vérifierai son taux de glucose. C'est un brave gosse et il comprendra vite. Tout ce que nous faisons ici peut lui sauver la vie, Angéla.

— Je vais parler avec sa mère, lui dire ce qu'il a fait et lui exposer les conséquences médicales pour son fils si nous ne parvenons pas à le contrôler. Je peindrai la situation sous un jour très sombre, Mark, parce qu'elle en a besoin. Ensuite, je vais réfléchir à la façon dont nous pourrions impliquer davantage les parents.

— Tu fais du bon boulot, Angéla.

— Mais ce n'est pas encore suffisant.

— Sois patiente, dit-il en déposant un baiser sur le front de la jeune femme. Je vais rester quelque temps au chevet de Scotty. Pendant ce temps, tu devrais appliquer de la glace sur ton œil et, éventuellement, promener Fred à ma place. Demain, tu vas devoir dissimuler l'œuvre de Scotty avec un peu de fond de teint, parce que ta peau va virer au pourpre.

Angéla se mit à rire.

— Ce sera comme une décoration. J'ai perdu la bataille, mais pas la guerre.

Se penchant sur le jeune garçon, elle remonta la couverture et ébouriffa ses cheveux bruns.

— Tu entends ça, Scotty ? J'ai bien l'intention de remporter la victoire.

Avant de partir, elle regarda Mark, qui s'asseyait près du lit. En d'autres circonstances, ils se seraient sans doute rapprochés et seraient devenus plus que des amis. Mais dans *ces* circonstances ? Il allait s'en aller, c'était inévitable. En admettant qu'ils aient une liaison, est-ce qu'elle accepterait de partir avec lui, s'il le lui demandait ? La réponse était simple… Pas avec un homme qui ne la voulait pas autant qu'elle le voulait. La vraie question était de savoir si elle voulait vraiment Mark.

— Plus tard, je m'arrangerai pour que les enfants prennent des leçons de ski, mais, cette semaine, nous nous contenterons de la luge.

Il y avait douze enfants et deux fois plus d'adultes, tous sur des luges. Depuis quelques jours, les bénévoles ne cessaient d'affluer.

— Je ne m'attendais pas à une telle solidarité, commenta Mark.

Une luge rouge sous le bras, il était prêt, de son côté, à glisser sur les pentes neigeuses.

— A White Elk, les gens aiment rendre service, c'est d'ailleurs pour cette raison que je suis restée. Quand je suis arrivée, je cherchais du travail. J'aime la montagne, mais je n'avais pas envie de passer toute ma vie d'un circuit de ski à l'autre. Quand j'ai su que le restaurant de la Sœur Aînée cherchait un chef, je me suis présentée. Je suis tombée amoureuse presque tout de suite de la région.

— Et tu n'es jamais repartie ?

— Non. Je veux élever Sarah dans un endroit comme celui-ci. La vie est dure, dans le reste du monde, mais quand on a la chance de trouver une sorte de… famille, pourquoi la quitter ? Ce qui m'amène à toi, Mark… Pourquoi t'en aller ? Tu n'es là que depuis Noël et tu fais déjà partie intégrante de cette communauté. Tu es à ta place, ici, tout le monde t'apprécie.

— Pour eux, je suis toujours ce que j'étais : un médecin. En quittant la Californie, mon but était de ne plus être moi.

— Il n'y a rien de mal à être toi, Mark.

— Au contraire, répliqua-t-il en mettant sa main en visière pour contempler la montagne. Est-ce que tu as discuté avec la mère de Scotty ?

Angéla décida de ne pas insister.

— Elle a avoué lui avoir donné des friandises. Elle lui avait dit d'en manger un peu de temps en temps, comme une sorte de récompense. Selon elle, il savait qu'il ne devait pas dévorer les gâteaux en une seule fois.

— Elle n'a toujours rien compris.

— Tu as un peu déteint sur moi, Mark.

— Ce qui veut dire… ?

— J'ai froncé les sourcils et lui ai dit qu'un jour, personne ne serait là pour sauver la vie de son fils lorsqu'il se laisserait aller à ses penchants. J'ai ajouté que je ne pouvais pas mettre les autres enfants en danger à cause de son mauvais exemple. Je crois qu'elle n'y avait pas pensé.

— Tu penses qu'elle se montrera raisonnable, dorénavant ?

— Je l'espère. Elle est dans le déni de la réalité, mais les proches se comportent souvent ainsi, ils voudraient que leurs enfants mènent une existence normale. Walt est en train d'ouvrir les yeux de nos curistes en leur exposant les terribles conséquences d'un diabète non contrôlé. C'est brutal, mais ils doivent savoir ce qu'ils affrontent. J'ai invité les parents à cette conférence.

— De mon côté, je vais avoir une petite conversation avec Scotty dans quelques minutes. Je suis inquiet, son taux de glucose reste trop élevé. Par ailleurs, il reste à l'écart des autres et refuse de se mêler aux activités.

Angéla jeta un coup d'œil au petit garçon, assis tout seul sur un banc.

— J'ai voulu que tu le prennes en charge pour cette raison, dit-elle avec un sourire. Et maintenant, si tu veux bien m'excuser...

Se mettant à plat ventre sur sa propre luge, elle glissa le long de la pente. Arrivée tout en bas, elle jeta un coup d'œil en arrière pour voir si Mark l'avait suivie, mais il avait disparu. Elle supposa qu'il avait rejoint Scotty.

— Qu'est-ce que tu fais avec Sarah ? s'étonna Angéla. Je l'avais confiée à Emoline.

— Emoline a été appelée à l'hôpital et personne d'autre n'était disponible pour veiller sur la demoiselle.

Mark semblait très à l'aise, l'enfant coincée sur sa hanche. En fait, il avait encouragé Emoline à partir, prétendant que cela ne le dérangeait pas de faire un peu de baby-sitting. C'était tout à fait exact. Il y avait quelque chose, chez Sarah, qui le détendait.

— Tu n'avais pas un cours, à cette heure-ci ?

— Walt et moi avons fait un échange. Il souhaitait passer un peu de temps avec Catie dans la soirée alors que moi, je n'avais aucun projet particulier. Cela tombait bien, puisque Sarah voulait un cavalier. Avec Fred, on s'est bien amusés.

— Il est vrai qu'elle a l'air heureux, constata Angéla.

— Elle a décidé qu'elle adore la luge.

— Tu lui en as fait faire ?

— Disons que c'était juste un aperçu, dit Mark en riant. Mais Sarah aime visiblement les activités de grand air. On a construit un bonhomme de neige, fait une petite promenade…

— Vous n'avez pas fait de l'escalade ou du ski, par hasard ?

Angéla tenta de reprendre sa fille, mais celle-ci manifesta clairement sa préférence en s'agrippant à Mark tout en protestant dans son langage.

— Je crois qu'elle exprime une opinion, remarqua Mark. Elle te ressemble énormément.

Angéla s'efforça de calmer sa fille qui hurlait dans ses bras, mais ses mots d'apaisement n'y firent rien.

— Tu veux que je la reprenne ? suggéra Mark.

— Tu l'as hypnotisée ?

— Je préfère croire que mon charme naturel a agi sur elle, répondit-il en riant.

Dès qu'elle fut dans les bras de Mark, Sarah s'épanouit de nouveau.

— Ecoute, si tu as quelque chose à faire… avança Angéla.

— J'ai promis à Sarah que je lui apprendrai à faire des boules de neige.

Il pinça doucement le nez du bébé qui lui en fit immédiatement autant. Depuis une heure, il avait répété ce numéro avec elle pour impressionner sa mère.

— Mark ! Que se passe-t-il entre vous, exactement ?

— Nous nous entendons bien, dit Mark en faisant signe à la jeune femme de le suivre jusqu'à la porte du chalet. Sarah m'explique ce qu'un bébé d'un an aime faire.

— Elle ne parle pas.

Il poussa la porte et Angéla le précéda dehors.

— Non, mais elle a des avis très tranchés, tout comme sa mère. Qu'en dit son père ?

— Il ne l'a jamais vue. Il voulait que je…

S'interrompant brusquement, Angéla secoua la tête et continua :

— Disons que ma grossesse ne faisait pas partie de ses projets. Si je ne gardais pas l'enfant, il était même prêt à rester avec moi quelque temps, du moins, c'est ce qu'il disait. Sa famille adore Sarah et ils ont tous été formidables avec moi, mais lui n'a même pas voulu avoir une photographie d'elle.

— C'est stupéfiant ! Cet homme a la chance d'être le père de cette petite furie et il est trop stupide pour le savoir. Et « stupide » est un euphémisme !

— Elle n'a pas besoin de lui et je suis heureuse qu'il ne fasse pas partie de notre vie. Je ne veux que des gens bien autour d'elle et ce n'est pas son cas.

— Mais s'il revenait ? S'il voulait brusquement faire l'expérience de la paternité ?

— Il a perdu ce privilège lorsqu'il m'a demandé d'avorter. De toute façon, il m'a clairement dit que je ne le reverrais jamais.

— C'est un imbécile.

— Je suis d'accord mais que dire de moi, qui me suis accrochée à lui pendant tant d'années ?

— Tu es forte, naïve, tu manques peut-être de discernement, mais tu n'es pas une imbécile.

— Pourtant, j'ai vraiment l'impression de m'être montrée complètement idiote depuis que j'ai compris qui il est.

— Il est comme mon ex-épouse… Une erreur.

— Une stupide erreur, rectifia Angéla avec amusement. Qu'est-ce qu'on ne fait pas, par amour !

— Dans mon cas, il ne s'agissait pas d'amour, mais d'une illusion.

— Tu veux dire une illusion stupide ?

— Exactement, mais je m'en suis remis.

— Moi aussi. De toute façon, Sarah est une compensation suffisante pour que je ne regrette rien.

— C'est certain.

Il assit Sarah sur le rebord du bassin qui se trouvait près de l'entrée. L'attention du bébé fut aussitôt captivée par trois grenouilles couleur de cuivre qui gambadaient sur la margelle. S'agenouillant devant elle, il façonna une boule de neige bien ronde.

— Tu vois, lui dit-il, il faut qu'elle soit bien formée si tu veux qu'elle atteigne ta maman.

— Tu veux qu'elle me lance des boules de neige ? s'écria Angéla en riant.

— Paaa ! intervint Sarah.

— C'est cela, dit Angéla. Tu peux aussi toucher Paaa, avec une boule de neige.

— Je vais te montrer comment faire, dit Mark.

Posant la boule de neige dans la petite main du bébé, il la projeta en avant, si bien qu'elle atteignit son propre genou.

— Bravo, Sarah ! s'écria Angéla en se penchant pour embrasser sa fille. Je n'aurais pas mieux fait moi-même.

— Tu as envie de me lancer des boules de neige ?

— Non ! Pas tant que j'ai Sarah pour faire le sale boulot à ma place.

A peine avait-elle prononcé ces mots qu'une boule de neige s'écrasait sur son visage, au grand plaisir de Sarah, qui éclata de rire.

— Tu veux la guerre, c'est ça ? s'exclama la jeune femme.

Rassemblant le plus de neige possible, elle la lança vers Mark et l'atteignit à l'épaule.

Il se cacha immédiatement derrière Sarah.

— Quelle honte ! s'indigna Angéla. Sors de là !

Pour toute réponse, il déposa une minuscule boule dans la main du bébé, qu'il guida ensuite de façon qu'elle lance son projectile en direction de sa mère qui le reçut sur sa botte.

— Lâche ! cria-t-elle.

Bon sang ! songea Mark. Elle était tellement séduisante. Même lorsqu'elle jouait dans la neige, elle l'attirait toujours autant.

— Je suis seulement loyal envers la jeune princesse, rétorqua-t-il. Je la protège contre la démoniaque reine des neiges.

— La reine n'en veut qu'à toi, dit Angéla en montrant la boule de neige géante qu'elle tenait à la main. Sors de ta cachette et conduis-toi en homme.

— Dois-je capituler ? demanda Mark à Sarah.

Pour toute réponse, Sarah agita sa petite main.

— Tu vois ? Elle veut *ta* boule de neige.

— Elle a dit ça ? demanda Angéla en riant.

— Aussi vrai que ton nez est rouge. La princesse a clamé sa victoire et la méchante reine des neiges rend les armes. Je suis désolé, mais la décision est sans appel.

Angéla s'agenouilla devant sa fille et posa son énorme boule de neige à terre.

— En ce cas, je me rends, dit-elle en embrassant la joue ronde du bébé.

Saisissant l'occasion au vol, Mark s'empara de la boule de neige et…

— Non ! cria Angéla en tombant sur le dos.

Aussitôt, Mark bondit sur elle. Un genou de chaque côté de son corps, il brandit son arme improvisée.

— C'est *son* idée, dit-il en désignant Sarah. Je ne suis que son serviteur.

— Tu n'oserais pas, dit-elle en le regardant droit dans les yeux.

— Si cela ne tenait qu'à moi, tu aurais raison, mais le choix ne me revient pas. Que faisons-nous, Sarah ? On lui lance la boule, ou non ?

— Paaa…

— Tu l'as entendue ? C'est sa décision, pas la mienne.

Mark écrasa la masse glacée et molle sur le visage d'Angéla, mais ne lui opposa pas la moindre résistance lorsqu'elle se redressa pour lutter avec lui. En réalité, le jeu lui plaisait énormément. Quelques secondes plus tard, il était terrassé par l'adversaire, qui était assise sur son ventre.

Levant les yeux vers Angéla, il sourit.

— J'ai gagné.

— Mais c'est moi qui suis sur toi ! protesta-t-elle.

Il lui adressa un clin d'œil.

— Eh oui ! C'est bien pour cela que j'ai gagné.

Elle se pencha jusqu'à effleurer ses lèvres des siennes.

— Vous vous trompez, docteur Anderson, murmura-t-elle avant de lui écraser à son tour une boule de neige sur le visage. Bon plan, Sarah !

Sur ces mots, elle libéra Mark et prit sa fille dans ses bras.

— Il n'a rien vu venir ! triompha-t-elle.

Elle se trompait, mais il n'avait pas eu la moindre envie de la stopper. Les passants devaient les prendre pour des fous, tous les trois, mais il ne connaissait rien de mieux que d'être étalé sur le dos dans la neige, en compagnie d'Angéla et de Sarah. Pour l'instant, c'était le seul endroit au monde où il souhaitait se trouver.

Le seul endroit.

9

— Elle était endormie avant même que je la mette au lit !

Angéla referma la porte de la chambre. Mark était assis sur le canapé de la salle de séjour, Fred sur les genoux.

— Elle déborde d'énergie, remarqua-t-il. Je n'aurais pas cru qu'elle pouvait tenir aussi longtemps.

Angéla s'effondra près de lui, parfaitement détendue. Elle se sentait bien, ce qui ne lui arrivait pas souvent.

— Sarah s'est bien amusée. Elle doit savoir qu'il faut jouir de la vie, c'est très important, pour moi. Quand quelque chose d'extraordinaire se présente, il faut saisir sa chance. Ce sont ces moments de pur plaisir qui nous permettent de supporter tout ce qui peut être pénible et déprimant. C'est un peu comme un phare... Quelque chose qui brille dans l'obscurité et qui vous attend. Je veux qu'elle ait conscience que cette lumière est là pour elle.

— Tu ne suis pas tes propres conseils. Quand elle sera plus grande, elle s'apercevra que tu préconises une chose, mais que tu en fais une autre. Est-ce qu'elle verra du plaisir ou de la satisfaction en toi, Angéla ? Est-ce qu'elle te verra tendre la main vers ce signal lumineux, ou lui tourner le dos parce que tu as d'autres objectifs à atteindre ?

— Tu es injuste ! C'est parce que j'aurai accompli mes projets que Sarah aura ces lumières dans sa vie. D'ailleurs, je m'amuse et je suis totalement satisfaite de mon sort. Je passe du temps avec Dinah et sa famille, je cuisine, je m'occupe en ce moment de tous ces enfants fantastiques et j'ai Sarah. Rien de tout cela ne t'apporterait peut-être la plénitude, mais en ce qui me concerne, ce sont des bienfaits.

Fermant les yeux, elle fit l'inventaire de toutes les bonnes choses qui illuminaient sa vie. A sa grande surprise, Mark en faisait partie.

— Parfois, le bonheur surgit lors d'une bataille de boules de neige, reprit-elle. A un autre niveau, on peut l'atteindre en voyant les rêves que l'on a faits pour sa fille se réaliser. Mais si tu le limites à des événements isolés, qui ne se produisent qu'en de rares occasions, tu rates toutes les occasions d'être heureux qui se présentent plusieurs fois par jour. Je veux que Sarah ne manque rien de tout cela. Je veux qu'elle voie tout, qu'elle expérimente tout, au lieu d'adopter le point de vue étroit qui a été le mien toute ma vie… qui est le *tien* maintenant.

Laissant échapper un grand soupir, elle se débarrassa de ses chaussures et posa ses pieds sur le canapé.

— Tu estimes que ma vision de la vie est étroite ?

— Cela te surprend ? Dès que tu auras terminé ta session de secourisme, tu fileras loin d'ici alors qu'il y aurait tant de bonnes raisons de rester. Ton seul objectif est la fuite et, à mon humble avis, tu montres ainsi à quel point tu es borné.

— Tout à l'heure, j'ai fait un cours sur les effets du diabète sur les yeux, ensuite, j'ai montré aux enfants ce que signifiait le taux de glucose dans leur sang et combien c'était important pour leur santé. Je leur ai donné ces explications dans la neige, en utilisant les différents éléments d'un bonhomme de neige pour illustrer mon exposé. Plus ces éléments sont déséquilibrés, plus il est instable… Tu juges ma façon de procéder étroite ?

— Oui, et je vais te dire pourquoi. Tu n'es ici que sous la pression d'Eric et de Neil. Ce serait très différent, si tu agissais de ta propre initiative, mais tu penses être leur obligé.

— Ce n'est pas tout à fait exact. Ils tentent de recoller les morceaux qui me composent parce que ce sont de bons amis. De mon côté, je m'efforce d'aider des amis qui en ont besoin.

— Tu le fais parce que tu veux être *recollé* ?

— Je le fais parce que je suis moins borné que tu ne le penses. Neil et Eric sont les meilleurs amis que j'aie jamais eus et je ne les laisserai pas tomber, quelles que soient les circonstances. J'ai beau être en très mauvais état, je ne tourne pas le dos à mes amis.

— Tu n'es pas en aussi mauvais état que tu veux bien le dire.

— Quoi qu'il en soit, je ne peux pas faire de projets à long terme. Si tu considères que c'est un point de vue étroit, libre à toi. J'appelle cela un but, ce qui n'est pas si différent de tes objectifs. Sauf que les miens sont simples : je fais ce qu'on me demande et je m'en vais. Pas de listes.

— Mes buts mènent quelque part, alors que les tiens te poussent à fuir.

— Tu as raison, je l'admets. Les miens m'éloignent de… tout ce que je veux laisser derrière moi. Tes projets sont admirables, alors que je cherche seulement à survivre. D'aucuns me taxeraient d'autocomplaisance.

Posant Fred à côté de lui, il s'empara des pieds d'Angéla, qu'il entreprit de masser.

— Tu n'es certainement pas complaisant envers toi-même, assura-t-elle.

Elle s'installa confortablement sur les coussins pour savourer le contact de ses mains sur ses chevilles. Elle n'était pas habituée à être dorlotée, mais, si cela venait de Mark, elle devinait qu'elle s'y ferait facilement.

— Tu n'es pas obligé de faire cela, dit-elle, tout en espérant qu'il ne s'arrêterait pas.

— Si j'étais aussi mesquin que tu sembles le croire, je serais sans doute d'accord, mais je me suis aperçu que tu parcours une cinquantaine de kilomètres par jour, entre la cure et ta fille. Je parierais que tu n'as pas lâché pour autant ton travail de diététicienne à l'hôpital. Avec toute mon étroitesse d'esprit, j'ai donc décidé que tu méritais un bon massage.

La première pression sur la plante de ses pieds fut un pur délice. Pour toute réponse, elle ne parvint qu'à soupirer de contentement.

— Pas mal, pour un homme aussi mesquin que moi ?

— Je vais peut-être changer d'avis, on ne m'a jamais massé les pieds auparavant et c'est tellement…

— Est-ce qu'il te traitait correctement ? l'interrompit Mark. Je veux dire, est-ce qu'il te gâtait un peu ? J'ai été le premier à t'envoyer des fleurs, mais je ne peux croire qu'on ne t'ait jamais massée.

— Quoi ? Qu'est-ce que tu dis ?

— Est-ce que ton mari était gentil avec toi ?

Angéla s'arracha difficilement à l'extase dans laquelle elle était plongée pour réfléchir. Pendant toutes ces années de vie commune avec Brad, elle était celle qui dorlotait, celle qui cajolait.

— Pas vraiment, mais à l'époque, je n'en avais pas conscience.

— Il n'était pas violent ?

— Pas physiquement. Brad n'est pas brutal, ni même méchant. Je ne crois pas qu'il ait jamais intentionnellement fait du mal à quelqu'un. Le problème, c'est qu'il ne tient aucun compte de ce que les autres peuvent ressentir. Tu dirais sans doute que c'est un égoïste.

— Et tu ne t'en apercevais pas ?

— Je le savais certainement, mais je me berçais d'illusions. J'étais persuadée qu'il changerait dès que nous nous serions fixés quelque part. J'avais oublié un détail : nous ne voulions pas la même vie.

— Tu ne lui en veux pas à mort de son refus de s'impliquer dans l'avenir de Sarah ?

— Je le devrais sans doute, mais c'est lui le perdant, dans l'histoire. En réalité, Brad ferait un très mauvais père. Il a besoin d'être au centre de toutes les attentions et ne supporterait pas qu'un enfant le prive de ce privilège. Tant pis pour lui, il rate tout le bonheur que me procure Sarah.

— Tu es extraordinaire, Angéla. J'en veux toujours autant à mon ex-épouse et je crois que cela ne changera jamais.

Angéla se redressa légèrement pour le fixer.

— Tant que tu ne te débarrasseras pas de cette colère, tu n'avanceras pas.

— Elle la mérite peut-être.

— C'est possible, mais toi ? Cette fureur intérieure te ronge, mais pas elle. Elle ne la ressent pas. Tu en es la seule victime.

Elle grimaça car il infligeait à la plante de ses pieds une pression trop forte.

— Tu t'en veux parce que ton beau-père est mort ? continua-t-elle. En tant que médecin, tu sais pourtant qu'on est amené à faire des choix douloureux. Il y a deux mois, Eric a perdu un patient… une petite fille. Elle avait une leucémie et il a fait tout ce qu'il pouvait pour améliorer son état. Dinah m'a dit qu'il ne dormait plus, ne mangeait plus… Après sa mort, il est resté dans sa chambre pendant deux jours, refusant toute visite. Pourtant, il a bien fallu qu'il accepte une réalité que tous les soignants affrontent. Je suis certaine que tu as perdu d'autres patients.

— Ce n'est pas la même chose.

— C'est vrai. Mais tu m'as dit toi-même que ton beau-père t'avait demandé de t'occuper de ta femme en premier. Comment aurais-tu pu refuser ?

— Il avait probablement conscience qu'il allait mourir, mais il savait aussi que… Norah était enceinte.

— Quoi ?

— Pas depuis très longtemps, elle ne me l'avait pas encore dit, mais son père était sans doute au courant. Tout naturellement, il voulait que je lui porte secours.

— Je peux le comprendre. S'il s'agissait de choisir entre Sarah et moi, ce serait toujours… ce *sera* toujours Sarah d'abord.

Une fois de plus, les doigts de Mark serrèrent douloureusement ses pieds. Elle se débattit pour lui échapper et s'assit en tailleur sur le canapé.

— Tu ne peux pas lui en vouloir ou t'en vouloir, insista-t-elle. Ce n'est pas toi qui as choisi.

— Non, mais tu ignores ce qui s'est passé ensuite…

— Le bébé… Est-ce que ta femme l'a… ?

Il secoua la tête.

— A l'hôpital, le médecin m'a dit combien elle avait eu de la chance. Après la naissance du bébé, on pourrait s'occuper des quelques entailles assez profondes qui la défiguraient. C'est ainsi que je l'ai appris… Ensuite, j'ai tenté pendant un mois de consoler ma femme de la mort de son père : il fallait qu'elle se calme, pour le bien du bébé. Durant ce laps de temps, je suis devenu un mari aimant et attentif. Je faisais des projets, je m'imaginais ce que serait ma vie quand je serais père. Je refusais de voir que mon épouse était obsédée par ses cicatrices et, qu'en même temps, elle me détestait parce que son père avait perdu la vie. J'étais responsable de son décès, tout comme je l'étais de l'accident et de ses blessures au visage.

— Tout était ta faute…

— Il n'y avait pas de problème, parce que j'avais les épaules assez larges pour tout endosser et que j'étais persuadé que tout irait mieux quand le bébé serait né. Honnêtement, je savais que notre mariage battait de l'aile, mais je mettais tous mes espoirs dans…

Il s'interrompit pour déglutir péniblement.

— Et puis un jour, Norah est partie en voyage sans me dire où elle allait. J'ai engagé un détective privé qui a fait chou blanc. Deux mois plus tard, elle est rentrée à la maison… sans ses cicatrices, mais aussi sans notre bébé. Elle avait avorté parce que, sans cela, le chirurgien ne l'aurait pas opérée.

— Je ne peux pas… Je ne sais pas quoi dire.

— Elle l'a fait. Elle m'a dit qu'elle n'avait voulu être enceinte que pour faire plaisir à son père. Il voulait des petits-enfants.

Maintenant qu'il était mort, elle n'avait aucune raison de poursuivre sa grossesse.

— Sans te prévenir ? Tu n'as rien vu venir ?

— Tu penses que j'aurais dû, sans doute. Mais non... Une fois de plus, je n'ai pas vu l'évidence : un sacré palmarès, pour un traumatologue, dit Mark en fermant les yeux. Toi-même, tu estimes que j'ai été aveugle.

— En admettant que tu te sois douté de quelque chose, est-ce que tu aurais pu l'empêcher d'avorter ?

— Je me suis posé la même question des millions de fois. J'aurais peut-être pu intervenir... la convaincre d'attendre quelques mois de plus. Je me serais agenouillé devant elle, je l'aurais suppliée, si cela avait pu changer quelque chose. Mais...

— Mais elle a fait ce qu'elle voulait faire. Ce n'est pas ta faute, Mark. Elle a pris une décision horrible, dont tu n'es pas responsable.

Mark se laissa aller contre le dossier du canapé. Ouvrant les yeux, il fixa le plafond.

— Et tu t'étonnes que j'abandonne la médecine ? C'est ainsi ! Je n'ai pas vu venir l'événement le plus important de ma vie.

— Parce que Norah s'est arrangée pour cela. Elle te l'a caché. Rappelle-toi lorsque tu me parlais d'être compagnons de cordée. Il faut savoir faire confiance à l'autre et, si nous étions tous deux en train d'escalader une montagne, je me fierais totalement à toi.

— Tu pourrais bien commettre une grosse erreur.

— Je suis certaine du contraire. Tu sais que je suis une bonne cuisinière, pourtant il m'est arrivé de rater un plat, voire même de le laisser brûler. Ne hurle pas ! Je sais parfaitement qu'il n'y a pas de comparaison entre nos situations. Je veux simplement dire que malgré ces échecs, je sais que je suis un cordon-bleu. Et toi, que sais-tu de toi-même, Mark ?

— Qu'est-ce que je suis censé comprendre ?

— Tu vois ? Tu t'énerves, alors que tu devrais clamer haut et fort que tu es un bon médecin. Au plus profond de toi, je suis certaine que tu le sais, mais tout cela t'a brûlé intérieurement au point que tu es incapable de le reconnaître. Alors tu fuis tout ce qui te rappelle ce que tu as perdu. Il faudrait que tu admettes que tu peux commettre des erreurs, comme n'importe quel être humain.

Mark se redressa, le visage rouge de colère.

— J'ai un nouvel objectif à ajouter à ta liste. Tu devrais ouvrir un cabinet de psychologie. Puisque tu penses avoir réponse à tout, pourquoi ne pas en faire un métier ? D'accord, j'admets que je fuis mais est-ce que tu n'en fais pas autant, à ta façon ?

Il avait tellement haussé la voix que Sarah se réveilla en pleurs. Se levant d'un bond, Angéla courut s'occuper de sa fille. Lorsqu'elle revint dans la pièce, le bébé dans ses bras, Mark n'était plus là, il était parti avec Fred. Il n'avait pas claqué la porte, mais le bruit résonnait quand même dans son cœur.

Elle emporta Sarah dans la cuisine, pour la consoler avec une petite douceur.

— Tu comprends ce que je veux dire quand je te répète que nous sommes très bien, rien que toutes les deux ? Nous n'avons besoin de personne dans nos vies, et surtout pas…

— Paaa ! fit Sarah en regardant la salle de séjour vide.

— Tu as raison. Surtout pas de lui, bien qu'il masse merveilleusement les pieds.

Pourtant, elle avait espéré exactement le contraire, et pas seulement à cause des massages. Elle appréciait sa présence chaque jour un peu plus, mais elle avait suffisamment perdu de temps à courir derrière un homme. Toutes les voies qu'elle avait empruntées étaient des impasses, sauf celle qui l'avait menée à Sarah. Voulait-elle recommencer à pourchasser un homme bien décidé à ne *pas* se fixer ?

— Nous pouvons nous débrouiller sans lui, n'est-ce pas, Sarah ? Même si nous le voulons… et nous le voulons… Tu es d'accord avec moi, Sarah ?

La réponse à cette question était claire. Elle sentit son cœur prêt à exploser, parce que ses choix étaient clairs… Mark n'en faisait pas partie.

— Tu as l'air… fatiguée.

Dinah prit Sarah des bras de sa sœur mais, au lieu de gagner la porte, resta un instant sur le seuil, à la fixer.

— Tu veux m'en parler ?

— Je n'ai pas beaucoup dormi la nuit dernière, c'est tout.

— Les gamins t'ont tenue éveillée ?

— Ils vont bien. Je crois que les activités de plein air les ont épuisés, hier. Je crois aussi que la réorganisation de leurs menus les apaise un peu.

— Où en est Scotty Baxter ?

— Jusque-là, ça va. Il s'efforce de se mettre au diapason des autres, ce qui est une bonne chose. Nous le surveillons de près et Mark essaie de lui faire comprendre qu'une simple barre chocolatée peut avoir des conséquences désagréables. Cela marche plutôt bien. Mark sait s'y prendre avec les enfants. Ils l'adorent.

— Ils ne sont pas les seuls, toi aussi, j'ai l'impression.

— Quelle importance cela aurait-il si c'était vrai ?

— Vous en avez parlé, tous les deux ?

— Je crois que nous n'en sommes plus là. Entre nous, c'était terminé avant même d'avoir commencé.

— Tu ne penses pas que cela vaudrait le coup d'essayer encore ?

— J'ai d'autres préoccupations, en ce moment.

— Ce qui te permet de garder tes distances. Plus tu t'agites, moins tu prends de risques sur le plan personnel. En d'autres termes, est-ce que tu ne te caches pas derrière tes objectifs et tes ambitions, de façon que rien ne puisse plus te blesser ?

C'était à peu près ce que lui avait dit Mark…

— Ce n'est pas vrai ! Je suis vraiment impliquée dans ce que j'ai entrepris ici !

— Est-ce que cela te suffira jusqu'à la fin de ta vie ? Parce que c'est tout ce qui te restera, si tu repousses les hommes comme Mark.

Coinçant Sarah sur sa hanche, Dinah fit quelques pas dans l'entrée.

— Ecoute, je n'ai pas l'intention de te faire un sermon. Ton programme est fantastique, tu es une bonne mère, Eric chante tes louanges en tant que diététicienne et tu as laissé Brad derrière toi, même si tu l'ignores encore. Quand tu en auras pris conscience, tu commenceras à te demander ce que tu veux faire de ta vie… Quoi qu'il en soit, les jumelles ont organisé un goûter pour Sarah. Elles ont invité leurs copains, fait des gâteaux, alors reviens plus tard, si tu en as le temps. Sinon, je te la ramènerai avant l'heure du coucher.

Angéla embrassa sa fille sur les joues.

— Dis à tante Dinah que ta maman va très bien. *Très bien*, répéta-t-elle en regardant sa sœur.

— Très bien et toute seule, fit Dinah avec un petit sourire. Si c'est vraiment ce que tu veux, ajouta-t-elle en gagnant la porte, je ne te dirai plus rien. Sauf que…

Elle caressa son ventre avant de poursuivre :

— Tu n'aimerais pas en avoir un autre, un jour ?

— Quoi ?

— Réfléchis…

Il fallut quelques secondes à Angéla pour comprendre ce que sa sœur cherchait à lui dire. Elle la serra alors si fort dans ses bras que Dinah protesta.

— Tu le sais depuis quand ?

— J'ai fait le test de grossesse ce matin.

— Eric est au courant ?

— Il plane à quelques centimètres du sol… Pour l'instant, nous avons décidé de ne pas l'annoncer aux filles et à nos amis, parce que nous préférons partager ce secret encore un moment. C'est quelque chose que tu n'as pas eu avec Brad, Angéla. Je ne sais pas comment te décrire cette joie partagée, mais je voudrais que tu la connaisses. Tu la mérites. Tu mérites d'être au septième ciel parce qu'un homme merveilleux t'adore. Et je crois que Mark t'adore.

Les larmes aux yeux, Angéla posa ses mains sur le ventre de sa sœur.

— Je suis tellement heureuse pour toi…

— Je sais que tu l'es, mais je veux que tu le sois pour toi aussi. Excuse-moi, mais je vais être en retard. Les jumelles doivent bouillir d'impatience. Le goûter commence à 15 heures, précisa-t-elle en se penchant pour embrasser sa sœur. Viens si tu le peux.

Angéla donna un dernier baiser à Sarah avant de les pousser toutes les deux vers la porte. Après leur départ, elle se sentit soudain très seule, mais ce n'était pas seulement parce que leur présence lui manquait. C'était à cause de cette vacuité intérieure…

En elle, il n'y avait que du vide…

10

Remarquant la jeune femme qui arpentait le hall de long en large, tel un chat nerveux, Angéla se tourna vers Emoline Putters.

— Qui est-ce ?

— Elle s'appelle Karen Landry et demande le Dr Anderson.

— Elle a dit pourquoi ?

Emoline secoua la tête.

— Elle prétend qu'elle a besoin de le voir sur-le-champ et ne veut parler à personne d'autre. Mais le Dr Anderson fait un cours aux enfants, en ce moment, et je ne veux pas l'interrompre.

— Je vais m'occuper d'elle.

— J'ai l'impression qu'elle ne sera pas contente.

— Elle ne peut pas rester ici plus longtemps. Le chalet est un endroit privé et je ne veux laisser entrer personne qui n'y ait été dûment autorisé.

Devinant que l'entretien ne serait pas agréable, à en juger par l'expression de Karen Landry, Angéla s'arma de courage.

— Que puis-je pour vous, madame ?

— J'ai dit à cette femme que je voulais parler au Dr Anderson.

— Il n'est pas disponible et il ne le sera pas de toute la matinée.

— C'est une urgence, il comprendra.

Sortant son portable de sa poche, Angéla le tendit à la jeune femme.

— En ce cas, appelez l'hôpital. Votre interlocuteur pourra vous comprendre, lui aussi. Le numéro est…

— Je ne peux pas ! hurla Karen. Est-ce que vous ne comprenez rien ? J'ai… un problème que le Dr Anderson est le seul à pouvoir résoudre. Je veux le voir. Maintenant !

— Quel est ce problème ? demanda Angéla. Expliquez-le-moi et je verrai si je peux faire descendre le Dr Anderson.

Karen réfléchit un instant avant de laisser échapper un soupir exaspéré.

— C'est Aimée, ma fille. Je… je l'ai déposée ici, hier soir. Je lui ai dit de rester assise dans le hall. Quand quelqu'un lui demanderait ce qu'elle faisait là, elle devait répondre qu'elle attendait le Dr Anderson. C'est tout ce qu'elle était censée faire : ne pas bouger et demander le Dr Anderson.

Angéla sentit sa gorge se serrer. Cette histoire n'avait aucun sens !

— Emoline ! Appelez Mark, vite ! Votre petite fille, vous l'avez laissée ici à quelle heure ? demanda-t-elle à Karen.

— Vers 19 heures. Comme je l'ai dit, elle devait suivre mes instructions, je ne comprends pas ce qui s'est passé.

Dieu du ciel, personne n'avait parlé d'une petite fille !

— Résumons la situation, s'il vous plaît. Vous l'avez laissée et je suppose que vous n'êtes pas revenue la chercher, puisque vous êtes ici maintenant.

— Je n'étais pas inquiète, puisque je la savais en sécurité, ici. Le Dr Anderson m'a dit que c'était une cure pour enfants… Mais ce matin, comme personne ne m'a appelée…

Elle s'interrompit, ferma les yeux et se frotta le front.

— Vous l'avez perdue ? demanda-t-elle.

— Quel âge a votre fille ?

— Cinq ans.

— Elle a cinq ans et elle a disparu depuis hier soir, c'est-à-dire depuis quatorze heures ! Et c'est seulement maintenant que vous vous en inquiétez ?

Mark arriva en courant dans le hall.

— Que se passe-t-il ?

Se précipitant vers lui, Karen tomba quasiment dans ses bras.

— Docteur Anderson ! Ma pauvre Aimée… Cette femme l'a perdue, dit-elle en désignant Angéla.

Mark repoussa fermement la jeune femme.

— De quoi parle-t-elle ? demanda-t-il à Angéla.

— Cette dame prétend qu'elle a déposé Aimée ici hier soir pour te voir. Depuis, elle n'a pas eu de ses nouvelles.

— Vous… quoi ?

La voix de Mark était si glaciale qu'Angéla frémit. Karen se mit à pleurer.

— Je savais que vous m'appelleriez pour que je vienne la chercher ou que vous me la ramèneriez. J'ai seulement pensé…

Lui tournant le dos, il se focalisa sur Angéla.

— Quelqu'un a vu Aimée ?

— Je passe des coups de fil à tout le monde ! cria Emoline. Jusqu'à maintenant, personne ne se rappelle l'avoir vue.

Une enfant perdue… elle n'avait que cinq ans. Ces mots bourdonnaient dans l'esprit d'Angéla.

S'efforçant de conserver son calme, elle s'enquit :

— Vous êtes bien sûre qu'elle est ici, Karen ? Vous ne faites pas cela pour attirer l'attention ?

— Je crois vraiment qu'elle l'a fait, intervint Mark.

— Fait quoi ? demanda Karen. Vous pensez que j'aurais nui intentionnellement à ma fille ?

Angéla et Mark l'ignorèrent.

— Nous ne sommes pas assez pour fouiller l'hôtel, dit Mark, d'autant qu'il faut aussi la chercher dehors. Nous ne pouvons pas non plus laisser les autres enfants.

Pendant qu'il parlait, Angéla composait un numéro sur le clavier de son téléphone.

— Dinah, dit-elle dès que sa sœur décrocha. Préviens Eric

que nous avons une urgence, au chalet. Il faut réunir tous les bénévoles que nous pourrons joindre pour une mission de sauvetage. Un enfant a disparu.

Elle raccrocha aussitôt.

— Pendant ce temps… commença-t-elle.

— Je vais commencer par le rez-de-chaussée, dit Mark.

Il regarda autour de lui, ferma les yeux un instant puis décrivit lentement un cercle. Fascinée, Angéla l'observait sans comprendre exactement ce qu'il faisait. Retenant son souffle, elle resta à l'écart pendant que Karen sanglotait et qu'Emoline tentait de joindre le plus de monde possible.

— Elle ne serait pas allée au-delà du rez-de-chaussée, dit-il. Aimée est timide, très petite pour son âge et réservée. Elle n'a pas pu emprunter l'escalier parce qu'elle n'est pas assez forte pour pousser la porte, à moins qu'on ne l'ait aidée ou que quelqu'un l'ait laissée entrouverte. Je ne suis pas certain qu'elle pourrait atteindre le bouton d'appel de l'ascenseur. Ce n'est pas non plus une enfant rusée… à moins que quelqu'un ne lui ait donné des instructions, dit-il en regardant Karen.

Celle-ci leva les yeux, ouvrit la bouche pour protester puis y renonça avec un mouvement agacé de la main.

— Donc, nous démarrons les recherches ici, dit Angéla. Je prends l'aile ouest et toi, l'aile est. Quand les gens arriveront, ils se disperseront sur les autres niveaux si nous ne l'avons pas encore retrouvée.

En passant devant la réception, elle s'arrêta près d'Emoline.

— Assurez-vous que les enfants soient toujours sous surveillance. Je ne veux pas qu'ils soient mêlés à cette affaire ou qu'ils participent aux recherches. Quand Eric arrivera, appelez-moi, et… prévenez la police. Quand nous aurons trouvé Aimée, nous ne pourrons pas la laisser repartir avec sa mère.

Emoline serra légèrement le bras d'Angéla.

— Ne vous inquiétez pas, je m'occupe de tout.

Mark la prit par la main.

— Je ne divise pas mes équipes, dit-il. Dans toute opération de sauvetage on reste par deux, même s'il s'agit de fouiller un hôtel.

Angéla ne discuta pas. Ils gagnèrent côte à côte l'extrémité de l'aile est, encore en construction. Ils trouvèrent les portes temporaires du chantier fermées à clé.

— Elle n'a pas pu passer par-là, dit Angéla en s'efforçant de les pousser.

— Ne jamais sous-estimer la détermination d'un enfant qui veut se cacher ou s'enfuir. Je les ai parfois dénichés dans des endroits auxquels un adulte n'aurait jamais pensé, impossibles d'accès…

Fouillant dans sa poche, il en sortit un trousseau de clés. Après plusieurs essais, ils purent pénétrer dans la future salle de banquet, glaciale et sombre.

— Qu'est-ce que nous ferons, quand nous aurons trouvé Aimée ? chuchota Angéla. Nous ne pouvons pas la rendre à sa mère.

— Les choses ne tournent pas toujours comme on le voudrait, Angéla.

— Tu veux dire qu'on n'est pas certain de l'issue ?

— On espère toujours que tout se terminera bien, mais tu dois t'armer de courage et envisager le pire.

— Tu as pu t'habituer à cette idée ?

— Non, et un bon sauveteur ne s'y fait jamais.

— Bon, eh bien je préfère envisager le meilleur. Aimée va bien, nous allons la retrouver et nous nous assurerons que quelqu'un s'occupera convenablement d'elle à l'avenir.

Passant un bras autour de ses épaules, Mark la serra contre lui.

— J'aime ton optimisme, lui chuchota-t-il à l'oreille.

Ils fouillèrent en vain la salle puis passèrent dans les futures cuisines. Là encore, nulle trace de la petite fille. Ils regagnaient le hall quand Emoline vint à leur rencontre, traînant dans son sillage un Scotty Baxter apeuré.

— Il voulait vous parler, expliqua-t-elle.

— Scotty ? fit Angéla.

— Je ne peux pas la trouver, dit le garçon, au bord des larmes.

— Qui ça ?

— Cette fille… Celle que tout le monde cherche. Je voulais aider, mais elle n'est plus là, maintenant.

— Où ?

— Elle se cachait derrière un fauteuil, c'est là que je l'ai vue.

— Quand, Scotty ? demanda Angéla en s'agenouillant près de lui. Elle s'appelle Aimée. Quand l'as-tu vue ?

— Hier soir. Elle avait faim et je lui ai donné… des gâteaux. Mais je n'en ai pas mangé ! Ensuite, je suis retourné au dortoir.

Angéla se fit la réflexion que l'hôtel était trop spacieux. La prochaine fois, elle devrait trouver un lieu plus petit, afin de mieux contenir les enfants. S'il y avait une prochaine fois… Avec un enfant perdu dans la balance, elle ne savait plus trop de quoi l'avenir serait fait.

— Est-ce que tu l'as revue, après lui avoir donné les gâteaux ?

— Oui, quand j'ai regardé par la fenêtre.

— Ce matin ?

— Non. A cette heure-là, j'aurais dû être au lit. J'avais faim et je…

De grosses larmes coulèrent le long des joues de Scotty.

— Je n'ai rien mangé de mal, juste mes légumes crus, comme tu me l'avais dit.

L'attirant contre son cœur, elle le serra dans ses bras.

— Tu as fait du beau boulot, Scotty. Je suis fière de toi. Est-ce que tu sais où elle allait ?

— Elle m'a dit qu'elle voulait retourner dans sa maison.

Angéla leva les yeux vers Mark.

— Où est-ce ?

— Je crois que Karen habite de l'autre côté de la Sœur Cadette.

— Alors, espérons que la légende indienne est vraie et que Les Trois Sœurs protègent tous ceux qui sont dans leur ombre, parce que c'est un long trajet et je ne suis pas sûre qu'une petite fille de cinq ans sache quelle direction prendre. En essayant de nous aider, tu t'es très bien comporté, Scotty. Est-ce que tu as vu de quel côté elle allait ?

— Je crois qu'elle se dirigeait vers le parking qui est derrière l'hôtel.

— Bravo ! Maintenant, nous allons te ramener avec les autres enfants et je veux que tu restes avec eux. D'accord ?

Le petit garçon opina du bonnet sans répondre. Mark le prit par la main et le confia à Emoline, pendant qu'Angéla prenait un appel d'Eric. Il lui annonça que trente volontaires allaient arriver et que Neil réunissait l'équipe de secours en montagne. Elle lui rapporta qu'Aimée avait dû quitter le chalet dans la nuit. Après avoir raccroché, elle se demanda avec anxiété si la petite fille était chaudement vêtue. Avait-elle peur ? Etait-elle encore vivante ? Angéla se refusait à imaginer le pire, mais elle n'arrivait pas à chasser cette idée de son esprit. Elle commençait à comprendre le point de vue de Mark… Il y avait plusieurs fins possibles à ce drame, bonnes ou mauvaises.

Sans réfléchir, elle composa le numéro de sa sœur.

— Dinah ? Est-ce que je pourrais parler à Sarah ?

— Elle est ici, sur mes genoux.

Angéla attendit un instant avant de s'adresser à sa fille :

— Maman t'aime, mon bébé.

Le fait de la savoir à l'autre bout du fil suffit à lui remonter le moral. Elle fit de gros bruits de baisers.

— Celui-ci est pour ta joue droite, celui-là pour la gauche.

En traversant le hall, Mark entendit les mots doux qu'Angéla prodiguait à sa fille. Elle était étonnante, pensa-t-il. L'espace d'un instant, il regretta de l'avoir accusée de se cacher derrière ses ambitions. Elle ne se cachait pas, elle mordait dans la vie à belles dents, saisissait tout ce qu'il y avait à prendre. Pendant ce temps, il se contentait de… quoi, au juste ?

Pour l'instant, rien ne le contentait, en réalité, sauf la présence d'Angéla. Elle lui apportait un apaisement qui était à mettre sur la liste croissante de ses qualités.

— Nous allons partir à la recherche d'Aimée, annonça-t-il.

— Je te rappelle que je ne fais pas partie des secouristes, Mark. Je ne veux pas gêner… Pour la première fois, je comprends vraiment ton point de vue, Mark.

— Mais je veux que tu sois avec moi, dit-il en lui tendant la main.

— Tu en es sûr ?

Il l'attira contre sa poitrine.

— Je n'avais pas l'intention de te rencontrer à White Elk, pas plus que n'importe qui d'autre, d'ailleurs. J'avoue que cela m'embête bougrement… mais oui, je te veux auprès de moi. Tu as dix minutes pour te préparer.

Il la voulait. La question était de savoir dans quelle mesure…

— Il y a peu de chances pour qu'elle soit dans l'hôtel ! leur cria Eric, à l'autre bout du couloir, mais plusieurs membres de mon équipe vont continuer de fouiller le chalet, au cas où elle serait revenue. Neil est en bas de la pente, il va la remonter avec son groupe. De notre côté, nous partirons du sommet et descendrons à leur rencontre.

— Angéla et moi, nous commencerons à mi-pente, déclara Mark.

Et devant tout le monde, il déposa un tendre baiser sur les lèvres de la jeune femme. Après s'être concerté avec ses amis sur une méthode de quadrillage du terrain, il serra brièvement Eric et Neil dans ses bras.

— Il ne ronchonne plus, remarqua Emoline. J'en cherchais la raison, mais, maintenant, je crois l'avoir devinée.

Emoline avait la réponse à sa question, Angéla aussi. Dorénavant, d'autres interrogations se pressaient dans son esprit… mais ce n'était pas le moment d'y penser.

— Il est temps de faire une pause, dit Mark, en se laissant tomber sur un tapis d'épines de pins.

Depuis trois heures, ils fouillaient une zone relativement étroite, parce que les trois médecins avaient jugé qu'Aimée ne pouvait être allée bien loin. Elle était très jeune, elle devait être gelée et terrorisée. Mais il y avait beaucoup d'endroits où elle avait pu se cacher… derrière des rochers, dans des buissons. La quête était lente et frustrante, ils avaient littéralement retourné le moindre caillou.

— Tu ne penses pas que Karen pourrait nous avoir menti ? s'inquiéta Angéla.

Cette idée avait traversé l'esprit de Mark plus d'une fois.

— Le meilleur scénario serait qu'Aimée soit saine et sauve quelque part, cachée par sa mère. Malheureusement, nous ne pouvons pas compter là-dessus, elle peut aussi être réellement perdue.

— Merci de m'avoir permis de t'accompagner. J'ai l'impression que je te ralentis et si je suis…

— Pour l'instant, nous ne faisons que marcher et chercher des indices. Avec de bons yeux, n'importe qui peut le faire. Et tu ne me retardes pas.

— Mais dans tes cours…

— Il s'agira d'une technique de terrain plus poussée. Elle concernera la médecine et la survie, des procédures qui viennent bien après ce que nous faisons maintenant. Si cela m'obsède autant, c'est ce que… toute mon enfance a été une quête perpétuelle.

— Qu'est-ce que tu voulais atteindre ?

— Tu te rappelles que je ne voulais pas renvoyer Scotty ?

— Oui. Tu avais raison. Il va beaucoup mieux, maintenant.

— Quand j'avais son âge, mon père est parti. Mais auparavant, il m'a dit qu'il en avait assez de moi, que je lui prenais trop de temps. Selon lui, j'étais le pire gamin que la Terre ait jamais porté. A sept ans, j'étais absolument persuadé que tout était ma faute… Comme Scotty, si nous l'avions renvoyé chez lui. Dans un premier temps, je voulais supplier mon père de revenir, lui promettre d'être un gentil petit garçon. Je le cherchais partout... dans la foule, dans les magasins, dans les rues.

— Ce devait être affreux ! Est-ce qu'il est revenu ?

— Non. A onze ou douze ans, j'ai abandonné cette idée et je me suis employé à devenir le mauvais garçon qu'il avait prédit que je serais. J'ai volé dans les magasins, commis des actes de vandalisme... Je me comportais comme une petite brute en compagnie de garnements tels que moi. J'ai fini par me faire prendre et je me suis retrouvé au tribunal, les menottes aux poignets. Je peux t'assurer que je ne faisais plus le bravache ! J'attendais d'être entendu par le juge quand j'ai remarqué un homme qui me regardait. Lorsqu'il m'a interrogé à propos de mes parents, je lui ai répondu avec insolence. Il m'a ensuite demandé si c'était la première fois que je comparaissais devant un tribunal. Je lui ai dit que c'était la première fois que je me faisais prendre. Il m'a alors posé une question bizarre : « Est-ce que tu te feras prendre, la prochaine fois ? »

La prochaine fois ? J'avais passé la nuit la plus affreuse de ma vie dans une cellule. Je ne sais pas ce qu'il a vu sur mon visage, mais il a suggéré que je pourrais avoir une seconde chance. Sans hésiter, j'ai affirmé que j'étais prêt à la saisir. C'est là que ma vraie vie a commencé. Tom Evigan est allé voir le juge, se proposant de me prendre sous son aile. Alors que mes copains en prenaient pour six mois, on m'a prescrit des travaux d'utilité publique, dans un hôpital. J'ai passé un an à ramasser les bassins, à les vider et à les nettoyer.

Angéla avait les larmes aux yeux.

— Je suis désolée que tu aies eu à subir toutes ces épreuves, Mark. Je suis heureuse que Tom t'ait trouvé.

L'espace de quelques secondes, elle songea à sa fille. Passerait-elle sa vie à rechercher son père, elle aussi ? Comme s'il lisait en elle, Mark lui pressa la main.

— Ma mère était faible, affectivement absente. Mais grâce à toi, Sarah ne connaîtra jamais le même sort.

Angéla posa la tête sur son épaule. Lorsqu'il la prit par les épaules pour la serrer contre lui, elle se sentit en sécurité.

— Ce n'est pas facile d'élever un enfant, murmura-t-elle. J'ai peur qu'un jour elle ne fasse des mauvais choix, tout comme moi.

— Nous en faisons tous, des bons et des mauvais. Mais en chemin, nous découvrons que les premiers l'emportent sur les seconds, surtout quand quelqu'un nous aime et nous tend les bras.

— Est-ce que tu as pu dépasser un jour la souffrance que ton père t'a causée en te rejetant ?

— Oui et non. Comme tu me l'as fait remarquer très justement, j'ai mis la barre très haut, sans doute pour prouver à mon père que je n'étais pas le méchant garçon qu'il avait abandonné. Tom Evigan m'a apaisé, à bien des égards, pourtant il n'a pas pu chasser de moi l'enfant blessé. Mais je ne crois pas que le père de Sarah lui fera du mal. D'après ce que tu m'as dit, il n'est pas méchant.

— Non. Simplement, il ne veut pas d'elle.

— C'est une question que tu devras affronter avec elle, quand elle sera plus grande. Je ne vais pas te mentir. Il y aura un moment où Sarah sera blessée mais tu seras prête à l'aider. Elle sait que tu l'aimes, Angéla. C'est le plus important.

Angéla posa la main sur la poitrine de Mark, là où battait son cœur.

— Tu savais que Tom avait de l'affection pour toi et pourtant, regarde ce que tu as fait de ta vie. Toutes tes décisions proviennent de l'abandon de ton père. Mais si tu quittes la médecine pour te débarrasser de l'ombre de ton père, cela ne te mènera nulle part.

— L'ombre de mon père ?

— Il a dit que tu étais mauvais et la mort de ton beau-père ne t'a-t-elle pas conforté dans cette idée ?

Mark haussa les épaules.

— Je n'en sais rien. A vrai dire, je ne sais plus très bien où j'en suis. Comme je te l'ai dit, je ne m'attendais pas à ce que la vie me réserve une aussi bonne surprise que toi, Angéla.

Il la serra un instant dans ses bras, puis se leva et lui tendit la main pour l'aider à se mettre debout.

— Il est temps de repartir. Je te remercie pour ce que tu m'as dit. Je ne sais pas de quoi l'avenir sera fait, mais sache que je respecte tout ce que tu es, même si je ne te l'ai pas toujours montré.

— Ou dit ? suggéra-t-elle en souriant.

— Tu ne lâches jamais le morceau, n'est-ce pas ?

— Jamais, et tu n'as encore rien vu. Ouvre la marche, je te suis.

— Tiens donc ! Depuis que je te connais, tu as toujours quelques mètres d'avance sur moi. Je ne m'en étais jamais aperçu jusqu'à maintenant.

— Mais tu respectes aussi cet aspect de mon caractère ?

En riant, elle prit le petit sac à dos où elle avait fourré tout son matériel et le mit sur ses épaules. Il l'attrapa par un bras et l'attira contre lui, juste le temps de déposer un baiser rapide sur ses lèvres.

— J'adore cela et j'ai bien l'intention de te le montrer plus tard, mais, pour l'instant, je vais grimper là-haut.

Il lui montrait une avancée rocheuse, juste au-dessus de leurs têtes.

— De cette façon, mon regard pourra porter plus loin, expliqua-t-il.

La gorge serrée, elle le regarda grimper sur le rocher sans harnais ni équipement. S'il le lui demandait, pourrait-elle quitter White Elk ? Prendre Sarah et suivre cet homme jusqu'à ce qu'il ait trouvé ce qu'il cherchait ?

Si le foyer était là où se trouvait le cœur, la réponse était oui, parce que son cœur était avec Mark et qu'elle ne pouvait imaginer sa vie sans lui. Elle aimait Mark Anderson plus encore qu'elle n'aimait White Elk.

— Dirige-toi vers le nord, lui cria-t-il en suivant la corniche.

Elle obéit, tout en regardant autour d'elle. Çà et là, le tapis d'aiguilles de pin disparaissait sous la neige, mais il n'y en avait pas assez pour que la petite fille ait laissé des traces, en admettant qu'elle soit passée par-là. C'était malgré tout une possibilité car ce n'était pas loin de l'hôtel et facile d'accès, même pour un enfant.

Ils avaient parcouru une vingtaine de mètres lorsqu'elle aperçut quelque chose dans la roche… une espèce de brèche.

— Mark ! Je vois quelque chose, en bas… je ne suis pas sûre…

Quittant le sentier, elle marcha droit vers la faille et braqua sa lampe de poche à l'intérieur. Elle ne vit rien, mais il lui sembla qu'à cet endroit, la neige portait l'empreinte partielle d'un petit pied.

— Aimée ! appela-t-elle. Tu m'entends, ma chérie ?

Mark quitta sa corniche et instant plus tard, il était auprès d'elle.

— Tu as entendu quelque chose ?

Elle secoua la tête, mais lui montra la trace, dans la neige. Mark lui jeta un regard admiratif.

— Aimée ! cria-t-il à son tour. C'est le Dr Anderson, nous sommes venus te chercher. Tu m'entends ?

Ils tendirent l'oreille… Toujours rien.

— Aimée ! Si tu es là, dis-le-moi, pour que nous puissions t'aider à sortir de là.

Cette fois, ils perçurent un faible froissement.

— Tu penses que c'est un animal ? demanda Angéla. Il faut être très menu, pour passer par cette ouverture.

— Aimée ?

Un petit gémissement leur répondit. Le cœur de Mark battit plus vite. Le problème était qu'il était bien trop large d'épaules pour se faufiler dans la faille et, si le passage se rétrécissait, c'est lui qu'on devrait secourir.

— Eric, dit-il dans son talkie-walkie, je suis presque certain que nous l'avons localisée, mais j'ignore dans quel état elle est.

Elle a rampé dans une crevasse et je ne crois pas qu'elle puisse en ressortir seule. Il nous faudrait quelqu'un d'assez mince…

— C'est mon cas, intervint Angéla.

Secouant la tête, Mark continua de parler à Eric.

— Je ne sais pas qui tu as avec toi, mais la personne doit être petite.

— Je suis petite, dit Angéla.

— Mais sans expérience. Ecoute, Angéla…

— Neil a deux équipiers qui pourraient faire l'affaire, dit Eric. Je m'en occupe et j'arrive.

— Alors on va se contenter de rester assis et d'attendre ? se fâcha Angéla. Tu es trop grand, donc nous nous tournons les pouces ? Je peux le faire, Mark. Je peux rentrer dans cette faille, voir si elle est blessée, la réconforter…

— J'ai dit non !

— Je ne suis pas ton père, Mark. Je ne vais pas entrer là-dedans et ne jamais revenir. Il y a un enfant qui a peut-être besoin de moi. Elle a pu se blesser, se casser une jambe ; elle peut souffrir d'hypothermie ou être en état de choc. J'ai étudié tout cela et j'en connais les conséquences sur une petite fille de son âge. Elle est peut-être là depuis des heures et, dans ce cas, elle doit être glacée. Pour ton information, j'ai aussi étudié les effets du froid sur un individu. En plus, tu seras là pour m'aider… Laisse-moi y aller, Mark.

Il la scruta pendant un instant. Peu à peu, son regard s'adoucit et il capitula.

— Tu as gagné, Angéla. Tu vas mettre un harnais comme je te l'ai appris et, si tu ne peux pas ressortir toute seule, je te hisserai à l'extérieur.

Elle sortit le harnais de son sac et l'enfila. De ses mains tremblantes, elle accomplit tous les gestes de sécurité sans se tromper. Cette fois-ci, elle n'avait pas droit à l'erreur.

Pendant qu'elle se préparait, Mark était en communication avec Neil, à qui il expliquait où ils se trouvaient.

— J'envoie Angéla à l'intérieur, conclut-il. C'est elle qui se chargera de faire sortir Aimée.

Après avoir raccroché, il vérifia tous les points de fixation.

— Tu es prête ?

— La question est de savoir si toi tu l'es, répliqua-t-elle avec un sourire.

Il l'embrassa sur la joue.

— Je ne voulais vraiment pas tomber amoureux de toi, Angéla Blanchard. Tu es au courant, n'est-ce pas ?

— Moi non plus, ce n'était pas mon intention, répondit-elle en riant.

Lorsqu'elle s'agenouilla au bord de la crevasse, leurs yeux se croisèrent une dernière fois, se disant tout ce qu'il y avait à dire : leur amour, leur désir et leur besoin l'un de l'autre.

Pour vaincre l'émotion, Angéla lui montra les grenouillères qu'elle avait pensé à inclure dans son équipement.

— Tu vois ? Je ne suis pas aussi mal préparée que tu le pensais.

— J'ai pensé beaucoup de choses à ton sujet, mais certainement pas que tu étais mal préparée.

Il la regarda ramper à l'intérieur de la brèche.

— Rappelle-toi : si c'est dangereux, si tu penses ne pas pouvoir faire quelque chose, ne le fais pas. La première règle en matière de secourisme est qu'on ne se place jamais dans une position qui contraindra les autres à te secourir.

Angéla espérait que le passage s'élargirait, mais elle fut déçue de constater qu'elle ne gagnait que quelques centimètres. Elle rampait dans un couloir froid, sombre et humide dont les parois frôlaient ses épaules et où elle pouvait à peine se mettre sur les genoux.

Pourquoi une enfant, surtout une petite fille comme Aimée Landry, était-elle entrée dans un boyau comme celui-ci ? La seule réponse qui lui vint à l'esprit était la colère. Aimée tentait de s'échapper et cet endroit lui avait paru plus sûr que celui où elle vivait… auprès de sa mère.

— Aimée ! appela-t-elle. Tu m'entends ? Je m'appelle Angéla et je viens te chercher. Tu as mal quelque part ?

Pas de réponse… Elle n'entendait que le bruit de sa propre respiration et le cliquetis produit par son harnais contre la roche. Le faisceau de sa torche balayait les parois.

— Aimée ! cria-t-elle.

Elle se tut, tandis que l'écho de sa voix résonnait dans le passage, devant elle.

— Tu m'entends ? répéta-t-elle.

Elle ferma les yeux pour mieux tendre l'oreille, mais l'obscurité restait silencieuse.

— Aimée ?

Cette fois… Etait-ce un gémissement, ou son imagination lui jouait-elle des tours ?

— J'arrive, ma puce ! dit-elle en progressant plus vite.

Comme si Les Trois Sœurs avaient décidé de l'aider, la galerie s'élargit un peu. Ses épaules ne touchaient plus les parois. Son cœur battit plus vite, elle sentit le sang bourdonner contre ses tempes.

— Aimée…

— Au secours ! fit une petite voix dans le noir.

Où était-elle ? Elle avait beau balayer la grotte de sa torche, Angéla ne voyait rien.

— Où es-tu, Aimée ? Il faut que tu me le dises.

— Elle va être fâchée.

La voix était toute proche.

— Tu te trompes, elle ne sera pas en colère contre toi.

— Mais je n'ai pas fait ce qu'elle avait dit.

Angéla agita encore sa torche, qui lui échappa des mains et tomba dans une sorte de trou. Immédiatement, elle sortit son portable de sa poche. Dès qu'elle eut pressé une touche, elle aperçut Aimée à cinq mètres en dessous d'elle, recroquevillée en position fœtale, serrant un ours en peluche contre son cœur. De là où elle était, Angéla pouvait voir qu'elle tremblait de tous ses membres.

— Je l'ai trouvée ! cria-t-elle par-dessus son épaule. Elle est dans un trou. Je vais tenter de descendre.

— Elle est blessée ?

— Je ne sais pas. Je te le dirai dans une minute.

— Quelle profondeur ?

— Un mètre ou deux. Tout va bien se passer.

— Ne prends aucun risque, Angéla !

Des risques ? En se faufilant dans cette cavité, Angéla pensait ne courir aucun danger. En revanche, sa décision de passer avec Mark le restant de sa vie en constituait un de taille… mais aussi la plus grande chance de sa vie.

— J'y vais !

La descente se révéla facile. Dès qu'elle fut en bas, elle récupéra sa torche et la ralluma. Lorsqu'elle eut rejoint Aimée, elle ne la prit pas dans ses bras comme elle en aurait eu envie, mais procéda à un examen méthodique.

— Tu as mal ?

— Oui, geignit la petite fille.

— Tu peux me dire où ?

— Aux jambes, à un bras et à la tête.

Angéla sortit immédiatement son kit de secours de son sac à dos, elle sortit un thermomètre et prit la température d'Aimée.

— Sa température est de 36, cria-t-elle.

— Tu as un thermomètre ? s'écria Mark, stupéfait.

— J'ai emporté ma trousse. Son pouls est de 100, sa respiration à 20. Elle peut avoir de l'eau, Mark ?

— Pas encore. Nous devons d'abord vérifier qu'il n'y a pas d'hémorragie interne.

Angéla examina les jambes d'Aimée, qui ne présentait que des estafilades et des bleus. En revanche, elle remarqua une saillie osseuse sur l'avant-bras de la petite fille.

— C'est là que tu as le plus mal ?

Aimée hocha la tête. Angéla connaissait les effets d'un placebo. Encore fallait-il dire à un patient ce qu'il voulait entendre et cela nécessiterait un petit mensonge.

— Ce foulard, autour de mon cou… il est magique. C'est pour cela que je le porte, parce que, grâce à lui, je me sens toujours mieux.

Retirant son foulard, elle le noua de façon très lâche autour du bras de la fillette. Cela servirait au moins de tampon, contre les chocs qui pourraient survenir pendant la remontée.

Aimée dit rien, mais Angéla constata immédiatement que la « magie » la soulageait car elle cessa peu à peu de renifler.

— Est-ce que tu as mal au ventre ?

— Non, mais j'ai faim.

— Nous allons pouvoir arranger cela, à l'hôpital. Dis-moi ce que tu préfères manger.

— Les sandwichs au beurre de cacahuètes, et aussi la confiture de raisins et les brownies.

— C'est justement ce que je prépare le mieux ! Mais comme je te l'ai dit, il faudra d'abord avoir la permission du Dr Anderson.

— D'accord.

— Son ventre semble normal ! cria-t-elle à Mark. Aucune rigidité. En revanche, elle a un bras cassé.

— Avec un foulard magique, lui rappela Aimée.

— Un bras cassé enveloppé dans un foulard magique, rectifia Angéla. Et nous apprécierions des sandwichs au beurre de cacahuètes, de la confiture de raisins et des brownies dès que ce sera possible.

Eric se trouvait maintenant devant la crevasse, entouré d'une vingtaine de secouristes, prêts à faire ce qui était nécessaire pour sortir Angéla et Aimée de ce boyau.

— Elle est incroyable ! dit-il à Mark. Tu ne penses pas que tu pourrais l'accepter dans ton cours ? Parce que je pense…

Le visage de Mark exprimait une totale reddition.

— Tu le savais depuis le début, n'est-ce pas ?

— J'ai épousé sa sœur. Dès l'instant où je l'ai rencontrée, je n'avais pas la moindre chance de lui résister. Si j'en crois la génétique, tu pourrais être aussi veinard que moi. Dois-je te souhaiter la bienvenue dans la famille ?

— Faut-il demander à Gabrielle de commencer les préparatifs du mariage ? intervint Neil.

— Si cela ne vous ennuie pas, je voudrais lui faire ma demande avant… et autant que possible *après* avoir sorti tout le monde de ce trou.

— Tu commences à te réchauffer ? demanda Mark en remontant la couverture sur les épaules d'Angéla.

Elle était dans son lit, au chalet. Roulé en boule à ses pieds, Fred semblait, lui aussi, épuisé. Le Dr James Galbraith avait pris les curistes en charge, aidé par de nombreux bénévoles. Angéla avait été sommée de se reposer pendant toute une journée, mais ne s'en souciait guère puisque Mark n'avait pas quitté son chevet depuis la veille. Cela faisait douze heures qu'il surveillait son sommeil et s'occupait de Sarah.

— Je me sens parfaitement bien. Jamais je ne suis restée couchée aussi longtemps.

— Tu as besoin que quelqu'un veille sur toi.

— Le quelqu'un en question devrait cesser de s'inquiéter. Je suis en pleine forme. Comment va Aimée ?

— En dépit du fait qu'elle n'a pas voulu se séparer de son foulard magique, elle s'en sort très bien. La fracture n'était pas très grave et on a pu la réchauffer et l'hydrater. On va la garder en observation pendant deux jours.

— Et sa mère ?

— En garde à vue. Elle va être examinée par des psychiatres. Le père d'Aimée est arrivé. Il était mort d'inquiétude, car il ignorait où étaient Karen et Aimée. Apparemment, Karen n'avait qu'un droit de visite, mais, il y a deux mois, elle a disparu avec sa fille.

— Je suis contente qu'il soit là. Tu es sûr que…

— C'est un brave homme, qui nous est très reconnaissant d'avoir sauvé sa fille.

Mark s'assit sur le bord du lit, repoussa légèrement Fred et tendit Sarah à sa mère. Angéla la serra contre son cœur avec délice. A l'idée que Mark avait pris soin de son enfant pendant toutes ces heures, son cœur se gonfla de reconnaissance. Sarah aimait Mark et il n'y avait pas à se tromper sur l'émotion qu'Angéla voyait dans les yeux de celui-ci chaque fois qu'il regardait le bébé.

— J'ai reçu un coup de fil bizarre de Gabrielle, tout à l'heure, dit-elle.

— A quel propos ?

— A propos de préparatifs de mariage.

— Oh ! ça…

— Ça ? Ma meilleure amie organise ma réception de mariage alors que je ne suis pas fiancée, pour autant que je le sache, et cela ne t'étonne pas ?

— Eh bien… Je crois bien que Dinah en fait autant. On m'a dit que les jumelles étaient très excitées à l'idée de porter des paniers de fleurs. Elles se demandent comment elles vont apprendre à Sarah à jeter des pétales.

Angéla jeta un coup d'œil à sa fille, occupée à martyriser Fred.

— Tu sais quelque chose, jeune demoiselle ?

Comme Sarah ne lui prêtait aucune attention, elle se tourna vers Mark.

— Je suis la dernière à être au courant alors que j'aurais dû être la première, me semble-t-il.

Il s'étendit auprès d'elle puis l'attira contre lui.

— Tu comprends… Neil et Eric ont discuté, pendant que tu étais dans la crevasse, et…

— Ils ont pris des décisions à ta place ?

— Que voulais-tu que je fasse ? Je ne pouvais pas crier quelque chose comme : « Angéla, est-ce que tu veux bien m'épouser ? » Je voulais te le demander en privé.

— Gabrielle a dit qu'Emoline réfléchit aux arrangements floraux et qu'Helen Baxter a promis d'ouvrir sa salle de bal pour l'occasion.

— D'accord, peut-être aurions-nous dû en discuter avant que j'en parle à mes amis. Mais tu sais comment les gens s'impliquent, à White Elk. Ce n'est pas ma faute.

— Redis-les.

— Quoi ?

— Les mots que tu devais me crier dans la crevasse.

— Tu veux dire… « Angéla, est-ce que tu veux bien m'épouser ? »

— C'est ça. Ils sont bien agréables à entendre. Du coup, j'ai l'impression d'avoir été consultée. Dis-moi, est-ce qu'ils ont fixé une date à notre place ?

— Pas de date, non, mais nous avons une maison. Il faut que je t'explique… La sœur d'Eric vient de se marier, le jeune couple a acheté une nouvelle maison et nous allons avoir l'ancienne. Elle est spacieuse, pleine de coins et de recoins, parfaite pour une famille nombreuse.

Angéla se dressa sur un coude.

— Tu leur as proposé de la racheter ? Mais je croyais…

— Que je voudrais toujours m'en aller en vous emportant dans mes bagages, toi et Sarah ? Rappelle-toi… Je t'avais dit que je poursuivrais ma route jusqu'à ce que je sois arrivé. C'est fait !

— Et tu es heureux ? Parce que j'ai bien réfléchi, de mon côté. Si tu as encore besoin de voyager, je te suivrai.

— C'est inutile, j'ai trouvé ici ce que je cherchais.

— Je sais que Brad sera d'accord pour que tu adoptes Sarah, si tu le souhaites.

— C'est un imbécile, répliqua Mark en déposant un baiser sur le front d'Angéla. Bien sûr, que je veux l'adopter. Elle fait partie de toi et je l'aime. Evidemment, je ne sais pas très bien comment je pourrai m'en sortir avec vous deux… Vous trois, devrais-je dire, car M. Wetherby part en maison de retraite et il ne peut pas garder Fred. Evidemment, j'ai beaucoup d'amis, à White Elk, et ils pourront m'aider. Surtout si…

— Si quoi ?

— Si nous avons encore une fille ou deux qui te ressemblent.

— Tu veux des filles ?

— Ou des garçons…

Mark sortit de sa poche une feuille pliée en quatre qu'il lui tendit.

— Mais je pense que nous devrons attendre, je ne veux pas de femmes enceintes dans mon cours.

Angéla regarda le papier, les sourcils froncés.

— Qu'est-ce que c'est ?

— Ton emploi du temps. Nous avons décidé que la formation aurait lieu dans l'un des chalets de l'hôtel, pour que tu puisses en profiter sans pour autant délaisser tes curistes.

— Mais je croyais… que je n'avais pas le niveau requis.

— Tu as emporté un thermomètre et un foulard magique dans ton sac, Angéla. Je ne voulais pas reconnaître tes dons naturels, mais ils sont bel et bien là. Tu feras des merveilles sur le terrain, surtout si quelqu'un te donne des cours particuliers.

— Tu connais un professeur ?

Il leva la main.

— Ne va pas te faire des idées. Bientôt, je serai un homme marié et heureux, si la femme de ma vie m'accorde sa main.

— Oui… murmura-t-elle. Je dis oui à tout.

— Oui, paaa ! chantonna Sarah.

— « Paaa » est le mot adéquat, dit Angéla. Il y en a un autre : « bonheur », qui exprime la satisfaction, l'amour, le plaisir et la joie.

— Lequel te va le mieux ?

— Tous ! répondit Angéla en se blottissant dans les bras de Mark, pendant que Sarah jouait avec Fred.

Trilogie intégrale : FRÈRES & SÉDUCTEURS de Abby Green - N°122

L'héritier secret des Falcone

Tu m'as privé de mon fils et je me vengerai ! À l'instant où Rafaele Falcone prononce ces mots, Sam sent une sourde angoisse l'envahir. Trois ans plus tôt, le cœur brisé par la réaction glaciale de Rafaele à l'annonce de sa grossesse, elle a cru faire le bon choix en lui laissant croire qu'elle avait perdu le bébé. Mais, aujourd'hui, c'est un homme furieux qui se dresse face à elle…

Une nuit avec Alexio Christakos

À la seconde où Alexio Christakos s'assoit à son côté dans l'avion, Sidonie sent un trouble puissant l'envahir. Et, si elle se surprend à apprécier la compagnie du richissime homme d'affaires, elle devine le danger que représente ce dernier pour elle… Mais comment repousser les avances d'un des hommes les plus puissants – et envoûtants – d'Europe ?

Au bras de Cesar da Silva

Dans un moment d'égarement, Lexie a échangé un baiser brûlant avec Cesar da Silva. Une impulsion qu'elle regrette à présent que leur photo fait la une de la presse. Il n'y a qu'un moyen de faire oublier ce scandale, Lexie le sait. Donner aux médias l'image d'un couple amoureux. Mais jouer la comédie au bras de Cesar da Silva promet d'être un cauchemar…

Série intégrale : LES SECRETS DE WILLOWMERE de Abigail Gordon - N°123

La seule passion d'une infirmière

Glenn Hamilton est de retour à Willowmere ! Aussitôt, les souvenirs assaillent Andrea : leur folle passion, leurs projets… Jusqu'à ce tragique accident… Brisée, Andrea avait alors prétexté ne plus aimer Glenn. Aujourd'hui, elle se prend à douter : a-t-elle eu raison de lui cacher la vérité ?

Nouvelle chance pour un médecin

À Willowmere, Georgina mène une vie tranquille, jusqu'au jour où son ex-mari, Ben, vient s'installer près de chez elle. Car, s'ils sont séparés, ils n'ont pu s'empêcher de passer une nuit ensemble quelques mois plus tôt. Une nuit de passion qui n'a pas été sans conséquence…

Un mariage à Willowmere

Après le drame qu'elle a vécu, Laurel apprécie de trouver refuge dans le paisible village de Willowmere. Elle hésite toutefois à accepter de travailler quelque temps pour le Dr Trewlaney. Un homme séduisant, dont le regard la fait se sentir femme de nouveau…

Le goût du bonheur

Lizzie ne peut croire à son bonheur quand James Bartlett, son patron, lui propose de l'épouser et de venir vivre avec lui et ses deux enfants. Pourtant, elle hésite à accepter, car elle ignore si James voit en elle autre chose qu'une nouvelle maman pour Polly et Jo…

OFFRE DÉCOUVERTE !

Vous souhaitez découvrir nos collections ? Recevez **votre 1er colis gratuit* avec 2 cadeaux surprises !** Une fois votre colis de bienvenue reçu, si vous souhaitez continuer à recevoir nos livres, cela se fera automatiquement. Vous recevrez alors vos livres inédits** en avant-première.

Vous n'avez aucune obligation d'achat et cette offre est sans engagement de durée !

*1 livre offert + 2 cadeaux / 2 livres offerts pour la collection Azur + 2 cadeaux.
**Les livres Ispahan, Sagas, Allegria et Best-Sellers Féminins sont des réédités.

☛ COCHEZ la collection choisie et renvoyez cette page au
Service Lectrices Harlequin – CS 20008 – 59718 Lille Cedex 9 – France

Collections	Références	Prix colis*
❑ **AZUR**	Z0ZFA6	6 livres par mois 28,79€
❑ **BLANCHE**	B0ZFA3	3 livres par mois 23,65€
❑ **LES HISTORIQUES**	H0ZFA2	2 livres par mois 16,59€
❑ **ISPAHAN**	Y0ZFA3	3 livres tous les 2 mois 23,35€
❑ **PASSIONS**	R0ZFA3	3 livres par mois 25,09€
❑ **SAGAS**	N0ZFA3	3 livres tous les 2 mois 27,66€
❑ **BLACK ROSE**	I0ZFA3	3 livres par mois 25,09€
❑ **VICTORIA**	V0ZFA3	3 livres tous les 2 mois 25,69€
❑ **ALLEGRIA**	A0ZFA4	4 livres tous les 2 mois 30,15€
❑ **BEST-SELLERS FÉMININS**	E0ZFA2	2 livres par mois 18,75€
❑ **MAGNETIC**	K0ZFA3	3 livres tous les 2 mois 23,07€

N° d'abonnée Harlequin (si vous en avez un) ❑❑❑❑❑❑❑❑❑

Mme ❑ Mlle ❑ Nom : ____________

Prénom : ____________ Adresse : ____________

____

Code Postal : ❑❑❑❑❑ Ville : ____________

Pays : ____________ Tél. : ❑❑❑❑❑❑❑❑❑❑

E-mail : ____________

Date de naissance : ____________

❑ Oui, je souhaite recevoir par e-mail les offres promotionnelles des éditions Harlequin.
❑ Oui, je souhaite recevoir par e-mail les offres promotionnelles des partenaires des éditions Harlequin.

Date limite : 31 décembre 2020. Vous recevrez votre colis environ 20 jours après réception de ce bon. Offre soumise à acceptation et réservée aux personnes majeures, résidant en France métropolitaine, dans la limite des stocks disponibles. Prix susceptibles de modification en cours d'année. Vous pouvez demander à accéder à vos données personnelles, à les rectifier ou à les effacer. Il vous suffit de nous écrire en nous indiquant vos nom, prénom et adresse à : Service Lectrices Harlequin CS 20008 59718 LILLE Cedex 9. Service Lectrices disponible du lundi au vendredi de 8h à 18h : 01 45 82 47 47.

Harlequin® est une marque déposée du groupe HarperCollins France – 83/85, Bd Vincent Auriol – 75646 Paris cedex 13. SA au capital de 3 120 000€ – R.C. Paris. Siret 31867159100069/APE5811Z.

Composé et édité par HarperCollins France.

Achevé d'imprimer en novembre 2019.

CPI
BLACK PRINT

Barcelone

Dépôt légal : décembre 2019.

FSC
www.fsc.org
MIXTE
Papier issu de sources responsables
FSC® C108412

Pour limiter l'empreinte environnementale de ses livres, HarperCollins France s'engage à n'utiliser que du papier fabriqué à partir de bois provenant de forêts gérées durablement et de manière responsable.

Imprimé en Espagne.